현대소설의 상황

푸른사상
평론선

12

The situations of Korean modern novel

현대소설의
상황

최유찬

푸른사상
PRUNSASANG

컴퓨터 게임 〈삼국지Ⅱ〉와 〈삼국지Ⅲ〉는 수십 종에 이르는 〈삼국지〉시리즈 가운데서도 명편에 해당한다. DOS 체제를 채택하고 있는 〈삼국지Ⅱ〉는 게임 화면이 매우 간단하지만 그 흥미는 다음 단계의 기술을 도입한 〈삼국지Ⅲ〉에 지지 않는다. 〈삼국지Ⅱ〉를 시작하면 컴퓨터의 화면에는 중국을 41개의 주로 구분한 추상적인 지도가 나오고 그 지도에는 각 군주에 고유한 색깔이 칠해져 있어 세력권을 표시해준다. 그러나 전투가 벌어지면 초기의 지도가 바뀌면서 화면에는 각 주의 전체 지형이 표시되고 게이머는 상대 군주가 위치해 있는 성을 공략하기 위해 여러 경로를 통해 진군해야 한다. 이 과정에서 게이머는 그 지역의 여러 곳을 돌아다니며 전투를 벌여야 하고 그런 일이 반복되다보면 각 주의 지형이 머리속에 선명한 이미지로 아로새겨진다. 더욱이 이 게임의 전투화면에 표시된 지형들은 인접 주의 지형과 일정한 연관성을 지니고 있다. 따라서 여러 차례 게임을 반복하다보면 게이머는 자신도 모르게 중국의 전체 지형을 숙지하게 된다. 세부와 부분, 부분과 전체가 긴밀하게 연결되면서 전체에 대한 파악을 가능하게 하는 것이다. 또한 게임이 반복 수행되면 개별적인 사건들의 연쇄를 통해 구축되는 서사들은 사라져버리고 그 배경이 되었던 공간만이 기억에 남기 때문에 이 전체 지형은 〈삼국지Ⅱ〉의 최종적인 효과가 된다. 이 양상은 E. M. 포스터가 헨리 제임스의 『대사들』을 분석하면서 "소설을 다 읽고 나서 패턴을 명확하게 보기 위해 그 사건들을 흐려지게 내버려두면, 모래시계 가운데서 빛나는 것은 바로 파리이다"라고 지적한 바로 그 현상과 동일한 것이다. 〈삼국지Ⅱ〉의 패턴, 서사적 통일성은 바로 그처럼 구체적인 심상지리를 갖는 중국천하가 되는 셈이다.

이 점을 감안하면 〈삼국지Ⅲ〉를 시작했을 때 컴퓨터 화면에 나타나는 중국의 사실적인 지도는 〈삼국지Ⅱ〉의 최종효과인 패턴, 서사적 통일성에 해당한다고 할 수 있을지 모른다. 〈삼국지Ⅱ〉를 실행하면서 여러 우여곡절을 거친 끝에 게이머가 가지게 된 중국의 전체 지형에 대한 파악과 〈삼국지Ⅲ〉의 초기화면은 서로 대응하는 것이다. 그러나 〈삼국지Ⅱ〉의 게이머가 가지는 전체 지형에 대한 파악은 수많은 사건들을 체험하면서 획득한 것이므로 각각의 지형은 갖가지 기억과 회한의 감정들, 기쁨과 슬픔, 분노와 안타까움으로 가득 채워져 있다. 하나의 장소를 환기하면 그에 관련된 사건들에 대한 기억들, 감정들이 함께 일어나고 그것들이 게임의 최종적 효과를 낳는 원천이 되는 것이다. 이에 비해 〈삼국지Ⅲ〉의 게이머들은 늘 중국의 전체 지형을 바라보면서 게임을 수행하지만 그 지형들은 단순한 하나의 추상적인 이미지에 불과하다. 그 이유는 전투가 벌어졌을 때 제시된 화면이 전체 지형과 연관성이 있는 것이 아니라 특정한 세부만을 보여주기 때문이다. 예컨대 특정한 지역으로 가기 위한 통로를 확보하기 위해 벌이는 관문전투에는 특이한 지형을 가진 공간이 표시되지만 그 이미지는 그 자체로 신기하고 이색적인 이미지일 뿐 전체와는 아무런 상관이 없다. 이와 같은 양태는 군주가 자리 잡고 있는 성을 공략하는 전투에서도 동일하게 나타난다. 컴퓨터의 화면은 성을 둘러싼 극히 작은 지역만을 이미지로 제시하고 있기 때문에 그 지역이 중국 전체의 지형, 다른 공간과 어떤 관련을 맺고 있는지 전혀 알 수 없는 것이다. 그에 따라 게이머는 자신이 거쳐온 장소에 대한 기억을 아무것도 가지지 못한다. 그저 무수히 반복되는 전투만을 수행할 따름이라서 일종의 노가다를 하는 셈이고 그 최종효과는 일회적인 사건들의 연쇄가 될 뿐이다. 〈삼국지Ⅱ〉는 부분과 전체의 연관에 대한 구체적 인식을 주는 데 반해 〈삼국지Ⅲ〉는 추상적인 전체의 이미지를 제시하는 데 그치는 것이다.

컴퓨터 게임은 현재 〈삼국지Ⅱ〉의 방향이 아니라 〈삼국지Ⅲ〉의 방향으로 발전하고 있다. 감각의 소구효과를 극대화하고 게임에 대한 몰입을 일방적으로 강제하는 노선이다. 이와 같은 양상은 현대소설에도 나타나고 있다. 소설이라고 해서 모두가 장편이어야 할 필요는 없다. 작은 이야기들이 우리 삶의 미세한 움직임과 그에 따른 감정의 기복을 보다 더 효과적으로 포착할 수 있고, 그것이 소설의 본령이라고 해야 할지도 모른다. 디지털 기술이 가져온 효과는 위계적 사회질서에 수많은 숨구멍과 틈을 냄으로써 상호주체성의 새로운 공간, 새로운 시대를 열고 있다. 서사는 그 구멍과 틈들 속에서 다양한 방식으로 서식한다. 그 점에서 서사의 파편화와 장르의 개방성은 서로 맞물려 진행되는 자웅동체의 현상이라고 할 수도 있다. 그럼에도 불구하고 그 차이들의 분화에 맞서 소설의 영예를 지키고자 분투·노력하는 시도들을 외면하는 것도 합당한 일이 아니다. 한국문학의 전통이 늘 새롭게 고려되어야 하는 것은 그 때문이다. 그것은 엘리엇의 말대로 과거에 대한 의식이자 현재에 대한 비판이며 미래에 대한 전망으로서 역사의식이다. 박경리와 채만식의 문학은 바로 그 한국문학의 전통이라고 할 수 있다. 식민지배세력에 맞서 강고한 투쟁을 펼치고 남북분단을 극복할 비전을 제시한 채만식의 문학이 20세기 전반기 한국 근대문학의 대표적인 전통이라면, 산업화시대의 물질주의에 맞서 생명사상을 문학적으로 형상화한 박경리의 문학은 지금 현재까지도 유효

한 한국 현대문학의 대표적인 전통이라 할 것이다. 이러한 관점에서 이제 우리에게는 한국문학을 세계문학의 일원으로 제고하는 사고의 전환이 필요하다. 그것은 기성관념에 얽매어 특수성과 보편성의 범주를 일원적으로 고정시키지 않고 다양한 척도와 방법을 인정함으로써 그 경계선을 융통자재하게 뛰어넘는 일이다.

여러 계기에 따라 쓴 글이기 때문에 관점과 목소리가 한결 같지 않다. 다만 서로 간에 크게 어긋나는 부분이 없도록 조정할 수 있는 시간을 가질 수 있었던 것은 그나마 다행이라고 생각한다. 일관된 체제를 미처 갖추지 못한 글들을 한데 묶을 수 있도록 기회를 주신 푸른사상 평론선 선정위원회에 감사드린다. 이와 관련하여 맹문재 선생님이 베풀어주신 후의에 깊이 사의를 표하며 편집·교정 일을 맡아주신 편집부 여러분께도 머리 숙여 감사드린다.

2014년 1월 20일
최유찬

제2부 한국문학의 전통

제3부　세계문학과 지방문학

차례

제1부
현대소설의 상황

근대서사를 넘어서

---

1. 왜 지금 '서사'인가?

우리 시대 문화지형의 변화는 묘하다. 주위의 상황에 따라 몸 색깔이 변하는 카멜레온처럼 문득 눈을 떠보면 어느 순간인지 모르게 형태가 바뀌어 있곤 한다. 그래서 변화의 도리를 다룬 '역(易)'은 카멜레온, 도마뱀으로 표상되는가.

격동적인 사회적 움직임이 출렁이곤 했던 1970년대와 1980년대, 사회주의권의 붕괴로 시작된 1990년대를 거쳐서 갖가지 주문과 축도가 넘실댔던 밀레니엄의 시간도 어느덧 한 고비를 넘고 있다. 근대화와 민주화의 파도를 넘어 우리의 삶에 밀어닥쳤던 제3의 물결. 포스트모던의 기류를 타고 사람들의 일상을 덮친 디지털 기술은 슬그머니 '소설'이란 말을 '서사'란 용어로 바꾸어놓았다. 물론 '서사'가 머금는 함축은 '소설'이 포용하는 세계보다 한층 더 넓고 깊다. '서사'에 대응하는 서양어가 'narrative'라는 점을 생각하면 그에 해당하는 우리말은 '이야기'가 될 것이고, 그것의 범위는 산문정신에 의한 여러 부문의 다양한 세계 표상방식들과 함께 시문학, 극문학까지도 포괄할 것이기 때문이다. 그처럼 '서사'가 지시하는 대상의 범위를 넓혀서 생각할 수도 있지만 오늘날의 용례를 고려하면 그 말은 주로 소설을 위요하고 떠도는 다양한 매체 속의 산문적 이야기 형태들을 가리킨다고 할 수 있다. 그러나 이렇게 '서사'에 포함되는 대상을 특정하기 위해 서두를 필요는 없다. 그보다 중요한 것은 '서사'가 사람에게 어떤 의미를 지니는 활동이고 지금 현재 그것이 관심의 대상인 이유는 나변에 있는지, 그리고 그것이 오늘날 존재하는 방식은 무엇이며 그 변화를 우리가 주도할 수 있는가 하는 등속의 물음이다.

서양의 4원소설과 중국의 오행이론은 세계의 구성원리에 대한 동서의 서로 다른 생각을 표현한다. 겉모양이 비슷하게 보일지라도 전자는 실체론에 입각한 것이고 후자는 생성론의 한 형태이다. 이 단순한 비교에서 이미 드러나듯이 세계에 대한 인식의 밑바탕에는 서사가 깔려 있다. 서사는 흙이나 물, 불 등과 같이 실재를 구성하는 요소의 하나로 참가하고 있으며, 그 서로 다른 것들을 연결하고 관계를 지음으로써 세계를 이해하고 거기에 의미를 부여하는 주형틀이다. 4원소설에서 각각의 원소는 절대적으로 분리된 실체이다. 오행에서 '행'은 '간다'는 뜻이므로 거기에는 하나가 다른 것으로 옮겨가고 바뀌어간다는 뜻만 나타나 있다. 사물을 이해하고 관계 짓는 방식이 근본적으로 다른 것이다. 이에 따라 원소의 이론과 오행의 이론에서는 낱낱의 사물에 대한 인식의 초점이 달라질 뿐 아니라 사물과 사물의 관계, 사물의 총체로서 자연과 인간의 관계에 대한 이해가 다르다. 4원소설이 궁극의 실재와 세계의 구성방식에 대한 물음을 함축하는 것이라면 오행이론에서는 생성 변화의 길만이 문제가 된다. 전자에서 자연을 마주 대하여 서 있는 주체의 모습이 부각된다면 후자에서는 자연에 상대하는 존재로서 주체의 개념은 아예 성립조차 되지 않는다.

이와 같이 상반된 사유의 태도와 방법이 개인과 사회의 관계에 대해서도 그대로 적용되리라는 것은 충분히 예측 가능한 일이다.

'서사'는 세계와 자아에 대하여 주어진 정보와 지식을 조직하여 의미를 부여하는 방식이다. 그 방식은 중요하고 본질적인 계기를 선택적으로 강조하며 우연적인 것을 소거하는 원칙에 따르므로 정보와 지식을 가장 논리적이고 효율적으로 구성할 수 있다.[1] 이렇게 본디부터 본질 강화의 형식으로 삶의 역사 속에서 자라나온 문화 산물이었던 까닭에 '서사'는 사람의 생활에서 큰 유용성을 갖게 되었고 인간의 대표적인 사유와 인식의 방법으로 자리 잡는다. 그러나 바로 그 때문에 '서사'는 본의 아니게 세계상을 특정한 관점에서 왜곡할 수 있다. 어떤 것이 중요하고 본질적인가 하는 판단과 선택은 주체가 아무리 가치중립성을 표방한다 하더라도 의식의 심층에 있는 근원적인 시각의 방향에 따라 정향지어질 수 있기 때문이다. 현대에 이르러서 '서사'가 여러 학문 영역에서 관심의 대상으로 부상한 이유는 이와 관련된다. '서사'가 제시하고 있는 세계상, 진리의 모습이 서사 주체의 의도와는 상관없이 사회 역사적으로 형성된 근원의 시각에 따라 고정되고 편향성을 띨 수 있는 것이다. 이 문제는 역사의 진실을 추구해야 할 역사학에서 사활이 걸린 문제가 되므로 직접적으로 자주 제기된다. 객관성을 기치로 내세우는 실증주의 사학의 이데올로기적 기반 자체까지 문제시하는 데서 드러나듯이 어떤 경우에도 도덕적 판단을 배제한 역사 기술은 상상하기 어려운 것이다. 이 양상은 다른 부문, 심지어는 과학의 부문이라고 해서 면제되는 것이 아니다. 하나의 '서사'가 성립하는 과정에서 주체의 윤리적·정치적 입장이 어떤 식으로 작용했는가 하는 질문을 어느 분야에서도 생략할 수 없는 것이다. 여기서 논의는 자

---

1) 게오르크 루카치, 木幡順三 역, 『美學』 II, 頸草書房, 1970, 391쪽.

연스럽게 '서사'를 조직하는 주체의 형성 문제로 나아가게 된다. 사람의 인격이 형성되는 데는 그 자신의 삶의 과정과 함께 그가 놓인 관계의 자리, 역사적 상황, 문화적 전통의 압력이 작용한다. 그러한 맥락에서 벗어난 개성적 존재, 독립된 주체를 상상하는 것은 추상 속에서나 가능하다. 뿐만 아니라 '서사'의 주체는 현실의 삶을 살아가는 경험적 자아로서 자신이 서술하고 있는 세계의 상태에 대하여 공동체의 성원으로서 가지게 되는 특정한 입장과 지향을 서사형식 속에 표출하게 된다. 그러한 태도의 연출이 고대의 서사시와 마찬가지로 소설의 역사철학적 토대가 되었다는 것은 주지의 사실이다. 그것이 비록 위대한 서사문학을 배경으로 일어난 희귀한 일이라 해도 그러한 역사의 간지, 형식의 변증법은 근대서사의 초극 문제를 다루는 입장에서는 고려하지 않을 수 없는 사항이다. 역사 현실에 대한 주체의 대응은 신화시대부터 포스트모던시대에 이르기까지 '서사'의 내용이자 형식 속에 깊게 아로새겨지고 있는 것이지 않겠는가 하는 생각이다.

2. 서사적 대응의 역사

문학의 형식은 역사 속에서 끊임없이 변화되어 왔다. 앞에서 논의한 광의의 '서사'가 아니라 문학의 양식들 가운데 하나인 좁은 의미의 서사도 그 변화하는 대상에 끼어 있음은 물론, 그 변모의 양상이 어느 양식에서보다도 뚜렷하다. 그 원인은 서사형식의 내재적 조건에 말미암는다. 시문학이나 극양식이 외부 환경의 변화에도 불구하고 자기 내부에서 완결되는 세계를 발견하기에 적합한 구조를 갖추고 있어 비교적 안정된 형식의 기반을 가지고 있음에 반하여 서사문학은 늘 경험 현실의 제약에서 자유롭지 못하다. 그러한 특성은 서정적 자아나 극적 갈등이란 주체, 객체의 어느 한편으로 정착하지 못하고 객체에 대한 주체의 거리를 늘 의식하게 만드는 서술자의 존재에서 단적으로 드러난다. 그것은 외계의 존재를 자신의 모방행위 가운데서 지각함으로써 그 대상을 동정하고 심층적으로 이해하는 주술의 원리를 원형에 가장 가까운 형식으로 보존하고 있다. 세계에 대한 경이, 공포와 전율에서 비롯된 그 모방행위에는 사물의 외형을 사실에 가깝게 재현하는 데 그치지 않고 형태를 통해서 그 내면적 의미를 체험하게 하는 감염주술의 과정이 나타나 있다. 물론 이 과정에서 일차적으로 행해지는 것은 문제가 되는 현실의 단편이 지닌 형상을 정확하게 재현하는 것이며 중요한 것을 일의적으로 강조하는 것이다. 그러나 모방이 대상에 대한 감정 환기의 목적을 성공적으로 달성하기 위해서는 좀 더 풍부해지고 다양한 매개를 끌어들임으로써 정돈되고 정제되는 과정이 필요했다. 그것은 집중과 선택의 원칙에 입각하는 목적론적 구조를 가지게 되었으며 수용자에게 일정한 사상과 감정을 환기하는 데 적합하게끔 세부들을 질서에 맞추어 배열하는 일을 요구했다. 이 일은 언어와 몸짓, 행동 등을 모두 포함한 일종의 행사였으므로 그것이 반복되는 가운데 사회 속에서 하나의 제식으로 정착했다. 그것은 "모든 제식은 주술에 의해 영향을 미치고자 하는 특정한 사건이나 상황에 관한 관념을 내포하고 있다"[2]는 점에서 신화이자 의례, 다시 말해서 신화적 의례였다.

　신화적 의례가 어느 시점에서 신화와 놀이로 분화되었는지 단정해서 말하기는 어렵다. 엘리아데는 '인도의 신화'라든지, '그리스의 신화'라는 말에 쓰인 '인도', '그리스'라는 한정사가 무색할 정도로 신화는 원시의 인류가 공동으로 만들어낸 정신적 창조물이라는 점을 지적하면서 "신

---

2) Th. W. 아도르노, M. 호르크하이머, 김유동 옮김, 『계몽의 변증법』, 문학과지성사, 2001, 28쪽.

화는 태초에, 원초적 무시간적 순간, 신성한 시간에 일어났던 사건들을 이야기한다."[3]고 말하고 있다. 신화는 그 이야기를 통해 '줄거리에 나오는 사건이 일어났던 신성한 시간을 재현'한다는 것이다. 여기에서 신화는 특정한 사건에 대한 보고로서 감정 환기를 목적으로 했던 주술과 겹친다. 그러나 신화가 제식으로부터 분리되어 자립의 길을 걸으면서 그 성격에 변화가 일어난다. 신화가 특정한 사건의 재현이란 제약을 벗어나 보편화의 길을 걸으면서 사물들 사이의 차이에 대한 배려나 세심한 특성화가 약화된 것이다. 아도르노는 이런 일이 신화 그 자체 속에서도 진행되고 있었지만 대체로 서사시의 등장과 함께 집중적으로 일어난 것으로 보고 그것을 '신들과 질(質)의 파괴'라고 명명한다.[4] 그는 그 사례로 올림포스의 종교가 지방신들과 데몬들을 축출한 일련의 사건, 그리고 유대인의 창세기가 만들어지기까지의 경과를 들고 있다. 호머의 서사시와 성서라는 텍스트에서 주신이나 유일신이 등장하면서 '신들과 질의 파괴'가 이미 진행되었다고 상정하는 것이다. 이 사정은 동아시아에서도 비슷하게 전개된다. 미언대의(微言大義)의 방법으로 『춘추』의 질서를 세운 공자의 역사 편찬 작업이 그 시초였다면 사마천의 『사기』는 세상 사물의 위계질서를 확고히 한 결정판이다. 그 과정을 되돌아보면 사건들을 단순히 '보고하고 이름 붙이고 근원을 말'하던 것이 도덕적 의도에 따라 사건을 배열함으로써 '기술하고 확정하고 설명'하는 것이 되었으며, 최종적으로는 세계를 하나의 질서 속에 통일하는 체계를 이루게 된 것이다. 아도르노는 "계몽은 통일적으로 파악할 수 없는 것은 아예 존재나 사건으로 인정하지 않는다. 계몽의 이상은 세부에 이르기까지 모든 것을 도출해낼

---

3) 미르치아 엘리아데, 이재실 옮김, 『이미지와 상징』, 까치, 2005, 67쪽.
4) 아도르노, 앞의 책, 28쪽.

수 있는 '체계'"[5]를 구축하는 일이었다고 말하고 있는데 농업혁명을 전후한 추축기에, 그러므로 유기적인 사회구성체의 형성기에 동서양의 서사에서 똑같이 체계화와 통일 작업이 이루어졌다는 것은 시사하는 바가 크다.

최초의 서사형태라고 할 수 있는 신화가 신성한 시간의 재현, 특정한 사건을 재현함으로써 공동체 구성원의 감정을 환기하려고 했을 때 그것은 분명 '객체에의 동화'라는 성격을 지녔다. 그럼에도 불구하고 그 모방 행위에는 보편화의 계기가 잠재해 있었고 그 경향은 신화가 제식에서 분리되어가는 길고 긴 역사의 과정에서 강화되어 간다. 그 과정에 하나의 매듭이 맺어지는 것은 지성의 대약진을 통해서이다. 호머의 서사시에 이전의 신화들이 여러 층을 이루면서 다양하게 삼투되어 있는 것과 마찬가지로 사마천의 저작에도 이전의 기록과 다채로운 사상들이 여러 가지 양태로 침전되어 있는 것이다. 정복전쟁과 영토의 확장으로 세계의 범위가 넓혀지고 삶의 방식이 이전보다 복잡해진 환경 속에서도 그들은 자신들에게 주어진 자료와 독특한 방법을 통하여 통일된 세계상을 그려낼 수 있었던 것이다. 그러나 그 작업이 우연하게 이루어지거나 순조롭게 진행되지 않았다는 것은 『사기』에 얽힌 이야기나 호머의 두 서사시가 지닌 차이를 통해서 엿볼 수 있다. 사마천이 궁형을 감수하는 치욕 속에서, 한무제란 당대의 영웅을 서술의 대상으로 의식하면서 자신의 저작을 완성한 것이나, 그럼에도 불구하고 그것이 지닌 결함을 극복하기 위해 반고가 『한서』를 지었다는 것은 하나의 통일된 저작, 서사가 이루어지는 과정의 험난함을 잘 말해준다. 이런 양태는 『일리아스』와 『오디세이아』의 사이에서도 찾아볼 수 있다. 『일리아스』는 내면적으로 영웅주의와 정복전쟁의

5) 위의 책, 26쪽.

이데올로기를 비판하면서도 트로이전쟁의 공훈 장군들에 대한 찬양을 길게 늘어놓고 있으며 『오디세이아』는 겉으로는 당대의 사회질서를 예찬하고 있지만 시민적 개인의 운명을 통해서 사회적 정의의 개념을 새로이 제기함으로써 그 질서 속에서 생성되고 있는 사회적 갈등을 예리하게 폭로하고 있다. 아도르노는 호머의 서사시에 대하여 "아킬레스의 분노나 오디세우스의 방랑을 노래하는 것은 이미 더 이상 노래할 수 없는 것에 대한 동경을 하나의 양식으로 만든 것"이라고 보면서 거기에서 수행되는 "계몽의 과제는 군주나 정치가의 모든 행동이 의도적인 거짓말임을 들추어내는 기술이었다."[6]고 지적하고 있다. 서사시는 전승된 신화를 반복하는 데 그치는 것이거나 지배질서의 이념을 곧이곧대로 찬양하는 데 머무른 것이 아니었다. 서사의 주체는 자기 나름으로 세계에 대한 통일적 비전을 구현하기 위해 노력함은 물론 현실에 대한 공동체적 삶의 유토피아적 욕망을 이중적 태도로 표출하는 가운데 계몽의 과제를 수행하고 있는 것이다. 하지만 이와 같은 서사 주체의 적극적 대응이 어느 때나 가능한 것은 아니었다. 체제의 질서가 강고해지고 지배이념이 생활 속에 확실한 지반을 구축하게 되었을 때 서사적 대응은 위축될 수밖에 없었다. 사마천이나 단테의 불우한 생애가 예증해주듯이 획기적인 서사의 탄생은 지배질서와의 마찰을 피할 수 없는 것이다. 이를 통해 우리는 서사시 시대의 뒤를 잇는 중세의 서사가 지배적 이데올로기가 된 종교적 담론이나 관찬(官撰) 정사의 위압에 눌려 민담과 같은 파편적인 형태로 전락하게 된 연유를 납득할 수 있게 된다.

---

6) 위의 책, 81쪽.

3. 근대의 서사

중세의 공동문어는 당대의 지배질서가 주변적인 서사형태들에 대한 일종의 억압으로 작용했을 가능성을 시사한다. 그 틀이 깨어지기 시작한 것은 단테의 '지방어론'이나 김만중의 '국문문학론'과 같은 상징적 사건들을 통해서 표출된 차이들의 반란을 통해서이다. 르네상스 인문주의 정신이 서양의 문명사에서 중요한 것은 이에 말미암는다. 오랫동안 절대진리로 군림해온 우상들의 권위에 대한 도전이 이루어짐으로써 새로운 인식을 추구할 수 있는 방법과 진리의 척도를 새로이 세우기 위한 노력이 경주된다. 그 결과 합리적 이성이 새로운 군주로 등극한다. 합리적 이성은 오랜 세월동안 지상의 생령들을 지배해온 몽매한 우상들의 철옹성에 대한 철퇴였고 암흑의 무리들을 축출하기 위한 빛의 세례였다. 그 세례를 통해서 세계에 새로이 나타난 질서는 과학과 산업사회로 대표된다. 과학은 합리적인 방법에 의해서 종래의 주술을 몰아낸 자리에 진리의 왕국을 건설했고 산업은 동일한 원리에 기초하여 노동을 조직함으로써 생활세계를 개척했다. 합리적 이성의 쌍생아인 과학과 산업은 이처럼 이론과 실천 양면에서 세계를 바꾸어나갔다. 그 도정에서 과학이 분과학문으로 발전하고 산업이 사회적 실천의 분화를 가져온 것은 이성이 분석정신의 다른 이름인 상태에서는 필연의 일이었다.

그러나 합리적 이성의 산물은 그 논리적 필연의 길을 걷는 과정에서 새로운 모순을 배태했다. 그 양상은 과학과 산업에서 똑같이 나타났다. 과학은 순수한 상태를 지향하면 할수록 사물 고유의 특이성을 지워나감으로써 보편적 대체 가능성을 추구하게 된다. 수학을 과학의 이상으로 삼게 하는 이 보편적 대체 가능성의 추구는 사물의 유기성을 단순한 요소로 해체하는 작업임은 물론 사물의 세계에서 의미를 탈각시키는 과정이었다.

마찬가지로 산업은 인간의 노동을 가장 기본적인 단위로 분해하여 전체 작업과정을 효율적으로 조직하는 일을 요구했다. 이에 따라 작업 대상이 된 자연이 단순한 객체의 지위로 전락하게 되었음은 물론 인간 또한 도구와 수단으로 전락하여 관리와 지배의 대상이 되었다. 이로 인해 인간과 자연, 인간과 인간의 관계에서 의미는 배제되었고 생활세계에 있는 모든 것은 계산가능성과 유용성의 척도 아래 재단되었다. 이러한 사태는 자연 지배를 강화하려는 인간의 기도 가운데서 싹튼 것이었으나 그것이 인간에 의한 인간의 지배를 넘어서 다시금 자연의 강압 속에 인간을 빠트린 것은 계몽의 역설이었다.

합리적 이성에 의해서 조직된 근대사회에서 인간은 개체화되었다. 개체는 노동의 기본단위이기도 했고 특정 분야의 전문가이기도 했으며 대도시 핵가족의 일원이기도 했다. 따라서 개체는 이전 사회의 공동체적 유대를 잃는 대가로 독립과 자유와 평등한 시민적 권리를 보장받게 되었다. 산업의 유동성과 도시의 익명성, 사회조직의 경직성 등에 의해 끊임없이 위협받을 수 있음에도 불구하고 그 권리에 대한 보장은 끈질긴 투쟁의 결과로 공식적으로 언명되었다. 그리하여 이 세계에서 자기 유지를 위한 개체의 노력은 사회생활의 기초적인 원리이자 미덕으로 평가되었다. 그러나 시민적 의무이자 권리인 그 노력은 대부분의 경우 좌우의 시야를 차단당한 경주마의 질주였으므로 전체의 조직과 힘의 균형을 유지하기 위한 조절이 필요했다. 이것은 산업의 요구이기도 했다. 자기들의 배타적 이익을 보호받으면서 자본의 무한생식을 실현할 다른 영토를 확보하기 위해서는 조직된 힘을 갖추는 일이 급선무였다. 민족국가가 상상의 공동체란 베네딕트 앤더슨의 말이 진실의 한 단면을 드러낸다 하더라도 근대화 과정에서 민족국가의 성립은 시민적 개인의 등장과 함께 주체성의 원리가 발현되는 한 방식이었다.

근대의 서사는 사물에 대한 과학적 이해, 산업화, 주체성의 원리가 맞물리면서 사회적 작용을 조정하는 현실을 대상으로 하였다. 따라서 그것은 대상이 된 사회가 근대화의 어떤 국면에 놓여 있느냐에 따라 대응하는 방식이 달라졌다. 그 대응의 양상은 "신화는 계속해서 냉혹하게 역사의 부본(副本)이 되지만, 소설은 이 부본 속에 여러 가지의 수준을 출현시키기에 이른다."[7]는 인식으로 일반화할 수 있는데, 그러한 관점은 여러 사람에게서 확인된다. 그 가운데 가장 널리 알려진 견해는 추상적 이상주의와 환멸의 낭만주의로 소설의 유형을 구분한 게오르크 루카치의 이론일 것이다. 『돈키호테』로 대표되는 추상적 이상주의 소설은 새로운 모습으로 전개되는 복잡하고 다양하며 광범한 세계를 여행하는 주인공을 형상화하며, 플로베르의 『감정교육』으로 대표되는 환멸의 낭만주의 소설은 현실에 등을 돌리고 자신의 내면 속에서 광대한 세계를 새롭게 발견한 주인공을 형상화한다. 전자에게서 세계가 만화경으로 간주된다면 후자에게서 현실은 기계에 흡사한 것으로 파악되는 셈인데, 각각은 근대사회의 성장기와 완숙기에 대한 주체의 서로 다른 반응을 표시하고 있다. 이와 같은 견해는 근대소설의 두 단계를 진보의 개념과 산업문명의 개념에 상응하는 것으로 파악한 레비 스트로스에게서도 동일하게 나타난다. 미셸 제라파는 그것을 두 개의 환상이라고 파악하면서 이렇게 말하고 있다.

> 오랫동안 소설은 사실상 메시아적이었다. 신화의 질서를 대치할 이상의 실현을 가능하게 해주는 진보에 대한 믿음을 소설은 반영하고 있었던 것이다. 그런 다음 소설은 「역사」의 예기치 않은 결과들, 즉 산업세계에서의 인간적인 것의 궤멸과 분쇄를 고발하는 데 집착했다.[8]

---

7) 미셸 제라파, 이동열 옮김, 『소설과 사회』, 문학과지성사, 1981, 193쪽.
8) 위의 책, 147쪽.

지극히 복잡다단하고 방대한 집적을 이루는 근대의 소설을 단 두 개의 유형으로 구분하는 데는 무리가 따를 수 있다. 그러나 '시장과의 기묘한 공생과 투쟁'을 벌인 소설의 세계를 서사적 대응이란 측면에서 파악하는 데 그 구분은 매우 적절하다. 산업화가 이루어지고 민족국가가 성립된 근대사회는 종래의 전통과 관습에서 분리된 개별 주체에게 환상의 대상이기도 했지만 그 속에 깊숙이 침잠되면 될수록 환멸의 대상이기도 했다. 근대소설은 그러한 상반된 반응을 작품에 담게 되는데, 그 작업을 위해서는 일차적으로 주체가 마주친 세계의 모습을 형상화하지 않으면 안 되었다. 그 형상화의 방식은 개별 주체가 세계를 여행하는 전기의 형식을 취했다. 주인공은 세계의 이곳저곳을 답사하는 모험을 통해서 현실에 대한 보고서를 작성하고 의미를 부여해야 했는데, 이것은 질서정연한 우주의 모습을 시간성을 삭제한 채 공간적 구도 속에 비추는 신화와 대비된다. 세르반테스와 발자크의 주인공들은 이러한 시간여행의 과정에서 획득한 현실의 전체지형도를 제시한다. 그러나 근대사회가 발전기를 지나 안정적 국면에 접어들면서 그 방법은 더 이상 유효하지 않게 된다. 세계는 이제 신기하지도 않았고 기쁨의 대상도 아니었다. 반복되는 일상 속의 왜소한 주체, 그는 자신의 고독한 의식을 해부함으로써 그 속에 자기 나름의 세계를 축조하게 된다. 그 세계 축조방식은 현실로부터의 추상화에 의지한다. 따라서 여기에 동원된 소설적 기교는 작가의 창안이라기보다 시대 현실의 산물이고, 현실에서 연역된 것이다. 의미가 상실된 시대에 맞서, 그러한 형식화를 통해서 총체성에 대한 동경을 표현하는 소설은 현실에 대한 근대적 주체의 대응을 상징한다. 근대에 나타난 서사적 대응의 이러한 변천은 리얼리즘, 모더니즘, 아방가르드주의로 파악되기도 하는 것으로서 현실로부터의 소원화 과정이기도 하고 유기적인 구조와 파편화의 형식이 공존을 모색하는 과정이기도 하다. 그 점에서 자율성이라는 근대문학의 특징은 자기 영역에 독자적으로 완결된 세계를 구축한 문학의 영광임과 동시에 현실로부터 퇴각한 자기유폐의 고립상태에 대한 수사적 선언이다.

4. 세계화 시대 서사의 조건

수십 년간 급속한 근대화 과정을 겪은 한국사회는 그간의 많은 우여곡절을 뒤로 하고 현재 단계에서는 정보화 대열의 선두 주자로 나서고 있다. 한국문학 또한 이 과정에서 급격한 변화를 겪었다. 그리하여 리얼리즘에서 포스트모더니즘까지 잡다한 문예적 경향들이 하나의 사조인 것처럼 동시대의 양식으로 공존하는 것이 한국문학의 현실이다. 리얼리즘과 모더니즘, 그리고 포스트모더니즘을 선분적인 질서로 파악할 것만은 아니라고 하더라도 동일한 현실조건에 대한 대응으로 파악하기에 그 공존상태는 너무 혼란스럽다. 이와 같은 양태는 디지털 기술에 바탕을 둔 매체의 증대와 그에 따른 다양한 장르의 대두로 인해 한층 더 증폭된다. 익히 알다시피 20세기 전반에 영상매체, 방송매체가 등장했지만 한국문학에 미친 영향은 상대적으로 미약했다. 산업화가 아직 초기단계에 머물고 있던 1970년대까지 그러한 상태는 지속되었고 그 속에서 문학서사도 비교적 안정된 질서를 이루고 있었다. 6·25전쟁의 참화에 대한 기억을 지우기라도 하려는 듯이 양산되기 시작한 장편소설과 대하소설은 당시의 민주화, 산업화의 격렬한 움직임들을 동력으로 삼아 근대서사를 화려하게 꽃피웠다. 이러한 상태는 1990년대부터 변하기 시작한다. 그 조짐은 1970년대 조세희의 『난장이가 쏘아올린 작은 공』이나 1980년대 복거일의 『비명을 찾아서』에서부터 나타나고 있었는지 모른다. 그러나 1990년대 이후의 변화는 하나의 단절이라고 해야 할 정도로 이질적인 양상을 드러낸다. 사회주의권의 붕괴가 계기가 되었는지 디지털 기술이 촉매가 되었는지 그 원인을 어느 한 가지로 규정하기는 어렵다. 후일담소설이 문학잡지의 지면을 메우고 컴퓨터의 등장이 사람들의 이목을 끄는 가운데 종래의 장편서사가 썰물처럼 빠져나간 빈자리를 판타지니 공상과학소설이니 하는 신종 서사가 채웠다. 그러한 경향은 컴퓨터의 성능이 증진되는 데 따라, 인터넷의 사용이 증가하는 데 따라 급속히 확산되었고 근년에 이르러서는 장르문학이 문학계에 하나의 세력을 이루게 되었다. 근대서사의 운명이 어떻게 될지 점을 쳐보는 문제가 과제로 제기된 지금의 상황은 이렇게 만들어졌다. 그러나 우리의 입장에서 변화의 흐름을 추종하는 문제가 중요한 것은 아니다. 변화의 흐름을 주도할 수 있게끔 능동성을 발휘하는 일과 그 일을 수행하기에 적합한 창조적 역량을 갖추는 일이 중요하다면 변화의 원인에 대한 진단과 주체의 조건에 대한 성찰은 선결요건이 된다.

현대의 서사양식에 변화를 가져오는 원인은 여러 가지로 짚을 수 있겠지만 여기서는 두 가지로 나누어 생각하고자 한다. 그 하나는 세계화이고 다른 하나는 정보기술의 혁명이다. 오늘날 세계는 크게 넓혀졌다. 세계의 여러 지역을 사람들이 자유롭게 왕래할 수 있게 되었음은 물론 인적 교류, 생활의 범위도 여러 나라에 걸쳐져 있는 경우가 많다. 이러한 활동들이 세계화와 전연 무관하다고는 할 수 없으나 그보다는 자유로운 세계시장, 자본주의의 원리가 지구촌 사람들의 생활을 보편적으로 지배하게 된 현상이 세계화의 본질적 국면이라고 할 수 있을 것이다. 세계시장은 상이한 국가와 인종 간의 자유무역이란 외장을 통해서 사람들의 경제활동, 문화형식에 규격화된 틀을 강제한다. 세계화는 그러한 방식으로 사람들의 생활이 고유의 전통이라든가 관습, 문화적 색깔을 잃고 특정한 모델에 따라 획일적으로 구성되게 된 상태를 지칭한다. 이 일은 달리 말하여, 세계 각 지역 여러 민족, 국가의 자발적인 의지와는 상관없이 지구상에서 가장 강력한 힘을 지닌 세력, 미국으로 대표되는 선진 자본주의 국가의 생활방식과 가치규범을 보편적인 원리로 확산시키는 일에 해당한다. 이로 인해 빚어지는 사회적 현상들은 문학, 특히 서사문학의 변화와 긴밀하게 연관된다.

시장의 원리가 지배하는 곳에서 가장 두드러지는 현상으로 꼽을 수 있는 것은 상품화이다. 문학이 상품이 된 것은 어제 오늘의 일이 아니다. 그럼에도 불구하고 이 시점에서 다시 상품화가 문제시되는 것은, 한국사회에서 문화산업의 문학에 대한 개입이 이전에 비길 수 없이 현저해졌기 때문이다. 장르문학이 상품성을 의도하면서 기획되고 있음은 물론 본격문학까지도 상품 가치의 주문으로부터 자유롭지 못하다. 활자가 빼곡히 차 있는 두툼한 장편소설이 아니라 가볍게 읽을 수 있는 원고지 5, 6백 매짜리 중편소설이 범람하고 감각적인 문체와 자극적이고 신기성을 추구하는 장면이 선호되는 것은 모두 이와 관련된다. 문학제도의 측면에서도 상품화의 현상은 뚜렷한데, 수많은 문학상이 상품성이 있는 중단편소설을 수상작으로 양산해내고 많은 작가들은 영화나 드라마 같은 다른 장르로 변용될 것을 기대하면서 소설을 짓는다. 근년에 들어서 '스토리텔링'이 중요한 산업으로 부상한 것도 소설의 상품화 현상을 촉진하는 사회적 압력을 보여주는 한 표징이다.

세계시장의 대두와 관련지을 수 있는 또 다른 현상은 국제주의다. '세계화'가 정책적 구호로 등장하면서 영어의 공용어화론이 제기되었다. 최근에는 영어몰입교육이 사회적 의제가 되고 국제중학교의 설립이 현실화되고 있다. 근대서사가 민족어, 지방어를 토대로 구축되었다는 것을 생각하면 이 현상은 예사로운 일이 아니다. 사람들이 앞으로 영어로 생각하고 말하면서 문학활동을 할 것인가 하는 문제는 현단계에서 시급히 대책을 마련해야 할 사안은 아닐지 모른다. 그러나 영어의 공용어화가 검토사항으로 제기되었다는 사실 자체가 사람들의 생활이 국경을 넘어서 국제적인 차원에서 이루어지고 있음을 입증하는 것이며 서사의 범위가 민족국가의 울타리 안에 제한될 수 없는 사태에 이르렀음을 말해준다. 이러한 사정은 이미 근간에 발표된 소설들 속에서 징후가 발견되고 있다. 해외여행을 다녀온 체험을 바탕으로 만들어진 여행소설은 말할 것도 없고, 동아시아를 무대로 삼은 소설, 한국인들의 이산이나 서구와의 접촉을 소재로 삼은 소설이 자주 눈에 띈다. 그러나 이런 것들은 국제주의의 피상적인 현상에 불과하다. 본격문학과 대중문학을 가릴 필요도 없이 근래에 발표되는 서사체들 속에서는 국적 없는 인물들을 수없이 만날 수 있다. 이러한 현상을 그것들이 공상과학소설이나 판타지 소설의 형식을 빌리기 때문에 야기된 사태라고만 할 수는 없다. 그것은 포스트모더니즘이나 포스트구조주의의 실체 없음, 정체성의 부정과도 연결되는 사안이고 '세계화'의 흐름에 혹시라도 뒤쳐질까봐 조바심치며 해외의 유행에 자발적으로 휩쓸려 버리는 우리 사회의 고질적 풍조와도 관련되는 사안이다. 이 국제주의의 현상이 야기된 원인에 대해서는 한국사회의 특성과 관련해서 좀 더 심도 있는 분석을 진행하고 있는 다음의 진단을 참조할 수 있다.

　　문학의 조건은 분명 자기 성찰, 최소한의 예술적 감흥을 유지할 수 있는 느린 시간, 느린 변화를 필요로 한다. 그런데 한국사회의 빠른 변화는 신자유주의가 가져다준 결과임이 분명하다. 한국의 산업화는 한국민들에게 빠른 변화를 생존의 원리로서 부과했다. 당연히 이 빠른 변화는 한국민들의 심리를 '불안'하게 만드는 데 결정적으로 기여했다. 그 위에 세계화의 빠른 변화가 가중됨으로 인하여 한국민들은 내면적 성찰, 미적 상상력, 미적 감흥의 여유를 가질 수 없게 된 것이다. 이미 인간은 이익과 효율성을 생산해낼 시장 경쟁의 단위로서 자기 특성, 자율성을 상실한 획일화되고, 규격화된 사회 구성 원자의 하나에 불과하다. 한국문학이 발 딛고 있던 기반으로서의 역사에 대한 관심은 급격히 약화되었다. 역사는 상대적으로 안정된 지리적 공동체를 전제로 하며, 그것은 현재에 이르는 과거와 변화의 과정으로 구성된다. 세계화는 이 공동체의 단단함을 해체하고 있는 것이다. 이제 지구촌의 도래와 더불어 누구도 안정적으로 자기 마음의 고향을 갖기 어렵고, 자기정체성을 갖기 어렵다. 지금 세계화는 정체성의 혼란, 정체성의 해체에 의한 '복합적 자아'의 생성을 촉진하고 있는 것이다. 세계화 시대에 소외는 과거와 같이 어떤 특정 그룹, 어떤 특정 지역, 어떤 특정 부문에 한정된 것이 아니라 모든 사람들에 부과되어 보편화된다.[9]

근대화의 급속한 전개에 발맞추어 한국 근대문학은 그동안 역사의 변화에 대한 짙은 관심을 표명해왔고 그로부터 주요한 성과를 일구어냈다. 그러나 그 역사 변화의 지향점이 어느 순간에 세계화로 바뀌면서 안정적인 기반을 가지지 못한 한국문학은 정체성의 혼란을 겪게 되었고 그 와중에 세계시장의 이데올로기에 쉽게 자신을 내주고 만다. 자신의 존재기반이 확고하지 않기 때문에 보편적 인간, 세계인의 이념에 쉽게 사로잡히고, 그처럼 날조된 감각 속에서 세계에 대한 이해, 주체의 표현으로서의 서사는 위태로운 곡예를 펼치게 된 것이다. 이러한 상태는 정보화로 조성된 가상 현실에 의해서 크게 증폭되고 심화된다.

정보화 사회는 농업혁명, 산업혁명에 이어서 일어난 정보혁명에 토대를 두고 관리·운영되는 사회이다. 이 사회에서 지식과 정보는 어느 것보다도 유용한 자원이 되고 그것들로부터 생산된 가치는 사회적 부의 중추적인 부분을 이룬다. 정보화 사회는 근대 과학기술의 총체적 발전에 힘입고 있지만 그 가운데서도 디지털 기술이 차지하는 비중은 절대적이다. 디지털 기술은 지식과 정보를 통합할 수 있는 수단을 제공하여 사람들의 생활양식을 크게 변화시켰다. 컴퓨터와 인터넷으로 대표되는 디지털 기술의 산물은 사람들의 소통방식을 바꾸었으며 실재와 가상의 경계를 허물

---

9) 최장집, 「세계화에 대한 투쟁, 세계화의 활용」, 『경계를 넘어 글쓰기』, 민음사, 2001, 319쪽.

어버리는 가상 현실을 자신의 생존조건으로 받아들이게 만들었다. 이제 사람들은 직접적 접촉이 아니라 정보를 통해 경험을 얻으며 물리적 현실보다도 가상의 세계 속에 머물기를 선택한다. 더욱이 디지털 기술이 제공하는 정보는 특정한 감각에 소구하지도 않고 일정한 형식으로 고정되어 있지도 않다. 데이터베이스에 저장된 자료는 여러 가지 형태의 복합방식을 전제로 만들어지기 때문에 거기에서 산출된 가상의 이미지는 조작이 간편할 뿐만 아니라 끊임없이 변용된다. 이러한 디지털 기술의 특성은 사람의 지각방식을 바꾼다. 여러 감각을 동시에 사용해야 할 뿐만 아니라 변화의 속도에 맞추어 순간적으로 대응하는 즉물적 지각형식이 요구되는 것이다. 또한 속도와 변화에 적응하는 과정에서 사람들은 자신도 모르게 이미지의 세계에 매몰되며 종국에는 그것을 숭배하는 신도가 되기에 이른다. 이와 같은 지각방식의 변화와 현실에 대한 태도의 변화가 사물에 대한 기억과 사유와 인식에 장애가 되리라는 것은 불을 보듯 뻔하다. 그러나 디지털 기술이 만들어내는 문화는 그런 사정에 구애받지도 않고 반성을 하지도 않는다. 다만 자신의 방식을 극단에 이르기까지 추구하고 그리하여 번성한다.

디지털 기술이 가능하게 한 대표적인 문화형식으로는 하이퍼텍스트, 애니메이션, 컴퓨터 게임 등을 들 수 있을 것이다. 이 가운데서 디지털 기술을 총체적으로 보여주는 것은 게임이다. 가상 현실 속에 들어가 살면서 거기서 마주치는 사람들과 상호작용을 할 수 있게 해준다는 점에서 게임은 분명 종전에 보지 못하던 이국적 세계이고 사람들을 매혹시키기에 부족함이 없는 디지털 문화의 총아이다. 그런 의미에서 앞으로 서사가 어떤 형태를 띠게 될 것인지 진단하는 데 게임이 지니고 있는 여러 특성은 중요한 참조점이 된다. 예컨대 스토리를 수동적으로 수용하는 것만이 아니라 적극적으로 참여하게 하는 형식이라든가 게임의 반복수행성이 야기하는 사건의 병렬구조, 몰입과 긴장을 통해 이루어지는 지각의 혁신 등은 마땅히 성찰해야 할 주요한 항목이다. 그와 함께 디지털 기술의 등장과 함께 문화 부문에 일어난 지형 변화를 눈여겨 살펴둘 필요가 있다. 그중에 서사와 관련된 사항만을 짚어본다면 인터넷에서 이루어지는 작가와 독자의 상호작용, 장르문학이란 이름으로 통칭되는 여러 매체 속의 잡다한 서사형식들, '스토리텔링'이란 이름을 따로 가지도록 만드는 서사적 자원의 새로운 조직방식, 매체와 매체를 오가는 데 따라 이루어지는 장르의 변용 등을 주목할 수 있다. 이런 사항들이 장차 서사의 존재양태를 규정지을 주요 변수들이다.

5. 근대서사를 넘어서

게오르크 루카치는 "위대한 서사문학은 결코 형식에 의해서는, 역사적으로 주어진 삶이 갖고 있는 폭과 깊이, 완결성과 감각성, 풍요로움과 질서정연함을 극복할 수 없었을 것"[10]이라고 말했다. 흔히 그 자체로 완결된 삶의 총체성을 형상화한 작품이라고 알려진 호머의 서사시까지도 삶으로부터 자연스럽게 얻어진 것이 아니라 작가가 '초월적인 것의 내재화'에 성공함으로써 간신히 도달한 '모방할 수 없을 정도의 특이성'을 획득한 성과에 해당한다는 것이다. 그의 견해에 따르면 근대소설의 작가들도 의미와 실재가 분열된 현실에 대처하여 형상화의 과정을 통해서 총체성에 대한 깊은 원망을 대리만족시켰다. 근대소설에 구현된 것은 '단순히 현존하는 것의 내용물과는 독립된 일종의 당위적 존재를 표현'하는 형식이란 의견이다. 모든 형식이 그와 같이 존재의 근본적인 불협화음을 해

---

10) 루카치, 앞의 책, 56쪽.

소하기 위한 시도로서 성립되는 것이라면 시대에 따라 변화하는 서사의 형식은 그때마다 그에 적합한 방식을 강구해야 할 것이다. 그러나 지금 이 시대에 우리가 맞닥뜨리고 있는 상황은 그 어느 때보다도 서사에 불리하다. 물론 이런 관점은 어느 시대에나 인간이 사는 세상에는 서사가 있게 마련이고, 디지털 기술이 서사에 도움이 될 많은 정보와 편의를 제공하고 있는 현재의 시점에서는 누구나 손쉽게 서사의 주체가 될 수 있다는 사실을 몰각하는 것이 아니다. 인터넷 공간을 떠도는 파편적인 서사나 스토리 산업은 앞으로도 존속할 것이고 어떤 의미에서는 흥성할 것임을 믿어 의심치 않는다. 그러나 세계의 범위가 민족국가 단위를 넘어 전 지구촌으로 확대되고 삶의 형태 또한 지상과 하늘을 누비는 전파와 정보와 이미지들로 인해 촘촘하게 짜여지는 상황에서 그러한 파편적인 형태가 현실의 총체성을 재현하는 역할을 감당할 수 있으리라고 기대하기 어렵다. 현실은 복잡계나 네트워크를 거론할 필요도 없이 그 자체로 중중무진의 관계망을 형성하고 있는 데 반해 인간의 지각 범위와 인식의 능력은 제한되어 있는 것이다. 프레드릭 제임슨이 알레고리의 방법을 통해 세계에 대한 '인식의 지도'를 그릴 것을 말한 것도 그와 같은 상황을 유념하고 있기 때문이라고 할 수 있다. 그런 의미에서 주어진 조건과 주체의 역량을 성찰하고 대응의 방책을 모색하는 일은 불가결한 요건이 된다. 여기서는 몇 가지 항목을 중심으로 예후를 진단함으로써 그 임무를 대신하기로 한다.

첫째, 언어는 서사 장르의 매재에 해당한다. 이 매재의 성질이 달라지고 있다는 것은 여러 측면에서 확인된다. 국제적 교류가 활발해지면서 생활에서와 마찬가지로 서사에서도 외국어의 사용이 크게 늘어나고 있다. 장르문학에서 인명이나 사물 이름, 특정한 현상을 표시하는 데 외국어는 관습처럼 사용되고 있고 이 양상은 다른 부문으로 확산된다. 뿐만 아니라 SF, 게임, 영화의 몇몇 사항들은 과거 한문학에서 고사성어나 전례들이 인유로 이용되듯이 소설 속에 거의 필수적인 요소처럼 틈입되고 있다. 이 양태는 인터넷 통신 등에서 사용되는 이모티콘이 소설의 언어로 등장하고 그림이나 도표 등도 이전보다 훨씬 더 자주 삽입되고 있는 것과 동궤적인 현상이다. 이와 같은 현상은 서사의 매재가 이제까지의 소설에서와는 다르게 시각에만 호소하지 않고 여러 감각적 요소를 동원하는 체제로 바뀌었으며, 하나의 기호 속에 실재적인 요소와 감성적인 요소를 함께 함축하는 방식을 사용하고 있다는 측면에서 의미를 찾을 수 있다. 곧 사물에 대한 자세한 묘사와 설명보다는 대상을 환기하는 데 주목적을 둔 형태로 바뀌고 있는 것이다. 영상 이미지가 흔히 그런 것처럼 텍스트의 시공간을 압축하여 제시함으로써 사유의 여백을 남기지 않으면서도 총체감의 효과를 거두려는 기도라고 할 수 있다. 그 양상은 신세대 작가들의 작품에서 일정하게 모습을 드러내고 있다. 가벼운 터치와 속도감 있는 사건 전개, 묘사의 공백을 메우는 상징들의 배치, 이런 기법들은 정보화 시대에서 살아남기 위한 전략으로 터득한 생존술이자 가상 현실의 상징세계에 대한 신화적 미메시스이다.

둘째 형식의 개방성이다. 근대의 장편소설이 유기적 총체성을 구조의 원리로 한다면 정보화 시대의 서사형식은 파편적이고 개방적이다. 데이터베이스의 자료들이 유용성을 갖는 원인이 개체성을 고집하지 않는 데 있는 것과 마찬가지로 인터넷 공간의 서사들은 파편의 상태를 유지하고 그럼으로써 타자에 대해 자신을 연다. 이로 인해 서사는 자체의 무한한 변용을 허용하고 장르 간의 교섭도 가능하게 된다. 서사 장르에서 변두리 형식이 주류적인 형식으로 자리 잡는 일은 일반적이다. 근대문학의 정화로 간주되는 소설 자체가 처음부터 서사의 본류였던 것은 아니다. 이러한 장르 간의 교섭은 문자매체를 전자매체가 대체함으로써 더욱 활성화된다. 현대의 서사는 다양한 형태의 장르를 채용하고 있고 장르 간의 변용은 서사의 기본 문법이 되었다. 소설가 이청준이 서사 장르의 변용을 부정적으로만 생각할 필요는 없다고 말한 데서 알 수 있듯이 지금 현재 유포되고 생성되고 있는 서사형태들이 앞으로 어떤 역할을 할 것인지에 대해서는 속단해서 말할 수 없다. 이것은 장르문학과 본격문학의 사이에서도 마찬가지인데 지금 현재 그 둘 사이의 경계는 이미 많은 부분이 지워졌다. 복거일의 『비명을 찾아서』가 본격문학에 속하는지 장르문학에 속하는지 확신을 가지고 구분할 수 있는 사람은 없다. 또한 소설작가를 지망하는 대부분의 사람들에게 SF는 기본 소양이 되었다. 곧 장르의 혼류 속에서 사람들은 디지털 시대에 가장 적합한 서사의 방식을 모색하고 있고 거기에서 형식의 개방성은 기본 전제가 되었다. 게임과 같은 형식에서 살펴볼 수 있는 텍스트 내에서의 상호작용, 반복수행성, 병렬구조는 서사에 가능한 시야를 크게 확대해놓았다.

셋째 서사 대상의 구조, 곧 현실인식의 필요성이다. 지구촌이란 말이 상징적으로 대변하듯이 세계는 하나의 유기체인 듯이 움직이고 있다. 서사의 문제 이전에 우리가 그 속에서 살아남기 위해서는 현실의 총체적 구조에 대한 인식이 필수이다. 미국에서 일어난 금융위기가 여러 나라의 주식 투자자들을 울고 웃게 하고 한 나라의 운명을 좌지우지하는 현실이다. 이 현실에 대한 인식이 서사양식을 통해서만 이루어지는 것이 아님은 물론이다. 신문과 방송, 다양한 인터넷 매체들은 시시각각으로 움직이는 세계의 모습을 분석하고 평가하여 사람들에게 제공한다. 발자크가 프랑스의 역사가와 경쟁했다면 현대의 서사작가는 다른 예술 장르나 동료작가 이전에 수많은 매체들과 대결하는 것이고 그 정보의 홍수 속에서 자신이 살아남을 수 있는 방도를 생각해야 한다. 여기서 서사는 오락의 수단을 지향할 수도 있고 감정 환기의 매체를 자임할 수도 있으며, 교훈적 기능을 극대화하는 방향을 취할 수도 있다. 어느 것을 선택하건 서사는 강력한 경쟁자를 의식해야 하고 자신이 갖출 수 있는 능력이 무엇인지 가늠하지 않을 수 없다. 그 성찰에서 현실에 대한 주체의 전체적 느낌은 중요하다. 그것은 서사의 지향점을 결정하는 방향타가 된다. 그리고 매체들이 전달하는 세계의 여러 가지 면모는 '시간과 공간을 넘나드는 모자이크 세상의 총체적 앎'을 위한 자료가 된다. 서사는 어쨌든 그 자료들을 이용하여 세계에 대한 느낌을 표현하는 형식이 될 것이다.

넷째 사물을 지각하는 능력은 사람의 주체적인 능력이다. 그러나 사람의 지각능력은 서사의 객관적인 조건이 되기도 한다. 사람들이 사물을 어떻게 지각하고 이해하는가에 따라서 텍스트를 형성하는 방식은 달라질 수 있다. 구술시대의 서사시가 리듬과 정형적인 수사에 의해서 사람들의 기억을 도왔다는 것, 소설의 발전이 독자의 문자 해독능력과 조명기술의 양태와 관련을 지닌다는 것은 익히 알려져 있다. 디지털 시대에 사람들은 텍스트를 읽는 것이 아니라 보는 것이고, 보기보다는 스캔한다. 이러한 파악방식은 디지털 기술이 정보를 통합함으로써 가능하게 되었다. 디지털 텍스트 속에서 정보들은 상호간에 동시적으로 공명을 일으키고 인간의 감각은 그것을 효과적으로 포착하는 훈련을 쌓아나가고 있다. 게임 텍스트에서 부분 장면과 미니맵, 도구창을 왕래하는 시선은 디지털 시대를 사는 사람들이 지각의 방식을 어떻게 습득하고 있는지를 잘 말해준다. 그 지각의 능력은 서사 텍스트가 비록 분할되고 불연속적이고 산만하게 산포되어 있다고 해도 그것들을 동시적이고 즉각적으로 파악할 수 있게 해주는 힘이 된다. 장정일의 「아담이 눈뜰 때」가 영화에서 훈련받은 지각방식을 바탕으로 하고 있다면, 오랫동안 영화를 해왔다는 천명관의 『고래』는 그 점에서 오히려 인터넷의 화면에 가깝다. '세상에 떠도는 이야기들'을 스크랩하면서 거기에 동시적 질서를 부여하고 있는 것이다.

마지막으로 서사 주체의 대응이 무엇이 될까 하는 문제이다. 서사가 인간의 제도기구로서 신화, 서사시, 민담, 소설의 단계를 거쳐왔다면 앞으로 다가올 시대에 어떤 존재로 우리 앞에 서게 될 것인가 하는 문제이다. 여기서 과거의 과정을 음미해보는 일이 필요하다. 신화가 주술의 모방의례가 해체된 산물이라면 서사시는 추축기를 배경으로 해서 신화의 파편들을 집대성한 형식이다. 이에 비해서 서사시가 약화되면서 민담의 파편적인 형식이 생겨났고 산업혁명을 배경으로 소설이란 새로운 대서사 장르가 출현한다. 소설 장르의 부침은 세계 여러 지역마다 사정이 다르다. 서구에서는 대체로 19세기 말, 또는 20세기 초에 해체의 국면으로 들어가고 우리나라에서는 1970~80년대에 정점에 이르렀다가 대체로 1990년 무렵부터 하향곡선을 이룬다. 21세기가 정보혁명이 본격화되는 시대라고 하면 우리는 또 하나의 상승곡선을 예상할 수도 있다. 그러나 해체의 과정이 좀 더 지속될 것인가 아니면 상승곡선이 시작될 것인가 하는 문제는 전적으로 객관적인 요인에 의해 결정되는 사항이 아니다. 호머의 서사시도 주어진 총체성의 시대에 대한 동경을 노래하는 형식이었고, 소설 또한 분열의 시대에 대한 가열찬 대응의 소산이었다. 정보화 시대에 인간의 삶이 이전보다 좀 더 풍요로울 것이라는 예측이 가능하다고 하더라도 그 풍요가 자동적으로 행복을 보장해주는 것은 아니다. 인간의 동경과 세계에 대한 이해를 표현하는 형식으로서 서사 앞에는 여러 방향으로 뚫린 길이 놓여 있다. 그 길에서, 노력하는 자는 방황하기 마련이다.

(『내러티브』, 2009)

한국 현대문학에 나타난 세대 갈등과 극복

사람은 태어나 자라서 늙고 죽는다. 자연의 이치는 사람이건 사물이건 모두 거스를 수 없는 운명이기에 사람이 살아가는 과정에서는 그로 인해 갖가지 애환이 빚어진다. 사람이 자신의 반려가 될 수 있는 이성을 사랑하고 자기들 사이에서 태어난 자식에 대하여 애틋한 마음을 품는 것은 비록 한갓된 일일지라도 생멸의 법칙을 극복하고자 하는 안쓰러운 본능적 추구라고 할 수 있다. 개체 생명이란 DNA의 영속화를 위한 수단일 뿐이며 사랑은 내리사랑이라는 말도 같은 종류의 인식에 해당한다. 그러나 혈연으로 맺어진 부모 자식 간의 관계에서도 갈등은 혹간 피할 수 없는 일이 된다. 개체가 살아가는 동안에 획득한 집과 권력과 재부를 언제 어떻게 차세대에게 넘겨주어야 하는가 하는 문제는 일률적으로 방법과 절차를 정할 수 없다. 개체의 욕망은 설사 자신의 핏줄을 이은 자식일지라도 자기 고유의 영역을 함부로 침해하는 것을 용납하지 않고 언제까지나 주인의 자리에서 생명활동을 이어나가고자 하기 때문이다. 이 과정에서 빚어지는 부모와 자식세대 간의 갈등을 상징적으로 이야기한 것이 오이디푸스 신화다. 그 신화는 원시사회로부터 문명사회로 이행되어온 인류의 긴 역사 속에서 반복적으로 행해져 온 까닭에 어느 사이에 정형화되어버린 사건들의 구조라고 할 것이다. 그것은 개체와 가족의 수준을 넘어 집단과 사회의 영역으로 확장되는 성질도 포함하고 있다. 물론 이 사건들의 구조는 생활의 조건이나 문명화의 정도에 따라 많은 편차를 지니게 된다. 예컨대 농경사회에서는 사회질서가 안정적일 뿐 아니라 생활을 영위하는 데 노인들이 지닌 경험과 지혜가 큰 가치를 지닌다. 따라서 농경사회의 세대 간 관계는 순차적 질서에 따라 비교적 원만하게 이루어지는 것이 일반이다. 이에 비해 격렬한 활동성이 무엇보다 우선적인 가치를 지니는 생활환경에서 힘을 잃은 노령세대는 변화에 적응하지 못하고 뒷전으로 밀려날 수밖에 없고, 그에 따라 쉽게 사회에서 도태된다. 사회 변동이 매우 빠른 속도로 진행되는 근대사회에서 부모세대와 자식들 사이에, 그리고 노령세대와 청년층 사이에 갈등이 심화되는 것도 같은 원인에서 비롯된 사태라고 볼 수 있다.

한국 현대문학에 나타난 세대 갈등도 기본적으로 근대화의 과정과 깊은 관련을 지닌다. 그렇지만 한국 현대문학 작품들 속에서 관찰되는 세대 갈등은 조선인이 근대 초기에 겪은 식민지 경험과 해방 직후 일어난 한국전쟁으로 인해 매우 특수한 형태를 띠게 된다. 어느 나라 어느 사회라고 특수한 사정이 개입하지 않는 경우는 없겠지만 식민지의 경험과 한국전쟁이 한민족에게 끼친 영향은 너무나 크고 절대적인 것이어서 똑같은 시기에 근대화 과정을 겪은 다른 사회의 그것과 비교했을 때에도 매우 이질적이다. 또한 그 역사적 특수성으로 인해 한국사회의 세대 간 관계의 유형은 두 번의 시작을 가짐으로써 겹구조의 서사를 갖게 되었다고 하는 호메로스의 『오디세이아』처럼 1945년 해방을 경계로 해서 식민지 시기와 전쟁 이후에 같은 양상이 두 차례 반복되고 있다. 바꾸어 말해서 근대 초기부터 해방기까지 진행된 세대 갈등의 양상이 해방 직후부터 다시 원점에서부터 되풀이되고 있는 것이다. 이 글에서 1900년대부터 1945년까지의 문학을 근대문학, 1945년 이후의 문학을 현대문학으로 구분하여 살피려는 것은 그 때문이다. 현대문학에 초점을 맞추되 그 전사로서 근대문학에 나타난 세대 갈등의 표현을 검토하여 현대문학의 세대 갈등양상이 지닌 특징을 분석 고찰하는 데 참조하고자 하는 것이다. 따라서 이 글은 먼저 '세대'의 개념에 대하여 근대사회의 특성과 관련하여 이론적으로 고찰한 다음 식민지 시기 근대문학의 세대 갈등을 간략하게 살피고, 그에 견주어가면서 현대문학에 나타난 세대 갈등을 역사적 시간과 갈등관계의 특성에 따라 몇 단계로 구분하여 고찰하는 방식으로 진행한다.

1. 근대사회와 세대의 문제

'세대'의 개념은 기본적으로 나이와 관련된다. 부모와 자식의 관계를 주안점으로 하는 가계 계승의 단위로서나 아이와 청소년, 장년과 노인을 구분하는 생애의 단계를 나타내는 개념으로서나 세대는 모두 인생을 살아온 연륜의 길고 짧음을 구분의 기준으로 삼는다. 사회학에서 세대를 1) 가계 계승의 단위, 2) 동시 출생집단, 3) 생애주기의 단계, 4) 역사적 경험을 공유한 집단을 나타내는 개념으로 보는 것도 동일한 관점이다. 그러나 사회학에서는 유의미한 세대 개념을 1) 가계 계승의 단위, 2) 동기집단(cohort), 3) 생애단계(life stage) 셋으로 나누고 그 가운데서도 '동기집단'을 '세대'의 중심 개념으로 간주하는 것이 일반적이다.[1] 곧 같은 시기에 출생하여 주요 생활사건에 대한 역사적 경험을 공유한 집단을 세대 개념의

---

1) 한국사회학회 편, 『한국사회의 세대문제』, 도서출판 나남, 1990, 35쪽.

중심축으로 삼는 것이다. 이와 같이 동기집단이 세대 개념의 핵심이 되는 이유는 역사적 경험의 공유가 그 집단에 속하는 사람들의 의식이나 태도, 정서, 가치관 등에 공통의 성격을 부여하리라고 보기 때문이다. 세대에 대한 논의에서 청년층이 가장 중요한 관심의 대상이 되는 것도 이 관점과 결부되어 있다. 자아와 세계에 대한 의식이 형성되는 민감한 시기에 어떤 역사적 경험을 하느냐에 따라 사람의 의식과 태도, 세계관이 기본적으로 결정되고 그것이 이후의 삶에 지속되면서 줄곧 일정하게 영향력을 행사한다고 보는 것이다. 이 관점은 산업화 이후 전통사회에서 가족이 지녔던 주요 기능이 현저하게 경감된 사실에도 연계된다. 사회변동의 속도가 빨라지는 데 따라 기존의 질서에 집착하는 부모세대와 새로운 변화를 적극적으로 수용하는 젊은이들 사이에 의식과 태도의 차이가 생겨나고, 거기에서 발생하는 갈등 속에서 변화를 주도하는 세대는 자연히 청년세대가 될 수밖에 없다. 이렇게 가족의 구성과 기능이 내적으로 변화되는 양상은 근대사회가 인류의 역사 속에서 오랜 기간에 걸쳐 완만하게 진행된 문명화의 과정을 압축적으로 실행하는 것과 관련이 있다. 한국 현대문학에 나타난 세대 갈등을 이 문명화 과정의 여러 단계와 유의미한 관계를 맺는 것으로 상정할 수 있는 것은 그에 말미암는다.

엘리아스(Norbert Elias)는 문명화 과정을 3단계로 구분한 바 있는데 그 내용을 한스 피터 드리첼은 다음과 같이 요약한다.[2] 첫 단계는 물리적·정서적 요구의 직접적 표현에 대한 외부 통제의 점진적 증가로 특징지어진다. 곧 사회적 행위의 규범들이 점점 더 엄격해지고 공식화(formalize)되며 의식화(儀式化, ritualize)되는 것이다. 사회의 질서가 확립되어 자리를

---

2) Hans Peter Dreitzel, *Intergenerational Relationships in the Process of Civilization*, *Intergenerational Relationships*, C. J, Hogrefe(ed), Toronto, 1984, pp.18~25.

잡은 단계로서 전통사회라고 하는 기성체제가 지닌 성격은 대체로 이와 같다. 두 번째 단계는 행위의 공식적 규범들을 각 개인이 내면화하여 자신의 성격(character)을 형성하는 단계로서, 이 단계에서 사회 성원들은 수치, 죄의식, 당황감 등의 심리적 반응을 갖게 된다. 이 규범의 내면화, 내적으로 정향된 사회적 성격은 상층계급에서 시작하여 하층계급으로 전이되는 게 특징이다. 이 두 번째 단계는 전통사회의 기존 질서 속에서도 찾아볼 수 있는 현상이지만 근대의 산업화 과정에서 특히 문제적인 것이 된다. 근대사회의 형성 속에서 새롭게 발전된 개인주의가 기존의 가부장제나 사회적 권위와 갈등상태를 빚기 시작하기 때문이다. 문명화 과정의 세 번째 단계는 일상생활의 탈정서화와 마찬가지로 탈의식화(脫儀式化)로 특징지을 수 있다. 후기자본주의 사회에 대응하는 이 단계에서 사회 성원들은 기존의 가치체계와 규범이란 안정적인 초자아의 형성에 의지하지 않으며 그에 따라 다양한 시각과 태도를 가지고 자신 앞에 펼쳐지는 새로운 현실에 대응한다. 내면화된 도덕의식이나 안정적인 질서체계 속의 가치 지향은 진부한 것으로 처리되는 것으로서, 전지구적 복합체계의 산물들에 대하여 각 개인은 자신이 놓인 조건이나 기질적인 성향에 따라 상이한 반응을 하게 되고 각양의 방식을 통해 자기 발견의 길을 가게 된다. 이와 같은 경향에 대하여 총괄하면서 드리첼은 이 단계에서 살아가는 "청년들은 오늘날 예측할 수 없을 정도로 문화·경제·기술적 변화에 의해 끊임없이 재구조화되는 사회에서의 생애를 직면해야 한다"고 말한다. 각 개인들은 제각기 자기만의 삶의 방식을 가지고 사회활동을 펼치면서 일터와 가정 밖에서 자신의 정체성을 발견해야 한다는 것이다. 청년들이 변화하는 세계에 대하여, 여러 가지 공포와 재앙에 대하여, 또는 종족이나 지역, 성 등에 대하여 정서적으로 냉정[cool]하게 반응하는 것은 후기자본주의 사회를 살아가기 위해 나름으로 선택한 삶의 방식이라는 것이다. 드리첼은 중산계급에서 시작된 이 세 번째 단계의 문명화 과정의 특징들이 현대사회에서 청년층에 광범하게 파급되고 있음을 말하고 있다.

문명화 과정에 대한 설명에서 드러난 바와 같이 세대 갈등이 본격화되는 것은 근대사회의 출현과 긴밀하게 연관되어 있다. 가족을 중심으로 영위되는 생활형태에서 비교적 안정적으로 유지되던 세대 계승의 기능은 사회변동의 가속화와 더불어 세대 간의 갈등을 필연적인 것으로 만드는데, 사회적 활동의 중심이 청년층으로 급속히 이전됨으로써 생활의 주도권을 둘러싸고 신구세대 간에 갈등양상이 빚어지는 것이다. 더욱이 산업사회에서 청년들은 자신의 문화영웅을 기성세대에서 찾기 어려워진다. 나날이 새롭게 전개되는 현실의 변화에 보다 효과적으로 대응하는 방법을 찾아야 하는 까닭에 기성세대보다는 동년배나 다른 선진사회의 문화유형들이 청년세대가 참고할 수 있는 삶의 이상적인 모델이 된다. 이 상태는 자연히 청년들이 기존의 가치체계에 냉소적으로 반응하거나 반대하고 연장자에 대하여 홀시하는 태도를 부추기는 쪽으로 작용한다. 후기자본주의에 이르러서 이 태도가 더욱 다양한 방식으로, 그리고 직접적인 행동을 통해 표출되는 것은 불가피한 현상이다. 이상에서 간략하게 고찰한 근대사회와 세대 갈등의 연관관계는 한국의 근현대문학에서도 분명하게 관찰된다. 조선왕조가 내재적인 현실적 모순과 외세의 힘에 의해 몰락의 길을 걷던 20세기 초부터 그 양상은 여러 차원에서 뚜렷하게 나타나고 시대의 변천에 따라 갈등의 형태는 다채롭게 변모하고 있다.

2. 근대문학에 나타난 세대 갈등 —『소년』·『무정』·『삼대』

한국사회에서 근대가 어느 시점부터 시작되었는가에 대해서는 서로 다른 의견이 있을 수 있다. 그러나 문화적인 측면에서 살피면 1900년대부터 근대 지향의 현상들은 하나의 유행처럼 뚜렷하게 출현한다. 이 현상들 가운데 1908년 최남선에 의해 창간된 『소년』지는 세대 갈등의 문제를 살피는 데서 기념비적인 상징물로서 의의를 지닌다. 최남선은 잡지를 창간하는 취지에 대하여 "우리 대한으로 하야곰 소년의 나라로 하라 그리하랴 하면 능히 이 책임을 감당하도록 그를 교도(敎導)하여라"라고 말하고 있다. 여기서 '소년'은 오늘날의 의미로 되새기면 청년에 해당한다. '청년'이란 말 자체가 서구어의 번역과정에서 점차적으로 '소년'을 대체하면서 성립[3]되었으므로 『소년』지의 창간은 사회적 주체의 핵심 자리에 청년을 놓는 일종의 청년론의 주장에 해당한다. 이제 전통적인 가부장제의 부자관계에서 청년은 독립해야 하고 당당하게 세계를 향해 바다로, 해외로 나아가야 한다는 것이 최남선이 「해(海)에게서 소년에게」를 통해 역설한 핵심 내용이다. 이 주장은 이인직의 『혈의 누』를 비롯한 여러 작품에서 어린 주인공들이 이런저런 곡절을 겪은 끝에 외국으로 공부하러 가서 겪는 이야기로 서사를 끝맺음하는 방식과 내면적으로 결합되어 있다. 물론 이러한 유형적인 서사구조가 "낡고 무력한 '아버지'에의 가차 없는 공격과 부정이 뜻밖에도 제국주의라는 '의붓아버지'에의 맹목적 의탁으로 귀결되고 말았던 것"[4]이라는 지적은 비단 이인직의 소설에만 해당되는 것이 아니라 식민지 시기 대다수의 문학에서 드러나는 문제점의 정곡을 찌르고 있다. 하지만 전통사회에서 추구해야 할 이상적 가치를 발견하지 못하고 근대화의 필연성을 인지한 입장에서 비록 의붓아버지일지라도 하루빨리 서양의 근대문명을 받아들여야 한다는 주장은 나름으로 충분한 타당성을 확보하고 있다. 『소년』지가 내포한 의미는 이렇게 기존의 가치체

---

3) 이경훈, 「세대 담론의 기원과 문학적 변천」, 『대합실의 추억』, 문학동네, 2007.
4) 김철, 『구체성의 시학』, 실천문학사, 1993, 109쪽.

계에 대한 비판과 부정에서 나아가 근대사회를 선도해야 할 주체로서 청년을 호명하는 데 있다.

최남선의 선구적인 주장을 이어받아 청년의 독립과 사회적 역할을 보다 구체적으로 그리고 강도 높게 요청한 사람은 이광수다. 이광수는 1918년에 발표한 논설 「자녀중심론」에서 부조(父祖) 중심이었던 구조선의 질서에서 자녀가 해방되어야 하며 새로운 사회는 자녀 중심의 질서로 바뀌어야 한다고 주장한다. 최남선에 비해 문제의 핵심을 훨씬 더 깊이 파악하고 그것을 직접적으로 당당하게 표현하고 있는 이 논설은 부로(父老)를 중심으로 짜여 있는 기존의 가치질서를 근본적으로 뒤엎어 신세대가 사회의 주체가 되어야 한다는 혁명적인 선언이라고 할 수 있다. 그러나 이 문제에 대한 이광수의 인식과 주장은 「자녀중심론」보다 2년 앞서 발표된 장편소설 『무정』에 더 심화된 형태로 나타난 데다 뛰어난 예술적 표현까지 얻고 있다. 『무정』은 김동인의 날카로운 비판을 떠올리지 않더라도 일반인의 눈에도 어느 면으로 보나 신구도덕의 갈등을 다룬 작품으로 파악된다. 겉으로 그럴싸하게 보이는 계몽소설의 구조는 이 작품이 신구도덕의 갈등을 다룬 것으로 이해할 수 있게 해준다. 하지만 그 계몽의 외피를 벗기면 그 속에 들어 있는 것은 자유연애의 주장이고, 그 안에는 작가의 정치적 무의식을 드러내주는, 영채와 선형으로 의인화된 진짜 신구도덕의 갈등이 들어 있다. 문학은 정치·경제·사회의 모든 문제를 윤리의 차원으로 전환시켜 다룬다. 또한 연애와 사랑은 인간의 삶에 중요한 모든 규정적 요소들이 한 자리에 결집하여 작동하는 정치적 공간이다. 그 윤리적 문제를 연애를 통해 표현함으로써 당대 현실의 총체적 구조를 형상화한다는 점에서 『무정』은 우리 근대문학사에서 최초의 장편소설다운 장편소설이라고 할 만하다. 이 작품에서 우선 주목해야 할 사안은 외견상 주인공의 역할을 하고 있는 이형식이 고아로 설정되어 있다는 사실이다. 한국 현대문학의 한 특징이 아버지의 부재, 고아상태의 주인공에 있다는 사실을 상기하면 최초의 장편소설인 『무정』의 주인공을 고아로 설정한 것은 의미심장하다. 이에 대하여 나병철은 이렇게 설명한다.

> 이광수의 가족소설에서의 아버지의 부재는 전통 및 구습과의 결별을 의미한다. 형제들의 손에 의해 살해된 프랑스의 전제적인 아버지와는 달리, 이광수의 부재하는 아버지는 무능함과 무력함의 상징이었다. 아무런 위엄도 권력도 없는 아버지가 죽은 후, '권력의 분산'이라는 정치적인 주제는 필요가 없었으며, 카리스마를 해체하고 공화정을 지속시키려는 형제애도 요구되지 않았다. 이광수에게 필요했던 것은 '자녀'들의 힘을 기를 '교육'이었으며, 죽은 아버지의 구습을 타파하고 신문화를 수용하는 것이었다.[5]

나병철은 『프랑스 혁명의 가족 로망스』라는 책에서 형제들에 의한 아버지의 살해를 이야기한 린 헌트의 관점과 대비하면서 이광수 작품의 가족소설적 특징을 분석하고 있다. 그 설명은 계몽소설로서 『무정』의 특징을 이해하는 데 도움이 된다. 그러나 그 '아버지의 부재'라는 설명에도 불구하고 『무정』에는 아버지가 현실적 힘을 갖는 존재로 살아 있다. 계몽소설이란 선입견을 배제하고 작품의 심층을 들여다보면 『춘향전』 이래 우리 연애소설의 전형적인 구도인 삼각관계가 『무정』에 들어 있고, 그 속에는 주인공이 갈팡질팡 선택을 망설이는 두 여인이 형상화되어 있는데 이 두 여인은 알레고리적 의미를 지닌다. 그 알레고리를 의식하게 되면 계몽소설이란 측면에서의 신구도덕의 갈등을 주목하는 것은 의외로 피상적인 관찰이 된다. 그에 비해 두 여인의 선택을 놓고 고민하는 차원에서 작품을 보면 이 소설에 표현된 신구도덕의 갈등은 흥미롭다. 소설의 제목으로 '무정'이란 단어가 왜 선택되었는지 깊이 음미해야 하는 것은 그 때문이

---

5) 나병철, 『가족 로망스와 성장소설』, 문예출판사, 2007, 355쪽.

다. 익히 알려져 있듯이 영채는 구조선(舊朝鮮)의 화신이고 선형은 근대문명의 밝은 빛을 상징한다. 이형식은 두 가지 가치를 모두 버릴 수 없기에 두 여인 사이에서 갈지자걸음을 걷는 것이지만 평양에서 만난 기생 계향의 땀 냄새로 인해 자신의 감각과 감정에 충실해야 한다는 자각을 얻고 그동안 망설여온 선택을 결행한다. 곧 자유연애의 형식 속에 들어 있는 신구도덕의 갈등에 종지부를 찍은 것이다. 주인공이 선택한 것은 영채를 통해 형상의 옷을 입은 구조선의 표상, 아버지라는 말로 함축할 수 있는 의리의 세계가 아니라 선형이라는 근대의 표상이자 자신의 감각에 대한 충실성이다. 그것이 궁극적으로 낡은 세계에 대한 부정과 비판에 입각하여 근대 지향성을 표현하고 있다고 하더라도 아버지의 존재를 잊지 않고 실감나게 묘사함으로써 현실의 총체성을 표현하고 있는 것이 이 소설의 숨겨진 장점이다.

염상섭의 『삼대』는 식민지 시기의 문학뿐만 아니라 근현대문학사 전체를 통해서도 세대 갈등을 가장 다채롭고 풍부하게 형상화한 작품이다. 세대 갈등의 주역은 사당과 금고를 가장 중시하는 조부와 어설프게 신문물의 세례를 받아 이중인격자가 된 아버지, 그리고 조부가 자신에게 맡긴 금고지기의 사명을 수락하면서도 다른 방식의 삶에도 여지를 남겨두고 있는 손자다. 이 세 인물은 자신들이 살아온 삶의 경험에 따라 의식과 태도, 가치관이 서로 다르다는 의미에서 동기집단(cohort)의 전형적 인물이다. 조부인 조의관은 구조선사회에서 겪은 경험에 따라 자신에게 가장 중요한 가치가 금고와 사당을 지키는 것이라는 관념을 지니고 있다. 이에 비해 아들인 조상훈은 일찍이 새로운 사조를 접하고 그에 따르려고 했지만 전통적 관습이나 신문물이나 모두 설익은 상태였기 때문에 이도저도 아닌 처지에 놓임으로써 표리가 어긋난 삶을 살아가고 있다. 이에 비해 식민지 사회에서 성장한 주인공 덕기는 할아버지나 아버지에 대해 비판적 거리를 두면서 사회주의자인 병화의 삶에도 긍정적인 가치가 있음을 인정한다. 일종의 정반합의 구조라고 할 수 있는 이 『삼대』의 세대 구성에서 가장 문제적인 인물은 조상훈이다. 젊은 시절에 개화기를 겪은 그는 종교가로서 사회활동을 하려고 뜻을 세우지만 그 역할에 충실하지 못하고 낮에는 종교가로서, 밤에는 기생집을 들락거리는 이중생활을 하고 있다. 그가 홍경애를 첩으로 삼았다가 버리고 또 다른 여자를 첩으로 들이려고 하는 것은 그의 생활이 거의 윤리적 파탄상태에 이르렀음을 보여준다. 이에 비해서 조의관의 삶의 방식은 낡은 세계의 가치와 관습에 함몰된 것이라고는 해도 나름으로 일관성을 지니고 있다. 이 점을 감안하면 『삼대』에는 적어도 세 개의 가치이념이 갈등 속에서 공존하고 있음을 알 수 있다. 곧 조부의 유교적 이념, 조상훈의 기독교 이념, 김병화의 마르크스주의가 제각기 세력장을 형성하고 그 한가운데 주인공 조덕기가 자리를 잡고 앉아서 여러 세력의 존재를 자신 속에 용해시키고 있는 것이다 이와 관련해 조덕기의 태도가 지닌 의미를 분석하고 있는 류보선의 견해는 참조할 만하다.

> 조덕기는 낡고 견고하면서도 나름대로 계승할 것이 있는 전통적 규범을 자기화하지 않고서는, 또한 그렇게 살 수밖에 없는 사회구성원들에 대한 이해나 애정 없이는, 어떠한 새로운 제도도 동시대인들의 행복을 위한 것이 될 수 없다고 파악한다. 그리고 아버지와 어머니, 그리고 조선의 미묘한 현실 자체를 부정하는 사생아인 김병화와 맞서기도 한다. 즉 조덕기는 부끄럽다 하더라도 자신을 형성시킨 모든 전통까지를 존중하고 또 그 전통적인 것과 보편적인 것의 갈등 그 안에서 어떤 가능성을 찾아보고자 했던 것이다. 이렇듯 믿든 곱든 가족의 구성원 혹은 사회의 모든 구성원들의 염원과 자신의 욕망을 조화, 통합하려는 인물을 우리는 장자라고 부를 수 있을 것이다.[6]

---

6) 류보선, 『경이로운 차이들』, 문학동네, 2002, 428~429쪽.

인용문에서 논자가 '장자'와 대비시키는 '사생아'라는 개념은 프로이트가 개념화한 가족 로망스의 주인공 두 유형 가운데 하나이다. 류보선은 『무정』의 이형식이 새로운 문명 전체를 맹목적으로 추구하며 합법적인 아버지와 어머니를 부정하는 아들이라는 점에서 사생아 유형의 인물이라고 본다. 바꿔 말해서 『삼대』의 조덕기는 이형식 류의 개화기 인물이 가지는 미래에 대한 근거 없는 낙관론과 일정하게 맞서는 입장이라는 것이다. 이러한 견해는 일찍이 김종구에 의해서도 제시된 바 있다. 김종구는 "구전통의 가문, 가족적 삶의 몰락 이후를 강하게 낙관, 신뢰"하는 이광수 소설의 미래 전망은 염상섭의 『삼대』와 채만식의 『태평천하』에서는 "점차 어두워가는 미래(『삼대』), 어둠으로 돌변하는 미래(『태평천하』)"로 바뀌어 "이광수적 환상은 염상섭과 채만식에 이르러 완전히 파산하고 있는 것"이라고 분석한 바 있다.[7] 『삼대』에서 『무정』의 형식이나 선형, 영채와 같은 역사적 체험을 가진 개화기 인물은 조상훈을 비롯하여 김병화의 아버지, 홍경애의 아버지, 창식 등인데, 이들은 "그들 전대들보다 더 어두운 역사, 사회적 현실에 고뇌, 탐닉하고 있"다는 것이다. 이 견해를 참조해서 돌아보면 『삼대』에서 개화기 세대에 속하는 인물들은 하나 같이 삶의 대지에 뿌리를 내리지 못하고 붕 떠 있다. 이 사실은 작가 염상섭이 조-부-손 삼대의 세대 갈등에 대하여 어떤 입장을 가지고 있는지 간접적으로 시사한다. 전통과 관습이 견고하게 버티고 있는 현실을 인정할 뿐 아니라 외래의 문물에 대한 비판적 태도도 엿볼 수 있게 해주는 것이다. 이 사실은 소설에 등장하는 기독교인 네 사람에 대한 묘사를 통해서도 확인할 수 있다. 가장 대표적인 인물인 조상훈에 대해서는 "밤 열시까

---

7) 김종구, 「현대소설의 가족세계기: 『삼대』・『태평천하』」, 김열규 편, 『한국문학의 두 문제』, 학연사, 1985, 295쪽.

지는 설교를 하시고, 그리고 열시가 지나면 술집으로 여기저기 갈 데 안 갈 데 돌아다니시니 그러면 세상이 모르나요, 언제든지 알리고 말 것이오… 그것도 거기다가 목숨을 매달고 서양 사람의 돈푼이나 얻어먹어야 살 형편이면 모르겠지만…"이라고 묘사하고 있다. 또 김병화의 아버지는 아들이 목사가 되기를 거부한다는 것을 알고 학비를 끊어버리는 완고한 인물로 묘사된다. 홍경애의 부모에 대한 서술도 마찬가지다. 아버지는 민족을 위한다고 끼니가 걱정될 정도로 물려받은 살림을 다 날려버리는 인물로, 어머니는 하고 다니는 모습은 전도부인이지만 "만일 예수 믿고 사회일 하는 남편을 만나지 않았다면 장거리에서 술구기를 들었을지 딸자식을 기생에 박았을지 누가 알랴" 하는 투의 말로 서술하고 있다. 작가의 이와 같은 입장은 당시 기독교 선교의 기본형태가 타계지향적, 탈정치적이었던 것에 대한 비판의식을 드러낸 것이라고 할 수 있다. 이동하는 작가의 이 비판의식이 『삼대』에서 "사회주의의 문제를 둘러싼 논란 = 새로운 시대의 핵심적 주제 : 타계지향적·탈정치적 기독교 = 시대착오적인 과거의 유물"로 나타나게 된다고 분석하고 있다.[8]

　『삼대』는 부자($父子$) 사이의 갈등보다 고부 갈등이나 처첩 간의 갈등을 주로 소설의 제제로 채택해온 한국문학의 전통에서 오히려 이례적인 경우에 속한다. 그럼에도 불구하고 이 소설에 나타난 세대 갈등은 역사적 체험을 같이 한 동기집단의 특성을 정확히 파악하여 배치함으로써 전체 사회의 움직임을 역동적으로 그려내고 있다. 뿐만 아니라 암묵적으로 『무정』의 개화기 세대들이 지녔던 근대문명에 대한 무지갯빛 환상을 비판하여 전세대보다 한층 더 심화된 역사 현실에 대한 인식을 보여준다.

8) 이동하, 「염상섭의 소설에 나타난 기독교 문제」, 문학사와 비평연구회 편, 『염상섭 문학의 재조명』, 새미, 1998, 97쪽.

이 소설에서 부자관계에 있는 이들의 갈등이 표출되고 있다는 것은 전래의 가부장질서에 균열이 발생하였음을 알리지만 작가는 그 균열의 극복을 주인공에게 맡김으로써 역사의 운동에 주체가 참여할 자리를 마련하고 있다.

3. 현대문학에 나타난 세대 갈등

염상섭에 의해 형상화된 신구세대 간의 갈등 문제는 일제 말기 채만식의 『태평천하』, 김남천의 『대하』 등에서도 유사한 형태로 나타난다. 그렇지만 그 작품들이 세대 갈등에 대하여 근본적으로 새로운 인식을 보여주거나 문제의식을 심화, 확대하는 데는 이르지 못했다. 그러므로 식민지 시기의 세대 갈등에 대한 형상화는 『삼대』에서 정점을 찍고 그 여진이 1940년대 초까지 오래도록 지속된 것으로 볼 수 있다. 이 상황을 바꾼 것은 익히 알다시피 일본의 무조건 항복으로 맞게 된 광복이다. 광복은 말 그대로 빛의 회복이자 식민권력의 압제로부터의 해방을 뜻했으므로 모든 사항이 원점에서 새로이 검토되고 그 검토를 통해 수립된 원칙에 따라 새로운 생활이 기획되어야 했다. 그러나 어느 시인의 말처럼 도둑같이 온 해방이었던 까닭에 한민족이 자주적으로 근대적 민족국가를 수립할 수 있는 기회는 민족 내부의 분열과 외세의 개입 속에 무산되어 버렸다. 그리고 남과 북에는 서로 이념이 다른 정권이 들어서게 되었고, 그 결과는 2년 뒤 한국전쟁이라는 미증유의 대재난을 낳았다. 그런데 한국 근현대문학사를 통틀어 보았을 때 한국전쟁만큼 우리 문학 속에 깊은 흔적을 남긴 사건은 없다. 근대화를 위한 개화의 물결도, 다른 민족에게 주권을 빼앗기고 식민 지배세력의 노예로 살아야 했던 일제 강점의 긴 역사적 시간도 문학에서는 한국전쟁만큼 크나큰 상처로 기록되지 않았다. 일제 강점의 현실에 대한 문학적 형상화가 검열과 탄압에 의해 근본적으로 제약을 받았다는 점을 고려해도 한국전쟁의 상처가 더 아프고 쓰라린 사건으로 작품들 속에 기록된 이유는 전쟁이 사람들의 생활 자체를 밑바닥에서부터 흔들어버렸다는 사실에 있다고 할 것이다. 수백만에 달하는 사람들의 목숨을 앗아간 것은 물론이고 가족을 동서남북으로 흩어놓았으며, 생활의 근거를 황폐화시킨 것이 전쟁이었다. 이 전쟁의 체험은 세대에 따라, 그리고 시대의 변천에 따라 서로 다른 내용으로 문학 속에 기억되고 기록된다. 세대 갈등의 문학적 형상화가 개화기부터 식민지 시기로 이어지면서 발전시킨 내용과 형식을 무로 돌리고 원점에서 다시 시작하는 방식을 취한 것은 그 때문이다. 물론 산업화가 이루어지고 포스트모던 사회가 되면서 전쟁의 상처는 점차 기억의 뒤편으로 밀려나지만 반세기 가까이 그 전쟁 체험은 악몽처럼 시도 때도 없이 한국문학 속에 되살아난다. 현대문학에 나타난 세대 갈등을 당대 사회의 특성에 따라 단계별로 나누어 살피면서도 그 속에 복수의 유형을 설정하는 것은 한국전쟁과 관련된 기억들에 따로 자리를 마련해주어야 하기 때문이다.

1) 해방기의 세대 갈등-「소년은 자란다」

한국전쟁은 조선이 독립하고 나서 단 5년도 되지 않아 발발한다. 그 짧은 기간에 문학적으로 성과가 있으면 얼마나 있을 것인가 회의할 수 있지만 그 시점이 모든 것을 근본에서부터 새롭게 검토하고 성찰하는 일을 요구하는 시기였다는 점을 고려하면 그 의미는 비록 하잘것없는 것처럼 보일지라도 신중하게 살펴볼 필요가 있다. 이 점에서 채만식의 중량감 있는 중편소설 「소년은 자란다」는 세대 갈등의 문학적 표현과 관련해서 시사하는 바가 많다. 우선 제목에 나오는 '소년'은 개화기에 최남선이 펴낸 잡지『소년』을 떠올리게 만든다. 광복을 맞은 조국이 앞으로 헤쳐나아가야 할 고난의 길을 책임질 주체로서 소년을 상정하고 있는 것을 제목이 드러내준다. 이 작품에 앞서 발표한 「낙조」에서 채만식은 남북 분단상태가 현상태로 지속될 경우 민족상잔의 전쟁을 야기할 것이라고 예견한 바 있다. 그 점을 참고하면 소설의 주인공 영호 남매가 함께 살지 못하고 여관집 주인과 단속곳에게 서로 인질이 되어 갈라져 살고 있다는 설정도 분단상황의 알레고리를 짐작할 수 있게 한다. 곧 이 작품이 알레고리 기법을 쓰고 있다는 점을 깨달으면 소설의 모든 요소들이 의미심장한 것으로 바뀌게 된다. 영호 남매가 고아로 설정되어 있다는 것, 어머니가 귀국길에 되놈들에게 윤간을 당하여 목숨을 잃었다는 것, 아버지를 대전역에서 잃어버렸다는 것, 정신적 의지가 되던 오선생이 남북을 오가며 무슨 일인가를 하다가 감옥에 갇혔다는 것, 잃어버린 아버지를 역에서 찾다가 이제는 스스로 생활을 꾸려갈 방도를 찾고 있다는 것 등이 작품에 대한 알레고리적 해석을 가능하게 하는 요소들이다. 이 소설을 세대 갈등을 다룬 작품으로 볼 수 있는 것은 '소년'이란 주체의 설정과 함께 이광수의『무정』과 같이 주인공이 고아로 설정되어 있다는 데 근거한다. 그렇지만『무정』과 이 작품이 다른 점은 이 소설의 주인공은 부모와 함께 살았던 체험이 있고 다만 귀국길에서 어머니와 아버지를 차례로 잃고 현재 고아가 되었을 뿐이라는 설정이다. 또한 이 소설에는 주인공 가족이 정신적 지주로 삼고 의지했던 오선생이 등장하고 그가 남북통일을 위해 모종의 일을 도모하다가 감옥에 갇혔다는 구도가 갖춰져 있다. 이 구도는 작가가 당대의 조선 민족이 처한 상황과 처지를 어떻게 인식하고 있는지 명확하게 보여준다. 어머니가 윤간을 당하여 목숨을 잃었다는 것은 한말의 조선이 여러 외국 세력의 간섭과 폭력으로 역사의 주권을 빼앗겼으며, 남북을 통일하여 단일 민족국가를 수립하려던 오선생이 감옥에 갇힐 수밖에 없는 것이 현재의 조건이라는 인식이다. 이 현실인식은 오누이가 인질이 된 사실에서도 확인된다. 주인공은 여관집에 취직하기 위해 여동생을 인질로 삼는 것을 수락하는데, 이는 북한이 소련에, 남한이 미국에 인질이 되었다는 사실을 알레고리적으로 보여준다. 이 알레고리적 의미를 고려할 때 평소 착하기는 하지만 영악하지 못하고 아둔한 인물로 묘사된 아버지가 얼떨결에 남매를 잃은 사실은 기성세대 또는 구세대에 대한 비판으로 볼 수 있다. 자신의 처자식을 보호하지 못한 얼치기 오윤서가 아내를 처참한 죽음에 이르게 하거나 자식들을 고아로 만들어버렸다는 인식이 그 비판의 내용이다. 이 인식은 소설 공간의 설정이나 주인공이 현실에 대해 배워가는 모습에서도 찾아볼 수 있다. 소설의 기본 공간은 기차역이라고 할 수 있는데 이에 대해서 황국명은 다음과 같이 설명한다.

> 영호 남매는 기차역에서 아버지와 생이별을 하게 된다. 수많은 종류의 사람들이 이합집산하고 삶의 다양한 층위가 겹쳐 놓이는 역은 고향과 같은 국지적 장소가 오랜 세월에 걸쳐 형성하고 있는 장소의 정체성, 폐쇄적인 인정 세계를 구축할 수 없다. 어떤 논자에 따르면, 폐쇄적인 국지적 맥락에서 해체되어 있다는 점에서 역은 일종의 비공간이다. 이는 귀국과 함께 아비(나라)를 잃어버린 영호 남매에게 민족지적 장소개념이 있을 수 없음을 증폭시켜 드러낸다고 할 수 있다. 아이의 성장과 완성을 도울 부성적 권위가 부재하고, 국지적 장소의 정체성으로부터 해방된 영호는 개체로서의 자기 정체성과 운명을 강조할 수밖에 없을 것이다.[9]

아버지를 잃어버렸기 때문에 주인공은 자기 정체성을 스스로 만들어가야 한다. 그 일을 위해 영호는 하루바삐 세상을 살아가는 도리와 세계

---

9) 황국명, 「채만식문학의 재음미」, 『채만식 – 백릉 채만식선생 50주기 추모 심포지엄 자료집』, 민족문학작가회의, 2000, 98쪽.

의 진상에 대해서 배우고자 한다. 그가 여관을 찾는 '훌륭한 사람들'이 결코 훌륭하지도 않고 잘나지도 않았으며 오히려 어렵게 사는 사람들이 다른 사람의 사정을 이해하고 서로 돕는 것을 보면서 세상의 이치를 깨우쳐 간다. 그는 하루빨리 동생과 함께 살 수 있는 공간을 마련할 방책을 마련하려고 여러 가지로 생각을 굴린다. 이 궁리가 지금은 감옥에 갇혀 있지만 자기들이 정신적 지주로 여겼던 오선생이 추구하던 남북통일에 대한 알레고리로서 동일한 성격을 지닌다는 것은 췌언을 필요로 하지 않는다.

2) 한국전쟁과 세대 갈등 – 『광장』과 『원형의 전설』

서사는 과거시제로 쓰인다. 현재 진행되고 있는 사태를 서사화할 수 없는 것은 사건 전체를 한눈에 파악할 수 없기 때문이다. 한국전쟁에 대한 본격적 서사가 4월 혁명 뒤에 쏟아지기 시작한 것은 반공주의라는 이름으로 작가들의 입에 재갈이 물려 있었기 때문만은 아니다. 사태가 일정하게 결말이 지어져야 비로소 서사가 가능한 것이다. 그리하여 4월 혁명 이후에 봇물 쏟아지듯 쏟아진 소설들 가운데 한국전쟁과 관련해서 세대 갈등을 가장 첨예하게 묘사한 작품은 장용학의 『원형의 전설』이라고 생각된다. 그렇지만 이 소설을 검토하기 전에 먼저 살펴야 할 작품이 최인훈의 『광장』이다. 전쟁시기였던 1953년 『전선문학』에 실린 박영준의 「용초도 근해」라는 작품의 서사구조와 유사성을 지닌 『광장』은 박영준의 소설에 나타난 문제의식을 심화시킨 점에서뿐만 아니라 서사의 복합적 구성을 통해 소설의 의미를 증폭시켰다는 점에서 한국전쟁에 대한 문학적 형상화로서 가치를 지닌다. 여기서 말하는 서사의 복합적 구성이란 사안이 지닌 복잡성을 복잡성 그대로 모두 껴안으면서 단일한 주제로 형상화하는 서사방식을 말한다. 류보선은『광장』의 서사가 두 갈래의 여정으로 이루어져 있다는 점을 지적한 적이 있다. "한 갈래의 길이 개인의 모험과 사회적 발전이 조화를 이루는 유토피아 혹은 서사시적 세계에 대한 갈망에 의해 이루어지는 정신적 여행이라고 한다면, 낭만적 사랑에 대한 갈망이 또 하나의 중요한 여정을 이룬다"[10]는 것이다. 이러한 특색은『무정』에서 선보인 서사방식을 상기하게 만드는 것이자『원형의 전설』과『광장』이 서로 어떻게 다른가를 비교할 수 있게 해준다. 그렇지만 최인훈의 소설에서 낭만적 사랑의 대상인 두 여인은『무정』에서와 같은 알레고리적 의미를 지니지 않는다. 그것은 주로 주인공의 선택과 행동에 인과적 개연성을 부여하는 요소로 작용하고 있을 뿐이다. 세대 갈등 역시 이 소설에서는 부차적인 의미만을 지닌다. 그것은 주인공이 "아버지나 어머니가 아쉬운 나이가 아니"기 때문일지 모른다. 북에서 만난 아버지에 대한 비판 또한 일과적인 에피소드로 간주되기 쉬운 것은 그와 관련된다. 북에서 아버지가 새로 결혼한 여자를 보며 펼쳐지는 주인공 이명준의 상념은 그래서 현실과 이상 사이를 맴돈다.

　그러나 이 여자. 그를 도련님 받들 듯하는 이 조선의 딸. 도대체 어디에 혁명이 있단 말인가. 일류 코뮤니스트의 집에서, 중류 부르조아의 그것 같은 차분함이 도사리고 있는 바에야 혁명의 싱싱한 서슬이 어디에 있단 말일까. 부친은 아들을 비키듯 했다. 난봉꾼 아들을 피하는 마음 약한 아버지. 구역질이 나는 부르조아 집안의 나날이었다. 밖에 나가서 아버지라는 이름에 어울리지 않는 죄를 저지르고 있는 사나이가, 자기 아내와 철든 아이들에게 보이는 너그러움. 그러면 아버지는 무슨 죄를 밖에서 지었다는 건가. 혁명을 판다는 죄, 이상과 현실을 바꾸면서 짐짓 살아가는 죄, 그걸 스스로 모를 리

---

10) 류보선, 앞의 책, 430쪽.

없는 아버지가 계면쩍어 하는 몸가짐일 것이다.[11]

이명준에게 개인의 삶과 세계의 발전은 하나로 통합되어야 한다. 유토피아의 꿈, 서사시적 세계에 대한 비전은 그로부터 가능하다. 그러나 일류 코뮤니스트라고 하는 아버지에게서 관찰되는 삶은 평범한 중산층의 일상과 크게 다르지 않다. 그것은 젊은 주인공에게 실망과 좌절을 안겨주는 현실이다. 이명준이 사랑에서 갈증을 채우려고 하는 것은 그 좌절감에 말미암는다. 그러나 남북대립의 현실, 전쟁의 틈바구니에서 이명준은 사랑 또한 이룰 수 없었다. 주인공이 중립국으로 가는 뱃전에서 바다에 몸을 던진 것은 어느 쪽에서도 현실과 이상의 간극을 메울 방도를 찾을 수 없었기 때문이다. 이 서사구조에서 드러나듯이 주인공이 여인들에게서 구한 사랑은 공동체적 세계에 대한 유토피아적 갈망이 좌절된 데서 오는 공허감을 채워줄 대체물이다. 아버지에 대한 비판과 부정도 나와 너, 밀실과 광장이 조화된 삶이란 자신의 이상에 비추어 내려진 평가이다. 이렇게『광장』은 개인의 모험과 사회 발전의 조화를 모색하는 주인공의 여정 속에 사랑의 갈망과 세대 갈등의 문제를 흡수하여 주제를 형상화한다. 『원형의 전설』이『광장』과 다른 점은 바로 그 사랑의 갈망과 세대 갈등의 양상을 부각시킴으로써 문명 비판, 근대 비판의 주제를 형상화하고 현재와는 다른 삶의 비전을 제시하고 있다는 점이다.

장용학의『원형의 전설』은『광장』이 간행된 이듬해인 1962년에 발표되었다. 이 소설은 그동안 학자들이나 평론가들에 의해 관념소설이라는 패명을 찼지만 그 관념의 그물을 걷어내면 한국전쟁을 중심으로 현재 이루어지는 문명의 삶이 지닌 성격을 해부하고 그 현실을 넘어설 길을 모색하

11) 최인훈,『광장』, 문학과지성사, 1983, 119~120쪽.

는 사유과정을 알아볼 수 있다. 이 작품이 관념소설이라는 이름을 얻은 것은 서술자나 등장인물들의 관념이 도처에서 생경한 모습으로 출몰한다는 점에서 그다지 부당한 것은 아니다. 소설 첫 장면에서부터 지루하게 이어지는 서술자의 해설은 작가가 자신의 관념을 표백하기 위해 창작을 한 것이 아닌지 의심하게 만든다. 그리고 등장인물들의 관념 또한 곳곳에 직접적으로 노출되고 있어서 순연한 독서를 방해한다. 그러나 인류역사와 한국전쟁의 의미를 독특한 방식으로 개괄하던 첫 장면의 서술자의 목소리는 작품이 진행되는 과정에서 차차 잦아지고 그 빈자리를 인물들의 서로 다른 목소리가 채우면서 소설은 서사의 본모습을 되찾아간다. 따라서 이 소설의 서사구조는 기본적으로 『광장』과 같이 두 개의 축을 갖는다. 하나는 서술자와 주인공을 비롯한 인물들의 목소리를 통해 울리는 의식과 무의식의 관념화이며 다른 하나는 세 개의 근친상간 모티브를 중심으로 엮어지는 행동의 구조이다. 이 두 개의 축 가운데 중심적인 역할을 하는 것은 후자이며 전자는 기본서사의 진행에 보조적인 역할을 한다. 이야기는 양부모 밑에서 자라난 주인공 이장이 자신의 출생의 비밀을 찾으려고 하는 데서 시작된다. 그가 한국전쟁의 혼란 속에서 남북을 오가며 알아낸 것은 자신이 근친상간의 결과로 태어난 사생아이며 자신의 부친이 벼락 맞아 쓰러진 가지에 찔려 죽은 오기미의 오빠 오택부라는 사실이다. 오택부는 현재 국회의원이자 재산가이다. 주인공은 이 사실이 사실이 아니기를 바라지만 그 자신이 윤희와 그 아비 사이에 이루어진 근친상간의 흔적을 지우는 도구로 이용된 체험을 통해 진실을 더 이상 숨길 수 없게 된다. 결국 이장 자신도 이복누이인 마담 버터플라이 안지야와 근친상간을 하고 아버지를 죽인다. 이것이 『원형의 전설』이 지닌 원형구조이다. 근친상간을 한 오택부와 윤희 아버지는 자신의 폭력적 행위에 대해 죄의식을 느끼기보다는 진상을 가리는 데만 급급하다. 이에 대해서 주인공 이

장과 안지야 사이의 근친상간은 사랑의 충동에 의해 이루어진다. 이 양태를 통해서 작품의 원형구조가 폐쇄된 원형이 아니라 열린 원형이라는 해석이 가능해지는데 그 해석은 근친상간이 지닌 의미를 깊이 이해할 때 타당성을 획득할 수 있다. 일찍이 작가는 자신이 근친상간의 모티브를 작품의 소재로 채택한 이유에 대해서 다음과 같이 말한 적이 있다.

> 근친상간은 현대의 상황을 나타내는 매개체로서 가장 적합한 소재라고 생각되었다. 우선 소재 그 자체만 가지고 말할 때, 인간이 범할 수 있는 죄 가운데서 이것만큼 깊은 불륜은 없을 것 같다. 그만큼, 이것을 죄악시하는 도덕관념은 기성의 도덕관념 중에서 가장 뿌리가 깊고, 인간을 둘러싸고 있는 가장 두꺼운 벽이라고 할 수 있어서, 이 벽과의 대립은 그대로 현대적인 대결이라고 볼 수 있을 것이다.[12]

근친상간은 문명의 역사과정에서 가장 강력한 금기의 하나로 제도화되었다. 이 제도화된 규범은 각 개인들에게 내면화되어 그 금기를 어겼을 경우 행위자는 법의 제제 이전에 양심의 징벌을 감수해야 한다. 그런데 이 금기가 만들어진 역사를 문명화의 과정과 연관해서 살피면 그것은 가부장제의 법칙, 아버지의 법으로 성립되었음을 알 수 있다. 자신의 소유인 재산과 여자에 대하여 비록 자신의 아들일지라도 접근을 금지하는 규범을 만든 것이다. 작가는 이 금지가 현재의 상황, 현대문명의 가부장적 성격을 가장 전형적으로 보여주는 사례라고 보고 작품의 소재로 채택했다는 입장이다. 여기서 주인공이 근친상간의 금기를 분명히 알고 있음에도 불구하고 배다른 누이인 안지야와 결합한 것은 아버지에 대한 도전의 성격을 지닌다. 아버지 오택부는 권력과 재산을 가지고 있는 한국사회의

---

12) 장용학, 「소재노우트─『원형의 전설』의 근친상간」, 『한국문학』, 1966. 봄, 145쪽.

지배계층에 속한다는 점에서 양심, 도덕, 법이라는 가부장제의 법칙을 상징한다. 이 아버지의 법은 근대사회의 개인들이 지니고 있는 욕망을 통제하고 억압하는 기능을 한다. 이 법에 대한 도전이 또다시 근친상간의 방식으로 이루어진다는 것은 모순처럼 보이지만 두 근친상간 사이에는 차이가 있다. 작품 서두에 서술자는 프랑스혁명에서 태어난 자유와 평등이란 오누이가 한반도에서 전쟁을 일으켰다고 개괄하고 있는데 그것은 남한의 자본주의와 북한의 사회주의를 알레고리적으로 표현한다. 이 자유와 평등은 어떻게 결합해야 조화될 수 있는가 하는 문제의식이라고 할 수 있다. 그 점에서 주인공이 안지야에 대해서 사랑의 감정을 느끼고 그 감정을 통해 결합한 것은 작가의 문제의식에 대한 하나의 해답이라고 할 수 있다. 곧 이성의 논리에 의해 축조된 아버지의 법을 폐기하고 인간의 욕망을 인정한 바탕 위에서 오누이의 조화와 화합을 모색해야 한다는 것이다. 오택부의 누이 강간이 폭력에 의해 이루어지는 데 반해 이장과 안지야의 오누이 결합이 사랑을 매개로 이루어짐으로써 긍정적인 가치를 지니는 것으로 형상화되는 것은 모성적 원리가 새로운 세계의 근간이 되어야 한다는 인식이다. 그것은 근대의 이성적 원리에 대한 비판이자 근대 극복의 비전이다. 이 작품에 표현된 부자간의 세대 갈등이 비극적 결말에도 불구하고 이성의 빛을 신뢰하는 오이디푸스 신화와 다른 점은 모성적 원리, 억압 없는 문명에 대한 기구를 담고 있다는 데서 찾을 수 있다.

3) 산업화 시대의 세대 문제-『난장이가 쏘아올린 작은 공』·『노을』·「흐르는 북」

전쟁 후 한국사회의 산업화는 1960년대 후반부터 가속화되기 시작하고 1970년대, 1980년대에 이르러서는 산업사회로서의 성격을 확연하게 드러낸다. 산업화가 근대문명의 특징을 전형적으로 보여주는 표징이라고 한다면 사회 변동의 속도와 깊은 관련을 지니는 세대 갈등도 이 시기에 이르러 보다 예각화되었으리라는 추측은 자연스럽다. 하지만 한국 현대문학이 질적으로나 양적으로 한 단계 높은 차원으로 발전한 산업화 시대의 세대 갈등은 예상과는 달리 창작가들의 주요 소재가 되지 못하고 있다. 이러한 현상의 원인은 여러 가지로 짚을 수 있을 것이다. 산업화가 불러온 노동력의 도시로의 이주가 가족구성원들 사이의 갈등과 마찰을 수면 아래로 잠복시켰을 것이라는 점도 중요한 사항이고, 먹고 사는 일을 해결하기 위해 사람들이 의식적으로 몸을 낮추었던 까닭에 동기집단의 형성이 원천적으로 차단되었을 가능성도 크다. 그러나 이러한 유추들보다도 실제 문학 현상을 놓고 검토하면 1970, 1980년대에 이르기까지 전쟁의 후유증이 무엇보다도 강하게 문학인들의 시선을 끌고 있음을 알 수 있다. 그 역사의 상흔을 어떤 식으로든 치유하고 봉합하는 일이 무엇보다도 우선적으로 행해져야 하는 문학인들의 현실적 문제가 되었던 것이다. 이병주의 『지리산』이나 조정래의 『태백산맥』처럼 한국전쟁 전후의 사회 현실을 총체적으로 형상화하려는 시도가 나온 것은 그러한 문화사적 · 정신사적 맥락 속에서이다. 그러한 전체적인 흐름을 감안하면서 여기서는 산업화 시대 세대 갈등의 형상화가 지닌 특징을 몇몇 작가들의 작품을 통해 살펴본다.

조세희의 『난장이가 쏘아올린 작은 공』(이하에서는 『난쏘공』으로 표시함)은 황석영의 「객지」, 윤흥길의 「아홉 켤레의 구두로 남은 사내」와 함께 산업화가 진행되던 시기 한국사회의 문제를 다룬 대표적 작품이다. 노동자와 사용자, 난장이 가족과 은강그룹의 가족들을 대치시켜 놓고 있는 이 작품은 분명 세대 갈등보다도 계급 대립에 초점을 맞추고 있다. 『무정』, 『삼대』, 『광장』에서 주인공의 행적 속에 교직되어 있는 연애 이야기가 끼어들 틈도 없이 소설은 노동 현실의 문제, 산업화가 가져온 사회적 갈등에 집중하고 있다. 스타카토 문체로 매우 주밀하게 낱낱의 사건들을 묘사하여 사건을 엮고 있는 작가에게 세대의 문제에 눈을 돌릴 겨를은 없어보인다. 그럼에도 불구하고 그 사건의 흐름들 속에는 사회적 계층에 따라 세대 간의 관계가 달리 형성되고 있음을 간파할 수 있게 하는 인식이 나타나고 있다. 소설집임을 내세우고 있지만 실질적으로 장편소설인 이 작품에서 중요한 사회적 계층은 노동계급과 부르주아 계급이고, 소시민층은 비록 등장하기는 하지만 큰 의미를 부여받지 못하고 있다. 곧 난장이 가족과 은강그룹이 중요 사회계층의 대표들인데, 이 두 가계에서 세대 간의 관계는 현격하게 다른 모습으로 나타난다. 난장이 가족에서 난장이와 그 부인은 기본적으로 자식들과 별다른 갈등이 없다. 부모는 자식들에게 해줄 것이 없어 미안하고, 자식들은 고단한 삶을 이어온 부모가 안쓰럽다. 자식들이 직장에서 해고를 당했어도 난장이 부부는 큰 소리로 야단한 번 치지 못한다. 기껏해야 "아버지는 너무 지치셨다.", "이젠 아버지를 믿지 마라. 너희들이 아버지 대신 일해야 한다."고 말하는 것이 고작이다. 이에 반해 윤호의 아버지인 율사는 재수를 한 아들의 성적이 지난해보다 떨어진 이유를 알고 그것을 반항이라고 생각하여 네 겹 철사로 아들을 때린다. 그 징벌은 "살 속까지 파고들어간 내의가 피에 젖어 있"을 정도로 가혹한 매질이었다. 비서가 호텔에서 열리는 회합에 갈 시간이 되었다는 것을 알리지 않았더라면 철사 매질은 더 이어졌을 것이라는 게 소설이 서술하고 있는 내용이다. 여기서 계층에 따라 세대관계의 양상이 왜 달라지는지 정리해볼 필요가 있다.

율사가 자기 아들을 네 겹 철사로 때리는 것은 자신에게 반항하는 데화가 나서다. 율사는 아들을 A대학 법학과에 진학시켜 자신의 뒤를 잇게하고자 했다. 그러나 윤호는 B대학 역사학과에 진학하기를 원한다. 율사가 아들의 뜻에는 상관없이 법학과 진학을 강요하는 것은 일종의 권위주의이다. 이에 비해서 아들은 자신의 인생 행로를 스스로 정하고자 한다. 그것은 아들이 이미 사리를 판단할 수 있는 이성을 갖추었음을 뜻하고, 다른 말로 하면 개성적 존재를 주장하는 개인주의의 표상이다. 이 개인주의와 권위주의 사이의 대립에서 갈등이 생기고, 아버지는 자신의 의사를 강제로라도 아들에게 관철시키기 위해 철사로 매질을 한다. 그 폭력행위가 가능해지는 배경에는 율사가 자신의 판단이 절대적으로 옳다는 믿음이 있어서라기보다는 아들에게 물려줄 것이 있고 그 물림을 통해 자신이 누리는 부귀영화를 세세손손 이어가고 싶은 욕망이 있기 때문일 것이다. 이에 비해서 난장이 가족에게는 부모에게서 자식에게로 물려지는 것은 가난뿐이다. 그러므로 가족들은 서로에게 연민의 감정을 품는다. 부모가 권위를 내세울 수도 없고 자식들이 개인주의를 내세워 반항할 이유도 없다. 난장이가 공장 굴뚝 속에 떨어져 죽은 것은 오백 년 걸려 지은 집을 버리고 떠나게 되었기 때문일 것이다. 그 죽음은 가족에게 집 한 채 남겨주지 못한 난장이의 난장이다운 미안함의 표현이다.

『난쏘공』은 한국사회의 산업화 시대를 대표하는 작품이다. 그 대표성은 세대 갈등이란 주제적 측면에서는 제한적이다. 세대관계에서 가족구성원들이 서로에 대한 연민의 감정을 보여준 것이 하나의 성과라면 산업화 시대에 표면으로 떠오른 권위주의와 개인주의의 갈등을 구체적으로 보여준 것이 또 다른 성과이다. 연민은 세대 갈등의 주제를 다룬 1990년대 이후의 문학에서 자주 목격하게 되는 장면이고 권위주의와 개인주의 간의 갈등도 시대의 변화에 따라 여러 가지로 모습을 바꿔가며 이후의 작품들 속에 출몰한다. 그렇지만 1970, 1980년대 문학에서 세대 간의 관계를 전형적으로 보여주는 작품들은 산업화보다는 한국전쟁과 더 깊은 관련을 맺고 있다. 전쟁은 사람들의 일상을 파괴했다. 아버지의 부재, 고아 상태의 주인공이란 모티브가 한국 현대문학의 한 특징을 이루게 된 데는 전통 사회의 가치질서가 근대화의 과정에서 부정, 비판의 대상이 된 것도 한 몫을 하지만 20세기 후반의 문학에서 그보다 더 중요한 요인은 한국전쟁의 결과이다. 아버지가 죽거나 실종되거나 이북으로 넘어간 사람들, 부역을 했던 까닭에 현재의 삶에서 고통을 받는 사람들, 홀로 된 어머니와 살아가는 가족들, 과거의 기억에서 헤어나지 못하는 사람들의 이야기가 넘쳐나는 것이다. 임철우의 「아버지의 땅」, 최윤의 「아버지 감시」 등 나름으로 세대 갈등의 주제를 다룬 한국 현대소설에서 아버지란 낱말이 제목에 자주 등장하는 것은 그 사정을 엿볼 수 있게 해준다. 이렇게 아버지가 부재하게 되면 세대 갈등의 모티브는 약하게 될 소지가 있지만 많은 작가들이 과거의 기억을 상기하는 방식으로 서사를 전개하기 때문에 그 속에서 세대 간의 문제가 다루어지지 않을 수 없다. 이런 종류의 작품은 부지기수로 많지만 그 가운데서 김원일의 『노을』은 특히 주목할 만하다.

『노을』은 삼촌이 죽었다는 전보를 받고 고향을 찾아간 중년 회사원이 장례를 치르는 며칠 동안에 겪은 일과 그로 인해 상기된 29년 전의 사건을 교차 서술하는 방식으로 엮은 작품이다. 작품의 핵심이 되는 29년 전의 사건은 경상도 진영에서 일어난 남로당 폭동사건이다. 이 폭동에서 주인공의 아버지 김삼조는 잔인하고 흉포한 선봉대장으로 역할하는데 평상시 주위 사람들은 백정 신분인데다 행동이 거친 그를 '개삼조', '개씹조'란 별명으로 불렀다. 소설의 서술자이기도 한 소설의 주인공은 어렸을 때 자신의 아버지에 대해 공포를 느꼈다. 어머니를 개잡듯 두드려 팼을 뿐만 아니라 자신에게도 무자비한 폭력을 가했기 때문이다. 결국 어머니는 누이와 함께 부산으로 달아나고 주인공은 동생과 함께 아버지 밑에서 굶주림에 시달려야 했다. 이러한 아버지의 난폭성은 남로당 폭동에서도 유감없이 발휘되어 그는 마치 살인귀가 돌아온 것처럼 날뛴다. 나흘간의 폭동이 실패로 돌아가고 산으로 달아난 아버지를 따라서 주인공도 산생활을 하다가 내려오게 된다. 작가는 이러한 과거의 사건을 현재의 시선과 중첩시키면서 아버지를 회상한다. 아버지의 거칠고 무자비하며 광폭한 행동, 빨치산의 선봉장이 된 이유는 어디에 있을까? 소설에는 그 연유를 짐작해볼 수 있는 대목이 제시되어 있다.

> 갑수야, 인자 쪼매만 있어바라. 애비가 구루마에 살 수십 가마를 쪄다 날을 테이께. 그라고 이런 돼지우리 같은 집에서 안 살게 될 끼데이. 짐삼조 동무가 근사한 기와집에서 내 보란 듯 띵까띵까하미 안 사는가 두고 바라. 물론 니도 중학교에 턱 들어가서 사지 기지로 옷 한 불 빼입게 될 끼고 말이데이.13)

인용문은 아버지의 행동이 사회적 신분 차별과 멸시, 변두리 인간으로 밀려난 존재의 본능적 항거였음을 보여준다. 그가 폭동의 맨 앞에 선 것도 세상에 대한 원망에서 비롯된 행동이었을 것이다. 작가는 자신에게 끔찍하고 두렵게만 느껴지는 이 아버지의 실상을 가감 없이 있는 그대로 보여준다. 그 기억의 상기는 주인공에게 29년의 시간을 넘어 '지금은 아버지가 지은 모든 죄를 용서'해주는 일이 필요하다는 화해에 대한 각성을 갖게 해준다. 이 작품에서 세대 갈등은 갈등이라고 할 것도 없이 일방적인 폭력이었고 그에 대한 공포만이 주인공에게 남아 있었던 것이지만 이 화해를 통해서 주인공은 과거의 역사와 현재의 현실을 온전히 자신의 것으로 껴안을 수 있게 된다. 세대의 갈등에 대한 문학적 인식이 한 차원 깊어지면서 갈등 극복의 새로운 가능성이 열리는 것이다. 이와 같은 세대 갈등의 극복 가능성은 최일남의 「흐르는 북」에서도 진지하게 타진된다.

「흐르는 북」은 젊은 날 가족을 돌보지 않고 세상을 떠돌면서 북을 치며

---

13) 김원일, 『노을』, 문학과지성사, 1997, 74쪽.

행락으로 평생을 살아온 노인의 시선으로 서술된다. 아버지가 생계를 외면했기 때문에 어머니와 함께 갖은 고생을 하며 살아온 아들은 이제 어느 정도 사회적으로 출세를 하기도 하고 생활의 밑자리도 잡은 터이다. 노인은 늘그막에 이 아들의 집에 몸을 의탁하는 데 아들 부부의 냉대란 모욕감을 느끼게 하기에 충분하다. 아들 부부가 집에 손님이 올 때면 노인이 몸을 감춰주기를 바라는 것은 노인의 존재가 자신들의 체면을 손상시킨다고 생각하기 때문이다. 친구들을 불러 잔치를 하던 날 친구들에 의해 자리에 불려온 노인은 노래에 맞춰 북을 치는데 이 사건이 아들 부부를 폭발하게 만든다. 염상섭의 『삼대』와는 달리 이 소설에서는 노인이 이상주의자이고 아들이 현실주의자인 셈인데 그 부자 사이의 세대 갈등을 새로운 차원으로 이끄는 역할을 손자가 맡는다. 대학에 다니는 손자는 탈춤패 동아리에서 활동하면서 가끔씩 할아버지의 술친구가 되어주기도 한다. 어느 날 손자는 탈춤패의 행사에 할아버지가 나와서 북을 쳐달라고 요청하는데 그 불려간 자리에서 노인은 모처럼 만에 신명을 낸다. 그러나 행사가 할아버지 덕에 최고였다는 손자의 반응과는 달리 이웃의 입을 통해 소문을 들은 아들 부부는 분이 달아오를 대로 오른다. 그런 판에 손자가 데모를 하다가 경찰에 잡혀갔다는 소식이 전해지고 아들 부부가 눈을 흘기며 경찰서로 쫓아나가는 바람에 집에 혼자 남아 양주를 홀짝이던 노인은 북채를 잡고 '둥 둥 둥 딱 뚝' 북을 울리면서 소설은 막이 내린다.

이러한 결말은 노인이 자기 존재감을 확인하는 것이라고 할 수 있는데 이 결말은 탈춤 공연에 할아버지를 초청한 사건을 놓고 아들과 손자 사이에 이루어진 대화 속에서 준비되고 있다. 손자가 할아버지를 따르는 것을 못마땅하게 여긴 아들이 "그러니까 너만이라도 할아버지에게 화해의 제스처를 보이겠다는 거냐 뭐냐."라고 묻는 데 대해 손자는 "할아버지와 갈등이 있었다면, 그건 아버지의 몫이지 저와는 상관이 없는 겁니다. 오히려 전세대끼리의 갈등이 다음 세대에서 쾌적한 만남으로 이어진다면, 그건 환영할 만한 일이고, 그게 또 역사의 의미 아니겠습니까?"라고 대답한다. 그걸 고깝게 여긴 아들이 "네가 알긴 뭘 알아. 네가 내 속을 어떻게 알아."라고 훈계하려고 하자 손자는 이렇게 자신의 생각을 털어놓는다.

그런 말씀은 이제 그만 좀 하셨으면 해요. 안팎에서 듣는 그 말에 물릴 지경이거든요. 너는 아직 모른다. 너도 내 나이가 되어 봐라……고깝게 듣지 마세요. 그때 가서 그 뜻을 알지언정, 지금부터 제 사고와 행동을 포기하고 싶지는 않습니다. 그런 뜻에서 제가 할아버지를 우리 모임에 초청한 사실을 후회하지 않을 뿐더러, 옳았다고 생각합니다. 아버지가 할아버지를 심리적으로 격리시키려 하고, 또 한편으로는 이해하려는 모순을 저도 이해합니다. 노상 이기적인 현실에의 집착이 그걸 누르는 데 대한, 어쩔 수 없는 생활인의 감각까지도 저는 알고 있습니다. 그러나 역설적이고 건방지게 들릴지 모르지만, 제 나이는 또 할아버지의 생애를 이해합니다. 북으로 상징되는 할아버지의 삶을 놓고, 아버지와 제가 감정적으로 갈라서는 걸 비극의 차원에서 파악할 것도 아니라고 봅니다. 할아버지가 자신의 광대기질에 철저하여 가족을 버린 건 비난받아야 할 일이나, 예술의 이름으로는 용서받을 수 있습니다.[14]

손자의 생각으로 할아버지에게서 북을 뺏는 것은 삶의 마지막 의지를 짓밟는 일이다. 이렇게 한 세대를 건너 세대 간의 소통이 이루어지는 구도는 『삼대』에서 이미 선을 보인 것이지만 「흐르는 북」의 새로움은 세대의 차이를 인정한 바탕 위에서 상호간에 소통을 이루어야 한다는 인식이다. 이 인식은 1990년대 이후, 포스트모던 사회에서 이루어진 문학의 다양한 양상을 이해하는 기반이 된다.

14) 최일남, 『흐르는 북』, 문학사상사, 1987, 34~35쪽.

4) 포스트모던 사회의 세대 갈등-『길 위의 집』·「아담이 눈뜰 때」·「달려라 아비」

1990년대에 이르러 한국은 전지구적 체제의 일원으로서 자신의 존재를 드러내게 된다. 그것은 1987년의 시민 대항쟁, 1988년의 올림픽 개최, 1989년의 동구 사회주의권의 붕괴와 맞물리면서 진행된 일이다. 시민 대항쟁은 오랫동안 국민 대다수의 염원이었던 민주화 운동에 한 획을 그었으며, 올림픽은 한국인이 국제사회의 한 구성분자로서 참여하는 데 자신감을 가질 수 있게 해주었다. 한편 동구 사회주의권의 붕괴는 2차 세계대전 이래 지속되었던 이념 대립이 한쪽으로 기울게 된 것을 뚜렷하게 드러낸 사건의 이정표이다. 1990년대 소설을 후일담 문학이라고 하는 것은 이제까지 치열하게 다투었던 쟁점이 사라지게 된 바탕 위에서 작가들이 새로운 모색을 위해 과거를 정리하는 시간을 가졌던 것을 의미한다. 신경숙의 『외딴 방』이 1990년대 문학의 한쪽을 대표하는 작품이 되는 것은 산업화 시대에 있었던 사건들을 회고하면서 새로운 시대를 살아가야 할 자신의 정체성을 찾아가는 이야기를 펼치고 있기 때문이다. 소설이 현재와 과거의 일을 뒤섞으면서 이야기를 펼치는 것은 그와 관련된다. 그렇지만 이 소설은 대도시로 이주한 농촌 출신의 작가가 지닌 시각에서 서술되기 때문에 부모와 젊은 세대의 갈등이 부각되지도 못하고 새로운 시대의 표징이라고 할 만한 것들이 확연하게 모습을 드러내지도 않는다. 부모는 멀리 떨어진 다른 세계에서 살고 있어 간헐적으로 등장할 뿐이며 종래 사회질서의 핵심으로 작용한 가부장제의 실상도 안개와 같이 희미한 장막으로 시야에서 차폐되어 있다. 이 점에서 포스트모던 시대의 문학이 지닌 세대 갈등의 특징은 다른 작품들 속에서 찾아보는 것이 필요하다. 여러 가지 형식으로 다양한 색깔들을 드러내는 포스트모던 시대의 문학

가운데 세대 갈등을 다룬 사례의 첫 자리에 놓이는 작품은 이혜경의 『길 위의 집』이다.

『길 위의 집』은 세대 갈등이 뚜렷하게 드러나는 종류의 작품인 것은 사실이지만 초점이 그 주제에만 있는 것은 아니다. 그것은 작품의 구조를 통해 확인할 수 있는 것인데, 소설의 이야기는 실종되었던 어머니를 찾은 이야기에서 시작하여 그동안 가족들이 생활을 영위한 내용을 길게 묘사한 다음 다시 어머니를 찾게 된 경위를 제시하는 것으로 끝난다. 치매에 걸린 어머니의 실종과 귀환을 앞뒤에 배치하고 그 중간에 가족사가 소개되는 것이 소설의 기본구조다. 이 구조를 고려할 때 작품의 초점은 세대 갈등보다도 여성론에 맞추어져 있다는 해석도 가능하다. 그런 점에서 이 작품은 신경숙의 『엄마를 부탁해』와 같은 부류의 형식이 등장하는 데 선구적인 작업이었다고도 할 수 있다. 그러나 세대 갈등 문제로 시야를 좁혀서 본다고 해도 이 작품은 『삼대』와 같이 가계 계승의 문제를 둘러싸고 야기되는 세대 간의 관계를 전형적인 가족구성 속에서 형상화한 대표적인 소설로서 가치를 지닌다. 가족 전체가 등장인물로서 일정한 역할을 하고 있을 뿐 아니라 그들 사이의 관계가 세대 갈등의 다양한 국면을 드러내고 있기 때문이다. 이 가족서사의 배경은 자수성가했다는 자긍심으로 길중 씨가 행사하는 가부장적 권위이다. 가족의 생계를 전적으로 책임지고 있다는 자부심이 아내에 대한 폭력과 폭언을 가능하게 했고, 부친의 그 행위를 보면서 성장한 자식들은 각자의 방식으로 대응한다. 큰아들 효기는 겉으로 순종하는 척하며 실익을 챙기고 둘째인 윤기는 드러내놓고 반발하여 집을 나가버린다. 있는 듯 없는 듯 자기 일만 하는 아들과 집안일에는 관심을 두지 않고 사회운동을 하는 데만 몰두하는 아들. 여기에는 자신의 존재를 드러내지 않은 채 뒤에 숨어 가족들을 위해 헌신하는 딸도 있다. 여러 인물이 교대로 서술하는 방식을 사용하고 있는 이 소설에서 딸 은용은 은연중 주인공으로 부상하지만 세대 갈등의 주역은 둘째 아들 윤기이다. 자신이 사랑하는 여자를 골방에 숨겨둠으로써 평지풍파를 일으키고 아버지와 그 일로 격돌하고는 집을 나가버리는 반항아이다. 결국 아버지가 강요하는 결혼을 받아들이지만 그의 생활은 끝내 평탄치 못하다. 이와 대조적으로 아버지에게 순종하는 척하며 공장을 물려받은 효기는 자기가 거느린 가족의 이익과 아버지의 생각이 정면으로 배치되는 순간 아버지의 뜻을 거스르고 행동한다. 이처럼 가족구성원들 사이에, 그리고 부모와 자식세대 간의 갈등이 다채롭게 펼쳐지고 있는 작품이『길 위의 집』이다. 이 소설에는 가계 계승과 관련하여『원형의 전설』과 대비해 볼 수 있는 측면도 나타난다. 사랑하는 여인이 있었음에도 불구하고 부친의 강력한 반대로 좌절을 겪었던 길중 씨가 아들이 데려온 여자를 여염집 출신이 아니라는 이유로 며느리로 받아들이기를 거부하는 것이다. 또한 이 작품에는 어머니와 아들 사이의 세대 갈등도 암암리에 표현되고 있다. 남편의 폭력을 견디는 인고의 세월 속에서도 자식들의 성장을 보며 기쁨을 느꼈던 어머니는 부모와 충돌하며 격렬하게 타오르는 증오의 시선을 던지는 아들의 눈길을 보고 정신을 놓아버리는 것이다. 그것은 가부장제의 완고한 도덕적 질서와 그 권위가 현대문명의 도발적인 개인주의에 의해 힘없이 무너져 내리는 과정에서 내는 굉음이라고도 할 수 있다. 이 가부장제의 권위에 대한 도전은 장정일의 소설에서는 이혜경의 소설과는 전혀 다른 방식으로 행해진다.

『원형의 전설』에 대한 검토 속에서 이미 시사한 바 있지만 현대사회에서 성(性)은 세대 문제의 구성에 큰 역할을 한다. 세대 문제가 단순히 부모와 자식, 연령층 사이의 관계에서만 관찰되는 것이 아니라 민족, 지역, 성적 취향, 노쇠의 문제 같은 여러 가지 자연적 범주들 속에서 새롭게 정치화되는 것이다. 장정일은 이 자연적 범주들 가운데 전략적으로 성과 성적 취향을 자신의 소설에 특권적 영역으로 선택하고 있다. 다른 작가들에 비해 자유분방한 상상력을 발휘하면서 성의 표현 영역을 넓히고 있는 것이다. 소설집 『아담이 눈뜰 때』는 문명화 과정의 3단계가 지닌 비공식성과 탈의식화가 주류를 형성하는 "정서적 물리적으로 표현의 자유를 누리는 시대"의 특성을 잘 보여주고 있다. 기존의 도덕적 규범과는 크게 거리를 두면서 여러 가지 행위 패턴들을 제시함으로써 자신의 진정성을 추구하고 있는 것이다. 그러나 『아담이 눈 뜰 때』만을 가지고는 작가가 왜 그와 같이 파격적인 형식을 취하고 있는가 하는 의문은 풀리지 않는다. 작가가 상식과 자신의 사유 사이의 중간에 있는 다리를 보여주지 않고 있기 때문이다. 그 중간교량이 뚜렷하게 부조되어 있는 작품이 한때 사회적 물의를 일으켰던 『내게 거짓말을 해봐』이다. 포르노 소설에 지지 않게 집요하게 성과 성적 행위를 표현하고 있는 이 소설에는 아버지에 대한 적대감이 도처에 적나라하게 노출되어 있다. 작가는 그 한 대목에서 왜 그와 같은 적대감이 필요했는지 다음과 같이 서술하고 있다.

내게 아버지가 있었던가? 한밤에 잠을 이루지 못할 때마다 에펠탑이 정면으로 마주 보이는 집 앞의 사이요 광장에 나가 앉아 그 생각을 한다. 내게 진짜 아버지가 있었던가? 나는 그것을 알지 못한다. 조각가였는지 소설가였는지 영화 감독이었는지 혹은 무용가였는지 대체 내가 예전에 무슨 일을 했던 사람인지 지금 알지 못하는 것처럼, 내게 아버지가 존재했는지 나는 모른다. 어쩌면 계급장 없는 군복을 입은 채 요란스러운 150cc 오토바이를 타고 선거 유세장을 돌아다니던 아버지는 내 공상의 산물이 아니었을까? 즉 내 똥같은 작품의 논리적 근거를 마련하기 위해 그토록 그악한 아버지가 만들어진 것이 아닐까? 그래. 창작을 지속하기 위해 아버지라는 악한 적을 상정하고 그 것으로부터 동력을 얻고자 한 것이 분명하다. 그리고 그 어떤 필요에서보다 내 성적 환상을 인정받기 위해 내 유년을 압박한 아버지가 필요했다. 하지만 이제 안다. 애초에 내게는 그 어떤 아버지도 존재하지 않았다는 것을. 나는

아버지 따위의 존재 없이 고독 속에 태어났다.[15]

앞에서 아버지에 대해 묘사한 내용을 참조하면 서술자의 아버지는 아들을 군대식으로 훈육했다. 그것은 다른 말로 표현하면 가부장제적 권위를 통해 자식을 통제하고자 했던 것이고 아들은 그 아버지로 상징되는 법의 체계에서 벗어나고자 했다. 「아담이 눈 뜰 때」에서 '나'와 현재가 학교와 입시에서 이탈하여 섹스와 음악에 몰입한 것도 마찬가지 이유를 갖는다. 그러나 그 이탈은 모든 욕망을 교환원리에 얽매어놓고 있는 후기자본주의 사회에서 온전하게 이루어질 수 없었고 그 좌절 속에서 현재는 자살한다. 자신이 자유라고 생각한 것이 여전히 교환원리에 종속된 것이라는 사실에 충격을 받은 다음의 일이다. 이 소설에서 아담이 눈뜬다는 것은 이 후기자본주의 사회가 에덴의 욕망을 모조한 시뮬라크르의 세계임을 인식하는 일이다. 작가는 그 시뮬라크르를 해체하고자 하는데 그 방법이 소설쓰기이고 그 결과가 현재의 메타픽션이다. 이와 같이 겉과 속이 뒤집히고 머리와 꼬리가 맞물리는 서사에서 성적 행위의 반복적인 묘사가 지니는 의미는 자유로운 욕망의 분출이다. 그것은 상징계의 법, 아버지에 대한 이탈의 한 형식이라는 점에서 세대 갈등과 겹쳐진다.

포스트모던 사회의 징후가 여러 부문에서 뚜렷해진 2000년대 들어 부자 세대 간의 세력관계는 역전된다. 김영하의 「오빠가 돌아왔다」에는 아들한테 매 맞는 아버지가 등장하고 박민규의 「그렇습니까? 기린입니다」에는 생활에 지쳐 사라지는 아버지가 등장한다. 김애란의 「달려라 아비」가 2000년대 문학에서 세대 갈등의 전형적 형태를 보여주는 작품이라고 하는 것은 갈등의 구체적인 전개양상이 잘 표현되었기 때문이 아니라 소

---

15) 장정일, 『내게 거짓말을 해봐』, 김영사, 1996, 206~207쪽.

설이 아버지의 위상, 그리고 그에 대한 가족들의 태도가 이전 시기와 달라졌음을 잘 드러내주고 있기 때문이다. 이 소설은 모녀로 구성된 가족의 이야기를 전한다. 그러나 딸의 관점으로 서술된 이야기의 대부분은 아버지에 대한 것이다. 어머니를 위해 단 한 번도 달려본 적이 없다는 아버지는 몸을 허락하는 조건으로 피임약을 사오라고 했을 때만 약국까지 뛰어갔다 왔다는 것이다. 그 아버지는 아이를 임신했다는 어머니의 이야기를 듣고 홀연히 사라졌다. 그러나 아버지의 부재에도 불구하고 모녀는 이제까지 건강하게 살아왔다. 딸은 어머니가 자신을 농담으로 키웠다고 말한다. 아버지에 대해 끊임없이 이야기하면서도 웃음을 잃지 않았다는 것이다. 그래서 딸은 아버지를 즐겁게 상상할 수 있었다. 딸은 어머니가 물려준 가장 큰 유산이 자신을 연민하지 않는 법이라고 말한다. 이 모녀간의 관계가 역전된 것은 미국에 있다는 아버지의 아들이 아버지가 사망했다는 소식을 전해온 다음부터다. 사전을 찾아가며 떠듬떠듬 번역한 편지 내용을 어머니에게 전하면서 딸은 아버지가 평생 어머니에게 미안해하며 살았으며, 그때 어머니가 참 예뻤었다고 말한 것으로 꾸며내 이야기한다. 어머니가 농담으로 아버지를 상상할 수 있게 해주었듯이 딸 또한 꾸며낸 이야기로 어머니가 아버지를 즐겁게 상상할 수 있게 해준다. 이 대칭구조의 서사에서 아버지는 이미 가부장이나 상징계의 법이 아니다. 그저 범상하고 소심한 한 사내에 불과하다. 그 아버지 없이도 모녀는 건강하게 살아왔고 건강하게 살아갈 것이다. 상상력의 힘을 빌려서. 이것이 포스트모던 시대 아버지가 지닌 위상이고 그에 대한 가족들의 태도다. 가부장제의 그늘은 이제 세대 갈등의 중요한 요인이 되지 못한다. 가족구성원들은 아버지의 부재를 큰 결함으로 생각하지 않고 제각기 자기의 개성을 발휘하면서 세상을 힘차게 살아갈 수 있는 힘을 지니게 되었다. 그 힘은 구성원들 상호간에 상대방의 슬픔과 상처를 감싸 안을 수 있는 이해심과 너그러움에서 연원한다. 아버지의 자리가 비어 있는 집안의 모녀가 보여주는 삶의 방식은 가부장제를 대체하여 이제 모성의 원리가 가족구성의 새로운 방식의 하나로 유력하게 등장하고 있음을 보여준다.

4. 세대 갈등의 극복 가능성

사람은 무한한 수명을 누리지 못하고 세대를 바꿔가며 생명을 연장함으로써 역사를 이루어가야 하는 유한한 존재이다. 세대의 문제는 그 과정에서 자신의 소유와 권한을 영속시키려는 세력과 새롭게 자신의 의지대로 삶의 영역을 확보하고 자유를 실행하려는 세력 간의 충돌에서 발생한다. 그 갈등이 어떤 하나의 원칙과 방법에 따라 해소될 수 있었더라면 오이디푸스 신화와 같은 서사는 아예 생겨나지도 않았을 것이다. 세대 갈등의 극복을 위한 노력들이 사회의 변화에 따라 그때마다 다른 형식과 다른 내용을 가지고 등장할 수밖에 없는 조건이다. 『무정』의 이형식은 기성질서의 폐기와 근대문명을 향한 개화가 모든 문제를 해결해줄 것이라고 소박한 꿈을 꾸었으며, 보다 성숙한 의식을 갖추게 된 『삼대』의 조덕기는 여러 사회적 단위들에서 분출하는 욕망을 조화시키고 화해하게 할 수 있는 방도를 놓고 고민했다. 광복을 맞아 모든 것을 원점에서 다시 시작해야 한다고 생각한 채만식의 소년은 아버지의 실종을 현실로 인정한 바탕 위에서 서로의 불행을 위로하고 이해하며 감싸는 민중들의 삶에서 새로이 수립되어야 할 사회질서를 꿈꾼다. 하지만 한국전쟁이란 대재난을 문명사적 시각에서 포착한 『원형의 전설』은 세대를 이어가며 연속되는 오이디푸스 신화의 원형구조가 열린 구조로 바뀔 수 있는 가능성을 폭력이 아니라 사랑의 원리에서 찾고 있다. 그러나 『난쏘공』이 보여주는 것은 산업사회에서 세대 간의 관계가 사회적 계층에 따라 다른 방식으로 형성되고 있다는 사실이다. 사회는 각계각층으로 분화되고 세대 간의 관계도 각자가 놓인 상황에 따라 다른 방식으로 형성되기 시작한 것이다. 산업화 시기에 한국의 작가들이 가장 관심을 기울인 주제는 한국전쟁이다. 그 크나큰 문제를 어떤 식으로든 정리하지 않고서는 앞으로 나아갈 수 없다는 것이 작가들의 생각이었는지도 모른다. 이 주제를 다룬 작품들은 너무 많아서 한 가지로 말하기 어렵지만 빨치산 아버지를 형상화한 『노을』에서 작가는 "지금은 아버지가 지은 모든 죄를 용서"해주는 화해가 필요하다는 인식을 보여주고 있다. 일찍이 1970년대 초에 윤흥길의 「장마」에서부터 나오기 시작한 대립된 입장에 있는 사람들 사이의 화해 요청은 전쟁이 끝난 뒤 반세기 동안 지칠 줄 모르고 계속되었던 것이다. 그러나 전쟁의 기억이 가물거리게 되는 포스트모던 시대에 이르면 산업화 시기부터 발아하기 시작한 다양한 사회적 욕망이 세대 문제를 지배하게 된다. 이혜경의 『길 위의 집』은 염상섭의 『삼대』와 같이 세대 갈등의 다양한 국면을 형상화하고 있는 작품으로서 여기에서 핵심적인 갈등은 권위주의와 개인주의의 충돌이다. 근대문명의 대표적인 갈등양상이라고 할 수 있는 그 충돌은 이 작품에서는 여성 해방의 문제와 겹쳐지는데 가부장제를 대체할 가족구성의 원리로서 모성원리가 등장하는 것이라고 해석할 수 있다. 한편 이 시기에는 장정일의 소설들로 대표되는 성의 해방을 문학적 형상으로 보여주는 작업들도 이루어진다. 그것이 문명화 과정의 3단계가 지닌 비공식성, 탈의식화의 현상이면서 권위주의에 대한 반항이라는 것은 다시 말할 것도 없다. 이처럼 일탈하는 상상력들이 다양하게 분포하는 가운데 아비의 부재를 슬픔이나 상처로 받아들이지 않고 자신을 연민하지도 않으며 건강하게 살아가는 모녀의 이야기가 김애란의 「달려라 아비」 속에 형상화된다. 이제 가부장들이 원하든 원하지 않든 간에 자유로운 개체들의 탈주는 막을 수 없는 큰 흐름이 되었다.

2012년의 대선에서는 동기집단들이 생애단계(life stage)가 달라짐에 따라

의식과 태도, 가치관을 달리하는 특이한 양상이 처음으로 빚어졌다. 이 현상은 종래 청년들이 주축이 되었던 세대 갈등에서 각 연령세대가 제각기 자기 목소리를 내기 시작했다는 사실을 의미한다. 이 현상은 한국사회의 세대구성 비율로 보아 앞으로도 결코 잦아들지 않을 것이라고 생각되는데, 가부장의 권위가 더 이상 보장되지 않는 상황에서 여러 연령세대가 각기 동기집단으로서 자기 몫을 주장하게 된 형국이라고 할 수 있다. 청년세대의 기성권위에 대한 도전이 근본적으로 "사회적 삶의 모든 형식을 인간공동체의 필수불가결한 형식으로 이해하고 또 긍정하는 자유로운 인간성의 이상"[16]을 형성해가는 성숙의 한 과정을 포함하는 것이라는 점을 감안하면 현재 조성되어가는 각 연령집단들의 자기 목소리 내기는 포스트모던 사회의 다원성 논리가 관철되는 한 방식이라고 할 수 있다. 이러한 현실에서 세계에 자신의 영향력을 계속해서 행사하고자 하는 욕구와 기존의 가치체계를 일정하게 수용하면서도 그것을 자기에게 적합한 내용으로 바꾸고자 하는 의지 사이에서는 당분간 팽팽한 줄다리기가 계속될 개연성이 많다. 그 점에서 오늘날 한국 현대문학이 보여주는 각종의 분화와 실험들은 그 줄다리기가 여러 세대들이 참가하는 다자구도로 진행되는 것과 관련되는 사항이라고 생각된다. 그렇지만 그 힘겨룸이 자기들의 이익을 극대화하기 위한 여러 세대집단 간의 이전투구가 되지 않기 위해서는 공동체적 의식을 내면화하고 다른 세대의 삶을 이해하는 일이 필수적이다. 그 점에서 우리는 사람들이 영위하는 여러 가지 삶의 방식을 그 자체로 가치 있는 사회적 형식으로 인정하고 그 형식을 자유로운 인간성의 이상이란 목적의 수단으로 삼게 하는 역할을 오늘의 한국문학의 당위로서 기대할 수 있다.

(『국어국문학』, 2013. 8)

---

16) 게오르크 루카치, 『소설의 이론』, 반성완 옮김, 심설당, 1985, 178쪽.

한국 현대소설의 정치적 비전
— 『당신들의 천국』과 『비명을 찾아서』의 알레고리

1. 정치소설과 알레고리

　한 세기 남짓한 한국 현대 역사는 격동의 사건들로 점철되었다. 5백 년 역사를 지닌 조선 왕조가 쇄국의 빗장을 들어 올린 때가 1876년, 그 이후 한국에서는 1894년의 동학혁명을 시발점으로 하여 거의 10년마다 한번씩 굵직굵직한 사회적 변동들이 일어났다. 한일합방(1910), 기미독립운동(1919), 만주사변(1931), 태평양전쟁(1941), 한국전쟁(1950), 4·19혁명(1960), 5·16쿠데타(1961), 10월 유신(1972), 광주민주화운동(1980), 6월 항쟁(1987) 등 이름만 들어도 격변의 역사가 느껴지는 커다란 사건들이 꼬리를 물고 이어졌다. 그 세월은 평온 속에 잠들어 있던 고요한 아침의 나라가 외세의 침략에 의해 이민족의 식민지가 되었다가 어렵사리 주권을 되찾고, 민족상잔의 이념전쟁과 개발독재를 거치면서 자유와 민주주의를 쟁취한 길고긴 고난의 기간이었다. 한국 현대소설은 이 격동과 고난의 시간을 함께했다. 이제 겨우 백 년의 연륜을 지니게 된 한국 현대문학에서 그 어느 분야보다도 정치소설[1]이 큰 비중을 차지하게 된 것은 그 격동의 역사와 관련된다. 20세기 초 애국계몽기의 신소설은 공공연하게 문명개화를 주장하는 정치소설로 자리 잡았고 일제강점기의 경향문학에서도 정치소설은 어느 장르보다도 뚜렷이 부각되는 존재였다.

이 사정은 광복 이후에도 크게 바뀌지 않았다. 해방 공간은 특정한 이념을 선전 선동하는 소설들로 메워졌고, 전쟁이 진행되는 동안의 종군문학은 말할 것도 없고 전후의 문학까지도 매카시즘에 압도되었다. 같은 민족이면서도 이념대립으로 인해 남북간에 전쟁까지 치른 사회였기 때문에 그 여진은 오래도록 지속되었다. 4월 혁명 전후에 잠시 '푸르른 하늘'을 보았던 작가들은 군부쿠데타 세력이 주도한 개발독재 18년, 그리고 그 추종세력이 정권을 장악한 십수 년을 합쳐서 30여 년간 스스로의 문학적 실천이 자신의 신체와 가족의 안녕에 심각한 위협을 야기할 수도 있다는 사실을 항시 유념하지 않을 수 없었다. 유신체제가 들어선 1970년 이후 감옥을 자기 집처럼 드나들어야 했던 김지하 시인과 사회민주화가 이루어진 이후에도 주류언론의 공개적인 비난을 받고 백색테러의 위협 속에서 공권력과 싸워야 했던 『태백산맥』의 작가 조정래의 경우는 그 산 증거이다. 그러나 이 두 사람의 사례는 한국 현대문학이 경험한 억압과 질곡의 총량을 생각하면 빙산의 일각에 불과하다. 일제강점기 40년, 남북 분단이 현실화되어가던 해방 직후의 10년, 그리고 군부세력에 의해 권력이 전단되던 30년의 세월은 한국 현대사의 대부분을 차지하는 시간으로서 표현의 자유가 극도로 억압되고, 그에 따라 문학인들에게 시련과 고통이 가중

---

1) 여기서 '정치소설'이란 용어는 소설의 하위 장르를 가리키는 명칭이라기보다 다른 작품들에 비해 정치성이 두드러진 일군의 소설을 가리키는 일반 개념으로 사용한다.

되던 시기였다. 그러므로 그 긴 세월 속에서 얼마나 많은 시인 작가가 스스로 표현의 수위를 조절하느라 고민하고 자기 검열에 가슴 졸였으며 미구에 닥쳐올 탄압의 공포에 몸을 떨어야 했는가는 가히 상상하고도 남음이 있다. 그 어두운 시절 수많은 작가들이 작품의 겉과 속이 다른 알레고리 기법을 주로 사용하여 정치소설을 짓고 있었다는 것은 그 공포와 두려움이 한국문학에 어떤 영향을 끼치고 있었는지 웅변으로 말해주는 증거이다.

한국 현대소설에서 정치소설과 알레고리는 매우 긴밀한 관련을 지니지만 그 모습이 어느 때나 한 가지로 나타났던 것은 아니다. 애국계몽기의 단편우화들과 역사전기소설은 분명히 알레고리 형식이었다. 그것은 서양의 계몽주의 문학가였던 스위프트나 라퐁텐의 우화소설, 월터 스코트의 역사소설과 같이 계몽문학의 특성을 강화하기 위해 채택된 형식이었다. 그러나 그 이후 한민족에게 가혹한 시련의 시간이었던 일제강점기나 군사정권 시절에 나타난 알레고리는 현실의 부정성에 대한 부정의 표현이었다. 따라서 그 표현은 권력으로부터 가해질 수 있는 탄압의 손길을 피하기 위해 외피를 두르지 않을 수 없었다. 그 외피는 "꼭꼭 숨어라"는 숨바꼭질의 구호처럼 외부의 공격으로부터 작가를 보호하는 데 충분하리만큼 두꺼운 것이어야 했다. 상대의 심정을 아는 사람들끼리 이심전심으로 뜻을 전달하는 어두운 시절의 알레고리는 비밀약호와 같은 성격을 지녀야 했기 때문에 그야말로 "그 뒤에 숨어 있는 사유영역을 알지 못하는 사람에게는 이해되지 않는"[2] 형식을 갖추지 않으면 안 되었다. 그 결과 이 시기에 나온 정치소설의 알레고리들은 숱한 오독과 오해를 견디어야 했다. 이상의 시 「오감도」에 나오는 '13인의 아해'가 종로경

---

2) 김누리, 『알레고리와 역사』, 민음사, 2003, 63쪽.

찰서에 폭탄을 던지고 총격전을 벌이다가 숨진 김상옥 열사를 포함한 의열단원 13명을 가리킨다는 사실은 최근에야 밝혀졌다.[3) 또 이 김상옥 열사를 맨 처음 소설로 형상화한 「산동이」의 작가 채만식이 알레고리를 통해서 일제에 대한 가장 강고한 투쟁을 벌였다는 것도 근년에야 확인된 사실이다.[4)

이러한 사정은 오늘날이라고 해서 특별히 나아진 것이 없다. 독일의 노벨상 수상작가 귄터 그라스의 문학이 그의 명성에도 불구하고 거기에 들어 있는 알레고리로 인해 아직까지도 오독의 그늘을 벗어나지 못한 것과 마찬가지로 이 글에서 다루는 이청준의 『당신들의 천국』과 복거일의 『비명을 찾아서』도 숱한 오해와 오독 속에 빠져 있다. 『당신들의 천국』을 읽은 독자들이 소록도의 나환자를 돕기 위한 운동을 펼쳤다는 것은 차라리 애교스러운 일이라고 하겠지만 『비명을 찾아서』가 "식민지 경험이라는 수난사적 인식을 극대화하는 효과를 발휘"하는 작품으로서 "민족주의적 주체로의 거듭남을 보다 더 효과적으로 촉구"[5)한다는 해석은 작품의 알레고리를 읽은 사람에게 웃을 수도 없고 울 수도 없는 난처한 입장에 서게 만든다. 이와 같은 해석들은 현실에서 알레고리 작품들이 어떻게 읽히고 있는지 잘 보여주고 있다. 그 양태는 『당신들의 천국』의 주인공 조백헌이라는 인물이 "이청준의 소설에서는 찾아보기 힘든 긍정적 인물"이라고 보는, 작품해설을 맡은 김현의 시각에서도 나타나고, 『비명을 찾아서』의 주인공이 민족 아이덴티티를 찾는 과정에서 "여성의 분리/단절=타자화"가 일어나는데, 그것은 "남성 주체를 중심으로 한 역사/민족의 상상력

---

3) 권은, 「경성 모더니즘과 역사적 알레고리」, 『현대소설연구』, 39호, 2008. 12.
4) 최유찬, 『문학의 모험 – 채만식의 항일투쟁과 문학적 실험』, 역락, 2006.
5) 권명아, 「국사시대의 민족 이야기」, 『실천문학』, 2002, 겨울호.

에 기인"[6]한다는 관점에서도 나타난다. 이러한 견해들의 공통점은 작품에 대한 피상적인 접근, 작품의 심층에 있는 알레고리 구조를 도외시한 독서에 입각하고 있다는 점이다. 그 결과는, 가장 강고한 항일투쟁을 벌였으면서도 친일문학의 대표자로 낙인찍혀 '역사의 죄인', '민족의 죄인'이라는 누명을 쓴 채만식의 경우에서 전형적으로 드러나듯이, 작가와 작품에 대한 오해를 불러일으켜 사회적 비난을 위한 실질적인 근거를 제공한다.

이와 같이 심각한 사회적 파장을 일으킬 수 있는 오독과 오해의 원인은 독자나 연구자의 작품을 분석할 수 있는 능력의 부족으로만 돌릴 일이 아니다. 그보다는 작품이 몸을 담고 있는 '사유의 영역'에 대한 이해가 전제되지 않고서는 알레고리의 구조를 파악할 수 없다는 사실이 강조되어야 하는 것이다. 이 '사유의 영역'의 이해는 작품이 생산된 사회 현실에 대한 파악과 함께 작품을 작가의 '문학적 실천', '문학행동'으로 보는 시각을 요구한다. 알레고리를 자신의 소설기법으로 채택한다는 사실 자체가 이미 시사하는 것처럼 작가는 주어진 현실에 순응만 하는 것이 아니다. 이론은 그 자체로 행동이란 말이 있듯이 작품은 현실을 단순히 사진기처럼 모사하지 않는다. 그 속에는 현실에 대한 작가의 인식과, 그로 인해 생기는 감정과, 그에 대한 대응으로서 의지가 표현되어 있다. 그 사유의 내용들이 먼저 이해되지 않고서는, 달리 말해서 서술의 문맥이 파악되지 않고서는 작품의 구조분석이란 허방을 짚는 일이 되기 십상이다. 전체가 먼저 파악되어야 부분의 의미를 이해할 수 있다는 말은 알레고리 작품에 가장 적중한다.

---

6) 손지연, 「植民地女性と 民族共同體の 想像」, 『비교문학』 40권, 2006.

2. 『당신들의 천국』의 알레고리

'정치'라는 말은 여러 가지 방식으로 그 뜻을 풀 수 있지만 일반적인 측면에서 그것은 사람들의 공동생활을 어떻게 하면 가장 잘 조정할 수 있겠는가 하는 문제와 관련된다. 여기서는 경제체제나 가족생활의 구조, 문화의 형식 등 여러 가지 사회적 실천과 정치제도를 적절히 배치하고 운용하는 문제가 관건이 된다. 사람들이 관례적으로 사회 여러 부문 가운데서 정치를 가장 중요한 부문으로 여기는 것은 그 조정의 일이 공동생활에서 무엇보다도 중요하기 때문이리라. 이때 정치는 여러 부문과 영역의 관계를 정리하여 세계가 원활하게 돌아가게 하는 힘으로 생각할 수 있다. 그것은 세계를 움직이게 한다. 동아시아에서는 전통적으로 이 움직이는 세계를 '낳고 낳는(生生)'관계, 창조적 과정으로 파악했고, 그 계속되는 변화를 자연의 이치라고 생각했으며, 그 상태가 이어지도록 돕는 것을 선으로 판단했다. 이 시각에서 현실은 끊임없이 운동 변화하는 세계다. 그러므로 거기에서 움직이지 않고 정체하는 것은 부패하는 것이며, 그것은 곧 죽음을 의미한다.

우리가 통상 '이야기'라고 말하는 서사는 그 형태가 어떻게 되어 있든 간에 모두가 근본적으로 동사 하나로 표현될 수 있다. 그것은 세계의 움직임을 표현하는 것이므로 이야기를 주고받는 사람들은 다같이 현실의 변화에 관심을 두는 존재들이다. 근대의 서사양식인 소설 또한 여기에서 예외가 아니다. 그 가운데서도 특히 역사 현실의 중심적인 움직임 자체를 직접적인 관심의 대상으로 삼는 정치소설은, 간단히 말하여, 세계의 움직임이 막히면 뚫고 뚫리면 더욱 원활하게 흐를 수 있도록 돕고자 하는 의식이자 현실적 행동이라고 말할 수 있다. 통상 세계의 움직임을 가로막는 막힘은 경직에서 나오고 경직은 정치의 힘이 순리에 따르지 않고 억압의 힘으로 작용할 때 나타난다. 어두운 시대의 정치소설이 흔히 알레고리의 형식을 채용하는 것은 이에 말미암는다. 이야기의 본질은 본질에 대한 이 야기를 의미하므로 작가들은 어떤 시대건 정치의 문제를 도외시할 수 없 다. 세계를 움직이게 하는 것은 정치적 인간의 역할이기 때문이다. 하지 만 정치가 억압적인 힘으로 작용하는 상태에서 자유로운 표현은 가능하 지 않다. 이렇게 정치의 힘과 주체의 표현의지가 정면으로 부딪치는 막다 른 길목에서 작가들이 알레고리를 선택하는 것은 불가피하다. 물론 알레 고리가 문제의 본질을 더욱 분명하고 효과적으로 전달할 수 있게 해주기 때문에 채택되는 경우도 있다. 계몽주의 문학이 자주 이용한 우화나 후기 자본주의 사회의 복합체계를 재현하기 위한 인식의 지도로서 프레드릭 제임슨이 논의한 바 있는 알레고리는 그런 경우에 속한다.

이와 대조적으로 억압체제가 낳은 알레고리들은 무엇보다도 먼저 본뜻 을 겉으로 명백하게 드러내지 않는 데 목적을 둔다. 정치가 세상의 자연 스런 움직임을 어떻게 가로막고 있는지를 밝혀 소통할 수 있게 하는 것이 형상화의 궁극적인 목적이라고 하더라도 그로 인해 야기될 직접적·간접 적 피해로부터 작가 자신을 안전하게 하는 일은 우선적으로 충족되어야 할 조건인 것이다. 이로 인해 알레고리는 작품의 심층적 주제를 두꺼운 외피 속에 감추게 되며 그 의미는 해독하기 어렵게 흐려져 있는 것이 일 반이다. 따라서 이러한 작품을 이해하는 데는 담론의 피상적 이야기 속에 숨겨진 비의(秘義)를 찾아내는 해석적 알레고리가 필요하다. 알레고리의 어원인 그리스어 'huponoein'이 '밑을 보는 것, 밑을 이해하는 것(to see under, to understand under)'[7]을 뜻했으며, 세계사적으로도 신화의 이면에

---

7) Luc Brison, *How philosophers saved myths*, Catherine Tihanyi(trans), Chicago Univ. Press. 2004. p.32.

서 보편적 의미를 찾는 일에서 알레고리 해석이 시작[8])되었음을 상기하면 작품의 숨겨진 비의를 찾는 작업이 새삼스러운 일이 아님을 이해할 수 있다. 호머의 작품에 등장하는 신화의 주인공들을 전쟁의 신이나 사랑의 신으로 일반명사화하면서 이야기에 대한 알레고리적 해석이 시작된 것과 마찬가지로 이청준과 복거일의 대표작을 분석하는 이 글도 알레고리의 껍데기 속에 숨겨진 비의를 해석하여 일반화하기 위한 작업의 일환이다.

『당신들의 천국』은 1974년부터 이듬해까지 2년간 『신동아』에 연재되었고, 1976년 단행본으로 간행되었다. 소설이 발표되기 시작한 1974년은 대학에 탱크가 진주하고 전국에 비상계엄이 내려진 상태에서 유신체제가 발족한 1972년 12월 27일로부터 1년이 경과한 시점이다. 유신체제는 군사정부에 의해 추진된 개발독재의 최종적 형태였다. 1961년 군사쿠데타로 정권을 장악한 박정희는 "반공을 국시의 제일의로 삼"아 민생고를 해결한다는 혁명공약을 발표했고, 1년 뒤 경제개발5개년 계획을 내놓았으며, 2년 뒤에는 민간인이 되어 5대 대통령으로 취임했다. 1967년 재선에 성공한 그는 대통령의 3선을 금지한 헌법을 바꾸어 1971년에 7대 대통령으로 취임했다. 그러나 박정희는 이에 만족하지 않고 1972년 국회를 해산하고 전국에 비상계엄을 내린 다음 새로 제정된 유신헌법에 따라 중임제한을 받지 않는 임기 6년의 제8대 대통령으로 취임했다. 통일주체국민회의라는 꼭두각시 기관을 새로 만들어 2천여 명의 대의원들이 거수기처럼

---

8) 위의 책, 36쪽. 이 알레고리 해석과 관련하여 플라톤은 이렇게 말하고 있다. "호메로스가 지은 온갖 '신들의 싸움' 이야기들은, 숨은 뜻이 있게 지어졌건 또는 아무런 숨은 뜻도 없게 지어졌건 간에, 우리의 이 나라에 받아들여져서는 아니 되네. 어린 사람은 뭐가 숨은 뜻이고 뭐가 아닌지를 판별할 수도 없으려니와, 그런 나이일 적에 갖게 되는 생각들은 좀처럼 씻어내거나 바꾸기가 어렵기 때문일세." 플라톤, 『국가』, 박종현 옮김, 서광사, 1997, 170~171쪽.

일사분란하게 '체육관 선거'를 하도록 함으로써 얻어낸 소득이었다. 대통령의 간선제를 특징으로 하는 유신헌법은 실질적으로 박정희의 장기집권, 대통령 종신제를 보장하는 것이었다. 국민들로부터 총통제라는 비난을 받은 유신체제가 들어선 직후 『당신들의 천국』이 발표되기 시작했다는 것은 이 소설의 알레고리를 해석하는 데 중요한 참조점이 된다.

　이청준은 등단작인 「퇴원」에서부터 사회와 개인의 관계에서 나타나는 지배와 억압의 문제, 권력관계를 중심적인 주제로 다루어왔다. 『당신들의 천국』은 이 문제에 대한 작가의 사유가 일정하게 한 단락을 지으면서 완결된 모습을 보여주는 작품이다. 그 줄거리는 비교적 간단하다. 나환자들의 집단수용소인 소록도에 현역군인인 조백헌 대령이 원장으로 새로 부임한다. 조원장이 섬에 도착한 날 보건과장 이상욱은 나환자 한 사람이 섬을 탈출했다는 소식을 전해준다. 겉으로 보기에 평온한 이 섬에 심각한 문제가 있다고 생각한 조원장은 며칠간의 조사를 통해 섬의 실정을 파악한 다음 취임식을 하고 섬에 대해서 자기가 내린 진단에 따라 처방을 내놓기 시작한다. 조원장은 먼저 섬의 여러 마을에 주민들의 의견을 청취하기 위한 건의함을 만든다. 그러나 며칠이 지나도록 건의를 하는 사람이 아무도 없다는 것을 확인한 조원장은 5천여 명에 이르는 나환자들의 대표로 장로회의를 구성하여 형식적으로나마 섬의 중요한 문제를 자율적으로 결정하게 한 데 이어, 축구팀을 구성한다. 모든 일에 수동적인 나환자들의 태도를 바꾸지 않고서는 아무것도 할 수 없다는 나름의 판단에 따른 조처였다. 처음에 별다른 반응을 보이지 않던 나환자들은 축구팀이 군민체육대회에서 우승한 데 이어 도 단위 체육대회에 나가서까지 우승하자 열광하게 된다. 이 열기를 보고 나환자들이 자신감을 되찾았다고 판단한 조원장은 장로회의 대표인 황희백 노인 등에게 섬과 육지를 잇는 간척공사를 하겠다는 계획을 밝히고 협조를 요청한다. 그러나 파도가 넘실대는 바다에 방둑을 쌓고 간척공사를 한다는 것은 축구팀을 구성하는 것처럼 간단한 일이 아니었다. 엄청난 노력과 희생이 요구되는 일이었으므로 주민들을 설득하기가 쉽지 않았다. 조원장이 온갖 어려움을 이겨내고 막상 공사를 시작한 뒤에도 시련은 그치지 않았다. 아무리 돌과 바위를 던져 넣어도 돌둑은 물 위로 모습을 드러내지 않았으며, 나타났다가도 큰 파도가 치면 이내 휩쓸려 가버리고 마는 것이었다. 원장의 임기를 연장하면서까지 시행한 몇 년에 걸친 공사 끝에 방둑이 완성될 단계에 이르렀지만 새로운 난관이 닥쳐왔다. 간척지를 욕심내는 사람들이 여기저기 생겨났음은 물론, 공사가 완성될 경우 나환자들과 접촉할 수밖에 없게 된 육지 사람들이 피해보상을 요구하고 나선 것이다. 몇 번의 어려움은 이겨냈지만 조원장은 결국 방둑공사를 자기 손으로 완성하지 못한 채 다른 임지로 떠나게 된다. 그로부터 7년의 세월이 흐른 뒤, 소록도에서는 음성나환자 윤해원과 건강인 서미연의 결혼식이 올려지게 된다. 2년 전 민간인의 신분으로 다시 섬에 돌아와 있던 조백헌 원장의 주선으로 어렵게 이루어지는 결혼이었다. 간척공사를 통해 육지와 섬을 이으려고 했던, 나환자와 정상인의 벽을 허물기 위해 오랫동안 헌신한 조원장의 노력의 결실이었다. 그러나 막상 결혼식이 행해지는 날 신랑 신부에게 축하의 말을 하기로 되어 있는 조원장은 결혼식 시간이 지나가는 줄도 모르고 방에서 축사 연습만 하고 있다.

이 줄거리는 소설에 나오는 사건들을 조백헌 원장 한 사람에게 초점을 맞춰 요약한 것이다. 이 사건들이 있기 위해서는 주인공의 상대역이 있어야 한다. 소설의 구도가 지배와 피지배의 관계로 짜여져 있음을 감안하면 조원장의 상대역은 당연히 5천여 명의 나환자가 되는 것이지만 작품에서 그들은 주로 배경으로만 처리되고 이상욱 보건과장과 황희백 노인이 그 역할을 대신한다. 이상욱은 소설에서 사건의 관찰자이자 조원장에 대한 감시자이다. 그는 직책상 조백헌 원장과 가까운 거리에 있어 사건을 객관적으로 관찰하기에 적합할 뿐만 아니라 그 사건들이 지니는 의미를 설명하는 데에도 좋은 위치에 있는 것이다. 이상욱은 나환자인 부모에게서 태어나 방 안에 숨겨진 채 남몰래 양육되었으며, 성장해서는 섬을 탈출했다가 돌아온 이력이 있는 까닭에 과거 원장들의 행태와 함께 나환자들의 의식을 누구보다도 잘 알고 있다. 특히 일제시대 주정수 원장 재임시절 일어난 사건들은 이상욱이 조백헌 원장의 사고와 행동의 의미를 읽어내는 중요한 준거가 된다. 주정수 원장은 처음에 소록도를 낙원으로 만들겠다는 좋은 의도로 대대적인 사업을 시작했으나 그 성과를 보면서 점차 자아도취에 빠져 공원 한가운데 자신의 동상을 만들고 가혹한 독재를 하다가 결국에는 다른 사람에게 살해되었던 것이다. 이 역사를 또렷이 기억하는 이상욱은 조백헌 원장이 비록 선의를 가지고 일을 시작했다고 할지라도 언젠가는 주정수 원장과 같이 자기 안에 동상을 세우지 않을까 의심하고 감시하는 것이다. 조원장이 방둑공사의 완공을 기념하는 절강제 행사를 자기 임기 내에 치르기 위해 섬을 떠나지 않고 있을 때 그가 두 번째로 섬에서의 탈출을 감행한 것은 조원장이 자기 동상을 세우기 시작했다고 판단했기 때문이다. 이상욱만큼 비중이 있는 것은 아니지만 황희백 노인 또한 조원장의 상대역이다. 그는 나환자들 대부분이 그렇듯이 참혹한 과거를 지니고 있고 살아온 경험을 통해 사물에 대한 풍부한 식견을 갖추고 있다. 그 식견으로 그는 조원장의 의도와 심중을 헤아리면서 나환자들을 대표하여 사업을 돕기도 하고 막기도 하는 거중역할을 한다.

　소설이 창작된 시대적 배경을 고려할 경우 『당신들의 천국』이 지닌 알레고리 구조는 쉽게 눈에 띈다. 작품이 발표된 시대와 상황의 설정, 인물의 대립구도가 곧바로 당대 현실의 유신체제를 환기하기 때문이다. 그러나 그 의미가 명확한 것은 아니다. 조백헌 원장이 작가로서는 '모처럼만에 긍정적 인물'이라는 엉뚱한 해석이나 '사랑과 자유의 실천적 화해'가 작품의 주제라는 알쏭달쏭한 기왕의 분석들은 서로 상충되기도 하고 모호한 결론에 머물고 있어서 이 소설의 의미 파악이 결코 쉬운 일만은 아님을 말해준다. 또한 이 작품을 알레고리로만 해석하는 경우 부분적으로 풀리지 않는 문제가 남는다는 점을 고려하여 서술자의 담론에 대한 분석 등 다양한 시각에서 접근해야 한다는 주장도 제기된 바 있다. 이런 주장들이 없다고 하더라도 우리가 작품의 다의성을 굳이 부정할 필요는 없지만 작품의 객관적 구조에 대한 추구를 포기하는 것도 능사는 아니다.

'당신들의 천국'이란 제목은 아이러니를 품고 있다. 지상의 너절한 삶이 아니라 '천국'을 다룬다는 설정도 우습지만, 그 천국이 나의 것이 아니라 당신들의 것이란 표현은 빈정거림에 해당한다. 더욱이 나환자들을 집단 수용한 소록도가 '천국'의 무대라는 점을 생각하면 작품의 표제는 야유로까지 들린다. 제목을 떠나서, 소설이 소록도라는 외부로부터 고립된 섬을 무대로 삼고 있다는 것은 여러 가지 소설적 효과를 가진다. 섬은 유신체제하 한국의 현실을 압축적으로 보여주는 은유라고 할 수도 있고 육지와 섬의 관계를 통해 특정한 의미를 산출하는 상징이라고 할 수도 있다. 게오르크 루카치는 고립된 장소를 소설의 무대로 삼고 있는 토마스 만의 『마의 산』과 알렉산드르 솔제니친의 「이반 데니소비치의 하루」를 "생활을 영위하고 활동하는 '자연의' 장소를 떠나서 새로운 인위적 환경 속에 사람들을 옮겨 심은""폐쇄된 실험실적 상황"을 가진 소설이라고 규정한 바 있다.[9] 그 실험실은 외부세계로부터 고립된 환경에서 사람들 사이에 이루어지는 '반응들의 총체성'을 살피기 위해 마련된 장치로서 사회 현실의 총체성을 재현하기 위해 만들어진 축도라는 해석이다. 『당신들의

---

9) Georg Lukacs, *Solzhenitsyn*, William David Graf(trans), The MIT Press, p.37.

천국』 또한 고립된 세계에서 사람들 사이에 이루어지는 관계를 살핀다는 점에서 동일한 성격을 지닌다. 그러나 이 작품의 경우 섬과 바깥은 원생들의 간헐적인 탈출소동을 통해 내면적으로 연결되고 있고 육지에서 분리되어 있다는 사실 자체가 큰 의미를 지닌다. 섬의 분리는 나환자와 정상인 사이에 가로놓인 거리를 함축하는 것이므로 육지와 섬을 잇는 간척공사는 그들 사이의 단절된 관계를 회복한다는 상징적 의미를 지닐 수 있는 것이다. 그런데 이 소설에서 공간적 분리는 섬과 육지 사이에만 있는 것이 아니라 섬 안에도 있고 사람들 사이에도 있다. 나환자가 일반인과 대화할 때는 다섯 걸음 이상 떨어져야 한다는 규칙이 있었고 나환자가 사는 동네와 건강인이 거주하는 직원지대 사이에는 철조망이 쳐 있었다. 따라서 소록도에 천국을 건설한다는 것은 나환자와 건강인을 구분하는 이 분리시설들을 철거하는 일일 뿐 아니라 사람들의 마음속에 있는 경계선들을 없애는 일을 필수적으로 요구한다.

공간구조와 마찬가지로 『당신들의 천국』에는 알레고리를 위한 시간구조가 갖춰져 있다. 소설은 새 원장의 부임과 탈출사고를 언급한 바로 다음에 "혁명이 있고 나서 병원은 한동안 원장이 없이 운영되어 오고 있었다."고 묘사하면서 시작된다. 이 서술은 새 원장이 혁명정부의 대표자를 가리킨다는 사실을 시사하는 외에 소록도의 나환자병원에 소홀히 할 수 없는 과거의 역사가 있었다는 사실을 환기한다. 그 역사는 병원이 설립된 일제시대부터 이어져 오는 것이지만 소설에서는 주로 주정수 원장 시절이 부각된다. 주정수 원장은 건국의 아버지로 불리며 독재를 하다가 4월혁명으로 인해 하와이로 망명을 떠나야 했던 이승만 대통령의 소설적 알레고리라고 해석할 수 있다. 소록도를 낙원으로 만들고자 선의로 시작한 주정수 원장의 개발사업, 그러나 그 사업은 원장에게는 영광을 안겨준 업적이었지만 환자들에게는 고통과 희생만을 요구한 일이었기에 섬은 분열

된다. 원장의 독선이 늘어날수록 그 하수인들의 폭압이 심해지고 그로 인해 섬을 탈출하는 원생들도 나타나게 된다. 주원장의 동상은 바로 그 분열의 상징이다. 작가는 이상욱의 시선을 통해서 조백헌 원장의 행동을 주정수 원장과 오버랩 시킴으로써 독자가 그 의미를 읽을 수 있게 한다. 물론 작품에는 이상욱이나 황희백, 이순구, 사또, 한민 등 여러 인물들에 얽힌 과거 이야기도 제시되어 있다. 그 이야기들은 소록도 주민들이 현재 가지고 있는 의식의 기원을 보여주는 것으로서 조원장의 행동의 배경이 된다. 그러나 이 관계는 한쪽이 능동적이고 다른 쪽이 수동적인 일방적인 것만은 아니다. 나환자들의 침묵과 응시와 섬에서의 탈출은 조원장의 지배와 권력행사에 대한 적극적인 의사표시이자 대응행동이다. 그러므로 소설은 과거의 역사를 바탕으로 미래를 향하고 있는 현재의 행동을 묘사함으로써 당대 현실을 알레고리적으로 표현한다.

『당신들의 천국』에 나오는 낱낱의 사건들은 알레고리 해석을 위한 약호이다. 축구팀의 구성은 박정희의 성을 따 만들어진 박스컵, 대통령배 국제축구대회와 관련시킬 수 있고 간척공사는 몇 차에 걸쳐 진행된 군사정권하의 경제개발에 상응하는 것이며, 그에 대한 주민의 반대는 국민들의 반응으로 환치시켜 볼 수 있다. 또한 조원장이 자신의 임기 연장을 요청한 것은 재선에, 방둑공사 완공식을 보기 위해 마지막까지 섬에 남으려는 모습은 3선 개헌의 기도와 연결시켜 볼 수 있다. 특히 소설의 3부를 구성하는 나환자와 건강인의 결혼 이야기는 통일을 자기 손으로 완수하겠다며 국민 대다수의 반대를 무릅쓰고 유신헌법을 만들어낸 일련의 조처들에 대한 알레고리이다. 윤해원과 서미연의 신혼집이 나환자촌과 직원지대의 철조망을 걷어낸 경계선 자리에 건축되었다는 것은 분단 현실의 상징인 휴전선의 판문점 이미지를 환기한다. 그것은 남북통일을 유신체제의 명분으로 내세우기 위해 7 · 4 남북공동성명을 발표한 것에 해당한다. 대강 이런 정도의 해석소만을 가지고도 소설의 알레고리를 읽어내는 데는 모자람이 없다.

조원장은 쿠데타를 통해 권력을 잡은 군사정부의 의인화이다. 나환자들은 지금까지 살아온 경험을 통해 신임원장 또한 과거의 원장들처럼 자신의 공적을 기리기 위해 동상을 세울 인물이 아닌지 의심한다. 원생들이 조원장의 부임에 맞춰 섬을 탈출한 것은 자신들이 살아 있는 존재이며 자유의지를 가지고 있음을 입증하려는 기도라고 볼 수 있다. 원장은 원생들이 탈출하는 원인이 어디에 있는지 알아보고 대책을 세우는데, 건의함의 설치에 실패하자마자 곧바로 그 기도를 단념한 것은 원생들이 마음을 닫고 있는 이유를 얼마간 짐작했기 때문이다. 그가 섬에 장로회를 새로 구성한 것은 겉으로나마 자치의 구조를 갖춘 것으로 군사정부가 민정이양의 절차를 밟은 것과 동궤적인 사건이다. 축구팀을 만든 것도 고리채정리사업과 같이 민심을 달래기 위한 일련의 조처라고 볼 수 있다. 그것은 간척공사로 상징된 경제개발을 본격적으로 추진하기 위한 사전 정리작업이다. 간척공사는 소설에서 다중적인 의미를 갖는데 한편으로는 소록도의 자립을 도모하는 경제활동이기도 하고 다른 한편으로는 육지와 섬의 연결을 의미하기도 한다. 곧 나환자들이 정상인으로부터 분리되어 차별받는 상태를 넘어서고자 하는 노력이라고도 볼 수 있다. 그것을 현실로 치환하면 분단된 민족의 화해와 통일을 지향하는 일이다. 간척공사가 작품이 끝날 때까지 완성되지 않았다는 것은 현실에서 분단이 해소되지 않았고 경제개발 또한 끝나지 않은 사업이라는 것을 말해준다. 이 사업은 소설에서 절대적인 비중을 차지하는 사건으로 다루어지면서 다른 여러 계기를 끌어들이는 중심축으로 작용한다. 그러므로 군사정부가 자랑으로 삼은 경제개발의 알레고리라 할 수 있는 간척공사의 의미를 통해 작품의 정치적 비전을 상세히 짚어볼 필요가 있다.

3. 『당신들의 천국』의 정치적 비전

간척공사는 말 그대로 바다를 메워 육지로 만드는 일이다. 육지로 만드는 이유는 소록도 사람들이 외부의 지원이 없어도 자급자족할 수 있는 경제적 기반을 확보하는 데 있다. '득량만'이란 바다 이름은 그곳이 양식을 얻는 곳이라는 사실을 지시한다. 조원장은 간척공사를 통해 소록도 사람들의 항구적인 생활 터전을 일구고자 했다. 그 사업은 조원장이 축구팀을 만들 때부터 가지고 있었던 각본이다. 그 각본의 실체가 하나씩 드러나는 것을 보면서 이상욱은 주정수 원장의 성공과 실패, 배반의 역사를 떠올린다. 나환자를 위해 만들어진 공원이 그들의 안락한 쉼터라기보다는 받들어 모셔야 할 주인으로 변질되고, 원장의 동상을 만드는 일이 사업의 최종목적이 되던 과거의 쓰라린 경험에 대한 기억이다. 이상욱은 "천국은 결과가 아니라 과정 속에서 마음으로 얻어질 수 있는 것이었다. 스스로 구하고, 즐겁게 봉사하며, 그 천국을 위한 봉사를 후회하지 말아야 진짜 천국을 얻을 수 있게 된다"고 생각하는 것이다. 조백헌 원장이 간척공사를 통해 섬에 낙원을 일구려고 했다면 맨 먼저 고려해야 할 사항은 이 점이었다. 소록도 주민들의 자발적인 의지로 공사가 행해지고, 사업의 진행 과정에서 참여자들이 스스로 기쁨을 얻으며, 그 성과를 모두 다같이 누릴 수 있을 때에야 천국을 운위할 수 있기 때문이다.

조원장은 사업의 취지를 설명하면서 나환자들과 그 후손들이 섬을 나가야 한다는 사실을 강조했다. 육지 사람들은 아무도 그들이 섬에서 나오기를 바라지 않을 것이므로 소록도 주민들 스스로가 자신들의 운명을 개척해야 한다는 주장이다. 그는 섬사람들이 협조하지 않으면 자신의 힘만으로 간척공사를 해내겠다고 압박했다. 그러한 압박과 설득에도 주민들이 냉담하게 반응하자 그는 실제로 혼자서 공사 준비를 해나갔다. 자신이 간척지를 만들어서 소록도 사람들에게 헌정하겠다는 것이다. 그것은 나환자들에 대한 조원장 나름의 사랑의 표현이다. 조원장의 압박과 설득이 집요하게 계속되자 장로회를 대표해서 황희백 노인이 서약을 조건으로 내걸었다. 조원장이 사사로이 이익을 취하지 않고 자신의 우상을 만들지도 않겠다는 서약을 하면 공사에 참여하겠다는 제안이다. 그렇게 해서 시작한 공사가 난관에 부닥칠 때마다 황노인은 조원장에게 힘이 되어주었다. 그런데 외부의 간섭과 내부의 갈등, 자연의 횡포 등 온갖 시련에도 불구하고 둑 공사가 완공을 눈앞에 두고 있는 시점에서 보건과장 이상욱의 탈출사건이 일어났다. 이상욱은 조원장에게 자기 동상이 세워지는 것을 바라지 않는다면 이 시점에서 섬을 떠나라고 종용한 다음 섬을 자유롭게 걸어 나갈 수 있는 처지임에도 불구하고 위험한 해상 탈출극을 애써서 벌인 것이다. 이상욱은 지금 단계에서는 주민들의 마음속에 조원장의 동상이 들어서 있고 그것이 현실의 동상으로 출현하는 것은 조원장이나 나환자 모두에게 불행이라고 설명하면서 완공식 이전에 조원장이 섬을 떠나라고 말했던 것이다. 이상욱의 탈출극이 있은 지 며칠 뒤 조원장을 찾아온 황노인은 이상욱의 탈출이 '믿음이 없이 자유로 행한 행동'이라고 비난한다. 이 비난에 대해서 조원장은 "자유로 행하심을 단념하신다면 이 섬에선 장차 무엇으로 행하고 무엇으로 이룩함이 있겠습니까."라고 묻는데 그에 대해 황노인은 이렇게 대답한다.

그야 물론 사랑이어야겠지. 이제 이 섬은 자유로는 안 된다는 걸 알았으니 다시 또 그런 자유로만 행해 나갈 수는 없을 게야. 자유라는 건 싸워 빼앗는 길이 되어 이긴 자와 진 자가 생기게 마련이지만 사랑은 빼앗음이 아니라 베푸는 길이라서 이긴 자와 진 자가 없이 모두 함께 이기는 길이거든. 하지만 이건 물론 자유로 행해 나갈 것도 지레 단념을 한다는 소리는 아니야. 아까도 잠깐 말했지만 이제 이 섬에선 자유보다도 더 소중스런 사랑으로 행해 나

갈 수 있어야 한다는 소리일 뿐이지. 자유가 사랑으로 행해지고 사랑이 자유
로 행해져서, 서로가 서로 속으로 깃들면서 행해질 수만 있다면야 사랑이고
자유고 굳이 나눠 따질 일이 없겠지만, 이 섬에서 일어난 일들로 해서는 자
유라는 것 속에 사랑이 깃들기는 어려웠어도, 사랑으로 행하는 길에 자유는
함께 행해질 수 있다는 조짐은 보였거든. 그리고 아마 이 섬이 다시 사랑으
로 충만해지고 그 사랑 속에서 진실로 자유가 행해지는 날이 오게 되면, 그
때 가선 이 섬의 모습도 많이 사정이 달라질 게야.(『당신들의 천국』,
302~303쪽)

황노인은 언제나 이상욱이나 조원장에게서 일정한 거리를 두고 사태를
조감하고 있다. 그 관점에서 그는 조원장의 행동이 주민들의 자유에 대한
충분한 고려 없이 사랑만을 앞세운 것이고, 이상욱의 행동은 조원장의 사
랑의 행동에 대한 믿음을 가지지 못하고 임의로 자유를 행사한 것이라고
본다. 흔히 이 소설의 주제를 사랑과 자유의 화해라고 보는 관점은 이 인
식을 중시한 것이라고 볼 수 있다. 그러나 주제는 작품의 전체 구조를 통
해 구현되는 것이라는 점에서 그 내용은 좀 더 엄밀히 음미되어야 한다.
사랑으로 자유가 행해져야 한다는, 그동안 진행된 사태에 대한 황노인의
개괄은 이상욱보다 조원장에게 좀 더 공감한다는 느낌을 준다. 이상욱의
행동은 탈출로 일단 완료된 상태이고 조원장의 행동은 자신의 동상이 실
물로 나타나기 전에 섬을 떠나느냐 그렇지 않느냐에 따라 다른 성격이 될
수 있기 때문이다. 그 점을 고려하면 인용문은 조원장이 완공식 이전에
섬을 떠나라는 황노인의 완곡한 권고로 볼 수 있다. 3부를 보면 실제로
조원장은 완공식 이전에 섬을 떠난 것으로 드러난다. 이 대목은 그동안
이룬 경제개발의 성과에 만족하고 미련 없이 권좌를 떠나는 경우에만 국
민들의 마음속에 박정희 대통령에 대한 진정한 사랑의 동상이 세워질 것
이라는 알레고리로 해석된다. 그러나 3부는 황노인의 권유를 받아들여

섬을 떠났던 조원장이 2년 전 민간인의 신분으로 다시 돌아온 상황에서 시작한다. 그것은 조원장이 자기 동상에 대한 집착에서 벗어나지 못했다는 사실을 말해준다. 한때 원장을 맡았던 사람이 민간인의 신분으로 섬에 돌아온 것 자체가 구차한 일이지만 더욱 문제적인 것은 자신이 하려고 했던 사업이 현실적으로 실현 불가능해지자 윤해원과 서미연의 결혼을 주선하는 다른 방식으로라도 완성하고자 하는 집착이다.

3부에서 서술자 역할을 맡는 이정태 기자는 조원장을 묘사하는 데 '광기'라는 용어를 여러 차례 동원하고 있다. 간척공사에 대한 집념이 지독할 뿐 아니라 불탄 나무뿌리를 다듬어서 조각품으로 만드는 데 광적으로 매달리고 섬사람들의 일상을 새롭게 바꾸는 일에도 이상하리만큼 열성을 기울인다는 것이다. 한때 조원장을 섬의 영웅으로 신문에 보도했던 이정태는 그 거인의 현재 모습을 확인하기 위해 섬에 다시 온 것이었다. 민간인 신분으로 돌아온 조원장이 섬에서 할 수 있는 일은 많지 않았다. 그러나 이정태 기자가 확인한 섬의 실정은 옛날과 비교할 수 없으리만큼 달라져 있었다. 섬사람들을 환자와 정상인으로 분리시켰던 철조망이 모두 제거되고 사람들은 자유롭게 마을과 직원지대를 통행하고 있었다. 작가는 그것을 "수많은 규제와 억압의 규율들이 하나하나 사슬을 풀어가고 있는" 상황이라고 표현했다. 통제에 의해서가 아니라 조화에 의해서 새로운 질서가 만들어져 가고 있는 것이었다. 그 질서는 조원장 이후 세 번이나 갈린 원장들의 특별한 조처에 의해서가 아니라 시간의 흐름 속에 자연스럽게 이루어진 일이었다. 조원장이 주선하고 특별히 의미를 부여한 음성환자 윤해원과 건강인 서미연의 결혼은 그런 변화 가운데서도 지금까지 없었던 새로운 것이지만 사람들은 그조차 별다른 감회 없이 덤덤하게 받아들이고, 그렇게 새로운 질서가 만들어져 가는 속에서도 섬을 탈출하는 사건은 여전히 지속되고 있었다. 다만 섬사람들을 위한다는 조원장의 소망만이 날로 깊어져 갔다. 그 소망의 하나가 결실을 거두게 되는 결혼식 당일 조원장 집을 찾은 이정태 기자는 섬을 탈출했던 이상욱이 돌아와 방 안에서 흘러나오는 소리에 귀를 기울이는 모습을 발견하게 된다. 결혼식 시간이 지나가는 줄도 모르고 계속되는 축사 속에서 조원장은 방둑공사에서 이루지 못한 자신의 소망을 이제야 이루게 되었음을 열띤 소리로 되뇌고 있었던 것이다. 이 대목은 『당신들의 천국』이 지닌 알레고리에 화룡점정을 하는 장면이다. 그 장면은 소록도 주민을 위한 조원장의 사랑 저 깊은 곳에 자신의 동상을 짓고자 하는 숨은 욕망이 있음을 드러내는 순간이기 때문이다. 여기에서 중요한 것은 건강인과 나환자의 마음을 잇는 방둑을 소중하게 지켜야 한다는 조원장의 축사 내용이 아니다. 결혼식 시간이 지나가고 있음에도 불구하고 조원장 혼자만의 축사 연습이 지속되고 있다는 사실 자체가 중요하다. 신랑 신부를 위한 축사가 아니라 자기 도취의 축사를 하고 있는 것이다. 그 알레고리는 경제개발, 남북통일 등의 과업을 명분으로 내세우면서 3선 개헌을 하고 유신헌법을 만들어낸 독재자의 권력욕을 향하여 화살을 날리고 있다.

조원장은 소록도 주민들만을 위한 낙원을 건설하려고 했다. 그는 원장이라는 직책을 맡고 있는 섬의 지배자였고 그 입장에서 간척공사의 기획은 합리적인 것이었다. 그것은 조원장이 사랑을 표현하는 방식이다. 당신들에게 천국을 만들어주겠다는 증여의 형식이다. 그러나 섬의 주민들은 그를 믿지 않았고 의심의 눈초리를 보냈다. 공사에 참여한 다음에도 난관이 닥쳐오자 곧바로 반기를 들어 배반한 것은 그에 대한 믿음이 없었기 때문이다. 그러나 배반이 주민들에게서만 일어난 것은 아니다. 공사의 성과가 나타나자 조원장에게 자신의 동상을 세우려는 욕망이 나타난다. 그 불순한 욕망의 징후를 간파한 이상욱이 섬을 탈출한 것은 동상의 건립을 막으려는 자기 나름의 충정이다. 그 행동을 황희백 노인은 임의로 자유를 행한 것이라고 파악한다. 자유의 행사 앞에는 믿음이 있어야 하는데, 그 믿음이 없이 자유를 행하기 때문에 불신과 미움이 섬에 편만하게 되었다는 견해이다. 그는 "자유가 사랑으로 행해지고 사랑이 자유로 행해"지는 상태가 공동생활의 가장 이상적인 형태라고 본다. 그렇지만 그러한 상태가 현실에서 달성하기 어려운 꿈이라고 하더라도 소록도의 경우에 "자유라는 것 속에 사랑이 깃들기는 어려웠어도 사랑으로 행하는 길에 자유는 함께 행해질 수도 있다는 조짐"은 나타났었다고 그동안 조원장이 이끌어온 사업에 대해서 긍정적으로 평가한다. 그는 주민들의 마음속에 이미 원장의 동상이 들어섰으니 일부러 동상을 지으려 하지 말고 섬을 떠나라고 조원장에게 말했던 것이다. 그러나 그 권유를 받고 섬을 떠났던 조원장은 다시 돌아왔고 끝끝내 자기 동상을 짓고 만다. 축사 연습 사건은 바로 그 동상이 축조되는 과정을 보여준다. 이정태 기자와 대화하는 과정에서 조원장은 사람의 운명은 자생적인 것이며 그 운명의 한 부분으로 선택되어야 할 힘의 근거가 주민들의 의사와는 상관없이 일방적으로 군림해오는 상황에서 사람이 할 수 있는 일은 없다는 데 동의한다. 섬을 다스리는 권능이 주민들에 의해 선택되고 행사될 때 힘 자체의 욕망을 충족시키기 위해 이기적 명분을 지어내는 일이 사라질 것이라는 견해이다. 섬에서 실패가 반복되는 것은 명분을 위해 힘이 봉사하는 데 원인이 있다고 조원장은 진단을 내린다. 그 상태를 극복하는 데는 요원한 시간이 필요하겠지만 조원장 자신은 섬사람들에게 생겨난 믿음의 싹을 키우고 공동운명의 가교를 만들기 위해서 기다리겠다는 것이다. 윤해원과 서미연의 결혼은 그 믿음의 싹이라는 주장이다. 이렇게 자신의 생각을 밝힌 조원장임에도 불구하고 그는 결혼식 시간을 잊고 자신이 생각하는 명분을 설파하는 데만 정신이 팔려 있다. 그것은 달리 말하여 힘 자체의 욕망을 충족시키기 위해 이기적 명분을 지어내는 일이다. 경제개발과 통일의 명분을 내세운 유신체제는 독재권력을 언제까지나 유지하려는 욕망일 뿐이라는 작가의 비판인 셈이다.

『당신들의 천국』은 지배와 피지배의 관계를 권력의 미시물리학으로 다룬다.[10] 따라서 거시적인 차원에서 행사되는 권력의 행사와 그 결과보다도 인간의 내면에 작용하는 사회적 힘과 의식의 대응을 주시한다. 이 소설에서 조원장의 사랑과 이상욱의 자유는 공동생활을 움직이는 두 가지 원리이다. 그 원리가 하나로 합쳐지지 못하고 충돌하는 데서 갈등이 싹튼다. 이 두 원리의 모순을 중재하여 화해시키는 역할은 황희백 노인이 맡는다. 황노인의 관점은 자유보다는 사랑이 더 사람살이의 근원이고 소록도의 경우에도 거기에 좀 더 가능성이 있었다는 판단이다. 그러나 소설 3부가 보여주는 것은 조원장의 사랑이 동상을 세우려는 욕망의 소산이라는 사실이다. 그러므로 문제는 원점으로 회귀한다. 이 문제에 대해서 작가가 어떤 해답을 가지고 있는가를 찾는 것은 소설에 지나치게 많이 기대는 일이 될 것이다. 작가의 몫은 조원장의 동상을 보여주는 데서 일단 끝이 났다고 보아야 하기 때문이다. 그러나 창작의 과정에서 작가가 사유한 내용을 엿볼 수 없는 것은 아니다. 조원장은 이정태 기자와 대화하는 과정에서 현실의 권력을 사람들의 자생적 운명의 한 부분으로 받아들일 때 그 힘의 근거가 주민들에 의해 선택되고 행사되어야 한다는 견해를 피력한다. 이 견해는 민주주의의 일반적 원칙을 말하는 데 지나지 않는 것으로 보인다. 하지만 소설에서 그 민주주의의 원칙은 소록도가 나환자들의 병원이란 사실로 인해 다른 의미를 지니게 된다. 이상욱은 원생들의 마음에 조원장의 동상이 자리 잡고 섬을 탈출하는 사람도 줄어든 것을 섬의

---

10) 나병철, 「당신들의 천국과 권력의 미시물리학」, 『현대문학의 연구』 9호, 1997. 10.

위기라고 해석한다. 소록도에 건설된 낙원에서 안락하게 생활을 영위할 수 있다는 생각이 나환자들의 의식 속에 스며들면 들수록 그들의 사고와 욕망은 천국의 윤리에 한정되고 거기에 익숙해지고 말기 때문이다. 그것은 사람들에게 일종의 매트릭스처럼 작용하게 되고, 그로 말미암아 나환자들은 스스로를 개성을 지닌 인간이 아니라 환자라고 체념함으로써 생기 없는 존재, '얼굴 없는 유령집단'이 되고 말 것이라는 생각이다. 이러한 이상욱의 논리는 인간/환자의 분리를 전제로 한 어떤 천국도 나환자들에게 진정한 천국이 될 수 없다는 생각이다. 그와 같이 차별 없는 관계 속에서 주민들이 자신들의 운명을 자유의지에 따라 스스로 결정할 수 있어야 '우리들의 천국'이 가능하다는 견해이다. 이 견해는 간척공사의 목적에 대한 성찰을 유도한다. 소록도에 나환자만의 낙원을 건설하는 것을 원생들이 진실로 원하느냐 하는 질문이다. 그 목적은 조원장에게는 이성적인 것일지 모르지만 원생들에게는 분리에 의한 차별의 또 다른 형태에 지나지 않는다. 조원장이 말하는 천국이 세워진다고 해도 소록도 주민들에게 기쁠 이유는 없는 것이다. 자생적 운명이란 스스로 행동의 목적을 세우고 자유롭게 실천해가는 과정 속에 깃드는 것이기 때문이다.

4. 『비명을 찾아서』의 알레고리

이청준의 소설에서 '차별'의 문제는 알레고리의 중심에서 비켜 서 있다. 비록 철조망으로 상징된 분리와 차별의 문제가 사건의 전개나 해석의 과정에서 중요한 요소가 된다고 할지라도 알레고리의 중심에는 권력욕의 상징인 '동상'이 자리하고 있다. 더욱이 『당신들의 천국』은 주로 특정한 지배자와 주민들 사이의 내부 갈등에 초점을 맞추고 있어 인간/환자라는 집단들 사이에서 발생하는 권력관계는 상징적인 차원에서만 다루어진다.

이에 비해서 식민지 상황을 다루는 복거일의『비명을 찾아서』에서 사건을 추동하는 핵심적 요소는 집단 사이에서 생기는 '차별'의 문제이다.

『비명을 찾아서』는 1987년 4월 전작장편소설로 발간되었다. 작가는 1983년 다니던 직장을 그만두고 집필을 시작해 4년 만에 이 소설을 완성했다. 기왕에 시로 추천을 받은 문인이 소설로 전환한 것도 특이하지만 소설의 부제가 '경성, 쇼우와 62년', 바꾸어 말해서 '서울, 1987년'으로 되어 있는데다 작품 창작이 1980년 광주민주화운동 직후라고 할 수 있는 1983년부터 이루어졌다는 사실도 눈길을 끈다. 물론 작품 제목에 소설 속의 시간과 공간을 표시하는 방식은 김승옥의「서울 1964년 겨울」이래 자주 사용되어 왔다. 그렇지만 한국어로 쉽게 표현할 수 있는 사실을 굳이 일본어와 일본연호를 사용하여 표시하는 의도는 어디에 있는가. 소설이 대체역사의 방법을 쓰고 있다는 것도 충분히 이유가 될 수 있다. 한국이 여전히 일본의 식민지로 되어 있다는 가정하에 이야기를 풀고 있고, 그러한 설정에 현실감을 주기 위해서는 일본어와 일본연호를 동원하는 것이 효과적일 수 있다. 그러나 다른 측면에서 생각하면 이와 같은 표시방식은 소설이 다루는 소재가 대체역사의 방법에 의해 도입된 가공의 현실이 아니라 한국의 당대 현실이라는 사실을 강조하기 위한 역설적 수법이라고 해석할 수도 있다. 이 사례에서 볼 수 있듯이『비명을 찾아서』는 이중, 삼중으로 소설의 전언을 꼬아놓고 있다. 그것은 이런저런 장치를 통해 표현의 의미를 흐리게 만드는 알레고리의 한 수법이다. 그런데 이렇게 전언의 의미를 흐리게 하는 양상은 소설의 서두에 붙어 있는 '편집자의 말'이라든지, '감사의 말씀', '소설로 들어가기 전에', '일러두기'라는 군더더기 글들에서도 나타난다. 이 소설이 신진작가의 전작장편소설이며, 거기에는 대체역사의 방법이 동원되고 있다는 해설들인데, 소설이 어차피 허구라는 점을 감안하면, 그 허구가 대체역사에 의해 만들어졌는지 판타지에 의해 만들어졌는지는 크게 중요한 문제가 아닐 것이다. 그러므로 그 대상의 모습을 흐리게 하는 껍데기들을 걷어내고 작품의 속살을 들여다볼 필요가 있다.

『비명을 찾아서』는 이토 히로부미가 안중근 의사의 총격을 받고도 죽지 않아서 동아시아의 역사 지형이 바뀌었다는 전제에서 출발한다. 온건파 원로정치인 이토 히로부미는 일본군부 강경파의 전쟁 도발을 막았고 그 덕으로 일본은 2차대전의 전승국이 되었다. 그에 따라 한국은 여전히 일본의 식민지인 상태이며 만주 또한 손에 넣은 일본은 하북 저 먼 곳에서 중국과 전쟁을 벌이고 있는데, 중국은 하북에는 공산정권이, 하남에는 국민당 정부가 들어서서 서로 간에 싸우고 있다. 이러한 상황에서 일본의 내선일치정책의 성공으로 한국인들은 자신들의 과거 역사는 말할 것도 없고 한글의 존재도 까맣게 모른 채 충량한 황국신민, 일본인으로 살아간다. 소설의 주인공인 기노시다 히데요는 군에서 장교로 복무하다 전역한 뒤 한도우경금속이란 회사에서 과장으로 근무하고 있다. 아내와 딸이 있지만 자기 부서에 부하로 데리고 있는 일본여성 도끼에를 마음속으로 연모하며 오랫동안 써온 시를 모아 시집을 낼 계획을 갖고 있다. 히데요는 조선인이라는 자격지심 때문에 도끼에가 자신에게 호감을 가지고 있다는 것을 알면서도 속마음을 털어놓지 못한다. 소설은 히데요가 미국 회사와 합작하는 업무를 맡는 데서 시작된다. 기획부 과장인 그는 영어에 능통했기 때문에 윗사람한테서 실력을 인정받았고, 회사의 명운이 걸린 합작업무를 책임지게 된 것이다. 히데요는 도끼에와 함께 그 일을 추진하는데 그녀와 가까워지면 가까워질수록 자신이 조선인이라는 사실을 의식하게 된다. 더욱이 미국회사의 대표로 온 앤더슨을 접대하기 위해 도끼에가 평상시 입지 않던 화복을 갖춰 입는 것을 보면서 패배감에 젖기도 한다. 그렇게 일상을 보내던 어느 날 히데요는 앤더슨이 준 잡지에서 조선을 식민지로 다룬 기사를 읽고, 다나까 부장이 빌려준 『도우꾜우, 쇼우와 61년의 겨울』이라는 책에서 조선의 역사에 대한 색다른 지식을 얻는다. 더욱이 『독사수필』이란 책에서는 지금까지 익혀온 것과는 전혀 다른 조선 역사에 대한 체계적 지식을 얻는다. 이렇게 조선에 대한 관심이 깊어가는 중에도 합작업무는 성공적으로 끝났다. 그러나 그렇게 큰 공을 세우고도 그는 승진인사에서 자신보다 순번이 늦은 야마시다 과장에게 밀린다. 내지인인 야마시다 과장의 친척 중에 권력기관인 특무사에 근무하는 사람이 있어 회사 고위층에 압력을 넣었다는 것이다. 그 충격을 받은 뒤부터 그에게는 조선인의 차별받는 모습이 여기저기서 자꾸 눈에 들어온다. 새로 나온 시집을 갖고 청주에 있는 큰아버지 댁을 방문했을 때 그는 처음으로 자기 조상의 내력에 대해서 듣게 된다. 사랑하던 도끼에가 앤더슨과 결혼한다는 소식을 들을 무렵, 혼자서 조선어를 익히던 히데요는 처가가 있는 원산에 갔다가 우연치 않게 한 노승으로부터 한용운 시인의 의발을 물려받게 된다. 이제 조선에 대해 눈을 뜨기 시작한 그는 일본에 건너가서 그곳 대학도서관에 분류도 되지 않은 채 수장되어 있는 조선에 관한 주요서적을 복사한다. 그 문헌들을 가지고 귀국하던 히데요는 세관원에게 적발되어 수사기관에 넘겨진다. 심한 고문과 전향교육을 받고 풀려났지만 히데요의 생활은 이미 파탄을 맞고 있었다. 집으로 찾아온 야마시다 과장에게 사표를 써주고 며칠 동안 여행을 갔다가 돌아온 히데요가 현관문을 열었을 때 안방에서 잠옷을 입고 나오는 아오끼 소좌와 마주치게 된다. 히데요를 석방시켜 달라는 청탁을 한 대가로 아내가 아오끼 소좌에게 농락당해온 것이다. 아내의 불륜에도 눈을 감고 굴욕을 참으면서 다시 회사에 나가지만 아내는 전화소리가 울릴 때마다 깜짝깜짝 놀라는 불안증에 시달린다. 아내를 괴롭히는 아오끼를 달래기 위해 집으로 초청하여 대접하지만 아오끼는 조금도 미안해하는 기색이 없이 여전히 난잡하게 행동할 뿐만 아니라 어린 딸 게이꼬에게까지 마수를 뻗힌다. 히데요는 아오끼를 살해하고 조선인의 망명정부가 있는 상해로 떠난다.

줄거리를 통해 알 수 있듯이 이 소설은 식민지의 문제를 다루고 있고, 그중에서도 민족차별에 초점을 맞추고 있다. 그동안 비평가들이 식민주의 문제를 다룬 소설이라는 시각에서 이 작품에 접근한 데는 충분한 이유가 있었던 셈이다. 일본의 식민지배를 받은 경험이 있는 조선인을 등장시켜 식민주의, 민족의 정체성 문제를 다루는 일은 여러모로 개연성이 있는 일이고, 거기에서 드러나는 작가의 민족주의를 비판하는 일은 지금의 시점에서도 충분히 가치 있는 일이다. 그러나 이 소설은 알레고리 작품이다. 작가는 정교하게 알레고리를 만들고 있음은 물론 독자가 그 알레고리를 파악할 수 있게끔 여러 장치를 갖춰놓고 있다. 그 첫 단서는 앞서 논의한 '경성, 쇼우와 62년'이란 작품의 부제이다. 그 제목은 아무리 황당하게 느껴지더라도 소설 속의 사건을 1987년 서울의 이야기로 이해해달라는 작가의 부탁을 담고 있다. 그 부탁이 없어도 독자가 작품에서 한국의 현실이 다루어지고 있다는 사실을 파악하는 데는 부족함이 없다. 소설에 등장하는 사건들이 대부분 1980년 이후에 전개된 12·12사태라든가 군 내부의 갈등, 올림픽 등을 다룬 것이고 현실의 정황도 유사하게 설정되고 있기 때문이다. 대학생들이 군사정권 타도를 외치고 고문당하던 대학생이 죽은 1980년 무렵의 대표적인 사건들이 소설에 묘사되고 있는 것이다. 따라서 여기서는 작품의 알레고리를 구체적으로 파악하기 위해 헤겔의 서사이론에 따라 소설에 등장하는 사건들을 일반적 세계상태, 상황, 행위로 나누어서 살펴본다.

소설에서 일반적 세계상태는 생산양식에 준하는 개념이다. 그 개념을 적용할 때 『비명을 찾아서』의 세계상태는 자본주의와 사회주의 체제가 공존하면서 경쟁하고 대립하는 현재의 상태라고 볼 수 있다. 그것을 좀 더 구체화하면 조선을 식민지로 거느린 일본이 만주에서 중국, 소련의 공산주의 세력과 전쟁을 벌이는 상태이다. 그것을 좀 더 축약하여 말하면 자본주의와 공산주의의 대결이라고 할 수 있는데, 이 전쟁이 지닌 특수성은 전투를 통해서 승패를 결정짓기보다는 '전쟁을 한다'는 사실의 효과만이 중요하다는 점이다. 그 효과로 인해 국민들은 국가의 정책에 아무런 이의를 제기하지 못하고 노예처럼 순응할 수밖에 없지만 일상생활에 큰 불편은 없다. 이에 비해 국가의 권력을 장악하고 있는 지배층, 특히 군부는 전쟁을 명목으로 하여 자기들끼리 파당을 짓고 정권을 주고받는다. 20년 가까이 장기집권을 하던 도우조우 히데끼가 물러난 뒤 군부는 새로 등장한 아베 내각을 사퇴시키고 공군과 해군의 힘을 업은 사또 내각을 들여세우지만 유혈쿠데타를 일으킨 히도쯔바시 육군대장이 수상이 되어 권력을 장악한다. 이 경과는 1980년 전후 한국의 상황과 꼭 그대로 일치한다. 18년간 집권한 박정희의 사후 최규하 국무총리가 대통령이 되어 집권하지만 서승화 계엄사령관이 전두환 보안사령관에게 총격전 끝에 체포됨으로써 제5공화국이 들어선 과정을 등장인물의 이름만 고쳐서 그대로 보여주는 것이다. 정권이 군부에 의해 좌우되고 권력의 실세가 유혈쿠데타로 뒤바뀌는 이 과정은 소설 전편에 걸쳐서 서술되기 때문에 독자는 그 전쟁분위기와 군부독재의 현실을 일반적 세계상태로 자연스럽게 받아들이게 된다. 그 일반적 세계상태는 안개와 같이 현실을 뒤덮으면서 사람들의 의식을 마비시키는 것이다.

상황은 일반적 세계상태가 지금 여기의 현실에 구체적으로 나타난 것을 가리키는 개념으로서 소설의 인물들이 펼치는 행동의 배경이 된다. 그러므로 서사는 기본적으로 상황과 행동의 변증법적 관계 속에서 짜이는 것이지만 알레고리 작품에서 상황은 특히 중요하다. 알레고리는 하나의 사실을 다른 것으로 환치시켜 표현하는 방식이므로 알레고리를 성립시키는 두 개의 사실 사이에 구조적 닮음의 관계가 확보되어야 하고, 그것을 위해서는 무엇보다도 두 상황이 유사해야 하는 것이다. 베라 캘린은 그 관계를 "가시적인 것이 알레고리의 일차적인 지평을 지배하는데 이때 상황은 복잡성과 역동성이라는 의미에서 가시적인 것의 확대이자 활성화를 이루게 된다"[11]고 풀어서 말하고 있다. 소설의 표면에서 움직이는 것들은 상황과의 역동적 관계 속에서 의미를 지닌다는 견해라고 받아들일 수 있다. 그 견해를 참조할 때 『비명을 찾아서』에서 기노시다 히데요의 행동이 조선인에 대한 내지인의 차별에서 비롯된 것이라면 차별을 구조화하고 있는 세계는 소설의 상황이다. 그 상황은 일반적 세계상태에 대한 설명에서 서술한 전쟁분위기도 포함하는 것이지만 여기서는 그 현실이 『당신들의 천국』처럼 공간적으로 구성되어 있다는 점을 유의해야 한다. 차별의 상황이 지도처럼 공간으로 표시되는 것이다. 그런데 이청준의 소설이 한국의 현실을 소록도란 섬으로 축소하여 알레고리로 제시하는 것과 반대로 복거일의 작품은 한국의 현실을 동아시아 전체로 확대하여 알레고리 지도를 만들고 있다. 그 상황을 좀 더 구체적으로 설명하면 공간적으로 구성된 소설의 알레고리 구조에서 중국, 소련의 공산세력과 일본이 명목상의 전쟁을 치르고 있는 만주지역은 한국의 휴전선을 가리킨다. 여기에서 공산세력으로 표시된 중국과 소련이 북한을 가리키는 것임은 물론이다. 또 일본의 식민지인 조선은 충청도와 전라도로 표시된다. 소설 속에 등장하는 조선인은 거의 대부분 충청도와 전라도 출신인데 거기에도 차별이 있어서, 주인공과 큰아버지, 한용운이 모두 충청도 출신인 데 비해 목포가 고향인 술집 작부, 소작을 떼이고 날품팔이를 하는 남자는 전라도 출신이다. 이와 대조적으로 경상도 출신은 소설에 한 사람도 등장하지 않

11) 김누리, 앞의 책, 59쪽에서 재인용.

는데 그 역할을 일본인이 대신하기 때문이다. 이 관점에서 보면 원산에 친정을 둔 히데요의 아내 세쯔꼬는 수도권이나 강원도 출신이라고 유추할 수 있다. 이러한 알레고리의 공간적 구도가 다른 방식으로 파악될 수 없는 것은 아니다. 작품의 알레고리를 아예 인정하지 않고 표면의 기호를 액면 그대로 받아들이는 방법이 있을 수 있고, 소설을 전 세계의 식민지 체제에 대한 알레고리로 읽을 수도 있다. 정명교는 "작가는 누구보다도 현존하는 시간의 완강함을 의식하고 있"어서 작품의 대체역사는 "오히려 한국사회의 실상을 비추는, 한기가 '상황적 알레고리'라고 이름 붙인, 마법의 구슬"이라고 하면서도 "동시에 그것은 오늘의 일본에 대한 알레고리이기도 하다. 경제대국과 의회민주주의와 소위 문화적 세계주의의 외관 뒤에 일본은 실제로 무엇인가?"[12]라고 말하고 있다. 한국에 대한 알레고리로 읽을 수도 있고 일본에 대한 알레고리로 읽을 수도 있다는 견해라고 하겠다. 이러한 해석의 자유를 막을 수 있는 사람은 아무도 없다. 다만 소설이 알레고리로 되어 있다는 것을 인정한다면 그 구조가 어떻게 만들어졌는지 구체적으로 해명할 수 있어야 한다. 그 사정은 『비명을 찾아서』를 '민족주의 서사'라고 보는 시각에도 똑같이 적용된다. 여기서 작가가 민족주의에 관하여 어떻게 생각하고 있는지 살펴볼 필요가 있다. 작가는 민족주의를 열린 민족주의와 닫힌 민족주의로 구분한 바 있다. 그 구분에 바탕을 두고 작가는, 새로운 민족국가의 경우 내부에 소수민족을 포함하고 있는 경우가 많은데, 그 경우 민족국가 수립에 중심적인 역할을 한 "'국가형성민족'에게 정치적 자유를 주었던 민족주의는 이내 소수민족의 탄압을 정당화하는 이념으로 돌변하곤 한다"[13]고 닫힌 민족주의를 비판

---

12) 정명교, 『네안데르탈인의 귀환』, 문학과지성사, 2008, 96쪽.
13) 복거일, 『국제어시대의 민족어』, 문학과지성사, 1998, 64쪽.

했다. 여기서 작가가 민족국가 내부에서 발생하는 집단 간의 갈등에 관심을 기울이고 있다는 점을 주목할 수 있다. 이 양태는 작가가 전지구적 차원에서 국가와 국가 사이에서 발생하는 식민지 문제에 주안점을 두는 것이 아니라 단위국가 내부의 소수민족, 소집단, 집단 내부의 구성원들 사이에서 생기는 차별의 문제에 초점을 맞춰 사유하고 있다는 사실을 입증해준다. 이 사실을 이해하는 데는 작가가 작품을 집필하기 시작한 시기가 광주에서 시민을 대량학살하고 들어선 제5공화국 출범 직후였다는 점을 환기하는 것이 도움이 된다. 한국사회를 지배하는 세력이 권력의 유지를 위해 지역분열을 노골적으로 이용하고 특정 지역민에 대한 대량학살을 자행하며 그에 따라 모든 사람이 숨을 죽여야 했던 시절이 서술문맥을 이루고 있는 것이다.

『비명을 찾아서』는 주인공이 자기의 정체성에 대한 깨달음을 얻고 길을 떠나는 형식이다. 그것은 '찾는 자'를 주인공으로 하고 "길이 시작되었는데도 여행은 완결된 형식이 된다"[14)는 의미에서 전형적인 소설구조를 갖추고 있다. 주인공의 찾는 행위가 처음부터 목적이 분명했던 것은 아니다. 자신을 질곡으로 몰아넣는 상황을 헤쳐 나가기 위해 몸부림친 결과 깨달음을 얻었고 그 깨달음이 길을 떠나게 만들었다. 그 과정은 소설의 행동구조가 된다. 처음에 히데요는 내지인과 조선인 사이에 차등이 있다는 막연한 느낌을 가졌을 뿐이다. 그 느낌은 일상생활이 그럭저럭 유지되었다면 주인공의 의식선상에 떠오르는 대상이 되지 않을 수도 있었다. 처남이 건네준 책, 앤더슨이 준 잡지, 다나까 부장에게서 빌린 책을 읽고도 자신이 차별을 받는 현실에 대한 분명한 자각이 있었던 것은 아니다. 무엇보다도 승진인사에서 탈락한 것이 그에게 사물의 진상을 보게 했고,

---

14) 게오르크 루카치, 『소설의 이론』, 반성완 옮김, 1985, 94쪽.

보려고 하니 현실이 더욱 명료하게 보이기 시작했을 뿐이다. 그 자아각성이 불씨라면 큰아버지나 노승의 가르침은 기름을 붓는 행위이다. 그리하여 점점 커지던 불길은 주인공이 수사기관에 체포되면서 꺼질 위기를 맞지만 아오끼 소좌의 횡포는 꺼져가던 불씨를 살려내고, 마침내 주인공에게 새로운 길이 시작된다. 여기서 잠시 주인공이 찾는 '비명'이 무엇인지 생각해보자. 그 비명이 친일행위를 한 이광수의 비석에 새겨져 있다고 하는 '여기에 잠들다'라는 어설픈 어구가 아니라는 것은 자명하다. 비석이 죽은 사람의 있는 자리를 표시하는 것이라면 비명은 그 사람의 이름, 삶의 본질을 나타내는 것이고 그것이 정체성을 의미한다는 것은 상세한 설명을 필요로 하지 않는다. 주인공은 히데요라는 껍데기를 벗고 박영세라는 자기의 참된 자아, 정체성을 찾아 길을 떠나는 것이다.

5. 『비명을 찾아서』의 정치적 비전

복거일은 소설을 쓰는 외에 시사평론도 발표한 바 있다. 그 평론들을 통해서 그는 자유주의자라는 칭호를 얻었다. 『비명을 찾아서』 이전에 작가가 자유주의 입장을 공개적으로 드러냈다고 하기는 어렵지만 정치적 입장이 하루아침에 형성되는 것이 아니라는 점을 감안하면 소설 속에도 그런 입장이 일정하게 반영되었으리라고 유추할 수 있다. 따라서 표면적으로 식민지의 문제를 다루고 있는 작품에서 자유주의가 어떻게 표현되고 있는지, 자유주의와 민족주의 사이에 어떤 관계가 설정되는지 살피는 것은 『비명을 찾아서』에 나타난 정치적 비전을 파악하는 데 필수적인 작업이 된다. 그러나 그 이전에 여기서는 먼저 이 작품을 민족주의 서사라고 보는 입장의 타당성을 검토한다. 익히 알다시피 민족주의는 서양의 근대화 과정에서 국민국가를 성장 발전시키는 데 크게 기여했다. 민족주의는 서양에서도 각국의 사정에 따라 서로 다른 양태로 발현되었다. 비교적 일찍 민족주의가 나타난 영국과 프랑스에서는 그것이 개인의 자유와 평등이라는 민주주의 이념이나 합리주의 사고와 결합되는 과정을 거치지만 독일이나 러시아, 이탈리아 등의 후발국가에서는 민족의 순수성, 민족의 통합과 발전을 지향하는 정치적 요구가 앞세워지면서 민족 지상주의가 나타난다. 이 후자가 전체주의 국가를 낳는 원동력이 되었다는 것은 주지하는 바이다. 역사적 민족주의가 대외 팽창주의적 성격을 지니게 된 것은 어느 나라나 마찬가지라 하더라도 거기에 자유와 평등의 이념이 내재하느냐 않느냐에 따라 국가의 체제가 상이한 양태를 가지게 된 것이다. 복거일이 민족주의를 열림과 닫힘이라는 단순한 기준을 세워 두 가지로 구분한 데는 이와 같은 인식이 밑바탕에 깔려 있다. 자유로운 사회를 지향하는 열린 민족주의와 배타적이고 억압적인 사회를 불러오는 닫힌 민족주의. 복거일은 닫힌 민족주의가 주축이 되어 민족국가를 세울 때 "자신들의 영토 안에 있는 소수민족들을 억압"한다는 경험적 일반론에 근거하여 민족주의를 제어해야 한다고 본다. 이렇게 닫힌 민족주의의 제어를 강조하는 복거일의 작품 가운데 하나인 『비명을 찾아서』를 '민족주의 서사'라고 하여 비판하는 관점은 일종의 역설에 해당한다. 그 비판에 내재한 논리는 이청준의 『당신들의 천국』에 나오는 황희백 노인의 사례를 들어 살필 수 있다. 주민들의 입장에 서서 조원장의 동상을 비난하고 섬을 떠난 이상욱에 대하여 황희백 노인이 비판하는데, 나병철은 그 논리를 이렇게 설명한다.

> 정상인/문둥이 관계의 해체와 전복은 결코 문둥이/정상인이라는 또 다른 이항대립을 전제로 한 것이 아니다. 황희백은 지배자(정상인)/피지배자(문둥이)의 권력관계를 동등한 위치에서의 '싸움'으로만 이해하여 그 속에 포함된 비인간/인간의 대립을 보지 못한다. 정상인이 나환자를 문둥이로 핍박하

는 것(권력행사)은 비인간적인 것이지만 문둥이의 경계선을 해체하려는 싸움은 인간적인 욕구이다. 문둥이의 불신과 미움은 권력의 지배(경계선)가 완강함에 대한 좌절에서 나온 것으로 그것은 인간적인 것의 욕구의 이면에 다름 아닐 것이다.[15]

이 관점은 더 간단하게 말해서 폭력을 행사하는 사람과 인간의 조건을 지키기 위해 그에 대해서 항거하는 사람을 다같이 나쁘다고 말하는 것이 정당하지 않다는 논리다. 이 논리를 빌리지 않더라도『비명을 찾아서』가 한국의 내부 식민지 문제를 알레고리로 형상화하고 있다는 사실을 인정하면 이 작품을 민족주의 서사로 보는 관점은 설 자리를 잃는다. 민족 내부의 집단간에 일어난 갈등을 설명하는 데 민족주의라는 개념은 은유로 쓰이는 외에는 더 이상 적합할 수 없기 때문이다. 그 점에서 자유주의와 민족주의의 관계를 설명하는 복거일의 관점은 참조가 된다.

자유주의는 개인들의 자유를 큰 가치로 여기고 개인들의 자유를 제약하는 사회적 강제를 줄이려고 애쓴다. 그리고 그것은 개인들을 차별하지 않고 모두 공평하게 대하려고 애쓴다. 반면에 민족주의는 민족적 특질들에 따라 개인들을 차별하는 것을 본질로 삼는다. 그것은 나라를 이루는 데 주력이 되는 개인들이 소수민족들에 속하는 개인들보다 더 큰 권리를 갖는 것이 옳다고 여긴다. 민족이 정의하기 어렵고 과학적 근거가 없으며 실제로 민족을 구별하는 것은 현실적으로 불가능하다는 사실은 민족주의자들에게 별다른 무게를 지니지 못한다. 따라서 자유주의와 민족주의를 조화시키는 길은 보이지 아니한다. 그러나 찬찬히 살펴보면, 그 일은 현실적으로 불가능하지 않다는 것이 드러난다. 자유주의는 개인들의 이익추구를 배척하지 아니한다. 오히려 모든 사람들의 자유를 침해하지 않는 한, 자유롭게 이익을 추구하도록 허용된다. 따라서 자유주의는 민족국가들이 자신들의 이익을 추구하는 것을

---

15) 나병철, 앞의 글.

배척하지 않는다. 그런 이익의 추구가 다른 민족국가들의 자유를 침해하지 않아야 한다는 제약만을 둘 따름이다. 거기에 서로 화해하기 어려운 두 이념들이 만날 수 있는 자리가 있다.[16]

복거일은 개인들이 모든 가치의 귀속처가 되는 자유주의를 한국사회의 구성원리로 본다. 자유주의는 개인들의 이익추구를 자연스런 일로 받아들인다. 그 입장에서 개인의 자유를 제약하는 사회적 강제들은 자유주의와 대립한다. 그러나 역사 속에서 개인의 이익추구는 종족주의로, 종족주의는 민족주의로 확대되어왔다. 닫힌 민족주의에 대한 복거일의 비판은 그 맥락에서 읽힌다. 특히 그는 "나라를 이루는 데 주력이 되는 민족에 속하는 개인들이 소수민족들에 속하는 개인들보다 더 큰 권리를 갖는 것"이 당연하게 받아들여지는 현실에 대해 강하게 회의를 품는다. 민족이란 것은 실체가 불확실할 뿐 아니라 민족주의도 하나의 감정상태에 지나지 않는다. 그런데도 그것은 소수집단, 권력에서 배제된 집단에 속하는 개인들을 탄압하는 근거로 작용한다. 복거일이 내지인과 조선인을 등장시켜 집단 간의 차별을 다룬 작품을 쓰게 된 데는 그 문제에 대한 의식이 크게 작용한 것으로 보인다. 권력을 장악한 세력이 소수집단을 억압하는 구체적인 현실의 모습은 『비명을 찾아서』를 쓰기 직전 광주에서 생생하게 목격된 사실이다. 그 사실을 토대로 내부 식민지의 모습을 소설로 형상화하고자 했을 때 작가는 아직까지 가해자들이 권력을 장악하고 있는 현실을 도외시할 수 없었다. 가면을 뒤집어쓰지 않는 경우 권력으로부터 가해질 보복을 예상해야 했다. 더욱이 보복은 권력으로부터만 오는 것이 아니다. 한국사회에서 지역차별의 문제는 일종의 성감대처럼 민감한 사안이다.

---

16) 복거일, 앞의 책, 65쪽.

「특질고」라는 작품에서 특정 지역을 비방한 일로 인하여 오영수는 작가 생활을 마감해야 했다. 그 위험을 피하기 위해서는 원래의 사태와 유사한 다른 사안을 꾸며서 형상화하는 방안을 찾지 않으면 안 되었다. 대체역사의 수법을 도입한 것이다.

복거일은 권력집단이 다른 집단을 차별하는 병폐를 막는 방도를 자유주의와 민족주의를 조화시키는 데서 찾는다. 권력집단의 이익 추구가 다른 이익집단의 자유를 침해하지 않는다는 조건만 충족이 된다면 자유주의와 민족주의가 조화될 수 있다는 것이다. 작가는 '자유주의의 원칙에 따라 민족주의를 제어할 수 있는 실제적 방책들'로 다음 네 가지를 제시하고 있다. 첫째 '국익을 개인들의 이익으로 환원하는 것', 둘째 '국경 밖에도 사람들이 살고 있고 우리는 그 사람들에게도 최소한의 의무들이 있다는 것', 셋째 '국제적 경기 규칙들을 지키려고 애쓰는 것', 넷째 '민족주의를 역사적으로 조망하는 것'이다.[17) 이 방책들은 닫힌 민족주의의 폐해를 극복하는 방안으로 제시되었지만 민족 내부 집단 간의 갈등을 해소하는 자유주의의 원칙이라고도 말할 수 있다. 이러한 양상에 비추어볼 때 『비명을 찾아서』의 결말이 개인적으로 길을 찾아 떠나는 것으로 처리된 사정을 이해할 수 있다. 기노시다 히데요가 박영세가 되어 길을 떠난다고 해도 소설에서 형상화된 내지인의 조선인에 대한 차별 문제가 해결되는 것은 아니다. 히데요의 아내와 딸은 앞으로도 차별 속에서 살아야 할 운명이며 박영세가 끝내 상해에 도착한다는 보장도 없다. 그 원인은 히데요가 문제를 개인적인 차원에서 처리하고 있어, 그가 다른 사람들과의 연대 속에서 문제의 해결에 나서는 것은 먼 훗날에나 기대함직한 일이라는 데 있다. 곧 문제에 대한 대응책은 개인과 집단과 민족이란 세 가지 층위에

---

17) 위의 책, 76쪽.

서 마련될 수 있는데 『비명을 찾아서』는 주로 개인 차원에서 사안을 검토하고 있는 것이다. 이 점에 상도하는 경우 작가가 왜 영어공용어화를 주장한 당사자인지 납득할 수 있다. 그는 과거의 역사 속에서 "이상적 정치 체제는 모든 사람들을 포함하는 세계 국가라는 것에 사람들은 대부분 동의했었다"고 보고 있다. 세계 국가에서 언어의 분리는 바벨탑의 일화가 알려주듯이 매우 불편한 일임에 틀림없다. 앞으로 여러 문명이 하나로 통합되어 가리라는 예측을 하는 경우 국제어가 되어 있는 영어를 남보다 먼저 공용어로 받아들이는 일은 시급히 요청된다. 그러나 이 국제주의는 기본적 정치 단위가 민족국가로 되어 있는 현실에서는 낯설게 들리고 개별 인물을 형상화해야 하는 소설에 등장하기에도 지나치게 추상의 수준이 높다. 개인을 사고의 단위로 해야 하는 자유주의와 세계국가의 차원에서 사태를 판단하는 국제주의 사이의 거리가 채워지지 않고 있는 것이다. 『비명을 찾아서』에서는 그 거리를 메울 수 있는 매개를 찾지 못한 까닭에 주인공 혼자서 길을 떠나는 것이고 상해 임시정부에서 흘러나오는 불빛 또한 희미할 뿐이다. 그러나 자유를 선고받고 있는 인간에게 그 고독한 여행은 운명인지도 모른다.

6. 소록도에서 상해까지

사람들이 살고 있는 세계에는 수많은 경계선이 그어져 있다. 나라와 나라 사이에는 국경이 있고 집집마다 담장이 있으며 도로에는 인도와 차도가 구분되어 있다. 물질적인 구획이든 마음의 선이든 간에 그 경계들은 사람들을 나누고 합치면서 생활을 규율한다. 그리고 경계를 어떻게 긋느냐에 따라 세계는 다르게 지각된다. 『당신들의 천국』에서는 지배자와 피지배자 사이의 경계선이 굵게 그어져 있고 정상인과 나환자 사이의 구분이 보조적인 역할을 한다. 소설은 지배자의 권력욕이 어떻게 표출되는가를 주시하면서 피지배자들의 천국은 어떻게 가능하겠느냐는 질문을 던진다. 그에 대한 답변은 한 가지로 경계를 무너뜨려야 한다는 것이지만 그 실행방식을 놓고 의견이 갈린다. 권력은 자기의 사랑만이 그 일을 할 수 있다는 것이고 주민들은 자유로 행하겠다는 것이다. 사랑의 힘과 자유의 힘 가운데 어느 것이 더 큰 힘을 지니는지 결론이 나지 않은 채 권력자의 동상이 확인되면서 소설은 끝났지만, 분리를 통해 행해지는 차별을 극복하는 문제는 화두로 남겨진다. 『당신들의 천국』이 나온 1970년대 초반 사람들의 관심은 내부집단 사이의 갈등, 소수에 대한 차별의 문제보다 자유와 민주주의를 확보하는 데 집중되었다. 소설이 현실보다도 앞서 나갈 수 없었기 때문에 작가는 문제를 제기하는 데서 멈추어야 했던 셈이다.

『비명을 찾아서』는 1980년대 초반의 현실을 소재로 하고 있다. 군부파시즘은 절대 권력을 장악하고 유지하기 위해서 분리통치의 방법을 동원했다. 박정희의 군사정권 시절부터 싹을 보이기 시작한 분리통치가 장기간 지속된 결과 사람들은 점차 그 차별의식을 내면화하게 되었다. 『비명을 찾아서』에서 조선의 역사와 언어가 망각된 현실은 차별을 내면화한 사람들의 의식을 상징한다. 일상에서 '조선적인 것'을 찾아보기 힘들게 된 상황에서 소설이 출발하는 것은 그에 말미암는다. 근대화의 산물인 복합적 현실에 바탕을 두는 사람들의 일상생활에서 사물의 기원이나 본질은 흐려져 있기 일쑤다. 그 현상의 두꺼운 외피를 뚫고 본바탕의 색깔을 보는 것은 힘든 일이 아닐 수 없다. 기노시다 히데요는 그 진실을 보려고 큰 용기를 낸 대가로 가혹한 보복을 당해야 했다. 그 보복은 체제의 기구를 통해서만 이루어지는 것이 아니다. 체제의 이데올로기를 체화한 말단의 세포와 실핏줄, 개인들을 통해서 잔혹한 보복이 감행된다. 그 보복의 강도는 차별에서 생기는 이득의 크기와 함수관계를 갖는다. 또 집단 간의 관계가 아니라 개인 간의 관계로 바뀌면서 차별은 직접적이고 맹렬한 폭력의 형태로 바뀐다. 『비명을 찾아서』는 그 폭력이 어떻게 행사되는지를 묘사하고 그에 대한 주체의 반응을 보여준다. 그러나 주인공이 찾아가야 할 곳은 머나먼 곳에 있다. 소록도에서는 육지가 바로 눈앞에 보이지만 만주벌판을 거쳐 상해로 가는 길은 지도 위에서나 짚어볼 수 있다. 그 상황 변화는 일상성에 찌든 현실에서 가야 할 길을 찾기 위해서는 누구나 자기의 지도를 그리지 않을 수 없는 세상이 되었음을 시사한다.

디지털 시대의 감각과 소설의 형식

1. 문학의 사제들

미국 발 금융위기가 발밑의 땅덩이를 들썩여놓은 뒤부터 주위에서는 날이 새기가 바쁘게 컴퓨터 앞으로 달려가는 사람이 늘어났다. 지구 반대편의 주가동향에 촉각을 세우고 세계 각국 정상들이 내놓는 금융대책에 일희일비하는 새로운 풍경이다. 등락을 거듭하는 환율과 코스피 지수에 따라 몇 조에 달하는 생돈이 날아가기도 하고 멀쩡하던 회사가 파산 위기에 내몰리기도 하며 일자리와 생계가 불안한 서민들은 새 소식이 나올 때마다 덜컥 내려앉는 가슴을 쓸어내린다. 세계화 시대는 그렇게 공포와 욕망을 변주하며 우리 앞에 모습을 드러냈다.

이제 우리의 일상이 된 이러한 풍경이 펼쳐지기 몇 달 전 소설가 박경리와 이청준 선생이 차례로 이승의 삶을 하직했다. 시간의 흐름 앞에서 누구인들 한 치 앞을 장담할 수 있겠는가마는 두 작가의 별세는 한 시대의 막을 내리는 듯한 적막감을 준다. 그 느낌은 대학에 갓 입학했을 무렵

계간지에 게재된 「소문의 벽」에 감탄하고, 그와 때를 같이해서 발간된 창작집 『별을 보여 드립니다』를 읽으면서 소설의 재미를 쏠쏠하게 맛보았던 옛날의 기억을 새롭게 한다. 이 독서 체험은 작가 이청준에 대한 인상뿐만 아니라 문학에 대한 관념을 형성하는 데도 많은 영향을 주었다. 이청준의 소설은 「병신과 머저리」, 「매잡이」 등에서 볼 수 있듯이 사회의 소외계층이나 이방인을 다룬 작품들이 기조를 이루면서도 같은 시기에 발표된 최인호의 「처세술 개론」이나 신상웅의 「심야의 정담」과 같이 사회에 대한 부정적 상상력을 기반으로 하는 문학이다. 그리고 그 경향은 작가의 만년의 작품에까지 그대로 이어진 것으로 보인다. 초심을 잃지 않고 마지막까지 문학의 본령을 지킨 작가 이청준, 그 점에서 박경리의 문학적 생애도 다를 바 없다. 이청준의 소설이 청년기의 필자에게 강력한 호소력을 가졌었다면 생활의 쓴맛단맛을 조금은 맛본 다음에 맞닥뜨린 박경리의 소설은 또 다른 느낌을 주는 세계였다. 물론 이 맞닥뜨림이 최초의 대면은 아니었다. 소설 연재가 시작되던 당초부터 『토지』를 읽었고 단행본으로 발간될 때마다 어느 정도는 따라 읽었으니 다른 소설가에 비하면 비교적 친숙한 작가였다. 그러나 인생의 우여곡절을 얼마간 겪은 뒤에 소설 전체를 읽은 체험은 종전의 문학에 대한 관념을 근본에서 뒤흔들었고, 나 자신 그 변화를 적극적으로 수용할 필요성을 절감하게 되었으니 그 인연이 가볍다고 할 수는 없다. 이렇게 이런저런 인연으로 나의 문학 체험에 귀중한 자리를 차지하는 두 분이 앞서거니 뒤서거니 하면서 세상을 뜨신 일은 단순한 우연일 수도 있다. 그러나 문학의 위기와 예술시대의 종말이 운위되는 현재의 상황을 고려하면 생애 내내 진지한 태도로 창작에 임하여 문학의 사제와 같았던 두 작가의 타계가 남다른 의미로 다가오는 것도 숨길 수 없는 사실이다.

예술의 시대라든지 문학의 시대라는 말은 사회생활의 여러 영역 가운데 문학예술이 중요한 위치를 차지한다든가 아니면 적어도 그 역능이 사람들에게서 긍정적인 평가를 받는다는 사실을 시사한다. 그러므로 그 시대의 종말이나 위기가 운위된다는 것은 문학예술의 비중이 종전과 같지 않다는 어떤 느낌이 사람들의 감각에 생겨났음을 말하는 것이리라. 사실 영상매체가 발달하고 세계가 일일 생활권으로 좁혀진 상황에서 문학이나 예술의 지위가 예전과 같지 않다는 느낌은 단순히 감각의 수준에 멎는 것이 아니다. 구체적으로 이야기해서 사람들은 소설을 읽기보다 영화나 연속드라마를 보기 좋아하고, 그림을 감상하기보다는 이국의 낯선 풍물과 직접 만날 수 있는 세계여행을 떠나기를 선호한다. 문제를 문학으로 좁혀보면, 수억 원을 쏟아부어 만들어진 광고의 문구가 시의 감각을 대신하고, 문화컨텐츠라는 이름으로 제작되는 스토리텔링이 서사를 대체하게 된 것이 현실이다. 이 사정은 수필이나 희곡이라고 해서 나을 것이 없다. 인터넷 공간을 떠도는 수많은 여행기나 수상, 댓글 등은 산문의 영역을 한껏 넓혀놓았고, 길거리나 실내 공간에서 벌어지는 수많은 해프닝과 퍼포먼스, 매체를 통해 전파되는 갖가지 연행양식은 연극과 일상적 행동의 영역 구분을 무화시키고 있다. 문화라는 용어가 범람하게 된 데는 이런 배경적 요인이 작용하고 있을 것이다. 문학이나 예술의 이름으로 포괄하기에는 너무나 다양하고 복잡한 일들이 문화라는 두루뭉술한 이름 속에 싸안기는 셈이다. 문학의 위기나 예술시대의 종말이란 문제의식은 이런 상황으로부터 생겨난 것이라고 유추할 수 있다. 이 점을 감안하면 현재의 사태는 '문학과 예술시대'의 종말이라기보다 문학과 예술의 '개념이나 이론'에 닥쳐온 위기를 과장한 것이라고 볼 소지가 생긴다. 문학과 예술이란 낡은 범주로 끌어안기에는 너무나 벅찬 새로운 문화현상이 폭주하고 있는 현실에 지레 겁을 먹고 자기 집 문단속을 하는 것으로 이해되는 것이다. 그러나 현재의 문제의식이 젊은이들의 자유분방한 행태와 도시의 거리를 휩쓰는 다채로운 문화현상을 경박부화한 사조라고 몰아붙이는 속 좁은 사람의 편협성에서 나온 것이라고만 받아들이는 데도 문제가 없는 것은 아니다. 그런 의미에서 지금 우리 사회에 편만한 위기의식은 오히려 문화라는 이름이 부상하는 뒤편에서 해체되어 가는 문학예술의 내면성에 대한 경고음이 아닐까. 우리 시대의 대표적인 문학 사제들의 죽음은 그 위기의 징후를 나타내는 상징들이 아닐까.

2. 근대소설의 영상의식

박경리와 이청준의 소설은 저마다 개성을 지닌다. 이청준의 경우 문제를 보는 시각이 날카롭고 지성적이다. 한 편의 소설에 하나의 주제라고 할 수 있을 정도로 그의 작품에서는 모든 삽화가 중심을 향한다. 따라서 조용한 목소리로 이야기된다 해도 거기에는 열기가 들어 있으며 현실의 문제를 보는 정치의식 또한 첨예하다. 이에 비해 박경리의 소설은 둔중하다. 이런 저런 가지들을 쳐내기보다는 다 함께 끌어안고 가기 때문에 초점이 없는 듯하지만 저변에 흐르는 의식은 묵중한 힘을 지니고 있다. 두 사람의 작품 경향을 야구에 비유하자면 이청준이 정교한 타법을 구사하는 안타제조기이고, 박경리는 듬직한 홈런타자라고 해야 할까. 이렇듯 대조되는 성격을 지니고 있음에도 불구하고 두 사람은 문학에 대해 사제적인 태도를 지닌 근대작가라는 공통점 외에 영상매체와 가까운 거리를 유지했다는 특성을 공유한다. 문학의 사제라는 이름과 영상매체에 대한 친근성은 이율배반적인 성격을 지닌 듯하지만 꼭 그렇지만도 않다. 박경리는 평소 근대소설의 특성으로 극적 장면구성법을 강조했고 그 방법은 실제로 『토지』에 잘 구사되고 있다. 『토지』가 드라마나 만화로 쉽게 변용될 수 있었던 것은 그 소재가 한국 근대역사를 다루고 있다는 장점과 함께 각각의 장면이 극적으로 구성된 점이 크게 작용한 것으로 이해할 수 있다. 이와 대조적으로 이청준의 소설은 한 편의 영화를 구성하기에 적합한 길이와 주제를 갖춘 점이 이점이 되고 있으며 소재 또한 향토성과 신기성을 지니고 있어 영상으로 처리하기에 적합하다. 더욱이 이청준은 영상화를 전제하고 작품을 짓기도 했다. 여기서 볼 수 있듯이 한국 근대문학의 사제들은 자의든 타의든 영상매체를 가까이 했고 그만큼 영상의식이 강했다. 오늘날 문학과 예술 분야에서 나타나는 위기의식이 상품화의 진전과 함께 주로 영상매체의 역할 증대로 인해 야기된다는 점을 고려하면 그 의미는 곰곰이 음미해볼 만하다.

영화와 소설에 나타난 영상의식에 관해 책을 쓴 앨런 스피겔은 현대소설에 나타난 영상의식을 크게 세 단계로 구분한 바 있다. 그가 채택한 구분의 기준은 "리얼리티를 구성하는 '핵심적이고', '본질적인' 것이 무엇인가와 그것이 어떻게 드러나는가"[1] 하는 문제이다. 그가 설명하는 영상의식의 첫 단계에는 근대소설의 효시라고 할 수 있는 세르반테스의 소설이 들어가는데, 여기에서 리얼리티는 인간의 감각에 의해 획득되는 것이 아니며, '정신을 통해 발견되고 정신이 이해'하는 바에 의해 구성된, '도덕적이고 지적인 경험'에 의해 파악된 개념적 리얼리티다. 그러므로 이 단계에서 리얼리티는 '본질적이며 변화하지 않는 구조'와 '변화하는 세부사항'들로 나뉘어 파악되고 거기에서 근간을 이루는 '구조'는 표피적인 감각적 경험보다 항상 우선한다. 두 번째 단계의 영상의식은 플로베르로 대표되는데, 그는 "예술은 개인적 감정과 예민한 감수성을 초월해야 한다. 이는 예술에 감정을 개입시키지 않는 방법과 물리학의 정확성을 부여

---

1) 앨런 스피겔, 『소설과 카메라의 눈』, 박유희 외 옮김, 르네상스, 2005, 52쪽.

할 때 가능하다"[2]고 생각했다. 그리하여 그는 세르반테스라면 단순히 이야기하면 되었던 것을 매순간 증명해야 했고, 인물과 사건을 독자가 즉각적으로 감지할 수 있게끔 계속해서 증거를 보여준다. 이 양태를 스피겔은 인물들이 '알려지기 전에 보인다'고 설명한다. 곧 개념적으로 파악되는 것이 아니라 감각적으로 구상화될 때에야 독자에게 지각된다는 관점이다. 이에 따라 작가는 인물을 호명하는 것이 아니라 행위의 과정을 보여줌으로써, 전체적으로 보여주는 것이 아니라 세부의 연속 장면을 차례로 보여줌으로써 대상을 지각하게 만든다. 세 번째 단계는 플로베르 이후에 나타난 경향으로서 대상을 자족적인 실재로 보지 않고 단속적·파편적으로 포착하는 방식이다. 스피겔은 이 세 번째 단계를 두 경향으로 나누는데, 첫 번째 경향은 대상을 해체하면서 독자를 관찰자의 정신 속에 가둠으로써 내면화 형식을 발전시키는 경향으로 졸라, 로렌스, 울프의 소설에서 찾아볼 수 있다. 이에 비해 두 번째 경향은 '소설가가 대상과 관찰자 사이에서 균형을 유지하며 대상에 초점을 맞추는' 형식으로서 제임스, 콘래드, 조이스의 소설에서 찾아볼 수 있고, 영화의 카메라와 같이 하나의 시야를 여러 부분으로 잘라서 조각내는 것이 특징이다. 스피겔은 이 두 번째 경향이 전통적인 구상화 방식을 견지하는 방법이라고 보는 입장에서 그 경향은 영화형식이 특정한 역사시대의 산물이면서도 서사의 전통을 계승한 것임을 입증한다고 설명한다. 스피겔의 구분을 통해 우리가 알 수 있는 것은 영상매체가 등장하기 이전부터 현대소설은 영상의식을 발전시키고 있었다는 점이다. 소설가들은 매체의 영향을 받아서 영상의식을 가졌다기보다 소설의 가능성을 극대화하는 방안으로 소설에 영상을 창조하는 수법을 도입했고, 그 방법을 획득하기 위해 끊임없이 실험을 해

2) 위의 책, 58쪽.

온 것이다. 그러나 근대소설의 영상의식의 변전을 통해 알 수 있는 또 하나의 사실은 부단한 실험과 새로운 매체의 등장에도 불구하고 리얼리티를 제시하는 방식에 파천황의 사례는 쉽게 찾아볼 수 없으며, 다만 작가들의 실험이 새로이 등장하는 매체의 리얼리티 제시방식에 근접하고 있다는 점은 유의해둘 사항이다. 그것이 의도적이든 우연이든 간에 둘 사이에 짙은 연관성이 나타난다는 것은 앞으로 닥칠 시간에 대해서도 유추를 할 수 있게 해주기 때문이다.

한국의 근대가 서구의 수백 년에 걸친 실험과 경험들의 성과를 단기간에 흡수하면서 이루어졌다는 것은 굳이 부인할 필요가 없다. 문학에서도 사정은 크게 다르지 않다는 점을 고려하면 이청준과 박경리의 문학이 스피겔이 구분한 영상의식 가운데 어느 단계에 해당하는지 일률적으로 말하기는 어렵다. 더욱이 한국에는 한국만의 고유한 역사적·문화적 맥락이 있고 작가들의 창조성이 어느 방향으로 어떻게 표출되었는지 쉽게 단정할 수 있는 것도 아니다. 이 점은 박경리와 이청준이 문학의 사제라는 인상을 주는 주원인이 그들의 전통에 대한 천착과 동시에 개성의 추구에 있음을 감안하면 더욱 확실해진다. 전통과 혁신, 개성과 보편성, 지성과 감성의 팽팽한 줄다리기 속에서 그들의 창조 작업이 진행된 것으로 이해해야 하는 것이다. 그러나 그런 속에서도 박경리의 『토지』가 1960년대를 전후해서 일어난 급속한 산업화와 국가기구의 체제정비, 나아가서는 한민족의 세계진출에서 자양과 힘을 얻고 있다는 점은 부정할 수 없다. 소설의 내적 구조가 이미 다원화의 추세 속에 규모의 경제를 갖추게 된 사회 현실을 반영하고 있고, 시장가치가 지배하는 현실의 물신주의에 대한 부정이 작품의 심층적인 주제를 형성하고 있는 것이다. 이 점은 이청준의 경우도 마찬가지다. 중편소설인 「소문의 벽」이 역사의 상흔을 빌미로 사람들의 입에 재갈을 물리는 권력에 대한 부정의식을 표현하고 있음은 물론 『당신들의 천국』은 유신체제가 내세우는 근대화의 논리가 지닌 허구성을 저 깊은 근원으로부터 파헤치고 있는 것이다. 문학의 시대, 예술의 시대란 자부와 긍지는 바로 작가들의 그러한 적극적 대응으로부터 생겨났다고 할 수 있다. 그리고 그 힘은 1980년대의 『태백산맥』이나 『비명을 찾아서』에서까지도 유지되고 있었다. 하지만 상황은 1990년이 되면서 근본적으로 바뀐다. 1990년은 우리의 지성사, 문화사에서 한 시기를 획하는 의의를 지닌다고 할 수 있는데, 바로 이 해에 대외적으로는 동구 사회주의권이 무너졌고, 대내적으로는 3당 합당이 일어났으며, 문화적으로는 컴퓨터의 보급, 포스트모더니즘의 구호가 본격화된다. 곧 이념의 상실, 가치기준의 혼미, 디지털 기술의 파급효과가 동시다발적으로 우리 지성계와 문화계를 강타하면서 새로운 연대가 시작된 것이다.

3. 디지털 매체와 감각의 혁신

포스트모더니즘은 흔히 후기구조주의, 해체론, 페미니즘, 탈식민주의 등과 겹치면서 발생한 사태로 인식된다. 그것이 1930년대 말에 시작된 것인지 1960년대에 시작된 것인지에 대해서조차 의논이 분분한 것을 생각하면 분명 포스트모더니즘은 그러한 사조들과 병발적인 현상이거나 그것들을 포괄하는 상위개념이라고 할 수 있을지 모른다. 그러나 한국의 실정은 그러한 관점에 잘 들어맞지 않는다. 1970년대와 1980년대의 한국문학에서 지배적인 흐름은 어느 모로 보나 리얼리즘이었고 비록 1930년대와 1950년대에 일시적으로 유행했다고 하더라도 모더니즘은 결코 두드러진 문학현상이 아니었다. 서구의 근대문학에서 리얼리즘과 모더니즘, 아방가르드, 포스트모더니즘이 형님 동생 하듯이 무슨 차례를 지켜가며 생겨났다 사라진 사조들이 아니었다는 사실을 감안하더라도 한국의 상황은 매우 혼란스러운 것임에 틀림없다. 그 연유야 다른 요인을 언급할 필요도 없이 근대의 시간을 단축해서 살아야 했던 사정을 환기하는 것만으로도 충분히 납득되는 것이므로 한국에서 나타난 포스트모더니즘의 현상도 그러한 맥락에서 살필 필요가 있다. 여기서 최근의 문학 위기, 특히 소설에서 일어난 변화를 고찰하는 데 디지털 기술이 연출한 중심적인 역할을 지적해두는 일은 거의 필수불가결하다. 디지털 기술이 일찍이 20세기 중반에 나타나기 시작했다고 하지만 한국인의 생활에 큰 비중을 가지고 자리 잡은 시기는 1980년대 후반 내지 1990년대 초반이고, 그 시점은 포스트모더니즘의 대두 및 우리가 문학의 위기로 파악하는 사태가 발생한 시기와 대체로 정확히 일치한다. 곧 여러 복잡한 원인이 작용하고 있다고 하더라도 현재 문학과 예술에 나타난 위기상황 또는 퇴조현상의 배후에는 디지털 기술을 이용한 매체들의 존재가 큰 그늘을 드리우고 있는 것이다. 이와 같은 논단은 사진과 영화, 텔레비전을 비롯한 방송매체, 전자문화의 여러 가지 형태가 19세기 말부터 등장하고 있었다는 사실을 도외시하는 것이 아니다. 그러한 새로운 매체들이 가진 영향력 위에 디지털 기술이 덧씌워지면서 우리의 지각 환경에 질적 변화가 일어났다는 사실을 지적하는 것일 뿐이다. 디지털 기술이 매체 중의 매체로서 컴퓨터와 인터넷을 가능하게 함으로써 정보혁명을 주도한 사실에 대한 적시이다.

디지털 기술은 다양한 정보들을 통합할 수 있게 해주기 때문에 매체문화에 결정적인 규정력을 갖는다. 지식과 정보는 일반적으로 인간의 감각기관에 개별적으로 소구하는 성격을 갖는 것이고 문학예술도 어떤 감각을 이용하느냐에 따라 장르가 구분된다. 시각을 이용하기도 하고 청각을 이용하기도 하며 여러 감각을 동시에 동원하기도 하는 것이 예술 장르인 것이다. 각각의 장르는 자신에게 적합한 정보와 자료를 이용하는 메커니즘을 갖춤으로써 고유성을 갖게 된다. 이렇게 예술 장르의 고유성을 담보하는 한 원천으로서 제각기 분리되어 있던 정보들이 디지털 기술에 의해 통합됨으로써 문학예술에는 다양한 가능성이 열렸다. 우선 이용할 수 있는 정보자료의 영역이 크게 확대되었고 표현의 수단도 다채로워졌다. 컴퓨터 그래픽을 통해 창출되는 영화의 환상적인 이미지, 정교한 소리의 복원과 보존, 이전에 비할 수 없이 빨라진 전달속도 등은 디지털 기술이 가져온 주요한 특징으로 손꼽을 수 있다. 그 가운데서도 디지털 기술이 정보의 생산자와 수용자 사이에 상호작용을 가능하게 했다는 사실은 특히 주목을 요한다. 상호작용성에 의해 예술은 무한히 변조, 변용될 수 있게 되었고, 그에 따라 원본과 복사본, 실재와 가상, 창조자와 수용자 사이의 구분이 어렵게 된 것이다. 가상 현실이란 개념은 그 사태를 적절하게 포착하고 있다.

'가상 현실'은 실재보다도 가상이 우위에 놓이게 된 상황 또는 가상과 실재의 구분이 무화된 상황을 가리킨다. 이 세계에서는 이미지가 득세할 뿐만 아니라 정보가 경험을 대체하며 속도와 몰입, 도취와 같은 항목들이 우선적 가치로 존중된다. 디지털 기술이 가져온 그와 같은 변화의 전형적인 양상은 새로운 문화형식으로 부각되고 있는 컴퓨터 게임을 통해 살펴볼 수 있다. 이제까지의 역사가 말해주듯이 컴퓨터 게임은 디지털 기술의 발전과 함께 패러다임을 변화시켜왔으며, 그 변화 속에서 꾸준히 스펙터클 강화의 방향으로 치달려왔다. 게임제작자들은 극사실주의, 환상적 이미지들을 애니메이션에 도입하고 상호작용을 극대화함으로써 게이머의 몰입과 도취를 강화하기 위한 모든 수단을 다 동원한 것이다. 이에 따라 게이머들은 현란한 이미지에 둘러싸인 상태에서 그 이미지들을 숭배하게 되고 그 세계를 이상향으로 동경하게 된다. 흔히 게임중독이라고 하는 현상은 이와 같이 자극적인 이미지와 증가된 속도로 인해 긴장하고 몰입하는 양상을 나타내는 말이다. 그것은 '중독'이란 용어가 시사하듯이 게임에 몰입하는 상태가 병적이란 진단을 내포한다. 디지털 시대의 전체 문화

현상에 대한 우리 사회의 진단은 대체로 이와 대동소이하다. 즉물적 지각, 이미지의 숭배, 사유의 마비, 개념화 능력의 궁핍화, 몰입, 도취 등이 디지털 문화의 특성을 묘사하는 데 동원되는 대표적인 용어들이다. 이러한 관점은 충분히 납득할 만하다. 문자보다는 이미지에 친숙하고, 가상의 세계 속에 살기를 기꺼이 선택한 젊은이들에게 차분히 앉아서 무엇인가를 골똘히 생각하는 모습은 왠지 낯설다. 감각의 신호에 대해서 즉각적으로 반응하고, 속도를 즐기며, 가능한 한 강력한 자극 속에 살기를 원하는 사람들. 몰입과 도취는 그들에게 동의어이다. 이렇게 고양된 순간을 살고자 하는 사람들이 사유를 통해서 차분히 개념을 전개하기를 바라는 것은 연목구어인지 모른다. 그 사회적 풍조는 전통적인 개념의 문학이 설 자리를 앗아갔다. 대학에서까지도 『태백산맥』이나 『토지』 같은 대하소설은 말할 것도 없고 발자크, 도스토옙스키, 토마스 만, 숄로호프의 장편소설과 같이 중량감 있는 작품을 읽은 학생은 7년 가뭄에 콩 나듯 희소한 일이 되었으며, 그에 따라 출판사에서는 6, 7백 매짜리 장편 아닌 장편만을 양산해내고 각종 문학상들은 상품화에 유리한 중편소설만을 수상작으로 선정한다. 이것이 이 시대 문학이 놓인 척박한 토양이라는 것은 두말할 나위가 없다. 디지털 기술의 발전에 힘입어 영상매체들이 내놓는 화려한 이미지와 비교할 때 문학이 제공하는 형상이란 얼마나 초라한가. 그 초라한 세계의 주민이 되어달라는 주문이 너무 염치없는 일이기에 시인과 소설가들의 목소리에서는 옛날의 기백을 찾아보기 힘든 것이 아닌가. 그러나 죽을 데 들어야 살길이 생긴다는 옛말처럼 영상매체의 득세로 한껏 좁혀진 문학의 자리를 복원할 가능성은 바로 그 영상의 본질로부터 생겨난다.

인류의 역사를 통해 우리가 알 수 있는 것은 시대의 특성에 따라 장르들이 성쇠를 거듭하지만 특정한 장르가 완전히 소멸하는 경우는 거의 없다는 사실이다. 비록 일시적으로 쇠퇴한 장르일지라도 시대와 장소가 달라지면 다른 쓰임새를 가질 수 있음은 물론 새로운 모습으로 변신하여 각광을 받는 사례는 도처에서 찾아볼 수 있다. 더욱이 영상매체와 문학은 누구 말처럼 적대적 모순관계에 있는 것도 아닌 만큼 그 존재의 소멸을 걱정하는 것은 기우일 수 있겠으나 이전에 비해 문학이 쇠미해졌다는 느낌조차 없다면 그것은 무감각한 일이리라. 그렇다고 해서 문학의 범위를 한껏 넓혀보려는 시도도 눈 감고 아웅 하기는 마찬가지다. 이렇게 생각할 때 현재의 문학이 어떤 상태에 있으며 왜 그렇게 되었는가를 규명할 필요가 있다. 여기서 '현재의 문학'이란 동시대를 살고 있는 청년작가와 원로작가의 문학을 모두 포괄하는 개념이 아니라 이른바 '신세대'에 속하는 사람들의 문학을 한정해서 가리키는 개념이다. 곧 '문학의 사제'로 대표되는 작가들과 구별되는 집단으로서 '신세대'에 초점을 맞추었을 때 '현재의 문학'이 지닌 특징은 좀 더 뚜렷이 드러날 수 있다. 그 특징을 한 마디로 집약하면 '감각의 혁신'이다.

감각이란 주변상황이 어떻게 조성되느냐에 따라 언제나 조금씩은 변할 수 있다. 그럼에도 불구하고 거기에 '혁신'이란 말을 사용하는 것은 지금 일어나고 있는 변화가 이전에 비길 바 없이 현격하다는 뜻을 나타낸다. 그 구체적인 사례는 10대 청소년들이 혼잡한 군중 가운데서도 기막히게 빠르고 정확한 솜씨로 휴대전화의 문자판을 눌러 동료들에게 메시지를 날리는 모습에서 엿볼 수 있다. 이 상태가 좀 더 발전한 모습은 프로게이머들의 신속하고 정확하기 비할 데 없는 컴퓨터 조작동작을 통해 확인할 수 있다. 게임 공간의 이곳저곳에서 전투가 진행되고 있어서 보통 사람이라면 정신조차 차릴 수 없는 상황인데도 여러 곳에 흩어져 있는 하나하나의 유닛을 효율적으로 움직여 게임을 반전시킬 비장의 카드를 만들어 나가는 게이머의 모습은 가히 경이 그 자체라고 할 만하다. 하지만 이렇게 겉으로 드러난 동작에만 주의를 기울일 경우 정작 중요한 것은 놓치기 십상인데 전투의 현장과 미니맵, 도구창과 유닛창을 오가는 눈길의 번득임과 이불 위에 바늘 떨어진 듯 작은 소리에도 민감하게 반응하는 방식을 보노라면 게이머에게는 모든 감각이 활짝 열려 있음을 믿지 않을 수 없다. 게다가 게이머들은 이러한 감각의 개방상태를 몇 시간씩이고 지속한다. 게임의 승패가 바로 자신의 운명을 결정하기라도 하듯이 화면에 집중하는 자세는 신 앞에 머리 숙인 아브라함처럼 경건하기까지 하다. 그런데 이 집중과 몰입 속에서 게이머는 의식하지 못한 채 자신의 감각을 바꾸어나가고 있다. 전혀 예외가 없다고는 할 수 없지만 신세대들은 대부분 이 강력한 이미지의 세례를 받고 자라고 그 속에서 생활을 영위한다. 앨런 스피겔이 현대소설의 전개양상을 영상의식과 관련하여 검토하고 있음을 상기하면 오늘날 젊은 세대가 이루어가고 있는 감각의 혁신이 문학의 내외 조건을 크게 바꾸어 가리라는 것은 충분히 예측할 수 있는 사태다. 창작자는 독자의 지각방식을 운명적 조건으로 받아들이지 않을 수 없으며, 사회 속에서 형성된 작가의 주체성을 빼놓고 작품의 구성원리를 말한다는 것도 공허한 일이기 때문이다.

4. 새로운 부족예술인가?

예술은 인간의 감각 가운데서도 주로 시청각에 의지한다. 이는 시청각이 다른 감각기관에 비해 사물에 대한 일반화의 능력이 우수한 데 원인이 있다. 그러나 시청각을 통해 사물에 대한 일반화를 할 수 있는 것은 촉각의 경험이 있기 때문이다. 촉각의 경험에 바탕을 두고 유추를 행함으로써 시청각 등 다른 감각에 포착된 정보를 일반화하는 것이다. 이 점에서 촉각은 인간의 감각 가운데 가장 근본적인 감각이라고 할 수 있다. 하지만 인류의 예술이 전개되는 과정에서 촉각은 부차적인 지위로 밀려났다. 이

것이 자기의 뿌리를 잊고 본말을 전도시키는 행위에 해당한다 하더라도 문명의 역사는 그 길을 밟아왔다. 그 망각의 원인은 짐작되는 바 없지 않다. 생활이 복잡해지는 데 따라 사회에 일정한 질서가 생기고 사람마다 제각기 하는 일이 달라졌음은 물론, 사람과 자연사물 사이에도 간극이 생기면서 직접적인 접촉을 전제로 하는 촉각은 예술의 수단으로서 경원되었을 가능성이 크다. 그 점에서 디지털 시대에 이르러 촉각이 생활의 여러 부면에서 부활한다는 것은 상징적인 의미를 지닌다. '디지털'이란 용어가 손가락이나 발가락을 나타낸다는 뜻에서가 아니라 그것이 정보통합을 통해서 인류가 모든 감각을 동원하는 이전의 방식을 다시 회복하게 된 사태를 나타내주기 때문이다. 마샬 맥루한은 현대의 젊은이들이 토착적인 것으로 회귀하려는 경향을 보이며 거기에서 모든 감각은 '전자적으로 확장'된다고 보고 그것을 부족세계의 표징으로 해석했다. 그는 라디오를 예로 들어 "문자문화가 극단적인 개인주의를 조장한 반면에, 라디오는 깊은 부족적 관여의 혈족적 그물눈이라는 고대적 경험을 되살려놓았다"[3]고 설명한다. 그는 또한 텔레비전과 관련해서 그것의 영상이 지닌 '낮은 명료성'이 시청자의 참여성을 유도한다고 설명한다. 르네상스 시대에 원근법이 체계화된 이후 시각에 우위를 부여했던 서구인들에게 라디오와 텔레비전이 통일된 감각과 상상력을 갖춘 생활을 꿈꿀 수 있게 해주었다는 것이다. 그는 특히 텔레비전 영상이 촉감을 증진시킨다고 보고 있는데, 이와 같은 관점은 세계 어느 나라보다 정보기술 환경이 발달되었다고 하는 우리나라에서 붉은 악마들의 응원이나 촛불집회와 같은 직접적 참여의 형태가 생기는 이유를 다시 생각하게 해준다. 그렇다면 새 시대의 예술은 '통일된 감각과 상상력'의 부족예술이 될 것인가? 그리고 문학에

---

3) 마샬 맥루한, 『미디어의 이해』, 김성기 외 옮김, 민음사, 2002, 418쪽.

도 그 징후가 나타난다면 그 형식은 어떤 모습을 띠게 될 것인가?

1990년대에 들어서 우리 사회에서는 후일담 문학이 화제가 된 적이 있다. 이념과 행동의 지향점이 사라진 이후 과거에 대한 추억과 그 후유증을 기록하는 것으로 문학을 대신하던 현상이 한때 사람들의 눈에 두드러져 보였던 것이다. 그로부터 수년이 지난 뒤 윤대녕, 신경숙 등의 이름이 수면 위로 부상했다. 풍금소리처럼 기억 속에 가물거리는 감정 곡선을 건드리는 신경숙의 소설, 그것은 역사와 현실과 집단의 운명에 매몰되었던 과거의 문학에 대한 반작용이었기에 신선한 느낌으로 다가왔다. 이와 비슷하게 윤대녕의 소설은 꿈인 듯 현실인 듯 몽롱한 분위기로 사람들을 사로잡았다. 예를 들어 『달의 지평선』은 1980년대 운동에 가담했던 남녀를 등장시키고 이국적인 풍경들을 배경으로 영화적 기법을 사용하여 몽롱한 분위기를 의도적으로 창출하고 있다. 이러한 경향은 그의 대표작으로 간주되는 「은어낚시통신」에서도 찾을 수 있다. 알지 못하는 사람에게서 온 초대장, 또 심야에 걸려온 낯선 여인의 전화, 그로부터 화자는 과거로 돌아가 자신과 관계를 가졌던 한 여인을 떠올리고, 첩보영화처럼 복잡한 절차를 거쳐서 한 비밀지하단체의 모임에 가 여인을 다시 만나게 된다. 이 이야기들은 모두 비 내리는 날 밤 차창 밖 어둠 속에서 진행된 일처럼 흐릿하게 제시된다. 이에 대해 작품 해설자는 그것이 '일상을 넘어선 세계를 향한 수직적 탐색'이라고 본다. 일상 현실에 대한 수평적 탐사에서 주제를 심화시켜 '존재의 시원으로의 회귀'를 모색한다는 의미 부여이다. 윤대녕의 이러한 소설적 특징에서 우리가 주목하고자 하는 것은 '낮은 명료성' 또는 불투명성이다. 맥루한이 현대 젊은이들의 특징으로 토착적인 것으로 회귀하려는 경향을 지적하고 텔레비전 영상이 촉감을 증진시킨다는 사실을 말하고 있는 것을 감안하면 윤대녕 소설의 특징은 징후적이다. 그것은 한편으로 1980년대 장정일의 『아담이 눈뜰 때』와 마찬가지로 영화의 수법을 채용하면서 자본주의의 식민지가 된 일상의 중독상태에서 벗어나고자 하는 충동을 간직하고 있다. 주인공이 초대장과 전화의 부름대로 지하단체의 모임에 참석하고 거기에 가담하는 것은 여자에 대한 그리움이라는 형식을 빌렸지만 자기 존재의 근원, 토착적인 것으로의 회귀로 볼 수 있는 것이다. 그 이야기는 '낮은 명료성'을 지님으로써 관여의 의지, 촉각에 호소한다고 해석할 수 있는 것이다. 이 양태는 모더니즘 문학이 주로 시각에 호소하고 특히 1970, 1980년대의 리얼리즘 소설이 분명한 플롯을 구축하고 있었던 것과 대조되는 현상이다.

그러나 2천 년대에 이르면 상황은 또 달라진다. 윤대녕의 세대가 영화와 텔레비전의 영상에 세례를 받으면서 성장했다고 한다면 지금 20~30대의 작가들은 디지털 문화 속에서 감각을 익혔다. 인터넷과 하이퍼텍스트, 컴퓨터 게임은 영화나 텔레비전에 비해 작고 흐린 영상만을 제공한다. 또한 디지털 매체는 과거의 영상매체에 비해 뚜렷한 스토리 라인을 보여주지도 않는다. 디지털 매체의 경우 하나의 영상과 다른 영상 사이에는 비약이 있으며 그것들은 쉽사리 다른 화면이나 장르로 전환된다. 하지만 컴퓨터 앞에서 사람들은 화면에 바짝 다가가야 하며 그것들을 스스로 조작해야 한다. 이에 따라 컴퓨터 모니터에는 몇 개의 화면이 여러 크기로 겹쳐지기도 하고 축소 확대되기도 하며 순식간에 전혀 다른 장르나 다른 기능으로 바뀌기도 한다. 더욱이 컴퓨터에는 시각적 이미지와 함께 음향, 음악, 문자가 동원되고 키보드, 마우스 등이 따라붙는다. 여기에다 인터넷이 제공하는 다양한 정보와 데이터베이스의 자료까지 고려하면 컴퓨터는 잠재적으로 전 세계를 자신 속에 품고 있다고 할 수 있다. 컴퓨터와 사람의 사이를 인터페이스가 연결하고 있는데, 그 '인터페이스'라는 말이 시사하듯이 사용자는 컴퓨터 모니터를 멀리서 지켜보는 것이 아니라 얼굴과 얼굴을 마주하면서, 신체적 접촉을 통해 의사소통을 시도하는 것이다. 이와 같은 디지털 문화의 환경 속에서 세계를 지각하고 현실에 대한 대응방식을 익힌 세대의 감각은 소설에도 그대로 반영된다.

박민규의 소설에는 공백이 많다. 행갈이를 자주 할 뿐만 아니라 문단과 문단 사이를 빈번히 띄워놓고 있어서 읽기에 편하고 페이지를 술술 넘길 수 있다. 이와 같은 양태는 김애란의 소설집 『달려라, 아비』에서도 찾아볼 수 있는데, 박민규의 장편 『핑퐁』에는 활자의 크기를 다르게 하거나 한 단어로 문단을 삼아 앞뒤 문단에서 구분하는 경우도 있다. 이것이 단순히 소설의 가독성을 높이기 위한 조처가 아니라는 것은 한 단어나 한 문장으로 독립된 문단이 앞뒤 문단과 다른 내용으로 되어 있거나 대화적 성격을 지닌다는 데서 드러난다. 예컨대 굉장한 소음을 내는 냉장고와 2년 이상을 살았다는 사실을 묘사한 다음 "정말 아무렇지 않았냐구?"라고 스스로 묻고 나서 한 행을 띤 다음 "정말, 아무렇지 않았다."고 대답하는 식이다. 물론 대화가 아니라 특정한 감정을 표시하거나 어떤 사실을 주장하는 경우도 있고 몇 문단에 걸쳐서 똑같은 말을 반복하는 경우도 있어 그 쓰임새는 다기능이다. 뿐만 아니라 독립된 문단 내부로 들어가도 사정은 마찬가지다. 한 사례를 들어보자.

> 제 정신이 들었을 땐 이미 하늘나라였다. 어이가 없군. 당연히. 걷잡을 수 없는 후회가 밀려들었다. 열을 식힐 줄 아는 지혜를 배워야 해. 난 그게 필요해. 그런 그에게 신이 다음과 같은 조언을 했다. 그럼 냉장고 같은 건 어떨까? 과연! 그는 무릎을 쳤다. 그거 보람찬 삶이겠는걸. 그런 이유로, 한 때 리버풀을 사랑했던 이 남자는 냉장고로 태어났다. 그리고 굴러굴러 나의 소유가 되었다. 누가 뭐래도. 나는 그렇게 생각한다.(「카스테라」)

인용문은 냉장고의 전신이었던 훌리건이 무너져 내린 경기장 담장에 깔려 죽은 다음 일어나는 일에 대한 묘사다. 사람이 냉장고의 전신이었다는 설정도 우습지만 그 이후의 사건에 대한 묘사도 황당하기는 마찬가지다. 죽은 사람이 자신의 전생에서 있었던 일을 후회하고 누군가가 그에 맞장구를 치며 거기에 신까지 나서서 그 사람에게 냉장고의 운명을 지정했다는 내용이 장면 전환의 표시도 없이 툭툭 불거지고 있다. 짧은 단락 속에 홀리건의 후회, 누군가의 맞장구, 신의 간섭, 서술자의 객관적 서술, 독자의 반응, 나의 느낌이 뒤죽박죽되어 있는 것이다. 이러한 형식의 전범은 컴퓨터의 사용에서 찾을 수 있다. 여러 개의 화면을 모니터에 띄워놓고 음악을 들으면서 인터넷 서핑을 하거나 게임을 하고, 그와 동시에 친구들과 채팅을 하기도 하고 메시지를 교환하기도 하는 것이다. 여기에서 화면은 여러 형태로 조각나 있고 많은 정보가 서로 다른 통로를 통해 흘러가고 있지만 그 가운데서 사용자는 몇 가지를 선택적으로 수용하게 된다. 이러한 커뮤니케이션 방식은 컴퓨터 사용자의 지각방식이 그와 같은 여러 계통, 여러 차원의 정보를 즉각적이고 동시적으로 수용할 수 있는 능력을 갖추었을 때 가능하다. 곧 작가는 독자의 지각능력을 전제하고 다양한 형태의 많은 정보를 짧은 지면 속에 압축하여 전달하고 있는 셈이다. 이와 같은 소설형태에 대해서 기존의 서사에 눈이 익은 사람이 부정적으로 인식하는 것은 충분히 납득할 만하다. 그것은 단절적이고 단편적인 이미지에 집착함으로써 역사성과 깊이를 상실한 표피적 모사문화의 전형으로 간주될 것이기 때문이다. 그러나 세계화 시대, 디지털 문화는 그런 방식으로 존재하고 문학은 그 속에서 그 메커니즘을 인정한 바탕 위에서 생존의 가능성을 모색해야 한다.

5. 세계화 시대에 대한 소설적 대응

미국 발 금융위기는 우리에게 세계가 한 몸이라는 사실을 입증해주었다. 그것은 시장전체주의로서 자본주의의 본연의 모습이다. 소설의 발흥

이 민족국가의 성립과 불가분의 관계를 지니는 것이라면 이러한 세계화 시대의 도래는 작가들에게는 새로운 도전의 과제가 된다. 문학, 그 가운 데서도 소설은 사람이 살아가는 세계의 모습을 그려 보여줌으로써 인간 에 대한 탐구를 해왔기 때문이다. 단편소설은 인생의 한 단면, 삶에 대한 인상을 표현하고 장편소설은 현실의 총체성을 재현한다는 말은 그로부터 나왔다. 그 작업들은 작가들에 의해 이루어진 것이 틀림없지만 그 성과가 작가 개인의 산물인 것만은 아니다. 작가는 다른 사람들과 차이를 지니는 개성적 존재임과 동시에 사회 전체 속에서 형성되는 사회적 주체로서의 성격을 지니는 것이다. 문학은 주체성의 원리를 지니는 것이므로 사회 전 체의 테두리가 불분명해지는 경우 작가는 매우 곤혹스러운 처지에 놓인 다. 세계화 시대는 바로 그러한 문제를 야기하고 있다. 작품을 구성하기 위해서는 세계의 윤곽이 작가의 의식 속에 그려져야 하는데 세계화 시대 는 한 개인의 인식능력이 감당하기에는 너무 복잡다단한 지형을 형성하 고 있고 시대의 에피스테메 또한 진정성을 추구하는 문학을 곤혹스러운 지경으로 내몬다. 가상이 실재라는 인식이나 전체성은 허구라는 관념, '기표들의 유희'라는 개념은 모두 '심각한 인간경영으로서 문학'의 근거 를 위협한다. 여기서 세계의 전체상 같은 것에 미련을 두지 말자는 주장 이 나오기도 한다. 자신의 시야가 허용하는 한도 안에 머물러 말놀이가 주는 감각적 쾌락을 즐기려는 충동이다. 그 충동은 대중매체의 유혹을 받 으면서 증폭된다. 대중매체와 상업주의는 잘 어울리는 한 쌍으로 소비문 화를 조장한다. 이 소비문화가 찬양하는 감각의 문화, 속도, 몰입은 인간 의 기억과 관조, 사유의 능력과 배치된다. 현시대의 문학에 나타난 단편 화, 해체, 혼종, 분산의 특징은 그 결과라고 할 수 있다.

그러나 사람은 외적 조건에 규정되면서 그 조건에 자발적으로 대처하 는 주체적 존재이다. 현실이 파편적이고 이질적이며 분산적인 성격을 지닌다는 인식에도 불구하고 사람은 자기에게서 퍼져 나가는 원근법을 가지고 있으며, 영상매체가 산포하는 이미지에 둘러싸여 있는 속에서도 여러 개의 동심원 가운데 들어 있는 자기의 생존을 표현하고자 한다. 이 욕구에 가능성을 제공하는 것이 역설적이게도 대중매체와 소비문화가 조장하는 감각과 속도와 몰입의 기제이다. 세르반테스의 개념적 리얼리티를 거부하고 감각적 구상을 통해 현실의 모습을 제시한 플로베르가 개성적 존재임과 동시에 사회 전체로부터 형성된 사회적 주체였던 것과 같이, 세계화 시대의 작가들 또한 자신의 고유성을 강조하고 싶은 차이적 존재임과 동시에 독자와 마찬가지로 디지털적 감각을 익힌 사회적 주체이다. 따라서 그들이 제공하는 감각적 이미지의 가속적인 전개 속에는 단순히 표피성과 단편성, 유희성만이 들어 있는 것이 아니다. 대용량의 정보가 압축을 통해서 몇 킬로바이트의 가벼운 파일로 처리될 수 있듯이 단편적인 이미지는 제각기 자기 속에 베르크송의 '기억의 원뿔꼴'과 같은 깊고 광대한 세계를 함축할 수 있다. 이 사정을 감안하면 젊은 작가들의 압축실험에 상응하는 노력이 독자들에게도 요구된다는 것을 알 수 있다. 단편적 이미지로 압축된 파일을 해제하는 기술을 익혀 그 속에 들어 있는 정보를 읽어내야 하는 것이다. 이 압축해제의 기술은 20세기 전반에 가스통 바슐라르의 이미지 현상학에서 방법의 대강이 제시된 바 있다. 그 전제는 이미지가 형태적 이미지처럼 고정되어 있기만 하는 것이 아니라 물질적 이미지처럼 움직이는 것이어서 그 속으로 우리가 들어가서 유영할 수 있는 것으로 이해되어야 한다는 점이다. 바슐라르는 그것을 역동적 이미지라고 하고 있는데, 여기서 이미지는 두께를 지니고 있고 끊임없이 움직이는 것으로 파악된다. 이와 관련해서 질 들뢰즈의『영화』Ⅰ, Ⅱ의 시각은 참고할 만하다. 들뢰즈는 영화의 이미지들을 운동 이미지와 시간 이미지로 나누는데, 운동 이미지는 작품의 이미지들이 서로 다른 특성을 갖는 것이라 할지라도 서로 연관되어 있고, 그 연관된 이미지들이 누적 효과를 통해서 몽타주를 형성하는 경우에 해당한다. 부분과 전체의 유기적 통일을 전제하는 이 운동 이미지에 비해 시간 이미지는 분산적이다. 시간 이미지에서 중요한 것은 개별 이미지가 다른 이미지와 어떻게 연결되느냐가 아니라 이미지 자체가 그 속에 무엇을 지니고 있느냐 하는 점이다. 들뢰즈는 이렇게 영화의 이미지들을 다른 이미지와의 연관의 양태에 따라 유형 분류한다. 이 관점은 현재 여러 매체들을 통해 유포되는 문학적 텍스트들의 성격을 파악하는 데 도움이 된다. 이미지가 특정한 사물을 재현하는 성격을 지니는지 그 자체로 표현적 성격을 지니는지 가치 개념을 앞세우지 않고 바라볼 수 있는 입지점을 확보할 수 있는 것이다. 그 시각을 통해 우리는 젊은 작가들이 여러 가지 방식으로 수행하는 새로운 시도와 실험에 동참자가 될 수 있다.

우리가 영위하고 있는 생존의 전체적인 모습을 형상화하는 것은 문학의 중요한 과제이다. 그 전체상이 없거나 불가능하다고 하더라도 자기가 선 자리에서 파악한 삶의 본질적인 국면에 대하여 기술하는 것은 문학의 존재 의의 가운데 하나라고 할 수 있다. 현재의 문학이 이 일들을 제대로 하고 있는가 하는 데 대해서 여러 가지 의견이 제기된다. 장편이 눈에 띄게 줄어들고 감각적 이미지와 말놀이를 추구하는 시도들이 늘어나면서 기성세대의 우려는 깊어진다. 그러나 인터넷을 비롯한 여러 매체들을 통해 행해지는 다양한 글쓰기들은 예전에 볼 수 없이 성황을 이룬다. 문학의 사제들이 보여준 진지한 자세와는 달리 가볍고 명랑한 분위기 속에서 자신이 인지한 삶의 세계와 흥미 있는 일화들, 다른 사람과의 관계 등에 대해서 즐겁게 이야기하는 것이다. 이러한 양상을 접하면서 종래의 문학과 예술의 시대는 가고 쓰레기 같은 글들만 난무한다고 절망하는 심정에는 충분히 공감이 된다. 하지만 근대문학의 대표자 자리를 차지하고 있는 소설도 형성기에는 지금 젊은 세대의 문학이 받은 것과 똑같은 비난에 휩싸여 있었다는 점을 상기할 필요가 있다. 한국 근대문학의 선구자 이광수의 소설에 대한 당시의 들끓었던 여론은 좋은 증거가 된다. 여기에다 지금 신세대는 감각의 혁신을 단행중이다. 고장 난 컴퓨터나 전자기기 앞에서 어쩔 줄 모르고 쩔쩔매는 기성세대와 달리 젊은 세대는 놀라울 만한 순발력과 적응력을 보여준다. 그들이 생산한 텍스트들 속에는 그 세대에 고유한 감각과 속도, 순발력이 들어 있다. 그들은 하나의 이미지에 이전과 비교할 수 없이 많은 정보를 압축하여 편집하고 있고, 그 이미지들로 세계상을 구성하는 새로운 감각을 훈련하고 있다. 박민규의 조각나 있는 문단들은 컴퓨터 모니터의 화면에 상응하는 것이다. 그것은 스콧 멕클라우드가 만화의 구획된 장면들이 결핍된 부분을 채워 읽도록 '완결성의 연상'을 강화한다[4]고 한 관점에 비추어서 이해되어야 할 현상이다. 이에 비해 편혜영의 공포의 이미지는 일상에서 감추어진 현실의 단면을 사람들의 무디어진 감각 앞에 드러내는 작업이다. 작가마다 서로 다른 방식을 채용하고 있지만 그 작업들을 통해 문학은 새로운 현실에 적응하는 방법을 모색하고 있다. 하루가 다르게 변화하는 세상에서 생존을 위한 현실의 지도가 이전과 똑같은 모양새를 가져야 한다면 그도 답답한 일이 아닐 수 없다. 그 점에서 젊은 손들에 의해 새로 열리는 감각의 세계를 기대하고 거기에서 펼쳐질 문학의 내일을 상상해보는 일은 은근히 즐겁고도 흥겨운 일이 되리라.

(『예술의 시대』, 2009)

---

[4] 스콧 맥클라우드, 『만화의 이해』, 김낙호 옮김, 비즈앤비즈, 2008, 71쪽.

왜 다시 장편소설에 주목하는가

이 글은 최근 장편소설의 경향과 그에 대한 문학계의 관심이 어떤 의미를 가지는지 알아보기 위해 마련된 특집의 한 부분이다. 필자에게 주어진 주제는 장편소설에 대한 관심의 증대가 어떤 이유에서 비롯된 것인가를 규명하는 데 있는 것이라고 생각된다. 주어진 제목을 감안하면 우리의 '주목'하는 행위를 '왜', '다시', '장편소설' 세 낱말 가운데 어느 항에 연결시키느냐에 따라 적어도 세 가지 논제가 가능하게 된다. 지금 현재 문학계에서 장편소설을 주목하는 현상 자체에 대한 것이 그 하나이고, 그 현상은 과거에 있었던 일의 반복이라는 것이 그 둘이며, 그럼에도 불구하고 과거와 똑같은 현상이 나타나게 된 원인이나 동기, 이유가 있다면 무엇인지 밝히라는 것이 그 셋이다. 이렇게 간단히 요약할 수 있지만 제목은 그 자체로 미묘한 음조를 지니고 있어서 각 사항들을 따로따로 분리해서 살펴보는 것만으로 만족할 수 없게 한다. 곧 장편소설에 주목하는 것은 좋은 일인지 나쁜 일인지, 과거에 장편소설을 정말로 주목한 적이 있는지 없는지, 과거에 주목한 대상을 지금에 와서 또 다시 주목하는 까닭

은 무엇이며 그 행위는 문학적으로나 사회적으로 어떤 반향을 얻을 수 있는 것인지 나름대로 판단을 해야 하게끔 되어 있다.

먼저, 오늘의 문학계에서 장편소설이 주목의 대상이 되고 있다는 사실은 조금만치라도 문학에 관심이 있는 사람이라면 누구나 알고 있는 일이다. 2007년 여름 계간지 『창작과 비평』에서 「창조적 장편의 시대를 대망한다」는 특집 좌담을 가진 이후 대부분의 종합문예지는 장편소설 연재 분량을 대폭 늘렸다. 뿐만 아니라 인터넷 등을 통해 작품을 연재하고 즉각적으로 전해지는 독자의 반응을 참고하여 종이책으로 만들어내는 관행도 확실하게 자리를 잡았으며 전작으로 작품을 발표하는 경우도 예전보다 크게 늘어났으니 가히 장편소설 전성시대라 할 만하다. 한 평론가의 집계에 따르면 최근 우리나라에서 1년에 발표되는 장편소설이 100여 편이라고 한다. 과거에 비기면 놀라운 숫자인데, 장편소설의 창작이 늘어났으니 그것들을 개별적으로 분석한 평론이나 장편소설 장르의 본질을 논하는 이론 작업이 늘어나게 되는 것도 일종의 순리다. 고정란을 만들어 특정 작가나 화제가 된 작품을 조명하게 하는 잡지도 나타나게 되었고 유사한 경향의 작품 몇 개를 엮어 그 특징을 분석하는 평론도 부지기수니 장편소설에 대한 관심의 폭증은 어느 모로 보나 부정할 수 없는 현상이다.

장편소설에 대한 관심이 이와 같이 뚜렷하게 증대한 전례는 1930년대 중반 김남천이 이끌었던 장편소설 개조론에서 찾을 수 있을지 모른다. 카프가 해체되고 일제의 검열이 가혹해지는 상황에서 문학의 출구를 찾기 위한 작가들의 모색이 장편소설론으로 이어졌던 것인데. 이 논의는 뒤에 본격소설론이나 가족사연대기 소설론, 관찰문학론 등으로 모습을 바꾸어가면서 진행되어 이론과 창작 양면에서 매우 생산적인 결과를 낳았다. 그렇지만 이 장편소설 개조론은 1940년대로 들어서면서 태평양전쟁의 발발과 일제의 탄압으로 인해 수면 아래로 잠복할 수밖에 없었고, 해방 이후에도 사회적 혼란과 남북 분단, 한국전쟁으로 인해 그 논의가 더 이상 지속될 수 없었다. 이 1930년대 장편소설론은 당대의 문학계 전체가 관심을 가지고 지켜본 사안이었고, 장편소설의 창작과 이론에 지대한 영향을 끼쳤다는 점에서 우리 문학사에서 희유한 경험이다. 그렇지만 이 경우를 빼놓으면 장편소설이 문학인들의 공통관심사로 부각된 사례는 찾기 쉽지 않다. 그런데 이 글의 제목에 나타나는 '다시'라는 표현이 이 1930년대의 장편소설에 대한 관심을 염두에 두고 사용된 것으로는 보이지 않는다. 앞뒤 정황을 고려할 때 이 '다시'가 가리키는 두 개의 반복 사례는 근대문학 전체와 포스트모던 문학이라고 보는 것이 타당하다고 여겨진다. 이 특집의 편차 구성이 그것을 시사하고 있고 근래의 장편소설에 대한 담론들이 주로 눈여겨보는 사항도 바로 그 문제라는 점에서 여기에 큰 착오는 없어 보인다. 그렇다면 정말로 한국 근대문학에서 장편소설이 주목의 대상이었는가.

근대와 포스트모던을 구분해야 할 것인지, 나눈다면 어떻게 나누어야 할 것인지는 그 자체로 하나의 난제이지만 대략 그 경계선을 1990년대로 잡는다고 했을 때 근대문학의 대표적 장르로서 장편소설이 시대마다 주목의 대상이 된 것은 분명하다. 현재의 장편소설론에 기폭제가 된 대담에서 최원식은 김남천의 장편소설론과 함께 염상섭의 "근대성에 충실하면서도 현대성, 즉 자신이 딛고 사는 당대사회와 끊임없이 소통하려 했던 진정"성을 높이 평가하고 있다. 필자는 이 평가에 공감함과 동시에 한 걸음 더 나아가서 이광수의 『무정』을 계몽소설로만 치부하지 말고 그 리얼리즘적 성격을 깊이 이해해야 한다고 첨부하고 싶고 그와 동일한 맥락에서 당대 현실의 총체성을 인식의 지도로 보여주는 채만식의 『탁류』가 이룬 문학적 성취와 항일문학으로서의 가치도 새롭게 인식되어야 한다고 생각한다. 『탁류』는 일제강점기 문학을 대표하는 작품으로서 손색이 없으며, 작가의 실험적 기법 또한 근대문학의 한 절정을 보여준다고 판단하기 때문이다. 식민지시기 장편소설이 이룬 이러한 성과가 전쟁의 폐허를 딛고 복구된 것은 1960년대에 이르러서이다. 1960년대에는 『광장』, 『원형의 전설』을 거쳐 박경리의 『토지』가 잡지에 연재되기 시작했으며 1970년대에는 이청준의 『당신들의 천국』과 조세희의 『난장이가 쏘아올린 작은 공』이 발표되었다. 이 가운데 조세희의 작품은 윤흥길의 『아홉 켤레의 구두로 남은 사내』, 이문구의 『관촌수필』과 같이 연작형태로 발표된 것을 퇴고 작업을 거쳐 장편소설로 만든 것인데 거기에 '소설집'이란 이름을 붙이고 있다는 것은 그 당시 출판사든 작가든 장르의식이 불분명했다는 사실을 엿볼 수 있게 해주는 사례다. 1960, 1970년대의 장편소설들은 주제적인 측면에서 크게 두 가지로 나누어 볼 수 있다. 『광장』, 『원형의 전설』, 『당신들의 천국』이 남북 분단 현실이나 사회체제의 모순을 다루고 있다고 한다면 『난장이가 쏘아올린 작은 공』, 『아홉 켤레의 구두로 남은 사내』, 그리고 약간의 설명이 필요한 일이기는 하지만 박경리의 『토지』는 산업화로 인해 초래된 물질주의나 계급갈등에 초점을 맞추고 있다. 이 1960, 1970년대의 풍요한 유산을 물려받은 1980년대의 장편소설은 크게 꽃을 피울 만도 했는데 어떤 이유 때문인지 의외로 성과가 기대에 미치지 못한다. 필자는 기왕에 조정래의 『태백산맥』과 복거일의 『비명을 찾아서』를 1980년대의 대표작으로 손꼽아왔는데, 다같이 현실의 모순을 다루면서도 전자가 이념대립의 연원을 역사 속에서 찾는다면 후자는 당대 현실에 밀착하여 형상화하고 있다는 점이 차이점이다. 이상 짧게 서술한 근대 장편소설사의 개관에서는 김원일의 『노을』을 비롯한 많은 작품이 생략될 수밖에 없었는데, 아무튼 단편소설에서 내공을 쌓은 작가들이 장편으로 자리를 옮기기 시작한 1970년대는 1930년대에 비견할 수 있는 백화제방의 시대라고 할 만하다.

앞의 개관에서 살필 수 있었듯이 한국 근대문학에서 장편소설은 전쟁

시기를 제외하고는 항상 문학의 중심 자리를 차지하고 있었다. 그렇다고 해서 그 기간 동안 장편소설이 현재와 같이 사람들의 '주목'의 대상이었다고 단언하기는 어렵다. 특히 1970년대부터 무수한 장편소설, 대하소설이 쏟아졌음에도 불구하고 '장편소설'이란 장르 자체에 관심이 기울여진 것은 아니다. 장편소설의 증가는 근대 산업사회의 발전에 뒤따라 일어나는 필연적인 일처럼 여겨졌으므로 대부분의 사람은 그와 같은 양상에 변화가 생기리라고는 미처 생각하지 못했다. 그러나 2천 년대에 들어서기 전부터 새로 창작되는 장편소설 가운데 볼 만한 작품이 별로 없다는 자각이 문학인들은 물론 일반 독자들에게도 조금씩 생겨나기 시작했다. 그리하여 1990년대를 대표하는 장편소설로 신경숙의 『외딴 방』을 드는 사람은 많지만 이혜경의 『길 위의 집』을 짚는 사람은 찾아보기 어려웠고, 『외딴 방』 또한 후일담 문학의 한 가지 형태라는 비판적 의견에서 자유롭지 못했다. 이 간발의 틈을 비집고 돌연 두각을 나타낸 것이 장정일의 『아담이 눈뜰 때』이다. 신세대 담론 또는 포스트모던 담론의 후광을 입은 이 작품은 간행된 뒤 곧바로 영화로 만들어졌기 때문에 널리 알려져서 수많은 에피고넨들을 만들어내는 데 기여했다. 같은 시기에 발표된 하일지의 『경마장 가는 길』이 『아담이 눈뜰 때』와 공명하면서 새로운 풍조를 조성하는 데 일조를 한 것도 분명하다.

2천 년대의 작가들이 기존의 전통과 거리를 두면서 제각기 자기의 길을 모색하게 된 것은 밀레니엄이라는 시대에 대한 자각과 함께 후기자본주의 사회가 지니는 특성과 관련된다고 할 수 있다. 현실을 움직이는 메커니즘이 무엇인지 인식하기 어려워졌을 뿐만 아니라 자기에게 파악된 세계의 모습을 예술적으로 형상화하는 방법 또한 찾기 힘들어진 것이다. 작가들이 각개 약진하며 상상력의 힘으로 그 난관을 극복하려 한 것은 당연한 소치다. 상대적으로 안정성을 가지고 작동하고 있던 문학계의 작품에 대한 평가도 이 시점부터 서로간에 어긋나고 대립되고 빗나가기 시작한다. 작가의 상상력이 자유분방해진 데 비례해서 작품을 보는 안목도 권위나 기성 이론에 얽매이지 않게 된 것이다. 그것은 2천 년대의 문학이 다양한 실험을 할 수 있는 토양이 되었다. 그럼에도 불구하고 그로부터 10여 년이 지난 뒤, 1년에 100여 권의 장편소설이 창작되고 각종 매체가 나름의 방식으로 독자를 끌어들이려고 각기 분투노력하고, 작가들 또한 "우리 사회가 안고 있는 핵심적 쟁점을 다루"려고 노심초사하는 현재에도 읽을 만한 작품이 없다거나 '창조적 장편의 시대를 대망'한다는 구호는 되풀이해서 제창된다. 그 원인은 어디에 있는가. 이 질문에 답하는 것은 장편소설에 '다시' 주목하는 원인을 탐색하는 일이 될 것이다.

강의실에서 『토지』나 『태백산맥』을 읽은 사람이 있는지를 물어보는 경우가 있다. 1990년대만 해도 네다섯 명의 학생이 손을 들곤 했는데 지금은 아예 한 명도 없다. 도스토옙스키나 톨스토이에 대해서 물어도 반응은 마찬가지다. 개인적으로 친분이 있는 영국의 문학교수에게 그쪽의 사정을 물었더니 장편소설은 아예 강의실에서 다루지 않고 중단편 중심으로 수업을 진행하는 것이 일반적 관행이라는 대답이었다. 전국의 조교들이 단결하여 강의 자료로 단편소설을 복사하는 일을 거부하더라도 교육현장의 모습이 크게 변화되리라고 기대할 수 없는 상황임을 실감케 한다. 이에 비해 소설을 자주 읽는다는 한 독자는 단편소설은 몰입이 이루어질 만하면 끝나버리기 때문에 재미가 없어서 주로 장편소설을 읽는다고 말했다. 이러한 상이한 반응은 단편과 장편의 선호가 독자의 개인적 취향이나 사정에 따라 달라지는 것일 뿐 아니라 제도나 사회적 요인에도 관련된다는 사실을 말해준다. 이 점에서 최근 몇 년간 작가, 매체, 출판사의 노력을 통해 장편소설의 간행 편수가 크게 늘어났다고는 해도 장편소설의 위기를 제도나 문학상, 작가의 경제 사정에서 찾는 일이 발본적이지 않다는 김형중의 지적은 장편소설 대망론이 지닌 허점을 정확히 찌르고 있다.[1] 이 입장에서 김형중은 "장편소설은 아직 가능한가? 한국사회는 장편소설을 필요로 하는가? 한국사회는 서구와 달리 장편소설을 브리콜라주가 아닌 다른 형태로 부활시킬 만한 조건들을 아직도 어떤 이유로 구비하고 있는가? 가능하다면 어떤 형태의 장편이 바람직한가? 매체의 다변화는 장편소설의 창조적 활성화에 기여할 수 있는가"라고 묻는다. 이 연속되는 질문들은 장편소설이 가능하기 위해서는 세계가 합리성이나 인과관계로 설명될 수 있어야 한다는 인식을 밑바탕에 깔고 있다. 그 설명이 가능하지 않은 세계에 살면서 구태의연한 방법으로 논리정합성을 찾을 것이 아니라 세계를 보는 지각방식의 변화, 감수성의 변화가 어떻게 일어나는지를 찾아야 한다는 것이다. 그가 브리콜라주와 입체파 소설을 언급하면서 "중심서사는 사라지고, 여담들은 아름답다"고 말하는 것은 '짤막짤막한 에피소드들의 병렬적 조합'으로 길이는 늘어났지만 질적인 수준은 답보를 거듭하는 현금의 장편소설에 대한 진단이자 하이퍼텍스트 원리에 대한 옹호이다. 새로운 시대에 맞는 장편소설의 본질이 새롭게 탐색되어야 한다는 주장이다.

장편소설 대망론에 대한 김형중의 비판은 오늘에 와서 우리가 '다시' 장편소설에 주목하는 배경이 무엇인지 살필 수 있게 해준다. 김형중에 따르면 근대의 장편소설이 지니고 있던 장점이 합리성이나 인과관계의 규명에 의해 현실의 총체성을 인식할 수 있게 하는 것이었다면 포스트모던의 세계는 그러한 인식을 불가능하게 하는 복합성을 지닌다. 세계가 그와 같이 변화했다면 그것을 인식하기 위한 인간의 지각기제나 감수성도 바뀔 수밖에 없고 미적 원리 또한 새롭게 정초되어야 한다. 그가 장편소설

---

1) 김형중, 「장편소설의 적」, 『문학과 사회』, 2011. 봄호.

대망론과 대척적인 자리에서 작가와 작품을 평가하고 장편소설의 본질을 캐묻는 데는 근대와 포스트모던의 차이를 부각하고자 하는 의지가 강하게 표출되어 있다. 그러나 장편소설의 본질에 대한 물음은 김형중의 질문이 아니더라도 직접적으로나 간접적으로 2007년 이후의 장편소설론에 본원적으로 내재해 있었다. 근대와 포스트모던을 구분하는 경우 근대의 대표 장르인 소설이 포스트모던 이후에도 가능한 근거를 말하거나 그것을 대체할 새로운 장르 또는 그 명칭을 창안해야 했으며, 극단적인 경우 대중문학이나 오락의 차원으로 장편소설을 밀어내어야 했다.

　장편소설 장르의 본질에 대한 생산적인 논의는 단편과 장편의 차이를 분별하려는 작업 가운데서 이루어진다. 이 작업을 선도한 사람은 신형철이다. 그는 질 들뢰즈의 중단편소설(novella)과 콩트에 대한 구분, 알랭 바디우의 『윤리학』을 참고하여 장편소설을 사건-진실-응답의 구도로 파악한다.[2] "장편소설은 최소한의 경우 스토리텔링이지만 최대한의 경우 의제 설정이자 사회적 행동일 수 있다"는 적극적 입장에서 "소설은 한 사회를 지배하는 여러 종류의 판단체계를 무력화하는 '문학적 판단' 기능을 작동시킨다"고 보는 것이다. 그는 이 판단체계를 '윤리학적 상상력'이라고 명명하고 그 상상력에 의해 마련되는 사건-진실-응답의 구조를 장편소설의 기본 문법이라고 지칭하며 그 기본 문법을 서사 주체가 충실하게 지키고 있는지를 검증하는 시각을 서사윤리학이라고 부른다. 나름의 모색 속에서 장편소설의 기본 문법을 세우려고 하는 신형철의 시도는 이후 한기욱에 의해 철저히 검토되고 비판을 받는다.[3] 한기욱의 비판은 대

---

2) 신형철, 「'윤리학적 상상력'으로 쓰고 '서사윤리학으로 읽기」, 『문학동네』, 2010. 봄호.
3) 한기욱, 「기로에 선 장편소설」, 『창작과 비평』, 2012. 여름호.

체적으로 타당한 논거에 의해 이루졌다고 할 수 있고 김연수의 『밤은 노래한다』에 대한 신형철의 평가에 대한 반박도 충분히 공감할 수 있는 내용이다. 한기욱은 장편소설이 개인의 구체적인 삶을 다루면서도 시대 현실에 대한 물음에 도달해야 한다고 하면서 김애란의 『두근두근 내 인생』을 분석하고 있다. 그러나 한기욱에 대한 비판에서 이경재가 지적[4]하고 있듯이 이 작품이 시대 현실에 대한 물음에까지 도달했느냐 하는 것은 의문이다. 이 작품에 대해서는 권희철의 상세한 분석이 볼 만하지만 그것이 장편소설의 본령을 설명해주는 것은 아니다.

　장편소설의 본질에 대한 논의를 엉성하게나마 추적해본 것은 신형철이 주장한 기본 문법의 타당성을 구체적으로 음미해 볼 필요가 있기 때문이다. 질 들뢰즈가 『천 개의 고원』에서 사용하는 '콩트'라는 말은 '설화'라는 말로 번역하는 것이 적합한 것으로 보이고 우리말 번역자가 '단편'으로 번역한 낱말인 'nouvelle'은 노벨라, 곧 중편소설을 뜻하는 것이 맞지만 설화와 대비된다는 의미에서 예술형식으로서의 중단편소설 전체를 가리키는 것으로 보인다. 즉 문학개론서에 자주 나타나는 플롯과 스토리의 차이를 의식하는 것인데 설화가 '무슨 일이 일어날 것인가'에 관심을 두고 중단편소설이 '무슨 일이 일어났는가'에 관심을 둔다고 말하는 데서 그 사실은 확인된다.(영역자가 콩트란 말을 'tale'로 옮기고 들뢰즈가 직접 블라디미르 프로프의 설화연구를 언급하고 있는 것도 방증이다.) 이 관점에서 들뢰즈는 장편소설에 대해서도 한 마디 하는데 "장편소설은 중단편소설과 설화의 요소들을 영구히 살아 있는 현재(지속)의 변주 속으로 통합시킨다"[5]는 것이다. 여기서 들뢰즈는 세 가지 서사 형식을 시간 및 운동

---

4) 이경재, 「장편소설의 새로운 가능성」, 『창작과 비평』, 2012. 가을호.
5) 질 들뢰즈 · 펠릭스 가타리, 『천 개의 고원』, 김재인 옮김, 새물결, 2001, 367쪽.

과 관련시킨다. "그 운동들 중에서 한 운동은 현재와 함께 움직이지만 다른 운동은 그것이 현존하자마자 과거로 던지며(중단편소설), 또 다른 운동은 동시에 현재를 미래로 끌고 간다(설화)."는 것이다. 여기서 장편소설이 '무슨 일이 일어날 것인가'와 '무슨 일이 일어났는가'를 현재라는 지속의 변주 속에 통합시키는 형식이라는 사실을 알 수 있다. 바꾸어 말해서 사건-진실-응답이라는 신형철의 구도에서 사건-진실은 장편소설에 내재적 요소이므로 문제의 관건은 '현재와 함께 움직'이는 운동에 있게 된다. 이 운동은 장편소설이라는 장르의 특성상 일회적인 응답이 아니라 지속이어야 한다는 점에서 세계에 대한 주체의 대결의식과 같은 것이 되어야 한다. '응답'이라는 개념으로 그 대결의식을 나타내면 장편소설의 핵심이 되는 운동성은 취약해지기 마련이다. 필자는 기왕에 이 운동성이 각 장르마다 다른 형식으로 나타난다는 점을 밝힌 바 있다.[6] 시는 주로 운동의 성질, 곧 벡터와 관련되고, 극은 운동의 목표와 관련되며, 서사는 운동의 매지점(每地點)과 관련된다. 그러므로 서사는 운동의 과정 중 어느 지점에서든지 성립할 수 있지만 장편소설은 가능한 한 대상이 된 사건의 전체 과정을 포괄해야 한다. 오늘날 장편소설 대망론이 나오는 것은 그 전체 과정, 생성 변화하는 현실을 제대로 인식하고자 하는 사람들의 욕구가 커졌기 때문이다. 그 욕구가 채워지지 않기 때문에 많은 장편소설이 쏟아져 나와도 여전히 많은 사람은 허기증을 느끼고 장편대망론을 부르짖는 것이다. 그렇다면 장편소설의 장르적 특성에 비추어 최근에 쏟아지는 장편소설들은 어떤 성과를 얻고 있으며 거기에는 어떤 문제점들이 있는가.

가장 최근에 읽은 작품은 정유정의 『28』이다. 짧은 문장과 경쾌한 터치

---

6) 최유찬, 『문학의 통일성 이론』, 서정시학, 2013, 68쪽.

는 분명히 신세대의 감각이라고 생각된다. 그러나 이 소설은 곧바로 독자를 사건에 몰입하게 한다. 긴박한 사건들이 숨 돌릴 사이도 없이 연속되고, 그 사건들은 점차 단위를 키우면서 사방으로 퍼져간다. 원인을 알 수 없는 질병이 나돌고 그것이 인수공통전염병이라는 소문이 퍼지면서 도시는 인위적으로 고립되기 시작한다. 그 고립은 1980년의 광주를 떠오르게 만드는데, 그 속에서 어쨌든 자신만은, 자기 가족만은 살아남아야 한다고 생각하는 사람들이 펼치는 행동들은 아비규환의 지옥도를 방불하게 한다. 이 소설이 지닌 장점은 한 인물에게만 초점을 맞추는 것이 아니라 여러 인물의 복합적인 관계들을 통해 사태가 진전되는 양상을 보여준다는 점이다. 또한 주제의식을 표면에 내걸지 않고 작품을 다 읽은 다음에야 소설 속에 무슨 일이 있었고 그것은 무엇을 의미하는지, 천천히 음미하면서 깨닫게 하는 수법도 볼 만하다.

박민규는 기발한 착상이나 주제의식, 묘사 대상을 처리하는 수법에서 분명히 독창성을 지닌 작가이다. 이상문학상 수상작인 「아침의 문」은 전형적인 플롯 구축방식을 보여주어 이 작가의 한층 농익은 문학세계를 엿볼 수 있게 해준다. 여러 작품을 읽는 가운데 가지게 된 이러한 인상은 그러나 『죽은 왕녀를 위한 파반느』를 읽으면서, 그리고 읽고 나서 실망감으로 바뀌지 않을 수 없었다. 얼굴 못생긴 여자에 대한 헌신적인 사랑이라고 하지만 어떤 경위로 그런 사랑을 하게 되었는지 불분명하고 그 지루한 이야기를 길게 끌고 나가는 이유가 어디에 있는지도 알 수 없다. 수필 반절 소설 반절로 되어 있는 형식이 실험의식에서 비롯되었다면 그 시도는 실패라고 생각되고, 그런 차원에서 이 작품을 장편소설이라고 해야 하는지도 다시 생각해볼 문제다.

김사과의 『테러의 시』는 영문 모르는 독자에게는 무슨 뜬금없는 이야기인가 하는 의문을 갖게 한다. 그러나 작품의 초입에서 가졌던 그 느낌은 사건의 윤곽이 드러날수록 점점 지워지고 주인공의 운명에 대한 공감과 관심을 불러일으킨다. 작품의 마지막 장면을 첫 장면과 병렬구조가 될수 있도록 배치한 것도 충분히 효과를 발휘하고 있다. 이 작품의 제목이 '시'로 되어 있는 데서 알 수 있듯이 작가는 현실의 재현보다도 어떤 이미지를 환기하는 데 초점을 맞추었는지 모른다. 그러나 장편소설은 근본적으로 이미지의 환기에 만족할 수 없는 장르다. 사물의 본질적이고 구체적인 관계에 대한 관심이 장르를 생성시킨 본원적 힘이기 때문이다.

김애란의 『두근두근 내 인생』에 대해서는 독자들 사이에 찬반양론이 엇갈리고 있다. 작품을 깊이 있게 읽어준 권희철이라는 좋은 평론가를 만나서 다행이지만 그렇다고 해도 『달려라, 아비』에서 얼마만큼 더 나아갔는지 확신이 서지 않는다. 창작에서 동어반복은 곧 죽음이다. 새로운 세계로 전진하기 위해서는 낡은 틀을 깨트려야 하지 않는가 하는 생각이다.

장편소설론이 대두한 원인은 현재의 장편소설 자체가 만족스럽지 못하기 때문일 것이다. 문제가 문제로서 의식되면 그 해결은 조만간에 이루어질 수 있는 일이다. 좋은 작품이란 작가의 영광이자 독자의 기쁨이다. 기대를 가져도 좋겠다.

(『문학의 오늘』, 2013. 가을)

제2부

한국문학의 전통

박경리 선생의 문학정신을 잇는 길[1]

박경리 선생의 문학비를 제작하기 위하여 뜻을 모아주시고 작업을 맡아주신 여러 선생님, 그리고 개람회를 위하여 여러모로 애써주신 관계자 여러분께 충심으로 축하와 감사의 말씀을 드립니다. 박경리 선생은 살아계실 때 연세대학교와 깊은 인연을 맺으셨고 사학의 명문인 연세대학교가 우리 문화를 빛내는 데 창조적인 역할을 맡아야 한다는 말씀을 자주 하셨습니다. 그런 점에서 오늘의 문학비 개람회는 선생을 기리는 일인 동시에 선생의 유지를 이어받겠다는 연세대학교 교직원과 학생들의 뜻을 내외에 천명하는 일이라고 하겠습니다.

박경리 선생은 연세대학교에서 초빙교수, 용재석좌교수를 역임하셨고 그런 인연으로 연세대학교의 많은 분들과 친밀한 관계를 맺으셨습니다. 수십 년 동안 가까이에서 부모처럼 모신 분들도 있고, 박경리 선생과 의

---

1) 이 글은 2007년 5월 5일 박경리 선생 1주기를 맞아 연세대학교 원주캠퍼스에서 행한 기념 강연의 원고이다. 원래의 형식을 바꾸지 않고 그대로 전재한다.

견을 나누면서 함께 일하신 분들도 있으며, 직접 강의를 들은 학생들도 있습니다. 더욱이 지리적으로 토지문화관이 가까이 있어 박경리 선생의 문학에 대해서는 많은 분이 여러 통로를 통해 자주 접할 수 있었던 까닭에 누구보다도 잘 알고 있으리라고 생각합니다. 그런 점에서 박경리 선생의 문학정신에 대해서는 여기 계신 여러분이 저보다도 더 절실하게 몸과 마음으로 느끼고 있는 부분이 있을 것이라고 생각합니다. 저는 다만 선생의 문학을 수년 동안 공부해온 연구자의 입장에서 박경리 선생의 문학정신이 무엇인지 짚어보고 그 정신을 이어가기 위하여 어떤 일을 해야 하는지 대략이나마 윤곽을 그려보고자 합니다.

1. 서정시에서 대하소설까지

박경리 선생이 처음 문학에 뜻을 두었을 때 시를 습작했다는 것은 잘 알려져 있습니다. 그러나 선생의 데뷔작은 단편소설 「계산」이었고 문단에서도 소설가로 이름을 얻었습니다. 초기의 단편소설과 중기의 장편소설, 그리고 필생의 역작인 대하소설 『토지』는 선생의 가장 중요한 문학적 업적입니다. 단편소설에서 시작하여 대하소설에 이르는 그 과정은 소시민의 개인적 삶을 소재로 하여 근대사회의 일상성을 묘사하는 데서 한국 근대역사를 총체적으로 형상화하는 데로 나아가는 길이었습니다. 그러나 이렇게 소설 장르만을 주목하는 경우 박경리 선생의 문학을 온전히 조감할 수 없습니다. 선생은 장편소설, 대하소설을 쓰는 틈틈이 수필을 썼고 한국의 고전문학, 현대문학에 대한 비평적 성격의 글 이외에도 문학을 체계적으로 설명한 『문학을 지망하는 젊은이들에게』와 같은 책을 내기도 했습니다. 연세대학교 초빙교수로 있으면서 학생들에게 강의한 내용을 정리한 『문학을 지망하는 젊은이들에게』는, 제가 아는 바로는, 지금까지 우리나라에서 나온 가장 유력한 문학이론서입니다. 작품에 대하여 단편적으로 언급하는 평론과는 달리 문학이론은 문학의 내부와 외부를 하나로 꿰어야 하고 체계성을 지녀야 합니다. 그 점을 고려하면 근대문학 백년 동안 우리나라에서 나온 문학이론서 가운데 이 책을 넘어설 수 있는 저작을 달리 찾아보기 힘듭니다. 『원주통신』, 『Q씨에게』, 『생명의 아픔』 등을 대표로 하는 선생의 수필 또한 어느 작가의 수필작품 못지않게 높은 격조를 지니고 있습니다. 신변에서 일어난 이야기를 담담하게 진술하는 것 같지만 그 수필들은 인생에 대한 깊은 사색을 담고 있고 인류의 문명과 삶에 대한 예지를 드러내주고 있습니다. 또한 수필은 박경리 선생이 전략적으로 중요하게 생각한 장르입니다. 선생의 생명사상을 소설로 형상화하여 전달하는 데는 한계가 있기 때문에 독자에게 직접적으로 육성을 들려주기 위해서 선택한 장르가 수필입니다.

박경리 선생은 당신이 '마지막 작품'이라고 했던 『토지』를 쓰고 나서 단 한 번 장편소설 창작을 시도한 적이 있습니다. 『나비야 청산가자』라는 제목으로 잡지에 서너 차례 연재되었던 이 소설을 쓰는 동안 선생의 혈압은 250을 넘나들었습니다. 오늘의 우리 사회에서 지식인 문제가 한층 더 중요해졌다는 인식에 입각하여 쓰기 시작한 이 소설에 대하여 선생은 오랫동안 생각을 다듬었고 어떤 작품에 대해서보다도 더 많은 애착을 보였지만 그 창작 작업이 건강을 심각하게 위협했기 때문에 주위의 만류로 중단할 수밖에 없었습니다. 그러고 나서 선생은 시를 쓰기 시작했습니다. 만년의 시집과 유고들은 소설을 쓸 수 없는 상태에서 선생이 어떻게 문학 행위를 했는가를 보여줍니다. 괴테의 민족적 서정시들이 그런 것처럼 선생의 시는 민요와 같이 평이한 형식 속에 내밀한 정감과 깊은 사유를 표현한다는 점에서 대가의 풍도를 보여줍니다. 이렇게 보면 박경리 선생의 문학적 생애는 시의 습작에서 시작하여 소설 창작으로 이어졌고, 오랜 소설시대를 거친 다음 다시 시로 마감한 것이 됩니다. 60여 년에 이르는 시간 동안 선생은 문학의 거의 모든 장르를 섭렵하면서 문학행위를 한 것입니다. 흔히 셰익스피어, 괴테, 톨스토이 등을 문호라는 이름으로 존칭하는 것은 그들의 작품 하나하나가 뛰어난 점을 높이 산 것이지만 여러 문학 장르를 넘나들면서 창작을 했다는 점도 중요한 고려사항입니다. 그 점에서 박경리 선생은 백년에 이르는 한국 근대문학사에서 문호라는 이름에 걸맞은 몇 안 되는 작가에 속할 것입니다.

그러나 제가 여기서 박경리 선생이 여러 문학 장르를 섭렵했다는 사실을 새삼스럽게 지적하는 것은 선생에게 문호라는 존칭을 바치는 데 목적이 있는 것이 아닙니다. 그보다는 선생이 목숨이 있는 그날까지 문학을 위해 자신의 온 몸을 던졌다는 사실을 환기하려고 하는 것입니다. 『토지』를 쓰는 도중에 유방암 수술을 받은 선생이 가슴에 붕대를 감은 채 원고지 앞에 앉았다는 것은 잘 알려진 이야기입니다. 혈압이 250을 오르내리는 속에서 우리 사회의 지식인 문제를 형상화하는 데 심혈을 기울였고, 그 일이 불가능해지자 서정시로 전환하여 문학행위를 이어간 것입니다. 그 치열한 문학행위는 궁형의 치욕을 무릅쓰고 『사기』를 완성하기 위해 생명을 불살랐던 사마천의 역사에 대한 헌신과 다를 바가 없습니다. 박경리 선생이 여러 문학 장르를 섭렵한 것은 거기에 의미가 있습니다. 수필이든 소설이든 시이든 선생은 독자와 소통하는 데 가장 적합한 통로를 찾으려 당신의 모든 힘을 다했던 것이고 그 일을 위해서 평생을 바친 것입니다. 선생이 만년에 토지문화관을 세우고 거기에 창작실을 연 것도 같은 맥락에서 이해됩니다. 젊은 작가 예술인들이 마음 놓고 창작에 매진할 수 있도록 혼신을 다해 뒷바라지 하겠다는 일념이었습니다. 그것은 문학에 자신의 모든 것을 바친 문학의 사제만이 지닐 수 있는 삶의 태도이자 자세라고 하겠습니다.

2. 심리적 사실주의에서 신비적 리얼리즘으로

박경리 선생은 평소 소설가 김동리 선생을 스승으로 모시고 마음으로 존경했습니다. 데뷔작 「계산」을 추천하면서 김동리 선생은 박경리의 소설을 심리적 사실주의라고 논평했습니다. 사건이라고 할 만한 것도 별로 없는 소설인데 등장인물의 심리를 사실적으로 묘사해서 읽을 만한 이야깃거리로 만들어내는 재능이 엿보인다는 것입니다. 초기의 박경리 문학은 일상을 살아가는 개인들, 그들의 미묘한 마음의 움직임을 묘사하는 데 주안점을 두고 있다는 점에서 대체로 심리적 사실주의라고 할 수 있습니다. 익히 알다시피 심리적 사실주의는 근대소설의 근간입니다. 도스토옙스키의 소설이 소설 장르의 본질을 탐구하려고 했던 많은 이론가, 비평가의 관심을 불러일으킨 것도 그 심리적 사실주의라는 특성 때문입니다. 인간 심리의 오묘한 작용을 묘파하는 수법이 많은 사람들의 경탄을 낳았던 것입니다. 그러나 박경리 문학은 심리적 사실주의에 멎어 있지 않았습니다. 다채로운 특성을 보여주는 수많은 장편소설들을 제쳐놓는다 하더라도 최후의 대작 『토지』는 분명히 심리적 사실주의를 훌쩍 넘어서고 있습니다. 거기에서는 세계의 운명이 자연의 빛깔과 리듬처럼 날줄과 씨줄로 엮이고 낱낱의 생명들이 내는 숨소리가 바로 귓가에서 들려오는 듯 합니다. 그 형상화의 본질과 특색이 무엇인지 한 마디로 규정하는 일은 쉽지 않지만 그것을 표현하는 데 저는 신비적 리얼리즘이란 용어를 사용하려고 합니다.

신비적 리얼리즘이란 남아메리카의 작가 가브리엘 가르시아 마르케스의 『백 년 동안의 고독』에 붙여지는 '마술적 리얼리즘'이란 용어와 겉모습이 흡사하다하더라도 함축은 조금 다릅니다. '신비적 리얼리즘'이란 세계의 신비가 사실적으로 묘사되었다는 뜻에서 붙여지는 이름이므로 마술적 리얼리즘의 원래의 명칭인 '마술적 현실'의 개념을 복구합니다. 그러면서도 마술과 신비란 용어가 지닌 차이점을 유의하기 때문에 신비적 리얼리즘이라는 용어를 쓰는 것입니다. 곧 『토지』는 마술적인 현실을 보여주는 데 그친 것이 아니라 우주 자연의 신비를 표현하는 작품이라는 생각입니다. 그 신비는 좀 더 구체적으로 말해서 조선 민중의 간절한 염원이 한데 모임으로써 신의 강림이 이루어지는 기적적인 사건입니다. 그 모양을 하나의 이미지로 나타내기 위하여 저는 빅뱅 이후 전개된 우주의 역사와 진흙에서 아름답게 피어나는 큰 연꽃을 들어 설명한 바 있습니다. 여기서 박경리 선생이 동아시아 여러 나라의 세계관을 중국은 합리주의, 일본은 공리주의, 한국은 신비주의로 구분한 사실을 환기하는 일이 필요합니다. 선생은 한국인들의 마음 깊은 곳에 신비를 인정하고 존중하는 태도가 깃들여 있고, 그것은 일연의 『삼국유사』에서도 잘 나타나고 있다고 보았습니다. 『삼국유사』에서는 사람과 귀신 사이에 소통이 이루어지고 이승과 저승을 넘나드는 존재가 수없이 등장합니다. 박경리 선생은 그 신비주의가 한국인들이 지닌 세계관의 본질적 국면이라는 인식을 가지고 있었고 그 세계관을 형상화하기 위해서 『토지』를 지은 것입니다.

실제로 『토지』의 대단원은 가장 깊은 어둠 속에서 이루어진 신의 강림이자 해골 골짜기에 생명나무가 피어난 사건이고 '옴마니반메훔', 곧 연꽃 속의 보석인 관음보살이 이 세상에 현신하는 신비의 사건을 형상화합니다. 작품은 일제의 억압 속에서 숨조차 제대로 쉴 수 없었던 조선 민중의 삶, 그 작은 염원들을 모아서 진흙 속에서 큰 연꽃이 피어나는 우주적 사건으로 형상화하고 있습니다. 이처럼 초기소설과 『토지』 사이에는 큰 차이가 있고 그 차이는 그간에 박경리 문학에서 일어난 하나의 혁명을 말해줍니다. 박경리 선생의 문학은 처음에서 끝까지 부단한 실험과 혁신으로 일관되었던 것입니다. 『토지』는 단순히 한국 근대역사란 긴 시간의 이야기를 사실적으로 풀어놓고 있는 대하소설만이 아니라 현대예술에서 일어난 혁명에 대한 증거입니다. 저는 개인적으로 현대예술의 혁명을 이끈 예술가 가운데 피카소를 가장 눈여겨봅니다만 『토지』는 그 이상의 가치를 지니는 현대예술의 기념탑이라고 할 수 있습니다.

　박경리 선생의 문학에서 이루어진 실험과 변혁을 이 자리에서 모두 설명할 수 없는 까닭에 저는 몇 가지 사례를 들어 박경리 선생이 문학적 실험을 얼마나 중시했는지 말씀드리려고 합니다. 박경리 선생은 평소 러시아 문학을 매우 중시했습니다. 프랑스, 영국, 독일 등 내로라 하는 서구제국의 근대문학보다도 러시아의 문학을 첫손가락에 꼽았는데, 러시아문학이 근대에 들어서 세계문학의 커다란 산맥을 형성하고 있다는 이유에서였습니다. 그런데 박경리 선생은 러시아 작가 가운데서도 고골을 한국의 작가들이 반드시 배워야 할 작가라고 보았습니다. 고골은 생애 내내 부단한 문학적 실험을 했던 작가이므로 그 실험정신을 이어받아야 한다는 생각이었던 것입니다. 마찬가지로 미국의 작가들 가운데서 박경리 선생은 윌리엄 포크너를 가장 높이 평가했습니다. 헤밍웨이가 항상 안전한 길을 갔다면 포크너는 성공이 보장되지 않은 언어를 사용한 진정한 전위적 작가라는 이유에서였습니다. 문학에 관한 이야기를 할 때 마르셀 프루스트를 자주 거론한 것도 같은 맥락에서일 것입니다. 순간적인 감각과 인상 속에서 포착된 생의 진실을 기억을 통해 하나의 거대한 세계로 구축한 프루스트의 작업은 가장 미미한 존재들의 염원이 영글어서 우주화를 꽃피우게 되는 『토지』의 형상적 특질과 지근거리에 있었던 것입니다. 그 작업들은 다같이 작가에 의해 새로이 발견된 세계를 언어로 축조하여 내는 위대한 건축공사였습니다. 이런 점을 고려하면 『토지』가 그리스 3대 고전비극작가 가운데 가장 혁신적이었던 에우리피데스의 작품 가운데서도 가장 혁명적인 작품으로 손꼽히는 「트로이의 여인들」의 구조원리를 좀 더 큰 규모로 구현하고 있는 이유를 납득할 수가 있습니다. 명장은 명장을 알아보았던 것입니다. 그런 의미에서 오늘의 우리는 박경리 문학의 치열한 실험과 변혁, 그 현대성을 제대로 인식하고 있는지 우리 스스로에게 되물어보아야 합니다.

3. 휴머니즘과 생명사상

박경리 문학의 전개과정은 대략 초기, 중기, 후기의 세 단계로 구분해 볼 수 있습니다. 초기의 단편소설에서 다루어진 사건들은 작가의 전기적 사실과 대부분 일치합니다. 이 단계에서 작가가 지녔던 입장은 대체로 휴머니즘이라고 할 수 있습니다. 초기의 대표작 「불신시대」에서 확인할 수 있듯이 작가는 자신의 삶에서 일어난 사건들을 소박한 휴머니즘의 견지에서 묘사하고 있습니다. 거기에서는 개인의 일상이 주로 묘사되지만 근대사회를 바라보는 비판적 시선도 농도 짙게 투영되고 있습니다. 뿐만 아니라 초기소설에는 차후에 작가가 자기 문학의 중심 주제로 삼는 삶과 죽음의 문제, 삼대의 사랑이란 모티프도 뚜렷이 나타나고 있습니다. 단편소설 시기를 마감하고 장편으로 전환할 무렵에 창작된 「벽지」는 바로 그 예증입니다. 이 작품에서는 러시아의 여성 혁명가이자 소설가였던 알렉산드라 콜론타이의 「삼대의 사랑」이란 작품이 직접 거론되고 있고 그 소설과 유사하게 시대에 따라 달라지는 애정관의 양상이 묘사됩니다. 이것은 작가가 자기 문학의 주제를 자신의 입장에서만이 아니라 역사적 · 보편적 차원에서 검토하기 시작했다는 점을 말해줍니다. 이 소설 이후에 나온 장편소설들이 인간과 사회에 대하여 보편적 차원에서 숙고하고 있다는 것은 초기 장편소설의 대표작 『표류도』를 통해 확인할 수 있습니다.

이 소설에서 작가는 각기 지성과 감성, 의지를 대표하는 세 인물을 설정하여 이성과 감정의 모순, 감정의 양면성에서 야기되는 비극적 사태를 극복하는 문제를 검토하고 있습니다. 곧 인간의 비극적 운명을 극복하는 문제를 보편성의 수준에서 제기한 것입니다. 이처럼 보편적 차원에서 인간성에 대한 탐구를 진전시키면서 작가는 점차 휴머니즘을 넘어서 생명 전반의 문제를 사유하게 되는 상태로 나갔던 것으로 보입니다. 휴머니즘을 넘어 생명주의를 지향하게 된 그 문제의식은 『김약국의 딸들』에서 좀 더 뚜렷하게 모습을 나타냅니다. 삼대의 사랑이란 모티프를 배면에 깔고 있는 이 소설에서 작가는 인간의 운명을 인간세계의 문제로만 국한시키지 않고 자연의 섭리, 천인관계의 틀에서 성찰하고 있습니다. 『김약국의 딸들』이 운명론적 시각을 보인다는 비판이나 예형과 본형의 구조로 사건이 짜여져 있다는 분석은 이 소설에서 본격적으로 모습을 보이기 시작한 작가의식의 변화를 지적하고 있습니다. 곧 작가는 삶과 죽음의 순환이 이루어지는 자연의 리듬 속에서 생명의 문제를 고찰함으로써 우주론적 시야를 확보하게 됩니다. 박경리 선생이 뒷날 긴장된 균형이라는 독창적인 개념으로 생명과 생명의 관계, 인간과 자연의 관계를 설명한 것은 그에 말미암습니다.

박경리 선생이 작품을 보는 방식을 적용하면 『토지』는 기본적으로 억압을 다룬 소설입니다. 『심청전』이 죽음을, 『흥부전』이 가난을, 『춘향전』이 억압을 다룬 소설이라는 선생의 견해를 감안하면 『토지』는 『춘향전』의 패러디입니다. 세계에는 기계적 평등이 아니라 억압하는 세력과 억압을 당하는 세력의 불균형이 있습니다. 『춘향전』에서 변학도가 억압자이고 춘향이 피억압자이듯이 『토지』에서는 일제가 억압자이고 한민족이 피억압자입니다. 그러나 음과 양이 뒤바뀌는 것이 세상의 이치이듯이 소설에서도 억압의 주체와 힘, 그 세력관계는 수시로 바뀝니다. 따라서 그 음양의 세계에는 힘의 균형점이 있고 균형을 유지하기 위해 세계의 여러 세력들은 항시 긴장된 노력을 하지 않으면 안 됩니다. 우리는 쫓고 쫓기는 사자와 영양 가운데 어느 한쪽을 편들 수 없습니다. 영양을 사냥하지 못하면 사자는 새끼들을 굶겨 죽여야 합니다.

　박경리 선생의 독특한 이론인 이자론은 이 긴장된 균형의 개념에서 파생되어 나옵니다. 우리는 자연이 제공하는 이자만을 이용해서 삶을 유지해야지 원금을 헐어내면 우주 자연의 균형이 무너집니다. 근대사회의 물신주의, 전체주의 세력의 타민족 침략 등은 균형의 추를 무너뜨린 대표적인 사례들입니다. 그것은 탐욕의 부산물로서 극복되어야 할 악의 존재입니다. 『토지』에 나타난 일본문화에 대한 근원적인 비판은 이와 관련됩니다. 반면에 생명사상은 자연의 균형을 위해서 필연적으로 요청되는 세계관입니다. 박경리 선생의 입장에서 휴머니즘은 진정한 생명사상과는 먼거리에 있습니다. 인간 위주로 사고를 하는 경우 균형의 법칙은 깨지지 않을 수 없습니다. 그러므로 박경리 선생의 생명사상에서는 몇 개의 차원을 구분할 수 있습니다. 휴머니즘에 입각한 생명사상이란 그 이름에 미달하는 것이고, 모든 생명을 포괄하는 생명주의만이 생명사상의 이름에 값하는 것이 됩니다. 그러나 박경리 선생은 여기서 한 걸음 더 나아가야 한다고 봅니다. 목숨 있는 것만을 생명으로 보는 것은 아직 부족한 것이고 우주만물을 사랑하는 마음이 될 때에야 참된 생명사상이 된다는 생각입니다. 토지문화관을 건축할 때 공사장 인부들이 돌로 쌓은 축대를 시멘트로 발라버린 적이 있습니다. 박경리 선생은 그 시멘트를 모두 걷어내게 했습니다. 돌의 생명을 시멘트 속에 갇히게 해서는 안 된다는 생각이었던 것입니다.

4. 민족문화의 근원에 대한 탐구

　천지만물을 제 몸같이 사랑하는 생명사상이란 얼핏 허황된 생각처럼 들립니다. 그러나 박경리 선생의 생명사상은 추상적 관념에서 나온 것이 아닙니다. 선생은 구체적 사실에 대한 천착과 그에 대한 깊은 성찰을 통해서 그 사상에 이르렀습니다. 박경리 선생의 사상을 배태하고 키워온 토양은 바로 우리 민족의 삶과 문화에 대한 애정과 통찰이었습니다. 과거로부터 현재까지 우리 민족은 어떻게 살아왔으며 그 문화의 근원에는 어떠한 세계인식과 삶의 태도가 깃들여 있는가를 근본적인 시각에서 사유한 것입니다. 그리하여 선생은 고대의 위대한 사유 샤머니즘에 도달했습니다. 이 샤머니즘은 오래도록 우리 문화를 밑바닥에서 형성해온 저류였으며 근대에 들어서 동학사상으로 재정비되었다는 것이 박경리 선생의 생각이었습니다. 박경리 선생은 불교, 유교, 기독교가 전래되어 사고의 지배권을 장악함에 따라 한국인의 사유세계는 점차 좁혀져 온 것이므로 고대의 광대한 사유, 인간과 세계를 하나로 통합하는 우주적 시야를 회복하는 일이 필요하다고 보았습니다. 근대의 이성주의와 물신주의를 극복하고 세계를 개벽하기 위해서 천지공사가 필요하다는 생각이었습니다. 어쩌면 『토지』의 창작은 천지공사의 한 방편이었을 것입니다.

샤머니즘이라고 하면 그저 미신으로 몰아붙이기만 하는 오늘의 풍토에서는 이런 식의 논단은 별로 설득력이 없을 것입니다. 박경리 선생을 사랑하는 독자들 가운데는 『토지』에는 샤머니즘이 아니라 다른 무엇인가가 있지 않을까 하고 기대하는 분도 있을 것입니다. 작품은 다양한 방식으로 이해할 수 있으므로 그 가능성을 미리 제한할 필요는 없습니다. 그렇지만 이 자리에서는 다음의 사실을 확인해두는 것이 필요할지 모릅니다. 즉 문학의 경우 사회경제적 현실의 문제도 윤리의 문제를 통해서만이 제시될 수 있다는 사실입니다. 바꾸어 말해서 모든 문학은 어떻게 살 것인가 하는 문제에 대한 나름의 생각을 일정하게 표현하고 있는 것입니다.

박경리 선생이 살아계실 적에 문학작품에 형상화된 아름다운 인물에 대해서 이야기를 나눈 적이 있습니다. 선생은 악인을 묘사하는 것은 쉬운

데 아름다운 사람을 형상화하는 것은 매우 어려운 일이라고 말씀했습니다. 그 당시 저의 짧은 독서경험으로는 도스토옙스키의『백치』에 나오는 므이쉬킨 공작 밖에 아름다운 사람의 이름을 떠올릴 수 없었습니다. 그런데 여러분도 아시다시피『토지』에는 아름다운 사람들이 무더기로 등장합니다. 월선이, 용이, 주갑이, 조병수, 송관수 등이 모두 그런 사람들입니다. 그렇다면 우리는 어떤 경우에 소설 속의 인물을 아름답게 느끼게 되는 것일까요?

톨스토이의 장편소설『안나 카레니나』의 마지막 부분에는 "나는 도대체 무엇 때문에 사는가?"를 알지 못하고서는 "어떻게 살아 나갈 것인가?"라는 문제를 결정할 수 없다는 말이 나옵니다. 그러면서 톨스토이는 "영혼을 위해서, 신을 위해서 사는 삶"을 말하고 있습니다. 작가가 이상적 인물로 내세우고 있는 레빈의 생각을 빌어서 표현하고 있는 이 문제는 사실 모든 위대한 문학의 공통된 질문을 포함하고 있습니다. 문학은 "무엇 때문에 사는가?" 하는 질문과 함께 "어떻게 살 것인가?" 하는 물음에 대한 나름의 성찰을 담고 있어야 하기 때문입니다. 박경리 선생이『토지』에서 생명사상을 표현하고 있다면 소설은 당연히 이 문제에 대한 대답을 내놓고 있어야 합니다. 실제로 작가는『토지』가 이전까지의 모든 작품을 습작으로 하는 당신의 '마지막 작품'이라고 언급한 적이 있습니다. 그리고 이 '마지막 작품'에서 작가는 "어떻게 살 것인가?" 하는 물음에 대해서 자신의 대답을 내놓고 있습니다. 그 대답은 작품 속에 형상화된 인물들의 삶을 통해 이루어집니다. 곧 우리가 아름다운 사람들이라고 느끼는 인물들의 살아가는 모습이 바로 그 대답입니다.

『토지』는 소설이기 때문에 "어떻게 살 것인가?" 하는 질문에 추상적인 차원에서 대답을 내놓지 않습니다. 작품에 등장하는 인물들의 삶을 통해 보여줄 뿐입니다. 그러나『토지』에는 등장인물이 7백여 명이나 된다고 합니다. 그 등장인물들 가운데 작가가 어떤 사람의 삶의 방법을 가장 바람직한 것으로 보았는가를 쉽게 단정 지을 수는 없습니다. 저는 다른 장소에서 작가가 슬쩍 지나가면서 언급하고 있는 한 시골 할머니의 삶을 가장 아름다운 것으로 지적한 적이 있습니다. "천지만물 모든 것을 사랑하고 감사하며 소중히 여기는" 그 시골 할머니의 삶은 "그 정성이 하나의 의식같이 보이는", 다른 말로 해서 하나의 제사와 같은 형태로 이루어집니다. 이 제사로서의 삶은 바로 톨스토이 식으로 말하면 "영혼을 위해서, 신을 위해서 사는 삶"이 될 것이고 우리 식으로 말하면 샤머니즘이 될 것입니다. 이쯤에서 박경리 문학의 주제라고 이야기되는 한의 문제를 살펴볼 수 있습니다.

박경리 선생은 한을 원한과 구분되는 것, 소망의 다른 이름이라고 설명합니다. 한을 욕망의 좌절에서 생기는 감정의 문제로만 여기지 않고 삶의 긍정적인 동력으로 간주하는 것입니다. 이렇게 부정적인 정서로 생각되는 한을 삶의 동력으로 전환하기 위해서는 한을 삭이는 과정에 대한 특별한 의미부여가 필요합니다. 이 삭임의 과정은 흔히 우리 문화의 특질로 설명됩니다. 삭임을 위해서는 부정적인 감정과 소망의 덩어리가 저절로 삭는 자연적 과정과 삭이는 주체의 능동적 행위를 다같이 필요로 합니다. 곧 객관적인 요소와 주체적인 요소가 하나로 어우러질 때, 다시 말해서 자연과 인간이 하나가 되어 이루어지는 화학작용이 삭임입니다. 『토지』의 아름다운 인물들은 모두 이 삭임의 대가들이고 우리 문화의 중요한 자산들도 많은 것이 그와 관련됩니다. 된장 고추장도 떠야 하고 김치도 신맛이 조금 끼어들어야 제 맛이 납니다. 판소리에서 최고의 소리라고 치는 수리성도 해맑은 소리가 아니라 걸쭉한 막걸리를 한잔 걸치고 내뱉는 듯한, 쉰 듯한 목소리입니다. 박경리 선생은 한민족의 생활 속에 녹아 있는 그 자산들을 통해서 우리 문화의 근원을 탐구한 것이고 그 정수를 『토지』

에 표현하고 있는 것입니다.

『토지』의 아름다운 인물들은 한을 삭이는 데 도사들입니다. 월선이도 삭이고 용이도 삭입니다. 조병수도 삭이고 주갑이도 삭입니다. 송관수도 삭이고 길상이도 삭입니다. 그렇게 한을 삭이면서 살았기에 그들은 죽음의 자리에 이르러서도 여한이 없습니다. 이러한 삭임의 대가들을 철학자 김진석은 소내(疎內)라는 개념으로 포착한 바 있습니다. 그에 따르면 속을 비우고 비워서 투명해진 상태가 소내입니다. 그렇게 속을 비운 인물들의 내면상태를 감각화하기 위해 김진석은 우리에게 해면체를 상기시킵니다. 속을 비움으로써 외계와 접촉할 수 있는 내면의 표면적이 한량없이 늘어난 상태라는 것입니다. 그릇은 안이 비워짐으로써 무엇인가를 담을 수가 있습니다. 소유하는 것이 적을수록 우리는 자신의 존재에 충실할 수 있습니다. 그때에야 내적·외적 요인에 구속받는 열망이 아니라 자유로운 존재로서 자기의 본성을 실현하려는 능동적 정서로 충일하기 때문입니다.

5. 시대 현실에 대한 간고한 투쟁

박경리 선생은 자신을 비롯한 여성문학인에게 '여류'라는 이름을 붙이는 것을 매우 싫어하셨습니다. 그 이름을 붙여서 여성문학인을 온실의 화초처럼 보호해준다는 느낌을 주고, 여성은 남성보다 능력이 떨어진다는 것을 공공연히 수긍하게 만든다는 생각이었던 것으로 보입니다. 같은 맥락에서 남자가 배우자를 고를 때 기피해야 할 대상으로 게으른 여자, 허영심이 있는 여자, 낭비벽이 있는 여자를 들었습니다. 선생이 여러 문예사조 가운데서 탐미주의, 예술을 위한 예술을 특히 타기한 것도 동일한 차원의 인식이라고 하겠습니다. 선생은 문학이 생활의 여기라는 생각을 거부했습니다. 선생에게 문학은 삶 그 자체이고 가장 치열한 실천이었던 것입니다. 선생은 가끔 내가 행복했더라면 문학을 하지 않았을 것이라고 말했습니다. 초기의 단편소설에서부터 드러나는 바와 같이 박경리 선생은 사회의 부조리, 부정적 현실에 대해서 싸웠습니다. 선생은 특히 자신의 삶을 옥죄어오는 굴레들에 대해서 간고한 투쟁을 벌였습니다. 개인적 불행뿐만 아니라 시대고를 누구보다도 뼈저리게 절감했기 때문에 선생의 싸움은 외롭고 치열했습니다. 선생이 그 외로운 싸움에서 점차 삶의 지평을 넓혀가는 과정은 『김약국의 딸들』과 『시장과 전장』을 통해서 확인할 수 있습니다. 인간의 비극적 운명을 다룬 것이 전자라면 후자는 우리 민족의 숨통을 틀어막고 있는 이념대립의 현실에 대한 선생 나름의 대응이었습니다. 그러나 박경리 선생은 여기서 한 걸음 더 나아갔습니다. 사유의 대상을 인류와 역사 전체로 확대함으로써 『토지』를 지었습니다. 그러므로 『토지』는 20세기 초반의 한국역사라는 특수한 대상을 다루고 있지만 내면적으로는 근대 물질문명에 대한 비판임과 동시에 인류가 어떻게 살아야 할 것인가 하는 보편적 문제에 대한 탐구였습니다. 소설에서 일본 문화에 대한 집요한 비판이 이루어지고 있는 것은 일본이 근대의 이성주의와 물질주의의 대변자였기 때문입니다. 그것들은 이성이 발견한 생존경쟁과 자본주의가 터전으로 삼고 있는 욕망을 당연한 것으로 받아들이게 함으로써 생명과 문화에 대한 위협이 되었던 것입니다. 박경리 선생은 바로 그 현실에 맞서서 집요한 싸움을 벌인 것입니다. 생명을 지키고 문화를 옹호하기 위한 싸움이었습니다.

　박경리 선생은 근원적으로 사유하되 작은 일부터 실천하는 모습을 보여줬습니다. 자신의 싸움을 표나게 드러내는 일에 집착하지도 않았고 근본적인 문제가 아니라고 해서 소홀히 하지도 않았습니다. 선생은 토지문화관으로 이사한 뒤 뒷산에 묻힌 비닐을 캐내는 일에 한동안 매달렸습니다. 버려진 비닐들로 인해 죽어가는 땅을 살리기 위한 노력이었습니다. 그 노력은 고추밭의 흙을 보드랍게 만들었고 탄저병이 휩쓰는 속에서도 고추들이 스스로 회생할 수 있는 힘을 지니게 만들었습니다. 선생이 연세대학교 원주캠퍼스 앞의 호수를 지키기 위해서 어떤 일을 했는지는 잘 알려져 있습니다. 또 청계천 복원사업의 아이디어가 선생이 주도했던 세미나에서 처음 나왔다는 것도 잘 알려져 있습니다. 환경과 문학을 위한 잡지『숨소리』를 냈던 것도 생명의 소리를 사람들에게 들려주기 위한 시도였습니다. 이런 일을 하면서 박경리 선생은 공인으로서의 자기와 사사로운 나를 엄격히 구분했습니다. 날마다 토지문화관 창작실에 반찬을 내려보내면서도 직원들은 그 음식에 일절 손을 대지 못하게 금지했습니다. 창작실은 공공기관의 지원을 받아 운용되는 것이므로 비록 토지문화관의 직원이라고 할지라도 창작실에 제공되는 음식을 함부로 사용할 수 없다는 원칙을 고수했던 것입니다. 이처럼 선생은 생활의 작은 실천에서도 공의를 생각하며 행동했습니다. 문학인이기 때문에 글만 쓴다는 원칙이 아니라 생활이든 문학이든 사회적 실천이든 생명을 지키기 위해 자신이 할 수 있는 모든 일을 한다는 원칙이었습니다.

6. 우리의 과제

지금까지 제 나름으로 박경리 선생의 문학정신을 다섯 가지로 나누어 정리해보았습니다. 저의 생각이 짧아서 미처 언급하지 못했거나 제대로 핵심을 파악하지 못한 많은 사항들이 있을 것입니다만 그것들도 선생의 문학에 대한 우리 사회의 이해가 깊어지는 데 따라 차차 진면목을 드러내게 될 것입니다. 이 시점에서 제가 생각해보고 싶은 것은 우리 문학계의 큰 별이자 많은 국민들이 이 시대의 정신적 사표로 추앙하는 선생의 문학정신을 이어나가는 올바른 길은 무엇이겠는가 하는 문제입니다. 물론 그 길이 하나일 수는 없습니다. 사람마다 처지가 다르고 지향하는 바도 다를 것이므로 선생의 문학정신을 잇는 방법을 일괄해서 말하기는 어렵습니다. 각자가 선 자리에서 자기가 무엇을 해야 할지 모색하는 데 선생의 문학정신을 참고하는 것이 정도일 것입니다. 창작을 하는 사람이라면 무엇보다도 먼저 문학에 대한 헌신의 태도와 치열한 실험의식을 본받아야 할 것이고 한 가정의 의식주를 책임지는 사람이라면 근검절약하는 생활태도와 타인에 대한 배려를 눈여겨 볼 수 있을 것입니다. 그렇지만 선생이 살아계실 때부터 가까이 모시고 가르침을 받은 후인들에게는 일의 경중을 따져서 먼저 해야 할 일과 나중에 할 일을 구분하는 것이 하나의 책무가 아닐까 생각합니다. 그러한 의미에서 저는 여기서 몇 가지 사항을 우리의 과제로 제시하고자 합니다.

첫째 박경리 선생의 문학을 온전히 보존하여 사람들이 쉽게 찾아볼 수 있도록 하는 일입니다. 선생의 저작 가운데는 인멸의 위기에 있는 작품이 많이 있습니다. 어느 곳에 발표되었는지 소재를 알 수 없는 작품도 있고 출판이 되지 않아 구해보기 어려운 작품도 많습니다. 『토지』 같은 대표작들도 원형이 이미 크게 손상되었습니다. 출판사마다 서로 다른 편집원칙을 가지고 작업했기 때문에 판본마다 형태가 다를 뿐만 아니라 작품 내용에 대한 직접적 훼손도 심각한 상태입니다. 각 장절의 제목이 달라진 경우도 있고 편집자가 멋대로 손을 대 표현이 왜곡된 경우도 있으며 한 대목이 통째로 탈락하여 작품 이해가 곤란한 경우도 있습니다. 더욱이 박경리 선생의 저작은 아직 전집이 나오지 않았기 때문에 독자들이 이용하기가 쉽지 않습니다. 이런 문제들이 해결되지 않고서는 박경리 선생의 문학정신 자체를 운위하기가 쑥스럽습니다. 작품은 항상 새로운 해석에 열려 있어야 하는 것이므로 이 시점에서 가장 시급한 일은 바로 선생의 저작들을 원형대로 보존하여 후세에 넘겨주고 많은 독자들에게 보급하기 위한 방책을 세우는 일입니다. 그런 의미에서 전집의 출판과 아카이브의 구축, 외국어 번역의 추진이 급선무라고 하겠습니다.

둘째 박경리 문학에 대한 이해를 심화시킬 수 있는 방도를 마련해야 합니다. 현재 박경리 문학에 대한 연구는 전적으로 연구자 개개인의 자의에 맡겨져 있습니다. 이러한 상태는 불가피한 측면이 있지만 개선이 어려운 것도 아닙니다. 구체적으로 박경리의 문학이 우리 문학에서 차지하는 위상을 생각할 때 중국의 홍학(紅學, 『홍루몽』에 대한 학문)에 상응하는 연구활동을 조직하는 방향을 생각할 수 있을 것입니다. 물론 그 조직을 이루어내는 일은 학계가 떠맡아야겠지만 그 조직이 지속적으로 활동할 수 있는 물적 토대를 확보하기 위해서는 공사간에 주위의 지원이 절실합니다. 이 활동에는 박경리 선생의 문학정신을 체계화하는 작업과 인류학이나 역사학 등의 인접학문과 네트워크를 통해서 관심의 범위를 넓히는 일이 포함될 수 있습니다. 이와 함께 전국에 산재한 박경리 관련 기념관들을 유기적으로 연결하여 효율적으로 이용할 경우 작가의 문학에 대한 이해를 증진시키는 데 크게 도움을 받을 수 있습니다. 예컨대 토지문화관이 있는 원주의 기념관을 종합본부로 하고 통영은 작가의 전기와 관련된 기념관, 하동은 『토지』기념관, 서울의 정릉 기념관은 독자들에게 서비스하는 기구로서 각자의 위상을 정립하는 방식입니다. 최근 원주시에서 추진한 박경리 기념사업의 마스터플랜을 보완하면 기념관의 유기적 조직은 그다지 어렵지 않을 것입니다.

셋째 박경리 선생의 문학정신을 각자의 삶 속에서 실천하는 문제입니다. 물론 이 일은 각 개인의 결단을 통해서만이 실현될 수 있는 과제이기 때문에 제가 섣불리 용훼하기 힘든 측면이 있습니다. 그러나 다른 측면에서 생각하면 박경리 선생은 토지문화재단과 토지문화관 설립을 통해서 그 작업을 이미 시작해 놓으셨습니다. 토지문화관의 창작실이 우리 문학, 나아가서는 우리 문화의 창성을 지원하기 위한 기구로서 만들어진 것이라고 하면 다른 제도장치를 모색하는 것도 가능하리라 생각합니다. 예컨대 생태문학을 위한 기관지 발행이나 독자들의 토론광장을 개설하는 일을 포함하여 다양한 방식의 접근이 가능합니다. 원주 박경리문학관에서 시행하고 있는 문학 강연을 전국 기념관 순회강연으로 확대할 수도 있을 것이며 토지서사극과 같은 다양한 매체변이를 시도할 수도 있을 것입니다.

박경리의 초기 소설과 '삼대의 사랑'

1. 『토지』의 형성과 상호텍스트성

인도인들은 "세상 모든 것이 『마하바라타』에 있나니, 『마하바라타』에 없는 것은 세상에 없는 것이다."라고 자기네의 대서사시 『마하바라타』를 상찬해왔다고 한다. 드라비다족과 아리안족의 운명을 건 전쟁을 배경으로 하여 작품이 창작될 당시까지 인도사회에서 형성된 온갖 사상과 이야기를 집대성하고 있는 대서사시에 대한 인도인들의 애정과 민족적 자긍심을 표현한 것이라고 하겠다. 이와 비슷하게 영문학자인 최재서는 셰익스피어의 모든 작품을 읽으면 그 속에는 고스란히 자연이 들어 있다고 말한 적이 있다. 위대한 작가와 작품을 자연의 모방으로 보려는 구태의연한 시도라는 비판도 있지만 셰익스피어 문학의 넓이와 깊이를 생각하면 충분히 개연성이 있는 시각이다. 당대의 수많은 텍스트들을 자료로 이용하고 있다는 약간은 비난이 섞인 주석들도 셰익스피어 문학의 가치를 깎아내리는 것이기보다는 그 풍요로움을 입증하는 증거로 받아들일 수 있다.

박경리의 『토지』도 그와 같은 상호텍스트성을 풍부하게 지니고 있다. 그것은 에우리피데스의 「트로이의 여인들」처럼 사건이 끝난 뒤를 다루는 작품의 특성을 지니기도 하고 윌리엄 포크너와 토마스 울프의 문학처럼 사라져가는 것들에 대한 애가이기도 하다. 작가 자신은 마르셀 프루스트의 『잃어버린 시간을 찾아서』나 파스테르나크의 『닥터 지바고』, 숄로호프의 『고요한 돈』에 대해서 공감을 느꼈음을 자주 시사했지만 우리 문화 전통의 기념비적인 업적인 일연의 『삼국유사』, 「춘향가」나 「심청가」 같은 판소리의 직접적인 영향도 작품 도처에서 농도 짙게 드러난다. 그러나 『토지』의 형성을 외적 요인이나 영향관계 속에서만 찾는 데는 한계가 있다. 무엇보다도 작가가 영위한 삶과 문학행위의 관련성 속에서 해명되어야 할 몫이 있는 것이고 작가의 상상력 또한 결코 소홀히 할 수 없는 요소일 것이기 때문이다.

박경리의 단편소설을 해설하는 글에서 김인환은 "『토지』의 실존적 근원은 이미 단편들 속에 고루 구비되어 있었다."[1]고 말한 적이 있다. 구체적으로 그는 초기 작품인 「불신시대」에 『토지』에서 본격적으로 구현되는 생명사상의 싹이 나타나고 있음을 지적하고, 작가의 유년의 경험을 다룬 1966년작 「환상의 시기」가 "자기연민에 떨어지지 않고 객관적 거리를 유지하고 있"어 『토지』에서 발휘되는 작가의 원숙한 기량을 이미 이때부터 선보이고 있다고 평가한다. 이러한 지적과 평가는 대체로 정확하다. 『토지』 이전의 작품들 속에는 대하소설에 다시 등장하는 인물과 사건과 장면들, 그리고 모티프들이 무수하게 들어 있다. 대하소설의 한 부분을 독립된 단편으로 만들어서 발표한 「약으로도 못 고치는 병」이 있는가 하면 「환상의 시기」처럼 나중에 『토지』에서 자세하게 부연되고 의미가 부여되

---

1) 김인환, 「생명의 발견」, 박경리, 『환상의 시기』, 나남출판사, 1994, 408쪽.

는 사건들을 다룬 경우도 있다. 일본 천황의 사진이 봉안되어 있는 신사의 문 앞에 똥을 싸는 사건의 숨겨진 뒷이야기도 「옛날이야기」에 나온다. 인물들도 여러 곳에서 겹쳐진다. 소설가 이상현의 모습은 최초의 장편소설인 『애가』와 『표류도』에 잇달아서 등장하고, 신체의 기형성 때문에 고통을 겪는 양소림 같은 여인의 모습은 「쌍두아」에 형상화된다. 『토지』와 그 이전의 작품들 사이에 나타나는 이러한 반복과 변형은 어떤 각도에서 바라보느냐에 따라 상반되게 평가할 수 있다. 멜로드라마가 항용 그렇듯이, 소재가 궁핍해서 똑같은 사건을 이 작품 저 작품에서 겉모습만 바꾸어 우려먹는다고 비난할 수도 있고 하나의 주제를 깊이 천착하여 심화시킨다는 측면에서 긍정적으로 평가할 수도 있다. 박경리의 경우 대체로 후자 쪽으로 받아들여지는데, 거기에는 『토지』의 소설적 성취를 높이 사는 시각이 전제되어 있다. 대하소설을 발표하기 수 년 전부터 작가 스스로 이전의 모든 작품을 습작으로 하여 마지막 작품을 짓겠다는 의지를 표명했고, 그 결과가 독창성이 있는 작품으로 나왔으니 비난의 소리가 잦아드는 것은 자연스런 일이다.

그러면 대하소설의 습작으로서 『토지』 이전의 작품들은 어떤 가치와 의미를 지니는가? 이 물음에 대하여 답변을 시도하는 것은 대상이 된 개별 작품에 접근하는 유력한 방책일 뿐만 아니라 『토지』를 이해하는 방편이기도 하고 작가의 문학적 생애 자체를 규명하는 일이기도 하다. 동일한 주제를 반복해서 다루면서 작가는 어떻게 자신의 주제의식을 심화시켰으며 예술적 완성을 기했는가 하는 문제를 설명해야 할 터이기 때문이다. 이와 관련해서 『김약국의 딸들』과 『시장과 전장』은 박경리 문학 연구가 나아가는 길에서 중요한 이정표가 된다. 『김약국의 딸들』은 한의 정조와 비극적 세계를 가족사의 구조 속에서 보여주고, 『시장과 전장』은 대위법이라는 대조의 서사시 구조(parallelism)를 뚜렷이 보여주고 있어 『토지』의 작품세계를 이해하는 데 많은 시사점을 제공하고 있는 것이다. 따라서 앞으로 이 두 작품을 필두로 하여 박경리의 수많은 장편소설과 단편소설에 대한 세밀한 검토 작업이 진행되면 될수록 『토지』에 대한 우리의 이해도 좀 더 진전될 수 있을 것이다. 그 작업들을 통해 작가의 생애와 직접적으로 관련되어 있는 것으로 보이는 초기 단편소설의 경향이 어떤 과정을 거쳐서 『토지』와 같은 객관묘사의 총체소설로 나아가게 되었는지 해명한다면 작가의 문학적 행정의 구체적인 양상이 밝혀질 수 있을 것이다. 그 작업에는 당연히 많은 시간과 노력이 요구된다. 그러한 노력의 일환으로 여기서는 『토지』와 관련되는 특성에 유의하면서 1950년대 단편소설을 중심으로 한 초기 소설을 고찰하기로 한다. 개별 작품에 대한 세밀한 분석보다는 단편소설이 전체적으로 나타내는 특징을 유념하면서 우리의 현재적 관심에 따라 『토지』의 형성에서 큰 몫을 차지한다고 생각되는 '3대의 사랑'이라는 모티프에 특별히 주목하고자 하는 것이다.

『토지』의 서사 중심에 최참판가의 여인 3대 이야기가 자리를 잡고 있음은 주지의 사실이다. 그 이야기들은 구한말로부터 해방을 맞을 때까지 시대가 달라지는 데 따라 변화된 상황 속에서 펼쳐지는 애정 문제를 다각도로 형상화하고 있다. 그런데 장구한 시간 속에서 길게 전개되는 그 3대의 사랑 이야기를 한꺼번에 겹쳐서 읽으면, 바꾸어 말해서 여러 개의 사진 필름을 쌓아놓고 전체를 투시하듯이 읽으면 그 이야기들은 총체적으로 신분질서의 제약을 뛰어넘어 사랑을 성취한 춘향의 이야기와 동궤적인 구조를 지니고 있음이 드러난다. 『토지』를 판소리 「춘향가」의 패러디로 볼 수 있게 하는 이러한 특성은 『김약국의 딸들』에 형상화된 비극적 한의 정조, 『시장과 전장』에서 시험된 대위법과 함께 『토지』의 작품세계를 이해하는 데 매우 중요한 관건적 요소이다. 그런데 우연치 않게도 '3대의 사랑'이라는 모티프는 박경리의 초기 단편소설에서 싹을 틔우고 있고, 중기 이후의 장편소설에서 좀 더 구체적인 영자를 드러낸다. 따라서 장편소설 창작으로 전환하기 이전 박경리의 단편소설에서 '3대의 사랑'이란 모티프가 어떻게 발아하는지 살펴보는 것은 『토지』의 근간이 형성되는 첫 과정에 대한 고찰로서 의미를 지닐 수 있다.

2. 자기표현의 문학과 감정의 양면성

박경리의 초기 단편소설은 대부분 작가의 실제 체험과 긴밀하게 결부되어 있다. 몇 편의 작품을 읽고 거기에 나오는 사건들을 얼기설기 뜯어맞추다보면 작가의 생애가 손에 잡힐 듯이 눈에 들어온다. 물론 꾸며낸 이야기나 원래의 사실을 변용한 내용이 전혀 없는 것은 아니며, 작가가 살아온 삶의 내력이 모두 형상화되는 것도 아니다. 소설에 등장하는 내용은 주로 작가가 문단에 등단할 무렵의 몇 가지 사건들에 초점을 맞추고 있고 1960년대로 넘어가면서부터는 시야가 넓어지고 소재가 다변화하여 체험문학의 특성은 많이 약화된다. 이처럼 초기의 단편소설에 체험적 요소가 강한 데는 여러 가지 이유가 있겠으나 크게 보아서 첫째, 다양한 주제를 다룰 만큼 작가의 문학적 기량이 아직 원숙한 경지에 이르지 못했다는 것, 둘째 그 사건들이 작가에게 그만큼 절박하고 절실한 문제였었기 때문일 것이라고 추측해볼 수 있다. 곧 작가는 자기에게 절실한 문제로 대두된 사건들을 소재로 다루면서 문학으로 나아가는 첫걸음을 떼어놓았다고 해석할 수 있는 것이다. 이 사실을 감안하면 박경리의 초기 문학을 사소설이나 신변소설, 또는 자기고백이란 이름으로 규정하는 그동안의 관행이 부당한 것만은 아니라고 수긍할 수 있다. 그러나 박경리의 자기고백 속에는 단순히 사사로운 것으로만 치부하기 어려운 삶의 보편적인 문제들이 짙은 여운을 남기고 있고, 절박한 생활 문제를 통해 표출되는 사회의식 또한 비교적 뚜렷하고 예리하다. 중심인물들이 '상처받은 고독한 영혼'이란 점에서는 동일하지만 그들은 실존적인 측면에서 묘사되기도 하고 풍속적 측면에서 묘사되기도 하여 박경리 초기 소설은 크게 두 경향으로 구분되는 것이다.[2] 예컨대 전란 속에서 아들을 잃고 중국인에게 시집 간 딸에게 얹혀서 더부살이하는 인물을 형상화하고 있는 「군식구」, 다른 사람의 농간에 의해 재산을 잃고 반신불수가 된 노인의 자살을 그린 「도표 없는 길」, 양공주의 딸로 친구들에게서 따돌림을 받는 「해동여관의 미나」 같은 작품은 작가의 체험에서 일정하게 거리를 두고 있어 결코 사소설로만 볼 수 없는 특징을 지니고 있다. 그럼에도 불구하고 박경리의 초기 소설이 신변소설, 자기고백의 문학으로 간주되는 것은 「군식구」와 같은 작품에서조차 작가의 육성이 절규나 다름없이 절절하게 들려오기 때문이다. 분명히 이 점에서 박경리의 문학은 "표현하지 않을 수 없는 생리(배설 같은)의 소산"[3]이고, 그러한 까닭에 작가는 "자신을 처리하고 정리해 나가기 위해서 우선 문학을 하고 있는 것 같다"는 김우종의 지적은 정곡을 찌른다. 작가는 생활의 여기(餘技)로서 문학을 즐기는 것이 아니라 치열한 삶의 한 방식으로 문학을 선택하고 실천하고 있는 것이다. 이처럼 문학행위 자체가 작가의 삶에 본질적인 문제가 될 때 우리는 거기에 '자기표현'이라는 용어를 쓸 수가 있다.

익히 알다시피 '자기표현'은 낭만주의의 대표적인 특성 가운데 하나이다. 낭만주의에서 인간은 이성적 존재이기보다는 혼돈스런 감정의 소유자로 파악된다. 박경리의 초기 소설도 그런 경우에 속한다. 박경리의 「계산」을 처음 추천하면서 김동리는 이 소설을 '심리소설'이라고 규정했다. 친

---

2) 위의 글, 411쪽.
3) 김우종, 「현대작가산고」, 『현대문학』 5권 9호, 1959. 9.

구를 배웅하기 위해 역으로 나가는 과정에서 주인공이 겪는 여러 가지 심리적 갈등을 잘 묘사하고 있다는 평가인 셈이다. 그러나 이 소설에는 주인공의 신경을 거스르고 처신을 곤혹스럽게 만드는 일상의 자잘한 사건들을 배경으로 해서 중심에 떠오르는 하나의 심각한 심리적 갈등이 있다. 곧 주인공은 약혼자가 던진 한마디 말에 상처를 받고 파혼을 선언한 뒤 집을 떠나왔으며 친구는 파혼을 번의할 의사가 없는지 타진하기 위해 상경했던 것이다. 이 문제와 관련해 작가는 뒷날 "사랑은 그것이 어떤 형태나 성질이든 결코 존엄에 손상을 주지 않는다. 사랑은 사람을 소외하지 않는다."[4]고 자신의 생각을 정리하고 있다. 자신의 존엄성이 손상 받았다고 생각했기 때문에 모든 불이익, 불행을 감수하고 약혼을 파기한 주인공에 대한 변호인 셈이다. 이와 같이 혼란스런 감정의 폭발에 의해 빚어진 사건은 이 소설 말고도 초기의 대표작인 「불신시대」나 「전도」, 「반딧불」 같은 다른 작품들 속에서도 쉽게 사례를 찾아볼 수 있다. 예컨대 「전도」의 혜숙은 유부녀 신분임에도 불구하고 다른 남자를 사랑한 자신의 과거가 회사 사람들에게 알려져 빈축의 대상이 될지도 모른다는 우려 때문에 직장에 사표를 던지고, 그로 인해 생활의 핍박을 받다가 결국에는 무참한 죽음에 이르고 만다. 현실의 불이익을 뻔히 내다보면서도 일종의 결벽증 때문에 파멸의 길로 내닫는, 내면적으로 격렬한 파토스를 지닌 인물인 것이다.

근대소설의 토대 가운데 하나는 심리적 사실주의이며 그 대표적인 작가로 도스토옙스키가 손꼽힌다. 그의 『지하생활자의 수기』는 근대인의 분열된 의식을 상징적으로 보여주는 작품이다. 아놀드 하우저는 근대심리학이 '영혼의 분열상을 묘사하는 데서 출발'했으며 "도스토옙스키는 현대심리학의 가장 중요한 원칙—즉 과장되고 지나치게 과시적인 형태로 표현되는

---

4) 박경리, 『박경리의 원주통신―꿈꾸는 자가 창조한다』, 나남출판사, 1994, 138쪽.

모든 정신적 태도의 분열적인 성격과 그러한 모든 감정들의 양면성이라는 원칙을 발견한다."[5]고 말하고 있다. '어떠한 합리적 단일성으로 환원될 수 없는', 『지하생활자의 수기』의 주인공과 같은 '이중인'이 현대소설의 특징 가운데 하나라는 인식이다. 「계산」의 주인공이든 「전도」의 혜숙이든 박경리 초기 소설의 인물들에게 이 이중인의 개념을 그대로 적용하는 것은 무리일 수 있다. 그러나 박경리 소설에 이중인에 가까운 주인공들, 감정의 양면성을 지닌 인물들이 등장하고, 그 모순에 찬 감정들이 파열음을 내면서 소설의 결구가 지어지는 작품들이 다수라는 것은 확실하다. 이러한 특징은 박경리 소설이 '애정소설의 정석을 보이고 있'고 한국소설로는 드물게 '애정소설의 품격과 깊이를 갖춘'[6] 작품들이라는 점으로 인해 상승효과를 낸다. 다시 말해서 영혼의 분열 또는 감정의 양면성이 지어내는 파열음은 소설 속 사건의 귀추에 심각한 결과를 가져온다.

1950년대 소설을 고찰하면서 채진홍은 박경리 소설의 두드러진 특징으로 '인물성격화의 단일성'을 지적한 바 있다.[7] 소설의 주동 인물이 여러 작품에서 '일관된 모습으로 묘사'되고 있는데 그 속에서는 "삶의 어떠한 악조건에도 굴하지 않는, 지식 저변에서 샘솟는 자존심과 미모를 지닌 젊은 전쟁미망인의 삶"이 나타난다는 것이다. 그러나 이것은 '성격의 단일성'이라기보다는 체험소설적 성격이나 인물의 동일성, 작가 자신이 연작소설의 주인공처럼 여러 작품에 등장하고 있다는 사실에 대한 지적으로 보는 것이 적절하다. 그 사실은 주인공의 "자존심이 때에 따라서는 일종

5) 아놀드 하우저, 『문학과 예술의 사회사』 현대편, 백낙청, 염무웅 옮김, 1974, 145쪽.
6) 김만수, 「자신의 운명을 찾아가기」, 조남현 편, 『박경리』, 서강대학교출판부, 1996.
7) 채진홍, 「인간의 존엄과 생명의 확인」, 『1950년대의 소설가들』, 송하춘 편, 나남출판사, 1994.

의 결벽증으로 나타"난다고 서술하는, 인물의 성격에 대한 뒤따르는 문장의 묘사 속에서 입증된다. 곧 주인공은 자신의 존엄을 지키기 위하여 결벽증을 표출하곤 하는데, 그 결벽증이 초래하는 것은 대부분의 경우 비극적 파국이다. 갑작스럽게 약혼을 파기하거나 직장에 사표를 내고, 아예 한국 땅을 떠나거나 가위를 들고 위협하는 남자에게 나를 죽이라고 대드는 것이 모두 결벽증의 발로이다. 이러한 양태는 경우와 정도가 다르지만 「흑흑백백」, 「반딧불」, 「불신시대」, 「벽지」 등 초기의 단편소설에서 거의 동일한 패턴으로 나타난다. 여기서 자존심과 결벽증이란 말로 표현되는 것들이 어떠한 심리적 상태, 또는 사태를 가리키는가는 자명하다. 그것을 한마디로 말하면 감정과 이성의 모순이다. 합리적으로 판단하면 이렇게 해야 하는데 감정이 그것을 용납하지 않기 때문에 저렇게 해버림으로써 발생하는 사태다. 이와 같은 일이 일어나면 소설 속 인물들이 살아가는 세계의 일상적 질서는 파괴되고 주인공에게는 숙명이나 파국이라고 해야 할 어려운 처지가 닥쳐온다. 더욱이 박경리의 소설에서 이러한 혼돈은 주로 연애의 과정에서 발생한다. 연애가 인륜지대사인 결혼과 관련되는 것으로서 가족을 이루는 뿌리라는 것을 생각하면 '결벽증의 발로'로 인해 일어나는 생활궤도의 이탈이 가져올 결과가 파국이 되리라는 것은 충분히 예측가능하다. 박경리 초기 소설의 주인공들은 대부분 그 비극적 파국에 의해 고통받는다. 그리하여 이성과 감성의 모순, 감정의 양면성에 의해 초래된 난경을 극복하는 문제가 등단 초기의 박경리 문학이 떠안은 아포리아가 된다. 이 아포리아를 해결하기 위한 작가의 문학적 실험, 삶과 형식에 대한 성찰은 장편소설 『표류도』에서 본격화되지만 그 이전에 단편소설 「벽지」에서 처음 면영을 드러낸다. 작가는 자존심에 상처를 받고 결벽증을 가진 주인공이 자신에게 도래한 비극적 파국을 이성이나 감정 그 어느 것에 의해서가 아니라 의지로써 극복할 것을 기대한다. 구체적으로 「벽지」의 주인공인 혜인은 사랑하는 사람을 떠나 외국으로 가기로 결정한 자신의 행위를 '마음과 상반된 끊임없는 행동의 연속'이라고 생각하면서, 그것이 운명을 극복하려는 자신의 의지임을 밝히고 있다. 이것은 감정의 양면성, 이성과 감정의 모순으로 야기된 비극적 사태를 어떻게 극복할 수 있을 것인가에 대한 작가의 사유의 첫 결과물이라고 할 수 있다. 「벽지」와 거의 같은 시기에 발표된 『표류도』에도 각기 지성과 감성, 의지를 대표하는 인물들이 등장하고 있는데, 『표류도』를 분석하는 글에서 조연현은 이 문제에 대해 이렇게 말하고 있다.

> 다방 매담으로 등장되어 있는 현회에게는 세 사람의 남성이 있다. 한 사람은 죽은 남편이요, 또 한 사람은 신문사 논설위원인 이상현이요, 다른 한 사람은 출판업자 김선생이다. 죽은 남편은 지성을, 이상현은 감성을, 김선생은 의지를 각각 표상하는 인간형으로 설정되어 있다. 지성을 상징하는 죽은 남편에 대한 현회의 추억은 그의 남편의 사망과 함께 소멸되어 갔으며(현회는 죽은 남편에 대한 추억만으로서 살아갈 수 있을 만치 감상적인 여성도 아니며 낡은 의미에 있어서의 정절 있는 여성도 아니다.) 그의 새로운 애정을 불붙게 한 것은 감성을 표상하는 이상현이다. 현회는 이상현에게 몸과 정신의 전부를 바친다. 그것은 즐거움이었고 사는 보람이었다. 그러나 이상현에게는 처자가 있었다. 그러나 더욱 중요한 것은 현회와 이상현과의 관계가 성립되지 못한 것은 처자의 문제도 이상현의 애정문제도 아닌 것이었다. 그 두 사람의 결합을 막은 것은 이미 누구도 사랑할 수 없게 된 현회의 심정이었고, 이상현의 감성적 미학보다는 김선생의 의지적 미학이 현회 자신에게나 또는 인간의 사회생활을 유지시켜 나가는 데 현실적 구원이 된다고 믿었던 현회의 사상이었다. 인격적인 자존심 때문에 살인을 범하고 형기를 마치고 나온 현회가 서로 사랑하는 이상현과 결별하고 김선생과 결혼을 약속하게 된 것은 이 때문이었다.[8]

---

8) 조연현, 「윤리적 의미의 결핍과 의식의 과잉」, 『현대문학』 6권 1호, 1960. 1월호.

조연현은 이 소설에서 작가가 의식의 과잉상태에 있으며 자신의 관념을 인물들에게 강요한다고 비판했다. 이상현을 절실히 사랑하는 현회가 김선생과 결합한다는 구상은 "관념적인 의지에의 미학이지 구상적 실제적인 미의식은 아닌" 것이라는 견해이다. 그 지적은 분명 적절하다. 그렇지만 초기의 단편소설에 관심을 두고 있는 현재의 우리에게 중요한 것은 작가가 자신의 주인공들에게서 나타나는 결벽증, 이성과 감정의 모순에서 야기된 사태를 극복하는 방안을 이런 방식으로 모색하고 있다는 점이다. 그것은 데뷔작인 「계산」에서부터 지속되고 있는 하나의 패턴, 감정의 양면성에 의하여 야기된 사건의 귀추를 습관처럼 형상화하는 자신의 창작에 깃들인 문제를 해결하는 방안의 모색임과 동시에 애정 문제를 통해 표출되는 인간성에 대한 탐색이라고 할 수 있다. 그의 소설이 내면적으로 극적 형식을 내장함으로써 감정의 양면성으로 인해 야기되는 격렬한 파토스를 표현할 수 있었던 것은 소설미학적인 측면에서 미덕일 수 있지만 타인에 대해서 담을 쌓게 하는 결벽증의 소유자를 통해서는 인간에 대한 깊은 이해도 세계의 총체상도 추구할 수 없었다. 작가에게는 변화하는 세계 속에서 살아가는 인간에 대한 새로운 이해와 그에 바탕을 둔 새로운 형상화 방식이 필요했던 것이다. 그리고 그 싹은 초기의 단편소설들에 이미 배태되어 있었다.

3. 「벽지」와 알렉산드라 콜론타이의 「삼대의 사랑」

박경리의 초기 소설에서 주인공은 대부분 결혼한 경험이 있는 여인으로 설정되어 있다. 여인은 젊은 시절에 남편으로부터 버림받은 어머니와 아직 철모르는 어린 딸과 함께 살고 있다. 이러한 설정은 작가의 가족구성과 대체로 일치한다. 이 여인 3대의 구조는 있는 그대로 소설 속에 나타나기도 하고 약간의 변형을 통해 인물관계가 설정되기도 하지만, 그 기본구조는 어느 작품에서나 유지된다. 예컨대 어머니와 딸이 전면에 등장하지 않는 경우도 잠재적으로는 그들의 존재가 주인공의 의식에 한 자리를 차지하고 있다. 곧 과거를 가지고 있는 주인공은 사랑하는 사람이 있어도 행동이 자유롭지 못한데, 어머니와 딸의 존재가 부담이 될 뿐만 아니라 전력이 있는 여인에 대한 주위의 따가운 시선, 상대 남자의 가족상황 등이 선택을 제약하는 것이다. 이로 인해 여인은 어머니와 갈등을 빚기도 하고, 주위 사람들에게서 소외되기도 하며, 결단을 내리지 못하는 남자에게 실망하기도 한다. 이렇게 겹겹이 자신의 팔다리를 묶고 있는 관계의 그물을 벗어나기 위해 여인은 발버둥쳐 보지만 그 결과는 언제나 신통치 않다. 이도저도 빠져나갈 구멍이 없다는 것을 알게 된 여인은 결국 극단적인 처방을 내릴 수밖에 없는데, 그것은 십중팔구 비참한 결과로 귀착한다. 박경리는 이런 유형의 작품들을 몇 편 반복하는 과정에서 점차 자신의 문학이 감정의 양면성이란 문제에 부닥쳤음을 파악하게 되고, 그 문제를 해결하기 위해서 실험을 하게 된다. 곧 감정의 양면성이란 문제가 이성(지성)과 감정의 모순에 뿌리를 내리고 있다는 인식에 바탕을 두고 문제를 자신의 체험에만 국한하지 않고 보편의 차원에서 다루고자 하는 것이다. 이 작업을 위해서는 3대의 여인들을 한 인물에 통합하기도 하고 가족사의 구도 속에 배치하는 상상력의 활동이 필요했다. 뒷날 『김약국의 딸들』이 가족사의 구도를 이용하고 있다면 중기에 창작된 대부분의 장편 연애소설은 3대의 여인을 한 인물 속에 압축하는 방법에 의지한다. 이런 식의 실험은 몇 편의 단편소설을 발표한 뒤부터 시작되었다고 볼 수 있는데, 그것이 구체적으로 처음 모습을 드러낸 것은 1950년대 단편소설의 뒷부분에 놓이는 「벽지」에서다.

단편소설 「벽지」는 장편 『애가』와 함께 1958년에 발표되었다. 이듬해에 『표류도』가 발표되었음을 고려하면 「벽지」는 박경리의 문학이 단편소설에서 장편소설로 넘어가는 분수령에 놓인다. 데뷔작인 1955년의 「계산」과 그 후속작 몇 편이 자존심과 감정에 상처를 입은 주인공의 약혼 파기에 얽힌 사건을 주요소재로 하고 있고 1957년에 창작된 것으로 보이는 「암흑시대」와 「불신시대」가 아들의 죽음과 얽힌 사건들을 취급하고 있는데 반해 이 작품은 작가의 직접적인 체험에서 어느 정도 벗어나 있다. 주인공의 생활이 이전의 궁핍상과 달리 얼마간 여유가 있는 것으로 설정되는 데서 상징적으로 드러나듯이 절박한 삶의 문제에서 조금은 객관적인 거리를 두고 자신과 주변의 사태를 관조할 수 있는 지점에서 씌어진 소설인 셈이다. 그러나 이 소설에서 다루어진 문제는 이전 소설과 마찬가지로 자존심과 결벽증이란 외피를 두르고 있는 감정의 양면성을 핵으로 하고 있다. 이 무렵에 창작된 장편소설 『애가』와 『표류도』가 똑같이 이 문제를 끌어안고 있다는 점을 생각하면 초기의 단편소설을 통해 작가의 사유는 점차 이성과 감성의 모순이란 근대인의 특성, 나아가서는 인간성의 본질을 규명하는 데로 집중되었다고 할 수 있다.

「벽지」에서 주인공은 이복언니의 연인인 병구를 사랑하는 혜인이란 여인으로 설정되어 있다. 전란 중에 언니 숙인은 이념적 동지인 다른 남자를 따라 월북한다. 숙인이 떠난 뒤 병구가 의식적으로 발을 끊었기 때문에 혜인은 그의 소식도 모른 채 수년을 지낸다. 그러던 어느 날 혜인은 우연히 병구를 다시 만나고 그가 다른 여인과 이미 가정을 이루었음을 알게 된다. 그렇지만 이런 저런 연유로 마음의 끈이 서로 연결된 두 사람은 자주 만나게 되고 그러는 동안에 정이 깊어진다. 그러나 혜인이 몸과 마음으로 간절하게 병구를 원하는 것과 대조적으로 병구는 숙인에 대한 과거의 기억을 지우지 못하고 처자가 있는 자신의 신분을 의식하기 때문에 멈칫거리기만 한다. 결국 결단을 내리지 못하고 미적거리기만 하는 병구에게 실망한 혜인은 병구에 대한 미련을 버리고 다른 나라라는 새로운 마음의 벽지로 떠난다. 이 이야기가 지닌 함축을 이해하는 데는 장편 『애가』와 『표류도』를 참조하는 것이 효과적이다. 『애가』에서 설희는 다른 여인을 사랑했으나 배신감을 맛보고 자신을 찾아온 민호와 충동적으로 결혼한다. 평소 그를 좋아했고 시간이 지나면 그도 과거의 상처를 잊고 자신을 사랑하게 될 것이라고 생각했기 때문이다. 아이를 낳고 행복한 시간을 보내는 것도 잠시, 민호는 자신의 감정에 따라 다시 과거의 여인에게 돌아가 버리고 남자에게서 버림받은 자신의 신세를 비참하게 생각한 설희는 스스로 목숨을 끊고 만다. 여기에서 추론하면 「벽지」의 혜인이 자신의 애정만을 앞세워 숙인에 대한 기억에서 벗어나지 못한 병구와 억지로 결합하더라도 그 결말이 결코 행복할 수 없었으리라는 것을 짐작할 수 있다. 혜인이 병구와의 우연한 만남을 운명으로 받아들이면서도 의지로 자기 길을 개척하겠다고 하는 것은 그 때문이다. 헤어지기 직전 병구를 만난 혜인은 과거에 자신이 마음과 상반된 행동만을 해왔음을 상기하고 이제부터는 "두 줄기의 레일처럼 병구에 대하여는 영원히 행동과 마음이 합쳐지는 일은 없을 것"이라고 생각하는 것이다. 혜인은 자신들의 우연한 만남의 의미를 곱새기는 병구에 대하여 "운명은 해후(邂逅)만이었지요. 그밖에는 나의 의지입니다"라고 마음속으로 중얼거린다. 이성과 감성의 모순을 의지로 극복하고자 하는 다짐이다. 이 의지의 미학이 『표류도』의 주인공에게 절실히 사랑하는 남자를 놓아두고 자신의 의지에 따라 다른 남자와 결혼을 약속하게 하는 것이다. 이 점을 간파한 조연현은 그 의지가 작가의 관념에 의해 강요된 것인 까닭에 작품의 논리적 구조가 산 현실이 될 수는 없었다고 비판했던 것이다.

「벽지」는 주인공 혜인의 형상을 통해 보편의 차원에서 양면적 감정, 이성과 감정의 모순에서 야기되는 문제의 해결점을 답사해보고자 한 작가의 첫 시도라고 할 수 있다. 이 시도가 그 이후의 장편소설들에서 어떻게 전개되었는가 하는 문제는 이 글의 범위를 넘어서는 것이지만 조연현이 지적한 대로 감정의 양면성이 평면적인 차원에서 해소될 수 있는 것은 아니다. 하나의 감정이나 생각, 충동이 나타나는 순간 그와 정반대되는 것들이 이면에서 꿈틀대기 시작하고, 그에 따라 어떤 선택도 불가능하게 되는 상태는 근대인뿐만 아니라 보편적 인간 심리의 본질에 가깝다. 올림포스 산정에 득실대는 그리스 신들처럼 인간 내면의 만신전에서 들끓는 파토스들은 정지상태에 있지도 않고 서로 간에 확연하게 구분되지도 않는다. 더욱이 그 파토스들은 시대정신과 윤리적 규범에 따라 유동하는 것이어서 역사 현실이 바뀌는 데 따라 변화한다. 감정의 양면성에 대한 천착에서 출발한 작가의 사유는 이러한 사실을 인식하는 데 이르렀고 그 증거는 「벽지」에 나타나 있다. 그렇기에 작가는 병구를 사랑했으면서도 이념적 동지인 다른 남자를 따라 월북하는 숙인의 심리를 러시아 작가 알렉산드라 콜론타이의 소설 「삼대의 사랑」을 끌어들여 이렇게 설명한다.

혜인은 병구를 사랑하면서 박이라는 사나이와 맺어져 가버린 숙인을 생각할 적마다 쏘련의 붉은 여류작가인 고론타이의 소설 「삼대의 사랑」에 나오는 주인공들을 생각했다. 그 소설은 어머니와 딸, 그리고 손녀, 이렇게 세 여인이 로서아의 혁명을 배태한 시대를 배경하고 체험하는 사랑의 형태를 그린 것으로서 변모되어가는 사회제도에 의한 작가의 연애관을 보여 주는 작품이다. 혜인은 그 작품 속에 나오는 딸의 경우가 숙인의 것과 같은 것이라 생각했다. 딸은 순수 상태의 사랑과 공동의 이념을 위한 동지적인 사랑을 동시에 두 남성에게서 느낀다. 그 사랑의 양(量)이 전연 같은 곳에서 딸은 고민하는 것이다. 혜인은 6·25를 통하여 숙인이 얼마나 철저한 콤뮤니스트인가를 보아왔다. 그러한 숙인이 자기의 사상과 배치되는 자유주의자인 병구를 사랑한 것과 박이라는 사나이하고 사실상 동지적인 한계를 넘어버린, 이러한 두 애정의 형태, 그것이 「삼대의 사랑」 속의 딸의 경우를 방불케 한 것이다.

알렉산드라 콜론타이는 러시아혁명 시기의 대표적인 여성활동가였으며 소설가였다. 그의 소설과 여성해방론은 1930년대 한국사회에 큰 영향을 주었고 사회적 논쟁을 유발하기도 했다. 여성 문제의 사회적 해결을 위해 근본주의적인 태도를 가졌었기 때문에 부르주아적 여성해방론자들과 거리를 두었을 뿐만 아니라 여성 문제를 부차적인 문제로 보는 볼셰비키들과도 대립했던 맹렬한 여성이었다.[9] 연애관이 급진적이었을 뿐 아니라 역사적 관점을 가지고 남녀의 문제에 접근한 작가였던 것이다. 박경리는 바로 그 콜론타이의 단편소설 「삼대의 사랑」을 끌어 들여 소설 속 주인공들의 행태를 설명하고 있다. 숙인은 박이란 남자를 따라가기 위해 혜인과 헤어지면서 병구에 대한 자신의 사랑이 '감상'이었다고 전해줄 것을 부탁했다. 병구와 박을 똑같이 사랑하면서도 양자택일의 순간에 이념적 동지를 선택한 숙인에 대해 혜인은 콜론타이의 「삼대의 사랑」에 나오는 딸처럼 낭만이 있다고 해석한다. 그 같은 선택이 모든 사람에게 똑같이 가능한 것이 아니라 그 시대, 그 사회의 특수한 관점에 따른다는 생각이다. 다시 말해서 감정의 양면성, 또는 이성과 감정의 모순구조는 시대와 현실이 바뀜에 따라 다른 양상으로 나타날 수 있고 그에 따라 각 개인이 선택하는 인생의 방향은 달라질 수 있다. 「삼대의 사랑」은 그와 같이 시대에 따라 달라지는 연애관, 혼돈된 감정의 소용돌이 속에서 개인의 선택이 어떻게 바뀌는지를 『토지』에서와 같이 어머니와 딸, 그리고 손녀의 3대 이야기를 통해서 극명하게 제시하고 있다. 먼저 어머니 세대인 마리아 스테파노브나 올세비치는 '사랑의 권리가 부부의 의무보다 강하다'는 생각에 따라 단호하게 자신을 사랑하는 남편과 이혼하고 다른 남자와 결혼한다. 딸의 세대인 올가 세르게예브나는 멀리 유배가 있는 남편 콘스탄틴

---

9) B. 판스워드, 『알렉산드라 콜론타이』, 신민우 옮김, 풀빛, 1986. 75~76쪽.

을 사랑하면서도 자신이 피신해 있는 집의 유부남 '엔지니어 M'도 지극히 사랑한다. 두 사람 가운데 아무도 버릴 수 없는 것이 세르게예브나의 감정이기 때문에 그녀는 형편에 따라, 번갈아가며, 남편과 살기도 하고 M과 살기도 한다. 이에 비해 손녀인 게니아는 아무도 사랑하지 않으면서 두 남자와 성관계를 하여 아버지가 누구인지 모르는 아이를 뱄다. 손녀는 "서로 좋아하는 동안은 함께 있고 그 감정이 사라지면 그땐 서로 갈라지는" 것이 당연하며 누구와 관계하느냐 하는 것은 '그저 우연일 뿐'이라고 생각하는 것이다. 그녀에게는 단지 아이를 유산시키기 위해 2, 3주 동안 일을 쉬어야 한다는 것이 불쾌할 뿐이다. 「삼대의 사랑」에서 3대의 여인들은 이와 같이 서로 다른 연애관을 가지고 있으나 사회활동에 적극적이라는 점에서는 공통적이다. 이 「삼대의 사랑」에 대하여 언급하면서 박경리는 "변모되어 가는 사회형태에 의한 각기의 연애관을 보여주는 작품"이라고 의미를 부여했다. 결혼보다 사랑을 앞세우는 어머니나 두 남성에게 동시에 사랑을 느끼는 딸, "이미 낭만은 상실되고 생리적 형태로서 연애가 해석되며, 감정은 기계화되어 가는" 손녀는 모두 변화되어 가는 사회현실의 소산일 뿐이란 해석이다. 이 해석은 10년 뒤 『토지』의 뼈대구조를 세우는 데 중요한 역할을 하게 된다.

4. 『토지』에 나타난 '3대의 사랑'

『토지』의 이야기는 외양상 1897년부터 시작되는 것처럼 되어 있지만 내면적으로 1890년 여름이 발단이다. 이 무렵 최참판가의 윤씨 부인이 김개주에게 능욕을 당한 사건은 조선왕조의 신분질서가 자체의 모순으로 인해 안으로부터 붕괴되는 사태를 상징하고 그것이 대하소설의 실제적 발단을 이룬다. 신분질서는 다른 여러 가지 의미를 함축하는 것이지만 인륜의 세계에서는 인위적 제도를 통해 자연의 사랑을 억압하는 특징을 지닌다. 김개주는 자신의 사랑을 억압하는 사회적 금기를 위반함으로써 신분질서를 파괴하는 일을 벌인 것이다. 그런데 금기의 위반은 김개주에게서만 나타나는 것은 아니다. 능욕의 피해자라고 할 수 있는 윤씨 부인의 김개주에 대한 태도에도 겉보기와 달리 불분명한 점이 있다. 불륜의 씨앗을 잉태했다는 것을 알고 죽음까지도 각오했던 여인은 뒷날 김개주의 처형소식을 듣고 한 줄기 눈물을 흘린다. 뿐만 아니라 윤씨 부인은 자신을 최참판가의 '종'이라고 생각하기도 하고 '내 마음에 죄가 있'다는 생각을 하기도 한다. 야밤중에 찾아온 김개주는 자신에게 끝내 한 마디도 하지 않는 윤씨 부인에 대해서 "그 도도한 양반의 피에 경의를 표"한다며 자조의 웃음을 웃는다. 이러한 묘사들은 김개주와 윤씨 부인의 관계가 '능욕'이라는 말로 표현되는 일방적인 관계가 아니었음을 시사한다. 그 관계를 이해하는 데는 신분의 장벽에 의해 좌절된 사랑의 이야기를 다룬 『표류도』를 참조하는 것이 도움이 된다. 정명환은 『표류도』의 주인공에게 신분의 차이를 넘어 애욕을 추구하는 자아, 사회적 금기에 묶인 자아, 그처럼 질서에 순응하는 자아를 호도하는 거짓 자아가 동시에 나타나고 있는데 소설에서는 종국적으로 묶인 자아가 승리한다고 분석한다.[10] 이 분석을 원용하면 김개주에 대한 윤씨 부인의 태도와 『표류도』 주인공의 태도 사이에 유사성이 있음을 간파할 수 있다. 윤씨 부인은 사회적 금기, 신분질서에 묶인 자신을 '종'이라고 보는 것이고, 자기 마음에 애욕의 정이 있었음을 '죄'라는 말로 표현하는 것이며, 그러한 심정에서 김개주의 죽음에 눈물을 보이는 것이다. 자신의 묶인 자아, 거짓된 자아에 대한 인식인 셈이다.

---

10) 정명환, 「묶인 자아의 자기기만」, 『표류도』(나남출판사, 2000) 작품 해설.

이에 비해서 별당아씨는 자신의 의지에 따라 사회적 금기를 스스로 넘어선다. 물론 거기에는 유사한 경험을 지닌 윤씨 부인의 도움도 있었고, 도피하지 않으면 안 되는 절박한 사정도 개재되어 있었으며, 남자를 뒤따라서 애정도피의 길을 갔던 것도 사실이다. 그렇지만 신분의 차이에 구애받지 않고, 더욱이 자신의 존재와 생활의 기반 자체가 크게 흔들릴 수도 있다는 사실을 명확하게 알고 있었음에도 불구하고 자신의 사랑을 상대에게 표시하고 실현했다는 점에서는 능동적인 태도라고 할 수 있다. 또한 김환과 도피행각을 벌이는 중에도 사랑의 환희를 표현했다는 점에서 별당아씨의 사랑에는 낭만성이 농후하다. 윤씨 부인과 달리 별당아씨는 묶인 자아에서 벗어나 자신의 감정에 충실할 수 있었던 것이다. 그것은 시대의 변천에 따라 나타난 애정관일 수 있다. 이 두 경우와 대조되는 연애관은 최서희에게서 찾아볼 수 있다. 서희는 막대한 재산을 가지고 있었고 최참판가의 유일한 혈육으로서 자신의 의사에 따라 사랑의 대상을 선택할 수 있는 유리한 조건을 갖추고 있었다. 그리고 소설의 문맥에서 볼 때나 『토지』 이전의 작품들을 고려할 때나 서희의 애정이 향한 첫 번째 대상은 이상현이었다. 많은 시간이 흐른 뒤 길상은 아들 윤국과 이상현의 딸인 이양현을 묶어주려는 최서희의 의도가 과거의 남자에게 집착하는 불순한 집념이라고 지적하는데, 서희의 마음 깊은 곳에 이상현이 자리 잡고 있었음을 그가 평소 눈치 채고 있었다는 반증이다. 그러나 이상현에게는 이미 아내와 자식이 있었다. 서희는 이미 처자식이 있는 남자를 선택하는 것을 치욕으로 생각했고 그런 일로 분란을 일으키는 것을 바라지도 않았으며 최씨 집안을 다시 일으키는 데는 이상현보다 길상의 힘이 필요하다고 판단한 것으로 보인다. 또한 서희는 자신에 대한 길상의 오랜 갈망을 알고 있었을 뿐만 아니라 주인과 하인의 신분 차이를 넘어서 서로 의지하며 살아오는 동안에 정도 많이 쌓였다. 이러한 조건에서 서희는 자신의 의지로 길상을 선택하고 가정을 이룬다. 하지만 서희의 사랑이 최종적으로 길상에게 정착했던 것은 아니다. 의사 박효영의 죽음에 대해 눈물을 보인 것은 그런 마음의 동요를 보여주는 한 사례이다. 계급적으로 자신과 동류라고 할 수 있는 이상현, 박효영이란 남자가 서희의 사랑의 대상자 명단에서 지워지지 않은 채 남아 있었던 것이다. 그런 낌새를 눈치 채고 있었기 때문에 박효영이 죽었다는 소식을 듣고 눈물을 보이는 서희를 향하여 길상은 남편 앞에서 다른 남자를 위한 눈물을 보인다고 타박한다. 그러나 그 자리를 떠나면서 서희는 "내가 뭘 어쨌는데요?"라고 길상에게 강하게 반박한다. 이 반박이 함축하는 것은 사회적 통념에 비추어 서희 자신의 태도나 행위가 떳떳함을 주장한 것이기보다는 자기에게 원칙적으로 사랑의 자유와 권리가 있음을 강하게 주장한 것이라고 해석할 수 있다. 그것은 남자와 여자의 대등한 지위와 함께 결혼에 얽매이지 않는 사랑의 권리에 대한 주장이라고 할 것이다.

이렇게 해서 최참판가의 여인 3대는 신분질서와 가부장권에 얽매인 상태에서 벗어나 사랑의 자유를 쟁취한다. 춘향이 신분질서라는 중세적 질곡을 단번에 이겨내고 얻어낸 사랑을 최참판가의 여인들은 3대에 걸친 길고 긴 과정에서 성취한 것이다. 그러나 『춘향가』가 일종의 낭만적, 이상주의적 소망성취인 데 비해서 『토지』의 그것은 실제 역사에서 진행된 과정과 일치한다. 그렇기에 『토지』에서 이 여인 3대의 사랑 이야기는 세대마다 달라지는 애정관을 보여줄 뿐만 아니라 전근대사회에서 근대사회로 이행하는 사회 현실의 총체성을 형상화할 수 있게 하는 근본 동력이 된다. 앞에서 살펴본 것처럼 이 '삼대의 사랑'이란 이야기 구조는 박경리의 '자기표현'의 문학에서 출발하여 작가의 문학의식이 진전되는 데 따라 점차적으로 형성되었다. 여기서는 초기 소설의 체험문학에 등장하던 어머니-딸-손녀의 인물구도가 감정의 양면성을 형상화하는 문제와 결부되면서 작가가 이성과 감정의 모순을 해결하는 방책으로 '의지'라는 요소를 발견하게 되고, 그것이 단편소설에서 장편소설로 전환하는 과정에서 '삼대의 사랑'이라는 모티프와 결합했음을 확인했다. 그리고 그 '의지'라는 요소와 '삼대의 사랑'이라는 모티프는 『토지』에서 최참판가 여인들의 인물형상을 통해 생생하게 구현되고 있는 것이다. 그 모티프가 1960년대의 장편소설에서 어떻게 바뀌고 다듬어져서 『토지』에까지 이어지는가 하는 문제는 자연히 차후의 과제가 된다.

(『문예연구』, 2009. 3)

알레고리 작가 채만식의 항일투쟁[1]

1. 문제의 소재

1) 논의의 초점

오늘 다룰 주제는 채만식이 친일작가인가 저항작가인가 하는 문제이다. 이 문제는 한 작가의 삶과 문학에 대한 총괄적 평가를 시도하는 것인 만큼 명확한 논리와 확실한 근거를 바탕으로 하여 다루어질 필요가 있다. 따라서 여기서는 논의의 초점을 명확하게 하기 위해 지엽적인 문제들에 대한 상론보다도 채만식 문학이 지닌 근본성격을 파악하는 데 중점을 둔다.

---

[1] 이 글은 2006년 9월 군산시 문화원이 주최한 채만식 심포지엄에서 발표한 원고이다. 원문을 바꾸지 않고 그대로 싣는다.

2) 판단의 근거

채만식을 친일작가 또는 저항작가로 평가하는 판단의 근거는 무엇인가? 여기에는 작가의 삶과 그의 문학이라는 두 개의 판단자료가 주어져 있다. 채만식을 친일작가로 규정한 맨 첫 번째 사람은 『친일문학론』의 저자 임종국이다. 그는 채만식의 작품이 친일문학의 성격을 지닌다고 파악했고 실제 삶에서도 친일행위를 한 사실이 있다고 기록하고 있다. 곧 1) 친일문학단체에 가담했고, 2) 그 단체의 친일행각에 동참했으며, 3) 그와 관련해서 기사와 르포, 논설문을 작성하는 등 친일문자행위를 했다는 것, 4) 거기에다 일제 말기에 작가가 지은 작품이 친일문학의 성격을 지닌다는 것이다. 오늘 논의에서 1), 2), 3)에 대해서는 상세하게 검토할 수 없다. 그 사실들이 작가의 자의에 의한 행위인가에 대해서 논의의 여지가 있고, 작가의 친일문자로 간주되는 문장들이 과연 친일적인 성격을 지니는지 논란의 소지가 있는 것이지만, 그에 대해 상론하는 것은 지엽말단을 붙잡는 일에 해당되기 때문이다. 그것들이 지닌 성격을 올바로 파악하는 데는 4)에 대한 판단이 결정적으로 중요하다는 점이 고려되어야 하는 것이다.

임종국은 자신이 채만식을 친일작가로 규정하는 데 근거로 삼은 1), 2), 3)의 자료가 지닌 성격을 엄밀히 검토하지 않은 채 그것들을 작가의 친일행위를 입증하는 '객관적 자료'라고 제시했다. 그렇지만 1)의 경우 작가가 자발적으로 친일문학단체에 가담했다고 보기 어려우며, 2)의 경우 만주에 시찰단의 일원으로 따라간 "그때 채만식은 웃지도 않고 말도 없이 묵묵히 따라다니기만 했다."는 안수길의 증언 등으로 미루어 마지못한 행동이라고 볼 근거가 여러 곳에 나타나 있다. 3)의 경우도 구체적으로 사정을 알아보면 1)이나 2)와 그다지 다를 것이 없다. 공염불처럼 식민당국의 문자를 대강대강 주워 섬긴 글이나 글 속에 아이러니나 역설을 끌어들임으로써 논지를 흐려버리는 글이 태반이다. 그렇기 때문에 이 자료들이 채만식의 친일성을 입증하는 '객관적 자료'가 되는 것인지 항일투쟁을 위한 가면을 쓴 증거가 되는 것인지에 대한 판단은 4)의 성격에 대한 이해에 의해서 좌우된다. 4)가 친일문학의 성격을 지닌 것으로 밝혀지면 1), 2), 3)은 작가의 친일문학을 방증해주는 보조 자료로서 가치를 지닐 것이며, 4)가 항일문학의 성격을 지닌 것으로 밝혀지면 1), 2), 3)은 작가가 항일투쟁을 위한 방편으로, 일제의 탄압을 모면하기 위해 방패로 사용한 가면이라고 볼 수 있는 소지가 생긴다.

채만식을 친일작가로 규정하는 데서 1976년에 작성된 김윤식의 논문 「민족의 죄인과 죄인의 민족」은 매우 중요한 역할을 했다. 이 논문에서 김윤식은 채만식의 「민족의 죄인」이란 단편소설이 작가의 친일행위에 대한 자기반성이라고 파악한다. 그리고 그 논리의 연장선에서 이 작품에서 작가가 자기반성보다도 자기변명을 하는 데 급급하였을 뿐 아니라 모든 조선인을 죄인의 민족으로 만들었다고 도덕적으로 비난함으로써 향후의 채만식 문학 연구에 결정적인 영향을 끼치게 된다. 곧 김윤식은, 첫째 이 소설을 통해 채만식의 친일행위는 의심할 수 없는 사실로 확정되었다는 것, 둘째 자신의 친일행위에도 불구하고 소설에서 자기반성을 하지는 않고 자기변명만 늘어놓고 있는 작가는 파렴치한 행위자라고 단정하고 있는 것이다. 이 논문 이후 채만식 문학을 연구한 사람들은 대부분 김윤식의 이 논리에서 벗어나지 못했고, 그 논리를 견강부회하는 데 급급했다. 더욱이 김윤식은 이 논문의 논리를 채만식 문학 전체를 이해하고 평가하는 척도로 사용했다. 해방 전의 작품을 친일작품으로 읽었을 뿐만 아니라 해방 이후의 작품도 자기변명에 급급한 작품이라고 읽었기 때문에 작가의 문학에 대한 문학사적 평가는 크게 손상되지 않을 수 없었다. 현재 채만식 문학이 처한 궁지는 근원을 따질 때 이 논문이 후대의 연구들에 미친 파급효과라고 볼 수 있는 것이다. 따라서 「민족의 죄인」이 작가의 친일행위에 대한 자기반성 및 자기변명의 소설인지 아니면 다른 성격을 지닌 것인지에 대한 사실규명과 그에 입각한 가치 판단이 필요하다.

2. 항일투쟁의 전개과정

채만식은 식민지 시대의 대표적인 풍자작가로 알려져 있다. 그러나 채만식의 문학생애 전체를 놓고 판단할 때 작가의 본령은 알레고리 문학에 있다. 채만식은 풍자작가라기보다 알레고리 작가라 해야 마땅한 것이고, 풍자만이 아니라 알레고리, 자전적 기법 등의 여러 가지 문학적 방법을 구사한 전천후 작가라고 보아야 사실에 부합하는 이해인 것이다.

작가가 알레고리 기법을 자신의 문학에 도입하기 시작한 것은 풍자의 기법을 사용하기 시작한 직후인 1936년부터이다. 일본제국주의의 조선문학에 대한 탄압이 한층 더 가혹해진 이 시기에 채만식은 알레고리 기법을 통해 적극적인 항일투쟁을 전개하기 시작했다. 그러나 채만식 문학의 특성 가운데 겉보기에 그 특성이 뚜렷이 드러나는 풍자만이 주목을 받은 까닭에 알레고리 기법에 의해 이루어진 작가의 치열한 항일투쟁은 문학연구자들의 관심의 영역에서 벗어나게 되었다. 풍자만이 작가의 고유한 문학방법이라고 독단적으로 판단하고 풍자기법의 구사 여부만을 주목한 사람들에 의해 작가의 문학이 지닌 가치가 근본적으로 왜곡된 것이다. 그 영향을 받아 근래의 많은 연구자들은 작가의 작품이 지닌 특성과 가치를 제대로 파악하지도 않은 상태에서 채만식을 친일작가로 매도하는 데 너도나도 앞장을 서고자 나서고 있는 형편이다.

1) 알레고리 기법의 도입 배경

채만식은 1934년 중반부터 약 2년간 침묵에 들어간다. 이때는 카프가 일제 관헌들로부터 직접적으로 탄압을 받고 있던 시점으로 작가가 최초의 풍자소설 「레디메이드 인생」을 막 발표한 다음이다. 이로부터 2년이 지난 1936년 이후에도 작가는 「치숙」과 같은 풍자소설을 발표하기도 하지만 그것은 이미 작가의 문학에서 부차적인 기법에 지나지 않았다. 채만식이 2년간 침묵에 들어간 것은 카프에 대한 탄압에서 볼 수 있는 바와 같이 일제 관헌의 조선문학에 대한 검열, 단속이 강화되는 상태에서 "무엇을? 어떻게? 쓰느냐"하는 문제에 대한 해답을 얻지 못했기 때문이라는 사실이 작가에 의해 직접적으로 언급된 바 있다. 그 해답이 무엇인지에 대해서는 기왕의 채만식 문학 연구에서 밝혀진 바 없다. 그러나 채만식의 문학생애를 자세히 검토해보면 작가가 창작을 재개한 배경에는 알레고리 기법을 통해서 일제의 탄압을 이겨내고 문학행위를 지속하겠다는 결단과 의지가 있었던 것으로 파악된다. 이 사실은 1936년 이후 작가의 작품에 갑자기 수많은 알레고리 작품이 등장하고 있고, 그 작품들은 대부분 일제에 대한 저항을 표현하고 있다는 사실에서 드러난다. 1936년 이후에 발표된 「소복 입은 영혼」, 「얼어 죽은 모나리자」, 「생명」, 「두 순정」, 「쑥국새」, 「용동댁의 경우」 등의 단편소설이 모두 알레고리 작품일 뿐만 아니라 「심봉사」, 「제향날」 등의 희곡, 『탁류』, 『태평천하』, 『어머니』, 『여인전기』 같은 장편소설도 전부 알레고리 작품이다. 곧 1936년 이후부터 해방 직전까지 작가의 대표작들은 대부분 알레고리 기법을 사용하여 이루어졌다. 앞에 열거한 작품들 가운데 단편소설은 일제의 조선 문인에 대한 유형·무형의 강압과 회유가 강화되던 시점에서 씌어진 것으로 대부분 지조와 절개의 문제를 다룬 작품들이다. 그 작품들은 변절과 훼절이 난무하던 이 시기 채만식이 그 문제를 어떤 시각에서 바라보았으며 그의 항일의식이 얼마나 치열한 것이었는가를 생생하게 입증해준다. 그 가운데서도 특히 「소복 입은 영혼」은 명분만을 지키느라 생명을 도외시한 선비를 비판한 작품으로 해방 후에 발표된 단편 「민족의 죄인」에 나타난 작가의 사유가 이미 여기에서 표출되고 있다. 곧 지조나 절개도 중요하지만 더 가치 있는 것은 생명을 살리는 일, 민족을 위한 투쟁에 있음을 강력하게 주장하고 있다. 채만식에게는 소소한 개인적 명분보다도 대의를 살리는 항일투쟁을 위해서 자신의 몸을 던지겠다는 각오가 일찍부터 서 있었음을 이 소설은 확실하게 증언하고 있는 것이다.

2) 채만식의 대표작 『탁류』

이 작품은 알레고리 기법을 사용한 대표적인 작품일 뿐만 아니라 채만식 문학 전체를 대표하는 작품이다. 이 작품의 구조는 「명일」, 「산동이」 같은 이른 시기의 작품의 구조를 종합하고 있으며, 『여인전기』, 「소년은 자란다」와 같은 작가의 야심작들의 원형구조로 차용되고 있다. 작품의 주제는 일본제국주의에 의해 수탈당하는 조선의 현실을 형상화한 것으로서 조선민족이 자신들의 생명을 위협하는 일제를 타도하는 내용이다. 이 소설에서 주인공은 정주사이다. 그는 조선민족을 상징하는 인물로 일제를 상징하는 하바꾼에게 목이 졸리는 곤욕을 치르고 있는 것으로 묘사된다. 곧 미두장은 세계 자본주의 시장을 상징하고, 거기에서 일제가 조선을 강압, 수탈하는 내용이 곤경을 치르는 정주사를 통해 표현된다. 흔히 이 소설의 주인공으로 오인되는 초봉이는 정주사의 분신이다. 그리고 초봉이의 가혹한 운명을 초래한 고태수, 박제호, 장형보는 각기 조선, 중국, 일본의 표상이다. 곧 초봉이로 표현된 조선민족은 고종황제를 본남편으로 삼지만 일본을 상징하는 장형보의 흉계로 인해 그가 죽은 다음에는 박제된 호랑이에 불과한 청나라에 몸을 의탁하고, 그 다음에는 일제에게 주권을 빼앗긴다는 줄거리이다. 여기서 장형보는 '곤장 100대를 맞을 놈'이란 뜻으로, 왜놈이란 '쳐죽일 놈들'이란 작가의 생각을 엿보여준다. 소설 마지막 부분에서 초봉이가 장형보를 발길질로 쓰러트린 다음 몇 번이나 다듬돌로 쳐죽이는 것은 '장형보(杖刑+甫)'란 이름이 상징한 내용을 현실화하는 사건이면서 조선민족이 일제를 타도한다는 줄거리 설정을 완성하는 삽화이다. 이렇게 파악하면 『탁류』는 정주사가 등장하는 첫 부분에서 일제가 조선민족을 수탈하는 식민지 현실의 구조를 표현하고, 중간부분에서는 그 식민지의 현실이 어떻게 역사적으로 형성되었는지 보여주며, 마지막 부분에서는 식민구조하에서 가혹한 수탈과 탄압을 받던 조선민족이 드디어 일본제국주의를 타도하는 모습을 보여주는 알레고리 작품임이 드러난다. 이후의 작품들은 『탁류』에서 표현된 바와 같은 항일투쟁의 연속선상에 놓인다고 할 수 있다.

3) 일제 말기의 항일투쟁

희곡 「제향날」은 기존 체제에 도전하는 긍정적 저항 주체를 표현한 작품으로 평가된다. 이와 짝을 이루는 작품이 『태평천하』로 여기서는 부정적 주체가 형상화된다. 작가는 부정적 주체에 대해서는 역설을 통해서, 긍정적 저항 주체에 대해서는 역사의 연속성을 부여함으로써 항일의식을 표현한다. 「제향날」이 채만식 작품 가운데서 가장 긍정적인 주체를 등장시킨다는 사실은 『탁류』, 『태평천하』와 관련시켜 보면 재미있는 추론을 가능하게 해준다. 곧 『탁류』의 정주사가 「제향날」의 주인공들에게서는 긍정적 주체로 등장하고 『태평천하』에서는 부정적 주체로 형상화된 것이다. 그러나 가장 긍정적인 주체를 시사하는 「제향날」보다 작가에게 더 중요했던 작품은 「심봉사」였다. 『탁류』의 원형이라고 할 수 있는 이 작품은 여러 차례 창작이 시도되었고 그때마다 검열에 걸려 발표가 제대로 이루어지지 않았지만 심청이를 조선민족의 주권으로 상징하고 심봉사를 조선민족으로, 눈뜨는 것을 근대화의 상징으로 표현하고 있다는 점에서 동일한 모티브를 간직한 이 일련의 작품들 속에 나타난 작가의식의 지향을 알아볼 수 있게 해준다. 근대화의 과정에서 어처구니없이 주권을 상실한 조선민족이 주권회복을 갈구하고 대망하는 내용을 뱃사람들에게 팔려간 심청이가 돌아오기를 기다리는 심봉사의 형상을 통해 알레고리적으로 표현하고자 했던 것이다. 이 같은 시도는 1940년대 초반의 여러 작품에서 반복적으로 이루어진다. 「패배자의 무덤」이나 「정자나무 있는 삽화」, 「소망」 등이 알레고리를 통해 일제에 대한 저항을 표현하고 있으며, 최근 연구자들에 의해 작가가 친일문학으로 들어가는 시초를 나타내는 작품이라고 인식되고 있는 「냉동어」까지도 알레고리에 의해 항일의식을 표현하고 있다. 그러나 알레고리, 풍자의 기법조차 쓸 수 없게 된 일제 말기의 상황이 도래했다. 1940년 7월 무렵으로 추정되는 이 시기에 작가는 친일의 가면을 둘러쓰기로 작정했던 것으로 판단된다. 그리하여 부득이하게 친일평론, 친일 르포 등을 발표하지만 그러한 문장들에서까지도 작가는 아이러니, 역설 등을 동원해서 반일의식을 표현하며, 그것도 여의치 않을 때는 자기 자신의 근황을 서술하는 자전적 기법을 통해서 작가의 참된 의도를 독자에게 알리려고 노력했다. 이런 종류에 속하는 작품에는 「회」, 「근일」, 「집」 등이 있다. 이 무렵 작가가 「심봉사」를 장편소설로 개작하여 연재하다가 검열에 의해 중단되었고, 「종로의 주민」도 검열에 걸려 발표되지 못한 점을 고려하면 이 시기 작가의식의 지향점을 알아내는 일은 그다지 어렵지 않다. 그 작품들은 전시체제로 돌입한 시기의 일본제국주의를 상대로 채만식이 펼친 일종의 게릴라전이었던 것이다. 일부 연구자들이 이런 작품들을 일제 말기 최후의 저항작품으로 분류하는 것은 그 작가의 식의 지향점을 파악한 바탕 위에서 작품의 문학적 가치를 인정한 것이라고 할 수 있다. 그러나 정작 최후의 저항문학, 채만식의 항일투쟁의 최고 절정을 이루는 작품은 그 뒤에, 식민지의 어둠이 가장 깊어졌을 때 나타난다.

4) 항일문학 최고의 걸작 『여인전기』

채만식은 1944년 10월부터 장편소설 『여인전기』를 당시 유일한 신문이던 『매일신보』에 연재한다. 이 작품은 종래 작가의 친일행위를 누구도 부정할 수 없게 만든 대표적인 친일작품인 것으로 평가되어 왔다. 그러나 그 평가는 작품의 진면목을 파악하지 못한 맹목을 드러낸 것일 뿐이다. 이 작품은 원래 『어머니』라는 이름으로 신문에 연재하다가 검열에 걸려 발표가 중단된 작품을 개작한 것이다. 신문사에 미리 작품의 줄거리를 써서 제출하고 그 줄거리에 충실하게 창작한다는 약속을 하는 치욕적인 조건에서 지은 작품이다. 그렇기 때문에 이 작품은 겉모습만 보면 친일문자로 도배를 한 친일소설이다. 일제의 관헌들은 작가에게 그런 작품을 요구했던 것이다. 그러나 작가는 온통 친일문자를 뒤집어쓴 이 소설에서 일본 제국주의의 패망과 조선민족의 승리를 형상화한다. 그럴 수 있었던 것은 작가가 알레고리 기법을 능숙하게 구사할 수 있었고, 작품이 독자에게 수용될 때 어떤 지각의 메커니즘이 작동하는가를 알고 있었던 덕분이다. 채만식은 일제 관헌이 요구하는 친일문자를 작품의 맨 처음과 맨 끝, 그리고 한가운데, 이렇게 세 곳에 배치한다. 이 세 부분 가운데 맨 처음과 맨 끝은 진주조개의 위아래 껍데기 두 쪽에 해당하고 중간부분은 조갯살에 해당한다. 조갯살이 있어야 조개껍데기가 열리고 진주조개의 전체 형상이 명료하게 파악될 수 있듯이, 그리하여 영롱한 빛을 내뿜는 진주의 아름다운 모습이 드러나듯이, 이 세 부분을 통해 보호장치를 갖춤으로써 작가는 작품 연재가 중단되는 사태를 미리 막고 자신이 하고 싶었던 이야기를 소설로 전개할 수 있었던 것이다. 『여인전기』가 온갖 더께가 앉아서 지저분한 조개껍데기 속에서 찬연한 빛을 내는 진주의 형상을 갖게 된 것은 그와 같이 일제의 탄압 내용이 작품의 내적 구조 속에서 추악한 부분을 차지하고 고난을 겪는 며느리의 아름다운 삶이 작품의 핵심을 차지하게끔 배치한 덕택이다. 시어머니는 갖은 방법을 동원하여 며느리를 박해하고 시련을 안겨준다. 간통을 하였다는 누명을 씌우기도 하고 친정으로 내쫓기도 하며, 나중에는 가족의 생활비까지 끊어버린다. 이름이 진주인 며느리는 그 핍박과 시련을 견디면서 극진히 남편을 봉양하고 절개를 지키면서 갖은 고생 끝에 아이들을 키워낸다. 그 수난의 삶은 곧 식민치하 조선민족의 생활 그 자체이다. 남편을 잃고, 자식을 버리고, 굶주림을 밥 먹듯이 하면서 생명을 유지해야 했던 고난의 삶이 『여인전기』에 그려지고 있는 것이다. '여인의 싸움에 대한 기록'이라는 작품 이름은 그 고난이 곧 조선민족의 싸움이었음을 말해준다. 그 고난은 소설에서 일본제국주의의 상징인 시어머니의 핍박에서 비롯된 것이었다. 그렇게 가혹하게 진주의 삶을 핍박하였으면서도 숨을 거두는 마지막에 이르러서 시어머니는 진주를 집으로 불러 "하나두 뜻과 같은 것이 없었고나!" 하면서 "나는 가겠다!"고 말한다. 작가는 이 발언을 놓고 '큰 불여의(不如意)!'라고 말하는데, 그것은 일제의 그칠 줄 모르던 침략야욕이 분쇄되었으며 이제 그 침략자들이 조선에서 물러가게 된다는 사실을 표현하는 의미가 있다. 이 작품에서 시어머니가 일본제국주의의 알레고리이고 며느리가 조선민족의 알레고리임을 감안하면 이 말들은 일제의 패망선언이 아닐 수 없다. 그

선언은 일본천황의 무조건항복선언보다 석 달 앞서 이루어졌다. 작가는 『여인전기』의 이러한 진면목을 독자들이 올바로 파악할 수 있도록 작품의 끝에서는 송편 이야기를 잔뜩 펼쳐놓고 있다. '진주'라는 주인공의 이름에서 이미 작품의 전체구조가 시사되었지만 다시 한번 송편 속을 강조하여 이야기함으로써 껍질에 속하는 부분과 속의 알맹이를 구분하라고 암시하고 있는 셈이다. 거기에다 또다시 작가는 꿈 이야기를 덧붙임으로써 『여인전기』가 몽유록과 같이 알맹이 부분과 껍데기 부분이 나뉘어 있는 구조임을 시사하고 있다. 이처럼 채만식은 일제가 패망하는 그날까지 그들의 탄압과 수탈 속에서 살아가는 조선민족이 어떤 고난의 생활을 하였는지 생생하게 형상화함으로써 항일의식을 표현한 것이다. "무엇을? 어떻게? 쓰느냐"는 문제를 놓고 고심하던 1934년부터 일본천황이 육성으로 항복을 선언하는 1945년 8월 15일까지 채만식은 이렇듯이 일관되게 투철한 항일의식을 가지고, 끝까지, 치열하게, 온갖 고통을 이겨내면서, 문학을 통해서 피나는 항일투쟁을 전개한 것이다.

3. 채만식 문학 왜곡의 역사

채만식은 일제시대에 가난과 병으로 인해 어려운 생활을 해야 했다. 원고지조차 넉넉하게 사놓을 수 없는 적빈의 생활 속에서 폐질환으로 각혈까지 하는 극한의 상황이었다. 그 어려움 속에서도 그는 문학의 참된 모습은 현실을 위한 '행동'에 있다는 생각을 견지했고, 그 실천으로 항일문학을 전개했다. 그러나 그의 문학은 제대로 이해되지 못했다. 오히려 그는 몇몇 사람들에 의해 친일문학의 대명사처럼 간주되었고, 종국에는 친일문학행위의 문제를 다룬 작품을 통해서 치졸한 자기변명만 늘어놓은 비열한 사람으로 비난받는 상황에까지 내몰리게 되었다. 따라서 이처럼 진실이 철저하게 왜곡되게 된 경위를 밝히는 일은 채만식의 문학이 지닌 가치를 밝히는 작업에서 불가결의 선결요건이다. 그 왜곡의 역사가 밝혀져야 채만식 문학의 진실이 빛을 볼 수 있기 때문이다.

1) 임종국의 『친일문학론』

채만식의 문학을 친일문학으로 규정하는 첫 작업은 임종국의 저작에 의해서 행해졌다. 저자는 작가의 행적, 문장, 작품이 지닌 겉모습만을 보고서 그것을 작가의 친일행위를 입증하는 '객관적 자료'라고 제시했다. 이 '객관적 자료'라는 말이 이후의 논자들이나 연구자들에게 '객관적 진실'로 수용되었다는 점을 고려하면 왜곡의 첫 단추는 여기에서 채워졌다고 할 수 있다. 그 '객관적 자료'는 대부분 작가가 항일문학을 전개하기 위해 방패로 삼은 방편적 소도구들, 가면에 해당되는 것이었기 때문이다.

2) 김윤식의 「민족의 죄인과 죄인의 민족」

이 논문은 채만식의 해방 후 작품 「민족의 죄인」이 작가의 친일문학행위에 대한 자기반성이라고 반복적으로 규정함으로써 일제 말기 채만식의 친일행위를 부정할 수 없는 객관적 사실로 확정하고 부각시키는 데 초점을 맞추고 있다. 그리고 그 자전적 소설에서 채만식은 자신의 친일행위를 진정으로 반성하지는 않고 자기변명만 하고 있다고 비난함으로써 이후의 채만식 문학 연구를 진실과 정반대되는 방향으로 오도하는 데 결정적인 역할을 하였다. 그뿐만 아니라 김윤식은 이 소설에 대한 자신의 인식을 채만식의 문학 전체를 파악하고 평가하는 척도로 삼음으로써 작가의 문학행위 전체를 가치 없는 것, 무의미한 것이라고 규정하는 데 이르렀다.

그렇다면 「민족의 죄인」은 작가의 친일행위에 대한 자기반성이며, 그 속에서 채만식은 자기변명만을 했는가? 이 소설에 작가의 친일행위에 대한 자기반성이 있는 것은 사실이다. 채만식은 비록 항일투쟁을 하기 위한 방편으로 친일의 가면을 쓴 것이라고 할지라도 그 가면을 쓴 행위에 대해서조차도 민족에게 사죄하는 것이 필요하다고 생각했던 것으로 보인다. 그러나 이 작품의 핵심은 그 반성에 있다기보다는 식민치하에서 삶을 영위한 지식인의 현실대응의 문제를 객관적으로 조명하는 데 놓여 있다. 이 소설에는 친일과 반일을 오간 양서류 같은 인물과 전혀 친일을 하지 않은 인물이 등장하는데 그들의 논쟁을 통해서 부각되는 것은 일제하에서 지식인은 어떤 삶을 살아야 했던 것인가 하는 문제이고, 거기서 초점으로 제기되는 것이 '전혀 친일을 하지 않은 사람'의 문제이다. 곧 작가는 오직 개인의 지조와 절개만을 귀하게 생각하면서 일제 말기에 현실에서 손을 씻고 은거한 문학인의 행적을 비판의 초점으로 제기한 것이다. 그 양상은 작품 말미에 사족처럼 붙어 있는 사건, 친일파 선생에 대한 학생들의 상반된 반응을 다룬 사건을 통해 드러난다. 친일파 선생을 축출하기 위해 동맹휴학을 하면서 투쟁하는 학생들과 진학시험 준비를 위해 그 투쟁의 현장에서 도피한 조카의 행동을 비교하고 있는 것이다. 작가는 조카의 행동이 일제 말기에 붓에서 손을 떼고 은거하여 청풍명월을 읊조린 작가들의 이기적인 행적과 같은 것이라는 생각을 드러내고 있는 셈이다. 이러한 작가의 사유는 1936년에 발표된 「소복 입은 영혼」이나 1939년에 발표된 「이런 남매」 등에서도 표현된 바 있다. 곧 자기변명을 위해서가 아니라 친일문학 문제의 본질을 올바로 파악하기 위한 성찰의 자료로서 식민지 현실에서 살았던 지식인의 삶이 지닌 객관적 구조를 제시한 소설인 것이다. 채만식은 다른 나라에 주권을 빼앗긴 현실에서, 식민주의자들의 압제와 수탈로 조선민족 전체의 삶이 도탄에 빠져 죽음을 눈앞에 두고 있는 상황에서, 작가는 어떤 삶을 살아야 하고 어떻게 문학을 해야 하는가 하는 질문을 던지고 있다. 그 질문은 채만식이 일제 말기의 엄혹한 현실을 살면서 부단히 자신에게 되물었던 물음이다. 작가는 자신의 오랜 성찰과 사유의 깊이 속에서 건져낸 그 물음을 일제 잔재청산이 자주국가 수립을 위한 3대 과제의 하나로 제기된 해방기 현실에서, 문학계 전체, 나아가서 지식인 사회, 조선민족 전체에게 던진 것이다. 그에 대한 작가의 대답은 명확하다. 죽음을 무릅쓰고 자신을 던져 항일투쟁을 해야 한다는 것이다. 그것은 작가 스스로 자신의 삶을 통해 실천했던 신념이자 의지였다. 「민족의 죄인」은 바로 그 물음을 문학적으로 형상화하는 데 성공한, 식민지배를 받은 경험을 가진 어느 나라의 문학에서도 유례를 찾아보기 힘든 매우 뛰어난 작품이다.

3) 최근의 연구동향

채만식이 변명의 여지가 없는 친일작가라고 단정한 「민족의 죄인과 죄인의 민족」의 중심논리는 채만식 문학에 대한 최근의 연구에서 주류담론이 되었다. 그리하여 채만식의 문학이 지닌 가치를 탐구하기보다는 작가가 친일문학을 하게 된 배경은 무엇이며, 심리적 동기는 무엇이고, 외적 계기는 어디에 있으며, 그 논리적 구조는 무엇인가를 찾아 헤매는 에피고넨들의 합창이 갖가지 잡음과 뒤섞이면서 세상 사람들의 귀청을 울리고 있다. 채만식 문학상 시상을 중단시키고 그의 작품을 한국문학의 정전에서 배제하려는, 최근에 새롭게 시작된 다양한 시도들은 그 불협화음의 합창소리에 귀가 먹먹해져 자신이 어디에 서 있는지, 무엇을 하고 있는지 스스로도 갈피를 잡지 못하는 사람들의 반응이다. 그 혼란과 가치전도 속에서도 우리에게 한 가닥 위안은 채만식 문학의 진가를 드러내기 위해 꾸준히 노력하는 사람들이 전혀 없지는 않다는 사실이다. 작가의 삶과 문학에 대한 애정에서 비롯된 그 연구들의 성과를 바탕으로 채만식 문학은 새롭게 조명을 받을 수 있게 된 것이다.

4. 채만식 문학의 재평가

채만식의 작품들이 지닌 알레고리 구조, 항일문학으로서의 특성 등을 고려할 때 그의 문학이 지닌 문학사적 의의를 다음과 같이 재평가할 수 있다.

1) 채만식은 자신이 살고 있는 현실의 구조를 올바로 파악하고, 그 현실인식에 합당한 실천을 하기 위해 최선을 다한 진정한 리얼리스트이다.
2) 채만식은 일제의 가혹한 탄압과 압제에 굴하지 않고 일관되게 끝까지 투쟁한 우리 문학사상 최고의 저항작가이다.
3) 채만식은 끊임없는 실험을 통해 문학적 진정성과 최선의 표현을 추구한 진정한 전위문학가이다.

채만식 장편소설의 판본 비교

— 『탁류』와 『태평천하』를 중심으로

1. 판본 비교의 의미

한국 근대문학의 전개에서 신문·잡지가 수행한 역할은 매우 크고 가치 있는 것이었다. 최초의 근대문학이라고 손꼽히는 최남선의 「해에게서 소년에게」가 잡지에 발표되었고, 이광수의 『무정』 또한 신문에 연재되었다. 이러한 사정은 거의 모든 문학 장르, 대부분의 작품에 공통되는 것이지만 특히 장편소설의 경우 태반이 신문·잡지에 연재된 다음 단행본으로 발간하는 순서를 밟았다. 그렇기 때문에 전작 장편소설로 발행된 김남천의 『대하』 같은 작품은 발간 당시 전작이라는 사실만으로도 문학인과 세간 사람들의 주목을 받았다. 그러나 신문·잡지에 먼저 실은 다음 단행본으로 발행되는 과정을 밟는 것은 창작자가 매체란 근대적 전달기구의 여과작용을 통해 작품 자체의 완성도를 높이는 기회를 갖는 것이기 때문에 작가에게 많은 이점을 제공했다. 우선 독자들의 평가를 통해서 작품이 잘된 곳과 잘못된 곳을 일정하게 분별할 수 있음은 물론, 일단 완성된 작품을 놓고 전체의 균형과 체계를 새롭게 조정할 수 있는 기회를 가질 수 있기 때문이다. 이러한 기회는 전작 장편소설 작가가 향유하기 어려운 장점이라고 할 수 있다. 그러나 이 장점은 작가만이 누릴 수 있는 것이 아니었다. 독자의 입장에서도 신문·잡지에 연재된 작품과 그 내용을 보완하여 차후에 단행본으로 간행된 작품을 비교하는 것은 작가의 사유과정을 뒤쫓으면서 작품의 의미를 깊이 음미할 수 있는 계기를 갖게 한다는 점에서 비단 작품 자체의 이해를 위해서뿐만 아니라 창작의 방법을 익히는 데도 크게 유익한 체험이 된다.

채만식은 식민지 시기 문학가 가운데서도 자신의 작품에 대한 평가에 가장 예민하게 반응한 작가로 알려져 있다. 그리고 누구보다도 문학계의 평가를 깊이 유념하고 그 장단을 조절함으로써 이전보다 나은 작품을 창작하는 데 공을 기울인 작가였다. 그와 같이 적극적이고 능동적으로 문학 활동을 전개했던 까닭에 『조선일보』는 『탁류』 연재를 신문에 예고하면서 그에게 '문단(文壇)의 효장(驍將)'이라는 수식어를 붙이고 있다. '효장'이라는 낱말이 '사납고 날랜 장수'라는 뜻을 지니고 있음을 감안하면 그 수식은 작가의 기질과 창작활동 양태를 압축적·상징적으로 나타내고 있는 표현이라고 할 수 있다. 그러한 작가의 기질과 태도는 신문·잡지 연재본을 단행본으로 출간하기 위해 손을 보는 작업에서도 잘 드러난다. 채만식의 대표작인 『탁류』와 『태평천하』는 단행본으로 묶여 나오기도 전에 평단의 관심을 끌었고 그에 따라 여러 사람에 의해 논란의 대상이 되었다. 그 가운데서도 프로문학계의 대표적 논객이라고 할 수 있는 임화와 김남천의 지적에 대해서 채만식은 격렬한 어조로 반론을 제기한 바 있다. 곧 임화는 당대의 소설문학의 현상을 진단하는 「세태소설론」에서 박태원, 채만식, 홍명희의 작품을 거론하며 그것들 모두가 세태만을 꼼꼼히 묘사하는 소설이라고 비판했는데, 이에 대해 채만식은 박태원의 소설과 자신

의 작품은 문학정신부터가 다른 것이라고 강한 어조로 반박했다.[1] 또한
『태평천하』에 부정적 인물만이 등장한다고 비판한 김남천에 대해서도 그
는 작품이 "부정면을 통하여 기실 긍정면을 주장"하기 위한 것임을 이해
하지 못한 단견이라고 응수했다. 이러한 상호간의 논박은 『탁류』와 『태평
천하』가 신문 · 잡지에 연재되던 1938년 상반기부터 그 작품들이 단행본
으로 출간되는 1939~1940년 무렵까지 단속적으로 지속된다. 임화의 「세
태소설론」이 1938년 4월에 발표되고 채만식의 『탁류』가 1938년 5월 17일
연재 완료되며, 『조광』지에 연재되던 『태평천하』 또한 1938년 9월에 연재
가 완료된 점을 감안하면 평자와 작가의 논쟁은 작품의 창작이 진행되는
와중에 서로 간에 긴밀한 상관관계를 맺으면서 이루어진 셈이다. 게다가
두 장편소설의 단행본 발간이 『탁류』는 1939년에, 『태평천하』는 1940년
에 이루어졌음을 상기하면 작가가 평자들의 비판을 염두에 두면서 작품
에 마지막 손질을 하였으리라는 것은 눈으로 보지 않았어도 넉넉히 짐작
할 수 있는 일이다. 실제로 채만식은 1939년 1월 7일 『동아일보』에 발표
한 잡문 「탁류의 계봉」에서 『탁류』의 스크랩과 복사한 원고를 책상 위에
수북이 쌓아놓고 퇴고를 하느라 씨름하다가 잠이 들어 계봉이를 만나는
꿈을 꾸었음을 밝히고 있고, 1939년 5월에는 임화 · 김남천의 자기 작품
에 대한 평가에 구체적으로 반론을 제기한다. 이상의 사실을 통해 볼 때
작가는 1939년 5월 이전에 자신의 작품 『탁류』가 박태원의 『천변풍경』과
다른 문학정신을 가진 작품이라는 것, 『태평천하』가 부정적 인물을 통해
긍정면을 드러내는 작품으로서의 성격을 갖추게 되었음을 재삼 확신하게
되었다고 판단할 수 있다. 다시 말해서 임화 · 김남천에 대한 작가의 반론
은 신문 · 잡지 연재본의 퇴고 작업이 작가의 확신을 뒷받침하기 위한 차

---

1) 채만식, 「자작안내」, 『청색지』, 1939. 5.

원에서, 작가의 의도를 더욱 명확히 하고 강화하는 차원에서 행해졌으리라는 점을 시사하는 것이다. 여기서 신문·잡지 연재본과 단행본의 판본을 비교하려는 것은 작가의 퇴고 작업이 어떻게 전개되었으며, 그 작업을 통해서 작품에서 뚜렷해진 것이 무엇이고, 그것의 의미는 무엇인지 확인하기 위해서이다. 비교의 작업은 1차적으로 두 판본에서 달라진 점이 무엇인지 사실을 확인하는 차원에서 이루어지고, 2차적으로는 그 달라진 것들로 인해 텍스트의 각 부분에 어떤 변화가 일어났는가를 확인하는 차원에서 이루어지며, 3차적으로는 퇴고와 개작 작업을 통해 텍스트의 기본구조와 성격에 일어난 변화의 의미를 해독하는 순서로 진행된다. 비교에 사용되는 『태평천하』의 텍스트는 『조광』지에 연재된 『천하태평춘』과 창작과비평사에서 간행한 『채만식전집』 3권에 실린 『태평천하』이며, 『탁류』의 비교텍스트로는 『조선일보』에 연재된 소설을 원본으로 하여 단행본으로 펴낸 우한용 주석 서울대학교출판부본과 창작과비평사에서 펴낸 『채만식전집』 2권에 실린 『탁류』를 이용한다.

2. 『태평천하』의 잡지 연재본과 단행본

채만식은 1937년 10월 12일부터 『조선일보』에 『탁류』를 연재하고 1938년 1월부터는 『조광』지에 『태평천하』를 연재한다. 거의 동시에 두 장편소설을 신문·잡지에 연재해나간 셈인데, 발표 시작 시간의 순서를 볼 때 『탁류』가 먼저 창작되기 시작했다고 볼 수 있으나 잡지의 편집과정이나 신문의 속보성을 고려하면 그 차이는 그리 중요한 것이 아니라고 여겨진다. 『탁류』 연재를 예고하는 『조선일보』의 예고기사에 "씨(채만식: 인용자 주)는 작년부터 넷서울 송도에 나려가서 홀로 사색을 싸코 붓을 가다듬어 온 결과 이 한 편을 완성하기에 이른 것입니다"라고 되어 있어 연재가 시작되기 전에 작품이 완성되어 있는 듯이 말하고 있으나 실제 연재작품의 양태를 보면 오히려 연재본의 완성도가 높은 것은 『태평천하』이고 『탁류』는 연재가 끝난 뒤 많은 퇴고 작업이 행해진 덕분으로 현재와 같은 형태를 갖춘 것이라고 판단된다. 이런 사정으로 미루어 작가는 장편소설 두 작품을 신문과 잡지에 동시에 연재하면서 자신의 생각을 가다듬었고, 그로 인해 두 장편소설에는 일정하게 상호텍스트성이 나타나게 된 것으로 짐작된다. 바꾸어 말해서 퇴고 작업이 있었던 까닭에 두 장편소설 사이에 상호 소통과 간섭현상이 나타나게 된 것으로 볼 수 있다는 견해이다. 여기서 발표 시간 순서와 달리 『탁류』보다 『태평천하』의 판본 비교를 먼저 하는 것은 후자가 전자보다 작가의 원래 사유내용을 원형 그대로 보여준다는 측면을 고려해서이다.

1) 연재본과 단행본의 차이

『태평천하』는 잡지 연재 1회 때 '천하평춘'이라는 이름으로 발표되었다. 그러다가 연재 2회 때 『천하태평춘』이란 이름으로 개제되었으며 1940년 간행된 『3인 장편집』에도 그 이름을 쓰고 있다가 1948년 동지사에서 단행본으로 발간될 때 현재의 『태평천하』라는 제목으로 다시 바뀌었다. 작가는 동지사판 서문에서 『3인 장편집』에 대한 불만을 토로하며 "소위 초판적의 것을 보면 교정을 하였는가 의심이 날만치 오식투성이요, 겸해서 복자(伏字)가 있고 하여 불쾌하기 짝이 없더니, 이번에 중간(重刊)의 기회를 얻어 오식을 바로잡고 복자를 뒤집어놓고 하게 된 것만도 작자로서는 적지않이 마음 후련한 노릇이다. 더욱이, 표제를 제대로 고칠 수가 있는 것은 여간 다행이 아니다"라고 말하고 있다. 이 말을 참고할 때 연재 1회에 사용된 제목 '천하평춘'은 '천하태평춘'에서 한 자가 탈락된 것으로 볼 수 있는데, 제목에서조차 오식이 난 것은 첫 장의 제목이 '윤장의 영감 귀택지도'여야 할 것을 '윤장의 감영 귀택지도'로 표시해놓은 데서 드러나듯이 당시 잡지사의 편집이나 교정작업이 충실하지 못하여 충분히 그럴 만한 조건이었다는 것을 이해할 수 있다. 그렇다면 '천하태평춘'과 '태평천하'라는 제목 사이에는 어떤 관계가 있는가. '천하태평'과 '태평천하'는 같은 뜻으로 읽을 수도 있지만 후자가 그 시대의 사회적 상태를 나타내는 말인 데 비해 전자는 사회적 상태 이외에도 사람의 기질을 나타내는 데도 쓰인다는 차이가 있다. 그런데 작자는 '천하태평'에다가 '춘'이라는 계절을 표시하는 문자를 덧붙여놓고있다. 이것이 무슨 뜻을 나타내는지는 필자의 식견으로는 알 수 없다. 다만 일본의 하이쿠에서 계절어가 반드시 들어간다는 사실을 참조할 수 있을 뿐인데, 이 작품 연재본에서도 8장의 제목은 '가을에 오는 봄', 9장의 제목은 '말라붙은 봄'이라고 되어 있어 '춘'이라는 어휘가 아무렇게나 덧붙여진 것은 아님을 감지할 수 있게 한다. 곧 '천하태평춘'이란 제목에 작가 나름으로 부여한 의미가 있지만 단행본의 제목으로는 '태평천하'라는 일반독자가 알기 쉬운 낱말을 최종적으로 채택하고 있는 것이다. 우리는 이것이 무슨 의미를 내포하는지 작품 전체에 대한 이해와 관련지어 살펴볼 필요가 있는데 이에 대해서는 관련 항목이 나오는 대목에서 순차적으로 논의하고자 한다.

단행본은 연재본의 장(章) 제목을 절반가량 바꿔놓고 있다. 문구 한두 개를 바꾼 것도 있지만 8장의 '가을에 오는 봄'은 '상평통보 서푼짜'로, 9장의 '말라붙은 봄'은 '절약의 도락정신'으로(연재본에서는 7장이 두 번 나오고 이어지는 장들의 순서도 그에 따르다가 10장부터 그 착오가 바로 잡힌다), 11장의 '노소동락'은 '인간체화와 동시에 품부족 문제, 기타'로, 12장의 '주공씨 행장록'은 '세계사업 반절기'로, 13장의 '신선씨 행장록'은 '도끼자루는 썩어도'로 바꾸고 있다. 이러한 장 제목의 변경은 독자의 작품 이해를 돕는 측면이 있기도 하지만 작품의 의미를 모호하게 만들기도 하는데 연재본과 단행본을 다 같이 참조하면 작품의 구조를 파악하는데 일정한 도움을 받을 수 있다. 예컨대 '가을에 오는 봄'이 '상평통보 서푼파'로 바뀐 8장에서 다루어지는 문제는 사람이 죽으면 옛날 돈인 상평통보 서푼을 입에 물려주는 관습과 관련하여 윤직원의 성욕을 희화적으로 묘사하는 한편 일본이 일으킨 전쟁이 중국을 비롯한 동아시아 전체로 확대되는 속에서 사회주의가 싹트는 현실의 모습이다. 곧 윤직원을 통해 죽음, 종말이 가까워 오는 현실과 새로운 세대의 출현이 임박한 미래의 현실을 '가을에 오는 봄'이라 표현하고 있는 것이다. '천하태평춘'의 '춘'이 봄 · 여름 · 가을 · 겨울의 계절의 순환과 일정한 관련 속에서 사용되고 있음을 미루어 짐작할 수 있게 한다. 이와 관련되는 사건의 진행으로서 '주공씨 행장록'이 '세계사업 반절기(半折記)'로 제목이 바뀌고 있는 12장에서는 자신의 손자들을 군수와 서장으로 만들겠다는 윤직원의 욕망이 두 동강 나는 현실을 보여줌으로써 소설의 대단원을 준비하고 있다. 이러한 점들을 고려하면 하루 동안 윤직원 가문에서 일어나는 일을 묘사하고 있는 이 작품에서 작가는 사물이 생겨났다가 사라지는 변화의 관점에서 현실 전체의 움직임을 읽어내고 있다고 할 수 있다.

『태평천하』의 연재본과 비교했을 때 단행본에서 달라진 점은 우선 윤장의로 표시되던 주인공의 직함이 윤직원으로 바뀌고 있다는 사실이다. 직원이나 장의나 향교에서 쓰이는 직함이라는 데는 다를 것이 없지만 직원이 장의보다 한 단계 높은 위계에 놓인다는 점에서 작가는 보다 상층의 인물을 희화의 대상으로 삼고자 한 것으로 볼 수 있다. 작가의 연재본에 대한 퇴고 작업은 대부분 이와 같이 미시적인 사항에 머물러 있다. 예컨대 소설 첫머리에서 이루어진 퇴고 작업에 의한 변화를 예시하면 다음과 같다.

연재본	단행본
추석도 지나 저윽히 짙어가는 가을 해가 저물기 쉬운 어느 날 석양. 계동(桂洞) 윤장의 영감은 출입을 했다가 일력거를 잡숫고 돌아와 방금 댁의 대문 앞에서 내리는 참입니다.	추석을 지나 이윽고 짙어가는 가을 해가 저물기 쉬운 어느 날 석양. 저 계동(桂洞)의 이름난 장자[富者] 윤직원 영감이 마침 어디 출입을 했다가 방금 인력거를 처억 잡숫고 돌아와 마악 댁의 대문 앞에서 내리는 참입니다.

연재본과 비교했을 때 단행본은 화자가 서술 대상과 거리를 두고 있다. 그냥 '계동'이라고 하는 것과 '저 계동'이라고 하는 것 사이에는 '저'가 함축하는 의미로 인해 대상과의 거리에서 생기는 객관적인 시야가 확보된다. 그 거리는 윤직원을 '이름난 장자'라고 서술할 수 있게 하고 인력거를 탄 것을 '처억 잡숫고'라고 형용할 수 있게 하며 그 사건이 일어나는 시점을 '마악'이라고 구체화할 수 있게 해준다. 이 거리와 그로 인해 확보되는 객관적 시야는 화자의 대상에 대한 묘사와 풍자를 강화할 수 있게 해준다. 이와 같은 퇴고 작업은 군데군데에서 확인할 수 있는 것이지만 작품 전편에 걸쳐 있는 것은 아니다. 작가가 본격적으로 연재본을 수정한 것은 작품 전체에서 단 한 곳뿐이다. 5장 '마음의 빈민굴' 맨 끝 부분과 6장 '관전기'의 첫 부분이 바로 그 대목인데 이 장면은 시아버지 윤직원과 며느리 고씨 사이의 싸움이 벌어지기 직전의 상황이다. 연재본에 들어 있는 이 장면은 다음과 같이 서술되어 있다.

헌데 이건 이애기가 모다 줄거리를 잡을 수 없게 가지에서 가지로 빗나가 버렸습니다.

고씨의 이애기를 하다가 그의 남편 창식이 말이 나와 가지고는 갈피가 그렇게 흐트러졌겠지요?

그러면 도루 추어올라가서 창식이 윤주사부턴데 그는 그러한 사람으로서 밤이고 낮이고 하는 일이라고는 상스럽잖은 친구 사귀어두고 술 먹으러 다니기 활쏘기 제철딸어 승지(勝地)로 유람 다니기 옛 한서(漢書)를 뭉아놓고 뒤지기 한시(漢詩)지어서 신문사에 투고하기, 이 첩의 집에서 술을 먹다가 심심하면 저첩의 집으로 가서 마작하기 그래 도무지, 유유자적한게 어떻게 보면 신선인 것처럼이나 탈속이 되어 보입니다.

인용문에서 확인할 수 있듯이 작가는 연재본에서 자신의 이야기가 곁가지로 흘러가버린 것을 바로 잡고자 이 대목을 한쪽 반가량 삭제하고 고씨에 대한 이야기에서 새로운 장을 시작한 것이다. 곧 작품의 플롯을 고려하여 곁가지를 쳐내 사건에 대한 서술이 일관성을 갖추게끔 작품의 구조를 바로잡은 작업이라고 할 수 있다. 14장 '해 저무는 만리장성'에서도 한 단락이 삭제되는데 여기서도 "원 무엇이 그리 긴하길래 지린내 나는 소피 이애기까지 달게 씹고 있느냐고 콧등을 찌푸리겠지만 노상히 허튼 수작을 하는 것도 아닙니다"라는, 서술자가 소설 속에 모습을 드러내는 부분에 대한 삭제라는 점에서 앞에서 검토한 부분과 같은 성격을 지닌 퇴고 작업이라고 하겠다.

2) 퇴고 작업으로 인해 단행본에 일어난 변화

5장 '마음의 빈민굴'의 끝부분을 대거 삭제한 것이 플롯을 명확히 하여 일관성을 획득하기 위한 작가의 조처라는 것은 앞에서 설명했다. 그와 관련해서 작가는 6장의 제목을 '대소전선태평기(大小戰線太平記)'에서 '관전기(觀戰記)'로 이름을 바꾸는데 전자가 크고 작은 갖가지 전선이 윤씨 집안에 형성되어 있지만 모두 태평하다는 아이러니를 내포한 뜻이라면 후자는 그런 주관적인 태도를 앞에 내세우지 않고 윤씨 가문의 사람들이 벌이는 싸움들을 지켜본 기록이라는 뜻을 담담하게 표현하고 있다. '태평기'에서 태평하다는 것이 일종의 풍자적인 의미를 갖는 것이므로 '관전기'와 '태평기'는 표리의 관계를 형성한다. 그럼에도 불구하고 작가가 굳이 장의 제목을 바꾼 데에는 무슨 이유가 있는가. 이 물음에 답하기 위해서는 작품의 각 장이 지닌 의미를 전체 구조와의 관련 속에서 살펴보는 일이 필요하다. 『태평천하』는 『조광』지에 9회 연재되었지만 작품은 전체가 15장으로 구성되어 있다. 이 사실은 각 장의 길이가 일정하지 않아서 길고 짧은 것이 혼재한다는 사실을 알려준다. 실제로 1회 연재분에는 1장부터 3장까지가 포함되고 2회 연재분에는 4장인 '우리만 빼놓고 어서 망해라'만 들어 있다. 연재 분량은 비슷한데 1회분에서는 장이 여러 개로 나뉘어 있는 것이다. 그런데 1회 연재분과 2회 연재분은 긴밀한 상관관계가 있다. 전자가 윤직원의 현재 상태를 보여주는 것이라면 후자는 윤직원의 현재를 가능하게 한 집안의 내력이 무엇인가를 보여주는 특징이 있다. 이렇게 현재의 상태를 넓은 공간으로 제시한 다음 그 내력을 차례로 밟아가는 구조는 일찍이 1930년대 초 작가가 단편소설 「산동이」에서 보여준 구조이다. 곧 현재를 넓은 공간으로 표시하고 그 현재가 유래한 역사를 선분적인 형태로 시간 순서에 따라 제시하는 것이다. 그 구조를 그림으로 제시하면 다음과 같다.

$$0 \longrightarrow$$

이 그림에서 원으로 표시된 것은 소설의 주인공 산동이가 식민통치기구의 건물을 폭파하고 자신이 사랑했던 여인을 강간한 옛주인을 찾아가 살해하는 사회적 활동을 표시한다. 따라서 이 부분에서는 사회적 공간이 중요하다. 이에 비해 선분으로 표시된 것은 산동이가 종노릇을 하며 살아왔던 과거의 삶을 나타낸다. 당연히 사회적 공간보다 개인의 삶이 그리는 시간적 질서가 중요하다. 염상섭은 이러한 소설의 짜임을 앞에서는 사회적 문제를 본격적으로 다룰 듯이 해놓고 뒤에서는 사사로운 개인의 이야기로 종결을 짓는다는 점에서 '양두구육(羊頭狗肉)'이라는 말로 비판한 바 있다. 채만식은 그 비판에 대해 직접적으로 항변을 하였다. 산동이가 주인집에서 나와 사회적 모순에 대한 깨우침을 얻고 독립운동단체에서 훈련을 받아 식민지기구를 폭파하는 임무를 수행하는 과정을 있는 그대로 소설에 그렸다면 작품이 발표나 되었겠느냐는 항변이었다. 채만식은 이 논전이 있은 뒤로 자신의 창작에서 「산동이」의 작품구조가 가진 장점을 여러 가지로 이용한다. 그 대표적인 사례가 『탁류』인데 『태평천하』 또한 그 수법을 근간으로 하여 성립하고 있는 것이다. 이 구조는 사회적 활동을 공간으로 표시하고 개인이 살아온 과거의 역사적 삶을 선분적 시간으로 표시하는 특성을 갖는다. 『태평천하』의 1회 연재분과 2회 연재분은 내면적으로 바로 그와 같이 현실의 모습을 먼저 보여주고 그 다음에 그 현실을 배태한 역사를 시간순서에 따라 제시하는 구조를 갖는 것으로 파악된다. 그런데 이 구조는 5장 이후에 다시 한 번 반복해서 등장한다. 5장부터 11장까지가 윤직원 가문의 여러 인물을 차례로 조명함으로써 넓은 공간을 형상화하는 것이라면 12장부터 15장까지는 그 현실이 앞으로 어떻게 전개될 것인가를 시간적 전개 속에서 선분적 형태로 보여주는 장면들이다. 물론 이 구분은 보는 관점에 따라 5장부터 13장까지 넓혀서 공간적 형태로 파악하고, 14장부터 15장까지만을 선분적 형태로 파악할 수도 있다. 그 양상을 구체적으로 살피면 다음과 같다.

5장 '마음의 빈민굴'은 많은 재산을 가지고 풍요롭게 살고 있는 윤직원 가문의 사람들이 정신적으로는 빈민굴에서 사는 것이나 다름없다는 사실을 표현한다. 곧 윤직원 개인에게만 초점을 맞추었던 이야기를 윤직원 가문의 여러 사람에게로 시야를 넓혀서 이야기를 서술하는 쪽으로 전환하고 있다. 그리하여 6장 '관전기'는 윤씨 집안 사람들이 서로 간에 수없는 싸움을 벌이며 산다는 이야기이고 7장 '쇠가 쇠를 낳고'는 돈이 돈을 낳는 자본의 운동을 표시한다. 8장은 윤직원의 성욕과 당대의 사회상태가 전반적으로 조명되면서 새로운 사회의 태동이 암시된다. 9장은 윤직원의 충실한 하인인 대복이와 서울아씨의 관계를 조명하고 10장은 윤직원의 동기(童妓)들에 대한 연속되는 실연담이다. 이렇게 5장부터 10장까지는 윤직원 가문 전체가 여러 사람의 행동을 통해 조명되고, 11장부터 13장까지에서는 할아버지와 손자, 아들과 아버지가 한 여자와 관계하는 윤리의 파탄상태를 희화적으로 제시하는데 이러한 각 장면의 묘사에서 작가는 그 사건들이 하루 사이에 벌어지는 일임을 끊임없이 강조한다. 예컨대 13장 모두(冒頭)에서는 "동대문 밖 창식이 윤주사의 큰첩네 집 사랑, 여기서도 역시 같은 그날 밤 같은 시각, 아홉시 가량 해섭니다"라고 사건이 벌어지는 시공간에 대하여 서술자의 해설을 덧붙이고, 그 장의 마지막에서는 총괄적으로 "이렇게 해서 윤직원 영감한테서나, 그 며느리 고씨한테나, 서울아씨며 태식이한테나, 창식이 윤주사며 옥화한테나, 누구한테나 제각기 크고 작은 생활을 준 이 정축년(丁丑年) 구월 열 ○○ 날인 오늘 하루는 마침내 깊은 밤으로 더불어 물러갑니다"라고 서술하고 있다. 곧 이 모든 장들은 하나같이 윤직원 영감 가문에 속하는 사람들의 이모저모에 대한 묘사로서의 성격을 지닌다는 설명이다. 이 설명을 참조하면 5장부터 11장까지, 조금 더 확대해서 말하면 13장까지는 윤씨 가문의 사람들이 빚어내는 사건들의 여러 양태를 차례로 보여줌으로써 현실을 공간적으로 제시하는 부분이라고 할 수 있다. 이에 비해서 윤씨 가문의 큰손자인 종수의 군수가 되기 위한 운동이 좌절되는 양상을 그린 12장부터 윤직원 가문 최후의 기대인물 종학이 경찰서에 붙잡혀 들어간 사건을 묘사하는 15장까지는 윤직원의 미래에 대한 설계가 참혹하게 부서져 나가는 과정을 시간적 순서에 따라 제시하는 성격을 지닌다. 그러나 연재 1회분(1장부터 3

장까지)과 연재 2회분(4장)이 그리는 공간과 시간의 관계가 현재→과거의 순서를 갖는 데 비해서 5장 이후의 시공간 구도는 현재의 압도적인 우위 속에서 현재→미래로의 운동을 표시한다. 『태평천하』를 염상섭의 『삼대』와 같은 가족사연대기로 보는 관점은 현재를 중심에 배치하고 그 과거의 역사와 미래를 향한 운동을 사후에 독자의 의식 속에서 시간적 계기에 따라 질서지운 것이라고 할 수 있다.

3) 판본 비교를 통해 드러난 작품의 기본구조와 그 의미

앞절에서 살펴본 바와 같이 『태평천하』는 '0→'의 구조가 두 번 반복되는 형태라고 할 수 있다. '0'이 현재의 사회적 공간을 나타내고 '→'이 시간적으로 전개된 사건의 관계를 나타내는 점에서는 공통적이지만 앞의 구조와 뒤의 구조는 서로 상반된 성격을 지니고 있다. 즉 앞에서 화살표가 나타내는 것은 과거의 역사적 삶인데 반해 뒤에서 화살표가 나타내는 것은 미래로의 운동이다. 이 대비를 통해서 작가는 윤직원 가문이 누리고 있는 현재의 부귀영화가 조만간에 가을의 풀처럼 스러져 갈 운명에 처해 있음을 말하고 있다. 소설 마지막 장의 제목 '망진자(亡秦者)는 호야(胡也) 니라'가 뜻하는 것이나 그 앞장의 '해 저무는 만리장성'이 뜻하는 것은 동일하게 그 몰락의 운명을 예고하고 있다. 여기에서 이 작품의 기본구조가 '0→'의 시공간 구조를 내장한 두 개의 장면을 대응시키는 방식으로 짜여 있음을 알 수 있다. 곧 '0-0'의 대응형태를 작품 전체의 기본구조로 하고 있는 것이라 할 수 있는데 조너선 컬러는 자신의 책에서 이 구조를 '플롯의 대응형태'(parallelism)라고 부른다.[2] 이 플롯의 대응형태는 일찍이 1936

---

2) 조너선 컬러, 『문학의 이론』, 이은경 · 임옥희 옮김, 동문선, 1999, 137쪽.

년에 발표된 채만식의 단편소설 「명일」에서 정제된 형태로 등장한 바 있는데, 채만식은 스스로 이 「명일」이 자신의 문학이 새로이 출발하는 원점에 해당한다고 밝힌 바 있다. 문학을 할 것인지 말 것인지, 한다면 어떻게 해야 하는지 2년 동안 붓을 꺾고 침음한 다음 새 출발을 한 채만식 문학의 원점에 해당하는 「명일」의 작품구조, 곧 '플롯의 대응형태'가 『태평천하』의 기본구조가 되고 있는 것이다. 물론 플롯의 대응형태는 같은 시기에 창작된 『탁류』에서도 나타난다. 하지만 그 내포나 기본구조의 축조방식은 『태평천하』와 차이가 난다. 따라서 『태평천하』에 나타난 플롯의 대응형태가 지닌 의미를 깊이 음미하기 위해서는 상호텍스트성을 지닌 『탁류』에 구현된 플롯의 대응형태와 비교하는 일이 필요하다. 『탁류』와 『태평천하』를 함께 고찰해야 하는 것은 그 때문이다.

3. 『탁류』의 연재본과 단행본

『탁류』는 채만식의 작품 중에서 가장 길이가 긴 장편소설일 뿐만 아니라 그의 문학을 대표하는 작품이다. 똑같이 장편소설로 분류되지만 『태평천하』가 원고지 900매 분량인데 반해서 『탁류』는 2300매가 넘는 대작이다. 이 소설이 채만식의 문학을 대표하는 성격을 지닌다는 것은 비단 그 길이만을 고려하고 말한 것이 아니다. 일제 말기부터 해방기에 이르기까지 작가의 주요 작품은 모두 『탁류』의 구조를 변형한 것이어서 그 구조가 지닌 성격을 올바로 파악할 때만이 제대로 이해될 수 있다. 「명일」과 「산동이」의 구조를 모태로 하고 있다는 점은 『태평천하』와 마찬가지지만 작가가 일제 말기의 창작에서 『탁류』를 모델로 하여 여러 가지 형태의 작품을 실험했다는 것은 그것이 지닌 가능성을 스스로 높이 평가했음은 물론 내용적인 측면에서도 이 작품에 나타난 주제사상을 자기 문학의 본령으로 삼은 것이라고 해석할 수 있다. 채만식이 『탁류』를 자기 문학의 본령으로 삼았다는 것은, 지엽적인 사실이라고 할지라도, 일제 말기 최후의 장편소설 『여인전기』를 『탁류』의 연재를 끝낸 날짜인 5월 17일에 맞추어 끝낸 데서도 엿볼 수 있다. 자기 문학의 연속성을 독자가 인식할 수 있게 하려는 노력의 일환으로 받아들 수 있는 것이다. 이렇게 작가 스스로 『탁류』에 큰 의미를 부여하고 퇴고 작업에 정성을 쏟은 까닭인지 이 작품의 연재본과 단행본 사이에는 많은 변화가 나타나고 있다. 그 변화를 통해서 우리는 작가가 이 소설을 통해 이야기하고자 한 것이 무엇이며, 그 이야기는 소기의 목적을 달성했는지, 다시 말해서 예술적 형상으로서 완성되었는지, 그 형상이 지닌 구조는 어떤 모습을 지니게 되었는지 살피고자 한다.

1) 연재본과 단행본의 차이

『탁류』는 잡지에 연재된 『태평천하』와 달리 신문에 연재되었다. 연재 예고기사에는 작가가 연재 이전에 작품을 완성한 듯이 씌어 있으나 소설 연재의 관행을 고려할 때 신문사에서 완성된 작품을 확보한 다음 연재에 들어갔다고 보기는 힘들다. 그 양태는 연재본과 단행본을 비교해보면 곧바로 드러나는데, 18장으로 구성된 연재본 2장까지는 그다지 많은 퇴고가 이루어지지 않고 있지만 3장부터는 문장을 고친 곳이 많아지고 7장부터는 대대적으로 손을 본 흔적이 뚜렷이 드러난다. 이 사실은 연재 초기에는 미리 마련해둔 원고를 사용했지만 점차 시간이 지날수록 비축본이 없이 날마다 원고 마감에 쫓기면서 글을 써나갔기 때문에 나타난 현상이라고 이해된다. 이렇게 초반에는 비교적 지엽적인 부분만 고치던 작가가 점차 뒤로 가면서 단어나 문장 차원을 넘어 단락과 장의 구성에까지 손을 댄 것은 신문연재로 인한 결함을 손보기 위한 것이기도 하지만 문학평론가나 독자들의 반응을 통해 파악한 자기 작품의 결함을 고치기 위해 필요한 작업이었던 것으로 보인다. 예컨대 단행본에서는 통속성에 대한 독자와 평론가들의 비판을 의식한 탓인지 인물들의 심리에 대한 묘사가 치밀해지고 있는데, 그 구체적 사례를 들어보면 다음과 같다.

연재본	단행본
그는 차라리 자비로운 초봉이기 한가운데 우렷이 나타나잇고 그의 좌우엽과 등뒤로 그의 가족들의 불상한 얼굴이 초봉이의 후광을 바더 겨우 희미하게 모이는 그런 성화(聖畵)와가튼 그림이 연상되엇다. "아름다운 일이로군!" 승재는 감격하여서 저도 몰으게 탄복하는 소리가 흘러저 나왓다.	종시 말이 없고 눈을 치떠 허공을 보는 승재의 얼굴은 차차로 황홀해간다. 그는 시방 눈앞에 자비스런 초봉이가 한가운데 천사의 차림으로 우렷이 나타나 있고, 그 좌우와 등 뒤로는 그의 가권들의 가없은 얼굴들이 초봉이의 후광을 받아 겨우 희미하게 안식을 얻고 있는 그런 성화의 한폭이 보이던 것이다. "장한 노릇이로군!…" 더욱 감격하다 못해 필경 눈이 싸아하고 눈물이 배는 것을, 그러거나 말거나 앉아서 중얼거리듯 탄식을 하던 것이다.

초봉이의 결혼식에 참석했다 나온 남승재의 심리에 대한 묘사로 이 대목 부근에서 단행본은 연재본보다 거의 두 배 가까이 길어진 심리묘사를 보여주고 있다. 인용문에서도 어느 정도 실상이 드러나지만 퇴고한 내용들을 검토해보면 일률적으로 말하긴 어렵다고 하더라도 대체로 센티멘탈리즘을 극복하고 작품 전체에서 객관묘사에 가까운 태도를 견지하려는 노력이 엿보인다. 이렇게 독자나 평론가에게 작품의 기본구조를 올바로 인식시키고 작품의 주제사상을 명확히 하기 위한 퇴고 작업은 문장 단위를 넘어 작품의 플롯이나 구성의 차원에까지 뻗히는데, 그 속에서 퇴고

작업 당시 작가가 어떤 점, 어떤 일에 힘을 쏟았는지는 더욱 현저하게 드러난다.

이와 관련해 작품의 구성에서 가장 주목해볼 수 있는 사실은 작가가 연재본에서는 18장이었던 작품을 단행본에서는 19장으로 고치고 있다는 점이다. 연재본 11장 '대피선'을 단행본에서는 11장 '대피선', 12장 '만만한 자의 성명은'의 두 장으로 나눈 것이다. 작가는 다른 장에서도 장의 길이를 고르게 하기 위해서 연재 1, 2회분을 앞장으로 옮기기도 하고 뒷장으로 넘기기도 했다. 그러나 연재본 11장은 그리 긴 것도 아닌데 굳이 두 장으로 나누어 11장은 단 2회 연재 분량으로 구성하고 12장은 11회 연재 분량으로 구성되게 만든 것이다. 각 장의 길이 배분을 알 수 있게 연재 회수를 각 장별로 표시하면 다음과 같다.

장	1	2	3	4	5	6	7	8	9	10	11	12	13	14	15	16	17	18	19
연재	9	11	9	11	6	8	13	11	6	16	14		12	18	21	11	12	9	3
단행	9	10	11	11	6	7	14	11	5	17	2	11	12	18	21	11	12	9	3

도표에서 드러나듯이 연재본 11장은 14회 연재분으로 구성되어 있다. 그것을 작가는 굳이 두 장으로 나눈 것인데 작품의 결말에 해당하는 19장 '서곡(序曲)'을 제외하면 연재 2, 3회분으로 구성된 장은 없다. 더욱이 작가는 장을 새로 만들기 위해 원래 11장에 속했던 1회분을 10장으로 옮기고 11장 끝부분의 두 단락을 삭제했다. 삭제된 부분은 고태수가 한참봉에게 맞아 죽은 다음 장형보에게 겁탈을 당한 초봉이가 남편의 장례를 치른 뒤 군산을 떠나기 위해 역에 나갔다가 박제호를 만나는 장면이다. 작가는 그 장면을 11장에서는 삭제하고 12장 첫머리에서 두 사람이 만나는 장면으로 대치하고 있는데 결국 똑같은 내용이 되지만 그 장 구분으로 인해 11장은 초봉이 남편의 장례를 치르고 군산을 떠나는 데서 끝나고 박제호

와의 만남은 그 다음에 일어난 사건으로 처리된다. 곧 단행본 11장은 완연히 고태수의 장례를 치른 초봉이가 군산을 떠나 서울로 가기로 결심하는 내용으로 채워지고 있는 것이다. 이것이 의미하는 것은 무엇인가. 그것은 그와 같은 장의 새로운 구분으로 인해서 작품의 각 부분이 새롭게 가지는 기능과 의미를 이해하는 데서 찾을 수 있다.

2) 퇴고 작업으로 인해 단행본에 일어난 변화

단행본 11장은 지금까지 진행되어오던 사건에 한 단락을 짓는 성격을 지닌다. 초봉이를 위요하고 전개되던 사건들이 고태수의 죽음과 초봉이의 겁탈 사건으로 인해 군산이란 작품의 공간을 떠나서 새로운 공간에서 펼쳐지게 된 것이다. 이 사실을 유념하면 이 소설에는 그와 같은 성격을 지닌 장이 두 개나 더 있다는 사실이 눈에 들어오게 된다. 하나는 박제호와 함께 살던 초봉이가 갑작스레 나타난 장형보에게 인수되면서 약정서를 쓰고 동거에 들어가게 되는 14장 '슬픈 곡예사'이다. 곧 단행본 12장부터 14장까지는 서울행 기차에서 만난 박제호와 초봉이의 생활이 일직선으로 묘사되는데, 장형보와 초봉이가 약정서를 쓴 다음에, 당연히 두 사람이 동거하는 모습이 묘사되었어야 할 15장에는 갑자기 군산에서 일어나고 있는 사건들과 거기에 얽혀 있는 인물들이 다시 등장하고 있는 것이다. 곧 영화로 치면 장면 전환이 일어나고 있는 것이다. 그런데 이러한 장면 전환을 의식하고 작품을 검토하면 1장과 2장 사이에도 그러한 장면 전환이 있었음을 알게 된다. 곧 1장의 주인공은 정주사였는데, 2장에는 초봉이가 묘사의 주대상이 되고 그녀를 매개로 해서 고태수, 박제호, 남승재, 장형보, 계봉이 등의 모습이 형상화되는 것이다. 이 사실은 『탁류』의 주인공에 대한 일반 독자들의 의견을 참조하면 그 의미가 쉽게 짐작된다.

『탁류』를 읽은 대부분의 독자들은 이 장편소설의 주인공을 초봉이로 손 꼽는데 망설임이 없다. 다만 1장에서는 초봉이의 아버지 정주사가 주역 을 맡고, 그를 매개로 해서 초봉이 집안의 과거 내력이 소개된다. 하지만 2장부터는 초봉이를 중심에 놓고 고태수, 박제호, 장형보, 남승재 등의 인물들에 대한 묘사가 진행되는데 그 장면들이 11장에서 끝나는 것이다. 우리는 이미 『태평천하』의 구조에 대하여 검토한 바 있으므로 이러한 사 건 전개구조가 기본적으로 어떤 형태인지 쉽게 간파할 수 있다. 초봉이를 매개로 하여 작품에 등장한 여러 인물들, 사건들이 하나의 사회적 공간을 형성한다면 1장의 정주사가 행하는 역할은 거기에 역사적 시간이라는 종 심을 부여하는 역할을 하는 것이다. 그 구조적 양상을 우리는 '0→'의 형 태로 파악한 바 있다. 다만 『태평천하』와 비교했을 때 『탁류』에서는 역사 적 시간이 먼저 나오고 사회적 공간이 나중에 나오는 차이가 있을 뿐이 다. 이 사실을 감지하면 연재본 11장이 11장과 12장으로 나누어짐으로써 11장에서는 군산에서 일어나는 사건들이 일단 매듭지어지고 12장부터는 박제호의 첩으로 살아가는 초봉이의 삶이 묘사되다가 장형보와 약정을 맺는 순간 또다시 소설의 전개에 전환이 일어나는 것임을 파악할 수 있 다. 즉 15장부터 소설은 일전해서 군산에서 벌어지는 일들과 남승재, 계 봉이 등이 펼치는 여러 활동을 소개하고 있는 것이다. 그것은 소설 앞부 분에서 2장 이후 펼쳐진 사회적 공간과 같은 형태라고 파악할 수 있다. 이 사회적 공간은 15장에서 18장까지 연속되다가 초봉이가 장형보를 살 해하고 경찰에 자수할 것을 작심하면서 남승재로부터 명일의 언약을 받 는 장면에서 미래라는 시간적 성분을 갖추게 된다. 곧 『탁류』는 11장을 경계선으로 하여 전반부와 후반부가 나뉘지만 '0→'로 표시되는 사회적 공간과 시간적 성분이 결합되어 있는 성격을 지닌다는 점에서 플롯의 대 응형태를 갖추고 있는 것이다.

그러나 이렇게 플롯의 대응형태를 갖춤으로써 『탁류』가 『태평천하』와 같은 형태의 구조를 기본형식으로 가지고 있다는 것만을 인지하는 것으로는 충분하지 않다. 12장부터 14장까지, 다시 말해서 고태수가 죽고 박제호의 첩이 되었다가 '흘렷던 씨앗' 때문에 장형보에게 인수되는 초봉이의 운명이 플롯의 대응형태라는 것만으로는 제대로 해명이 되지 않기 때문이다. 흔히 이 작품에 대해서 전반부는 좋은데 후반부는 멜로드라마라는 비판이 제기되는 이유는 이러한 문제의식과 관련이 있다. 독자들이 좋다고 말하는 전반부는 11장까지로 보아야 한다. 고태수가 한참봉의 몽둥이에 맞아죽고 초봉이가 장형보에게 겁탈을 당하는 사건까지 소설은 식민지 조선의 현실을 예술적 형상으로 표현하고 있다. 이에 비해 초봉이가 박제호의 첩이 되었다가 딸 때문에 장형보에게 넘겨지고 마침내 그를 살해하는 후반부는 여주인공의 비극적인 운명을 통해 독자의 눈물을 자아내려는 통속극적 사건 전개라는 비판을 받을 소지가 충분하다. 그렇다면 작가는 왜 11장에서 지금까지 전개되어오던 사건을 매듭지어 버리고 여주인공이 이 남자 저 남자의 품속을 전전하는 이야기를 만들어냈으며, 장형보와 약정을 맺은 뒤에는 또 다시 지금까지 전개된 사건을 매듭짓고 군산과 서울이라는 넓은 무대로 장면을 전환시켰는가. 이 질문에 대답하기 위해서는 이 소설의 알레고리 구조에 대한 파악이 전제되어야 한다. 곧 초봉이가 전전하는 남자들은 소설의 알레고리를 위해 도입된 인물들이다. 고태수는 고+태수(왕)라는 뜻에서 고종을 의미하고 박제호는 박제된 호랑이로서 중국을 나타내며, 장형보는 일본의 알레고리이다. 장형보의 이름은 '장형+보'라는 형태로 만들어져 있는데, 장형은 곤장 백 대를 맞는 것을 뜻하고 '보'라는 말은 아무개씨라는 사람을 나타내는 어휘라는 점에서 장형보라는 이름은 곤장 백 대를 맞아야 할 놈, 쉽게 말해서 쳐 죽일 놈이라는 의미를 갖는다. 장형보의 인물형상이 꼽추일 뿐만 아니라 자주 게다를 신고 유까다를 입는 것으로 형상화되는 것은 그에 말미암는다. 초봉이를 겁탈한 다음에도 고태수의 살해 현장에 나타난 장형보는 게다를 신고 유까다를 입은 모습으로 등장한다. 뿐만 아니라 채만식은 「곤장 일백도(一百度)」라는 수필을 써서 장형이라는 것이 곤장 1백 대를 때리는 형이라는 것을 환기시킨 바 있다. 이 사실을 알게 되면 초봉이가 고태수와 결혼하지만 남편은 한참봉의 몽둥이에 맞아죽고, 자신은 장형보에게 겁탈을 당하는 것이 무엇을 뜻하는지 조선인이라면 금세 알아볼 수 있다. 고태수의 죽음은 대한제국의 멸망을 가리키고 겁탈 사건은 일제가 조선의 강토와 주권을 강압에 의해 빼앗아간 사건, 또는 민비시해사건을 의미하는 것이다. 작가는 고태수, 박제호, 장형보를 통해 한말의 풍운의 역사를 알레고리적으로 표현하고 있는 셈이다. 그 점을 감안하면 초봉이란 인물이 조선민족, 조선의 역사가 되는 것은 두말할 나위가 없다. 그러므로 작가가 11장을 두 장으로 나누어 지금까지 진행되어온 사건에 일단락을 짓는 것은 작품의 상황이 정주사가 하바꾼에게 멱살을 잡혀 망신을 당하는 현재의 현실로 돌아왔기 때문이다. 박제호가 등장하여 초봉이를 첩으로 삼는 것은 한말의 풍운 속에서 중국이 어설픈 수작으로 조선을 삼키려고 했던 역사를 나타내며, 흘렸던 씨앗을 핑계로 장형보가 초봉이를 인수하는 것은 청일전쟁을 통해 일본이 중국의 간섭을 배제하고 조선을 병탄하게 된 역사적 사실을 나타낸다. 그러므로 초봉이와 장형보 사이에 성립되는 약정은 을사늑약이나 한일합방조약을 상징하며, 소설은 일본의 식민지가 된 조선의 현실로 돌아왔기 때문에 또다시 지금까지 전개되어오던 사건을 다른 사건으로 장면을 전환시켜 버리는 것이다. 이와 같이 작가는 세 번의 장면 전환을 통해 소설 속의 사건이 무엇을 의미하는지 독자가 알아볼 수 있게 단서를 제공하고 있다. 연재본의 퇴고 작업은 그 단서를 더욱 분명하게 제시하는 데 초점을 맞추어 진행된 것이다.

3) 판본 비교를 통해 드러난 작품의 기본구조와 그 의미

앞에서 살펴보았듯이 『탁류』의 기본구조는 앞의 장면과 뒤의 장면이 대응하는 형태를 갖는 '0−0'의 구조다. 이 구조는 『태평천하』와 동일한 것이지만 내부적으로는 큰 차이를 내포하고 있다. 그 차이의 하나는 『태평천하』의 대응형태가 사회적 공간을 먼저 제시하고 거기에 시간적 경과를 첨가하는 전형적인 '0→'의 구조라면 『탁류』에서는 주인공의 등장 이전에 그 부친의 모습을 통해 현재의 사회적 공간의 내력을 보여주고 있어 순서가 바뀌어 있는 것이다. 두 번째 차이는 『탁류』에는 앞장면과 뒷장면의 대응이 사건구조 전체를 통해서 만들어지기도 하지만 특별한 하나의 이미지를 통해 앞과 뒤의 대응을 보여주기도 한다는 점이다. 구체적으로 말해서 소설의 첫 장면은 하바꾼에게 멱살이 잡혀 캑캑거리고 있는 정주사의 모습이다. 그런데 뒤에서도 초봉이의 딸인 송희가 장형보에게 발목이 잡혀 거꾸로 들리는 바람에 숨이 넘어가기 직전의 상황에 놓인다. 이 두 장면은 성격상 동질적인 것이다. 채만식의 소설에서 플롯의 대응형태가 처음 나온, 그리하여 작가 스스로 자신의 문학이 재출발한 원점이라고 밝힌 「명일」의 구조와 그대로 일치한다. 굶어 죽기 직전의 상황에서 체면이나 차리고 있는 아버지와 대비적으로 아이들은 앞뒤를 재지 않고 굶주림을 면하고자 행동하는데, 『탁류』에서도 아버지는 캑캑거리기만 할 뿐 멱살이 잡혀 망신을 당하는 궁지를 벗어날 방안을 찾을 수 없는데 비해 뒷장면에서 초봉이는 송희를 대신하여 장형보를 무자비하게 짓밟아 마지막 숨통을 끊어놓는 것이다. 그 행위가 일본제국주의 타도에 대한 조선민족의 열망에 근거한 것임은 말할 나위가 없다. 이 소극적인 반응과 적극적인 반응이 소설이 보여주는 변화의 핵심이라면 『탁류』는 「명일」로부터 시작된 채만식 문학 제2기의 대표적인 작품이 되기에 부족함이 없다. 뿐만 아니라 『탁류』는 1930년대 초반부터 작가 스스로 논쟁을 해가면서까지 개발한 '0→'의 구조를 효율적으로 사용하고 있다. 식민지배자의 착취기구가 되고 있는 군산의 미두장을 보여줌으로써 일제가 조선을 강점하여 재화를 착취해 가는 현실을 보여주고, 그 현실이 한말의 동아시아 풍운 속에서 일제의 폭력과 강압에 의해 만들어진 것임을 알레고리 구조로 표시하고 있는 것이다. 이렇게 역사와 현실을 겹쳐서 보는 시각에 의해 작가는 작품 전체를 하나의 이미지로 통일하여 볼 수 있게 하고 있다. 그 이미지는 작품 초두에 등장한 정주사가 멱살이 잡혀 숨을 못 쉬고 있는 장면으로 집약되는데 이 작품에 대하여 평론을 쓴 역사학자 홍이섭은 그 정주사가 "망해가는 식민지 한국인의 전형"[3]이라고 한 마디로 단정하여 말하고 있다. 홍이섭이 보여주는 바와 같이 작품에서 많은 역할을 하지도 않는 인물이 소설의 '전형'이 되는 것은 역사와 현실을 한데 겹쳐놓고 보고, 플롯의 대응형태를 겹쳐서 읽을 때 가능해지는 작품 이해방식이다.

이와 같이 『탁류』의 구조를 플롯의 대응형태를 갖추고 있는 작품, 그 형태 속에 현실과 역사를 겹쳐서 볼 수 있게 하는 메커니즘을 내장한 작품으로 인식하게 되면 독자는 『탁류』를 일본제국주의의 타도를 외친 항일문학으로 인식할 수 있게 된다. 채만식은 이 『탁류』의 기본구조를 조금씩 변형하여 해방이 되는 그날까지 창작활동을 계속해 나간다. 『탁류』의 신문연재가 1937년부터 1938년까지 이어지고 1939년에 단행본으로 발간되며 이 작품의 기본형태를 본받은 장편소설 『아름다운 새벽』이 1942년에, 그리고 식민지시기 최후의 장편소설인 『여인전기』가 1944년부터 1945년 5월까지 연재를 지속하였음을 상기하면, 문학사가들이 흔히 암흑기라고 하는 시기에 작가는 항일의식을 표현하기 위해 플롯의 대응형태

---

3) 홍이섭, 「채만식의 탁류」, 『채만식』, 문학과지성사, 1984, 98쪽.

를 이용하고, 거기에 알레고리 구조를 입혀 항일작품을 창작하는 행동을 흔들림 없이 지속한 것이다. 이 작품이 똑같이 플롯의 대응형태를 갖추고 있는 『태평천하』보다 작가에게 더 중요한 작품으로 간주되어 식민지 말기에 자주 이용된 데는 역사와 현실을 겹시각으로 보는 기법에 대한 작가의 주관적 평가가 놓여 있는 것이지만 거기에는 몇 가지 원인이 더 있는 것으로 보인다. 첫째 『태평천하』는 '부정면을 통하여 기실 긍정면을 주장'하기 위한 것이라고 하지만 그 효능에는 한계가 있다. 우선 사실주의적 기법은 엄혹한 검열이 일상화된 상황에서는 표현의 한계를 갖는다. 또한 '부정을 통한 긍정'이란 독자의 적극적 역할과 높은 의식 수준을 요구한다. 대부분의 독자는 작품의 깊은 뜻을 보려고 하지 않고 표면의 풍자에 만족하고 만다. 둘째로 『태평천하』는 공간성이 시간성보다 큰 비중을 차지한다. 필자는 이 작품의 전체 구조, 외형적인 면모를 구절판에 비유한 적이 있다. 윤직원이 중앙에 좌정하고 앉아 여러 장면에 간섭하는 역할을 하고 있는 형태라고 파악한 것이다. 이런 구조에서는 불가피하게 시간성이 약화된다. 서사가 기본적으로 변화에 대한 이야기라면 시간성의 약화는 소설에 치명적인 약점이 된다. 『탁류』는 바로 그 약점을 보완하기 위해 한말의 역사를 알레고리 구조로 표현하는 방법을 도입했다. 현실과 역사를 겹시각으로 보는 방법을 한층 더 발전시킨 것이다. 『탁류』가 플롯의 대응형태를 통해 기본구조를 갖추고 있으면서도 각 장면의 이미지들을 겹쳐서 읽으면 정주사의 형상으로 압축되는 통일성을 가지게 된 것은 궁극적으로 그 방법이 만들어낸 효과이다.

4. 방법과 구조

『태평천하』와 『탁류』는 플롯의 대응형태를 이용하여 작품의 기본구조를 갖춘다. 플롯의 대응형태는 문학이론서에 자세히 설명이 되어 있을 정도로 보편화된 창작기법일 뿐만 아니라 우리가 익히 알고 있는 모모한 작품들에서 쉽게 찾아볼 수 있는 구조형식이다. 그러므로 그 기법은 시에서 대구(對句)가 차지하는 비중만큼 서사문학에서 이용도가 높다. 그 대응형태는 현실의 변화를 상징적으로 표현하는 데 장점이 있다. 앞의 장면과 뒤의 장면을 비교하면 어떤 변화가 일어났는지 쉽게 알 수 있는 것이다. 그러나 똑같이 플롯의 대응형태를 갖추고 있는 작품임에도 불구하고 채만식은 『탁류』의 구조는 자주 이용하고 있지만 『태평천하』의 구조는 별반 다시 활용하고 있지 않다. 앞에서 설명한 바와 같이 풍자적 기법이란 일제의 검열과 탄압 앞에서 한계가 있는 방법인데다 시간성, 작품의 종심이 얕아지기 때문이다. 일제 말기 채만식이 플롯의 대응형태와 함께 『탁류』의 알레고리 기법을 여러 방식으로 응용한 것은 그에 말미암은 것으로 생각된다. 곧 『태평천하』의 플롯의 대응형태에서는 「명일」의 '0-0'의 구조만이 주도적으로 작용해 공간성만이 부각되기 때문에 역사의 시간이란 종심(縱深)이 형성되기 힘들다. 이에 비해서 『탁류』의 알레고리는 현실과 역사를 겹시각으로 포착할 가능성을 열어준다. 「산동이」의 작품구조가 알레고리 기법과 결합하여 플롯의 대응형태에 변화를 준 것이다. 그 형태는 소설이 표현하고자 하는 운동, 현실의 변화에 역동성을 부여한다. 그로 인해 두 장편소설의 플롯의 대응형태에는 차이가 생긴다. 그 서로 다른 대응형태를 그림으로 제시하면 다음과 같다.

$$0-0 \qquad\qquad 0 \longrightarrow 0$$

『태평천하』의 구조　　　　　　『탁류』의 구조

　　『탁류』의 구조에서 화살표가 나타내는 내용은 고태수 · 박제호 · 장형보란 인물들에 의해 알레고리적으로 표현된 한말의 역사이다. 그 역사가 있음으로써 작품에는 시간성이란 두께가 있게 되고 현실 변화의 역동성이 증가된다. 한말의 풍운의 역사가 작품의 종심을 형성할 뿐만 아니라 남승재와 초봉이의 명일의 언약이란 미래로의 운동 또한 형상성을 갖출 수 있게 된다. 물론 『태평천하』에 묘사된 윤직원 가문의 내력이나 사회주의 운동을 하다가 체포된 종학의 존재를 시간적 성분으로 볼 수 없는 것은 아니다. 그렇지만 그 시간적 성분이란 『탁류』에 비해 현저히 미약한 것이라고 하지 않을 수 없다. 작가가 1940년대 들어서 창작한 『아름다운 새벽』이나 『여인전기』에서 알레고리적 방법을 채택하여 시간성을 강화한 것은 그 점을 의식했기 때문이 아닌가 생각된다. 일찍이 송하춘은 해방기에 창작된 작가의 마지막 작품 「소년은 자란다」를 『탁류』와 함께 작가의 대표작으로 파악한 바 있다. 역사란 시간성을 알레고리적 기법을 통해 도입하여 작품의 종심을 구축하고 전체적으로는 플롯의 대응형태를 이용하여 변화의 내용을 뚜렷하게 나타내고 있는 데 대한 직관이라고 할 수 있는데, 그 구조는 일제 말기부터 해방기까지 이어진 작가의 현실과 역사에 대한 사유과정을 이해할 수 있게 해준다.

(『한국학 연구』, 2013. 12)

「냉동어」의 분신기법

　이 소설은 1940년 4월부터 5월까지 『인문평론』에 발표되었다. 4월호에는 제목만 표시되어 있었으나 5월호에는 '딸의 이름'이란 부제가 새로 붙었다. 작품의 앞머리에 "…바다를 향수(鄕愁)하고, 딸의 이름 징상(澄祥)을 얻다"란 에피그램이 적혀 있으니 소설의 해석에서 '딸의 이름'이 키워드가 됨을 알 수 있다. 곧 바다를 향수하는 냉동어가 '징상'이란 딸의 이름을 얻게 되기까지의 과정에 대한 이야기가 소설의 중심 줄거리가 된다고 해석할 수 있는 것이다.

　「냉동어(冷凍魚)」는 1939년에 발표된 「패배자의 무덤」과 함께 채만식의 문학에서 '관념상의 분수령'을 이루는 작품으로 평가되어 왔다. 일제 말기에 이르러 채만식이 친일문학 행위를 했다고 보는 관점에서 「패배자의 무덤」은 니힐리즘으로 나아가는 첫걸음으로 이해되며, 「냉동어」는 친일행위를 본격화하는 첫 작품으로 받아들여진다. 채만식의 친일문학에 대한 연구들이 「냉동어」를 집중 조명한 데는 그런 배경이 놓여 있다. 그러나 그 연구 내용들은 이 소설이 지닌 알레고리 구조는 말할 것도 없고 형상화의 핵심적 요소인 분신의 기법을 전혀 고려하지 않고 있다는 점에서 문제가 있다. 따라서 작품의 의미를 올바로 파악하기 위해서는 소설이 발표될 당시의 시대상황과 작가의 현실에 대한 기본 입장을 간략하게 고찰한 다음 이를 바탕으로 작품의 구조를 정밀하게 분석하는 작업이 요구된다.

1930년대 들어 일본은 침략전쟁을 수행하기 위해 후방 기지가 되어야 하는 조선의 치안을 강화한다. 그리고 중일전쟁이 전면전으로 전개되기 시작한 1930년대 후반에는 조선을 병참기지화하고, 1940년대에 이르면 완전히 전시체제로 전환한다. 모든 물자의 조달이 통제되었으며 치안을 불안하게 하는 요소는 사전에 철저히 제거되었다. 이와 같은 상황이 구체적으로 시작되던 1934년 채만식은「레디메이드 인생」을 발표한 뒤 2년여 동안 창작활동을 중단하고 앞으로 자신의 문학이 나아갈 방향을 모색한다. 그 모색을 거친 다음 1936년부터 발표되기 시작한 채만식의 소설에는 이전에 볼 수 없던 알레고리 구조가 새롭게 나타나 모든 작품을 관통하는 지배적인 양상이 된다. 작가의 대표작으로 손꼽히는『탁류』와『태평천하』는 말할 것도 없고 중·단편소설에까지 알레고리 기법이 사용된다. 이는 작가가 식민당국의 엄혹한 검열을 극복하기 위해 알레고리 기법의 이점을 이용하고자 전략적으로 선택한 방안이라고 볼 수 있다. 그러면서 작가는 알레고리와 함께 분신의 기법을 사용하는데,『탁류』의 등장인물 대부분이 정주사의 분신이며『태평천하』의 인물들도 거개가 윤직원의 형상을 구체화하기 위해 동원되는 분신과 같은 존재들이다. 이러한 양상은 채만식이 자신의 소설에 판소리의 구조를 도입한 데 말미암는다. 광대가 판의 중심에 서서 이 사람 저 사람의 역할을 하며 사건을 서술하는 방식을 소설의 구조로 채택한 것이다. 알레고리와 분신의 기법을 함께 쓰는 이러한 방식으로 인해 채만식 소설은 독특한 구조를 갖게 되었지만 그 복잡한 구조로 인해 독자들에게는 작품의 진실이 제대로 전달되기 어려웠다. 채만식이 『탁류』와 『태평천하』를 발표한 직후부터 작품에 대한 평론가들의 평면적인 이해를 비판하고 나선 것은 그에 말미암는다. 이런 측면을 고려하면, 「냉동어」에서 채만식이 사물의 부분적 지각과 전체에 대한 인식이 달라지는 양상을 설명하는 것도 작품을 읽는 방식을 작가 자신이 직접 나서서 해설하는 것이라고 할 수 있다. 그것은 사물의 상(象)을 보는 관(觀)의 방법에 대한 설명에 해당하는데, 작가는 스미꼬란 여자의 모습을 이모저모 구체적으로 묘사한 다음 이렇게 말하고 있다.

> 이렇듯 제각기 한 부분 한 부분은, 말하자면 조각적으로 인상이 또렷또렷했고, 물론 의식하고서의 음미인 만침, 처음 비로소 머리 속에 들어와 백히는 결정적인 인식이었다.
>
> 헌데, 그러나 이미 한 거풀 망막(網膜) 위에 드리운 관념의 베일이란 매우 기묘한 것이어서, 한 부분 한 부분을 차례로 그렇게 한 번 쏫어 보고 난 다음 ─순간 후에는, 그와 같이 인상적이던 부분부분의 특증이 삽시간에 죄다 해소가 되어서 따루히 전체의 모습만, 오래오래 사귀던 친구랄지 혹은 집안 권솔 아무고 누구처럼, 조곰도 낯이 설거나 어색한 구석이 없는 얼굴로 어느덧 통일 전화가 되어 가지고는, 담쑥 와서 마음에 앵기는 것이었었다.

인용문은 한 인물이 다른 사람에게 지각되는 과정에 대해 설명한다. 이 방법은 한 사람에 대한 인상을 형성하는 유력한 방식일 뿐 아니라 텍스트를 읽는 데도 그대로 원용될 수 있다. 그 방법을 실제로 적용한다면, 작품의 의미를 파악하는 순서는 세 단계로 나누어 볼 수 있다. 첫째로 부분적 사건들을 구체적으로 알아야 하고, 둘째로 그 사건들을 깊이 음미함으로써 각 부분을 통합해 하나의 전체적 형상을 만든다. 그리고 세 번째로 그 전체적 형상에 비추어 각 부분의 의미를 새롭게 요해하여야 한다. 이 순서에 따라 살펴보면, 「냉동어」의 부분적 사건들은 어떤 사람의 소개로 스미꼬란 일본여자를 알게 된 문대영이란 인물이 그 여자와 가까워져 함께 일본 동경으로 도피하자고 약속했으나 이런저런 사정으로 스미꼬만 대동아공영의 꿈이 무르익는 중국 대륙으로 떠난다는 이야기라고 할 수 있다. 우연히 알게 된 두 남녀의 애정 도피행각이 좌절된다는 흔하고 흔한 사건이 소설에 묘사된 이야기의 전말인 셈이다. 그러나 이 부분적 사건들을 전체로 통합하여 작품의 핵심적인 상황과 그에 대한 주인공의 행동을 판단하면 이 소설은 주인공의 의식에서 일어난 갈등과 그 해소의 이야기일 뿐이다. 곧 스미꼬, 아내, 딸, 사무실의 김과 박 등 등장인물들 대부분은 모두 주인공인 문대영의 분신이다. 그리고 그 분신들은 한결같이 알레고리적 의미를 지닌다. 쉽게 짐작할 수 있듯이 스미꼬는 일본을 나타내고 아내와 딸은 조선을 나타내며 박은 '현실과 세계를 긍정'하는 입장이고 김은 '지구를 위한 비정', 다시 말해서 식민지 현실의 개선을 희망하는 일종의 개량주의자이다. 이에 비해서 문대영은 '화성을 욕망하는 비정', '인간세상에서 용납지 못할 유령'이다. 문대영이 지구가 아니라 화성을 욕망한다는 것은 지금의 식민지 체제가 아니라 독립된 조선을 희망한다는 것이며, 그렇기 때문에 일본인이 주인이 되어 있는 지금의 '인간세상'에서는 용납될 수 없는 유령적 존재이다. 이렇게 파악하면 소설의 전체 구조는 일목요연하게 눈에 들어온다. 그 전체 구조, 문대영이라는 광대의 의식의 장에서 벌어지는 욕망의 갈등과 해소는 소설의 '상(象)'이라고 할 수 있는데 거기에 비추어보면 소설에 구체적으로 묘사된 세부적인 사건들의 의미는 외면적인 양상에서 포착되는 것과는 전혀 다른 것으로 새롭게 바뀐다.

1부는 잡지 춘추사의 풍경이다. 자신을 찾아온 스미꼬를 놓고 이런저런 생각을 하던 문대영이 그녀에게서 처음으로 여자의 매력을 발견하는 국면이다. 달리 말해서 친일행동의 가치를 심각하게 고려하기 시작하는 장면이다. 2부는 스미꼬란 여자를 알게 된 경위에 대한 회상이다. 여기서도 핵심적 사항은 스미꼬의 '여자다운 매력'에 주의가 끌린 배경에 대한 서술이다. 다만 여기서는 스미꼬가 문대영 앞에 등장하기까지의 여러 가지 사건들과 그녀의 존재에서 매력을 발견하게 되는 세부적인 계기들이 구체적으로 제시된다. 문대영이 황진이와 서화담의 일화를 상기하는 것도 욕망의 대상으로서 스미꼬란 여자, 친일행위의 가치를 검토하게 된 연유를 밝히는 일에 해당한다. 3부는 하나의 사물에 대한 지각과 인식의 문제로 이야기를 시작하고 있으나 핵심적인 사항은 "스미꼬 상이 여자드랬지이?"라고 말하는 부분이다. 잠꼬대처럼 느닷없이 터져 나온 것으로 처리된 이 발언은 이제 문대영의 의식에서 친일행위가 다른 가치들과 함께 동등한 층위에서 선택의 한 가지 방안으로서 검토될 자격을 획득했음을 선언하는 의미가 있다. 이 선언 직후 주인공이 자신을 '묵은 책력'이라고 비웃는 것은 친일행위를 새로운 가치라고 선언한 스스로에 대한 자기반성의 형식이다. 이 대목에서 박과 김이 등장하여 한글통일안을 놓고 설전을 벌이는 것은 '묵은 책력'이라고 자조하는 문대영 자신의 의식의 갈등 내용을 인물들을 통해 감각화한 것이다. 곧 한 사람은 어떤 질서든 한번 세워지면 일단은 인정을 해야 한다는 현상유지파이고 다른 한 사람은 현재의 체제에 문제가 있으면 조금씩이라도 고쳐나가야 한다는 개량파이다. 작가는 그들이 근본적으로 식민체제를 벗어나는 일을 사유하지 못한다는 점에서 '천민'이라고 경멸하지만, 그런 속에서도 그들에게는 신념과 생활이 병행되고 있음을 부럽게 생각한다. 그들에 비해서 자신은 '삐뚤어진 빈집에서 홀로 거주하는 몰락된 귀족 신세', '세대의 룸펜 즉 거지'라는 인식이다. 여기서 주인공이 처한 현실의 상황이 축도로 제시된다. 그 현실은 '좌우에서는 바람 소리가 휙휙 날 만큼 사실이 세찬' 것으로 표시되며, 그것은 대부분의 사람이 친일로 달려가는 형국을 나타낸다. 그 현실 속에서 주인공은 '등 뒤에만 옛 양식의 고성이 구중중' 서 있는 존재로서 그의 앞에는 '회색의 안개가 자욱'하다. 이것이 주인공의 현실인식이다. 이 부분에서 스미꼬가 자신을 집안 식구처럼 대해 달라고 하는 것은 작가에게 친일행위를 하라는 설득과 압박이라고 해석할 수 있다. 마찬가지로 스미꼬와 함께 잡지사를 나오려고 할 때 딸의 출산을 알리는 전화가 오는 것은 스미꼬와 대립되는 가치, 조선의 존재를 환기시키는 일이다. 상반된 가치를 놓고 내면적으로 갈등을 겪는 주인공의 상태를 잡지사 사장은 '통곡', '으설푼 표정'이라는 말로 표시해준다. 문학하는 입장에 대한 이야기가 오가는 것도 동일한 맥락에서 주인공의 의식의 내용을 나타낸다. 주인공은 문학의 힘으로 현실을 어찌해볼 수 없다는 무력감을 느끼는 것이다. 거리에 나섰을 때 스미꼬가 종각을 헐어버리고 싶다고 말하고 그것을 계기로 얼룩이 진 스미꼬의 얼굴, 아편, 흰옷 등이 논의되는 것도 동일한 맥락에서 친일행위에 나설 경우 생기게 되는 문제들에 대한 환기라고 볼 수 있다. 그것은 새로운 시대와 낡은 시대란 대립적 가치로 인해 생기는 갈등임과 동시에 '공기만 먹고 생명을 지탱하면서 봄을 기다리는 양서류'로 사는 문대영이란 존재가 지닌 모순을 나타내주는 상징이기도 하다.

4부는 극장에 가고 술을 마시고, 집을 찾아가면서 스미꼬와 문대영이 가까운 관계로 맺어지는 양상을 묘사한다. 그 대화들 속에서 스미꼬의 과거가 서술되고, 그로부터 생활과 신념이 결합되는 삶이 아름답다는 사실이 화제로 등장한다. 생활은 친일행위로 보장될 수 있을 것이며 신념은 문학의 정도를 지키는 일이니 식민지 현실에서 그것들은 양립하기 어려운 개념이다. 5부는 스미꼬와 대립적인 위치에 있는 아내와 딸의 이야기에서 시작한다. 그러나 그 사실은 잠시 환기만 될 뿐 주로 다루어지는 문제는 문학이 나아가야 할 길은 무엇이냐는 문제와 스미꼬와 동경으로 애정의 도피행각을 약속하는 일이다. 첫 번째 문제는 "소설을 안 쓰느냐?"는 물음으로 촉발되는데 주인공은 "내가 어디루 가버리구 없"어서 쓰지 못한다고 답변한다. 여기서 현재의 사실을 사실로 보는 것이 세대를 담당하려는 작가에게는 충분한 것이 아니며, 생활이 궁하다고 해서 변절하는 것이 용인될 수 있느냐 하는 문제가 다루어진다. 소설은 영화의 이야기를 빗대서 현재의 조선문학이 배임을 하고 있다는 비판을 행하는 것이다. 이 부분에서 문학하려는 의욕만 가지고는 되지 않으므로 기술을 갖추어야 한다는 논의는 작가가 자신의 알레고리와 분신의 기법에 대하여 긍지심을 가지고 있음을 엿보게 해준다. 이런 이야기 다음에 핵심적인 사건으로서 스미꼬와 만나서 음식을 먹고 대화를 나누다가 결국 동경으로 탈출하자는 약속을 하게 되기까지의 경과가 길게 서술된다. 6부는 동경으로 떠나기로 약속한 날 망년회 자리에서 술을 먹느라 시간을 지키지 못하고 결국 곤죽이 되어버린 이야기, 그리고 다음날 스미꼬의 편지를 받은 내용이 이야기된다. 스미꼬는 자신의 사랑을 아름답게 간직하기 위하여 약속 시간 전에 혼자서 중국 대륙으로 떠나면서 편지를 보내온 것이다. 주인공은 이 사태를 "둘이는 역시 길이 합쳐지기 어려운 형편에 피차간 처해 있는 만큼, 오히려 지당한 괴치(乖馳)요 그 귀정임도 알기는 하겠다"고 받아들인다.

　주인공이 편지를 막 읽고 났을 때 아내가 들어와 딸의 이름을 지어달라고 한다. 처음에는 시답잖게 생각했던 주인공은 '문득 (진실로 문득)' 솔깃한 생각이 나서 문징상(文澄祥)이라고 이름을 짓는다. '징' 자는 스미꼬의 이름에서 따온 것으로 '맑다'는 뜻을 지니며 '상' 자는 '정조만을 의미하는 절개가 아니'면서도 '절개'를 뜻하는 글자로 선택된다. 그렇게 해서 선택된 '상' 자의 훈(訓)은 '상서(祥瑞)'로 '즐겁고 길한 일이 있을 기미'를 나타내는데 주인공은 그 '상' 자가 어떻게 절개를 나타내느냐는 아내의 질문에 "아무튼 임잘랑은 효도를 보구 싶을 테니, 따루이, 왕상(王祥)이라는 그 상(祥) 자루 해석을 하구려"라고 대답한다. 여기에 나오는 '왕상'은 중국 삼국시대의 효자인 '맹종(孟宗)'과 같이 효도로 유명한 사람이며 그 어머니 유씨는 여성훈계서인 『여범』을 지은 것으로 유명하다. 그러므로 '왕상'의 뜻으로 해석한다는 것은 '효도'를 뜻하는 말로 '상' 자를 쓰는 것이지만 사회적 활동을 하는 주인공에게 그 글자는 '절개'의 뜻을 지녀야 한다. 이렇게 보면 '상' 자에 주인공이 부여하는 의미는 '효도'와 '절개'의 뜻을 겸비하는 사회적 내용을 함축할 수 있는 것이어야 하므로 그것은 곧 '충성'의 뜻을 지닌다고 해석할 수 있다. 여기서 충성의 대상이 일본제국이 아니라 조선, 조선민족이라는 것은 '절개'라는 뜻이 그 속에 포함된다는 데서 저절로 드러난다. 결국 '문징상'이란 이름은 '맑은 절개', '맑은 충성'의 뜻이든지 '맑은 절개의 글', '맑은 충성의 문장'이란 뜻을 함축하게 되는 것이다. 작가가 소설 속에서 생활과 신념의 결합을 이야기했고, '내가 없어지는' 주체의 부재상태를 작품을 쓰지 못하는 이유로 제시하고 있었음을 상기하면 딸의 이름을 '징상'이라고 짓는 행위를 통해서 주인공은 자신의 신념을 회복하고 주체를 재건하게 되는 것이다. 이러한 결말에 이르기까지 복잡다단한 과정을 거쳤지만 소설의 주제는 스미꼬를 한편으로 하고 아내와 딸을 다른 한편으로 하는 욕망과 의식의 갈등 속에서 주인공이 헤어나 '맑은 절개'를 되찾게 되는 이야기다. 채만식이 일제가 최후 발악하던 1940년대의 암흑기 속에서도 치열하게 항일투쟁을 전개할 수 있었던 것은 이와 같은 확고한 결단에 힘입었던 것이다.

「냉동어」는 일제 말의 질곡 속에서 행동의 자유를 잃고 시체가 되어가는 지식인, 또는 조선인을 상징한다. 이렇게 조선민족의 주체를 냉동된 존재로 표현하는 것이 작가의 의식이 고착되어 있거나 폐쇄되어 있는 것을 나타내는 징표는 아니다. 오히려 작가는 이 시기에 발표한 다른 글에서 '사물(邪物)과 잡술(雜術)이 친하기 좋은 시절'을 진실이 감추어지는 '밤'으로 묘사하면서 갈릴레오와 같이 별을 보고자 갈망하는 욕구를 표현하고 있다. 그 별을 보지 못한다면 자결해버리고 말았을 것이라는 극단적인 표현까지 서슴지 않고 있다. 그러므로 그가 조선의 상태를 '냉동어'로 표현한 것은 현실의 불균형을 시정하기 위한, 균형에의 의욕이 낳은 행동을 실천에 옮긴 것이라고 할 수 있다. 채만식은 소설 발표 직후 쓴 「소설가는 이렇게 생각한다」라는 글에서 "내일의 광명한 심판 앞에 어둡던 지난밤의 잔해와 그의 추악한 환멸을 본 적은 없는가?"라고 물으면서 친일행위로 나아가는 사람들에게 자성을 촉구했던 것이다. 그러한 입장에서 그는 식민 치하의 현실에서 올바른 문학행동을 하기 위해서는 '예술가적인 솜씨, 기교'를 배양하는 일이 필요함을 말하기도 하고 다른 사람의 작품을 해석하는 데서 생길 수 있는 오류의 문제를 구체적으로 다루기도 했다. 「냉동어」의 해석과 관련된 문제에 대해서도 「문학과 해석」이라는 글에서 언급하고 있는 데서 알 수 있듯이 분신의 기법을 이용하여 알레고리 구조를 만들고 있는 채만식의 작품들은 소설이 발표되던 당시부터 왜곡된 해석으로 인해 고난을 겪었다. '맑은 절개'를 지닌 신념의 문학이 '변절의 문학, 친일의 문학'으로 곡해된 것이다. 이런 사정이 누적되면서 일제강점기 가장 강고한 항일투쟁을 전개한 채만식의 문학은 친일문학의 대명사로 낙인찍혀 마침내는 작가의 이름이 친일 문학인 명단에 올라가는 어처구니없는 사태를 빚어냈다. 이와 같은 역사적·문학사적 평가는 작품 하나하나에 대한 정확한 이해에 바탕을 두고 바로잡아져야 할 것이다. 「냉동어」는 그 작업을 실험하는 데 가장 적합한 작품의 하나다. 소설의 외면적인 사건들을 적당히 꿰맞추어 주제를 짐작하는 것이 아니라 플롯의 전체적인 구조를 정확히 이해함으로써 각 부분의 의미를 재조정하고 그리하여 형상 자체를 올바로 파악하는 것이 작품 이해의 첩경이자 대도인 것이다. 이런 방식의 훈련은 채만식의 문학을 이해하는 데서뿐만 아니라 다른 작가들의 작품에 접근하는 데도 크게 도움이 될 수 있을 것이라고 생각한다.

(「냉동어」 해설, 2008. 12)

제3부
세계문학과 지방문학

백석 번역 『고요한 돈』의 의미

1. 『고요한 돈』의 세계와 한국어 번역 현황

미하일 알렉산드로비치 숄로호프(Mikhail Aleksandrovich Sholohov)의 『고요한 돈』은 러시아 혁명을 전후하여 돈 지방에서 일어난 전쟁과 사랑의 이야기를 넓은 화폭에 담고 있는 장편소설이다. 보센스카야 근방의 타타르스키라는 가공의 마을을 무대로 하여 시작된 이야기는 카자크의 활력이 넘치는 일상생활과 주인공인 그리고리 멜레호프와 유부녀 아크시냐의 '이해하지 못할 열정'에 찬 사랑을 밀도 있게 형상화하면서 전개된다. 작은 마을을 뜨거운 열기로 채웠던 크고 작은 사건들은 주인공이 기마 카자크 병으로 입영하게 됨에 따라 이윽고 넓은 지역으로 확산되고 오스트리아와 벌이는 전쟁이 휘몰아치면서 소설 속의 사건들은 마침내 세계 역사의 한 장으로 편입된다. 작가는 러시아 혁명을 다루기 위해서 「돈슈쉬나(Donshchina)」라는 제목의 소설을 3백여 매 쓰다가 이 주제를 제대로 다루기 위해서는 1차 세계대전의 이야기에서 시작할 필요가 있음을 깨닫고

『고요한 돈』을 새로 집필하게 되었다고 한다. '돈슈쉬냐'는 '슈쉬나'가 '어떤 인물 혹은 장소를 둘러싸고 있는 생각들, 벌어진 일들, 그리고 분위기'를 뜻하는 러시아 말이므로 '돈 지방에서 일어난 사건들' 쯤으로 이해할 수 있다. 이 「돈슈쉬냐」의 주요 내용은 『고요한 돈』의 2부에 편입된다.[1] 사건들은 2부 이후에도 확장일로를 걷는다. 주인공이 전쟁에서 공훈을 세우고 부상을 입고 병원에서 치료를 받으며, 그러는 가운데 가란좌라는 인물로부터 혁명의식을 주입받는 일들이 벌어진다. 그리하여 소설의 무대는 전장에서 후방으로, 그리고 타타르스키에서 병영으로 부단히 바뀌며 혁명세력과 그에 저항하는 세력의 내전은 점차 카자크 사회에 일종의 혼돈상태를 야기한다. 주인공 또한 순진한 카자크 청년으로부터 전쟁영웅으로, 그리고 혁명의식을 지닌 부상병으로, 그러나 다시 반혁명군에서 카자크 독립주의자로 상황에 따라 변신한다. 그가 적위군이 되었다가 백위군이 되고, 다시 적위군에서 탈주하는 일을 반복하는 것은 전쟁의 혼란상 탓만도 아니고 운명의 덫에 걸린 일만도 아니다. 소설은 주인공에 비해 뚜렷한 색깔의 사상을 지닌 볼셰비키 가란좌와 분츄크, 황실파인 리스트니츠키와 반란군의 징벌대원인 미트카 코르슈노프, 그리고 카자크 독립주의자인 이스바린 같은 인물을 등장시켜 대립되는 이념의 실상을 보여준다. 그럼에도 불구하고 주인공은 어느 곳에도 안착할 수 없다. 그것은 그 이념들이 개인의 실존을 옥죄는 굴레라는 느낌 때문이다. 그는 농민적 무정부주의자에 가깝다. 『고요한 돈』이 '개인의 운명과 계급운명의 대립'만을 보여준다는 게오르크 루카치의 비판은 그 점을 지적하고 있

---

1) 신규호, 『미하일 숄로호프』, 건국대학교출판부, 1994, 46쪽, C. G. Bearne, 『숄로호프 문학론』, 김정환 옮김, 일월서각, 1985, 24쪽.

다.[2] 이 비판은 문학적 전형들이 개별적 인물임과 동시에 보편성을 지녀야 한다는 헤겔에게서 유래한 이론에 근거하는 것이지만 루카치는 그것을 서사문학의 이행현상의 하나로 이해한다. 주인공이 적위군에서 탈주하여 산적의 일당이 되고 마는 결말은 사회적 과정의 수동적 희생자가 되는 데 그치는 부르주아 소설 주인공의 범주에 들지도 않고 의식적으로 행동하는 주인공들을 보여주는 사회주의적 서사시에도 해당하지 않는, 카자크 주민들이 겪는 방황을 대표하는 '평균을 넘어선 한 계급의 대표자로 된다.'는 것이다. 『고요한 돈』을 서사문학의 한 이행과정으로 이해하는 이러한 관점의 타당성 여부는 더 세밀히 짚어보아야 하겠지만, 그리고리는 어쩔 수 없이 투신한 산적들에게서도 벗어나 아크시냐와 함께 새로운 생활을 이룰 수 있는 곳을 찾아가다가 추격자들의 총을 맞고 그녀가 죽음으로 말미암아 다시 고향에 돌아와 혼자 남은 아들 미샤토카를 품에 안는다.

『고요한 돈』의 줄거리를 통해 드러나듯이 소설은 전체적으로 고리구조를 이룬다. 네 권 8부로 이루어진 작품에서 2부까지는 돈 카자크의 삶과 그리고리와 아크시냐의 사랑 이야기가 주를 이룬다. 좁은 공간에서 격렬한 정열들이 피어오르기 때문에 소설은 밀도 높은 사건들을 연속해서 짤막한 단편들로 제시하며, 그 속에서 소설에 등장하는 돈 카자크의 개별 존재들은 하늘의 별들처럼 각기 개성적인 존재로 형상화된다. 『고요한 돈』에서 1부와 2부에 카자크적인 분위기와 사건들이 가장 농밀하게 표현되는 것은 그 때문이다. 작품의 기본적인 정조는 여기에서 조성되며 시적인 표현이 가장 빛을 발하는 것도 이 대목에서이다. 그것은 박경리의 『토지』1부가 전체 소설을 압축하고 대표하는 것과 맞먹는 양상이다. 그렇다고 해서 3부 이후가 쓸데없는 것이라고 하면 그것 역시 극히 단견이다. 3부 이후가

---

2) 게오르크 루카치, 『변혁기 러시아의 리얼리즘 문학』, 조정환 옮김, 동녘, 1986, 302쪽.

없다면 작품의 전체적인 형상, 그리고 그 문학적 의미는 완성될 수 없다. 3부 역시 시작은 타타르스키 부락의 장면들이다. 자살을 기도했다가 되살아난 그리고리의 아내 나탈리아가 시집으로 돌아오고 독서회활동을 한 스토크만이 예심판사에게 심문을 받는 사건 등이 서술된다. 그러나 서술의 초점은 곧바로 전쟁터로 옮겨진다. 오스트리아와 벌이는 전투가 묘사되고 독일이 참전하면서 군대의 이동이 잦아지고 전선이 크게 확대되며 전장에서는 살을 부딪치며 죽고 죽이는 치열한 육박전이 펼쳐진다. 그 개별적 사건들을 묘사하는 작가의 수법은 다채롭다. 그리고리가 내지른 창에 꿰어 죽어가는 오스트리아 병사의 눈을 형용하는 수법은 인물의 심리적 기미를 민감하게 포착하는 주관묘사에 가깝지만 포격전이 벌어지는 장면은 포탄에 찢겨진 살덩어리가 난무하는 살벌하고 처절한 광경으로 제시된다. 그에 따라 점차 삭막해지는 병영의 분위기와 그 속에서 싹트는 신분과 계급적 차이에 근원하는 의식의 대립, 그것은 혼란 속에서 빚어진 근원적 욕구의 분출이며 혁명의 징후다. 소설은 일반 사회는 말할 것도 없고 병영에서 빚어지는 이념적 대립 갈등을 함축하는 장면들을 제시하기도 하여 혁명의 징후가 사회 전반에 무르익고 있음을 알려준다.

5부는 상징적으로 "1917년 늦은 가을에 카자크들은 전선에서 돌아오게 되었다"는 문장으로 시작된다. 볼셰비키 혁명으로 전쟁은 국가들 사이에서 영토의 확장을 노리고 벌어지는 침략전쟁이 아니라 적위군과 백위군의 내전으로 바뀌며 그 상황 전개 속에서 사람들은 갈피를 잡지 못하고 갈가리 찢겨진다. 아침에는 백위군이었다가 저녁에는 적위군이 되고 어제는 사단장이었다가 오늘은 탈주병이 되는 혼돈상태. 사람들은 자신과 다른 편이라고 생각되는 사람과 그 가족들을 무차별적으로 처단하고 그 행위에 이를 가는 유가족들은 기회가 닿는 대로 상대편에게 무자비한 복수극을 펼친다. 이렇게 이념과 사상, 관념들이 생명을 억압하는 상황이 지속되면서 사람들은 이제 그저 목숨을 구하기 위해 뿔뿔이 흩어져 간다. 7부가 보센스카야 지방에서 벌어지는 반혁명군과 적위군의 전투에서 시작되는 것은 상징적 의미가 있다. 이제 전장이 따로 없는 현실이 된 것이다. 그동안 살아왔던 마을과 도시가 전장이 되고 그 지역을 어느 편 군대가 장악하느냐에 따라서 사람들의 목숨이 모두 위태위태하게 된 것이다. 이 상황에서 사람들은 자신의 생활 터전을 떠나는 일을 망설일 이유가 없다. 게다가 전염병이 창궐한다. 그리고리의 아버지가 피난을 가다가 전염병으로 죽고, 주인공이 병든 아크시냐를 낯선 사람의 집에 맡겨놓고 전장으로 떠나는 가슴 아픈 이별의 장면은 그 양상을 압축적으로 말해준다. 그뿐만 아니라 군대에서도 탈영병이 속출하고 그들은 자기들끼리 무리를 지어 산적이 된다. 주민과 산적이 한데 섞이고 적과 동지가 한솥밥을 먹는 상황이 도처에서 연출되는 것이다. 그러므로 소설의 서사는 그 단편적인 사건들, 일화들을 점묘법으로 제시한다. 주인공 그리고리가 적위군이 장악한 마을을 탈주하면서 겪게 되는 사건들은 그 점묘법의 완성에 기여한다. 밀도 높게 형상화된 타타르스키 부락에서 시작된 사건이 넓은 세계로 확산되었다가, 극단적인 이념 대립의 축을 따라 응결하여 점점이 흩뿌려지다가 마침내 하나의 점으로 수렴되는 게 소설 전체의 형상인 셈이다.[3] 그 형상은 하나의 점이 무한 공간으로 확장하였다가 응결과정을 거쳐 다시 점으로 돌아간다는 의미에서 고리의 구조이며, 할아버지에서 아들을 거쳐 손자로 이어진다는 점에서 『전쟁과 평화』와 같은 세대 순환의 구조이다.

---

3) 소설의 공간은 실제적으로는 보센스카야 지방을 중심으로, 돈강의 상류와 하류로 확장되고, 간헐적으로 그밖의 지역을 포함한다. 문석우, 「숄로호프의 역사관 연구」, 『슬라브연구』, 2002.

『고요한 돈』의 한국어 번역본이 처음 나온 것은 작품 전체가 완성된 1940년으로부터 채 10년도 되지 않은 1949년이다. 북한에서 활동하던 시인 백석이 옮긴 번역본 1권이 1949년에 교육성에서 처음 간행되었고, 2권이 1950년에 출간되었던 것이다. 그러나 이 판본은 전체 8부 4권 가운데 5부 2권까지만 번역한 것이고, 출판 직후 전쟁이 발발함으로써 오랫동안 실전되었다가 남경대학 윤해연 교수가 북경국가도서관에서 찾아내 그 복사본을 고려대학교 최동호 교수에게 전달함으로써 그 존재가 확인되었다. 따라서 일반 대중이 접한 『고요한 돈』은 사회주의권 서적에 대한 금제가 풀린 1980년대 이후에 나온 판본들이다. 그 판본들은 우후죽순처럼 경쟁적으로 쏟아져 나왔다. 1985년에 두 출판사에서 거의 동시에 똑같이 『고요한 돈』 전체를 7권 분량으로 간행한 것은 그 대표적인 사례이다. 대하소설의 번역임에도 두 판본의 간행은 발행일이 단지 이틀 상거를 두고 있을 뿐이다. 출판사 일월서각에서 낸 판본은 장문평 등 여러 사람이 공동으로 번역한 것이고, 문학예술사에서 낸 책은 정성환이 옮긴 것으로 되어 있다. 이와 같이 두 출판사가 동시에 대하소설에 해당하는 작품을 번역한 것은 해빙 무드라고 하는 당시의 시대적 분위기와 관련된다고 짐작해볼 수 있을 것인데, 그런 까닭인지 두 번역본은 옮긴 사람이 다르고 간행 출판사가 다름에도 불구하고 많은 부분이 일치한다. 그 원인은 일월서각본의 역자 후기에서 찾아볼 수 있다. 곧 러시아어로 된 원작을 번역한 것이 아니라 일본 하출서방신사(河出書方新社)에서 간행한 횡전서수(橫田瑞穗)의 일본어 번역본을 텍스트로 하여 이중 번역한 것이다. 문학예술사본은 번역의 정황을 정확히 밝히지 않고 있어 단정을 짓기는 어렵지만 문장 표현의 대다수가 일월서각본과 거의 그대로 일치한다는 점에서 횡전서수의 것이든 다른 사람의 것이든 일본어 번역본을 참고한 것이라고 보인다. 일본어가 대체로 우리말과 어순이 같고, 백석본이 횡전서수의 일본어본과 전혀 다른 문장 구성을 갖는다는 점을 고려할 때 그러한 판단이 가능하다. 러시아어 원본을 번역 텍스트로 했다면 두 판본의 표현형식이 동일한 형태를 지니기는 매우 어려울 것이다. 이 일곱 권짜리 번역본 두 종류가 간행된 이후에도 『고요한 돈』은 두 차례 더 한국어로 번역된다. 1987년에 동서문화사에서 맹은빈 번역본을 출간했고, 1993년에 청목사에서 정태호가 옮긴 책이 나왔다. 이 두 번역본은 종전에 일곱 권으로 간행되었던 방대한 분량의 대하소설을 모두 두 권짜리 책에 담아냈다는 것이 공통점인데 그들 사이에는 차이점도 있다. 동서문화사에서 낸 책은 일월서각본의 문장을 다듬고 어순을 조정한 데 그치고 있어 특별히 주목하여 언급할 부분이 없다. 이에 비해 청목사 판본은 역자 후기에 "원작의 구도를 훼손하지 않는 범위에서 일과적이고 국소적인 장면은 가려내어 편집"했다는 사실을 밝히고 있다. 그러나 실제 책의 내용을 살펴보면 대강의 줄거리는 알아볼 수 있지만 소설에서 매우 중요한 역할을 하는 노래 대부분이 삭제되고 세부 장면들 가운데서도 생략된 부분이 많아서 원작의 훼손이 심각하다. 이 번역본은 2006년 교보문고에서 전자책으로 만들어졌다. 이밖에 『고요한 돈』의 다이제스트판이 홍승윤의 번역으로 청년사에서 1991년에 간행되었다. 이와 같은 번역의 상황을 간추리면, 먼저 청목사 판본과 다이제스트판은 원작의 내용과 형식에 여러 가지 방식으로 손을 대고 있다. 그와 같이 원작을 변형한 판본을 제대로 된 작품의 번역이라고 할 수 없음은 물론이다. 이와는 대조적으로 문학예술사본과 동서문화사본은 나름대로 원작을 크게 훼손하지 않고 충실하게 옮기고 있으나 어떤 텍스트를 어떻게 번역한 것인지 밝히지 않고 있어 석연치 않은 부분이 남는다. 이렇게 보면 비록 중역이라는 사실을 실토하고 있음에도 불구하고 일월서각본만이 번역에 대한 신뢰할 수 있는 정보를 제공하는 판본이다. 이 글에서 최근에 발굴된 백석의 번역본과 일월서각본을 비교하고 필요할 때에 한정해서 문학예술사본을 참고하려는 것은 그 때문이다. 백석 번역본은 필자가 읽은 바로는 다른 판본과 비교할 수 없으리만큼 문학적 향기가 짙다. 그 문학적 향기는 러시아어로 된 원작을 번역텍스트로 이용했음은 물론 시인이 작품에 대한 깊은 공감 속에서 창작이나 다름없는 공력을 들여 우리말로 옮긴 것이라는 사실을 알 수 있게 해준다. 이러한 관점에서 동일한 작품을 번역했는데도 두 번역본이 전혀 다른 차원의 문학성에 도달한 원인이 무엇인지 밝히기 위해 판본 비교작업을 수행하고자 한다. 방민호는 백석의『고요한 돈』번역의 문제를 다루면서 일본에서는 1930년대 초부터 여러 출판사에서 숄로호프의 대하소설을 간행했었던 사실을 들어 시인이 일본어 번역본을 참고했을 가능성이 있다고 지적했다.[4] 시인이 일본어를 비교적 능숙하게 구사할 수 있는 능력이 있었음을 고려하면 그럴 가능성도 없지 않지만 백석 번역본을 구체적으로 검토하면 이중번역의 혐의는 크게 약화된다. 단어의 선택이나 문장 구성방식 등에서 이중번역으로는 도저히 구사할 수 없는 표현이 이루어지고 있기 때문이다. 번역자가 원작을 번역텍스트로 삼고 다른 언어로 옮겨진 판본을 자신의 작업에 참고했다면 그것은 번역의 성실성을 입증하는 근거가 된다.

2. 서사구조와 표현방법의 상관성

번역은 흔히 직역과 의역으로 대별된다. 직역이 원천어를 중심으로 하여 텍스트의 표면에 집중하는 작업이라면 의역은 목표어를 중심으로 하여 작품의 총체적 효과를 겨냥한다. 어떤 번역방법을 선택하든 일장일단

---

4) 방민호, 「백석의 숄로호프 번역 전후」, 『백석 탄생 100주년 기념 학술대회 자료집』, 한국비평문학회, 2012.

이 있게 마련이다. 번역이 궁극적으로 출발언어와 목표언어 사이에 개재하는 문화적 장벽을 극복하고 문화의 전이를 추구하는 것이라면 직역과 의역의 타협, 직설적 의미와 비유적 의미의 절충은 얼마간 불가피하다. 특히 문학작품의 번역에서는 개념적 의미와 정서적 효과의 등가성을 획득하는 일이 중요하므로 하나의 기호를 다른 기호로 단순히 대치하는 기계번역은 지양되어야 마땅하다. 여기에는 불가불 번역자의 작품에 대한 해석과 육화(appropriation)행위가 개입하게 된다. 쉽게 말해서 작품을 어떻게 이해하고 어떻게 표현해야 하는가 하는 문제에 대해 번역자는 번역의 전 과정에서 부단히 의사결정을 해나가야 한다. 시인, 곧 창작자는 이제까지 표현된 적이 없는 것에 처음으로 형태를 주는 사람이라고 일컬어진다. 자신의 생각 속에 있던 모호한 것을 하나의 언어로 번역해서 구체화해야 하는 것이다. 이 점에서 "진정으로 위대한 시인은 시인이기에 앞서 번역자가 되어야 한다."[5]는 관점은 사줄 만한 가치가 있다. 그와 똑같이 번역자는 창작자의 작품을 받아들이는 데서 한 걸음 더 나아가 자기 것으로 육화하여 다시 자기의 언어로 번역해야 한다. 번역자의 작품 해석이 번역의 내용과 형식을 결정하는 주요인자가 될 수밖에 없는 이유이다. 이 사정은 솔로호프의 『고요한 돈』에서 가장 극명하게 나타난다. 『고요한 돈』은 러시아의 남쪽에 있는 돈 지방 카자크의 존재와 생활과 문화를 넓고 풍부하게 보여준 작품이라는 평가를 받는다. 이 작품을 풍속소설이라고 하는 경우가 있는 데서 알 수 있듯이 거기에는 카자크 고유의 전통과 풍습, 생활의식과 제도와 노동과정이 표현되어 있다. 주지하는 바와 같이 돈 지방은 러시아에서도 변방이고 카자크는 종족적으로도 이질적인 집단이라는 것이 잘 알려져 있다. 그와 같이 독자적이고 고유한 문화를 지니

5) 김진영, 「시인과 번역」, 『문학과 번역』, 나남출판, 1996, 40쪽.

고 있는 카자크의 존재와 삶을 넓고 풍부하게 표현하고 있는 작품이 숄로호프의 작품이다. 당연히 그 표현은 카자크의 토속어를 이용하고 토착문화를 포함하는 토속적 표현이 되지 않을 수 없다. 토속적 표현이란 다른 지역에 그 언어를 대치할 대응언어가 없는 경우에 붙이는 이름이다. 그러므로 번역자는 자신이 작품에서 받아들여 이해한 내용과 형식, 정서적 효과를 나타내기에 적합한 표현과 형식을 창안해내는 작업을 새로이 펼쳐야 한다. 그것은 창작에 준하는 작업이 될 수밖에 없다. 백석 시인이 『고요한 돈』을 우리말로 옮기는 데 창작과 맞먹는 노력을 기울였음은 번역본을 보면 금방 알 수 있다. 그것은 번역이라고 하지만 시인이 낳은 또 하나의 작품이라고 해도 무방하다.

그러나 『고요한 돈』의 번역에서 맞닥뜨리는 난경은 토속적 표현의 문제를 해결하는 일만이 아니다. 『고요한 돈』은 네 권 8부로 되어 있고 각 부는 이십여 개의 장으로 나뉘어 구성되어 있다. 그리고 각 장은 짧게는 한 쪽이나 두세 쪽 분량, 길게는 수십 쪽의 길이를 갖는다. 전체적인 경향을 보면 앞부분의 장들은 짧고 뒤로 가면서 장의 길이가 늘어나는데 그것은 작품이 만들어내는 리듬과 관련된다. 독자가 소설을 읽을 때면 각 장마다 고유한 어떤 리듬이 감지되는데, 작가는 그 리듬을 엮어서 통일적인 예술적 형상으로 만들기 위해 각 장의 길이를 조절하고 있는 셈이다. 이 양상은 장 내부에서도 동일하게 반복된다. 한 문장으로 이루어진 짧은 문단들이 있는가 하면 페이지를 넘겨가면서 빽빽한 묘사가 길게 이어지는 문단도 있다. 문장의 수준에서도 동일한 패턴이 나타나리라는 것은 충분히 예감할 수 있다. 주어와 서술어가 단출하게 결합한 문장이나 '헤어졌다'고 서술어만 표시되어 있는 문장이 있는가 하면 몇 줄씩 긴 호흡으로 이어지는 장거리 문장이 있다. 아무튼 이 장과 장면들은 각기 고유한 정황을 지니고 있어 사건을 짧게 응축하기도 하고 유장한 리듬이 느껴지게

끔 장황하게 펼쳐지기도 한다. 이 독립된 짧은 장들은 대부분이 앞뒤의 장들과 구분되는 사건과 장면을 제시하며 묘사수법이나 어조까지도 각기 다른 색깔을 지닌다. 따라서 그 서로 다른 사건과 장면들은 소설 속에서 다른 목소리들과 조화를 이루어 교향악의 효과를 낸다. 이와 같은 구성상의 특징을 게오르크 루카치는 톨스토이의 작품과 비교하여 "짧막한, 흔히 격렬하게 집중된 작은 장면들을 주욱 나열"[6]하는 방식이라고 파악했다. 톨스토이가 "여러 가지 개별성의 측면에서 세심히 배려된 폭넓은 형상을 좋아"하는 것과 유사하게 숄로호프는, 비록 현대작가들의 모더니즘 기법과 닮은 단편들을 제시하지만, 그럼에도 불구하고 "발단부에서 서술된 카자크 마을의 형상이 일종의 톨스토이적 폭을 갖는 것"이라는 설명이다. 그렇다면 톨스토이의 폭넓은 형상과 숄로호프의 '짧막한, 흔히 격렬하게 집중된 작은 장면들을 주욱 나열'하는 방식의 구성은 어떻게 동일한 수준의 효과를 낼 수 있는 것일까? 루카치는 그 물음에 대하여 단편들의 특성과 그것들이 내는 제각기 다른 소리들이 이루는 화음과 같은 통일성의 관계에 주의를 환기하면서 스스로 이렇게 답하고 있다.

> 숄로호프에게서는 개별 장면들의 구성적 결속성이 과거의 리얼리즘 소설에서보다 더 빡빡하다. 앞서 언급한 바 있는 톨스토이의 강력한 일화들은 거의 자기 나름의 고유한 생을 살아나간다고 할 수 있을 것이다. 가령 『전쟁과 평화』에 나오는 잘 알려진 사냥일화는 생활의 한 순간에 대한 매우 다양하고 변화무쌍하고 다채로운 형상을 우리에게 제시해준다. 그 결과 이 일화 자체는 그것이 있어야 할 자리에 정확하게 접속되지 않는다 할지라도 어느 정도의, 심지어는 높은 정도의 예술적 가치를 지니게 된 것이다. 왜냐하면 이 일화가 전체 예술의 테두리 내에서 그 나름의 예술적 자립성을 갖고 있기 때문

6) 게오르크 루카치, 앞의 책, 324쪽.

이다. 숄로호프에게서는 개별 장면의 이러한 자립성이 톨스토이에게서만큼 강하지 못하다. 이와 더불어 농민적·하층민적 간결성은 대화의 간결성과 긴밀히 연관되어 있다. 숄로호프는 그때그때의 장면이 왜 그렇게 서술되었는가 그리고 그것은 왜 바로 그 자리에 위치 지워졌는가 하는 가장 본질적인 물음에 대해 몇몇의 짧은 문장으로 응답하기 일쑤이다. 그러나 그에 해당되는 세부들이 이 문제를 밝히는 데 집중되어 있기 때문에 이 몇 마디의 표현으로도 강력한 가능력을 가질 수 있고 또 전체의 사회적·역사적·인간적 전환점을 적절하게 밝혀낼 수도 있다. 이러한 구성방식에는 위대한 문학적 능력과 문학적 의식성뿐만 아니라 진정한 예술적 혁신이 표현되어 있다.[7]

　루카치의 설명은 분명하다. 톨스토이의 장면들은 폭넓은 형상이 되는데, 그것은 마치 하나의 장면 속에 세계의 움직임을 규정하는 중요한 힘들이 모두 집약되어 있다고 할 만큼 풍부한 내용을 갖추고 있다. 그의 작품이 리얼리즘 문학이 되는 것은 서술되는 시기의 사회적 동태와 이념 내용을 파악하고 등장인물의 행동을 통해 그 본질적인 규정들의 총체적 연관을 가시화함으로써 가능했다. 그러나 숄로호프의 장면들은 그만큼 풍부한 규정력들을 갖추지 못했다. 그런데도 숄로호프의 단편들이 작품 전체를 통해서 러시아 혁명, 나아가서는 당대 역사의 전체적 흐름을 규정짓는 힘들을 보여주게 되는 것은 '가장 본질적인 물음들에 대해 몇몇의 짧은 문장으로 응답'하기 때문이다. 우리는 이 '짧은 문장들'을 앞으로 '시적 표현'이라고 부르게 될 터인데, 그것들이 한두 개의 문장으로 많은 것을 압축하고 사건이 진행되는 전체의 방향을 암시하며, 그 전체를 상징하는 역할을 하기 때문이다. 다시 말해서 숄로호프의 대하소설은 '짤막한, 흔히 격렬하게 집중된 작은 장면들을 주욱 나열'하는 방식으로 구성되어

7) 위의 책. 333쪽.

전체적으로 시에 가까운 정서적 효과를 내고 있다. 그 짧은 장면들은 앞뒤의 장면과 연관성이 적은, 말 그대로 단편에 가까운 것이며, 그로 인해 생기는 간극과 결함을 보충하는 것이 하나의 문장이나 두세 개의 문장들로 이루어진 짧은 문단의 시적 표현들이다. 그 시적 표현들을 통해 단편들은 변화무쌍한 모습이 되고 서로 간에 이색적인 목소리를 지니면서도 다른 장면들과 연관되는 풍부한 규정력들을 갖는 것으로 고양되며, 그 연관의 효과를 통해 작품은 긴밀한 구성적 결속력을 갖는 통일성을 획득하여 전체가 교향악과 같은 화음을 울리게 된다. 루카치는 그 양상을 '감동적인 개별성을 통해 풍부한 형상을 기념비적으로 제시'했다고 압축하여 표현한다. 부분과 전체의 관계에 주목하는 이 관점에 따르면 우리가 앞으로 판본 비교에서 주로 검토해야 하는 것은 '단편'에 가까운 각 장 또는 장면의 사건들이 지닌 성격과 그것들이 빚어내는 전체의 효과이다. 그러나 루카치가 유의하는 검토사항에 추가하여, 아니 그에 앞서 살펴보아야 할 중요한 항목이 한 가지 더 있다. 루카치는 숄로호프의 작품에 대한 분석에서 자연묘사를 거의 다루지 않는다. 많은 사람이 숄로호프의 자연묘사가 지니는 의미와 효과를 강조하고 높이 평가했음에도 불구하고 루카치가 그에 대한 논의를 생략한 것은 자신의 논지를 전개하는데 불필요한 부분이었기 때문이라고 할 수도 있고, 개별 장면들에 대한 논의 속에 그 내용을 포함시켜 그에 대한 의견을 충분히 진술했다고 생각했기 때문이라고 유추할 수도 있다. 하지만 『고요한 돈』에서 자연묘사는 독립된 장면의 하나에 그치는 것이 아니고 그 모든 장면들의 배음을 형성하는 것으로서 작품에 기본 색조를 부여하는 결정적인 작용을 한다. 바꾸어 말해서 『고요한 돈』에서 자연은 배경장면일 뿐만 아니라 갖가지 사건과 인물들의 행동과 의식에 직접적으로 관여하여 그 운명의 방향을 규정하는 능동적 요인이다. 따라서 자연은 작품의 주제를 형성하는 데에도 긴밀하게 결부되어 있다. 작가가 자연에 대한 묘사에 서정적인 정조를 깃들게 하는 것은 그와 관련된다. 그 서정적인 정조는 하나의 문장이 독립된 문단으로 처리되고, 짧은 문단들이 연속하면서 조성하는 분위기다. 일반적으로 산문에서도 낱낱의 문장을 독립된 문단으로 만들어 배열하면 거기에는 서정성이 짙게 나타나게 된다. 문장과 문장, 문단과 문단 사이에 공간이 생기고 그 공간을 통해서 표현되지 않은 것들이 상상 속에서 채워짐으로써 서정성이 조성되는 것이다. 숄로호프는 주관묘사의 방법과 함께 바로 이 짧은 문장과 문단들을 통해 자신의 작품에 서정성을 부여했다. 따라서 제대로 된 번역이라면 마땅히 소설의 이러한 서사구조가 지닌 특징을 파악한 바탕 위에서, 작품에 대한 깊은 이해에 토대를 두고 진행되어야 했을 것이다. 장면들이 지닌 특성에 따라 구사하는 문체를 바꿔야 하고, 묘사와 서술, 주관묘사와 객관묘사를 구분하며, 시적인 표현에는 그에 걸맞은 성격을 부여해야 하는 것이다. 작품이 지닌 원래의 정서적 효과를 그대로 독자에게 전달하는 데는 그러한 번역이 필수적으로 요구된다. 백석 번역 『고요한 돈』은 바로 그러한 요구를 충족시켰다고 생각된다. 작품의 정서적 효과가 무엇이며, 그 효과는 어떤 서사구조 속에서 생기는지 나름대로 인식하고, 그 구조를 번역본에 구현하기 위해 장면과 사건에 따라 문체와 표현의 방법을 달리하기 위해 심사숙고했던 것이다. 따라서 백석 시인이 행한 번역 작업의 특징을 상세히 분별하는 것은 『고요한 돈』을 이해하는 하나의 방편이기도 하고 번역의 과제가 무엇인지 성찰하는 일이기도 하다. 여기서는 일월서각본을 비교의 대상으로 하고 문학예술사본을 참고 텍스트로 삼아 백석 번역본이 작품의 총체적 효과를 창출하기 위해 어떤 작업을 어떻게 수행하고 있는지 살핀다. 판본 비교에서 검토하는 항목은 첫째 자연묘사, 둘째 사건과 장면의 독립성, 셋째 시적 표현이다. 이것은 범주적으로 보편자, 특수자, 개별자의 연관관계에 대응한다.

3. 판본 비교 – 예술번역과 기계번역의 차이

대하소설의 판본을 비교하는 작업에서는 두 가지 양극단의 방법을 지양하는 일이 필요하다. 그 두 가지는 작품에 대한 대체적인 인상을 나열하는 뜬구름 잡는 식의 개괄과 자료의 무게에 짓눌려 허덕이게 하는 실증주의의 함정이다. 검토 항목 별로 표본을 추출하여 그 특징을 분석하는 것은 그 양극단의 길을 벗어나는 한 방편이 될 수 있다.

『고요한 돈』의 양식은 다차원적이다. 양식이 형식의 구체화라고 했을 때 양식의 다차원성은 작품의 전체 구조와 긴밀하게 결부된다. 소설의 앞부분에 있는 부와 장이 짧게 구성되고 뒷부분으로 갈수록 길어져서 두 배 가량의 길이가 되는 것도 사건의 진행 속에 구현되는 양식의 변이를 보여주는 한 증좌이지만 대상에 따라 주관묘사와 객관묘사, 서정적 표현과 극적 재현을 혼용하는 양태는 더욱 주목을 요한다. 그 가운데서도 자연을 묘사하고 서술하는 방식은 『고요한 돈』의 가장 중요한 특징을 이룬다. 편의를 위해 앞으로 백석 번역본은 백석본, 일월서각본은 일월본으로 표시한다.

1) 자연묘사

① 서서히 세월이 흘렀다.
법수대로 늙은 것은 늙어 가고 젊은 것은 청청히 자라났다. (백석본)

세월은 천천히 흘렀다.
정해졌듯이 부모들은 늙어가고, 아이들은 쑥쑥 성장했다. (일월본) 2부 1장

② 초원은 축축하니 푸르렀었다.
군데군데 부대기 판에 묵은 뱅대쑥이 들어나 보이는데 이것은 고기 귀지네 같이 빨간 빛을 띠었었다. 그리고 또 주룬히 련닿은 묏등성이에는 망보는 흙무데기들이 암람색으로 빛나고 있었다.

칼킨스카야로 향하여 산을 내려오는 길에 카좌들은 목장으로 황소들을 몰아가는 아직 성년 안 된 카좔아이를 하나 만났다. 아이는 벌거벗은 발로 미끌어져 나며 채찍을 휘둘렀다. 말 탄 사람들을 보자 그는 웃독 발길을 멈추고 서서 이들과 또 진창이 뛰고 꼬리는 동여 매이고 한 말들을 물끄럼히 처다보았다. (백석본)

스텝은 촉촉하게 녹색으로 젖어 반짝였다.
카르킨스카야로 내려가는 언덕을 올라갈 때 코사크들은 목장으로 소 떼를 쫓아가고 있던 코사크의 목동과 마주쳤다. 그는 채찍을 내리치며 맨발로 다급하게 걷고 있었는데 기마 행렬을 보고 걸음을 멈추었다. (일월본) 5부 24장

여기에 제시한 문장들은 하나의 문장이 각기 독립된 문단을 이루는 사례들이다. 이런 문장들은 장이나 사건이 시작되는 대목에, 그리고 사건이 진행되는 중간에, 또 마지막의 개괄하는 장면에 숱하게 나온다. 이 짧은 단락의 문장들은 압축적으로 상황을 제시할 뿐만 아니라 문단과 문단 사이의 공간을 통해 묘사되지 않은 것들을 채워주고 연결하는 역할을 한다. 루카치가 "몇 마디의 표현으로도 강력한 가능력을 가질 수 있고 또 전체의 사회적·역사적·인간적 전환점을 적절하게 밝혀낼 수 있다."고 한 것은 이런 짧은 문장들의 배치가 가지는 기능과 효과를 적확하게 표현하고 있다. 그러므로 이 문장들은 그 성격이 객관적 자연묘사라기보다는 주관묘사의 성격을 지니는 시적 표현에 가깝다. 백석본은 그 짧은 문단들이 작품의 전체 구조 속에서 지니는 성격을 간파하고 거기에 시적인 표현을 주고 있는 것이다. ①을 살펴보면 그 양상이 뚜렷하게 드러난다. 겉보기에 두 판본은 거기서 거기인 듯이 보인다. '서서히 세월이 흐르는 것'이나 '세월이 천천히 흐르는 것'이나 부사의 선택과 위치만 조금 달라진 것으로 여길 수 있다. 그러나 두 문장은 전연 다른 뜻을 내포한다. '세월이 천천히 흘렀다'고 하는 것은 가는 세월의 속도를 주목하는 것이고, '서서히

세월이 흘렀다'는 것은 '차츰' 또는 '이윽고' 세월이 흘렀다는 것이다. 세월이 천천히 가고 빨리 가는 일은 없다. 흘러가는 세월에 대한 인간의 느낌만이 달라질 수 있고 그 느낌이 '서서히'라는 말 속에 표현된다. 그 다음 문장도 마찬가지다. 우선 일월본의 '정해졌듯이'는 무엇이 정해졌는지 알 수 없어 문장 자체의 성립이 문제가 된다. 그에 비해 '법수대로'는 사물의 이치가 그렇다는 뜻을 함축한다. 문학예술사본에서는 '어김없이'라고 표현하고 있는데 일월본에 비해 좀 더 정확히 그 뜻을 나타내고 있다. 뿐만 아니라 문장을 연달아 읽어보면 백석본에서는 리듬이 살아난다. '청청히'는 무언지 모르게 힘의 약동을 느끼게 해준다. 일월본이 무미건조한 묘사에 그치고 있는 것과 대조된다. 그러나 두 판본의 번역이 지닌 차이를 절감하게 하는 것은 ②의 부분이다. 우선 백석본이 세 문단으로 되어 있는 데 비해 일월본은 두 문단으로 되어 있다. 두 번째 문단을 아예 통째로 삭제한 것인데 그 행위를 일본어 번역자가 한 것인지 우리말로 옮긴 사람이 한 것인지, 단순한 착오인지는 모르지만 원작을 훼손한 것임에는 틀림이 없다. 이 두 번째 문단을 동서문화사본도 똑같이 빼놓고 있어 그것이 일본의 횡전서수본의 이중번역이든 일월본의 개정판이든 중역임에는 변함이 없다는 사실을 입증한다. 이 부분에서 문학예술사본은 세 개의 문단을 모두 번역하여 일월본과 다른 번역텍스트를 사용하였든지 횡전서수의 일본어 판본을 좀 더 충실하게 번역하였든지 하였음을 짐작할 수 있게 하고 있으나 첫 문단과 두 번째 문단을 하나로 합쳐서 두 개의 문단으로 만들어놓고 있다는 점에서는 작품을 왜곡하고 있다.[8] 독립 문단이

---

8) 참고로 문학예술사본의 두 번째 문단의 번역을 옮기면 다음과 같다. "무성히 자란 구루고비나 풀이나 이름 모를 잡초들이 붉은 꽃을 피우고 있었다. 언덕 위에서 보면 그것은 흡사 기러기의 깃털처럼 나부끼고 있었다."

되어야 할 문장을 다른 문단과 합쳐놓은 것은 결코 가볍게 웃어넘길 단순한 실수나 지엽적인 일이 아니다. 그 행위에 의해 원작자가 노린 시적 효과는 반감될 수밖에 없다. 그밖에 두 번째 문단의 번역에서 백석이 사용하고 있는 토착어 또는 순우리말 표현도 기억해둘 만하다. 현대 한국인들에게는 낯설게 하기 수법을 위해 도입된 낱말이나 문장들처럼 신선한 느낌을 주는 순우리말 표현이 정교하게 펼쳐져 있다. 백석의 번역이 지닌 특징을 상징적으로 보여주는 대목이다. 이제 또 다른 사례를 살펴보자.

③ 겨울이 대번에 오지는 않았다. 내렸던 눈이 성모제 후에 녹아 버려서 말 떼들을 다시 목장으로 내몰았다. 한주일 동안이나 마파람이 불더니 날씨가 따뜻해지고 땅이 풀리고 초원에서는 이끼라도 낀 듯한 뒤늦은 푸른 빛이 쨋쨋하게 마지막 기세를 보이였다. (백석본)

겨울은 단번에 찾아오지는 않았다. 성모절이 지나자 쌓였던 눈이 녹아서 가축들은 다시 목장으로 내쫓았다. 1주일쯤 남풍이 계속 불더니 제법 따뜻해져서, 대지가 방심하여 들판에 철 아닌 푸른 풀이 깨끗하게 물들었다. (일월본) 2부 7장

④ 타탈스키부락 옆으로 하이얀 잔물결이 일어 주름살이 잡힌 하늘로는 가을해가 빙빙 길을 돌아갔다. 거기 높직한 곳에는 조용한 바람이 다만 살작 검정 구름장들을 닿치고 이것들을 서쪽으로 흘려보내는 것이었으나 그러나 마을 위로, 검푸른 매연한 돈강 위로, 벌거벗은 수림 위로 이것은 기세 찬 기류가 되어 때려대고 버드나무와 백양나무 우두마리를 휘여 놓고 돈강을 흐믈거리게 하여 놓고 말무리 같은 적갈색 나무닢새들을 길거리로 몰아 쫓고 하였다. 흐리스토닌네 고깐에는 잘 가리지 못한 마른 밀짚데미가 어지러이 흔들리었는데 바람은 물어뜯어가며 그 꼭대기에 구멍을 내이고 가느단 대를 굴려나리고 그리고 갑자기 삼지창에 오르는만큼 황금빛 밀짚을 한 아름 안고는 이것을 뜰악 위로 날려가고 길거리의 상공에서 잡아돌리고 그리고 손크게 비인 길에 뿌려놓고 잔득 성나 일어선 무데기를 스테판 아스타홉네 오

막사리 지붕에 던저버리고 하였다. 모자를 쓰지 않은 흐리스토닌의 안해는 가축우리로 뛰어가서 무릎으로 치마를 꼭 누르고 바람이 고깐에서 세간을 사는 꼴을 잠간 동안 물끄럼이 보다나서 또 다시 현관으로 가버리었다.

전쟁 삼년 째 해는 마을의 살림살이에 현저하니 나타났다. 카작들이 없어진 마당들은 횡하니 열린 창고들이며 낡은 가축 우리들이며로 해서 엉성하니 되고 하나씩 둘씩 있던 것들이 허물리며 이 마당들에는 초라한 자최가 남게 되었다. 흐리스토닌네 안해는 아홉 살 백이 아들아이를 데리고 살림을 하여갔다. 아니쿠ㅡ쉬킨네 마누라는 전혀 세간 일은 몰랐으나 그러나 그 출정 군인의 녀편네라는 제 형편에 따라 고집스럽게 제 몸 하나는 제가 거누어갔다. 연지를 바르고 화장을 하고 그리고 장성한 카작들이 발른 탓에 열네살쯤 되었을까 한 아이나 또 그 보다 좀 더 나이 먹은 아이들을 붙이었는데 여기 대해서는 어느 대 잔득 타루를 발리워 더럽혀저서는 이때까지 그 컴컴한 짓을 적발하던 밤색 자취를 지니고 있는 널쪽문이 웅변으로 증명하고 있다. (백석본)

타타르스끼 부락에서 보면 옆쪽에 해당되는, 회색 구름이 잔물결처럼 주름 잡힌 하늘 위쪽에, 가을날의 태양이 지나고 있었다. 그 근처의 상공에서는 고요한 바람이 가볍게 구름을 밀어서 서쪽으로 흘러가게 하고 있을 뿐이었지만, 부락 위나, 어두운 녹색을 띤 돈의 수면이나, 가지들이 앙상한 숲 위쪽으로 오게 되면 바람은 힘찬 흐름이 되어 소용돌이치며 버드나무나 백양의 꼭대기를 구부러뜨리고, 돈을 물결 일게 하고, 단풍이 든 나뭇잎들의 떼를 마을의 한 길을 따라 휘몰아대는 것이었다. 프리스토냐네 집의 타작마당에서는 단단히 묶어두지 않은 보릿짚 더미가 홱 날아가고, 바람은 그 꼭대기에 덤벼들 듯 파고들어 가느다란 장대를 쓰러뜨리는가 싶더니, 갑자기 한 아름 정도의 금빛으로 빛나는 짚단을 움켜들어서 가볍게 들어올리듯이 마당 위쪽으로 옮겨갔다가 한길 위쪽에서 냅다 휘둘러 아무것도 없는 길에 기세 좋게 흩뿌리다가 거센 털같이 된 그 짚들을 스테판 아스타코프네 집의 지붕에 내던졌다. 프리스토냐의 아내는 프라토크도 쓰지 않고 가축 두는 마당 쪽으로 뛰어나가 스커어트의 앞을 무릎께에서 누르고는 바람이 타작마당 위로 휘몰아쳤다가 또다시 오두막 쪽으로 사라지는 모습을 바라보고 있었다.

전쟁의 3년째는 부락의 경제에 뚜렷한 자취를 남겼다. 남자의 일손이 없어진 집에서는 활짝 열어둔 헛간이나 낡은 가축우리가 허술해져서 차츰 더 해가는 황폐상태는 그 지저분한 흔적을 그런 건물들에 남겨 놓았다. 프리스토냐의 아내는 아홉 살이 되는 아들과 함께 일했다. 아니구쉬카의 아내는 밭일에는 전혀 나가지 않고, 자기는 출정한 병사의 아내라고 하여 열심히 화장에 몰두했다. 연지를 바르기도 하고, 하얗게 분칠하기도 하며, 성인남자가 없으니까 열너댓 살 소년들을 끌어들이기도 했다. 그 당시 끈적끈적하게 타아르가 마구 칠해져서 지금도 불그스름한 흔적이 남아 있는 판자 울타리가 그런 사실을 분명하게 발해주고 있다. (일월본) 4부 5장

여기에 인용한 구절들은 숄로호프의 자연묘사를 시인이 어떻게 옮기고 있는지 살펴보기 위해 제시한 예문이다. ③의 경우 일월본은 그저 덤덤하게 풍경을 묘사하고 있는 데 반해서 백석본은 문장이 강세를 가지고 있다. 마지막 부분의 '뒤늦은 푸른 빛이 쨋쨋하게 마지막 기세를 보이었다'는 표현은 ①의 '청청히'라는 표현과 같이 강세의 힘이 느껴진다. 이 대목은 일월본에서는 '푸른 풀이 깨끗하게 물들었다.'로 되어 있고 문학예술사본에는 '녹색 풀이 예쁘게 돋아났다'로 되어 있다. 시인은 '깨끗하게'나 '예쁘게'로 번역되어야 할 단어를 '쨋쨋하게 마지막 기세를 보이었다'고 자신의 주관을 섞어서 옮기고 있는 셈인데 그로 인해 문장은 역동성을 지니고 묘사된 사물은 생생하게 살아난다. 이와 같은 양상은 '타타르스키 부락'으로 시작되는 예문에서는 더 현저하게 느껴진다. 백석의 번역은 문장 속에 가락이 있어서 흥겨운 느낌을 준다. 그 원인을 몇 가지 짚어보면 우선 '가을 해가 빙빙 길을 돌아갔다'는 표현과 '가을날의 태양이 지나고 있었다'는 표현의 차이에 주목할 수 있다. 이 대목에 대한 문학예술사본의 표현은 '부락'을 '마을'로 바꾸는 등의 몇 가지만을 빼놓고는 어순이나 용어, 문장구조 등이 일월본과 비슷한 정도를 지나 베꼈다고 할 정도로 똑같은데 다 같이 지루한 산문적 묘사에서 조금도 벗어나지 못한

다. 이에 비해 백석의 번역은 매우 생동한다. 그 생동감은 '빙빙'이란 낱말을 집어넣은 효과이다. 다른 부분도 마찬가지다. 예컨대 바람은 '기세 찬 기류가 되어 때려대'는 것이고, '백양나무 우두마리를 휘여놓'는 것이며, '돈강을 흐물거리게 하'는 것이다. 여기에는 '빙빙'과 같은 동일한 음절의 반복이 문장과 문장, 문단과 문단으로 이어지면서 확대된 결과 생겨난 리듬이 있고 그 리듬 속에는 사물을 살아 있는 생물처럼 생각하는 사유방식이 깃들여 있다. 그 정서적 효과는 '몰아 쫓고', '물어 뜯어가며', '굴려 나리고' '던져 버리고', '잔뜩 성나 일어선 무데기'와 같은 강세 어법이 한 몫 거드는 데 빚지고 있다. ④의 두 번째 문단에서도 그와 같은 반복과 강세는 이어진다. 창고, 가축우리 같은 사물들이 일일이 나열될 뿐 아니라 흐리스토닌네 안해와 아니쿠쉬킨네 마누라가 열거되고 연지 바르고 화장하고 열너댓 살 되는 아이들을 붙이는 일이 연달아서 묘사된다. 이러한 나열과 열거, 반복, 강세는 다른 판본의 번역에서는 그다지 뚜렷하게 느껴지지 않는다. 강세를 지닌 단어를 동원하고 반복이 느껴질 수 있도록 문장을 구성하는 데 따라서 얻어진 효과다. 그러나 여기에 그치지 않는다. ④의 첫 문단과 두 번째 문단은 하나는 자연묘사이고 다른 하나는 사람들의 살림살이에 대한 묘사다. 그러나 자세하게 살펴보면 두 문단은 감응의 관계에 있다. 바람이 사물들을 헤쳐놓는 것이나 전쟁이 사람과 그들의 살림살이를 흩어놓는 것이나 똑같이 폭력적인 힘을 행사한 결과라는 점에서 동일한 행태다. 이것이 의미하는 깃은 숄로호프에게 자연과 사람은 별개의 존재가 아니라는 사실이다. 사람도 자연의 존재이고 자연도 사람과 마찬가지로 능동성을 지닌 주체다. 이와 같이 자연과 사람이 교감하고 공명하며 한데 섞이는 양상은 백석 번역 『고요한 돈』의 도처에서 발견할 수 있다. 다음에 인용하는 문장은 그 한 사례다.

⑤ 제 二보충병들과 함께 제三 보충병들도 떠나갔다. 돈의 읍과 부락들은 마치 돈 지방 전체가 벌초나 갈을 하러 털어난 것처럼 텡 비였다.

국경에서는 그해에 바야흐로 비통한 갈이 벌어져 죽음이 역군들을 락인 찍었으니 "오 정든 님이여… 뉘한테 날 맡기고 그대 가셨는가?…" 하고 고인과 작별하여 넉두리한 맨머리 바람의 까자크 녀편네가 한두 명이 아니였다.

정든 님들은 사면 팔방에 쓰러져 피를 흘렸고 눈을 감은 채 다시 깨어나지 못하는 이들은 대포 소리를 공양 삼아 오지리, 파란, 프로씨야에서 썩어졌다… 그런즉 동쪽에서 부는 바람도 그들에게 안해와 어머니들의 울음을 전하지 못했다.

꽃다운 까자크들이 집을 떠나 거기서 죽음과 이와 공포와 피할 길 없는 애수 속에 멸하여 갔다.

九월달의 맑게 개인 날 따따르쓰끼 부락 우에는 젖빛으로 오색이 령룡하고 솜실처럼 그렇게 가는 거미줄이 떠서 날았다. 핏기 없는 태양은 남편 잃은 녀편네처럼 쓴웃음을 보이고, 깔끔하면서 정결스럽게 푸른 하늘은 가까이 할 수 없을 만큼 말짱하고 교만스러웠다. 돈 너메서는 누렇게 황이 든 나무숲이 비애에 잠겨 있고 백양나무는 희멀거니 반사하고, 참나무가 드문드문 달렸던 문양 같이 들쑹날쑹한 잎사귀를 떨어뜨리고 있는데 적앙나무만이 요란스럽게 청청하여 그 검질긴 생명력으로 까치의 날랜 눈을 즐겁게 하고 있었다.

이날 빤쩰레이 쁘로꼬피예위츠 멜레호브튼 전투부대로부터 편지를 받았다. (백석본)

예비역과 함께 후비역도 소집되어 나갔다. 돈 연안의 마을마다에는 눈에 띄게 사람이 적어졌다. 마치 돈 지방이 모조리 풀베기나 들일에 나가버리기라도 한 것처럼.

그 해에 국경지대에서는 전화가 타올라서, 죽음이 일군들에게 덤벼들고 있었다. 그래서 사자에게 '오오, 여보! …당신은 도대체 어째서 나만 남겨두고 가버리셨죠? …' 하고 푸념하며 작별을 고하는 사람은, 이제 머리를 흐트러뜨린 코사크 여자들만이 아니었다.

사랑하는 남편이나 아들은 이리저리 머리를 돌리고 쓰러져서 코사크의 새빨간 피를 흘리고 있었다. 그리고 영원히 깨는 일이 없이 눈을 감아버린 사람들은 오스트리아나 폴란드나 프러시아의 들에서 대포의 공양을 받아 썩어 갔다. …더구나 동풍이 꼭 아내나 어머니들의 탄식을 그들의 귀에까지 운반해 가지는 않았을 것이 틀림없다.

코사크의 꽃은 고향 집을 버리고 국경에 가서, 죽음과 공포 속에서 져갔다.

9월의 어느 날씨 좋은 날, 타타르스키 마을 위에는 거미집처럼 번쩍거리는 젖빛 엷은 솜구름이 떠 있었다. 생기 없는 태양은 과부처럼 쓸쓸한 미소를 띠고, 때묻지 않은 처녀처럼 푸르디 푸른 하늘은 접근하기 어려울 정도로 맑게 갠 채 거만하게 펼쳐져 있었다. 돈의 건너편 기슭에는 노란 그림물감을 칠한 듯한 숲이 슬픔에 잠겨 있었다. 포플라의 잎이 생기 없이 비치고, 떡갈나무가 무늬 있는 잎을 때때로 후두둑 떨어뜨렸다. 다만 오리나무만이 푸르게 기운찬 모습을 보여서, 그 왕성한 생명력으로 까치의 날카로운 눈을 즐겁게 해주고 있었다.

그날 판탈레이몬 프로코피에비치 멜레코프는 전선에서 온 편지를 받았다. (일월본) 3부 16편

예시한 부분은 『고요한 돈』의 문단구성이 지닌 특징을 잘 보여준다. 짧은 길이의 인용문 속에 다섯 개의 문단이 나뉘어져 있는데 그 가운데 두 문단이 단 한 문장으로 구성되어 있고, 두 문단은 두 문장으로 구성되어 있다. 전쟁에서 목숨을 잃은 사람을 애통해 하고 그 가족들의 슬픔을 표현하고 있느니만큼 이 대목의 기본 정조는 서정적이다. 이러한 정조의 양상은 일월본이나 문학예술사본이나 똑같다. 그러나 다른 판본들이 이웃동네 초상집에 문상을 간 조문객처럼 맨숭맨숭한 표정인데 비해서 백석본은 그 자체로 통곡이다. 그 통곡이 느껴지는 것은 첫 문단에서부터 조짐이 마련되고 있다. 다른 판본은 "눈에 띄게 사람이 적어졌다"고 하는데 비해서 백석본은 "텡 비었다"고 표현한다. 두 번째 문단에서는 "전화가 타올라서"라고 표현하는 것을 백석본은 "비통한 갈이 벌어져"라고 표현한다. 앞 문단에서 '벌초나 갈을 하러 털어난'다고 한 말을 받아서 사람

들이 숱하게 죽어나자빠지는 양상을 '갈(수확)'이라고 하고 있는 것이다. 이러한 강세는 다른 판본이 '여보'라고 하는 것을 '정든 님이여'라고 한 데서나 '푸념하며'라고 하는 것을 '넋두리한'으로 표현하는 데서도 나타난다. 상황을 나타내는 데 적합한 낱말이 정확하게 구사될 뿐 아니라 전체 분위기의 조성에 기여하는 단어 선택이자 문장구성이다. 그런 까닭에 세 번째 문단에서 다른 판본들이 '사랑하는 남편이나 아들'이라고 하는 것을 백석본은 앞 문단의 표현을 이어받아서 '정든 님들'이라고 반복하고, '아내나 어머니들의 탄식'이라고 번역된 것을 '아내와 어머니들의 울음'이라고 옮기고 있다. 네 번째 문단은 그냥 그대로 시적 표현이다. 다른 판본들이 '고향 집을 버리고, 국경에 가서, 죽음과 공포 속에서 져갔다'라고 옮긴 것은 무미건조하기 짝이 없는 산문이다. 이 대목에서도 시인은 강세를 넣고 있는데, 다른 판본들이 '죽음과 공포'라고 한 것을 '죽음과 이와 공포'라고 옮긴다. 원작에 어떻게 되어 있는지 확인하지는 못했지만 죽음과 공포 사이에 '이'를 삽입하는 것은 병사들이 병영생활에서 이 때문에 얼마나 고통을 겪고 있는지 알고 있는 독자들에게는 그 고통이 자신의 살 속으로 파고드는 듯한 실감을 전해준다. 이렇게 네 문단을 배치한 다음에 자연묘사가 등장한다. 곡식과 건초를 수확하는 것을 '갈'이라 하는 동시에 사람이 죽는 것을 똑같이 '갈'이라고 하는 것을 상기하면 이 자연의 묘사 속에 사람이 들어가는 것, 자연과 인간이 하나가 되는 것은 너무나 자연스러운 일이다. 그리하여 '핏기 없는 태양'과 '남편 잃은 녀편네의 쓴웃음'이 병치되고 그것을 비웃기라도 하는 듯 '말짱하고 교만스러운 하늘'이 대조의 대상으로 제시된다. 그렇기 때문에 나무숲은 '누렇게 황이 들었고', 백양나무는 비애에 잠겨 있으며, 참나무는 들쑥날쑥한 잎사귀를 떨어뜨리는데 적양나무만이 '요란스럽게 청청하여' 까치의 눈을 즐겁게 해준다. 죽음과 삶이 나란히 있고 나뭇 잎사귀들의 조락과 '요란스럽게 청청'한 적양나무의 검질긴 생명력이 대비되며, 즐거움과 비애가 교차한다. 그 병존과 대비와 교차의 순간 속에서 "판탈레이몬 프로코피에비치 멜레코프는 전선에서 온 편지를 받았다."는 사실이 묘사된다. 판탈레이몬의 둘째 아들이자 이 소설의 주인공인 그리고리가 전투과정에서 전사했다는 소식을 담은 전사통지서가 전해지는 것이다. 그리고리의 죽음은 잠시 뒤에 사실의 오인으로 밝혀지지만, 그 병존과 대비와 교차의 구성으로 인해 인간의 사건은 자연과 분리할 수 없이 결합된다. 자연과 인생이 한데 엮어진 이 내용이 다른 판본에도 들어 있음은 두말할 나위 없다. 그렇지만 다른 판본을 읽으면 그 속에서 지루한 풍경묘사 이상의 것을 들을 수 없다. 백석의 번역만이 율동과 감흥을 전해주고 사물과 세계와 인간의 작위를 새로이 인식하게 하는 깨달음을 준다. 자연묘사에 대해서는 "그의 윗자리에 선 작가를 찾기가 힘들 정도"[9]라고 하는 숄로호프의 『고요한 돈』이 지닌 맛과 향기를 백석의 번역본이 되살려냈다고 하는 이유다. 그 맛과 향기를 지닌 자연묘사는 주관묘사의 성격을 지니고 있어 『고요한 돈』 전체에 서정적인 분위기를 부여한다. 그 서정적인 정조는 소설 속의 사건들에 짙은 음영을 드리운다. 그렇다고 해서 숄로호프의 원작이나 백석 번역본이 주관묘사로 일관했다고 생각하는 것은 오산이다. 사건과 행동과 대화를 묘사하는 대목에는 주관묘사와 극적으로 대비되는 객관묘사의 방법이 정교하게 구사되고 있는 것이다. 그 양상은 사건과 장면에 대한 묘사 속에서 확인할 수 있다.

---

9) 신규호, 앞의 책, 74쪽.

2) 사건과 장면

⑥ "그 개년을 마당으루 끌어 내라!…" 하고 승강구 앞에서들 소리쳤다. 쁘로꼬피와 같은 연대에서 근무했던 한 사나이가 한 손에는 토이기 여자의 머리채를 감아쥐고 또 한 손으로는 소리를 지르노라고 벌린 여자의 입을 틀어막으면서 입구 복도로 달음질치듯 여자를 끌고 나와 군중들 발뿌리에 내여 던졌다. 아우성치는 목소리를 꿰뚫고 날카로운 외침이 울렸다. 쁘로꼬피는 여섯명의 까자크를 메여 꽂고 살림방으로 뛰쳐 들어가 벽에 걸린 환도를 잡아 채였다. 까자크들은 서로 밀쳐대면서 입구 복도로부터 빠져나갔다. 삐걱 소리를 내며 번쩍거리는 환도를 머리 위로 휘두르면서 쁘로꼬피는 승강구로부터 뛰어 내려갔다. 군중은 흠칫하더니 뜨락으로 흩어져 달아났다.

잘 뛰지 못하는 포병 류스냐를 곳간 옆에서 따라 잡은 쁘로꼬피는 뒤로부터 왼쪽 어깨에서 엇비둠이 허리까지 내려 먹였다. 울타리에서 울장을 뽑아내고 있던 까자크들은 타곡장을 지나 초원으로 흩어져 달아났다. (백석본)

"계집을 마당으로 끌어내!"
바깥 계단 앞에서 모두가 아우성을 쳤다. 프로코피와 같은 연대에 있던 사내가 한 손으로 터키 여자의 머리채를 감아쥐고, 다른 한 손으로는 소리치려고 하는 그녀의 입을 막은 채 나는 듯이 현관에서 밖으로 끌어내어 군중의 발 앞에 집어던졌다. 비단을 찢는 듯한 여자의 비명이 군중의 웅성거림 속에서 유난히 높게 울려퍼졌다. 프로코피는 여섯 명의 코사크를 밀어던지고 거실로 달려가서, 벽에서 장검을 빼어들었다. 코사크들은 다투어 현관으로부터 도망치기 시작했다. 프로코피는 번쩍번쩍이면서 철컥철컥 소리내는 장검을 머리 위로 쳐들고 계단을 뛰어내려갔다. 군중은 겁이 나서 마당으로 흩어져 갔다.

헛간 옆에서 비틀대며 뛰어가고 있던 포병 류시나를 따라붙어서 뒤에서 왼쪽 어깨로부터 허리께까지 비스듬하게 단칼에 베어버렸다. 다른 코사크들은 울타리의 말뚝을 부수고 타작마당을 지나 빌판으로 뿔뿔이 도망쳐 갔다. (일월본) 1부 1장

⑦ 야영에서 까자크들이 돌아오기까지 한 주일반이 남았다.

악씨니야는 자기의 뒤늦은 쌉쌀한 사랑에 몸이 달대로 달았다. 아버지의 위협에도 불구하고 그리고리는 밤중에 몰래 그를 찾아 갔다가는 새벽녘에야 돌아 왔다.

두 주일 동안에 그리고리는 힘에 겨운 길을 줄달음친 말처럼 기진력진 맥이 빠졌다.

잠 못 자는 밤과 밤으로 하여 광대뼈가 두드러진 그의 얼굴의 갈색 피부는 퍼러스름한 빛을 띠우고 쑥 패여 들어간 눈자위로부터는 메마른 검은 눈이 피곤한 듯 내다보았다.

악씨니야는 얼굴을 머릿수건으로 감싸지도 않고 다니는데 눈 밑에 깊이 패인 우묵진 곳이 서글프게 거멓고 봉긋이 지꿎게 보이는 그의 입술은 뒤숭숭히 도발하는 것처럼 웃고 있었다.

그들의 얼빠진 관계가 하도 심상치 않고 공공연하며 사람들을 면란해하거나 숨기기는커녕 이웃들의 목전에서 얼굴이 여위고 시꺼매져 가면서 하도 렴치 모르는 불길에 타오르기 때문에 이제는 두 사람을 만닐 때 어쩐지 남들이 그들을 보기가 부끄러워졌다.

전에는 악씨니야와의 관계에 대해서 그리고리를 놀려대던 그의 동무들도 이제는 만나면 덤덤히 말이 없고 그와 한자리에 있는 것을 어색하고 거북스럽게 느꼈다. 녀편네들은 속으로는 시새워하면서도 악씨니야를 힐난하고 이제 쓰쩨빤만 돌아 와 봐라 하고 고소하게 여기면서 호기심에 몸이 달아 살이 내릴 지경이다. 그리고 마침내는 자기들의 예상을 꾸몄다. (백석본)

코사크들이 야영에서 돌아올 때까지는 앞으로 열흘 정도밖에 남지 않았다.

아크시냐는 늦게 핀 덧없는 사랑에 열중해 있었다. 그레고르는 아버지에게 위협을 당하면서도 밤이 되면 그녀에게로 몰래 숨어 들어갔다가는 새벽녘에야 돌아오는 것이었다.

2주일 사이에 그는 마치 먼 길을 무리하게 달려온 말처럼 녹초가 되고 말았다.

며칠 밤이나 자지 못한 밤이 계속되었으므로 그의 광대뼈가 튀어나온 얼굴의 다갈색 피부는 창백해지고, 울쑥해진 눈두덩 속에서는 생기가 없는 검은 눈이 힘없이 내다보고 있었다.

　아크시냐는 프라토크(두건)로 얼굴도 가리지 않은 채 돌아다녔다. 눈 주위가 움푹해지고 송장처럼 검은 기미가 생겼다. 도툼하고 약간 말려 올라가서 탐욕스러운 듯한 입술은 안정을 잃고 도전하는 것처럼 웃고 있었다.

　미친 듯한 두 사람의 관계는 아주 터무니없고 공공연했다. 두 사람은 이제 완전히 이성을 잃고 철면피한 사랑의 불꽃에 몸을 불태웠다. 남에게 들켜도 조금도 부끄러워하거나 또는 숨으려고 하지 않고, 모두가 보는 앞에서 눈가에 기미가 생겨나고 홀쭉하게 여위어가는 것이었다. 그래서 이제는 마을 사람들은 그들과 마주치면 오히려 이쪽에서 얼굴을 돌려버리는 것이었다.

　처음에는 아크시냐와의 관계를 놀려주던 그레고르의 친구들도 이제는 아무 말도 하지 않게 되었고, 모임 자리에서도 그레고르가 있으면 모두 딱딱하고 어색한 기분을 느꼈다. 여자들은 속으로는 질투를 하면서도 겉으로는 아크시냐를 나쁘게 말하고, 스테판이 돌아올 날을 은근히 기다리고 있다는 식이었다. 모두 야수와 같은 호기심에 휩싸여서 살이 내리는 느낌이었다. 끝판이 어떻게 될 것인가 하고 모두들 갖가지로 예상하고 있었다. (일월본) 1부 12장

　예문 ⑥은 두 사람이 죽고 한 사람이 감옥에 가는 사건을 다룬다. 주인공 그리고리 아버지의 탄생에 얽힌 이 이야기를 작가는 냉철한 시선으로 관찰하고 묘사한다. 만삭이 된 여자를 태질하듯 마당에 내던지고 집단적으로 발길질을 하는 행동과 달아나는 사람을 뒤쫓아가 그 몸통을 베어버리는 행동을 카메라로 보여주듯이 묘사한다. 그런 때문인지 백석본과 일월본을 비교해도 큰 차이가 느껴지지 않는다. 그러나 번역자가 선택한 용어나 문장 표현을 자세히 보면 이 장면에 대한 번역자들의 작품해석, 맥락에 대한 파악이 서로 다름을 알 수 있다. 우선 백석은 "그 개년을 마당으로 끌어내라!"라고 옮기는데, 일월서각본은 "계집을 마당으로 끌어내!"라고 번역한다. 전자에서는 자신들에게 재앙을 가져온 여자라고 생각하여 흥분한 군중의 격앙된 심리가 생생하게 살아나는 표현이 사용되고 있

음에 반해서 후자에서는 그저 무덤덤하거나 기껏해야 조금 거칠게 행동하는 모습으로 처리되고 있어서 그러한 감정의 기복이나 분위기가 전혀 느껴지지 않는다. 이에 비해서 "바깥 계단 앞에서 모두가 아우성을 쳤다"는 "승강구 앞에서들 소리쳤다"보다 주관적이고, "군중의 발 앞에 집어던졌다" 또한 "군중들 발뿌리에 내여 던졌다"보다 감정이 실려 있다. 이 양태는 "비단을 찢는 듯한 여자의 비명이 군중의 웅성거림 속에서 유난히 높게 울려 퍼졌다"는 표현에서 극에 달하는데 그것을 백석은 "아우성치는 목소리를 꿰뚫고 날카로운 외침이 울렸다"고 사태를 냉정하게 포착한다. '비단을 찢는 듯한'이라든가 '군중의 웅성거림', '유난히 높게 울려 퍼졌다'는 표현이 일종의 강조어법이라면 백석의 묘사는 그러한 주관의 개입을 억제하는 것이다. 이러한 묘사방식은 첫 번째 문단 마지막 문장에서 더욱 뚜렷이 드러난다. 백석은 "군중은 흠칫하더니 뜨락으로 흩어져 달아났다"고 표현하는 데 비해서 일월본은 "군중은 겁이 나서 마당으로 흩어져 갔다"고 표현한다. '흠칫하더니'는 행동의 양태에 대한 객관적 파악이고 '겁이 나서'는 달아나는 사람들의 심리에 대한 주관적 해석이다. 마찬가지로 '흩어져 달아났다'는 각각의 사람들이 따로따로 달아나는 모습에 대한 객관적 묘사이고 '흩어져 갔다'는 달아나는 사람들의 모습에 대한 인상을 전체적으로 개괄하여 서술하는 문장이다. 이렇게 객관묘사와 주관묘사가 서로 다르게 나타나는 양상은 두 번째 문단에서도 살필 수 있다. 백석은 "잘 뛰지 못하는 포병 류시나를 곳간 옆에서 따라잡은 쁘로코피는 뒤로부터 왼쪽 어깨에서 엇비둠히 허리까지 내려 먹였다"고 표현하는 데 비해서 일월서각본은 "헛간 옆에서 비틀대며 뛰어가고 있던 포병 류시나를 따라붙어서 뒤에서 왼쪽 어깨로부터 허리께까지 단칼에 베어버렸다"고 옮기고 있다. '잘 뛰지 못하는'은 쁘로꼬피가 따라잡을 수 있었던 원인을 설명하는 것이고, '헛간 옆에서 비틀대며 뛰어가고 있던'은 상태의 묘사다. 그렇기 때문에 일월본에서는 '따라 붙어서'라고 상태를 나타내주는 것이고 백석본은 '따라잡은'이라고 동작을 묘사한다. 그 묘사 태도의 차이는 "엇비둠히 허리까지 내려 먹였다"와 "허리께까지 비스듬하게 단칼에 베어버렸다"의 비교에서 극명하게 드러난다. '내려 먹였다'는 단순히 동작의 묘사임에 반해서 '단칼에 베어버렸다'에는 동작도 들어 있지만 '단칼에'라는 강조어가 덧붙어 있다. 두 번째 문단 마지막 문장에서도 그 묘사 태도의 차이는 드러난다. "초원으로 흩어져 달아났다"와 "벌판으로 뿔뿔히 도망쳐 갔다"를 대비할 수 있는데 백석이 동작에 초점을 맞추는데 일월본은 그것을 '도망치는 행위'라고 주관적인 해석을 덧붙이고 있다. 결국 일월본은 서정성을 살려야 할 곳에서는 지루한 산문묘사를 일삼고 객관묘사가 이루어져야 할 곳에서는 주관을 개입시킴으로써 어느 부분이나 술에 물탄 듯 물에 술탄 듯 대동소이한 것으로 만들어놓고 있다. 그와 대조적으로 백석은 서정적이어야 할 곳과 객관묘사가 이루어져야 할 곳을 정확하게 판단하고 그에 적합한 묘사를 행하고 있다. 이것은 하나의 사건에 대한 묘사를 통해서 살펴볼 수 있는 두 판본의 차이점이다. 그렇다면 하나의 사건이 아니라 연속된 사건의 발전은 어떻게 처리하고 있을까. 예문 ⑦은 그 양태를 잘 보여준다.

예문 ⑦에서 숄로호프는 길지 않은 문장을 일곱 개의 문단으로 나누어놓고 있다. 그 문단들은 각기 제 역할이 있다. 첫 문단은 아크시냐의 남편인 스테판이 돌아올 날이 멀지 않았다는 것을 암시함으로써 사건 전체에 긴장을 조성하고 있다. 두 번째 문단은 그 긴장된 국면에서도 두 남녀가 불같은 사랑에 빠져 다가오는 파국을 염두에 두지 않는다는 것이고, 세 번째 문단은 그로 인해 그리고리가 기진맥진한 상태에 이르렀다는 포괄적인 상태를 나타내주며 네 번째 문단은 격렬한 밤들을 보낸 그리고리의 초췌한 모습을 구체적으로 제시한다. 다섯 번째 문단은 아크씨냐의 상태에 대한 묘사이며, 여섯 번째 문단은 마을 사람들의 눈을 의식하지 않는 불륜의 두 남녀가 보여주는 행동, 일곱 번째 문단은 마을 남자들이나 여자들이 보여주는 반응과 속내에 대한 서술이다. 이렇게 작가는 짧게 짧게 문단을 끊어가면서 사건을 구성하는 여러 국면을 단계별로 압축적으로 제시한다. 이 양태는 작품 전체의 구조원리와 동궤적이다. '짤막한, 격렬하게 집중된 장면들'로 구성되는 구조이기 때문에 하나의 장면을 이루는 세부 사건들도 그렇게 조직되어야 할 필요가 있다. 작가가 문단을 짧게 나눈 것은 그 필요를 충족시키기 위한 것이면서 문단들 사이의 빈 공간에서 조성되는 시적 효과를 노리는 것이라고 할 수 있다. 그렇기 때문에 문단을 구성하는 문장들도 간결하게 되어야 함은 물론, 한 문장으로 이루어지는 문단의 경우 거의 시적 표현이나 다름없는 압축성을 가져야 한다. 이 점을 감안하면서 두 판본을 살피면, 백석본은 문장에 군더더기가 거의 없다. 그러나 일월본 첫 문단에는 '앞으로'라는 부사가 들어 있어 문장을 늘어지게 만든다. 두 번째 문단 첫 문장은 백석의 시적 표현과 일월본의 산문적 묘사가 어떻게 다른지 잘 보여준다. 우선 번역자들은 아크시냐의 사랑에 대해서 다르게 인식하고 있다. 백석은 '뒤늦은 쌉쌀한 사랑'이라고 하고 있고 일월본은 '늦게 핀 덧없는 사랑'이라고 하고 있다. '덧없는 사랑'인지 아닌지는 두고 보아야 할 문제이지만 '쌉쌀한 사랑'은 불륜의 사랑이 지닌 감미로움과 그로 인해 견뎌내야 할 고통과 고난을 암시한다. 뿐만 아니라 백석은 아크시냐가 '사랑에 몸이 달대로 달았다'고 관습적이긴 하지만 감각적인 표현을 하고 있는 데 반해서 일월본은 '사랑에 열중해 있었다'고 개괄적인 서술을 하고 있다. 이 같은 양상은 세 번째 문단의 '힘에 겨운 길을 줄달음친 말'과 '먼 길을 무리하게 달려온 말'의 표현에서도 나타난다. '줄달음친' 것을 '무리하게 달려온' 것이라고 이해하는 것은 감각적인 것을 개념적인 것으로 전환시키고 있다. 네 번째 문단에서는 아크시냐의 입술이 '뒤숭숭히 도발하는 것처럼' 보였다는 것과 '안정을 잃고 도전하는 것처럼' 보였다는 것이 대비될 수 있는데, 여기서도 역시 감각적인 것과 개념적인 것의 차이가 나타나 있다. 일곱 번째 문단에서도 역시 '속으로는 시새워하면서도'와 '속으로는 질투를 하면서도'가 대응하는데, 이 문단의 마지막 문장은 백석이 어떻게 문장을 압축하는지 잘 보여준다. 일월본은 "끝판이 어떻게 될 것인가 하고 모두들 갖가지로 예상하고 있었다"고 하는 데 반해서 백석은 "그리고 마침내는 자기들의 예상을 꾸몄다"고 간단하게 처리한다. 이 한 가지 사실을 들어 백석의 장면 처리가 모두 그러한 방식으로 이루어진다고 개괄하는 것은 지나친 비약일지 모르지만 백석은 문장과 문단과 장면들이 지닌 그때그때마다 달라지는 성격을 파악하여 번역에 반영하고 있는 것이다.

『고요한 돈』이 '짤막한, 격렬하게 집중된' 장면들로 톨스토이의 폭넓은 형상과 같은 효과를 낳을 수 있었던 것은 이와 같은 시적 표현에 크게 힘입고 있지만 작가는 대화나 일화 등을 통해서도 그러한 효과를 겨냥하고 있다. 숄로호프가 구사하는 대화들은 한 마디로 '간결한' 것인데 그중에서도 이 대하소설의 백미 가운데 하나인 사랑 이야기는 의도적이라고 할 만큼 짧은 말의 단편들이 연속된다. 볼셰비키인 분추크와 안나가 그 대화의 주인공이다.

⑧ 뿐축과 안나 포군코는 몇 분 동안 말이 없이 걸어갔다. 안나는 곁눈질을 하며 이렇게 물었다.
"당신은 ― 카작이야요?"
"그렇소."
"전에 장교였어요?"
"글세 내가 무슨 장교야!"

"당신은 어데 태생이야요?"

"노보췔카스키현이오."

"로스톱에는 온지 오래되어요?"

"며칠되지오."

"그전에는?"

"페트로그라드에 있었소."

"어느 해에 당에 들어 오셨어요?"

"일천구백십삼년."

"가족은 어데 계세요?"

"노보췔카스크에 있지요."

그는 빠른 말로 어물어물 이렇게 중얼거리고 그리고 작별을 하려 손을 내어밀었다.

"잠간 기다리서요, 내가 물을 것이 있소. 당신은— 로스톱출신이요?"

"아니야요, 저는 에카테리노쓸랍쉬취나에서 났어요. 그러나 최근에는 여기서 살었어요."

"이번에 내가 물을텐데…… 우크라이나사람이지요?"

이 녀자는 한순간 망서리드니 야무지게 대답을 하였다.

"아니야요."

"유태사람?"

"네. 그런데 뭘까요? 말이 제 본색을 들어내이는 게지요?"

"아니요."

"그럼 어떻게 되어서 짐작하셨애요. 제가— 유태사람이라는걸?"

그는 발을 맞추노라고 애를 쓰며 걸음을 주려가면서 이렇게 대답하였다.

"귀가, 귀 모양과 눈이지. 그래도 당신께는 당신네 민족다운 데가 별로 없이……."

잠간 생각하고 나서 이런 말을 붙이었다.

"참 잘 되었어, 당신이 우리네게로 와 있는것이."

"왜요?"

이 녀자는 알고 싶었다.

"이것 봐요 글세, 유태사람들을 위해서 명예가 확립된 것이오. 실상 내가 알기에는 대다수의 로동자들의 생각이란— 나 자신도 로동자이지만."

하고 그는 지나가는 말로 이런 말을 입에 내이었다.

"유태사람들은 남에게 방향만 지도하고 자기 자신들은 포화 밑으로 들어가지 않는다고 하지오. 이것은 잘못 생각인데 당신이 이제 빛나는 모범이 되어 이 잘못된 생각을 반박하는 것이거든. 학교교육 받앗지요."

"네, 작년에 중학 졸업했어요. 당신은 어떤 교육받으섯어요? 당신의 말슴하는 품이 당신이 로동자 출신이 아니라는 것을 들어내이기에 묻는 거애요."

"나는 독서를 많이 했지요."

천천히들 걸어갓다. 이 녀자는 일부러 골목들을 돌아갓다. 그러면서 제 자신에 대한 것은 간단히 말하고 콜닐롭(역주 : 1917~1918년 사이에 반혁명운동을 지도하던 장군)의 출현에 대하여 페트로그라드 로동자들의 기분에 대하여 시월변혁에 대하여 그에게 물어보았다. (백석본) 5부 5장

인용이 너무 긴 만큼 일월본은 제시하지 않는다. 다만 "작별을 하러 손을 내밀었다"가 일월본에서는 "뭔가를 구걸하듯 손을 내밀었다"고 되어 있어 오역이라는 사실만을 지적한다. 이 대화를 마치고 헤어진 다음 분츄크는 '자기도 이해하지 못하는 따스하니 녹은 만족감을 가슴에 안고 집으로 돌아왔다'. 안나와 분츄크의 아름다운 사랑이 시작된 것이다. 짧고도 비극적이며 안타까운 사랑, 『고요한 돈』 속에 들어 있는 명장면은 그렇게 짧고 짧은 대화들로 만들어진다. 그 대화들처럼 안나와 분츄크의 사랑도 짧았다. 그리고리와 아크시냐의 '이해하지 못할 열정'에 찬 사랑의 이야기와 병치되고 대조되며 교차되는 별처럼 빛나는 사랑의 이야기이다. 20세기의 계급혁명이론가 게오르크 루카치는 "사랑이, 생을 희생하면서 싸우는 의식 있는 인간적 실존의 인간적 완성으로 되는 것은 바로 분츄크와

---

10) 게오르크 루카치, 앞의 책, 307쪽.

안나의 사랑의 경우"[10]라고 그답지 않게, 또는 그답게 찬미의 말을 흘린다. 숄로호프 자신도 그 사실을 뚜렷이 의식하며 도입했을 이 대목의 짧은 대화들은 전적으로 그 길이로 인해 시적 효과를 낳는다. 이 장면이 상징적으로 보여주듯이 소설 전체를 통해서 숄로호프가 구사하는 대화들은 간결하고 짧다. 그 간결성과 짧은 길이가 하나의 시편이나 다름없는 효과를 낸다. 그러니 만큼 『고요한 돈』이 지니고 있는, 백석이 우리말로 뛰어나게 구현해낸 시적 표현은 이렇게 부수적으로만 다룰 것이 아니라 그 자체로 검토의 대상이 되어야 한다.

3) 시적 표현

여기서 '시적 표현'이라는 말은 서정적인 표현이나 시적 기법을 구사한 표현이라는 뜻만을 가리키는 것이 아니다. 앞에서 이미 언급했듯이 '짤막한, 격렬하게 집중된 장면들' 가운데서도 특히 영롱한 광휘를 지니는 것들을 총괄적으로 가리킨다. 거기에는 뛰어난 시적 이미지가 들어갈 수도 있고 압축성과 상징성이 두드러진 문장이 포함될 수도 있으며 분츄크와 안나의 사랑 이야기 같이 뛰어나게 생동하는 장면, 일화, 노래 같은 것들이 모두 포괄될 수 있다. 그러나 이 모든 것들을 이 자리에서 자세하게 다룰 수는 없으므로 판본 비교 작업의 효율을 위해 시나 다름없는 압축적인 문장과 노래만을 다룬다. 다만 백석의 번역본에는 '짤막한, 격렬하게 집중된 작은 장면'만이 아니라 잡다한 문학 장르들의 문체교범이 될 만한 문학적 표현이 넘치고 그 문체들의 다양성 또한 시적 표현에 해당된다는 것을 언급해둔다. 먼저 압축적인 문장들의 번역을 다른 판본과 비교해보자.

⑨

백석본	일월본
ⓐ 아낙네의 늦사랑은 벌판의 빠알간 츄럽프가 아니라 길가의 도꼬마리꽃처럼 꽃핀다.	ⓐ 나이가 든 사람은 붉은 튜울립꽃이 아니라 개아욱꽃, 그 끈덕진 냄새를 풍기는 길가 들풀의 꽃으로서 꽃핀다.
ⓑ 악씨니야는 그와 만나자 떨떠름이 미소를 띠우고 눈동자가 어두워지면서 참차분한 찰흙처럼 말을 뱉었다.	ⓑ 아크시냐는 만날 때마다 떨떠름이 미소를 띠고 눈물을 글썽이면서 묘하게 휘감아왔다
ⓒ 백년도 넘는 이전에, 범죄적인 손이 까자크의 땅에다 신분이 다른 사람들에 대한 불화의 씨를 뿌려 애지중지 이것을 키워서 씨는 풍성하게 싹을 틔웠으니 수많은 싸움에서 까자크와 타곳 사람—로씨야인과 우크라이나인들의 피가 땅에 흘렀다.	ⓒ 1세기 이상이나 전에 앞일을 걱정한 정부의 손으로 크사크의 땅에 갖가지 민족의 씨가 뿌려졌다. 정부는 그것을 소중하게 키웠다. 씨는 많은 싹을 틔웠다. 그렇게 해서 언제나 싸움을 해서는 돈의 코사크와 보로네지로의 이주민들—즉, 러시아인과 우크라이나 인들의 피가 땅을 적셨던 것이다.
ⓓ 헤어졌다. 그리고리의 입술에는 겨울바람 냄새, 아니라면 촉촉이 5월의 비를 맞은 초원 건초의 겉잡을 수 없이 아련한 냄새를 풍기던 그 입술의 가슴 뛰놀게 하는 냄새가 남았다.	ⓓ 두 사람은 헤어졌다. 그레고르의 입술에는 가슴을 두근거리게 하는 그녀의 입술 냄새가 남아 있었다. 그것은 겨울의 바람냄새와도 같은, 또 5월의 비를 맞은 벌판의 건초의 멀고 희미한 그것과도 같은 냄새였다.
ⓔ 밤마다 몸을 지지는 듯한 안타까움에 살이 내리고 예기하지 못했던 애매한 모멸에 짓밟힌 신세를 슬퍼했다. 아낙네의 잠들 줄 모르는 슬픔에 중독된 나날의 실토리가 풀려 나갔다.	ⓔ 밤의 정적을 깨트리는 것은 벽 하나를 사이에 두고 저쪽에서 자고 있는 그리샤카 할아버지의 코고는 소리와 옆에서 자고 있는 여동생의 희미한 숨소리뿐이었다. 하지만 여자의 슬픔에 상처 입은 세월의 끈도 어느 틈엔지 풀려 가는 것이었다.
ⓕ 갈리씨야와 동부 프로씨야, 까르빠띠와 루마니아의 벌판 — 전쟁의 화광이 충천하고 까자크들의 말이 발굽 자국을 남기는 도처에서 송장들이 썩었다.	ⓕ 가리치아와 동 프러시아의 들에, 카르파치아 산맥에, 루마니아에 — 전화가 타오르고 코사크가 말발굽 자국을 남기고 간 곳에는 그 어디에나 시체가 여기저기 딩굴고 썩어갔던 것이다.
ⓖ 아낙네의 마음이란 동정과 애무에 눈이 머는 법. 절망에 억눌린 악씨니야는 자기	ⓖ 여자의 마음은 다정한 동정의 말을 들으면 금방 솔깃해진다. 절망에 빠져 있던

가 무엇을 하는지도 모르고 오래 전에 잊었던, 들끓는 정열을 고스란히 바쳐서 그에게 몸을 맡겼다.	아크시냐는 저도 모르게 오랫동안 버려두고 있었던 정열을 격렬하게 불태워서 그에게 몸을 맡기고 말았다.

두 판본의 전반적인 경향은 백석본이 비교적 짧은 데 비해서 일월본은 길다. 그 문체를 살펴보면 일월본이 일관되게 서술적인 문장인 것과 대비되게 백석본은 상황에 따라 목소리에 기복이 있고 어조의 변화가 있다. ⓐ는 그리고리와의 사랑에 뒤늦게 정념을 불태우는 아크시냐의 상태를 한 문장으로 개괄한다. 그 행태는 '나이가 든 사람'의 것이 아니라 '늦사랑'에 고유한 것임은 설명을 요하지 않는다. 일월본을 참조할 때 백석본은 설명적인 내용을 생략하고 있다. 두 판본은 꽃 이름을 도꼬마리꽃과 개아욱꽃으로 다르게 번역한다. 도꼬마리꽃은 길가에서 흔히 볼 수 있는 꽃으로 그 씨앗이 사람의 옷이나 동물에 잘 달라붙는 갈고리를 가지고 있어 그것을 가지고 씨를 퍼뜨린다. 상대에게 격렬하게 달라붙는 아크시냐의 정열이 꽃 이름을 통해 표현되고 있는 것이다. 뿐만 아니라 소설의 서술 속에는 두 연인이 상대방의 몸에서 나는 이 도꼬마리꽃의 냄새를 좋아한다는 내용이 들어 있다. 그러므로 단순히 꽃 이름만 다른 것이 아니라 그것이 지닌 생리와 거기에 얽힌 두 사람의 관계까지 감안하여 이중적 삼중적 의미를 내포한 표현을 했느냐 기계적으로 단어를 선택했느냐 하는 차이점이 거기에 개재하고 있다. ⓑ 역시 마찬가지다. '만날 때마다'는 일반적인 관행을 말하는 것이고, '그와 만나자'는 특정한 시점을 특칭한다. 이 양태는 '눈동자가 어두워지면서'와 '눈물을 글썽이면서'의 대조에서도 확인할 수 있는데 전자가 외양과 함께 미묘한 심리의 움직임을 포착한 것임은 두말할 나위가 없다. 그 다음 대목도 마찬가지다. '찹차분한 찰흙'은 점성(黏性)을 나타내므로 '묘하게 휘감아오는' 양태를 드러내줄 뿐

만 아니라 '말을 뱉었다'는 행위를 내포하고 있다. 또한 '묘하게'는 구체적인 내용을 내포하지 않은 추상적인 표현이다. ⓒ는 카자크의 역사에 대한 개괄이다. 이 대목에서도 두 번역은 지금 문제되는 사안의 성격과 맥락을 전혀 다르게 파악하고 있다. 그 양태가 '범죄적인 손'과 '앞일을 걱정한 정부'라는 상반되는 표현 속에 명명백백하게 드러나는데, 그 뒤에 전개되는 문장의 표현을 보면 백석본이 올바른 것이라는 것을 쉽게 알 수 있다. 무수히 반복되는 전쟁과 고귀한 인명의 희생이 '앞일을 걱정한' 덕에 생겼다고 하는 것은 아이러니가 아니라고 하면 있을 수 없는 표현이다. '범죄적인 손'이 저지른 엄청난 죄과에 대한 분노가 번역문에 나타나주어야 작품의 사건 전개와 상황의 분위기를 전해주는 제대로 된 번역이라고 할 수 있는 것이다. ⓓ는 시인이 어떻게 단어들을 생략하고 내용을 압축하여 사물을 정확하게 묘사하고 있는지 보여주는 대목이다. '건초의 멀고 희미한 냄새'와 '건초의 걷잡을 수 없이 아련한 냄새'가 같은 것일 수는 없다. ⓔ는 백석이 어떻게 창작에 준하는 노력을 번역에 바쳤는지 살필 수 있는 좋은 자료다. 이 장면에서 시인은 과감하게 원문을 압축, 생략, 대체하고 있는데 그 양상이 첫째 문장에 나타난다. 자신의 남편인 그리고리와 아크시냐가 다시 정열을 불태우기 시작한 국면에서 나탈리아의 심리를 표현하는 것이다. 그것은 일월본에 나타나 있는 내용과 전혀 다른 모양으로 나탈리아의 상태를 묘사하는데, 이 장면에서 백석은 여인의 심리를 표현하는 것이 중요하다고 보고 그와 같은 변용을 행하고 있는 셈이다. 직역주의자라면 원문을 변용한 이 대목을 가지고 백석을 비난할 수 있을 것이다. 이런 대목은 아크시냐와 그리고리의 첫 번째 정사를 묘사하는 데서도 발견할 수 있다. 두 번째 문장은 독립된 문단으로 되어 있다. ⓐ와 같이 앞과 뒤의 장면을 연결하면서 서사 속에 시적 공간을 마련하는 장치인데 이 대목에서도 두 판본의 작품에 대한 이해는 전혀 다르다. 백석본은 '잠들 줄 모르는 슬픔에 중독된 나날'이 지속되는 것으로 보는 데 반해서 일월본은 '슬픔에 상처 입은 세월의 끈도 어느 틈엔지 풀려져 가는 것'이라고 하여 슬픔이 잊혀 가는 것으로 처리하고 있다. 그 차이는 '나날의 실토리'라는 시적 인식과 '세월의 끈'이라는 관습적 표현의 거리만큼이나 크다. ⓕ는 상황 전체를 개괄하는 시인의 수법을 보여준다. 일월본이 중언부언하고 있는 산문인 데 반해서 백석의 번역은 리듬이 실린 시구나 다름없음을 쉽게 알아볼 수 있다. ⓖ는 성홍열을 앓던 딸을 끝내 저세상으로 보내고 지극한 슬픔에 잠겨 있던 그 순간의 빈틈을 노리고 손을 뻗쳐온 리스트니츠기의 유혹에 아크시냐가 넘어가는 장면이다. 이 장면에 대한 일월본의 묘사는 설명적이고 주관적인데, 백석본의 그것은 대상에 거리를 두고 행해지는 객관적이고 담백한 묘사다.

이상의 고찰은 백석본에 나타난 시적 표현이 어떤 것이고 어떤 방식으로 이루어지고 있는지 구체적으로 살필 수 있는 자료를 제공해준다. 그러나 백석본에는 다른 어느 판본과도 비교할 수 없으리만큼 뛰어난 영채 있는 단편들이 있다. 그것은 노래에 대한 번역이다.『고요한 돈』에는 수많은 노래들이 삽입되어 있고 그것들은 소설의 사건과 장면에 윤기를 부여하는 장치로서 작동할 뿐 아니라 그 자체로 뛰어난 시편이 된다. 그 시편들은 우리가 앞에서 살핀 '시적 표현'들과 함께, 그리고 일화나 여러 형식의 삽입 장르들과 함께 작품이 입체성을 갖추게 하는 역할을 한다. 여기서는 판본 비교의 취지에 따라 번역의 실상을 알아보는 수준에서 검토한다.

⑩

듣는 말에 파란은 부유하더더니만 알아보니 망할 놈의 벌거숭이네 여기 파란에 있는 객주가 하나	폴란드는 풍요한 나라라고 들었는데, 보니까 듣기와는 크게 다르다 ─ 아주 보잘 것 없는 가난한 나라

파란의 객주가요
왕의 객주가.
이 객주가에 술 마시는 세 젊은이
프로씨야인과 파란인과 젊은 돈 까자크 프
로씨야인은 술 마시고 금화 내놓고 파란인
은 술 마시고 지폐를 내놓지만 까자크는
술 마시고 아무것도 안 내놓고 박차를 울
리면서 객주가를 거닐며
"여보 안주인 나와 같이 가세나
나와 함께 우리의 고요한 돈으로 가세
우리 돈에서는 예서처럼 안 산다네
길쌈 안 하고 물레질 안 하고 씨 안 뿌리고
갈 안하고
씨 안 뿌리고 갈 안 하고 그냥 놀구 먹는다
네."

(백석본)

이 폴란드에는 술집이 계시다
폴란드의 술집은 천하 제일
한데 이 술집에서 세 젊은이가 마시고 있다
프러시아인과 폴란드인과 그리고 돈의 코
사크와.
프러시아인은 보드카를 마시고 ― 금화를
두둑히 내놓고 간다.
폴란드인도 보드카를 마시고 ― 역시 금화
를 놓고 간다.
한데 돈의 코사크는 ― 보드카를 마셔도
아무것도 내놓지 않는다.
그는 박차를 철그덕거리면서 뽐내며 술집
안을 돌아다니고
이봐요, 예쁜 안주인, 나와 함께 가지 않겠나
우리나라로 가지 않겠나 ― 고요한 돈 강
변의 마을로.
돈 강변은 좋은 곳, 이곳 생활과는 얘기가
다르지.
옷감도 짜지 않고 실도 잣지 않고, 씨도 뿌
리지 않고 거두지도 않아.
씨도 뿌리지 않고 거두지도 않고, 사시사
철 건들거리며 돌아다닐뿐   (일월본)

까자크 한 사람 준총 가라말 타고
정든 땅 영원히 뒤에 남기고
머나 먼 이역 향해 떠나갔으니…
부모 슬하로 다시 올 길 없어라.
속절없이 까자츠까 젊은 아낙은
아침 저녁 북녘 하늘 바라보면서
안타까이 기다리나니 ― 먼 곳에서
언제나 정든 님 까자크 돌아오시나
그러나 산 너머 멀리 눈보라 치는 곳
겨울이면 혹독한 추위 조여 들어
솔나무와 잣나무도 으스시 다가서는 곳

코사크는 검은 준마에 올라타고
멀리 타국으로 길을 떠난다
고향을 영원히 버리고…
두 번 다시 내 집에는 돌아가지 않으리
뒤에 남은 젊은 아내는
아침에도 또 저녁에도 북쪽 하늘을 바라보며
지치도록 기다리네, 기다리네,
멀리 저 끝에서 그리운 남편이
그 코사크가 돌아올 날을
하지만 휘몰아치는 눈보라의 산 저쪽
혹독한 추위에 갇힌 겨울 날

까자크의 백골은 눈 밑에 묻혔어라.
까자크 운명하며 당부하고 비는 말이
나의 머리맡에 높이 분묘 쌓아 주소.
그 분묘 위에 다정한 깔리나 한그루
아름답게 꽃피어 청청히 자랄지어다.

소나무와 전나무가 바람에 흔들리는 이국
의 눈 속에
그 코사크는 뼈를 묻는다
코사크는 임종시에 비나니
나를 위해 커다란 무덤을 만들어…
그 무덤에 고향의 개암나무 심고 아름다운
꽃 피워달라고

길게 설명하지 않아도 백석의 번역이 짧게 되어 있음을 알 수 있다. 노래답게 산문적인 내용을 압축하고 반복하는 리듬의 효과가 나타나게끔 문장이 구성되어 있다. "객주가 하나/파란의 객주가요/왕의 객주가"가 지닌 가락은 번역문을 읽는 사람이면 누구라도 느낄 수 있다. 그 양태는 "박차를 울리면서 객주가를 거닐며"와 "그는 박차를 철그덕거리면서 뽐내며 술집 안을 돌아다니고"를 대비하면 너무나 확연히 드러난다. 뿐만 아니라 두 번째 노래에서는 "부모 슬하로 다시 올 길 없어라"가 "두 번 다시 내 집에는 돌아가지 않으리"라고 정반대의 내용으로 표현되어 있다. 노래 전체의 의미를 전혀 고려하지 않고 하나의 문자를 다른 문자로 번역하는 데만 집중했기 때문에 생긴 기계번역의 오류다. 이런 것들을 시시콜콜 나열하는 것은 정력과 시간의 낭비라고 해야 할 것이다. 백석이 번역한 『고요한 돈』에서 이 노래들과 시적 표현, 일화들, 문체의 향연이라고 해야 할 일기, 기도문, 편지형식들은 그것들을 따로 떼어내서 음미한다고 하더라도 문학적 향기를 느낄 수 있는 영채 있는 부분들이다. 시인은 그 별과 같이 빛나는 부분들과 '짤막한, 격렬하게 집중된' 사건과 장면들, 그리고 작품 전체에 고요한 돈강처럼 은연히 흘러 대지를 적시는 자연묘사를 엮어서 예술형상을 빚고자 했던 작가의 의도를 읽어내고, 자신의 번역에 반영했던 것이다. 그 예술형상은 하나의 입체적인 세계다. 자연묘사는 러시아의 대평원과 같이 넓게 펼쳐진 풍요한 대지를 이루고, 사건과 장면들은 거기에 치솟고 구비치며 감돌아가는 산천의 기기묘묘한 형용을 그려 넣는다. 거기에서 압축적인 문장들과 상징적인 이미지, 노래와 같은 시적 표현은 말 그대로 하늘의 별이 되어 어둠 속에서 유난히 반짝인다. 이 입체적인 삼차원의 세계를 통해 숄로호프는, 그리고 백석 시인은 유유히 흐르는 고요한 돈과 같이 유구한 시간의 흐름 속 한 찰나에 카자크 땅에서 피고 졌던 쌉쌀한 사랑과 불꽃같은 혁명의 이야기를 전해준다.

4. 백석 번역본의 문학적 특질

백석은 북방의 시인으로 일컬어진다. 시인 스스로 북방을 자신의 태반으로 여길 만큼 친숙하게 느꼈으므로 『고요한 돈』의 세계에 더욱 공명하고 심취했는지 모른다. 그의 번역본을 단순히 홍수를 이루는 번역물의 하나로 간주하지 않아야 할 이유다. 그는 『고요한 돈』의 번역에서 자신의 표현 의욕을 충족시킬 계기를 찾고 그 가능성을 타진했으며, 그 계기를 통해 자신이 지닌 문학적 역량을 최대한 시험하려고 했던 것으로 보인다. 북방의 시인으로서 인간의 원초적인 삶에 가장 가까이 있는 존재들을 통해 자신이 바라는 이상적인 세계를 꿈꾸었을 수도 있다. 혁명이란 역사의 격랑과 그 속에서 흔들리며 좌초되는 인간의 운명에 깊이 공감했는지도 모르는데 그것은 자신의 운명이기도 했다. 그와 같은 관점에서 백석 번역본의 문학적 특질을 구체적으로 살펴볼 필요가 있다. 여기서는 판본 비교의 작업보다도 백석본의 특징을 구체적으로 고찰하는 데초점을 맞춘다.

1) 어휘

언어는 사물의 표지판이다. 낱말은 그것이 표상하는 사물 자체가 아니라 표지에 불과한 것이지만 거기에는 사물을 바라보는 시선이 포함되어 있다. 따라서 하나의 언어에 마주칠 때 우리는 세상을 경험하는 고유의 방식, 그 언어에 고유한 세계관을 엿볼 수 있게 된다. 언어가 구조적으로 우리의 경험을 창출하기도 한다는 것은 이를 두고 하는 말이다. 백석의 문학에는 잔치마당이라고 할 만큼 토속어가 풍성하다. 이는 『고요한 돈』의 번역본에서도 마찬가지인데 특히 1부와 2부에 토속어가 많이 나온다. 백석은 자신의 번역 작업에서 개념어나 한자어를 최대한 배제하고 순우리말 표현을 쓰고 있다. 그 낱말들은 북방이나 북쪽 지역의 토속어에 근원을 둔 것들로 보이지만 번역의 필요에 따라 시인이 만들어낸 낱말도 다수 포함된 것으로 보인다. 우선 명사로는 다음과 같은 낱말들을 열거할 수 있다. 행세옷, 말코지, 뒷돌기, 방구리, 눈석이, 낫잡이, 못뽑이, 써레날, 웅크렁이, 목칼띠, 졸망구니, 잔입, 입밥, 널바주, 모돌이, 낸내, 마구리, 울쿠리, 멍엣대 등이다. 이 낱말들은 대부분 카자크의 생활과 연관된 사물을 가리키는 용어로 보이며, 우리말에 없는 것을 나타내기 위해서 시인이 만들어낸 어휘로는 '낫잡이', '못뽑이' 같은 것이 대표적이다. 그러나 백석 시인이 동원한 토속어 가운데 가장 두드러진 것은 명사보다도 사물의 상태나 동작을 나타내는 데 쓰이는 형용어들이다. '휘우듬히', '시뜩이', '보르르한', '시룽거리다', '숱지게', '덩둘한', '너누룩해졌다', '까부린', '무둑이', '늦잡다', '무쭉하고', '겨끔내기로', '설렁거리다', '질둔한', '패럽게', '두부룩한', '미타스럽게', '쑤왈거리다', '느런히', '뒤채면서' 등 일일이 열거할 수 없을 정도다. 그중에서 색깔을 나타내는 형용어가 구사되는 방식은 가히 언어구사의 천분을 타고난 시인다운 능숙한 솜씨라고 할 수 있는데, '꼿꼿한 누런 털', '퍼러스레한 콧마루', '푸르불그스름한 점토', '희퍼리스레한 하늘', '누르꾸므레한 분홍빛', '희슥희슥한 꼭대기' 등이 그런 예다. 색깔의 미묘한 차이들을 우리말이 가진 특징을 이용해 감각적으로 포착하고 있다. 그러나 이러한 색깔을 나타내는 방법의 다채로움은 단음절 또는 두 음절로 된 단어를 반복하여 만들어내는 형용어에 비하면 명함을 내밀 수도 없는 형편이다. '푸근푸근', '왱강뎅강', '와랑와랑', '맨숭맨숭', '꾸럭꾸럭', '갈걍갈걍', '조굴조굴', '우릉우릉', '푸들푸들', '몽톨몽톨', '건득건득', '건정건정', '울통불통', '언틀먼틀', '우적우적', '절컥절컥', '맹숭맹숭', '씩뚝깍뚝', '물큰물큰', '희슥희슥', '풍신풍신', '주춤주춤', '오굴오굴', '얼룩얼룩', '부적부적', '쩌렁쩌렁', '고술고술', '꾸둑꾸둑' 등은 두 음절 어휘를 반복한 것이며 '쨋쨋', '핑핑', '꽛꽛', '슴슴', '숭숭', '땅땅', '번번', '웅웅', '뱅뱅', '비비' 등은 단음절을 반복한 것이다. 이밖에 '떨떠름이', '조로록', '거뭇거리는', '찌국거리는', '쨍그렁', '찌꾸덩', '뽀드득 뽀드득' '왈가당거리는' 등은 그 응용편이다. 이와 같은 반복어들은 백석 번역본에서는 어느곳에서나 쉽게 찾아볼 수 있는데, 다른 판본과 대조하면 원작에는 다른 식으로 표현되었을 것으로 생각되는 대목이라 할지라도 백석은 그 반복어들을 일부러 동원해 표현을 하고 있다. 이로 인해 백석 번역본에서는 문장이나 문단 차원에서 반복의 리듬이 생길 뿐 아니라 작품 전체가 리듬을 가지고 있는 듯한 느낌을 준다. 이 점에서 백석은 전반적으로 후각이나 촉각 등 오관에 호소하는 감각적인 표현을 하고 있지만 시각과 청각에 좀 더 많이 의지하는 시인이고, 그보다 더 과감하게 추상해서 말하면 시각의 시인이기보다 청각의 시인이다. 이 반복어가 가지는 울림과 리듬의 효과는 작품 전체에 관련되는 사항을 논의하는 자리에서 상세히 검토한다.

2) 비유와 이미지

⑪

백석본	일월본
ⓐ 여러 생각이 마치도 건초 낟가리를 바람이 흩어치듯이 잠을 흩어버렸다.	ⓐ 갖가지 생각이 잠을 쫓아버렸다. 마치 바람이 풀더미를 날려버린 것처럼.
ⓑ 승강구에 서 있는 계집애들이 해들거리는 소리를 들으며 나탈리아는 다른 쪽 삽작을 지나 취한 것처럼 비틀거리며 집으로 달려왔다.	ⓑ 현관에 서 있는 처녀들의 비웃음을 듣자 나탈리아는 얼른 다른 샛문으로 빠져나갔다. 그리고 술 취한 것처럼 비틀거리며 집을 향해 달렸다.
ⓒ 꿋꿋한 누런 털 같은 곡식 등걸을 바람이 뒤흔들었다.	ⓒ 보리를 베어 낸 다음의 노란 그루터기 위로 바람이 불어대고 있었다.
ⓓ 마치 그만이 혼자서 아는 진실을 빙빙 돌며 우불구불 구부러진 오솔길이라도 가는 것 같았다.	ⓓ 마치 자기 혼자만이 알고 있는 진리를 둘러싸고 몹시 꾸불꾸불한 오솔길을 통해서 얘기를 진행시키는 것 같았다.
ⓔ 어머니는 주린 듯이 이 눈길을 부여 잡았다.	ⓔ 어머니는 열심히 그 시선을 잡아두려고 했다.
ⓕ 어쩐지 영감이 그 무슨 말을 마치 돌맹이를 호주머니 속에 그러하듯 껴두는 것만 같이 생각하는데요.	ⓕ 아무래도 나는 할아버지가 품안에 돌이라도 넣고 있는 것처럼 무엇인가 숨기고 있는 것 같은 기분이 들어요.
ⓖ 소금에 절군 오이지 냄새나는 숨을 달콤하니 쉬면서 역설했다.	ⓖ 소금에 절인 오이의 맛있는 숨결을 토하면서 상대를 설득하고 있었다.
ⓗ 아버지의 고집은 생나무 버들과 같아서 휘기는 휘지만 꺾으려고는 념두도 내지 말아야 한다는 것을 알고 있었다.	ⓗ 그는 아버지가 몹시 완고하고, 게다가 그것이 뼛속에까지 배어들어 있으므로 구부리면 구부러지기는 하지만 막상 꺾으려고 하면 꺾여지지 않는다는 것을 알고 있었다.
ⓘ 빼뜨로는 낟가리 웃마구리를 쌓고 있는 아버지 쪽을 미타스럽게 바라보고 나서 할 수 없다는 듯이 팔을 흔들었다.	ⓘ 페트로는 밀다발을 쌓아올리고 있는 쪽을 조심스럽게 바라보고는 손을 흔들었다.

예시문이 보여주는 것처럼 소설에 나오는 비유법은 주로 직유다. 서사

문학의 특성상 은유나 제유, 환유 같은 비유법을 쓰기는 어려웠으리라고 추측할 수 있다. 그러나 똑같은 비유라도 두 판본에 나타나는 방식은 크게 다르다. ⓐ에서 일월본은 직유를 따로 독립시키고 있는데 백석본은 문장 속에 용해되어 있다. ⓑ에서는 일월본이 '비웃음'이라고 한 내용을 백석본은 '해들거리는 소리'라는 말로 그것을 대신한다. 백석은 이 '해들거리다'는 말을 여자들이 모여서 수다를 떨고 입방아들을 찧으면서 수런거리는 양태를 표현하는 데 자주 쓰고 있다. 백석의 비유법과 그것이 환기하는 이미지의 특성은 ⓒ 이하에서 잘 나타난다. ⓒ에서 일월본은 묘사되는 대상을 설명하는 데 급급하고 있지만 백석본은 거기에 시적인 표현을 주고 있다. ⓓ는 귀족 출신 장교인 리스트니츠키가 볼셰비키인 분츄크의 행동과 그의 정체성에 대해 의심을 품는 장면이다. '오솔길이라도 가는 것 같았다'와 '꾸불꾸불한 오솔길을 통해서 이야기를 진행시키는 것 같았다'는 하나는 행동 전체를 나타내고 다른 하나는 이야기의 양태만을 나타내는 것일 뿐 아니라 설사 같은 내용이라도 맛이 다르다. ⓔ에서는 '주린 듯이'와 '열심히'가 대비될 뿐 아니라 '눈길을 부여잡았다'와 '시선을 잡아두려고 했다'도 비교의 대상이다. 죽어가는 딸의 눈을 들여다보는 어머니의 간절한 심정을 '열심히'라고 표현하는 데는 어폐가 있다. 그 절실한 감정은 '주린 듯이'라고 해야만 그 실감이 제대로 전달된다. 또한 딸의 눈빛 하나라도 놓치지 않으려는 어머니의 마음은 '눈길을 부여잡는' 것이지 '시선을 잡아두려는' 것이 아니다. 시선을 잡아두는 것은 자기에게 시선을 쏠리게 하는 일이다. ⓕ는 아크시냐가 리스트니츠키와 부적절한 관계를 맺었다는 사실을 말하기 어려워하는 샤스카 영감에게 하는 말이다. 돌멩이를 호주머니가 아니라 품 안에 넣어두는 일은 생각하기 어렵다. 백석이 동원한 비유들은 이렇게 그 정황에 가장 적합한 표현이 된다. 뿐만 아니라 그 비유들은 토착적인 분위기를 지니는데 그 양태는 ⓖ 이하에서 잘 드러난다. '소금에 절군 오이지 냄새나는 숨'과 '소금에 절인 오이의 맛 있는 숨결'은 맛깔이 다르다. 그것은 '오이지'와 '오이'가 다른 것만큼이 나 다르다. 백석의 언어가 토속적이라는 것은 이 한 가지만으로도 입증할 수 있다. 마찬가지로 ⓗ의 '생나무 버들'과 같은 아버지의 고집을 그냥 '완고'하다고 하는 것은 개념적으로는 같은 내용일지라도 풍미와 향취가 다르다. ⓘ의 '미타스럽게'와 '조심스럽게'의 대비는 주어진 장면의 상황을 읽는 번역자들의 수준을 명확히 드러낸다. 아들이 아버지를 '조심스럽게' 바라볼 이유가 없는데다가 할 수 없이 흔드는 팔이라면 당연히 '미타스럽게' 바라본 뒤끝에서 나오는 행동이어야 한다. '미타스럽게'는 '보기에 온당하지 않다'는 뜻을 품고 있어서 아버지의 처사에 대해 아들이 지닌 불만의 감정을 싣고 있는 말이다. 이처럼 백석 번역본은 같은 말이라도 가능한 한 가장 적확한 표현을 찾으며, 그 표현이 토착문화의 분위기를 전달할 수 있게끔 배려하고 있다. 그 표현이 토속언어와 결합하여 돈 카자크의 생활과 의식을 독자들이 직접 자신의 감각으로 접하는 듯한 느낌을 주는 것임은 물론이다.

3) 어법

⑫

백석본	일월본
ⓐ 우리는 아귀다툼할 건덕지가 없소.	ⓐ 우리가 싸울 일은 조금도 없네.
ⓑ 삼각의자로 가서 밑을 붙이고 있었다.	ⓑ 그 의자에 앉아
ⓒ 안사돈들은 궤짝 위에 그러안고 앉아서 서로 겨끔내기로 지껄였다.	ⓒ 어머니들은 껴안은 채 옷궤에 앉아서 서로 다투어 높다란 소리로 지껄여댔다.
ⓓ 창밖은 어두워진다. 달에 구름이 낀 것이다. 뜰 안에 넘치는 누런 냉기가 어둑시	ⓓ 창밖이 어두워졌다. 달이 구름에 가린 것이다. 마당에 자욱히 끼인 노오란 밤기

근해지고 다림으로 편듯이 그림자가 깔려서 이제는 울타리 저쪽에서 거뭇거리는 것이 간해에 잘라낸 나뭇가지인지 혹은 울타리에 붙어 자란 오랜 부리얀초인지 분간할 수가 없다.

ⓔ 지금 내 목소리는 마르고 생활은 노래를 찢어버렸다.

ⓕ 아버지는 마지막 리유를 장땅패처럼 내놓았다.

ⓖ 국화두 한철이요 매화두 한철이지.

ⓗ 상전 싸움에 종 끄더기 뜯긴다.

ⓘ 자네는 사슬에 맨 개처럼 아무나 닥치는 대로 깨무는군.

ⓙ 그의 걸음걸이는 마치 힘에 겨운 짐이라도 진듯이 허둥지둥했다. 께름직하고 뜨아한 생각에 마음이 구기구기 꾸겨진 것이었다.

ⓚ 그는 전쟁에 대한 소식을 들은 후로 웃음을 띠우기 시작했다. 전쟁은 그를 부르는 모든 사람들의 불안, 남의 고통이 그 자신의 고통을 위안하는 것이었다.

ⓛ 도시는 현란하니 빛깔에 물든 초저녁의 이 순간 크낙한 파괴와 섬찍한 폐허를 보여주고 있었다.

운이 희미하게 흐려지고, 뚜렷이 나 있던 그림자는 닦여 없어졌다. 그리고 울타리 너머의 검은 물체도 작년에 베어낸 나뭇가지인지, 또는 울타리에 기대어 쌓아놓은 브리얀초의 줄거리인지 분명히 구분되지 않았다.

ⓔ 이제는 목소리도 쉬어버렸고, 첫째로 노래를 부르거나 하는 태평스러운 기분이 없어져버렸다.

ⓕ 아버지는 마지막 카드를 꺼냈다.

ⓖ 테에로(육체)는 망가지기 쉽고, 데에로(사건)는 잊혀지기 쉽지.

ⓗ 상전이 싸움을 시작하면 하인들도 가만히 있지는 못한다.

ⓘ 꼭 사슬에 매인 개처럼 누구든지 가리지도 않고 덮어놓고 물고 늘어지는구나.

ⓙ 힘에 겨운 짐을 진 사람처럼 그의 걸음걸이는 무겁고 뒤엉켰다. 혐오와 의혹이 그의 마음을 씹었다.

ⓚ 전쟁 얘기를 듣고 나서부터 그는 미소를 띠기 시작했던 것이다. 전쟁은 그에게 손짓하고 있었다. 그리고 모두의 곤혹이나 남의 고통이 그 자신의 고통에 위안이 되었던 것이다.

ⓛ 새빨갛게 물든 이 저녁녘의 한 때, 시가지는 무서운 파괴와 죽음과 같은 공허한 모습을 드러내고 있었다.

여기서 '어법'은 문법을 나타내기보다 말투, 말을 엮는 방식에 초점을 맞춘 표현이다. ⓐ를 보면 일월본이 원작에 표현된 내용을 그대로 옮긴 것이라고 볼 수 있다. 백석은 그 내용을 이해한 바탕 위에서 그에 대한 우리말 표현을 찾고 있다. '싸움'을 '아귀다툼'이라고 바꾸고 '일'을 '건덕 지'라고 표현하는 것이다. 그에 따라 일월본은 의미전달에 그치고 있지만 백석본은 현재 두 사람이 하고 있는 일이 '아귀다툼'이라는 인식, 그 일이 그다지 중요하지 않은 하찮은 일이라고 평가하는 사태에 대한 태도를 드 러내주고 있다. ⓑ 역시 마찬가지다. 짐작컨대 원작에 나와 있는 내용을 충실하게 옮긴 것은 일월본일 것이다. 하지만 그 의자에 앉는 행동을 '밑 을 붙이고'라고 인식하는 것은 우리의 전통이자 거기에 내재한 고유의 지 각방식이다. 백석은 다른 자리에서 '보드카를 밑창내고' 하는 등의 표현 을 써서 그 지각과 사유의 방식을 되살려내고 있다. ⓒ에서는 '안사돈'과 '어머니들', '껴안은'과 '그러안고', '서로 다투어 높다란 소리로'와 '겨 끔내기'가 대비된다. 친정어머니와 시어머니를 '어머니들'이라고 하는 것 은 있을 수 있는 표현이지만 그 정확한 표현은 '안사돈들'이다. '어머니 들'은 며느리의 시선을 느끼게 하며 '안사돈들'은 객관적인 파악이다. '그러안고'와 '껴안고'는 근본적으로 비교할 수 없는 수준 차이를 느끼게 한다. 안사돈들이 인사차 껴안을 수도 있지만 껴안고 이야기를 나누는 상 황은 상상하기 힘들다. 그저 서로 팔을 붙잡은 상태에서 정답게 이야기를 나누는 정황이라고 보면 될 것이다. '겨끔내기'와 '서로 다투어 높다란 소리로'의 대비도 '번갈아' 가며 이야기를 나누는 상태를 나타내는 점에 서는 동일하지만 정황에 대한 파악이 전혀 다른 수준이다. 이 문장을 보 면 백석이 구사하는 낱말의 정확성에 찬탄을 금하기 어렵다. ⓓ는 사물에 대한 지각과 그 표현방식의 관련성을 엿볼 수 있게 해준다. '창밖은'과 '창밖이'의 '은'과 '이'라는 서로 다른 조사가 지닌 차이점도 주목할 수 있지만 '달에 구름이 낀 것'으로 보아야 하는가 '달이 구름에 가린 것'으 로 보아야 하는가 하는 것은 지각과 사유방식의 차이를 느끼게 한다. '달 이 구름에 가린 것'은 달을 주체로 놓고 있어서 근대 주체철학의 합리주의적 사고에 맞는 것이라고 하면 '달에 구름이 낀 것'이라고 하는 것은 달과 구름의 쌍방을 주체로 인정하는 사고다. '냉기'와 '밤기운', '거뭇거리는 것'과 '검은 물체'도 대비해볼 만하다. '밤기운'은 여러 가지일 수 있지만 '냉기'는 구체적인 것이다. 뿐만 아니라 '냉기'는 '어둑시근해지는' 상태의 변화 속에서 감지될 수 있는 것이지만 '밤기운'이 희미하게 흐려지는 것은 날이 밝아온다는 뜻이든지 밤기운이 약해진다는 뜻을 내포하지 않을 수 없다. 또한 어둠 속에서 울타리 저쪽에 있는 것을 검은 물체라고 지각하는 것은 사실상 불가능하다. 빨강색을 지녔든지 파랑색을 지녔든지 간에 멀리 어둠 속에 있으면 그저 거뭇거리는 '것'으로밖에 보이지 않는다. 분간하고 구분할 수 없는 것을 검은 물체라고 하는 것은 실체론적 사고의 흔적이다. ⓔ는 시인의 번역이 어떻게 문장을 압축하여 시적인 성격을 부여하는지 한눈에 알아볼 수 있게 해준다. 그 문장구성은 대구의 형식을 띠는데 시인이 자주 사용하는 표현방식이다. ⓕ는 직역과 의역의 서로 다른 모습을 뚜렷하게 보여준다. 마지막 카드를 꺼내놓는 내용은 똑같지만 백석의 문장에는 의기양양해하는 아버지의 모습이 생생하게 표현되어 있을 뿐만 아니라 토속적인 삶의 냄새가 짙게 배어 있다. ⓖ 역시 마찬가지다. 일월본을 참작할 때 숄로호프는 '태에로'와 '데에로'라는 낱말의 소리가 지닌 유사성과 '육체'와 '사건'의 뜻이 지닌 차이를 섞어서 대구를 만들어내고 있는 것처럼 파악된다. 이 내용과 형식을 백석은 원작의 문자에 구애받지 않고 우리 문화 속에서 형성된 고유한 표현을 가지고 대치한다. ⓗ도 ⓖ의 표현과 같은 성격을 지니지만 백석본은 원작과 다른 뜻을 내포한 것으로 표현을 변용하고 있다. 일월본의 내용은 하인들이 상전 싸움에 가담해야 한다는 의미이지만 백석의 표현은 종들이 상전 싸움으로 고통을 겪게 된다는 뜻이 내포된다. 토속적 표현을 옮기는 데서 생기는 이러한 문제는 번역가가 풀어가야 할 과제가 아닐 수 없다. ⓘ는 백석이 선택한 어휘가 적절하지 않은 경우이다. 개가 사람을 무는 것은 '깨무는' 것이 아니다. 일월본의 '물고늘어지는구나'가 오히려 합당하다. ⓙ는 백석본이 일월본에 비해 번역문장이 길어진 드문 경우를 보여준다. 길어진 원인을 살펴보면 백석이 '허둥지둥'이라거나 '구기구기'라는 반복어를 도입하여 감각적인 표현을 하는 데 말미암은 사정을 엿볼 수 있다. 같은 내용이라도 시인이 순우리말 표현을 하는 데 힘쓰고 생동하는 형상을 빚음으로써 원작이 지닌 의미와 정서적 효과를 살리려는 노력을 기울이고 있음을 새삼스럽게 강조할 필요는 없다. ⓚ는 아크시냐의 남편인 쓰쩨빤 아쓰또호브의 심리를 묘사하는 문장이다. 오쟁이 진 남편으로서 세상을 삐뚤어지게 바라보는 양태가 사실적으로 간결하게 표현되어 있다. ⓛ는 전쟁이 할퀴고 간 흔적을 개괄하는 문장이다. 시체가 나뒹굴고 교회가 불타버린 현장을 간략한 묘사로 처리하는 수법을 보여준다. 이상의 고찰을 통해 백석 시인이 순우리말 표현에 힘쓰고 토속문화의 향취를 살리는 데 관심을 기울인 사정이 뚜렷하게 드러난다. 그의 문장은 간결하고 카자크 사람들이 지녔을 법한 투박한 어감을 간직하며 민중의 야생적인 감각과 사유방식에 선을 대고 있다. 그것은 많은 부분 시인이 소설 전반부만을 번역했기 때문에 더욱 두드러지게 나타났는지도 모른다. 따라서 그가 작품 전체를 어떻게 읽고 번역하려고 했는지 살피는 일이 필요하다. 그 작업은 백석본이 지니고 있는 리듬을 주목하게 만든다.

4) 리듬

『고요한 돈』의 리듬은 기본적으로 짧은 단편과 같은 '짧고 격렬하게 집중된' 장면들의 연속이 만들어낸다. 그 장면들은 대체적으로 앞부분에서는 짧고 뒷부분에서는 길지만 그 양상이 항상 고르게 나타나지는 않는다.

그 양상을 살펴보기 위해 1부와 8부의 장별 책 쪽수를 도표로 제시하면 다음과 같다.

	1장	2장	3장	4장	5장	6장	7장	8장	9장	10장
1부	6	10	7	8	4	3	4	5	7	4
8부	16	14	12	16	10	25	13	5	6	15

이렇게 장의 길이가 각 부마다 다르기 때문에 전반부에서는 사건이 강렬한 힘을 가지고 빠르게 전개되는 듯한 인상을 주고 후반부로 갈수록 사건의 진행 속도가 완만하여 유장한 느낌을 준다. 이러한 양상들은 각각의 독립된 단편들 내부에서도 마찬가지로 관찰된다. 문단의 구성이 한 문장이나 두 문장으로 된 경우가 많으며 대화들도 짧게 짧게 이어지는 것이 통례이다. 전체 서사의 구조와 세부의 구성이 닮은꼴로 되어 있고 그와 같은 특징은 문장 단위에서도 어느 정도 감지된다. 통계 작업을 통해 검토하지 않더라도 그의 문장에 복문이나 중문이 그리 많지 않다는 것은 그 사실을 어느 정도 입증한다. 백석은 짧은 단편들이 주욱 나열되는 숄로호프 소설의 특질을 파악한 바탕 위에서 원작을 옮겼기 때문에 그의 번역본에서는 그러한 특징이 더 잘 드러난다. 그러나 백석은 원작의 문장을 자신의 창작역량을 발휘하여 더욱 압축함으로써 시적인 표현에 가까운 형태로 만들었을 뿐만 아니라 작품에 리듬을 구현하기 위하여 자기 나름의 새로운 표현방식을 고안하고 있다. 그 대표적인 것이 두 음절 단어나 단음절을 반복하는 표현들이다. 이 반복의 표현방식은 다양하게 구사되고 있는데 그로 인해 세부의 이미지가 달라지고 문장 단위에서 가락이 생기며 문단, 나아가서는 장면 전체에도 율동과 리듬이 조성된다. 이렇게 모세혈관처럼 곳곳에 얽혀져 있는 반복의 리듬이 작품 전체의 정서적 효과에 기여하리라는 것은 불문가지이다. 그 양태를 먼저 예문을 통해 살펴보

고 그 의미를 음미하기로 한다.

⑬

백석본	일월본
ⓐ 기슭은 축축하며 습습하니 물켜진 냄새를 내뿜었다.…돌아서면서 해돋이를 바라보니 거기서는 벌써 푸름푸름한 어스름이 걷히고 있었다.	ⓐ 강변은 눅눅하고, 썩은 냄새가 엷게 배어 있었다. …돌아오면서 동쪽 하늘을 보니 이미 푸른 박명이 사라져가고 있었다.
ⓑ 바람에 악씨니야의 치마가 펄럭이고 가무스름한 목에서는 말려 들어간 보르르한 잔털이 나부끼었다. 듬직한 쪽 위에는 수놓은 꽃비단 수건이 불타는 것 같았고 끝을 치마 속으로 쓸어 넣은 분홍빛 적삼은 번번한 잔등과 펑펑한 어깨를 주름살 하나 없이 감싸고 있었다.	ⓑ 바람은 아크시냐의 스커어트를 불어올리고 거무스름한 목덜미에는 부드럽고 풍성한 귀밑머리가 감겨 붙었다. 묵직하게 묶은 머리 위에서는 꽃무늬 비단으로 테를 두른 프라토크가 불처럼 빨갛게 불타고, 옷자락을 스커트에 쑤셔 넣은 속옷은 잔주름 하나 없이 단단하고 팽팽한 어깨를 감싸고 있었다.
ⓒ 푸근푸근해진 땅 위에 비가 촘촘히 퍼부어 물웅덩이에 거품을 일구고 물줄기를 지어서 돈으로 흘러내렸다.	ⓒ 엉망이 된 땅바닥에 비가 좌악좌악 쏟아지고, 웅덩이는 넘쳐나 시내를 이루어 돈으로 흘러 들어가고 있었다.
ⓓ 부락 타곡장들 근처의 풀을 베어낸 초원은 연둣빛으로 얼룩얼룩 흰하지만 아직 풀을 베지 않은 곳에서는 반들반들 가무스름한 푸른 비단 같은 풀이 산들바람에 살랑거렸다.	ⓓ 마을의 건조 저장소 주위의 이미 풀을 베어 넘긴 초원은 시커멓고 푸르스름한 녹색으로 빛나고 있었다. 아직 풀을 베지 않은 곳에는 검게 빛나는 비단과 같은 마른 풀의 방석을 바람이 조용히 흔들고 있었다.
ⓔ 빤쩰레이 쁘로꼬피예위츠는 훌훌 죽을 들이마시고 채 무르지 않은 쌀을 부적부적 씹었다.	ⓔ 판탈레이몬 프로코피에비치는 열심히 죽을 마시고, 반쯤 익힌 보리를 소리내어 씹었다.
ⓕ 몸을 둘러싼 잿빛 그림자 하나가 달구지로부터 떨어져 나와서 갈지자걸음으로 천천히 그리고리를 향하여 왔다. 두서너 걸음을 앞두고 섰다. 악씨니야다. 그다. 그리고리는 심장이 소리 높이 두근두근 뛰었다. 한 발걸음을 내디디고 외투자락을 걸	ⓕ 몸을 완전히 감싼 잿빛의 그림자가 마차를 떠나서 천천히 지그재그로 그레고르 쪽으로 다가왔다. 그러다가 두세 걸음 앞에서 멈추었다. 아크시냐. 그녀이다. 그레고르는 경종처럼 뛰기 시작했다. 허리를 낮추어서 한 걸음 앞으로 나아가서 외투자

어챈 다음 불같이 뜨겁고 고분고분한 여자를 껴안았다.

ⓖ 어슬어슬해지기를 기다려서…파기 시작했지.…땅이 땅땅 굳어져서 꼭 돌과 같더군.…나는 참말이지, 배가 꾸럭꾸럭 끓는다는데…

ⓗ 그는 드러내놓은 장단지의 야들야들하고 하얀 것에 놀랐다.

ⓘ 이 진군은 이미 모든 의미를 잃어버리고 말았다. 그것은 다름 아니라 콜닐롭의 폭동이 끝짱이 나게 되었고 오독독이 터지듯 피여오른 반동의 발작이 꺼지고 그리하여 공화국 림시 집정자—사실 최근에는 불룩한 뽈에 살이 나린 나폴레옹 본대로 각본을 쳐서 뺑뺑하니 헹기운 장다리를 핵가닥거리며 이미 정부의 정기회상상에서 '완전한 정치적 안정'에 대하여 말을 하게 된 때문이었다.

락을 벌리고는, 얌전히는 있지만 불길 같은 숨을 토하면서 헐떡거리고 있는 아크시냐를 힘껏 끌어안았다. 그녀의 무릎이 힘없이 꺽이면서 전신은 벌벌 떨고, 이빨이 덜덜 마주 부딪치고 있었다.

ⓖ 잠시 어두워지기를 기다렸다가…파기 시작한 거야.…세월이 오래 되어 흙이 마치 돌처럼 단단한 거야.…그런데 말이다. 나는 뱃속에서 천둥소리가 나고…

ⓗ 그는 그 드러난 종아리가 비단처럼 하얀 데에 놀랐다.

ⓘ 이러한 이동은 이젠 아무런 의미도 없는 것이 되어버렸다. 왜냐하면 코르티코프의 음모는 막다른 골목에 이르렀고 불꽃처럼 타오른 반동의 화염은 진압된데다가 또한 공화국의 임시 수상은 이미 정부의 정례 각의 석상에서 '정국은 완전히 안정이 되었다'라고 언명했기 때문이다. 비록 양볼은 홀쭉 파이고 각반을 감은 장딴지를 나폴레옹처럼 끌고 있긴 했지만.

　　여기에 제시한 사례 이외에도 백석 번역 『고요한 돈』에는 도처에서 반복어가 눈에 띈다. '몽톨몽톨하니 젖은 머리털', '건득건득 졸다', '왱강뎅강 아궁이 뚜껑을 열고', '오굴조굴해진 잎사귀', '곱슬곱슬한 흰 구름', '쨋쨋하게 수를 놓은 앞치마', '뾰죽뾰죽 모가 진 몸매' 등 쓰임새와 형용방법이 다채롭기 이를 데 없다. 이런 형태 말고도 '검어트트한'이라든지 '꽛꽛한 고슬고슬한 시꺼먼 가슴의 털', '양피 냄새나는 꼿꼿한 침대', '느릿느릿 대문이 찌꾸덩 소리를 내었다', '후두두 소리를 내며', '추근추근스레', '저저마다 죽는 것도 아니옵거든', '어슐어슬한 울쿠리 뼈'

등 변양태가 다양하다. 예시한 문장들은 반드시 갖가지 유형을 대표하는 범례라고 할 수는 없지만 백석의 수법을 엿볼 수 있게 하기에는 충분하다. ⓐ는 같은 음절을 반복하는 어휘가 백석본에서 얼마나 자주 쓰이는지 짐작할 수 있게 해준다. 일월본에도 '눅눅'이란 낱말이 쓰이고 있지만 백석은 '썩은 냄새'를 '슴슴하니 물켜진 냄새'로 대치하고 '푸른 박명'을 '푸름푸름한 어스름'이라고 표현하고 있다. 반복어를 의도적으로 도입하고 있는 양상을 보여준다. ⓑ에서는 일월본에 '단단하고 팽팽한 어깨'라고 되어 있는 것을 '번번한 잔등과 핑핑한 어깨'로 표현한다. 원작에 어느 번역이 충실한가를 따지기 전에 백석이 음절이 반복되는 어휘를 일부러 반복적으로 사용하고 있다는 점을 강조하고 싶은데, 그 점에서 그 앞 문장에 들어 있는 '보르르한'이 특히 주목해야 할 표현이다. 백석본을 쭈욱 읽으면 이러한 반복어에 가까운 형태들이 계속 겹치면서 어떤 효과를 낸다. 그 표현방식은 모음이나 자음이 유사한 음가를 갖는 어휘를 선택하는 것으로 나타나기도 하고 유음으로 구성된 낱말들이 자주 동원되기도 하며, 문장의 길이를 어떤 때는 단문으로, 어떤 때는 복문으로, 또 문단 길이를 어떤 때는 길게, 어떤 때는 짧게 하는 형태로 구사되기도 한다. ⓒ에서도 시인이 '엉망이 된 땅바닥에'를 '푸근푸근해진 땅'으로 옮기고 있는 것이 눈에 두드러져 보이지만 여기서 주목하고 싶은 내용은 '비가 촘촘히 퍼부어'와 '비가 좌악좌악 쏟아지고'가 다 같이 동일한 음가를 갖는 반복어를 가지고 있다는 것이다. 이 점에 착안하여 돌아보면 앞에서 살핀 예문 ⓐ와 ⓑ, 그리고 ⓒ에서 시인이 반복어를 사용하는 곳에서는 일월본의 번역자도 조금은 반복어를 동원한다는 점에 유의할 필요가 있다. 바꾸어 말해서 그것은 원작자인 숄로호프의 문장에 반복어의 형태가 자주 쓰이고 있는데, 일본어의 번역자도 그것을 가급적 살려서 표현했고 한국어 번역자도 그 방식을 그대로 따랐다는 사실의 방증으로 볼 수 있다. 백석은 그러한 방식을 좀 더 의식적으로 강화하여 일반 형용사로 표현할 수도 있는 것도 일부러 반복어로 표현하여 작품에 리듬감을 주고 있는 것이다. ⓓ에서는 형용사로 표현할 수 있는 대목들을 반복어로 대신하고 있는 시인의 표현방식이 한 문장 안에서 두 차례 거듭해서 나타나고 있다. 이와 함께 이 문장에서는 '연둣빛'과 '얼룩얼룩', '푸른'과 '풀', '산들바람'과 '살랑거렸다'가 같은 음가를 갖는 자음을 가지고 있다는 사실도 유의할 사항이다. ⓔ는 이 반복어들이 갖는 효과를 엿볼 수 있게 해준다. '열심히' 죽을 먹는 것과 '훌훌' 마시는 것은 후자가 훨씬 더 감각적이며, '보리를 소리내어 씹'는 것과 '쌀을 부적부적 씹'는 것도 후자가 소리와 함께 양태도 나타내주기 때문에 더 살아있는 표현이다. ⓕ에서는 '달구지'와 '마차', '갈지자걸음'과 '지그재그'도 대비될 수 있고 심장이 뛰는 양상을 '경종'으로 표현하는 것과 '두근두근'으로 표현하는 것이 지닌 차이점도 주목할 수 있다. 하지만 더 중요한 것은 백석 시인이 이 장면을 대폭 압축하면서 아크시냐의 모든 행동을 '고분고분한' 것으로 포착했다는 것이다. 일월본에서 이 대목의 표현에는 '전신은 벌벌 떨고, 이빨이 덜덜 마주치고' 있다는 내용이 들어 있는데 '벌벌'과 '덜덜'로 표현된 내용 전체를 '고분고분한'으로 변용하여 압축한 것이다. 원작에도 들어 있음직한 의태어들의 효과를 살리기 위한 조처라고 볼 수 있다. ⓖ는 '어두워지기'가 '어슬어슬해지기'로 바뀌고, '뱃 속의 천둥소리'가 '꾸럭꾸럭'으로 바뀐 것도 재미있는 표현양상이지만 '땅이 땅땅' 굳어진다고 함으로써 '땅땅 땅'이란 연속음의 효과를 내고 있는 점이 표현의 절정이다. ⓗ에서는 여인이 드러내놓은 장단지를 '비단처럼 하얀' 것으로 보느냐 '야들야들하고 하얀' 것으로 보느냐는 지각방식의 차이가 문제의 관건인데 후자가 훨씬 더 육감적이고 생동하는 표현이라는 것은 누구도 부정할 수 없을 것이다. ⓘ는 전쟁과 혁명, 그리고 정치상황과 같이 감각과는 조금 거리를 둔

사항들을 표현하는 데서 반복되는 음절들이 어떻게 사용되는지 예시하기 위해서 선택된 예문이다. 얼핏 '삥삥하니' 밖에 반복어가 없는 듯 보이지만 '오독독이'는 반복어 표현방식의 변형이라고 할 수 있다. 그러나 이 예시문에서 더 주목해야 할 부분은 '폭동'과 '오독독이', '끝짱'과 '발작', '볼록한 뿔'과 '나폴레옹'과 '삥삥', 그리고 '헹기운'과 '홱가닥거리며'가 서로 비슷한 모음과 자음으로 구성되어 각 부분에서 호응하고 있다는 점이다. 이런 미시적인 사항들을 독서과정에서 놓치면 소설이 지닌 고유의 리듬은 없는 것이나 마찬가지가 된다. 그러므로 음소에서 낱말로, 낱말에서 구절로, 구절에서 문장으로, 문장에서 문단으로, 문단에서 장면으로, 장면에서 전체의 구조로 연결되는 사건과 리듬 사이에 맺어지는 연락부절의 관계를 파악할 때만이 소설이 형상화하는 독자적인 세계를 파악할 수 있으며, 그 속에서라야 독자는 웅장하게 울리는 교향악을 들을 수 있다. 이 점에서 숄로호프가 작품을 지을 때 가졌던 창작의도, 좀 더 정확히 말해서 작품의 지닌 특질을 독서를 통해 읽어내고 그것을 보다 효율적으로 형상화한 백석의 번역은 그 자체 하나의 예술이고 그런 뜻에서 예술번역이라고 높이 평가할 만하다.

5. 백석 번역본의 의의

백석 시인이 번역한 『고요한 돈』은 전쟁과 혁명이라는 역사적 사건을 주요한 소재로 다루고 있다. 그럼에도 불구하고 소설은 변방의 토착사회가 지닌 분위기를 생생하게 전달한다. 돈 카자크의 일상생활과 그 속에서 살아가는 개별 인물들의 존재는 소설에서 무엇보다도 뚜렷하게 부각되는 형상이며 그 생동하는 모습을 통해 당대 사회를 움직이는 힘들을 적나라하게 표출한다. 그것은 근원적으로 숄로호프의 원작이 획득한 개별과 보편의 통일, 리얼리즘적 성과에 말미암은 것이라고 할지라도 다른 언어권의 독자가 작품의 향기를 직접 깊이 있게 느낄 수 있는 것은 번역가의 노고 덕택이다. 백석의 번역은 다른 한국어 판본과 비교할 수 없을 만큼 뛰어나다. 사물의 상태와 움직임을 나타내는 어휘가 적재적소에 사용되고 있음은 물론 문장 하나하나가 시적 표현이라 해도 지나치지 않을 정도로 다듬어져 있다. 이것은 시인의 시적 천분이 고스란히 번역 작업에 동원되었기 때문이라고 할 수 있지만 단순히 그 재능만 가지고 현재와 같은 번역의 수준에 도달했다고 말하기에는 어려움이 있다. 그것은 창작의 기량을 넘어서 원작자와 번역자 사이의 공감은 말할 것도 없고 세계관의 공명까지 엿보게 한다. 번역자가 숄로호프의 작품세계를 깊이 이해하는 데서 한 걸음 더 나아가 그에 공감하고 마치 자기의 의식 저 밑바닥에 있는 사유를 끌어올려 펼쳐 보여주듯이 번역에 심혈을 기울인 데서 얻어진 성과라고 보이는 것이다. 백석 번역본의 성취는 기본적으로 이 공감과 공명에 힘입고 있다. 그 성취를 간단히 요약하면 다음과 같다.

첫째로 백석본 『고요한 돈』은 작품의 문학성에 대한 독자적 해석에 바탕을 두고 이루어졌다. 단순히 하나의 문자를 다른 문자로 변환하는 작업을 한 것이 아니라 작품 전체가 발산하는 정서적 효과와 주제적 의미를 구현하기 위해 그에 합당한 번역 작업을 펼친 것이다. 그 작업은 '짤막하지만 격렬하게 집중된' 사건과 장면들이 지닌 각각의 특징과 연결관계를 파악하는 데 입각해 있으며 그 단편들의 특징에 따라 주관묘사와 객관묘사, 서정적 표현과 극적 재현의 방법을 맥락에 따라 구분하여 적용하는 방식으로 이루어졌다. 자연묘사가 풍경에 대한 스케치가 아니라 자연과 인간의 상호적 관계를 함축함으로써 서정적 분위기를 지니게 된 것은 그에 말미암는다. 이와 대조적으로 사건과 장면, 인물과 행동과 대화의 제시는 주로 엄정한 사실주의적 기율을 지키는 객관묘사의 수법에 의지한다. 이러한 서정적 자연묘사와 사건을 재현하는 객관묘사의 상반된 성격은 작품에서 하늘의 별처럼 빛나는 시적 표현에 의해 매개되어 전체가 하나로 통합된다. 상징적이고 압축적인 시적 표현은 짤막하게 나누어진 장면들과 사건들이라는 단편들 사이의 간극을 메움으로써 작품 전편에 배음을 형성하는 자연묘사와 제각기 자립성을 지닌 사건들이 유기적으로 결합할 수 있게 해준다.

둘째로 백석본은 토착문화를 표현하는 데 필수적인 수많은 토착어와 함께 외국의 낯선 문물을 우리말로 표시하기 위해 만들어낸 조어들을 풍부하게 보여주고 있다. 토착어는 대부분이 당연히 순우리말로 되어 있고 조어 또한 순우리말을 조합하는 방식으로 만들어져 있다. 시인이 구사하는 순우리말은 생활에 밀착되어 있는 것들로서 현대사회에서 잊혀가는 전통의 삶과 의식을 되살려낸다. 이와 함께 시인은 우리말이 지니고 있는 표현의 영역을 넓히고 있다. 사물의 이름뿐만 아니라 다양한 방식의 형용 표현방식을 선보여주는데, 특히 색깔을 표현하는 데 우리말이 가진 장점을 잘 살리고 있으며 '언톨먼톨'이라든지 '푸근푸근'과 같이 음절이 반복되는 어휘를 여러 가지 방식으로 구사하여 사물의 상태나 동작이 지닌 미묘한 차이들을 드러내는 데 효과적으로 사용하고 있다. 이와 같이 순우리말을 조합하고 있기 때문에 어법 또한 전래의 방식을 보전한다. '통장사네 말 모양으로 얼이 빠졌다'와 같은 속담과 격언을 적절하게 원용함으로써 짧은 표현 속에 깊은 뜻을 담으며, '그 집 딸을 감들였다'나 '말을 늦잡았다', '욕심 궂게 살아야지', '생각의 덩어리를 부수었다', '보드카를 밑창냈다', '의자로 가서 밑을 붙이고' 등 고유의 정감을 지닌 어법을 구사한다. 이러한 어법이 사물에 대한 지각과 사유의 방식과 연관되리라는 것은 불문가지다. 백석의 번역본에서, 좀 더 근원적으로는 숄로호프의 작품에서 자연과 사람이 동일한 차원의 대상이 되고 너와 나가 함께 어울리는 공생적 관계로 인식되고 있는 것은 대지에 밀착해 살아가는 사람들의 야생적 사유방식, 생태적 세계관과 관련된다고 볼 수 있다.

셋째로 백석본은 새로운 표현방식을 시험하고 있다. "농촌 저쪽에는 하늘의 푸른 궁륭에다 초록색 칼날을 쳐박은 듯한 나무숲 꼭대기들이 뵈었다." 같은 표현은 분명히 모더니즘의 세례를 엿볼 수 있게 해준다. 이런 식의 시도는 토속어를 구사하는 문맥에서는 굉장히 낯설어 보인다. 하지만 시인은 외국의 장편소설 번역작업을 우리말의 가능성을 확대하고 심화하는 기회로 삼은 듯이 다양한 문체 실험을 시도하고 있다. 그러나 그의 실험 중에 『고요한 돈』의 번역에 가장 중요하고 긍정적인 가치를 지닌다고 생각되는 것은 반복어의 다양한 활용이다. '갈걍갈걍'이라든가 '몽톨몽톨', '번번', '핑핑' 같이 비슷한 음가를 지닌 단어와 음절을 반복하여 사용함으로써 작게는 문장단위에, 크게는 사건과 장면의 전개에, 그리고 종국에는 소설 전체에 리듬이 생기게 하는 수법이다. 이러한 시도는 원작에 그런 소지가 다분히 내재하고 있었기 때문에, 그리고 시인이 그 사실을 독서과정에서 파악했기 때문에 실천에 옮겨졌다고 할 것인데, 그 것이 소설의 기본 정조를 조성하는 데 매우 중요한 성분으로 작용하고 있다. 그 시험은 몇 가지 긍정적 의미를 지닌다. 우리말이 가진 표현의 영역을 넓힌다는 것이 그 하나고 다른 하나는 창작기법으로서 보편적인 쓰임새를 가지고 있다는 것이다. 이 기법이 처음으로 시도된 『고요한 돈』이 가진 리듬은 그런 의미에서 면밀히 검토될 필요가 있다. 짤막한 단편들과 시적 표현들, 사실주의 기법에 의해 묘사된 장면들이 조합되어 만들어내는 리듬의 효과는 작품 전체를 기기묘묘하고 아기자기한 풍경들이 아롱다롱 새겨져 있는 풍요로운 지형도를 그려낼 수 있게 해준다. 그것은 참다운 의미에서 예술의 혁신이라고 할 만한데 숄로호프에 의해 그려진 밑그림에 백석 시인이 색칠을 하여 완성의 수준으로 옮겨놓고 있다.

넷째로 『고요한 돈』은 일종의 양식의 경연장이다. 일반적으로 장편소설 작가들은 다층적인 차원의 양식을 조합한다. 양식이 형식의 구체화로서 그 속에 내용이 총괄되는 것이라는 점을 고려하면 양식의 다차원성은 예술적 형상의 복합적 성격을 구성하는 데 결정적인 작용을 한다. 백석 번역본은 이 양식의 다층성, 다차원성을 성공적으로 구현하고 있다. 그 대표적인 사례가 노래의 번역이다. 다른 판본들은 노래 가사를 산문으로 번역하는 데 급급하다보니 대부분 음절수를 맞추지 못함은 물론 규칙적인 율격조차 내팽개쳐 버리고 있다. 이에 비해 백석의 번역은 필요에 따라 내용을 바꾸고 반복되는 구절을 도입함으로써 노래의 가락을 살려내고 있다. 이와 같은 양상은 기도서라든지 편지, 일기문 등에서도 비슷하게 관찰된다. 백석의 번역은 그 양식의 특성에 따라 매번 문체가 변하고 있는데 다른 판본에서는 그와 같은 느낌을 전혀 가질 수 없다. 이 서로 다른 양식들이 소설의 전반적인 흐름에서 이채로운 존재로 부각될 것임은 누구라도 쉽게 알 수 있다. 그 양식들의 경연장에서는 총살대상자 수십 명의 명단을 몇 쪽에 걸쳐서 도표로 제시하고 있는 부분도 훌륭한 단편으로 자리 잡는다. 다시 말해서 노래, 일기, 기도서, 도표, 편지 등의 다양한 양식들이 소설을 구성하는 단편으로 역할을 함으로써 자연묘사와 짤막한 장면들, 시적 표현이라는 질적 성분과 조응한다. '짤막한, 흔히 격렬하게 집중된 작은 장면들을 주욱 나열'하는 구성이란 내용과 형식 양면에서 빚어지는 바로 이와 같은 양상, 다차원적 양식들과 독립된 단편들을 통해 이루어지는 소설의 전체 서사구조의 특성을 가리킨다. 그 단편들은 소설의 여러 공간에 자리를 잡고서 제각기 자기 곡조에 고유한 소리를 낸다. 그 소리들이 이루는 화음, 그것이 『고요한 돈』이 들려주는 교향악이다.

다섯째로 백석 번역 『고요한 돈』은 시인의 문학세계를 한층 풍요롭고 깊이 있게 해준다. 시인은 하나의 언어를 다른 언어로 옮기는 작업만을 한 것이 아니다. 작품 전체에 대한 독자적인 해석에 바탕을 두고 강조할 것은 더욱 강조하고 잘라내야 할 것은 원작자보다 더 과감하게 절단했다. 하나의 문장이 소설 전체 속에서 맡는 기능이 무엇인지 고려하여 문구를 다듬었고, 그 장면에서 구사해야 할 서술기법이 주관묘사인지 객관묘사인지 구분해서 거기에 적합한 표현을 주었다. 그 작업은 기호전환의 기계번역이 아니라 창작이나 다름없는 창조 작업이었다. 번역작품임에도 불구하고 『고요한 돈』을 통해서 시인의 문학세계가 한층 깊어지고 넓어졌다고 하는 것은 그 창조 작업의 결실이 향기롭기 때문이다. 그것은 "낯설음을 낯설음으로 자신의 언어공간에 열어주려는 욕망으로 그 생명을 얻"[11]은 예술번역의 희유한 범례이다. 그 번역을 통해 시인이 지닌 언어와 의식, 세계에 대한 태도와 사유의 내용이 이전보다도 훨씬 더 다채롭고 풍부하게 되었음은 말할 나위가 없다.

(『한국학 연구』, 2012. 12)

---

11) Antoine Berman, *La Traduction et La Lettre*, 김윤진, 「번역의 이론과 실제 – 불가능태와 가능태」, 『번역문학』, 2004, 45쪽에서 재인용.

'예술번역'으로 읽는 혁명과 사랑의 교향악[1]
— 백석 번역 『고요한 돈』의 문학적 특질

1. 서론

'예술번역(podstrochny perevod)'이란 러시아에서 이름 있는 시인이나 작가에 의해 이루어진 창작품에 준하는 번역물을 지칭하는 용어이다. 해당 언어 전문가와 시인 작가의 공동 작업을 통해 이루어지는 '예술번역'의 전통은 볼셰비키 혁명 후 러시아의 특수한 역사와 문화를 배경으로 성장해왔다. 이제껏 아무도 말하지 않은 것을 자신의 언어로 번역하는 것이 창작가의 작업이라면, 번역가의 작업은 그 작품을 자기 것으로 육화하여 다른 언어로 또 다시 옮기는 일이다. 그 일은 당연히 기호전환의 작업에 그칠 수 없다. 낱말들을 이해하는 수준에서 벗어나 작품의 형상을 구조적으로 파악하고 그에 따라 각 부분에 적절한 표현을 주어 전체가 살아있게 하는 것이 '예술번역'의 요건이다. 백석 시인이 우리말로 옮긴 솔로호프

---

1) 이 글은 2013년 5월 24일 고려대학교에서 열린 「만해축전 학술세미나」에서 발표한 원고를 토대로 작성되었다.

의 『고요한 돈』은 바로 그 '예술번역'이다.

　미하일 알렉산드로비치 숄로호프는 1925년부터 『고요한 돈』을 쓰기 시작하여 1928년에 1권을 출간한 데 이어 연차적으로 1940년까지 전 4권을 완간했다. 1차 세계대전 직전인 1912년부터 볼셰비키 혁명이 일어난 1917년 이후 2~3년경까지 돈 강 상류지역인 보센스카야 지방의 타타르스키라는 가공의 마을을 중심으로 펼쳐지는 서사는 광대한 시공간을 화폭에 담으면서 장강대하와 같이 도도한 흐름으로 펼쳐진다. 소설은 주인공인 그리고리 멜레호프와 유부녀 아크시냐의 불꽃처럼 타오르는 사랑의 이야기로 시작된다. 이 사랑 이야기는 소설의 중심축 가운데 하나를 이루는데 기마 카자크 병으로 군대에 소집된 주인공과 카자크 사회 전체가 세계대전과 볼셰비키 혁명이 일으킨 역사의 소용돌이에 휘말리면서 개인과 집단의 운명이 한데 얼크러져 형상화되는 리얼리즘 소설의 전형적인 광경을 연출한다. 러시아 혁명을 소재로 하고 있기 때문에 오늘날 대부분의 사람이 사회주의 리얼리즘 소설로 간주하는 이 작품은 출간 당시 러시아 사회에서는 반혁명적인 문학으로 비판받기도 했다. 작품의 예술적인 성공이 반혁명적이라는 비난을 이겨내고 사회주의 리얼리즘의 위대한 성취, 노벨상 수상이라는 이중의 영예를 얻게 한 것은 역사의 아이러니이지만 저간의 사정에서 드러나는 바와 같이 소설은 어느 한편의 시각으로 고정시켜 볼 수 없는 복합성을 지니고 있다. 이 소설이 한국의 독자에게 소개된 시기는 비교적 빠른 편이다. 일본어 번역본이 작품이 완간되기도 전인 1930년대 초반부터 이미 나오기 시작했으므로 관심 있는 사람은 누구나 쉽게 구해 볼 수 있었다. 또한 시인 백석이 번역한 이 소설 1권과 2권이 1949년과 1950년에 차례로 북한에서 출판되었으므로 『고요한 돈』에 대한 소개는 비교적 빠르게 이루어진 셈이다. 그렇지만 백석 번역본은 그동안 소재가 확인되지 않았는데 이번 서정시학에서 원전을 찾아 백석전집의 일부로 출간하게 됨으로써 한국 독자들의 갈증을 해소할 수 있게 되었다. 그러나 백석 번역본은 작품 전체 8부 가운데 5부까지만 번역한 것이고 이 작품 전체가 완역된 것은 그동안 금기시되어온 사회주의권 서적에 대한 금제가 풀린 1985년이다. 일본어 번역본을 중역한 일월서각본과 문학예술사본이 거의 동시에 출간된 것인데 이후에도 몇몇 출판사에서 작품을 번역하여 냈지만 축약본이거나 번안한 것이라서 큰 의미를 부여하기는 어렵다.

백석이 번역한 『고요한 돈』은 비록 완역이 아니라는 한계를 지니고 있음에도 불구하고 여러 가지 점에서 면밀하게 살펴보아야 할 가치를 지닌다. 우선 일본어 중역본과 대비해서 번역의 질적 수준을 검토해볼 필요가 있다. 그 비교는 금세 우열이 판가름 되는데 중역본들이 단순한 기호전환의 작업에 그친 기계번역이라고 하면 백석의 작업은 예술번역의 수준에 올라 있기 때문이다. 예컨대 중역본을 읽은 독자들 가운데는 소설 속에 빈번하게 나오는 노래가 도대체 무슨 소리를 하고 있는지 알아볼 수 없다고 불평하는 사람들이 많다. 내용과 형식을 파악하지 않은 상태에서 일본어를 한국어로 기계적으로 옮겨놓고 있기 때문에 노래가 어떤 가락이나 율조를 띠고 있는지 전혀 알아볼 수 없음은 물론 심지어는 무슨 내용인지도 파악할 수 없게 되는 것이다. 이와 같은 양상은 소설 대부분을 차지하는 대화와 지문에서도 쉽게 찾을 수 있다. 이중의 번역을 거친 기호 전환의 작업인 까닭에 대화는 살아 있는 말이 되지 못하고 지문 또한 우리말로 다듬어진 문장이 되지 못하는 것이다. 또한 사건의 전개에서 주관묘사가 이루어져야 할 곳과 객관묘사가 이루어져야 할 곳을 구분하지 못하기 때문에 그 장면에서 표현된 감정이나 생각, 행동을 정확히 전달하지 못한다. 이 같은 상태는 근원적으로 작품의 각 부분이 맡고 있는 기능을 이해하지 못한 사정과 표리의 관계를 이룬다. 곧 작품 전체가 어떤 구조를 가지고 있고, 그 구조 속에서 각각의 부분이 어떤 역할을 해야 하는지 알지 못한 채 번역자들이 번역에 임한 결과 나타난 현상이다. 이에 비해 백석의 번역은 작품의 서사구조가 어떤 것인지 나름으로 파악한 바탕 위에서 압축적인 표현이 필요한 곳에서는 압축을 하고, 격앙된 감정을 드러내야 할 곳에서는 격앙된 어조를 느낄 수 있게끔 원작의 표현을 옮기고 있다. 바꿔 말해서 『고요한 돈』은 생장수장(生長收藏)이란 자연의 리듬을 작품의 구성원리로 가지고 있다. 그 리듬에 따르자면 긴장이 생명인 대목과 확산이 주도적으로 작용하는 국면, 관념과 이념의 대립이 영글어가는 장면, 생명을 보존하는 일이 긴요한 부분이 각기 제자리에서 역할을 해주어야 작품 전체의 리듬이 생동하게 되는데 백석의 번역은 바로 그 작업을 정확히 수행하고 있다.

두 번째로 살펴야 할 것은 『고요한 돈』의 번역이 백석의 문학, 나아가서 한국의 문학, 또 번역문학사에서 어떤 의미를 지니는가 하는 문제이다. 백석은 한국의 문학인들 가운데 드물게 북방의 시인으로 일컬어진다. 북방은 한국 고대사의 무대였으므로 역사적으로 시원의 고장일 뿐 아니라 근대 식민지시기에는 나라를 잃고 표랑한 사람들이 의지한 삶의 터였다. 여러 나라 여러 민족의 사람들이 섞이고 교류하면서 함께 삶을 영위했던 공생의 장소이자 우리의 의식 저 깊은 곳, 무의식 속에 자리 잡은 샤머니즘이 뿌리를 내린 공간이었다. 그와 같은 역사와 문화를 배경으로 백석이 북방의식을 표현하고 그 표현 수단으로 북방의 언어를 선택한 것은 익히 알려져 있다. 그런데 『고요한 돈』의 무대 또한 북방에 속하는 지역이었다. 그러한 사정 때문인지 백석의 『고요한 돈』 번역에는 순우리말 표현이 대거 동원되고 그 가운데 상당수가 북방의 토속어를 사용한 표현이다. 이는 백석의 문학을 제대로 이해하기 위해서 그의 창작물 이외에 『고요한 돈』의 번역을 참조하는 일이 필수적이라는 사실을 말해준다. 뿐만 아니라 백석의 번역은 우리말의 보고라고 하는 홍명희의 『임꺽정』과 같이 민족언어를 풍부하게 수장하고 있는 저장소이다. 백석의 번역본에는 낱말, 비유, 속담, 격언, 어법 등 여러 부문에 걸쳐 토속세계의 의식을 나타내는 표현들이 넘쳐난다. 이와 같은 사정을 감안하면 백석 번역 『고요한 돈』은 번역문학이라고 가벼이 여길 것이 아니라 그 자체로 시인의 문학의식이 발현된 하나의 작품으로서 접근하는 일을 필요로 한다. 일찍이 발터 벤야민은 무엇보다도 "낯선 언어 속에 갇혀 있는 저 순수언어를 자신의 언어로 구원해내는 것, 작품 속에 사로잡혀 있는 언어를 완전히 다른 창작 속에서 해방시키는 것, 이것이 번역가의 과제다"라고 말한 바 있다.[2] 이 말 속에는 창작가의 작업이 자신의 의식, 내면적 체험 속에 있는 순수언어를 자기의 언어로 번역하는 일이며, 번역가의 과제도 논리적으로 그와 똑같이 순수언어를 자기 언어로 옮기는 작업이라는 인식이 내재되어 있다. 따라서 이 글에서는 앞서 제기한 두 가지 문제에 초점을 맞추어 백석의 『고요한 돈』 번역이 지니는 의미를 검토한다. 그 작업은 먼저 백석이 『고요한 돈』의 서사구조를 어떻게 파악하고 있는지를 자연묘사와 관련하여 고찰하고, 그 다음에 그 내용을 형상화하는 표현법을 낱말부터 문단, 장면, 전체 구조에 이르기까지 단계별로 구분하여 검토하는 순서를 따른다. 다른 번역본과의 비교는 이 작업의 토대가 되는 일에 속하지만 편의를 위해서 글에서는 백석 번역본과의 차이를 드러낼 필요가 있는 경우에만 구체적인 사례를 제시한다.

2. 『고요한 돈』의 서사구조와 자연묘사

『고요한 돈』은 4권 8부로 구성된 대서사시이다. 유유히 흐르는 돈강처럼 시간의 순서대로 발생하는 사건들이 순차적으로 제시되어 역사와 인

---

2) 최문규, 『파편과 형세』, 서강대학교출판부, 2012, 139쪽.

간의 운명을 형상화한다. 이 유장한 흐름 속에서 각각의 등장인물들은 하늘의 별들처럼 명멸한다. 주인공이 없는 소설이라는 이 작품에 대한 평가에서 엿볼 수 있는 것처럼 한 인물에만 초점을 맞추지 않고 작가의 카메라는 장면에 따라 이 사람 저 사람, 이 사건 저 사건을 차례로 조명한다. 유장한 흐름의 서사이지만 그 속에서 각각의 인물들이 명멸하는 별이 되고 있다고 하는 것은 단순히 작품을 상찬하기 위해 동원한 수식이 아니라 소설의 구성방식을 설명하는 표현이다. 그 구성방식은 8부로 된 소설의 각 부(部)가 20여 개의 짧고 긴 장(章)으로 나뉘어 있고 그 각 장들 또한 짧고 긴 단락들로 이루어져 있는 외면적 형식에서도 확인할 수 있다. 그런데 여기서 '길고 짧은 문단과 문장'이라고 표현한 것에서 강조점은 '길다'는 쪽보다는 '짧다'는 쪽에 비중이 실린다. 그리고 그 짧은 비율은 앞쪽에서 더 심하고 뒤로 갈수록 약화된다. 서정시학에서 발행한 백석전집에 실린 작품을 가지고 비교하면 1부는 121쪽, 2부는 136쪽, 3부는 203쪽, 4부는 284쪽, 5부는 248쪽으로 되어 있다. 1부에서 5부까지가 두 권 분량인데 6부에서 8부까지가 또 다시 두 권 분량이라는 것을 생각하면 그 길이가 뒤로 갈수록 대폭 길어진다는 것은 숨길 수 없는 사실이다. 이렇게 앞부분에서는 짧고 뒷부분에서는 길어지는 양상, 각 부에는 수십 개의 장들이 나뉘어 있고, 그 장들 또한 한두 개의 문장으로 구성된 짧은 문단들로 이루어져 있는 사례가 비일비재하다는 것은 작가가 노린 작품의 효과와 관련하여 깊이 음미해야 할 일이다. 게오르크 루카치는 숄로호프의 작품을 톨스토이의 『전쟁과 평화』 등의 작품들과 비교하며 톨스토이의 소설이 '폭 넓은 형상의 개별성'을 지닌 장면들인데 반해 숄로호프의 그것은 '짤막한, 흔히 격렬하게 집중된 작은 장면'이라고 규정한 바 있다.[3] 톨

---

3) 게오르크 루카치, 『변혁기 러시아의 리얼리즘 문학』, 조정환 옮김, 동녘, 1986, 324쪽.

스토이의 장면들은 폭 넓은 형상을 통해 개별 부분들의 자립성을 확보하는 데 반해 숄로호프의 작품에서는 짤막한 장면들이 짧게 짧게 연속되기 때문에 거기에 등장하는 인물들은 삽화적으로만 제시된다는 것이다. 루카치 자신이 언급하고 있는 숄로호프의 소설이 지닌 '엄청난 폭, 예술적 밀도, 변화무쌍함'은 이 삽화적인 장면들이 서로 긴밀히 의존하고 새로운 척도, 새로운 방식을 가지고 결합할 수 있게끔 형상화한 예술적 혁신의 결과라는 것이다. 바꿔 말해서 삽화적인 인물들의 행동이 작품 속에서는 거대한 역사적 흐름을 만들어내는 개별적 계기들의 연관을 이루게끔 구성방식을 혁신한 효과라는 분석이다. 이 분석의 타당성은 우리가 조세희의 『난장이가 쏘아올린 작은 공』의 짧은 문장들, 스타카토 문체라고 하는 것이 문장들 사이에 상상력이 작동할 수 있는 많은 공간을 함축함으로써 묘사된 것보다도 훨씬 더 풍부한 느낌을 갖도록 해준다는 사실을 통해 쉽게 이해할 수 있다. 그러나 루카치의 『고요한 돈』에 대한 분석은 만족스럽지 못한데 "짤막한, 흔히 격렬하게 집중된 작은 장면"들이 어떻게 '엄청난 폭'과 '예술적 밀도', '변화무쌍함'을 갖추고 서사시의 유장한 흐름을 만들어내는가에 대해서 충분히 납득할 만한 설명을 제공해주지 못하고 있기 때문이다. 그 원인은 그가 숄로호프의 소설에서 자연묘사가 가지는 기능과 효과를 소홀히 하고 있는 데서 찾을 수 있는 것처럼 보인다. 루카치가 개인과 계급의 운명이 어떻게 얽혀지는지에 대해서만 관심을 쏟고 그 관점에서 작품을 평가하는 것은 그의 입장에서는 당연한 일인지도 모른다. 그러나 그 관점에서만 작품을 보는 경우 소설에서 큰 비중을 차지하고 있는 자연묘사의 소설 내적 기능을 이해할 수 없을 뿐만 아니라 소설이 표현하는 세계에 대한 인식도 제한적일 수밖에 없다.

숄로호프의 소설에서 자연묘사는 매우 자주 등장한다. 기회가 있을 때마다 작가가 자연을 묘사하려고 덤빈다고 할 수 있을 정도로 작품 곳곳에는 자연이 맨 얼굴로 낯을 내밀고 있다. 흔히 자연풍경은 소설의 분위기, 사건이나 인물이 지닌 정조와 분위기를 조성하는 데 기여한다. 그렇지만 『고요한 돈』에서 자연은 배경으로 처리되거나 수동적인 존재로 사건의 뒤에 머물러 있지 않는다. 일월서각본의 작품 해설자는 작가의 필치를 세 가지로 분석하면서 자연이 작품에서 차지하는 위상에 대해 '자연의 침입'이라는 표현을 쓰면서 "자연이 인간 비극 속에 참여자로 존재하고 그 자연이 마지막 말을 남기는 것"이라고 의미를 부여하고 있다. 작품의 핵심 주제를 정확히 포착한 견해라고 평가할 수 있는데, 실제로 소설에서 자연은 인간사에 개입하고 인간과 다름없이 능동적 주체로서 세계에 작용하는 존재이다. 다음의 인용문은 그 한 사례를 보여준다.

> 타타르스키부락 옆으로 하얀 잔물결이 일어 주름살이 잡힌 하늘로는 가을 해가 빙빙 길을 돌아갔다. 거기 높직한 곳에는 조용한 바람이 다만 살짝 검정 구름장들을 닿치고 이것들을 서쪽으로 흘려보내는 것이었으나 그러나 마을 위로, 검푸른 매연한 돈강 위로, 벌거벗은 수림 위로 이것은 기세 찬 기류가 되어 때려대고 버드나무와 백양나무 우두머리를 휘어 놓고 돈강을 흐믈거리게 하여 놓고 말무리 같은 적갈색 나무잎새들을 길거리로 몰아 쫓고 하였다. 흐리스토냐네 곳간에는 잘 가리지 못한 마른 밀짚더미가 어지러이 흔들렸는데 바람은 물어뜯어가며 그 꼭대기에 구멍을 내고 가느다란 대를 굴려 내리고 그리고 갑자기 삼지창에 오르는 만큼 황금빛 밀짚을 한 아름 안고는 이것을 뜨락 위로 날려가고 길거리의 상공에서 잡아 돌리고 그리고 손 크게 비인 길에 뿌려놓고 잔득 성나 일어선 무더기를 스테판 아스타호프네 오막살이 지붕에 던져버리고 하였다. 모자를 쓰지 않은 흐리스토냐의 안해는 가축우리로 뛰어가서 무릎으로 치마를 꼭 누르고 바람이 곳간에서 세간을 사는 꼴을 잠간 동안 물끄러미 보다나서 또 다시 현관으로 가버렸다.
> 전쟁 삼년 째 해는 마을의 살림살이에 현저하니 나타났다. 카자크들이 없어진 마당들은 휑 하니 열린 창고들이며 낡은 가축 우리들이며로 해서 엉성하니 되고 하나씩 둘씩 있던 것들이 허물리며 이 마당들에는 초라한 자취가

남게 되었다. 흐리스토냐네 안해는 아홉 살 백이 아들아이를 데리고 살림을 하여갔다. 아니쿠시킨네 마누라는 전혀 세간 일은 몰랐으나 그러나 그 출정 군인의 여편네라는 제 형편에 따라 고집스럽게 제 몸 하나는 제가 거두어갔다. 연지를 바르고 화장을 하고 그리고 장성한 카자크들이 발른 탓에 열네 살쯤 되었을까 한 아이나 또 그 보다 좀 더 나이 먹은 아이들을 붙이었는데 여기 대해서는 어느 대 잔득 타루를 발려 더렵혀져서는 이때까지 그 컴컴한 짓을 적발하던 밤색 자취를 지니고 있는 널쪽문이 웅변으로 증명하고 있다. (4부 5장)

인용문의 첫 단락은 자연에 대한 묘사이고 둘째 단락은 사람들의 살림살이에 대한 묘사이다. 두 단락에서 드러나는 상황은 거의 비슷해서 바람이 하는 짓이나 전쟁이 초래한 사태나 마찬가지로 연약한 존재들에 대한 폭력이라는 인식이 가능해진다. 곧 작가는 자연과 인간의 일을 감응관계로 파악하고 있다. 자연도 하나의 능동적 주체로서 갖가지 방식으로 사물을 헤쳐놓듯이 인간이 저지르는 행위도 자연의 행태와 동일한 양상을 빚는 것으로 묘사하는 것이다. 이렇게 자연과 인간의 일을 동일한 패턴으로 묘사하는 작가의 의식 밑바탕에는 자연이나 인간이나 별개의 존재가 아니라는 인식이 깔려 있다. 인간은 자연보다 상위의 존재가 아니라 자연사물의 하나에 지나지 않으며 자연 또한 인간과 동일하게 능동성을 지닌 주체로서 인정되어야 한다는 관점이다. 자연과 인간이 교감하고 공명하며 함께 일을 이루어간다는 이 인식은 작가의 세계관이 저 시베리아의 샤머니즘에 풍부하게 나타나고 있는 자연과 인간의 공생이념에 가까운 것임을 나타내준다. 이와 같은 자연묘사가 작품의 도처에서 사람이 벌이는 인위적 행동들과 얽혀짐으로써 작품에는 자연의 질서와 인간사회의 변동이 하나로 결합하는 양상이 빚어진다. 그 결합의 원리가 앞에서 간략하게 서술한 생장수장(生長收藏)의 원리다. 이 원리는 소설을 전체적으로 파악할 수 있게 해주는 것으로서 작품의 각 부분이 지니는 형상의 성격을 일정하게 규정한다. 소설 1부가 가장 짧고 뒤로 가면서 점차 길이가 늘어나는 이유는 생장수장의 원리로 해명이 가능하다. '생(生)'의 국면에 해당하는 작품의 첫 부분은 생명이 강한 압력을 받으면서 태어나는 것이므로 긴장이 주도적인 특성이 된다. 그리고리와 아크시냐의 사랑은 주위의 거센 반대에 부딪치고 그로 인해 주인공들의 반발 또한 드세다. 그것은 생명력의 용출, 태아가 어머니의 자궁을 나오면서 몸을 비틀어 곡직(曲直)의 힘을 빌리는 것과 같은 양태다. 두 번째 국면인 '장(長)'은 소설에서 그리고리가 군대에 감으로써 오스트리아와의 전쟁에서 1차 세계대전으로 사건이 확대되며 그로 인해 작품에 넓은 시공간과 수많은 인물들이 등장하는 것으로 특징지을 수 있다. 세 번째 국면인 '수(收)'는 세계의 변화에 순종함으로써 열매를 맺는 것으로 특징지어지지만 열매의 특성이 유전자를 후세에 넘겨주는 이치라는 데서 알 수 있듯이 인간의 정신, 관념이나 이념에 따른 대립 갈등이 지배적인 국면이다. 볼셰비키 혁명의 진행 속에서 카자크주의를 비롯한 각종의 이념이 주장되고 그에 따라 사회가 여러 분파로 갈리는 것은 필연지세가 된다. 그리고리가 적위군이 되었다가 백위군이 되고 카자크주의자의 설득에 일정하게 공감하는 것은 이와 관련된다. 네 번째 국면인 '장(藏)'은 형상적으로 씨앗의 형태다. 겨울을 지나 새로운 봄을 맞기까지 씨앗은 자신의 생명을 이어가야 한다. 바꿔 말하면 이념의 혼돈 속에서 서로가 서로를 죽이고 전염병으로 무수한 사람이 목숨을 잃는 사태를 어떻게든 견뎌내야 하는 것이 씨앗의 임무다. 그리고리가 비적의 무리에 가담하고 살 곳을 찾아 아크시냐와 도망을 치고, 마지막에 아들에게로 돌아가는 것은 자연스런 자연의 논리다. 소설 속의 인물들이 까마득하게 높은 하늘에서 별처럼 명멸하는 존재로 기억에 남는 것은 그렇게 씨앗처럼 흩뿌려져 생존을 도모하는 사람들의 삶의 패턴에 대한 인상이 독자들에게 마지막으로 남겨지기 때문이다. 그 패턴은 작품의 각 부분에서 상이한 형태로 빚어지고 그것들이 서로 조응하면서 작품 전체에는 일종의 리듬이 형성된다. 백석이 번역한 『고요한 돈』이 다른 번역본들에 비해 우수하다고 하는 것은 이 소설적 구조를 파악하고 각 장면이나 인물, 사건에 그에 적합한 표현을 주고 있다는 점에 있다. 짧아야 할 곳에서는 짧게 표현하여 시적인 압축성을 갖추게 하고 주관묘사를 써야 할 곳과 객관묘사를 해야 할 곳을 정확히 분별하여 그에 적합한 표현을 하고 있는 것이다. 백석 번역본의 토속적 표현이란 것도 그 사례의 하나다. 카자크라는 존재가 러시아 사회 일반과 다른 특성을 지닌 종족집단이라는 사실에 대한 인식에 입각하여 북방민족의 거칠 것 없이 자유분방하면서도 드센 기질을 가진 것을 표현하기 위해 북방의 토속어와 토속문화에 대한 지식을 활용하고 있는 것이다. 그 작업이 번역에서 어떠한 수확을 거두고 있는지를 확인하기 위해서는 당연히 표현에 사용된 언어와 비유, 그리고 인물과 행동, 사건을 형상화하는 장면 묘사의 구체적 양상을 살피는 일이 요구된다.

3. 백석 번역본의 언어와 어법

백석 번역본이 지닌 표현의 특성은 관점이나 필요에 따라 여러 가지 기준을 가지고 구분할 수 있다. 이 글에서는 단계적으로 부분의 개별적 단위에서 전체의 질서로 상향하는 방법을 채택하고자 한다. 어휘, 문장과 같은 개별적 요소에서 장면과 리듬, 통일성과 같은 상위의 범주로 점차 시야를 확대하는 방식이다. 이 장에서는 일차적으로 번역에 사용된 어휘들과 어법, 수사적 표현이 지닌 특징과 그로 인해 독자의 상상 속에서 형성되는 이미지가 가지는 특색을 살펴본다.

백석이 번역한 『고요한 돈』에는 한 세기 전 우리 조상의 생활을 환기하는 어휘들이 풍성하게 등장한다. 우선 명사로는 말코지, 뒷돌기, 방구리, 행세옷, 낫잡이, 모돌이, 널바주, 낸내, 써레날, 목칼띠, 졸망구니, 마구리, 잔입, 입밥, 멍엣대 등의 어휘가 손쉽게 눈에 들어온다. 이 어휘들은 지금 사람들에게는 거의 잊혀 있는 낱말이지만 전통사회의 사람들에게는 익숙한 생활용어이다. 백석이 이러한 어휘를 동원한 데에는 작품 자체가 카자크라는 특정한 지방을 배경으로 하고 있어 러시아인들의 표준적인 언어들과 다른 성격을 지니고 있는 점을 감안하였기 때문이라고 생각된다. 카자크 사회에서 살아가는 사람들의 분위기와 문화가 지닌 성격을 이러한 어휘의 사용을 통해 한국어 독자에게 전달하려는 시도라고 할 것이다. 익히 알다시피 언어는 무색무취한 것이 아니다. 각각의 낱말에는 역사와 생활의 때가 묻어 있고 사물을 바라보는 시각이 잠재적으로 내포되어 있다. 언어가 그 자체로 세상을 지각하고 경험하는 방식에 영향을 끼칠 뿐만 아니라 구조적으로 경험을 창출하기도 한다[4]는 일반의 미론학자들의 견해는 그 사실을 적시하고 있다. 백석은 이 토속어를 통해서 작품에 등장하는 카자크들의 생활을 이해하는 데서 나아가 그 문화 자체를 체험할 수 있게 해준다. 그러나 어휘의 측면에서 명사보다 토속적 표현을 더욱 두드러지게 만드는 것은 사물의 상태를 나타내는 형용어와 동작을 표시하는 동사이다. 작품 속에 등장하는 카자크인들이 사용하는 말들은 원래 색채와 소리가 생생하게 살아 있는 감각적인 언어라고 한다. 그런데 백석이 번역에 동원한 형용어들은 그 감각의 풍요성을 살리기에 알맞게 구사되어 있다. 예컨대 '꿋꿋한 누런 털', '희퍼리스레한 하늘', '희슥희슥한 꼭대기', '보르르한', '미타스럽게', '퍼러스레한 콧

---

4) 전성기, 「번역·수사학·일반의미론」, 『번역문학』 5집, 연세대학교출판부, 2004.

마루' '느런히', '시뜩이', '푸르불그스름한 점토', '패럽게', '무쭉하고', '까부린' '너누룩해졌다' '쑤왈거리다', '내리먹였다', '시롱거리다', '낫으로 후렷다', '우지끈했다', '와들거렸다' 등이 그런 예다. 이 낱말들은 사물의 상태에 대한 일반적 서술이라기보다 특정한 정황의 표현에만 적용될 수 있는 성격의 것이다. 우리말이 지닌 다양한 형용방법들을 구체화하고 있는 이 어휘들은 백석이 구사하는 어법과 조응하면서 작품의 정조를 조성하는 데 크게 기여한다. 그 어휘들을 조합하여 이루어지는 어법의 토속적 표현에 대한 사례를 열거하면 너무 장황해지므로 여기서는 몇 개의 문장만 선택하여 다른 판본의 번역과 비교할 수 있도록 도표로 제시한다.

백석본	일월서각본
① 우리는 아귀다툼할 건덕지가 없소.	① 우리가 싸울 일은 조금도 없네.
② 안사돈들은 궤짝 위에 그러안고 앉아서 서로 겨끔내기로 지껄였다.	② 어머니들은 껴안은 채 옷궤에 앉아서 서로 다투어 높다란 소리로 지껄여댔다.
③ 지금 내 목소리는 마르고 생활은 노래를 찢어 버렸다.	③ 이제는 목소리도 쉬어버렸고, 첫째로 노래를 부르거나 하는 태평스러운 기분이 없어져 버렸다.
④ 아버지는 마지막 이유를 장땅패처럼 내놓았다.	④ 아버지는 마지막 카드를 꺼냈다.
⑤ 국화두 한철이요 매화두 한철이지.	⑤ 테에로(육체)는 망가지기 쉽고, 데에로(사건)는 잊혀지기 쉽지.
⑥ 상전 싸움에 종 끄더기 뜯긴다.	⑥ 상전이 싸움을 시작하면 하인들도 가만히 있지는 못한다.

두 번역본을 보면 백석본의 문장이 대체로 짧게 압축되어 있는 것을 금방 알 수 있다. 또한 표현의 방식이 하나는 무미건조한 산문번역투이고 다른 하나는 우리의 전통적 어법을 취하여 생동한다. 구체적으로 항

목별로 살펴보면 ①에서는 '아귀다툼할 건덕지'가 없다는 것은 싸울 이유가 없다는 것이고 '싸울 일'이 없다는 것은 두 사람의 관계를 이야기한 것이거나 사안 자체가 문제가 되지 않는다는 내용이어서 전자가 문맥에 정확한 표현이라는 것을 알 수 있다. ②는 백석 번역의 우수성을 그대로 드러내는 대목인데, '어머니들'이라고 하면 어떤 어머니들인지 궁금해지는 데 반해서 '안사돈들'이라고 하면 두 사람의 관계가 분명하게 드러난다. 또한 '껴안은'이란 표현과 '그러안고'라는 표현은 비교도 되지 않는데 안사돈들이 껴안은 채 궤짝에 앉아 이야기를 하는 상태를 우리는 상상할 수조차 없기 때문이다. 안사돈들이 반가워서 서로 팔이나 소매를 잡고 있는 상태를 백석은 '그러안고'라는 말로 정확히 표현하고 있다. 이렇게 서로 반가워서 이야기하는 것을 '서로 다투어 높다란 소리로 이야기'한다고 하는 것은 상황에 어울리지 않는다. 그에 반해 '겨끔내기로'는 서로 번갈아 이야기하는 양태의 정확한 표현이다. ③은 백석의 간결한 번역을 엿볼 수 있게 하는 대목이고 ④는 아버지의 득의만만한 모습을 '장땅패처럼'이 잘 나타내주고 있다. ⑤에서는 일월서각본이 원작이 어떻게 되어 있는가를 엿볼 수 있게 해주는 번역이지만 백석은 그 뜻을 파악하여 거기에 우리말식 표현을 주고 있다. 이상의 간략한 검토를 통해서 백석 번역본이 우리말식 표현법을 얼마나 풍부하고 다채롭게 구사하고 있는지 파악할 수 있다. 물론 여기에는 반론도 가능하다. 원작의 분위기를 우리 것으로 환치하는 데 대한 직역주의자의 회의적 시각을 상정할 수 있다. 그러나 어느 것이 옳고 어느 것이 그른지 그 장단을 간단하게 말하기 어렵다.

백석의 번역에서 사용된 비유와 이미지에도 어휘나 어법에 나타난 특징은 두드러지게 나타난다. 그 사례를 몇 가지 사례를 통해 살펴본다.

백석본	일월서각본
① 여러 생각이 마치도 건초 낟가리를 바람이 흩어치듯이 잠을 흩어버렸다.	① 갖가지 생각이 잠을 쫓아버렸다. 마치 바람이 풀더미를 날려버린 것처럼.
② 어머니는 주린듯이 이 눈길을 부여잡았다.	② 어머니는 열심히 그 시선을 잡아두려고 했다.
③ 마치 그만이 혼자서 아는 진실을 빙빙 돌며 우불구불 구부러진 오솔길이라도 가는 것 같았다.	③ 마치 자기 혼자서만이 알고 있는 진리를 둘러싸고 몹시 꾸불꾸불한 오솔길을 통해서 얘기를 진행시키는 것 같았다.
④ 아버지의 고집은 생나무 버들과 같아서 휘기는 휘지만 꺾으려고는 염두도 내지 말아야 한다는 것을 알고 있었다.	④ 그는 아버지가 몹시 완고하고, 게다가 그것이 뼛속에까지 배어들어 있으므로 구부리면 구부러지기는 하지만 막상 꺾으려고 하면 꺾여지지 않는다는 것을 알고 있었다.
⑤ 소금에 절군 오이지 냄새나는 숨을 달콤하니 쉬면서 역설했다.	⑤ 소금에 절인 오이의 맛있는 숨결을 토하면서 상대를 설득하고 있었다.

①은 『고요한 돈』의 작가 숄로호프가 자연과 사람의 일을 유비적인 관점에서 파악했다는 것을 문장구성에서 보여주고 있다. 비유로 끌어온 바람이 낟가리를 흩어지는 일과 여러 생각이 잠을 흩어버리는 일이 같은 종류의 일이라는 사실을 같은 낱말을 반복하여 표현한다. 이 반복이 지니는 의미는 다음 장에서 본격적으로 검토하는 것으로 백석 번역본에서 매우 중요한 사항이 되는데 일월서각본에서는 단지 비유만 있을 뿐 거기에서 자연과 인간의 유비는 드러나지 않는다. ②는 '주린듯이'와 '열심히'가 대조되는데 후자가 개념적인 표현이라면 전자는 감각적인 형상성과 함께 어머니의 절실한 감정이 생생하게 묻어나는 표현이다. ③은 '빙빙 돌며', '우불구불 구부러진' 같은 음가의 음절을 반복하는 양상을 보여주는 비유라는 점에서 주목된다. ④는 '완고하다'는 개념어로 설명된 성질을 '생나무 버들'로 표현한 것이 눈에 두드러진다. ⑤는 '소금에 절군 오이지'와 '소금에 절인 오이'가 대비되는 사항으로 이것이 어쩌면 백

석 번역본이 다른 번역본과 다른 특질을 압축해서 보여주는 표현이라고도 할 수 있다. 소금에 절인 오이라는 점에서는 똑같지만 그것을 '오이지'라고 하는 것과 '오이'라고 하는 것은 독자에게 서로 다른 느낌을 갖게 만든다. 그것은 시큼한 맛이 나는 김치와 싱싱한 배추의 냄새에 비견될 수 있는 것이다.

이상의 간략한 검토를 통해서 백석 번역본『고요한 돈』이 어떤 어휘들을 동원하여 인물과 사건과 정황을 표현하고 있으며 거기에는 어떤 어법, 비유가 사용되어 작품세계를 조형하고 있는지 파악할 수 있었다. 그것은 한마디로 토속적 표현이라고 개괄할 수 있는 성질의 것이다. 그렇지만 백석 번역본의 특징을 제대로 파악하기 위해서는 그 미시단위들이 결합하는 방식의 특색과 그로 인한 작품의 구성이 지닌 특질, 그 구성의 전체적 효과를 살피는 일이 필요하다.

4. 장면묘사와 시적 표현, 그리고 리듬

어휘와 문장단위를 떠나 작품의 구성이 어떻게 되어 있는지를 살피는 작업은 시인이『고요한 돈』의 번역에서 어떤 역할을 했는지 파악하는데 별다른 의미가 없을 것이라는 생각은 누구나 하기 쉽다.『고요한 돈』은 대하장편소설이고 번역자는 원작이 마련해놓고 있는 순서에 따라 각각의 문장을 자기 언어로 옮기는 작업을 했을 뿐이라고 보는 것이 근리한 것처럼 보이기 때문이다. 그렇기에 토속적 표현이란 낱말, 비유, 문장 수준에서나 검토될 수 있는 사항이지 작품의 거대질서에서는 속수무책일 것이라는 의견은 일견 타당한 논리로 받아들여진다. 그러나 원작 속에서 작가가 자기 말로 구현하는 과정에서 일정한 틀 속에 가두어놓은 순수언어를 번역이란 다른 창작 속에서 해방시키는 것이 번역가의 과제란 발터 벤야민의 발언을 진지하게 받아들인다면 문제는 달라진다. 백석의 번역은 바로 그 번역가의 과제를 수행한 모범적 사례이기 때문이다.

작품의 전체 질서를 고찰하는 데는 "짤막한, 격렬하게 집중된 장면"이라는 게오르크 루카치의 발언을 출발점으로 삼는 것이 효율적이다. 대하소설임에도 불구하고 '서사시의 시심'을 이야기하고 각 인물이 하늘의 '별'처럼 형상화된다는 인식이 그 속에 들어 있기 때문이다. 루카치가 숄로호프 소설의 집중된 개별성을 이야기하는 것은 그와 관련된다. 톨스토이의 작품들처럼 각각의 장면이 풍부한 내용을 갖추면서 자립하는 방식이 아니라 개별적인 것이 집중적으로 묘사되는 방식을 작가가 사용한다는 견해이기 때문이다. 이러한 특성은 일차적으로 『고요한 돈』이 여덟 개의 부로 나뉘고, 그 부들은 각기 20여 개의 장으로 나뉘며, 그 장들 가운데는 한두 쪽에 그침에도 불구하고 독립된 장으로 구분되는 장면들이 있고, 그 장들 속에는 한 문장이나 두 문장으로 구성된 짧은 문단들이 숱하게 들어 있다는 사실에서 논거를 찾을 수 있다. 뿐만 아니라 『고요한 돈』에는 수십 편의 노래가 중간 중간에 삽입되어 있고 날짜별로 나뉘어 있는 일기, 기도서, 서한, 삽화 등 다양한 양식의 장르가 복합되어 있다. 이 짧은 문단과 다양한 양식들의 복합적 존재가 "짤막한, 격렬하게 집중된 장면"이라는 파악과 '시심', '별'이라는 표현을 가능하게 하는 것이지만 이러한 구성은 각 사건이나 인물들 간의 관계 설정에 문제를 야기한다. 그 점을 의식했기 때문에 루카치는 『고요한 돈』의 장면 선택이 '몇 마디의 표현이 강력한 가능력'을 가지도록 정확하고 신빙성 있는 구성 기술에 의해 이루어지고 있고, 그로 인해 소설은 '진정한 예술적 혁신'을 이루었다고 평가할 수 있었던 것이다. '시심(詩心)'이나 '별과 같이 만들어진 인물'을 이야기하는 것은 '집중된 개별성'을 가진 장면들이 독자의 상상력 속에서 어떤 형상을 빚어내는지 그 형상의 양태를 지적하는 의미가 있다.

그런데 이와 같이 '집중된 개별성'은 그 장면의 분위기와 호응하는 자연 묘사에 뒷받침을 받음으로써 강력한 표현력을 갖게 된다. 한두 문장으로 구성된 문단들, 노래, 일기, 삽화 등이 제각기 저마다 독립된 장면으로서 역할을 할 수 있는 것은 그것들이 시적 표현에 상응하는 특질을 구비하고 있기 때문이다. 시인인 백석이 『고요한 돈』의 번역에서 돋보이는 성과를 거둘 수 있었던 것은 많은 부분 이 시적 표현이 작품의 전체 구성에서 큰 몫을 차지하며 작용하고 있는 것과 관련된다.

　백석 번역본의 시적 표현은 여러 측면에서 논의할 수 있다. 가장 기본적으로 한두 문장으로 구성된 짧은 문단들, 예컨대 "서서히 세월이 흘렀다", "법수대로 늙은 것은 늙어가고 젊은 것은 청청히 자라났다", "부락 타곡장들 근처의 풀을 베어낸 초원은 연둣빛으로 얼룩얼룩 흰하지만 아직 풀을 베지 않은 곳에서는 반들반들 가무스름한 푸른 비단 같은 풀이 산들바람에 살랑거렸다", "아낙네의 늦사랑은 벌판의 빠알간 츄럼프가 아니라 길가의 도꼬마리꽃처럼 꽃핀다" 등은 그 하나하나가 시적 표현이다. 다른 번역본과 비교하면 금세 드러나는 사실이지만 그것은 시인의 창작 기량이 한껏 발휘된 예술적 표현이다. 이 예술적 표현이 짧은 문단에만 적용된 것이 아니라는 것은 말할 것도 없다. 숄로호프의 소설은 대체로 짧은 문장들로 되어 있는데 짧은 문장일수록 창작 기량의 차이가 현격한 수준차를 만들어낸다는 것은 우리가 익히 알고 있는 사실이다. 권투에서 잽을 많이 얻어맞은 사람이 점차 혼미해지는 정신 속에서 결정타를 맞고 매트 위에 나뒹굴게 되는 것처럼 문장단위에서부터 차이가 나는 표현이 누적되다보면 작품 전체에 대한 느낌이나 인상을 근본적으로 다르게 만들게 된다는 것은 누구나 아는 뻔한 이치다. 그러나 백석 번역본의 시적 표현이 가장 빛을 발하는 곳은 노래의 번역이다. 『고요한 돈』에서 노래는 수시로 등장한다. 따라서 번역자가 이 노래를 노래답게 옮겨야 하는 것은 당연지사다. 이 당연한 일이 일본어 중역본에서 이루어질 수 없었다는 것은 기호전환의 작업에 그치는 기계번역으로서는 필연에 가까운 일이다. 백석의 번역과 일본어 중역본이 옮긴 노래를 대비하면 곧바로 그 차이를 실감할 수 있다.

백석본	일월서각본
듣는 말에 파란은 부유하더니만 알아보니 망할 놈의 벌거숭이네 여기 파란에 있는 객주가 하나 파란의 객주가요 왕의 객주가. 이 객주가에 술 마시는 세 젊은이 프러시아인과 파란인과 젊은 돈 카자크 프러시아인은 술 마시고 금화 내놓고 파란인은 술 마시고 지폐를 내놓지만 카자크는 술마시고 아무것도 안 내놓고 박차를 울리면서 객주가를 거닐며 "여보 안주인 나와 같이 가세나 나와 함께 우리의 고요한 돈으로 가세 우리 돈에서는 예서처럼 안 산다네 길쌈 안 하고 물레질 안 하고 씨 안 뿌리고 갈 안하고 씨 안 뿌리고 갈 안 하고 그냥 놀구 먹는다네."	폴란드는 풍요한 나라라고 들었는데, 보니까 듣기와는 크게 다르다 – 아주 보잘 것 없는 가난한 나라 이 폴란드에는 술집이 계시다 폴란드의 술집은 천하 제일 한데 이 술집에서 세 젊은이가 마시고 있다 프러시아인과 폴란드인과 그리고 돈의 코사크와. 프러시아인은 보드카를 마시고 – 금화를 두둑히 내놓고 간다. 폴란드인도 보드카를 마시고 – 역시 금화를 놓고 간다. 한데 돈의 코사크는 – 보드카를 마셔도 아무것도 내놓지 않는다. 그는 박차를 철그덕거리면서 뽐내며 술집 안을 돌아다니고 이봐요, 예쁜 안주인, 나와 함께 가지 않겠나 우리나라로 가지 않겠나 – 고요한 돈 강변의 마을로. 돈 강변은 좋은 곳, 이곳 생활과는 얘기가 다르지. 옷감도 짜지 않고 실도 잣지 않고, 씨도 뿌리지 않고 거두지도 않아. 씨도 뿌리지 않고 거두지도 않고, 사시사철 건들거리며 돌아다닐뿐

카자크 한 사람 준총 가라말 타고
정든 땅 영원히 뒤에 남기고
머나 먼 이역 향해 떠나갔으니…
부모 슬하로 다시 올 길 없어라.
속절없이 카자츠카 젊은 아낙은
아침 저녁 북녘 하늘 바라보면서
안타까이 기다리나니 - 먼 곳에서
언제나 정든 님 카자크 돌아오시나
그러나 산 너머 멀리 눈보라 치는 곳
겨울이면 혹독한 추위 조여 들어
솔나무와 잣나무도 으스스 다가서는 곳
까자크의 백골은 눈 밑에 묻혔어라.
까자크 운명하며 당부하고 비는 말이
나의 머리맡에 높이 분묘 쌓아 주소.
그 분묘 위에 다정한 깔리나 한그루
아름답게 꽃피어 청청히 자랄지어다.

코사크는 검은 준마에 올라타고
멀리 타국으로 길을 떠난다
고향을 영원히 버리고…
두 번 다시 내 집에는 돌아가지 않으리
뒤에 남은 젊은 아내는
아침에도 또 저녁에도 북쪽 하늘을 바라보며
지치도록 기다리네, 기다리네,
멀리 저 끝에서 그리운 남편이
그 코사크가 돌아올 날을
하지만 휘몰아치는 눈보라의 산 저쪽
혹독한 추위에 갇힌 겨울 날
소나무와 전나무가 바람에 흔들리는 이국
의 눈 속에
그 코사크는 뼈를 묻는다
코사크는 임종시에 비나니
나를 위해 커다란 무덤을 만들어…
그 무덤에 고향의 개암나무 심고 아름다운
꽃 피워달라고

　인용한 노래의 번역자가 누구인지 굳이 밝히지 않아도 독자는 쉽게 알아볼 수 있을 것이다. 백석의 번역은 읽는 중에 저절로 가락과 정조가 느껴지지만 중역본은 노래의 형식이 아니라 산문에 가깝고 그 산문도 무슨 말을 하고 있는지조차 불분명하여 조리가 서지 않는다. 뿐만 아니라 두 번째 노래에서 3행과 4행은 백석의 번역을 참조할 때 원작의 내용과 정반대 되는 뜻을 전달하고 있다. 여기에서 시적 형식을 정제한 번역과 산문의 뜻만을 대강 옮긴 번역의 차이가 그대로 드러난다. 이 노래가 작품 곳곳에서 영채를 내뿜는 시적 표현으로서 중요한 역할을 한다는 것을 생각하면 그 차이는 번역의 성과를 가늠하는 하나의 기준이 되기에 부족함이 없다. 이렇게 『고요한 돈』에는 짧은 문단, 노래, 별처럼 빛나는 인물들이 시적 표현을 이루며 자연묘사와 함께 작품의 질서를 이루고 있다. 그러나 백석의 번역이 뛰어나다고 하는 것은 시인의 창안이라고 할 수 있는 요소가 시적 표현, 자연묘사와 함께 전체적으로 리듬을 형성해낸다는 데 있다. 그것은 앞서 비유와 이미지를 설명하면서 간단하게 언급해 두었던 같은 음절이나 형용어의 반복이 내는 효과와 관련이 있다.

백석의 번역본을 읽다보면 번번, 핑핑, 쨋쨋, 꽛꽛, 웅웅, 비비, 슴슴, 숭숭, 땅땅, 뱅뱅 등과 같이 같은 음가를 갖는 음절을 반복하여 사용하는 경우를 자주 목격하게 된다. 뿐만 아니라 푸근푸근, 왱강뎅강, 와랑와랑, 맨숭맨숭, 꾸럭꾸럭, 갈걍갈걍, 조굴조굴, 우룽우룽, 푸들푸들, 몽톨몽톨, 건득건득, 건정건정, 울퉁불퉁, 언틀먼틀, 우적우적, 절컥절컥, 맹숭맹숭, 싹뚝싹뚝, 물큰물큰, 희슥희슥, 풍신풍신, 주춤주춤, 오굴오굴, 얼룩얼룩, 부적부적, 쩌렁쩌렁, 고술고술, 꾸둑꾸둑 등과 같이 두 음절로 된 낱말이 반복되는 경우를 무수히 만날 수 있다. 이밖에도 떨떠름이, 조로록, 거뭇거리는, 찌국거리는, 쨍그렁, 찌꾸덩, 뽀드득뽀드득, 왈가당거리는, 보르르한 등과 같이 같은 음절은 아니지만 같은 음소를 지녔거나 사물의 상태나 동작을 나타내는 데 생동감을 느끼게 하는 반복어들도 흔치 않게 발견된다. 이 반복어들은 백석의 번역본 전체 곳곳에 널려 있는데 그것이 무수히 반복되다보면 어떤 리듬과 같은 효과를 내게 되는 것은 당연하다. 그 리듬효과는 독자가 실제 작품을 읽어가며 점차적으로 느끼는 것이기 때문에 한두 가지 사례를 통해서 설명하기는 어렵지만 그 양태를 짐작할 수 있도록 여기에 몇 가지 사례를 제시한다.

① 날 샐녘의 잿빛 하늘에는 <u>드문드문</u> 남아 있는 별들이 떨고 있었다. 검은 구름 밑으로 바람이 불었다. 돈 위에서는 안개가 일어 <u>길길이</u> 오가고 백토 산비탈로 떼지어 퍼져 나가서는 대가리 없는 잿빛 뱀처럼 낭떠러

지로 기어 내려갔다. 왼쪽 기슭의 사면, 모래 터, 분지, 발을 들여 못 놓게 빽빽한 갈밭, 이슬 맞은 숲이 노상 격한 듯한 차가운 아침 노을 속에서 불타오르고 있었다. 채 솟아오르지 못한 해가 지평선 너머에서 애를 태우고 있었다.

② 그리고리는 한참 동안 물가에 서 있었다. 기슭은 축축하며 슴슴하니 물켜진 냄새를 내뿜었다. 그리고리의 가슴 속은 시원하고 달콤한 허탈상태에 있었다. 후련하며 아무런 생각도 없었다. 돌아오면서 해돋이를 바라보니 거기서는 벌써 푸름푸름한 어스름이 걷히고 있었다.

③ 바람에 아크시냐의 치마가 펄럭이고 가무스름한 목에서는 말려 들어간 보르르한 잔털이 나부꼈다. 듬직한 쪽 위에는 수놓은 꽃비단 수건이 불타는 것 같고 끝을 치마 속으로 쓸어 넣은 분홍빛 적삼은 번번한 잔등과 핑핑한 어깨를 주름살 하나 없이 감싸고 있었다.

④ 성령 강림제도 지나서 이제 부락의 집집에 남아 있는 것은 마루에 뿌렸던 말라버린 박하와 대문 승강구 곁에 잘라다 꽂아 놓았던 참나무와 오리나무 가지의 오굴조굴해진 잎사귀에 내려앉은 먼지, 그리고 시들어 생기 없는 푸른빛뿐이었다.

⑤ 부락 타곡장들 근처의 풀을 베어낸 초원은 연둣빛으로 얼룩얼룩 훤하지만 아직 풀을 베지 않은 곳에서는 반들반들 가무스름한 푸른 비단 같은 풀이 산들바람에 살랑거렸다.

⑥ 판텔레이 프로코피예비치는 훌훌 죽을 들여마시고 채 무르지 않은 쌀을 부적부적 씹었다. 아크시냐는 다소곳이 눈을 깔고 먹는데 다리아의 농담에도 시답지 않게 방긋 했을 뿐이었다. 뒤숭숭한 생각에 두 볼을 태워 버릴 것처럼 홍조가 피어 올랐다.

⑦ 그리고리는 심장이 소리 높이 두근두근 뛰었다. 한 발걸음을 내디디고 외투자락을 걷어챈 다음 불같이 뜨겁고 고분고분한 여자를 껴안았다.

⑧ 반들반들 검은 털이 드문드문 돋은 거무칙칙한 주먹 안에 그는 타타르스키 부락과 주변의 부락들을 든든히 틀어쥐었다.

적절한 사례를 찾아서 두루 찾아다닐 필요도 없이 1권 1부에서 눈에 띄는 대로 옮겨 적은 예문이다. 이 반복되는 음절들, 낱말들은 글을 읽는 사람에게 가락을 붙여주고 흥을 돋워준다. 사건의 전개와 맞물려 행해지는 끊임없이 순환하는 자연의 묘사, 그리고 글의 구조 속에 스며들어 있는 가락과 흥은 작품에 리드미컬한 율동을 부여한다. 이 리듬은 독자에게 작품이 생동하는 듯한 느낌을 갖게 해준다. 문제는 이 반복어들이 다른 번역본에서는 그다지 눈에 띄지 않는다는 점이다. 시인이 번역 작업 과정에서 의도적으로 음절, 음소 등이 반복되는 어구를 찾아 쓴 것이다. 그렇다면 숄로호프의 원작에는 어떻게 되어 있는가? 그것을 확인하기 위해 필자는 연세대학교 노문과 조주관 교수의 추천을 받아 러시아어에 능통하다고 하는 대학원생 정병삼에게 반복어가 나타난 사례들을 원작과 일일이 대조하여 검토하는 일을 의뢰했다. 그의 견해는 러시아어에는 기본적으로 음절이 반복되는 형용어를 쓰는 경우가 별로 없고 아이들에게 말을 하거나 이야기를 들려줄 때에만 종종 반복어를 사용한다는 것이다. 그런데 원작과 번역본을 비교하며 검토하는 과정에서 숄로호프의 작품에 낱말의 접미사를 변화시켜 낱말이나 문장 자체에서 음절이 반복되는 듯한 느낌을 갖게 하는 지소사(指小辭—작거나 혹은 일반적으로 감정의 함축을 수반하는 대상에 대하여 쓰는 말. 애칭을 부르거나 원래의 이름을 짧게 줄여서 부르는 경우나 낱말 뒤에 작은 것을 의미하는 접미사를 붙이는 것을 말한다. 영어로 diminutival로 표시된다.)가 자주 사용되고 있음을 발견할 수 있었다는 것이다. 이 견해를 참조하면 다음의 사실을 유추할 수 있다. 곧 백석은 숄로호프의 작품이 낱말에 지소형 접미어를 붙여서 음절이 반복되는 것과 같은 리듬의 효과를 제고하고 있다는 사실을 간파하고, 그 효과를 한글 번역에 구현하기 위해 일부러 반복어를 사용한 셈이다. 그 사실을 구체적으로 확인하기 위해서 원작과 번역본을 비교 검토한 자료를 토대로 반복어로 쓰인 어휘가 원래 지닌 의미를 몇 가지 제시하면 다음과 같다. ①에서 '드문드문'으로 표현된 단어는 '드문', '희박한'의 뜻이고 '길길이 오가다'는 '한사코 반대하다', '고집부리다'는 뜻이며 '발을 못 들여놓게 빽빽한'은 '지나갈 수 없는', '빠져 나갈 수 없는'의 뜻이다. ②에서 '축축'은 '습기 있는', '축축한'의 번역어이며 '슴슴하니'는 '염분이 없는', '싱거운', '김 빠진'의 뜻이다. ③에서 '보르르한'은 '부드러운', '가벼운'의 뜻이며 '번번한'은 '가파른', '(추위 바람 등이) 센'의 뜻이며 '핑핑한 어깨'는 '탄력 있는 어깨'의 뜻이다.[5] 이와 같이 시인은 다른 말로도 얼마든지 표현이 가능한 어휘를 일부러 음절이 반복되는 어휘로 표현하고자 했고, 그 표현을 통해 원작자가 얻고자 했던 리듬을 번역에서도 살리고자 했던 것이다. 여기서 리듬은 단순히 규칙적 반복이나 질서를 나타내는 개념이 아니라 에밀 벤브니스트의 리듬 개념에 입각하여 리듬 비평을 주창한 앙리 메쇼닉이 사용하는 그 의미이다. 벤브니스트는 리듬이 원래 '특수한 흐르는 방식, 곧 배열, 배치의 형태, 지형도'라는 뜻을 지녔다고 밝힌 바 있다. 곧 '흐른다'는 운동의 개념과 함께 배열, 배치, 지형도란 개념이 복합된 것을 리듬이라고 할 수 있는데, 우리가 앞서 『고요한 돈』이 생장수장의 원리에 따라 조직되어 있음을 말한 것은 바로 그 리듬을 지적한 것이다. 그것이 작품 전체를 하나의 체계로 조직하는 통일의 방식인 것은 물론이다. 생장수장이란 자연의 순환원리가 이 반복어들이 형성하는 리듬과 별처럼 빛나는 시적 표현을 통해 구체화되고 그것들이 내는 교향악과 같은 효과를 통해서 작품은 생동하는 형상성을 갖추게 된 것이다.

---

5) 바쁜 시간을 할애하여 원작과 백석 번역본의 대조 작업을 하고 그 검토 결과를 자료로 만들어준 정병삼 군에게 이 자리를 빌려 심심한 감사의 뜻을 전한다. 적임자를 추천해준 조주관 교수의 후의에 대해서도 사의를 표한다.

5. 맺음말

세계의 유수한 대서사문학들은 제각기 하나의 세계상을 구축한다. 사마천의 『사기』는 본기, 세가, 열전, 표, 서 등을 통해 우주의 중심인 북극성과 그 주위를 도는 28수, 그리고 하늘에 보석처럼 박혀 있는 수많은 별들을 형상화한다. 본기가 역사를 움직이는 중심으로서 제왕에 대한 기록이라면 제후들을 다루는 세가는 중심축을 따라 돌아가는 28수에 해당하고 열전은 뛰어난 인물들의 전기를 서술하는 별들에 해당하며 표와 서는 하늘의 바탕색을 이룬다. 단테의 『신곡』 또한 100개의 칸토스를 통해 하나님을 중심으로 하는 서양의 중세적 세계관을 체계화하고 집대성했음은 익히 알려진 사실이다. 박경리의 『토지』가 음변양화하는 세계의 모습을 오행의 상생원리에 따라 형상화한 것은 우리 민족이 살아온 삶의 도리를 긍정적으로 밝힌 측면이 있다. 숄로호프의 『고요한 돈』 역시 하나의 세계상을 이룬다. 그것은 인간과 자연의 공생원리에 바탕을 둔다. 이 작품을 한글로 번역한 판본이 여럿 있지만 그중에서도 백석 번역본이 가장 뛰어나다고 할 수 있는 것은 작가가 구축한 그 세계상을 한국어로 옮기면서 뛰어난 예술적 형상을 빚어내고 있기 때문이다. 발터 벤야민이 말한 번역가의 과제, 즉 "작품 속에 사로잡혀 있는 순수언어를 다른 창작 속에서 해방시키는" 작업을 백석이 가장 성공적으로 수행하고 있다고 할 수 있는 것은 그 예술적 형상에 근거한다. 물론 백석 번역본은 완역이 아니라는 한계를 지니고 있는 것이 분명하다. 그럼에도 불구하고 원작자의 "낯선 언어 속에 갇혀 있는 저 순수언어"에 가장 가까이 다가가서 번역을 한 사람이 백석이었다는 사실에는 변함이 없다. 같은 음절이 반복되는 어휘의 사용으로 리듬 효과를 만들어낸 예술적 창안은 말할 것도 없고 어휘, 어법, 시적 표현 등 어느 면에서나 다른 번역본과 비교할 수 없는 질적 수준을 유지하고 있다. 더욱이 백석이 번역한『고요한 돈』은 토종 우리말의 보고이다. 번역에 동원된 낱말들 가운데 순우리말에 해당하는 어휘가 많을 뿐만 아니라 그 어휘를 결합하여 만들어지는 문장, 비유 등에서도 우리가 잊고 있는 전통을 되살리고 있다. 따라서 이 번역본은 서양어 번역문으로 오염이 된 우리말의 원형을 마주칠 수 있게 해주는 희귀한 기회를 제공해주고 문장을 어떻게 구사하여야 하는지 성찰의 시간을 갖게 해준다. 그런 까닭에 이 책이 백석 문학을 사랑하고 연구하는 사람에게 필독서가 되어야 하는 것은 당연지사다. 백석의 질감 있는 언어들을 가장 풍부하게 만날 수 있는 공간이자 다양한 소재의 시적 표현을 대면할 수 있게 해주기 때문이다. 또한 한국문학사, 번역문학사에서도 백석의『고요한 돈』번역이 지닌 의미를 되새길 필요가 있다.『고요한 돈』과 박경리의『토지』가 가진 서사구조상의 유사성, 자연묘사에 비중을 두는 방법, 자연과 인간의 감응에 대한 사유 등은 충분히 비교문학의 대상이 될 수 있으며, 같은 음가를 갖는 음절을 반복하여 리듬을 조성하는 방식도 앙리메쇼닉이 말하는 리듬 비평의 대상이 될 만하다. 번역과정에서 예술적 창안을 통해 '저 순수언어'를 해방시키고자 한 시도도 번역문학사의 한 장으로 기록되기에 전혀 부족함이 없다. 이제 지금까지 살펴본 바에 의지하여 백석의『고요한 돈』번역이 지닌 의미를 대강 다음과 같이 정리할 수 있다.

첫째 백석 번역『고요한 돈』은 예술번역의 귀감이다. 순수언어를 해방하고자 예술적 창안을 하고 각각의 장면에 적합한 표현을 주어 작품의 예술성을 높였다. 작품에 대한 번역자의 이해와 인식이 번역을 창작 작업으로 고양되게 만든 본보기다.

둘째 백석 번역본은 우리말의 보고다. 토종 순우리말, 외국에 고유한 사물을 표현하기 위해 새로 만들어낸 낱말, 사회의 변화와 생활세계의 변동에 따라 사라져가는 어휘 등이 풍부하게 들어 있는 우리말의 저장소이다.

셋째 백석 번역본은 토속적 표현의 원형을 보여준다. 시인은 서양어의 번역문장에 오염되지 않은 전래의 어법, 비유, 속담, 격언 등을 다채롭게 구사하여 우리말 표현의 풍부한 가능성을 실감할 수 있게 해준다.

넷째 백석 번역『고요한 돈』은 백석 문학 연구에 풍부한 자료를 제공한다. 다양하고 다채로운 장면과 소재를 대상으로 하고 있는 표현들은 백석 문학의 특질에 대한 필수적인 참고자료가 된다.

다섯째 백석 번역본은 문학작품의 구성과 표현방식에 대한 이해를 새롭게 해준다. 압축과 이완, 주관묘사와 객관묘사, 다양한 장르와 양식들의 선택적 사용을 통해 작품의 전체적 효과를 강화하고 증진시킨다.

여섯째 백석 번역본은 한국 번역문학사의 귀중한 한 부분으로 고려되어야 한다. 예술작품의 번역이 어떻게 이루어져야 하는지 그 방법과 표현 수단에 대해 중요한 범례를 제공해주고 있다.

일곱째 백석의 번역에 나타난 작품의 서사구조, 주제사상에 대한 인식을 비교문학적인 입장에서 검토할 필요가 있다. 『고요한 돈』과『토지』는 서사구조가 유사성을 띠는데, 그 관점에서 우선『고요한 돈』에 표현된 러시아의 대지사상과 박경리의『토지』에 나타난 생명사상을 비교할 수 있고, 이것을 현대의 생태문학과 관련하여 그 의미를 고찰할 수 있다.

부안의 문학과 예술[1]

─────────

1. 부안의 자연과 문화

아스라이 펼쳐져 있는 만주 벌판을 배경으로 하늘을 향하여 우람하게 솟아오른 백두산. 그 장엄한 정기는 개마고원을 타고 줄기차게 뻗어 내려 금강산과 지리산을 울뚝울뚝 한 움큼씩 뭉쳐놓고 다도해를 징검징검 건너 뛰어 제주도에서 한라산으로 다시 한번 힘차게 솟은 다음 태평양 바닷속으로 유유히 흘러든다. 시위가 먹여진 활처럼 만곡을 그리는 백두대간이 포근하게 감싸서 어머니의 자궁과도 같이 아늑한 호남평야. 호남이 없으면 조선도 없다고 했던 충무공의 말처럼 언제나 변함없이 한민족의 젖줄이 되어온, 그 끝 간 데 없이 질펀한 호남평야가 서쪽으로 굽이굽이 치맛자락을 펼치다가 바다를 만나 파도로 출렁이기 시작하는 묘처에 덩실

─────────

1) 이 글은 2006년 12월 15일 한국예총 부안지부가 주최하는 학술대회에서 발표한 원고이다.

하게 자리 잡아 소금강을 이룬 곳이 산들바다의 고장 부안이다. 평지돌출이라 할까 돌올하다고 할까, 산과 들과 바다가 한데 어우러졌으면서도 제각기 제 자랑을 숨기지 않는 변산은 그 영묘한 영자와 더불어 태곳적부터 사람살이의 태자리가 되어 왔다.

일찍이 육당 최남선은 "조선의 국토는 산하(山河) 그대로 조선의 역사이며 철학이며 시며 정신이다"고 말했다. 이 말은 부안의 향토에도 그대로 적중한다. 변산반도의 첩첩한 산과 들은 말할 것도 없고 거기에서 자라는 풀이나 나무, 바닷가의 돌 하나까지도 역사와 전설을 간직하지 않은 것이 없다. 자연과 역사와 문화가 하나로 녹아들어 고운 숨소리를 내는 까닭에 예로부터 변산을 찾은 시인 묵객들은 즐겨 그 오묘한 조화(造化)를 노래했고, 몇몇 사람은 아예 이곳에 눌러 앉아 자신의 삶터를 마련하기도 했다. 조선시대 실학의 선구자 유형원이 변산의 남쪽 골짜기 우반동에 칩거하여 학문을 닦으면서 나라와 겨레를 살리기 위한 경세의 방책을 세운 것은 익히 알려진 일이거니와 지금으로부터 아득히 먼 시대부터 이곳의 산야에 선인들의 발길이 머물러 문화를 일구었다는 것은 사람들이 입에서 입으로 전하는 이야기나 노래, 밭고랑과 골짜기 여기저기에 흩어져 있는 크고 작은 사적들이 역력히 말해주고 있다. 서사시 「동명왕편」의 작가 이규보가 시문으로 전하는 의상봉의 부사의방장이나 우금암의 원효방 이야기는 역사의 아픈 상처를 어루만지는 전설에 가까운 것이라고 하더라도 변산이 겨레의 정신의 도량이자 민중의 소박한 꿈을 영글게 하는 삶의 터전이었음은 도처에서 드러난다. 그 터전에 대한 동경이었음인지 이곳을 거쳐간 정지상, 이규보, 김시습, 허균 등 허다한 문인들이 변산의 자연과 사람을 그리는 시문을 남기고 있다. 각 시대의 대표적 문인으로 손꼽히는 그들조차도 변산은 그리움과 찬탄의 대상이었던 셈이다.

古徑寂寞縈松根	옛길은 적막하고 솔뿌리 엉켰는데
天近斗牛聊可捫	견우성과 북두성이 만져질 것만 같네
浮雲流水客到寺	뜬구름인 양 흐르는 물인 양 절에 이르니
紅葉靑苔僧閉門	단풍과 이끼 어우러졌는데 스님은 문을 닫고 있구나
秋風微凉吹落日	가을바람은 서늘하게 해질녘에 부는데
山月漸白啼靑猿	산의 달은 점점 밝아오니 원숭이 울음소리 맑게 들리네
奇哉尨眉一老衲	기이해라 눈썹 짙은 한 분 노스님
長身不夢人間喧	한평생 시끄러운 인간세상 꿈도 꾸지 않네

내소사의 봉래루는 대웅전의 남쪽 정면 통로에 세워져 있는 누각으로, 사람이 그 밑을 지나가기 위해서는 절로 머리를 수그리지 않을 수 없게 지어져 있다. 세속의 때에 절어 한껏 교만해진 사람들에게 절을 찾는 순간만이라도 일상의 타성을 버리고 겸손해지라고 가르쳐주는 이 누각은 건물 하나를 지으면서도 자연과 인간의 관계를 깊이 성찰한 옛 사람의 정신을 엿보여준다. 그 봉래루에 걸린 정지상의 시 「제변산소래사(題邊山蘇來寺)」는 자연과 절과 사람이 함께 어우러지는 변산의 고유한 운치를 짙게 함축하고 있다. 단순소박하면서도 유현한 시의 경개가 자연과 문화가 혼융일체를 이루는 변산을 그대로 닮고 있는 셈이다. 정지상보다 한 세대 뒤의 사람인 이규보의 시 「부사의방장(不思議方丈)」 또한 드높고 넓은 대천세계와 그 아래의 인간세계를 대비적으로 보여준다.

虹蠡危梯脚底長	무지개처럼 위태로운 사다리 그 밑을 모르나니
回身直下萬尋强	몸을 굽혀 일만길이나 내려가야 하누나
至人己化今無跡	진표율사는 이미 가고 자취도 없는데
古屋誰扶尙不僵	옛집은 누가 지켰길래 지금껏 남아 있는고
丈六定從何處現	지장보살은 그 어디서 나타났으며
大千猶可箇中藏	그 깊은 굴 안에 어찌 크나큰 세계를 간직하였던고
完山使隱忘機客	전주의 벼슬아치는 시름없이 나그네임을 잊고

洗手來焚一瓣香　손 씻고 들어와 한 조각 향을 사르네

　민간의 신화 전설에도 깊은 관심을 기울였던 고려의 문장 이규보는 변산의 풍정을 자신의 글 「남행월일기」에 상세히 기록하는 한편 시로도 읊었다. 다음의 시는 시인이 변산을 찾아가는 해변 길에서 조수간만의 차를 얕보다가 천군만마처럼 밀려오는 밀물의 형세에 놀라 당황한 사실과 세상을 경륜할 큰 뜻을 품었음에도 한낱 작목사(斫木使)가 되어 나무 벌채를 책임진 소회를 피력한 작품이다.

一春三過此江頭　봄 한철에 세 번이나 이 강머리 지나가니
王事何曾怨未休　나랏일인데 어찌 쉴 틈 없다 원망하랴
萬里壯濤奔白馬　만 리 거센 파도 백마가 달리는 듯
千年古木臥蒼虯　천년 묵은 늙은 나무 창룡이 누운 듯
海風吹落蠻村笛　바닷바람은 어촌의 젓대소리 불어 보내고
沙月來迎浦客舟　물가 달빛은 포구의 나그네 배 맞아주네
擁去騶童應怪我　뒤따르는 마부 아이 아마도 괴이타 여기리
每逢佳景立遲留　좋은 경치 만날 적마다 멈춰 서서 머뭇거리니

　이규보는 변산의 자연경관을 "높고 낮은 봉우리들이 겹겹이 둘러서 그 머리와 꼬리를 분간하기 어렵다"고 기술하는 한편 "넓은 바다에 푸른 봉우리가 잠겼다 나왔다 각가지로 출몰하여 볕과 그늘이 서로 교차되는 순간마다 매양 다른 모습을 보여주며 그 우에 채색구름이 떠 있는 모양은 아름답기 마치 그림 병풍을 펼친 듯하다"고 묘사하였다. 변산의 이러한 풍경은 원감국사 충지의 시에서도 똑같이 찬탄과 함께 표현되어 있다.

舊聞海上有名山　바다 위에 명산 있음을 옛날부터 들었더니
幸得游尋斷宿攀　다행히도 찾아가서 예로부터 엉켰던 것 끊었어라.
萬壑煙嵐行坐裏　일만 골짜기의 연기와 안개는 가고 쉬는 속에 있고

千里島嶼顧瞻間　일천 겹 싸인 섬들 돌아보고 바라보는 사이일세.
義相庵峻天連棟　의상암은 높이 솟아 하늘이 기둥에 잇닿아 있고
慈氏堂深石作關　자씨당 깊숙하여 돌이 관문 되어 있네.
避世高樓無此地　세상 피해 높이 살긴 이만한 곳 없으리니
堪誇倦鳥辭知還　고달픈 새 미리 알고 돌아온 것을 자랑하네.

　변산의 자연과 그 속에서 펼쳐지는 인간의 삶을 그린 이와 같은 시문들
은 조선 초기의 방랑시인 김시습의 시나 「홍길동전」의 작가 허균의 글 속
에서도 찾아볼 수 있다. 특히 이런 저런 인연으로 부안을 익히 알고 있었
던 허균은 공주목사직에서 파직된 뒤 지인의 소개로 우반동에 자신의 거
처를 마련하려고 했었던 사실을 「중수정사암기(重修靜思菴記)」에 상세히
기록하고 있다. 그러나 변산에 대하여 가장 소상하게 다루고 있는 글은
근대문학 초창기의 선구자 최남선의 국토기행문인 「심춘순례」라고 할 것
이다. 우리의 국토에서 조선의 정신을 찾고자 했던 육당은 남도 지역을
순례하는 가운데 전주와 정읍을 거쳐 변산을 찾았다. 그가 맨 먼저 주목
한 것은 이 지역의 삼신산이다. 그는 고부의 두승산(斗升山)을 삼신산의 하
나인 영주산(瀛洲山)이라고 하는 것은 변산을 봉래산으로 간주하는 관점
에서 비롯된 것이라고 밝히고 '변산'이란 이름도 이 지역의 옛 이름인
'보안현'과 관련지어 '변'을 '보안'의 촉음(促音)에서 유래한 것이라고 해
석한다. 문학가이자 역사학자인 저자의 식견은 내소사의 뒷산인 솔개봉
(鷲峰)이란 이름에서 솔개→솔애→소래로 절의 이름이 바뀌어간 내력을
추정하는 데서도 다시 한번 발휘되는데, 진서리의 길바닥에서 반짝거리
는 청색 도자기 파편의 유질(釉質)을 살펴보고 근처에 유명한 고요(古窯)가
있었을 것이라고 추측한 것은 가히 탁견이라고 하지 않을 수 없다. 육당
이 부안을 다녀간 뒤 10여 년 만에 역사학자에 의해 고려청자의 산지인
유천요와 진서요의 역사적 실재가 학문적으로 입증되었으니 그가 변산에

서 보고 느낀 것 모두를 우리는 예사롭게 보아 넘길 수가 없다. 최남선은 고부에서 진서를 거쳐 내소사로, 그리고 다시 내변산을 통해 월명암으로 가는 길을 답사하면서 산의 경승과 옛사람의 삶의 자취와 문화의 흔적을 더듬는다. 산의 상봉에 올라 변산의 모습을 둘러본 그는 그 경승을 금강산과 대조하여 이렇게 묘사한다.

> 나즛나즛한 산이 둥긋둥긋하게 뭉치고 깔려서 압핏놈은 조춤조춤, 뒤읫 놈은 갸웃갸웃 하는 것이 아마도 변산 특유의 구경일 것이다. 금강산을 옥으로 깍근 선녀 입상의 무덕이라 할진대 변산은 흙으로 맨든 나한 좌상의 모임이라 할 것이다. 쳐다보고 절하고 십은 것이 금강산이라 할진대 끌어다가 어루만지고 십은 것이 변산이다. 총죽(叢竹)가티 뭉처진 경(景)이 금강산임에 대하야 조쌀알가티 헤어지려는 경이 변산이다.

최남선은 「심춘순례」에서 낙조대에 올라 동해 '낙산의 일출'과 짝을 이뤄 이름을 날리는 서해 '월명의 낙조'를 지켜본 벅찬 감격을 길게 술회한다. 그리고 낙조대 근처에서 기우제를 지낸 흔적을 살피고 그것을 한민족의 가장 오랜 신앙인 고신도(古神道)와 연관지어 설명한다. 낙조대가 고신도의 숭앙 대상인 쌍선봉을 바라보는 자리에 있으므로 그곳이 이 지역의 최고제단의 역할을 하였을 것이라는 견해이다. 이 몇 가지 사실에서도 뚜렷이 드러나는 바와 같이 육당이 변산을 돌아보고 남긴 기록은 단순히 기행문으로만 볼 성질의 것이 아니다. 근대학문의 방법을 일정하게 익히고 조선의 역사와 문화, 그 정신의 뿌리에 깊이 관심을 쏟고 있는 입장에서 누구보다도 먼저 변산을 찾아 답사한 것이므로 그의 기록 속에는 후대인이 조사하고 천착하여 규명해야 할 수많은 단서와 암시가 들어 있다. 변산의 풀 한 포기, 돌 하나에도 과거의 역사와 문화, 조상의 숨결이 깃들어 있음을 「심춘순례」는 웅변으로 말해주고 있는 것이다.

부안 땅을 거쳐간 체험을 바탕으로 문학작품을 남긴 사람은 헤아릴 수 없이 많다. 그 가운데서도 고창에서 태어나 소년기를 줄포에서 보낸 미당 서정주는 이곳과 관련된 여러 편의 작품을 남기고 있다는 점에서 주목할 만하다. 젊은 시절 시인의 생활을 엿보여주는 「茁浦」 1, 2, 3 연작을 비롯하여 내소사에 얽힌 설화를 시로 쓴 「來蘇寺 大雄殿 丹靑」은 그 대표적 작품이라 할 수 있고, 그와 같은 작품 가운데에는 오뉴월 염천의 텁텁한 막걸리 같은 맛을 내는 「격포우중(格浦雨中)」도 들어 있다.

여름 海水浴이면
쏘내기 퍼붓는 해 어스럼,
떠돌이 娼女詩人 黃眞伊의 슬픈 사타구니 같은
邊山 格浦로나 한번 와 보게.

자네는 불가불
水墨으로 쓴 詩줄이라야겠지.
바다의 짠 소금물결만으로는 도저히 안되어
벼락 우는 쏘내기도 맞아야 하는
자네는 아무래도 굵직한 먹글씨로 쓴
詩줄이라야겠지.

그렇지만 자네 流浪의 길가에서 만난
邪戀 男女의 두어雙,
또 그런 素質의 손톱의 반달 좋은 處女 하나쯤을
붉은 채송화떼 데불듯 거느리고 와
이 雷聲 驟雨의 바다에 흩뿌리는 것은
더욱 좋겠네.

한줄 굵직한 水墨글씨의 詩줄이라야 한다는 것을
짓니기어져 짓니기어져 사람들은 결국
쏘내기 오는 바다에

이 세상의 모든 채송화들에게
豫行演習 시켜야지.

그런 龍墨 냄새나는 든든한 웃음소리가
제 배 창자에서
터져 나오게 해 주어야지.

　농익은 생활의 정서를 배면에 깔고 있는 이 작품은 어떤 점에서는 초탈
의 경지까지를 엿보여준다. 그러나 이처럼 눅진한 정서나 달관이 비단 이
시인의 것만은 아니다. 이곳에 터를 잡아 뿌리를 내리고 살았던 사람들의
핏줄 속에는 그러한 정서와 인생의 깨우침이 고유의 체질이나 되는 것처
럼 오래도록 연면히 흐르고 있기 때문이다. 농사를 짓고 고기를 잡는 생
활 속에서, 때로는 벌목꾼이나 선박 제조창의 허드레 일꾼으로 관에 동원
되어 노역하는 속에서 사람들은 삶의 애환을 절실하게 깨달았고, 그 정서
를 진솔하게 노래했다. 이 지역의 사람들에 의해 전해지는 숱한 민담이나
구전가요는 바로 그 생활의 체험이 여러 가지 형식을 통해 표현된 산 증
거이다. 거기에는 생활 가운데서 생기는 희로애락에 대한 직접적인 표현
이 있는가 하면 자연과 하나가 되는 삶에 대한 동경이 담겨 있다. 물론 그
속에는 사람들을 조종하고 그들 위에 군림하려는 세력들에 의해 인위적
으로 만들어진 이데올로기의 왜곡된 내용 같은 것들이 얼마간 스며들기
도 했을 것이다. 그럼에도 불구하고 부안 사람들은 그런 작위에 크게 구
애받지 않고 이곳의 산과 바다를 천하의 보배나 되는 듯이 자신들의 자랑
거리로 삼았고, 그들에게 일용할 양식을 제공해주는 들녘을 끔찍이 아꼈
으며, 자기들에게 전해진 역사와 문화, 서로 살을 부비고 살아온 이웃들
에 대해 무한한 애정을 느꼈다. 지금 이 지역에 전해지는 문학과 예술, 삶
의 가락들 속에서 묻어나는 향토정신은 그 극진한 애정과 자랑으로부터

생겨난 우리 문화의 정수라고 해도 무방할 것이다.

2. 예술의식과 문화전통

예술이 자연을 모방한다거나 현실을 재현한다는 생각, 또는 예술가 자신을 표현할 뿐이라는 이론은 분명히 서로 대립되는 의견이다. 그러나 그 각각의 주장을 자세히 돌아보면 제각기 나름의 근거를 가지고 있음을 알 수 있다. 시대가 달라지고 사물에 대한 인식이 바뀌는 데 따라서 관심의 방향이나 강조하는 부분은 서로 다를 수 있고, 거기에서 의견의 차이가 생겨나는 것은 사람들이 사는 곳에서는 어디서나 마찬가지이기 때문이다. 그렇지만 각각의 이론이나 주장이 함축하는 서로 다른 의미를 인정하는 경우에도 북극과 같은 극한지나 태양이 작열하는 열대 사막에서 예술의 꽃을 피우기 어렵다는 것은 누구라도 수긍하지 않을 수 없는 사실이다. 예술이 발전하는 데는 자연 환경이나 소재적 요소들 못지않게 예술의식이나 문화전통이라는 일정한 조건들이 요구되는 것이다. 고대 그리스 예술의 배경이 된 에게해의 수려한 풍광이나 근대 소설문학의 융성을 가져온 러시아 사회의 다채로운 지적 배경을 굳이 들먹이지 않더라도 예술과 환경 사이의 긴밀한 관계를 입증해주는 사례는 우리 주위에서 얼마든지 쉽게 찾을 수 있다. 판소리문화가 호남의 풍부한 물산을 바탕으로 발전했으며, 수많은 예술가를 배출한 해남 강진이나 통영이 아름다운 자연경관 외에도 장인들의 고장이었다는 것은 익히 알려져 있다. 조선 후기 문물이 번창한 전주가 소리의 고장이 된 배경은 다시 설명할 필요가 없는 일이거니와 통제사가 자리를 잡으면서 인위적으로 만들어진 도시 통영은 오늘날까지도 갖가지 공예의 전통을 고스란히 간직하고 있고, 강진 또한 고려청자의 산지로 일찍부터 이름을 얻고 있다. 부안 또한 이러한 예향으로서의 입지조건을 풍부하게 갖추고 있다. '천부(天府)'라고 일컬어지는 목재의 산지로서 고려시대 때 이미 일시적이나마 선박 건조의 중심지가 된 역사를 지니고 있으며 산과 들과 바다의 풍부한 물산을 바탕으로 생활을 꾸려온 부안 사람들은 여러 부문에서 예술을 가꾸며 문화적 의식을 표출해온 것이다. 그 가운데서도 우리나라 문화의 자랑인 고려청자를 빚어온 전통은 특기할 만하다. 강진과 함께 고려청자의 2대 산지로 알려진 부안의 도자기 문화는 이 지역의 문화전통이 오랜 역사를 지니고 있음을 말해주는 실제적 증거이다. 시대를 거슬러 올라갈수록 도자기가 한 사회의 문화적 수준을 재는 척도로서 중요성을 더한다는 사실을 생각하면 우리나라의 뛰어난 문화를 상징하는 대표적 문물로서 고려청자를 제작한 부안의 도자기문화가 우리의 문화전통에서 차지하는 역사적 의미는 아무리 강조해도 지나치지 않는다. 한 역사학자는 부안의 도자기문화의 특색을 이렇게 설명한다.

> 고려는 중국 남송과의 국교단절로 문화적 자극이 없어지고 고려 자체 내의 요청에 따른 발전 양상이 나타나게 되는데, 청자에 있어서도 청동은입사 기법에서 영감을 얻어 상감청자를 만들게 된다. 흑백상감은 청자의 바탕색과 잘 어울리게 되는데 이는 고려청자만이 이룩한 위대한 발명이라고 할 수 있으며, 강진과 더불어 부안 유천리 청자가마터가 이를 대표한다고 할 수 있다. 처음으로 부안 유천리 가마터를 발견 조사한 야수건(野守建)은 강진 사당리 7호 가마와 유천리 가마를 비교하면서 유천리 것이 사당리보다 섬세하고 기교가 있다고 판단하기도 하였다. 상감청자에 나타나는 문양은 운학문을 필두로 하여 포류수금문, 봉황문, 연당초문, 국화절지문 등이 대표적인데, 내실보다는 외화에 치중한 문양의 발전이라고 볼 수 있지만, 대단히 서정적이고 선적인 고요함을 느낄 수 있는 청자문화의 극치를 보여준다고 할 수 있다.[2]

---

2) 김선기, 「고려시대 부안의 도자기 문화」, 『부안문화유산자료집』, 부안군청 발행, 2004, 346쪽.

유천리 가마에서는 상감을 하기도 했지만 음각이나 양각의 문양기법을 사용하기도 하고 도자기의 형태를 여러 가지 모양으로 바꾸는 상형청자를 만들기도 한 것으로 알려져 있다. 이 고려청자의 가장 중요한 특징의 하나는 그 색깔이 밝고 연한 푸른색과 재색이 조화를 이루는 비색(翡色)을 띠고 있다는 점이다. 비취색과 같이 맑게 파르스름한 고려 비색은 중국의 명가들로부터 천하제일이라는 찬사를 받기도 한 것으로, 일설에 따르면 백두산 천지(天池)의 물빛에서 연유한다고 한다. 곧 금수강산의 자연 색깔이 고려청자에 재현되었다는 의견이라고 할 수 있는데 강진이나 부안의 자연, 하늘과 산과 바다의 물빛이 도공들의 체험 속에 녹아들어 그들의 예술적 감각과 장인정신을 자극한 것이라고 유추할 수 있을 것이다. 12세기부터 발전하기 시작한 이러한 고려청자의 제작기술은 이후 우동리의 분청자가마로 이어졌고, 조선시대 초기의 백자가마를 낳는 모태가 되었다는 것이 역사학계의 일치된 의견이다. 그러나 그렇게 찬란하던 부안의 도자기문화 전통은 대체로 조선 중엽부터 시신푸신 끊기고 20세기 이후에는 유천리 인근의 몇 곳에 남은 옹기가마에서만이 옛 영화의 잔영을 드리우고 있을 뿐이다.

부안의 도자기 문화가 오늘날까지 이어지지 못한 원인은 여러 측면에서 짚어볼 수 있을 것이다. 도자기 기술의 발전이나 유통구조의 변화 등 다양한 요인이 거기에 관여되었으리라는 점은 어느 모로 보나 분명해 보인다. 거기에는 관의 개입과 같은 작위적 요소나 소비자의 취향과 같은 객관적 조건도 개입되어 있었을 것이고 도자기를 제조하던 도공의 기술이나 가마주인들의 경영능력과 같은 주체적 요인도 관여되어 있을 것이다. 그 원인을 규명하는 일은 마땅히 역사학계의 과제가 되겠지만 주체적 요인이 무엇이었는가 하는 문제는 오늘 우리가 안고 있는 문제들을 해결하는 데에도 참조가 될 수 있다는 점에서 지역민들이 좀 더 깊은 관심을 기울여 살펴볼 필요가 있을 것이다. 그렇기는 하지만 도자기문화의 쇠퇴원인을 곧장 자기들의 문화전통을 소홀히 한 지역민의 탓으로 귀결짓는 짓은 삼가야 할 일이다. 전승된 문화의 맥을 잇기 위한 부안 사람들의 정성과 노력은 예나 지금이나 다른 어느 고장에도 뒤지지 않을 만큼 열렬하기 때문이다. 그 양상은 부풍율회와 같은 이 지역 문화단체의 존재가 상징적으로 드러내준다. 조선의 민족문화를 말살하기 위해 광분하던 일제로부터 해방된 직후 부안 사람들은 어느 지역보다도 먼저 우리의 문화전통을 되살리는 일에 나서는데, 그 한 가지 사례가 부풍율회의 창립이다. 부풍율회는 처음 이름이 부풍율계로 풍류를 즐기던 이 지역 유지들의 친목모임의 성격을 지녔던 것으로 보인다. 봉계 임기하, 만함 김학윤 등 주로 보안면 지역의 인사들이 주축이 되어 1947년에 발족한 이 모임은 시조, 가사, 가곡, 거문고, 가야금과 같은 우리 전통음악의 가락과 멋을 되찾기 위한 활동을 펼쳤으니 그 설립취지는 발기문에 해당하는 「부풍율계서(扶風律契序)」에 잘 나타나 있다.

> 대범 예(禮)로써 사람 되게 하여 선후할 바를 알게 하고 악(樂)으로써 사람을 흥기시켜 성(性)과 정(情)을 화(和)하게 하는 까닭에 밝은 임금은 백성을 다스림에 먼저 예로써 하고 뒤에 악으로써 했다. 예만 하고 악을 안 하면 고(孤)하고 고(孤)하면 화(和)함을 잃어 덕을 상하게 되고, 악만 하고 예를 안 하면 유(流)하고 유(流)하면 음탕한 데 치우쳐 패륜(敗倫)에 빠지게 되는 것이니 반드시 예와 악이 온전한 연후에야 가히 지치(至治)의 세상이라 이를 것이다. 이른바 그 나라의 예악을 보고 들으면 그 나라의 정치를 안다는 것이 이것이다. 만일 그렇지 않고 용렬한 임금이 세상을 다스린다면 법령은 흐트러지고 멈추어져 강기(綱紀)가 해이하고 풍기가 유약하여 인심은 한과 근심이 쌓여 항려(巷閭)에는 애원(哀怨)한 노래가 많고 남녀는 음란한 소리만 일삼을 것이니 이것이 이른바 망국의 음악이니 취하지 않는다. 오직 군자의 수지(守志)함으로써 치세라고 해서 더 곧고 난세라고 해서 진성(眞性)을 놓

아버리지 않는 고로 사양(師襄)은 거문고를 품고 바다에 들어가고 백아(伯牙)는 줄을 끊고 풍속과 끊었으니 이 모두 의표(儀標)와 풍치(風致)를 고상히 하여 치란(治亂)과 성쇠(盛衰)로써 그 지취(志趣)를 달리하여 유속(流俗)에 빠져들지 안함이다. 우리 고을이 문(文)으로써 일컫고 율로써 안한 바는 또한 계징(戒懲)의 뜻이 있기 때문이다.[3]

여기에 표현된 의식은 옛 성현들의 전통을 잇는 예악사상이다. 부안이 본디 문향(文鄕)으로 이름을 얻고 있으나, 그 문화전통은 단순히 문에 그치지 않고 예술에도 특장을 가지고 있다는 인식에 입각하여, 풍류를 즐기면서도 범절을 경계함으로써 예향의 본바탕을 이어나가자는 취지이다. 이와 같은 설립취지는 부풍율계의 회원이 크게 늘어나 모임의 명칭을 부풍율회로 고쳐 재출발하는 자리에서도 이어진다. 부풍율회의 창립을 기념하는 글은 그 뜻을 다음과 같이 서술하고 있다.

생활이 있는 곳에 문화가 있고 문화가 있는 곳에 풍류가 피어난다. 부풍은 부안의 별칭이며 풍류를 이름이니 이는 마음의 여유요 생활의 윤택이며 몸 가짐의 멋이요 표현의 치장이리라. 주례(周禮)에 의하면 사람이 갖추어야 할 여섯 가지 교양 중에 예와 악을 그 첫머리에 두어 음률이 사람의 마음을 순화하고 교양을 높이는 데 예에 버금간다 하였으니, 예로부터 좋은 노래와 가락을 가까이하지 않고는 사람의 품성(稟性)이 곱게 다듬어지지 않는다 하였다. 우리 부풍율회는 음률을 사랑하고 즐기는 사람들의 모임이다. 이곳에 모이는 우리는 사라져가는 전통음악의 맥을 잇기 위함만도 아니요, 이름 높은 명인명창이 되고자 함도 아니며 향토문화의 구심체 구실을 자부하고자 함은 더욱 아니다. 다만 우리는 정악(正樂)의 오묘한 가락이 좋고 판소리의 구수한 아니리와 넉살이 흥겨우며, 가야금, 거문고의 선율이 가슴 가득히 채워주기에 이곳에 모인다. 여기 모이면 면면히 이어온 우리 가락 속에서 겨레의

---

3) 김학윤, 「부풍율계서」, 『부풍율회50년사』, 부풍율회, 1997, 25쪽.

숨결을 가까이 느끼고 무릎장단, 북 가락과 어깨춤 추임새 속에 짙게 앙금되어가는 서로의 정도 함께 나눈다.[4]

　부풍율회는 동호인들의 모임 성격으로 출발하였기 때문에 인용문에 나와 있는 것처럼 특별히 어떤 활동목적을 설정하지 않았지만 자연스레 지역 문화활동의 중심으로 자리 잡고, 그에 따라 판소리감상회, 시우회(時友會), 부안국악협회 같은 문화단체가 생겨나게 하는 산실이 된다. 또한 이 모임은 그 활동을 통해 후진들의 양성에도 기여하게 되는데 여러 분야에서 배출된 이 지역의 명인들의 면모는 그 사실을 입증해준다. 시조계의 백강 고민순을 비롯하여 태석 김귀원, 동은 최형렬, 모촌 박일경, 유란 임영순 등이 모두 정악, 가야금, 거문고, 양금 등에서 명인의 반열에 올라 있다. 그 가운데서도 특히 시조를 비롯한 우리 가락을 악보에 기록할 수 있게끔 선율선악보를 창안한 공적으로 인간문화재로 지정된 석암 정경태의 경우는 특기할 만하다. 그는 부풍율회와 관계를 맺으면서 악보의 기록에 관심을 가지게 된 인물로 알려져 있는데 석암 자신은 그 인연을 이렇게 술회하고 있다.

　내가 부풍율회에 정식으로 가입한 것은 조금 늦어서 1955년 무렵이 아닌가 한다. 그때 나는 시조 동호인들의 전국적인 모임체 조직이 절실함을 느끼고 대한시우회를 조직하는 일에 열중하여 부풍율계의 계원들이 그 바탕을 이루는 한몫을 하게 되어 자주 부풍율계를 방문하면서 지금은 모두 고인이 된 봉계 임기하, 만함 김학윤 두 분과 상의도 하고 도움도 받았다. 이 두 분은 타고난 율객으로 부안을 대표할 만한 풍류인이며 부풍율계의 두 봉우리였는데 만함 선생의 권유로 입계를 하였다.…기악에 관심을 갖기 시작한 나는 만함 한테 가야금 영산회상곡을 배웠는데 그때 회상곡보를 주시며 연구해 보라 하

---

4) 김형주, 「부풍율회기념비문」, 위의 책, 46~47쪽.

시고 부풍율계 모임 때 마다 꼭 참석하여 함께 합주할 것을 당부하였다. 나는 이때부터 기악보(器樂譜)의 편보(編譜), 편성에도 관심이 깊어져 거기에 몰두 연구를 거듭하였으며 그로 인하여 거문고의 대가인 임석윤에게 내가 보유하고 있는 가곡 남창을 전수하여 주는 조건으로 거문고 영상회상곡을 익혔으며 신태인에 사는 거문고의 대가인 금사 김용근 선생 문하에서 거문고 가곡을 배우면서 거문고 곡을 모두 채보하였으며 신소(神簫)라고 칭하는 전용선에게서는 단소를 배웠고 신달용에게는 대금회상과 가곡을 배우고 최장렬로부터는 피리를 채보하여 편보하였다. 그리고 송영주로부터 속악의 소리북 가락을 익히고 김소란에게서 승무와 남무(南舞), 검무 포구악(抛球樂), 가인전목단(佳人剪牧丹)을 채보하고 이재호 스님으로부터는 범패 어산(魚山: 염불)을 채보하여 편보 정리하였는데 이 모든 음률과 가무(歌舞)의 채보에 열중하게 된 동기가 부풍율회의 학자풍류인 만함 김학윤 선생의 가야금 영상회상보(靈山會相譜)를 전수받음이 그 시원이 되었다고 말할 수 있다.[5]

석암 정경태가 이룬 대표적인 업적은 여러 부문의 우리 가곡을 정리 전승할 수 있게 한 점이다. 그는 해방 직후 「조선창악보」를 간행한 것을 시작으로 가곡 가사는 말할 것도 없고 단소, 대금, 북가락, 범패 등을 채보할 수 있는 선율선악보를 만들어 보급한 것이다. 그 가운데서도 석암 자신이 가장 보람 있는 일로 손꼽은 것은 그동안 경제, 완제, 영제, 원제, 반영제, 광주제 등으로 혼란스럽게 나뉘어 있던 시조의 각 제(制)를 정리하여 체계화한 작업이다. 이 작업들로 인해 시조의 통일 지반이 마련되었음은 물론 국악의 올바른 뿌리와 줄기를 찾아낼 수 있는 여건이 조성되었다. 정경태는 인용문에서 이와 같은 자신의 작업의 시초가 부풍율회에서 연원한 것임을 밝히고 있는 것이니 부풍율회의 예술적 기여가 지역문화에만 국한된 것이 아님을 알 수 있다.

---

5) 정경태, 「부풍율회 50년 회고」, 위의 책, 77쪽.

이처럼 여러 방면에서 뜻있는 성과들을 낳게 한 부풍율회라는 민간문화단체가 이 지역에서 출현한 것은 우연의 소치가 아니다. 언제 만들어졌는지 시원을 알 수 없는 부풍시사(扶風詩社)란 단체가 구한말 이전부터 조직되어 있어 일제식민지로 접어든 뒤에도 1917년까지 활동한 기록이 남아 있으며, 심지어는 일제 말기에도 난국시사(蘭菊詩社)라는 시율 모임이 있었다는 사실이 이 지역 사람들의 기록을 통해 전해지고 있다. 부안 지방의 민간문화단체가 지닌 이러한 연면한 전통은 근원을 따지면 몇 백 년 전으로까지 소급된다. 부안의 풍류사를 정리한 김형주는 그 뿌리를 고려시대 강좌칠현(江左七賢)의 한 사람인 임춘에게서 찾고 있지만[6] 개인의 활동이 아니라 집단적 움직임에 초점을 맞춘다 해도 조선조 중엽 선조 때로 쉽게 거슬러 올라갈 수 있다. 여류문학인 이매창이 죽은 다음 그 시문이 산실되는 것을 안타까워 한 아전들이 『매창집』이라는 시집을 묶어낸 것은 그 구체적인 실례이다. 그 뒤에도 봉산구로회(蓬山九老會)니 칠로회(七老會)니 하는 이 지역 풍류시객의 모임이 있었고 그 전통이 부풍시사에 이어졌을 것이라는 것은 세밀히 고증하지 않아도 전후사정을 고려하면 충분히 유추할 수 있는 일이다.

그러나 부안 문학예술의 맥을 잇고 키워온 문화전통을 시인 묵객이나 풍류인들의 활동에서만 찾는 것은 일면적일 가능성이 크다. 매창이 죽고 난 다음 돌볼 사람이 없는 그의 무덤을 초동목부들이 해마다 벌초하고 가꾸어왔다는 사실은 이 지역 서민들의 생활 속에 깃든 문화의식을 엿보여주는 생생한 사례라고 생각되기 때문이다. 문화를 소중하게 생각하고 그것을 자기 삶의 중요한 한 부분으로 받아들이는 이 지역 사람들의 문화의식이 후손이 없는 기생의 무덤을 가꾸는 데서 나아가 부안 농악을 우도

---

6) 김형주, 「부안 풍류의 맥」, 위의 책, 99쪽.

농악의 중요한 한 줄기가 될 수 있게 성장시키고, 위도 띠뱃놀이와 같은 전통의례를 오늘날까지 살아 있는 삶 속의 예술로 자리 잡게 해준 것이라고 볼 수 있는 것이다. 부안 농악 기능보유자로서 상쇠춤의 일인자로 일컬어지는 나모녀나 중요무형문화재로 지정 받은 대목장 고택영 같은 인물의 존재는 부안의 문화전통이 서민들의 생활 가운데 생생히 살아 있음을 웅변으로 말해준다고 할 것이다.

3. 부안 문학의 과거와 현재

근본에서 생각하면 사람은 하루살이와 같이 짧은 생애를 살고 가는 하잘것없고 미약한 존재이다. 그 미미한 존재가 누군가에게 뜻과 느낌을 전달하여 의사를 소통하려고 하는 것은 자신의 유한성을 넘어서기 위해 다른 사람과 연대하려는 애처로우면서도 지극히 정성스러운 시도라고 할 수 있다. 이 의사소통을 위해 인간이 계발한 수단 가운데 가장 중요한 항목의 하나가 말이다. 사람의 신체를 울림통으로 이용하는 말은 그 편의성으로 말미암아 오랜 역사과정을 통해서 인간의 대표적인 의사소통 수단으로 발전했다. 언제 어디서나 자유롭게, 그리고 정확하게 서로의 뜻을 전달하는 데서 말은 어떤 수단보다도 효율적인 도구였기 때문이다. 그리하여 그것은 의사소통의 매개물에 그치지 않고 사물인식의 통로, 나아가서는 사고의 방도로 자리 잡았다. 그러나 파동으로만 존재하는 소리의 특성으로 인해 말은 지금 여기라는 현장을 벗어나면 그 효용이 제약받지 않을 수 없다. 말이 지닌 그와 같은 시공간적 제약성을 극복하기 위해 사람들은 부단히 노력했고 그 결실로 문자가 탄생했음은 주지하는 바이다. 문학이 이 말과 문자로 이룩되는 언어예술이라는 것은 그 자체 축복이기도 하고 재앙이기도 하다. 사람의 뜻을 가장 곡진하게 표현한 작품이 문자기록을 통해 수백, 수천 년의 시공간을 뛰어넘어 다른 사람에게 뜻을 전하기도 하지만 언어를 달리한 사람들에게는 같은 시간, 같은 장소에 있으면서도 아무런 소통을 가지지 못하게 하는 장벽이 될 수도 있기 때문이다. 이와 같은 사정은 지구의 어느 곳에서나 마찬가지다. 오늘날 우리는 천년 전 부안에 살았던 사람들이 어떤 노래를 불렀는지 전혀 알지 못한다. 또한 한글세대는 백 년 전 자신의 할아버지가 남겨놓은 시문이 무슨 뜻을 담고 있는지 도대체 알아볼 수가 없다. 부안 문학의 과거와 현재를 알아보려는 우리 앞에는 바로 그와 같이 답답한 현실이 펼쳐져 있다.

부안 문학의 범위를 엄밀하게 규정하는 일이 우리에게 그리 절실한 문제는 아니다. 그럼에도 불구하고 일정하게 경계를 짓기 위해 선을 긋는 일이 필요하다면 '부안에 뿌리를 내리고 산 사람들의 문학'이라고 정의할 수 있지 않을까 한다. 부안에 관해 쓴 작품이라고 해서 외지인이 쓴 시를 부안 문학이라고 하는 것도 쑥스럽고, 단순히 부안 출신의 작가가 썼다고 해서 아무것이건 부안 문학의 범위에 넣는 것도 무언가 꺼림직한 일이다. 그렇기 때문에 작가가 부안과 관계될 뿐만 아니라 작품에 그려진 내용이 부안 사람의 삶을 대상으로 한 것일 때 진정으로 부안 문학이라고 할 수 있지 않는가 하는 것이다. 물론 이렇게 범위를 한정한다고 해서 그 경계선을 철칙으로 삼을 필요는 없다. 사정에 따라서는 이쪽이나 저쪽으로 옮길 수도 있는 것이 그 경계선이다. 그와 같이 어찌 보면 있으나마나한 것으로 보일 수도 있는 경계선을 그어본 것은 다만 부안 문학의 정체성을 어떻게 규정할 수 있을 것인지 확인해두는 절차였을 따름이다. 그런 정도의 정의나마 마련되어 있어야 부안 문학에 관하여 서로의 의견을 나눌 수 있는 공통의 기반을 확보할 수 있을 것이기 때문이다.

1) 부안 문학의 선구 - 김구(金坵)

부안 문학의 첫 자리에 오는 사람은 고려 고종 때의 인물 김구(金坵
1211~1278)이다. 그는 당대에 문명을 날렸을 뿐만 아니라 『동문선』에 여
러 편의 시와 글이 올라 있는 문인으로 부안의 세족(世族)인 부령 김씨의
중시조이기도 하다. 그는 주로 중앙에서 활동하였지만 벼슬에 나아가지
않을 때는 부안에 머물러 거문고를 타고 시문을 지으면서 소일했으며 후
학들을 가르치기도 한 것으로 문헌에 기록되어 있다. 그는 조정의 외교문
서나 표문을 지어 문명을 얻었지만 시에서도 높은 품격을 인정받았다. 그
사실은 칠언절구(七言絶句)로 지어진 작품 「낙리화(落梨花)」를 통해 살펴볼
수 있다.

飛舞翩翩去却廻	펄펄 날아 춤추며 가다가 다시 돌아오나니,
倒吹還欲上枝開	거꾸로 불려 도로 가지에 올라가 피려 하는구나.
無端一片黏絲網	무단히 한 조각이 실 그물에 걸리면,
時見蜘蛛捕蝶來	때로는 거미가 나비를 잡으러 오는 것을 보겠네.

이 시는 떨어지는 꽃잎을 묘사하고 있다. 이 작품이 어떤 점에서 뛰어
난 시인가 하는 것은 고려시대의 문인 가정 이곡(李穀)의 품평을 통해서
엿볼 수 있다.[7] 이곡은 산인 오생(山人 悟生)의 「황산강루시(黃山江樓詩)」에
나와 있는 글귀 "누워서 어부들 배 젓는 노래를 듣노라니 홍진에 말 달리
는 자들 나의 벗이 아니네(臥聞漁父軸轤語 走馬紅塵非我徒)"와, 소동파의
「어부사(漁父詞)」에 나오는 "강머리에 말 타고 가는 저 관인(官人), 나의 외
로운 배를 빌려 남으로 언덕을 건너네(江頭騎馬是官人 借我孤舟南渡坡)"를 비

---

7) 김구, 『지포집』, 성균관대학교출판부, 1984, 179~180쪽.

교하여, 시를 그림에 비한다면 소동파의 시는 마치 용면거사(龍面居士, 송나라의 화가)가 이광(李廣)이 오랑캐의 활을 빼앗아 버티기만 하고 쏘지 않는 모습을 그린 것과 같고 오생의 시는 달아나는 적을 쏘아 맞추는 모습을 그린 것과 같다고 비유하였다. 또 오생이 과거에 오른 뒤 지은 낙매화(落梅花) 시에 "백만의 옥룡이 여의주를 다툴 적에 바다 밑의 양후(陽侯, 바다귀신)가 떨어진 비늘을 주었으리, 봄바람 꽃 저자에 살며시 내다파니 동군(東君)만 덧없이 홍진에 흩어지네(五龍百萬爭珠日 海底陽侯侯敗鱗 暗向春風花市賣 東君容易散紅塵)"와 김구의 「낙리화」란 이 시를 비교하여 오생의 시를 '촌학(村學)의 시'라고 평가하였다. 시인들의 표현하는 수단이 같지 않음을 소동파와 김구의 시를 사례로 들어 설명하고 있는 것이다. 이곡이 품평한 바와 같이 김구의 시에는 오생의 작품에 비길 수 없는 시적 긴장이 함축되어 있고 시상의 전개가 훨씬 더 구체적이다. 떨어지는 꽃 한 잎의 모양을 동적 이미지를 통해서 묘사하는 것과 낙화현상을 관념적으로 파악하여 서술하는 것 사이에는 시의 품격에서 천양지차가 있는 것이다. 이와 같은 시의 경개는 시인이 서장관이 되어 원나라로 가는 사행 길에서 읊은 「분수령도중(分水嶺途中)」에서도 엿볼 수 있다.

> 杜鵑聲裏但靑山　두견의 소리 속에 푸른 산뿐일러라,
> 竟日行穿翠密間　한 종일 우거진 푸름 속을 뚫으며 걸어가네.
> 渡一溪流知幾曲　한 시냇물을 거듭 돌아 몇 번이나 건넜는고,
> 送潺潺了又潺潺　흐르는 물 보내고 나면 또 흐르는 물이다.

　만주의 드넓은 산하와 그 곳을 지나가는 사행행렬의 모습을 눈에 보일 듯이 선하게 환기시켜주는 이 작품은 그 압축성과 이미지의 조형성으로 시인의 시재를 유감없이 보여준다. 현재 몇 편 남아 있지 않는 김구의 시 가운데는 이 사행 길에서 지은 작품이 모두 네 편 들어 있어 큰 비중을 차

지한다. 「분수령도중」과 짝을 맞춰 만주의 드넓은 벌판에 펼쳐진 광막한 풍경을 사실적으로 묘사한 「출새(出塞)」와 칠언고시(七言古詩)로 씌어진 「과서경(過西京)」과 「과철주(過鐵州)」가 그것이다. 「분수령도중」과 「출새」가 만주 지역의 자연상태에 초점을 맞추고 있는 데 비해서 칠언고시들은 다같이 역사와 문화, 인간의 모습을 담고 있다. 몽고침략군을 상대로 고을을 지키다가 처자와 함께 순사한 이원정(李原禎)을 회상하는 「과철주」는 그의 장렬한 죽음을 이렇게 읊고 있다.

當年怒寇閑塞門　억센 적군이 국경을 침범했던 그 당시
四十餘城如燎原　사십여 성읍들이 불타는 들판 같았다.
依山孤堞當虜磎　산을 기댄 외로운 성이 오랑캐 길목을 당해
萬軍鼓吻期一呑　만군의 북소리 고함소리 한꺼번에 삼키려 했는데
白面書生守此城　백면서생이 이 성을 고수하다가
許國身比鴻毛輕　나라에 바친 그 목숨 기러기 털보다 가벼웠네
早推仁信結人心　일찍이 인과 신을 베풀어 인심을 결속했기에
壯士歡呼天地傾　장사들의 부르짖음에 천지가 진동하였다.
相持半月折骸炊　반달 동안 서로 버티며 뼈를 불살라 밥 지어 먹고
晝戰夜守龍虎疲　낮엔 싸우고 밤엔 지키자니 용호도 지치었네.
勢窮力屈猶示閑　형세 궁하고 힘이 다해도 여유를 보였으니
樓上管絃聲更悲　누각 위의 피리소리 그 얼마나 비창했을까.
官倉一夕紅焰發　하룻밤에 나라 창고에 붉은 불꽃이 치솟아
甘與妻孥就火滅　기꺼이 처자와 함께 그 불 속으로 사라졌네.
忠魂壯魄向何之　장하도다 그 혼백 어딜 향해 가버렸는고
千古州名空記鐵　천고에 부질없이 고을 이름 철주를 기억하네.

『동문선』에는 실려 있지 않고 시인의 문집인 『지포집』에만 실려 있는 이 작품은 몽고의 침략을 다룬다는 점에서 원나라의 내정간섭이 있던 당시의 정세하에서는 시인의 신변에 위험을 가져올 수도 있었다. 과거의 일

을 회상하는 것에 지나지 않는 것이지만 현실에 대한 발언이라고 해석할 수도 있기 때문이다. 그러나 시인은 당대의 현실 문제를 비판적으로 다루는 데 추호도 망설이지 않았다. 실례로 그의 문집인 『지포집』에는 당대의 권력자인 최우(崔瑀)와 최항(崔沆)에 관련된 시가 각기 한 편씩 실려 있는데 두 시의 성격은 서로 정반대이다. 전자에 대한 시 「상진양공(上晉陽公)」은 기본적으로 최우를 긍정적인 시각에서 보는 내용임에 반해서 후자에 대한 시 「조원각경(嘲圓覺經)」은 원각경을 조각하게 명령한 상대를 조롱하는 작품이다. 기록에 따르면 당시의 권력자인 최항을 조롱한 이 시로 인해 김구는 십 년 가까이 벼슬에서 물러나 있을 수밖에 없었다. 『동문선』에 전자의 시가 수록되어 뒷사람들로부터 문학적 가치를 인정받고 있고 후자로 인해 시인이 필화를 입은 것으로 볼 때 김구는 당대의 권력자에 대해서도 자신의 공명정대한 뜻을 굽히지 않고 소신을 밝히는 당당하고 의연한 인물이었던 것으로 판단된다. 진실을 향한 그의 높은 의기와 위민 애국정신은 대장경 법회를 찬양한 다음의 시에 잘 나타나 있다.

선정전행대장경음찬시(宣政殿行大藏經音讚詩)

一藏全勝百萬師	한 장(藏)이 전혀 백만 군사보다 나으니,
故應摩外不容窺	마군(魔軍) 외도(外道)가 제 감히 못 엿보네.
揀來龍象渾無畏	용상(龍象)들을 골라 왔으니 두려움 없어,
掃去豺狼更莫疑	의심 마소 시랑(豺狼)을 휩쓸어 낼 줄을.
晝講杵頭舂玉屑	낮 강설(講說)은 공이(杵) 머리로 옥가루를 찧고,
夜談梭腹吐金絲	밤 경론(經論)은 북(梭) 속에서 근심을 토하듯.
願王已輦千祥至	원왕(願王)이 천 가지 상서(祥瑞)를 몰고 오니,
社稷昇平自可知	어버이 나라 태평을 스스로 알리로다.
一會藏嚴是鷲蓬	장엄한 이 모임이 바로 취봉(鷲蓬)이 아닌가,
百爐香動瑞烟濃	일백 화로에 향 오르고 서연(瑞烟)이 무르녹네.

講唇走玉飜三藏　설법은 옥 굴리듯 삼장(三藏)을 꿰고
譚舌飛珠演五宗　강설(講說)은 구슬 날리듯 오종(五宗)을 연설하네.
端信覺皇分着力　부처님의 내리시는 힘을 믿으면,
定教兵騎不雷蹤　병기(兵騎)가 저절로 자취를 감추리.
龍天亦感宸誠切　우리 임금 정성을 용과 하늘이 느끼어서,
導灑眞冷顒國容　서늘한 비를 뿌려 나라의 얼굴 씻어주네.

2) 서정의 본향 – 이매창의 시문학

김구는 고려 때 나라 전체에 문명을 떨친 인물이었으나 그의 작품 가운데 부안의 생활을 구체적으로 다룬 시문은 그다지 눈에 띄지 않는다. 이 점에서 조선 중엽의 이매창(1573~1610)의 시는 좀 더 향토정서에 밀착해 있는 대표적인 부안 문학이다. 매창은 본명이 계생(癸生 · 桂生)으로 부안현의 아전이었던 이탕종(李湯從)의 딸로 알려져 있다. 조선시대 여성문인으로 황진이, 허난설헌과 함께 이름이 오르내리는 그는 기생이라는 신분이었기 때문에 당대의 문장 허균(許筠)이나 평민시인 유희경(劉希慶) 등과도 두터운 교분을 나눌 수 있었다. 이 문인들과의 교우는 매창의 문학을 이해하는 데 매우 중요하다. 유희경은 매창과 연령의 차이가 있었으나 신분적 동질감 때문인지 열렬한 연인의 관계가 되었고, 허균은 담백하나 친밀한 글벗의 관계를 맺음으로써 매창의 문학에 영향을 끼치게 되기 때문이다. 특히 유희경의 존재는 매창의 문학에서 큰 자리를 차지한다. 잠시 만났다가 헤어진 사이였지만 언제나 절절한 그리움의 대상으로 매창의 시 속에 그림자를 드리우고 있는 것이 그의 존재다. 그 점에서 유희경과 맺은 관계는 매창의 시가 지닌 문학적 성격을 규정 짓는 가장 중요한 요인의 하나라고까지 말할 수 있다. 이에 비해 허균이 끼친 영향은 겉으로는 잘 드러나지 않고, 드러나더라도 부분적인 국면에만 관련된다. 그러나

특정한 문인에 대한 영향을 겉으로 드러난 부분에서만 찾는 것은 피상적일 수 있다. 허균이 당시로서는 파격적인 사유와 행동을 했던 인물로서 서얼 문제와 같은 신분사회의 모순에 눈뜨고 있었다는 점에서 기생이라는 신분의 굴레를 절감하고 있었을 매창에게 알게 모르게 준 영향이 어느 정도인지 쉬 단정 지을 수 없는 것이다.

이매창이 남긴 작품은 시조 한 편과 『매창집』에 수록되어 있는 한시 57편, 그리고 작자 문제가 논란거리가 되는 몇 작품이 더 있는 것으로 알려져 있다. 이 작품들을 대상으로 하여 매창의 시문학을 이해하는 데에는 이중으로 어려움이 따른다. 그 어려움은 첫째로 『매창집』에 수록된 작품들 자체가 시인이 죽은 뒤 한참 지나서 다른 사람의 기억을 통해 복원되었다는 사실에서 연유한다. 곧 개별 텍스트 자체의 신빙성에 확신을 가질 수 없을 뿐만 아니라 시인의 문학 전체의 성격이 현재의 텍스트들을 통해서 온전히 전해지고 있다는 확신을 가질 수 없는 것이다. 둘째로 제기되는 문제는 각각의 작품이 언제 어느 곳에서 어떻게 창작되었는지 알 수 없다는 점이다. 바꾸어 말해서 시인의 의식이 어떤 과정을 통해서 어떻게 변화되었는지 알아볼 수 있는 자료가 거의 제공되지 않는 것이다. 이에 따라 매창의 문학에 대한 연구는 역사적 접근이 크게 제한되고 공시적 접근만이 가능하게 된다. 이럴 경우 매창의 문학이 지닌 성격이 제대로 파악될 수 없음은 물론 심각하게 왜곡될 가능성마저 생긴다. 원인과 결과의 관계가 뒤집히는 일도 있을 수 있고 지엽적인 것이 중심적인 것으로 오인될 수도 있다. 이 글에서 행해지는 접근 또한 이러한 제약을 무릅쓰고 이루어지는 일이라는 점이 전제되어야 한다. 여기서는 작품의 주제적 특성에 따라 유형을 나누어 살펴본다.

(1) 그리움의 서정

시인에 관해 전해지는 일화를 참고하면 매창은 부드럽고 고운 심정을 지녔으면서도 절조를 지키는 여성이었다. 한번 만나 정을 맺은 유희경을 언제까지나 그리워하는 순정을 지녔고 그 마음을 진솔하게 시로 표현했다. 매창의 시 작품 대부분이 그리움이라는 정한을 모티프로 하고 있는 것은 이와 관련된다. 가슴속 깊이 사랑하는 사람이 있었기에 그의 시에는 항시 임을 그리워하고 만나지 못해서 안타까워하는 마음이 표현되어 있다.

故人   옛님을 그리워하며

松栢芳盟日   소나무처럼 늘 푸르자 맹세했던 날
恩情與海深   우리의 사랑은 바닷속처럼 깊기만 했어라.
江南靑鳥斷   강 건너 멀리 떠난 님께선 소식도 끊어졌으니
中夜獨傷心   밤마다 아픈 마음을 나 홀로 어이할거나.[8]

이 시는 시인의 생애를 그대로 압축해서 보여줄 뿐만 아니라 그의 문학이 지닌 기본구조를 가장 잘 드러내주는 작품이다. 소나무와 잣나무처럼 영원하기를 기약한 사랑은 두터웠지만 임은 지금 멀리 떠나서 소식도 없다. 그 임을 그리는 시인의 마음은 아프고 외로움으로 물들어 있다. 이 같이 매창의 시는 임에 대한 그리움과 거기서 비롯되는 외로움, 곧 마음을 표현하는 데 중심이 놓인다. 이렇게 형체가 없는 마음을 지각을 통해서 감지할 수 있게끔 감각화하는 것은 서정시의 본령이다. 외부의 사물이 마음에 일으키는 반향과 거기서 일어나는 정조, 그리고 그것들 속에서 자각적으로 일어나는 감정이 서정시 고유의 표현대상인 것이다. 매창이 자신의 작품 제목으로 '마음에 품고 있는 것'을 '그린다'거나 '기록한다'는 뜻

---

8) 시의 번역은 허경진, 『매창시선』(평민당, 1986)에 따랐다.

을 많이 사용하고 있는 것은 그의 문학이 지닌 특성을 스스로 나타내고
있는 것이라고 볼 수 있다.

寫懷　　　　　마음속을 그려 보인다

結約桃源洞裡仙　무릉도원의 신선과 언약을 맺을 제는
豈知今日事凄然　오늘처럼 처량하게 될 줄 어찌 알았으랴.
幽懷暗恨五絃曲　남모를 그리운 정 거문고에 얹으니
萬意千思賦一篇　천만 갈래 생각이 한 곡조에 실려지네.
塵世是非多苦海　속세엔 시비가 많아 고해라던데
深閨永夜苦如年　규방의 밤은 길기도 해서 마치 일년 같아라.
藍橋欲暮重回首　남교에 날 저물어 또다시 돌아다봐도
靑疊雲山隔眼前　푸른 산만 첩첩이 눈앞을 가리는구나.

記懷　　　　　이 내 시름

梅窓風雪共蕭蕭　눈보라 어수선히 매창을 두드려서
暗恨幽愁倍此宵　그리움과 시름이 이 밤 따라 더해라.
他世緱山明月下　구씨산 달빛 아래에 다시 태어난다면
鳳簫相謗彩雲衢　봉황 타고 통소 불며 만나 보리라.

「마음속을 그려 보인다」는 「옛님을 그리워하며」와 거의 똑같은 전개형
식을 가지고 있다. 임과 맺은 사랑을 먼저 제시하고 현재의 자기 처지를
묘사한 다음 그로부터 생기는 자각적 감정을 형상화하고 있다. 차이점이
라면 「마음속을 그려 보인다」에 표현된 자각적 감정이 세 단계를 거치면
서 점차 심화되는 그리움의 양태로 구체화되고 있다는 점이다. 곧 마음의
감각화라는 서정시의 가장 근원적인 형태에 다가가고 있는 것이다. 그것
은 자기 마음의 상태를 '아침 날빛이 빤질한 은결을 도도네'라고 강물에
비유하여 표현한 김영랑의 시 「끝없는 강물이 흐르네」와 마찬가지로 마
음 그 자체를 구체적인 사물의 형태로 형상화하는 형식에 근접한다. 그러

나 매창의 시에서 이런 경우는 예외적인 경우에 속하고 대부분의 시는 앞에 인용한 시들과 같이 외적인 것에 대한 반향에서 시발되어 자각적 감정으로 바뀌어가는 기본구조에 바탕을 두고 그것을 여러 가지 방식으로 변주하고 있다. 「이 내 시름」은 그 변주의 한 형태를 보여주고 있다. 이 시는 눈보라 치는 날 혼자 앉아 그리움을 되씹고 있는 시인의 모습을 그리고 있다. 매창을 두드리는 눈보라에 촉발된 시인의 그리움과 시름은 다음 생에서라도 임과 만나고 싶다는 간절할 소망으로 이어진다. 그리움의 대상과 만나고 싶은 욕망이 시간을 넘어 내세를 기약하는 심정으로까지 표현되고 있는 것이다. 이러한 내용은 「한가로이 지내면서」에서는 다른 방식으로 표출된다. "돌밭 초당에서 사립문까지 닫고 지내며/꽃 지고 꽃 피는 걸로 계절을 알지요/산속에는 사람도 없는데 해는 정말 길기도 해라/구름 끝 바다 멀리서 돛단배가 오네요."라는 이 시의 전개 속에서도 낱낱의 사물은 그리움의 정서로 물들여져 있다. 하지만 꽃이 피고 지는 계절의 순환, 산속의 지루한 하루라는 외부 현실의 모습은 사립문을 닫고 지내는 시적 자아의 대응 다음에 제시되고 임과 만나고 싶은 소망은 멀리 떠오는 돛단배의 모습으로 환치되어 표현된다. 곧 이 시에서 시적 화자는 꽃이 피고 지고 해가 떴다 지는 시간의 흐름에 대해 지루하게 느끼고 외부세계에 대해 마음을 닫고 살지만 임을 기다리는 소망만은 버릴 수가 없다. 그 마음상태가 멀리 떠가는 돛단배조차 자신을 향해 돌아오는 것으로 인식하게 만드는 것이다. 이와 같이 매창의 시는 자연경물과 풍경을 객관적으로 묘사하는 경우에도 시의 전체적인 분위기가 시인의 정서에 지배된다.

西窓竹月影婆娑　　서창 대나무에 달그림자 너울너울
風動桃園舞落花　　복사꽃 핀 뜨락에는 낙화가 흩날리네.

猶倚小欄無夢寐　난간에 기대 앉아 잠도 꿈도 못 이루는데

遙聞江渚探菱歌　마름 따는 노래만 멀리서 들려오네.

風飜羅幕月窺窓　바람은 비단 휘장을 펄럭이고 달빛은 창 안을 들여다보
　　　　　　　　 는데

抱得秦箏伴一釭　나 혼자 거문고 껴안고서 외로운 등잔불과 벗하고 있어라.

愁倚玉欄花影裡　꽃 그림자에 파묻힌 채 난간에 시름겹게 기대어 섰는데,

暗聞蓮唱響西江　연밥 따는 노래 소리만 서강에 아스라이 울려 퍼지네.

「밤중에 앉아서(夜坐)」라는 제목의 이 시는 매창의 작품 가운데서는 비교적 감정의 직설적 표현이 절제되어 있는 작품이다. 그렇지만 자연경물이나 시적 화자의 상태를 나타내기 위해 동원되는 수식어나 사물에서 저절로 묻어나는 시인의 정서는 숨길 수 없다. '나 혼자'라든지 '외로운 등불'이란 표현은 시의 전체적인 상황에 대한 번역자의 이해가 묻어 들어간 용어라고 할지라도 '시름겹게 기대어(愁倚)'나 노랫소리가 '아스라이 울려(暗聞)' 퍼진다는 인식과 느낌은 시인 본래의 것이다. 또한 달그림자라든지 낙화라는 현상, 달빛이나 꽃그림자라는 사물은 비록 밤의 정경을 표현하기 위해 불가피하게 동원될 수밖에 없었다고 하더라도 그것의 속성상 일정한 감정기조를 형성할 수 있도록 선택된 것임에 틀림없다. 그 사물들은 한결같이 약하고 부드러우며 희미한 존재들이다. 거기에서는 강렬한 생의 약동이나 힘의 분출은 찾을 수가 없다. 달이나 낙화는 그늘지고 소멸해가는 것을 나타내고, 그림자나 달빛 역시 분명하게 자신만의 존재를 드러낼 수 없는 음성적인 사물이다. 이처럼 매창의 시는 시적 화자가 가장 객관적인 태도를 취하는 경우에도 전체의 분위기는 정서적으로 침윤되어 있는 양태를 드러낸다. 그런 까닭에 그의 시는 감상주의라고 할 만큼 우울한 정서와 슬픔, 울음을 시의 소재로 동원한다. 매창의 유일한 시조작품인 「이화우」에서도 그 양태는 드러난다.

梨花雨 흩날릴 제 울며 잡고 이별한 님
秋風落葉에 저도 날 생각는가
千里에 외로운 꿈만 오락가락 하노라

　이 작품은 한글로 된 시조인 까닭에 많은 사람이 즐겨 읊조리는 대상이
되어 매창의 대표작으로 인식되기도 하지만 시 자체의 구조도 나름대로
탄탄하다. 이화우와 추풍낙엽을 대비하여 봄에서 가을로 이어진 시간의
흐름을 나타내고 그 속에 놓인 임과 나의 존재를 상기할 수 있도록 함으
로써 둘 사이를 떼어놓고 있는 천리라는 공간적 거리를 환기한다. 봄에서
가을로 가는 세월의 흐름과 천리라는 물리적 거리는 이 작품의 시공간 구
조를 형성하는 것으로서 임과 나의 이별에서 생긴 현실적 거리인데, 그
사이를 오락가락하는 외로운 꿈은 그 제약을 넘어서고자 하는 주체의 욕
망의 표현이자 현실과 이상의 대비라고 볼 수 있다. 곧 이 시조는 세 개의
대우(對偶)를 통해서 작품의 요소들을 통일된 구조로 조직하고 있는 작품
이다. 수평과 수직의 구조를 이루는 시공간을 배경으로 하여 이별이라는
현실적 조건을 넘어서 임과 만나고자 하는 시적 화자의 의지가 동적인 이
미지를 만들어 내고 있다. 이 동적 이미지는 흩날리는 이화우, 가을바람,
떨어지는 잎사귀, 오락가락하는 꿈으로 점차 선이 가늘어지는 움직임에
서 찾을 수도 있고 임과 나의 이별, 임과 나의 서로에 대한 생각, 나의 외
로운 꿈으로 점차 미약해지는 관계 속에서 제시된다고도 볼 수 있다. 작
품의 의미는 기본적으로 실재를 표상하는 이 시적 구조를 통해서 구현되
는 것이지만 거기에 스며들어 있는 정조와 색깔에 의해서도 물들여진다.
그 대표적인 사례는 '흩날린다'는 말이나 '오락가락한다'는 말이 사태를
불투명하게 표현하는 데에서도 찾아볼 수 있지만 무엇보다도 '울며 잡고
이별한'이라는 말에서 가장 뚜렷하게 드러난다. 임과 화자가 이별하는 장

면의 상황을 한 마디로 집약하고 있는 이 말은 매창의 시적 특질을 상징적으로 드러내주는 표현이다. 그 특징의 성격이 어떤 것인지는 황진이의 시와 비교해보면 명확히 드러난다.

(1)
어져 내일이야 그릴 줄을 모르더냐
이시라 하더면 가랴마는 제 구타여
보내고 그리는 정은 나도 몰라 하노라

(2)
청산은 내 뜻이오 녹수는 님의 정이
녹수 흘러간들 청산이야 변할손가
녹수도 청산을 못니져 우러예어 가는고

(1)에서 시적 화자는 자신이 있으라고 했더라면 임이 떠났겠느냐고 말한다. 임이 떠난 행위는 시적 화자가 '구태여' 보낸 행위에 속하므로 그 이별에 '울며 잡'는 장면이 펼쳐졌으리라고는 생각할 수 없다. 이 양상은 (2)에서도 비슷하게 나타난다. 자신을 청산으로, 임을 녹수로 비유하여 시상을 전개하면서 임이 떠나가도 자신은 변하지 않는다는 점을 밝히고 녹수가 '우러예어 가는' 것은 청산을 못 잊기 때문이라고 표현한다. 이 작품에서는 이별의 장면에 울음이 등장하지만 우는 것은 황진이 자신이 아니고 임이다. 곧 (2)에서 울음은 시적 화자로부터 두 단계나 떨어져 있다. 임과 화자를 녹수와 청산으로 비유하였기 때문에 울음의 행위는 부각되지 않는데다, '우러예어 가는' 주체가 임으로 되어 있기 때문에 황진이는 울음을 우는 일과는 별로 상관없는 존재이다. 이에 비해서 매창의 시조에서 울음의 주체가 임이라고 생각하기는 어렵다. 울며 잡은 행위는 시적 자아에게 귀속된다고 보아야 하고, 그렇기 때문에 떠나간 임이 나를 생각

하는지 시적 화자는 의문을 갖고 자신의 그리는 정을 외로운 꿈이라고 하는 것이다. 황진이가 매몰차다고 할 만큼 자신의 감정을 제어하는 데 비해서 매창은 자신을 주체할 수 없으리만큼 슬픔 속에 몸을 던져넣는 정 많은 여인의 모습을 그대로 드러낸다. 그의 작품이 때로는 애상시라고 하기에 적합할 정도로 슬픔과 우수, 비애, 나아가서는 원망을 표현하는 것은 그에 말미암는다. 매창의 시 가운데 상당수가 바로 이 애상시의 범주에 드는 것이다.

病中	님 그리워 병났어라
不是傷春病	봄날 탓으로 걸린 병이 아니라
只因憶玉郞	오로지 님 그리워 생긴 병이라오.
塵寰多苦累	티끌 덮인 이 세상엔 괴로움도 많지만
孤鶴未歸情	외로운 학이 되었기에 돌아갈 수도 없어라.
誤被浮虛說	잘못은 없다지만 뜬소문 도니
還爲衆口喧	여러 사람 입들이 무섭기만 해라.
空將愁與恨	시름과 한스러움 날로 그지없으니
抱病掩柴門	병난 김에 차라리 사립문 닫아걸리라.

매창의 시에는 「혼자서 마음 상해라(自傷)」, 「내 신세를 한탄하며(自恨)」, 「규중에서 서러워하네(閨中怨)」, 「봄날의 시름(春怨)」, 「병들고 시름겨워(病中秋思)」, 「규방 속의 원망(閨怨)」, 「기박한 나의 운명(自恨薄命)」과 같이 아픔, 한탄, 원망, 시름 등을 표현하는 제목이 많이 사용되고 있다. 그중에서도 '자한(自恨)'이라는 제목은 세 편의 작품에 쓰이고 있다. 이 사실은 매창이 표현하는 그리움, 또는 슬픔의 감정이 김영랑의 '촛농같이 말랑말랑'한 슬픔보다는 김소월의 '촉촉히 젖어드는 자족적인 슬픔'의 성격을 더 많이 지니고 있다는 점을 드러내준다. 슬픔을 느끼는 가운데서도 안으로 자기의 의지를 꿋꿋이 견지한 김영랑의 시적 세계가 황진이의 문학에

연결될 수 있다면 이매창은 슬픔을 있는 그대로 표현함으로써 슬픔을 해소해버리는 김소월의 시적 특성을 다분히 지니고 있는 것이다. 이 양상은 매창의 시가 지닌 시적 특질을 함축적으로 시사하는 동시에 시인에게 문학은 무엇이었는가를 해명할 수 있는 단서가 된다. 그것은 매창의 시가 담고 있는 감정 자체의 성질보다도 그것의 원인이 되었다고 생각되는 자기 생애에 대한 시인 자신의 인식과 결부 지을 때 그 의미가 제대로 이해될 수 있을 것이다. 그 인식은 시인의 생활 가운데서 일어난 일을 묘사한 작품이나 자신의 생애에 대한 감회를 피력한 작품에 잘 나타나 있다.

(2) 생애의 사실적 표현

매창의 시에서 주조를 이루고 있는 그리움의 정서도 시인의 생활에서 나온 감정임에 틀림없다. 그렇지만 그리움이라는 감정은 주로 사랑하는 사람을 대상으로 하는 것이라는 점에서 일상의 생활과 관련하여 생기는 감정과는 다르다. 매창의 시는 분명히 그리움의 애틋한 정서를 표현하는 데 뛰어나지만 자세히 살펴보면 의외로 자신의 일상적 삶을 사실적으로 표현한 작품을 많이 포함하고 있다. 물론 생활 속의 이런저런 사건이나 그에 대한 감정이 시인의 그리움을 촉발하는 계기로 작용하기도 하므로 두 가지를 확연히 구분 지을 수 없는 경우도 있다. 그런 작품의 경우 우리는 시인이 갖는 감정의 원천을 파악하는 데 도움을 받을 수도 있겠지만 여기서는 유형적 특징이 두드러진 작품을 중심으로 살펴본다. 「취하신 손님께(贈醉客)」는 기생의 신분인 매창의 일상에서 일어날 수 있는 사건을 전형적으로 보여주는 작품이다.

醉客執羅衫　취한 손님이 명주 저고리 잡으니
羅衫隨手裂　손길을 따라 명주 저고리 찢어졌어라.

不惜一羅衫　명주 저고리 하나쯤이야 아까울 게 없지만
但恐恩情絕　님이 주신 은정마저도 찢어졌을까 그게 두려워라.

　이 시에 묘사된 상황은 아무리 절조 있는 사람이라고 하더라도 기생이
라면 매일매일 감내해내야 할 사건이다. 조선시대의 기생이 시문을 하고
거문고를 타며 춤을 추는 격조를 갖추도록 권번에서 훈련을 받았다고 하
지만 술자리에 앉다보면 난잡한 상황에 부닥치지 않을 수 없는 것이다.
그런 상황을 고려하면 마지막 구절에 표현된 태도는 좋게 보면 아름다운
마음씨이지만 다른 시각에서 보면 손님을 접대해야 하는 신분을 벗어나지
않은 상태에서는 피할 수 없는 숙명이다. 이렇게 해석할 수 있는 것은 유
사한 상황을 표현하고 있는 「스스로 한탄스러워라」에서도 낭비를 하는 손
님과 '정분까지 끊어질까 그게 두려워라'고 말하고 있고, 「혼자서 마음 상
해라」에서는 '부귀영화 꿈꾸다가 놀라 깨고는/살아가기 힘들어라 나직이
읊어보네'라고 삶의 고통을 토로하고 있기 때문이다. 시인이 자신의 불우
한 신세를 '조롱 속에 갇힌 학'으로 비유한 시에서는 이렇게 신분에서 오
는 질곡을 감내해야 하는 자신의 운명을 처절한 목소리로 읊고 있다.

一鎖樊籠歸路隔　새장 속에 갇힌 뒤로 돌아갈 길 막혔으니
崑崙何處閬風高　곤륜산 어느 곳에 낭풍(신선 사는 곳)이 솟았던가
靑田日暮蒼空斷　푸른 들판에 해가 지고 푸른 하늘도 끊어진 곳
緱嶺月明魂夢勞　구씨산 밝은 달은 꿈속에서도 괴로워라.
瘦影無儔愁獨立　짝도 없이 야윈 몸으로 시름겹게 서 있으니
昏鴉自得滿林噪　황혼녘에 갈가마귀는 숲 가득 지저귀네.
長毛病翼摧零盡　긴 털 병든 날개 죽음을 재촉하니
哀淚年年憶九皐　슬피 울며 해마다 깊은 못을 생각하네.

　이 시에는 매창의 작품 어디에서나 쉽게 찾아볼 수 있는 그리움의 정서

조차 종적을 감추고 있다. 오로지 아무런 탈출구도 찾을 수 없는 막다른 길목에서 삶에 지쳐 죽음만을 바라보는 절망의 의식만이 표출된다. 이 같은 절망이 어디에서 비롯되었는가 하는 것은 「기박한 나의 운명」에 비유적으로 표현되어 있다. 천하의 보배가 될 구슬을 발견하고도 그 참된 가치를 인정받지 못한 채 왕의 노여움을 사 두 번이나 발을 잘렸던 초나라 사람 변화(卞和)의 일화를 끌어들여서 자신이 뜻을 펴지 못하는 사정을 이야기하고 있는 것이다. 그 시의 앞부분에서는 '세상 사람들은 낚시질을 좋아한다지만 나는 거문고를 타네/세상 길 가기 어려움을 오늘에야 알겠노라'고 말하고 있는데, 여기에는 자신의 신분에 대한 자의식이 짙게 노출되어 있다. 곧 천하의 보물을 가지고 있어도 신분으로 말미암아 뜻을 펴지 못하는 신세인 자신의 현실에 대한 인식인 것이다. 그러한 현실인식이 있었기 때문인지 매창이 죽음을 얼마 남겨놓지 않은 시점에서 창작한 작품으로 생각되는 「병들고 시름겨워(病中秋思)」에서는 자신의 생애를 이렇게 집약하고 있다.

空閨養拙病餘身　독수공방 외로워 병든 이 몸에게
長任飢寒四十春　굶고 떨며 사십 년 길기도 해라.
借問人生能幾許　인생을 살아야 얼마나 산다고
胸懷無日不沾巾　가슴속에 시름 맺혀 옷 적시지 않은 날 없네.

　겉으로 화려해 보이는 기생생활의 이면에는 독수공방의 외로움이 있고, 가난한 생활의 고통이 있다. 시인이 깊은 생각 없이 희희낙락하며 기생노릇을 했더라면 생활고는 벗을 수 있었을지 모른다. 그러나 그와 같이 지각없는 삶을 영위할 수 없었기에 매창의 인생 40년은 굶고 떨며 병고에 시달리는 고난의 세월이었다. 더욱이 시인에게는 사랑하는 임을 만나지 못하는 데서 생기는 절절한 그리움이라는 또 하나의 고통이 있었다. 그로 인해 눈물을 흘리면서 보낸 나날이었지만 지금은 그것조차 부질없는 일이었지 않는가 하는 희미한 뉘우침이 시의 표현 뒤쪽에 나타나 있다.

(3) 경물을 읊은 시

생활 체험에서 우러난 감정을 표현하는 서정의 양상은 매창의 거의 모든 작품에 일관되고, 때로는 지나치게 주정적이어서 감정의 범람을 느끼게 하는 경우까지 있다. 그러나 자연경관이나 어떤 일에 부닥쳐서 쓴 시, 곧 경물을 대하고 읊은 몇 작품에서는 서경시의 특징도 나타난다. 이런 유형의 몇 작품에서는 예외적으로 감정과 경물이 하나로 어우러지는 정경융합(情景融合)의 경지를 엿볼 수도 있다. 정경융합이란 감정과 경물이 결합하는 방식 가운데 한 가지로 '시인의 정신과 객관경물이 통일을 이루는 것'9)을 일컫는다. 곧 객관경물을 바라보면서 시인 자신의 시적 정취를 일으키는 정수경생(情隨景生)과 경물에 시인의 감정을 의탁하여 의사를 전달하는 이정입경(移情入景)의 다음 단계로 형체와 정신이 통일되고(形神統一) 자아와 사물이 하나가 되어 '물아일치(物我一致)'를 이룬 상태이다. 이세 가지 양상은 매창의 서경시에 다 같이 나타난다. 「배를 띄우고서(泛舟)」는 그 첫 번째 양상을 보여준다.

参差山影倒江波　들쑥날쑥 산 그림자 강 물결에 어리고
垂柳千絲掩酒家　수양버들 천 가닥이 주막을 덮었구나.
輕浪風生眠鷺起　작은 물결 바람결에도 자던 백로가 놀라 깨고
漁舟人語隔煙霞　고기잡이 말소리는 안개 너머에서 들려오네.

하나의 그림을 보여주듯이 경물을 묘사할 뿐 시인의 모습은 감추어져

---

9) 조기영, 『하서 김인후의 시문학연구』, 아세아문화사, 1994, 212쪽.

있다. 그 경물이 불러일으키는 정서는 함축적으로 표현될 뿐이다. 이런 종류의 시로는 「그네(鞦韆)」, 「그림 그려준 이에게(贈畵人)」, 「백마강에서 놀며(遊夫餘白馬江)」 등을 열거할 수 있다. 두 번째 양상을 보여주는 작품으로는 「님을 찾아서(尋眞)」를 들 수 있다.

可憐東海水　가련키도 해라 동으로 흐르는 물이여
何時西北流　그 언제나 서북으로 흘러 볼 건가.
停舟歌一曲　배 세우고 노래 한 가락 부르며
把酒憶舊遊　술잔을 들고 옛 놀던 일 생각하네.
岩下繫蘭舟　바위 아래다 목란 배를 매고서
耽看碧玉流　구슬처럼 흐르는 물결 바라보며 즐기네.
千年名勝地　천년 옛날부터 이름난 이곳
沙鳥等閑遊　모래밭의 물새들만 한가로이 노니누나.
遠山浮翠色　먼 산은 푸른빛 하늘 높이 떠 있고
柳岸暗烟霞　버드나무 강 언덕은 안개 속에 잠겼어라.
何處靑旗在　푸른 깃발 펄럭이는 곳 그 어디멘가
漁舟近杏花　고깃배는 살구꽃 핀 마을로 다가가네.

이 작품에서도 자연경관이 묘사되어 있지만 그것을 하나로 모은 것은 시인의 주관이다. 그러므로 묘사를 통해 제시된 대상은 그 자체로서 의의가 있는 것이 아니라 시인의 감정과 의사를 전달하는 데 동원된 매개물에 지나지 않는다. 그런 점에서 고깃배가 다가가는 살구꽃 핀 마을은 실재하는 경관일 수도 있고 시인이 꿈꾸는 이상향일 수도 있다. 이 같이 감정을 가탁하는 데서 나아가 자연경물과 시인의 의식공간이 융합하는 작품으로는 「천층암에 올라서(登千層菴)」를 들 수 있다.

千層隱佇千年寺　천층 산 위에 그윽이 천년사가 서 있어
瑞氣祥雲石逕生　상서로운 구름 속으로 돌길이 났어라.

淸磬響沈星月白　맑은 풍경소리 스러지는 속에 별빛 달빛만 밝은데,
萬山楓葉鬧秋聲　산이란 산마다 단풍이 들어 가을소리가 가득해라.

이 시에 등장하는 경물은 높은 산 위의 사찰과 그 위에 떠 있는 상서로운 구름, 그 사이로 난 돌길, 풍경소리, 달빛, 별빛, 단풍, 가을소리 등이다. 경물 자체가 맑고 밝은 기운을 함축할 뿐만 아니라 거기서 생기는 이미지 또한 청신하다. 구름과 별빛·달빛이라는 천상의 사물과 함께 풍경소리와 가을소리가 어우러진 자연은 시인의 의식 공간이 위로 떠오르면서 확장되고 있음을 나타낸다. 그것은 물체, 색깔, 소리에 의해 입체적인 공간을 구성하면서도 어떤 경계를 가지고 폐색되어 있는 것이 아니라 전 우주로 개방되어 있어서 시인의 정신 또한 그와 같이 경쾌하고 자유로운 상태라는 점을 시사한다.

(4) 선적(禪的) 세계의 동경

매창이 허균과 맺은 관계는 통상적인 이성교제의 틀을 벗어난 것으로 알려져 있다. 비교적 기존의 관습에 구애받지 않고 자유분방하게 사고하고 행동했던 허균은 매창을 인격으로 대우하고자 했던 셈이고, 그에 따라 그들의 사귐은 삶과 예술에 관하여 흥허물 없이 대화를 나누는 형태였던 것으로 보인다. 그러나 두 사람의 교육수준이나 지적 능력, 사유의 범위, 신분 등을 고려할 때 대화의 과정에서 허균이 지도적이고 우월한 위치에 있었음은 어렵지 않게 알아볼 수 있다. 그런 점에서 매창의 작품에 간헐적으로 드러나는 당시의 신분질서, 현실의 삶에 대한 분만은 체험적인 것이기도 하지만 허균의 영향이 일정하게 나타난 것으로도 볼 소지가 충분하다. 하지만 이러한 영향관계는 전후사정을 고려하여 짐작해볼 수는 있지만 실증을 통해 쉽게 확인할 수 있는 것은 아니다. 다만 허균이 매창에

게 보낸 서한 두 편에 적혀 있는 다음과 같은 언급 내용은 주목할 필요가
있다.

"요즘도 참선을 하는지. 그리움이 사무친다오."

"이젠 진회해(秦淮海)를 아시는지. 선관(禪觀)을 지니는 것이 몸과 마음에
유익하다오."[10]

　인용문은 매창이 과거에 참선을 한 적이 있으며, 그러한 행위가 선관이
몸과 마음에 유익하다는 허균의 설득에 따라 이루어진 것이라는 사실을
말해주고 있다. 매창이 얼마만큼 허균의 설득을 받아들였고, 선관을 체득
했는지에 대해서는 분명하게 말할 근거가 별로 없다. 그러나 매창의 작품
몇 편에는 선적 세계관의 표현, 또는 신선세계에 대한 지향이라고 할 수
있는 대목이 나오고, 그 내용은 비교적 일관된 시각을 보여준다. 곧 신선
의 세계에 대한 이야기가 반복되고 그 속에는 노장적인 사유라고도 할 수
있고 선적 세계관이라고도 할 수 있는 관점이 나타나 있는 것이다. 그 양
상은 「벗에게(贈友人)」에서 찾아볼 수 있다.

曾聞東海降詩仙	일찍이 동해에 시선이 내렸다던데
今見瓊詞意悵然	구슬 같은 글귀지만 그 뜻은 서글퍼라.
緱嶺游蹤思幾許	구령선인 노닐던 곳 그 어디인지
三淸心事是長篇	삼청세계 심사를 장편으로 지었네.
壺中歲月無盈缺	술 단지 속의 세월은 차고 기울지 않지만
塵世靑春負少年	속세의 청춘은 젊은 시절도 잠시일세.
他日若爲歸紫府	먼 훗날 상제께로 돌아가거든
請君謀我玉皇前	옥황 앞에 맹세하고 그대와 살리라.

---

10) 김민성, 「이매창과 허균 사이」, 『매창전집』 2권, 도서출판 고글, 1998, 193~194쪽.

여기에 나와 있는 이야기가 특별한 것이라고, 그래서 노장적 사유나 선적 세계관을 확연하게 드러내는 이야기라고 말하기는 어려울지 모른다. 신선들이 들먹여지고 옥황상제가 등장한다고 해서, 또는 인생이 짧다는 것을 말한다고 해서 그것을 곧바로 종전에 없던 새로운 세계관이라고 보는 것은 무리일 것이기 때문이다. 그러나 매창의 시에서 이런 이야기는 반복된다. 이 작품뿐만 아니라 「용안대에 올라(登龍安臺)」, 「월명암에 올라서(登月明菴)」에도 신선 이야기가 나오고, 다음 생에서 그 세계에 가고 싶다는 시인의 의지를 피력하고 있다. 구체적으로 살펴보면 "하늘에 기대어 절간을 지었기에/풍경 소리 맑게 울려 하늘을 꿰뚫네./나그네 마음도 도솔천에나 올라온 듯/「황정경」을 읽고 나서 적송자를 뵈오리라."고 되어 있는 후자는 월명암의 풍경을 묘사하면서 절간, 도솔천과 함께 「황정경」, 적송자를 등장시키고 있다. 불교적인 것과 노장적인 것이 함께 등장하는 셈이다. 이 작품 속에서 시적 화자는 도솔천이나 신선세계에 대한 동경을 구체적으로 표현하고 있다. 이 작품들의 제목이 똑같이 높은 곳에 오른다는 뜻을 포함하고 있다는 것을 감안하면 시인이 현실세계를 떠나 선계, 도솔천의 세계를 지향하는 마음을 표출하고 있는 것은 분명하다. 매창의 시로서는 가장 긴 작품인 「신선세계에 올라(仙遊)」는 제목에 신선세계의 유람, 또는 신선놀음이라는 뜻을 포함하고 있는 데서 알 수 있듯 이 시적 화자가 실제로 도솔천에 올라 본 상황을 가정하여 시적 세계를 전개하고 있다. 여기에서도 신선들이 노니는 삼신산에 절간이 있고 신선 적송자가 등장한다는 점에서 앞의 작품들과 동일한 관점이 나타난다. 이 시의 마지막 구절이 "술잔을 맞들고서 마음을 주고받지만/날이 밝으면 이 몸이야 하늘 끝에 가 있으리라(臨盃還脈脈 明日各天涯)"고 되어 있는 것은 한편으로는 시인의 이상세계에의 지향, 상승의지를 상징적으로 보여주는 것이면서 다른 한편으로는 그 절대세계와 시인이 놓여 있는 현실의 거리를 표현하는 것이라고 생각된다.

(5) 매창 문학의 한계

한 시인의 문학세계가 지닌 특질을 규명하기 위해서는 그 자체의 구조에 대한 파악과 함께 다른 시인들의 세계와 비교하고 대조하는 일이 불가피하다. 그 점에서 문학사적 시각에서 살펴보는 일이나 당대의 시인들과 대비하는 방법이 요구된다. 특히 매창과 같이 여성으로서 문학활동을 펼친 황진이, 허난설헌의 문학은 중요한 참조점이 된다. 이런 시각에서 접근했을 때 매창의 문학세계에 무엇이 풍족하고 무엇이 결핍되어 있는가가 좀 더 선명하게 드러난다.

앞에서 황진이와 이매창의 시를 간단하게 비교한 바 있다. 똑같이 기생이었지만 두 사람의 세계에 대한 태도나 자아에 대한 인식은 큰 차이가 나타난다는 것이 그 요지였다. 황진이의 경우 자아는 세계로부터 독립성이 강하고 긍지에 차 있다. 따라서 자아는 세계와 대등한 입장에 서고 주도적인 위치를 차지하고자 한다. 이에 비해 이매창의 시에서 자아는 좀 더 소극적이고 수동적인 위치를 감수한다. 그가 기생의 신분이었음에도 불구하고 절조를 지키려고 한 것은 내적으로 자신의 존재가치를 완강하게 주장하려는 것이었다고 볼 수 있으나 그것 역시 근본적으로는 수세적인 입장을 탈피하지 못한다. 그 수세적 입장이 순종과 인고를 미덕으로 여긴 당대의 여성관에 부합하는 것이라는 점에서 이매창의 문학은 전통적 여성상을 전형적으로 보여준다는 의의를 지닌다. 그러나 바로 그 때문에 한탄과 울음을 자제하지 못하고 있는 이매창의 시는 자아의 독립적 가치, 개성의 자각을 중시하는 현대인의 시각에서는 부정적으로 파악될 소지가 있다.

한편 허난설헌과 비교했을 때 우리는 이매창의 시가 자아의 감정표현에 뛰어남에도 불구하고 그 세계가 협소함을 지적하지 않을 수 없다. 그 협소성은 두 가지 측면에서 찾을 수 있다. 하나는 제재의 측면에서 이매창의 시는 매우 제한되어 있다. 우선 가족이나 이웃과의 관계가 제재에서 배제됨으로써 사물과 인간에 대한 인식이 보편의 세계로 확대되지 못하고 있다. 기생이라는 시인의 특수한 신분이 그 원인이 되었을 것이라는 점은 넉넉히 짐작할 수 있는 일이지만 시야를 주위의 세계로 확대하지 못한 것 전부를 그에 말미암은 것이라고는 할 수 없다. 그 점에서 시인의 지성이라는 두 번째 측면이 주목된다. 이매창의 배움이 그다지 깊지 못하다는 것은 성장과정에 대한 이야기 속에 드러난다. 아버지가 차린 서당에서 남자 아이들 속에 섞여 배웠다고 하는 일화가 얼마만큼 진실인가는 모르지만 그가 열 서너 살 때 이미 기생이 되었다면 그의 학식이 높은 수준에 이르지 못하였을 것임은 분명하다. 그것은 시인이 구사하는 문자가 한정되어 있는 데서도 드러난다. 허난설헌의 시와 비교하면 더욱 뚜렷해지는 사실로서 매창의 시에 동원된 문자나 단어는 일상사를 표현하는 데 쓰이는 초보적인 수준의 것이다. 그렇기 때문에 매창의 시에는 거의 유사한 단어가 반복되고 시적 이미지가 유형화된다. 예컨대 시인 자신을 지시할 때는 '외로운 난새'라는 말이 자주 쓰이고 노장적 세계를 표현할 때는 의례적으로 「황정경」, 적송자가 등장하며, 이별의 노래로는 「강남곡」, 「백두음」, 「상사곡」 등이 상투어처럼 남발된다. 또한 옛적의 사건으로서는 기껏해야 '구씨산 생황', '변화(卞和)의 구슬', '한단의 꿈' 등이 등장한다. 곧 이매창의 시에 사용되는 용어, 역사적 사건, 이미지가 제한되어 있는 것이다. 이외에도 우리는 매창의 시에서 관념어의 부족을 지적할 수 있다. 비록 관념어를 남발하는 것은 시의 생동감을 떨어뜨리는 요인이라고 하더라도 시의 압축과 사유의 깊이를 갖추기 위해서 불가결한 것이 관념어라는 점을 상기하면 매창의 시가 무엇으로부터 제약을 받는지 분명하게 알아볼 수 있다.

매창의 문학에 대한 이상의 비판은 대비적 관점에서 나온 것이다. 일종의 억지트집일 수도 있는 그 비판보다도 중요한 것은 매창의 시가 수백년이 지난 오늘의 우리에게도 절실한 감동을 준다는 점이다. 몇 자 안되는 문자밖에 동원할 수 없었다고 할지라도 매창은 자신의 절절한 그리움을 통해 누구나 감동을 느낄 수 있는 보편적 정한을 표현했고 생활의 애환을 형상화함으로써 우리가 삶 자체에 대하여 성찰할 수 있게 해주었다. 그 점에서 신분의 질곡으로 인한 삶의 고통을 벗어나기 위해 도솔천의 신선세계를 상상한 그의 꿈은 여전히 이 시대를 사는 우리들의 꿈이기도 한 것이다.

4. 역사의 엘레지 – 신석정의 시문학

한국 근대문학사에서 목가시인으로서 뚜렷한 자리를 차지하고 있는 신석정은 1907년 부안읍 동중리에서 한의사인 신기온과 이윤옥의 둘째 아들로 태어났다. 을사늑약으로 국운이 기울면서 조부는 벼슬을 잃고 부친은 만주로 떠났기 때문에 집안의 형편도 어려워져 시인은 보통학교를 졸업한 뒤 더 이상 제도교육을 받을 수 없었다. 독학으로 한문공부를 하며 습작을 하던 그가 1930년에 이르러 가족을 고향에 남겨놓고 혼자 상경하여 중앙불교전문강원에 들어간 것은 승려가 되겠다는 생각보다는 지식에 대한 욕구가 컸기 때문이라고 할 것이며, 그보다도 더욱 절실했던 것은 창작의욕을 충족시킬 수 있는 방도를 마련하는 데 있었던 것이 아닌가 생각된다. 그가 때마침 창간된 『시문학』지의 동인인 정지용, 박용철 등과 접촉을 갖고, 한용운, 이광수, 주요한, 김기림 등과도 지면을 익히며 문학서클 활동에 열을 올린 것은 그간의 사정을 짐작케 한다. 1924년에 이미 첫 작품을 발표했지만 신석정의 문학이 본궤도에 오르기 시작한 것은 『시문학』지 3호에 「선물」이란 작품을 발표한 1931년부터라고 볼 때 단지 1년의 상경기간이었지만 서울생활은 시인의 문학활동에 중요한 전기를 제공하였다고 할 수 있을 것이다.

신석정의 공식적인 문학활동은 1924년부터 1974년까지 약 50년간 지속된다. 이 기간에 시인은 다섯 권의 시집과 한 권의 산문집을 냈고 여러 가지 번역서 등을 출간했다. 그러나 시인의 문학에 대한 기존의 문학사적 평가는 주로 초기의 업적에 무게 중심을 두고 있다. 일제시대에 창작된 작품을 수록하고 있는 『촛불』(1939)과 『슬픈 목가』(1947)만이 주로 연구자들의 주목을 받았으며 그 이후의 시집들은 대부분 논외의 대상이 되었다. 이는 초기의 시들이 한국 근대문학사의 전개에서 큰 이정표가 되는 시문학 운동과 연관되는 성격을 지닌 데 비해서 중기 이후의 시들은 이런저런 사정으로 지방문학의 성격을 지닌 것으로 이해되는 것과 관련된다고 해석할 수 있다. 곧 중앙문단의 움직임과 연관된 업적은 관심의 대상이 되었지만 지역에서 벌인 문학활동은 제대로 된 평가를 받을 기회조차 갖지 못한 것이다. 물론 최근에는 시인의 전 작품을 대상으로 한 연구가 늘어나고 있으나 여기에서도 중앙과 지역 사이에 큰 의견의 편차가 나타나며 연구자의 경향에 따라서 시선이 엇갈리기도 하는 양상을 살펴볼 수 있다. 그리하여 한편에서는 '위대한 시인'이라는 찬사를 동원하는 데 비해서 다른 한편에서는 은연중 그 문학적 의미를 묵살하려는 시도가 눈에 띄는데, 어느 편이든 균형감각을 잃은 것은 마찬가지다. 그렇다고 해서 이와 같은 착종이 연구자나 평가자의 편견 또는 균형감각의 상실에서만 비롯되었다고 하는 것도 사태를 적절히 이해한 것은 아니다. 신석정의 문학 자체에 그러한 착종을 낳기에 적합한 요소들이 산재해 있는 것도 사실이기 때문이다. 초기의 문학이 목가적인 성격을 지니고 있었음에 반해 중기 이후의 문학에서는 현실에 대한 직접적인 발언과 역사의식의 노출이 현저해지고 있어 어느 편에 중점을 두느냐에 따라 시인의 문학은 상반된 성격으로 파악될 소지를 다분히 지니고 있는 것이다. 이런 점을 고려할 때 신석정의 시문학에 대한 접근에서 우선적으로 요구되는 것은 시인의 문학 전체를 검토의 대상으로 삼는 일이며, 둘째로는 텍스트의 의미를 정확히 파악할 수 있는 시선의 확립, 셋째로는 작품의 경향에 좌우되지 않고 공정하게 이해하고 평가할 수 있는 균형감각을 확보하는 일이다. 여기서는 신석정의 문학을 초기, 중기, 후기의 세 시기로 나누어 변모의 양상을 고찰하는 방법을 채택한다.

1) 초기 시-목가의 세계

신석정의 문학이 지닌 성격에 관하여 처음으로 구체적으로 언급한 사람은 모더니즘의 기수를 자임한 김기림이다. 김기림은 「1933년 시단의 회고」에서 일년간의 시문학계 동향을 개괄하면서 정지용과 신석정 두 사람에 대한 항목을 따로 설정하여 특별하게 다루고 있다. 이 글에서 김기림은 신석정 시의 세계를 '목가시인'이라는 이름을 동원하여 규정했다. 신석정의 두 번째 시집 이름이 『슬픈 목가』임을 고려하면 시인 자신도 김기림의 평가에 일정하게 동의하는 입장임을 알 수 있는데, 그러나 '목가시인'이라는 언급 내용은 시인의 문학이 지닌 근본 성격을 이해하기 위해서 좀 더 상세히 검토될 필요가 있다. 그 언급이 이루어진 맥락을 제거하고 목가시인이란 사실에만 초점을 맞추는 경우 애초의 발언의 취지가 왜곡될 가능성이 있기 때문이다.

우리는 정지용씨처럼 현대문명 그 속에서 그 주위와 자아의 내부에 향하야 특이하게 세련된 시안을 돌리는 것이 아니라 현대문명의 잡답(雜踏)을 멀리 피한 곳에 한 개의 '유토피아'를 음모하는 목가시인 신석정을 잊을 수는 없다. 그가 꿈꾸는 시의 세계는 전연 개성적인 것이다. 그는 목신(牧神)이 조으는 듯한 세계를 조금도 과장하지 아니한 소박한 '리듬'을 가지고 노래한다. '녹색침대' '공상의 새새끼' 등 그가 쓰는 '이메지(映像)'는 전연 독창적인 미를 가지고 있었다. 그는 조음난조(躁音亂調)에 찬 현대문명의 매연을 모르는 '다비테'의 행복한 고향에 피폐한 현대인의 영혼을 위하야 한 개의 안식소를 준비하려 하고 있다. 그의 목가 그 자체가 견지에 따라서는 훌륭하게 현대문명에 대한 간접적인 비판이기도 하다.[11]

국어사전은 목가(牧歌)에 대해 "목동들이 자연풍경을 미화하여 부르는 노래 또는 그러한 정서를 표현한 기악작품. 흔히 한적하고 안온하며 긴 호흡을 가진 느리고 조용한 선율음조로 되어 있다."고 풀이하고 있다. 이 풀이는 신석정을 목가시인이라고 했을 때 거기에 포함되는 시적 특성이 무엇인가를 알 수 있게 해준다. 시인의 작품들이 자연풍경을 미화하여 노래하고 있으며, 그 노래는 긴 호흡을 가지고 조용한 선율을 지니고 있다는 인식이 전제되어 있는 것이다. 이 같은 시적 특성을 목가로 인식한 김기림은 거기에 색다른 의미를 부여하고 있다. 곧 모더니스트인 정지용의 시처럼 현대문명과 그 속에 사는 인간의 내부를 향해서 세련된 시안을 돌리는 것이 아니라 신석정의 시는 현대문명의 잡답을 피해서 하나의 유토피아를 음모하는 것이라는 해석이다. 김기림은 그러한 특성을 지니는 신석정의 시가 개성적인 것으로 '목신이 조으는 듯한' 세계를 조용한 리듬으로, 독창적인 이미지를 동원해서 표현하고 있다고 보는 것이다. 그는 이러한 신석정의 시가 행복한 고향을 잃은 현대인에게 안식처를 주려는 시도이며, 그러한 점에서 현대문명에 대한 간접적인 비판이기도 하다고

11) 김기림, 『시론』, 백양당, 1947, 85~86쪽.

주장한다. 이와 같은 시의 분석과 해석은 우리가 신석정 시인의 문학을 어떠한 시각에서 바라보아야 하는가를 생각하는 데 시사하는 바가 크다.

통상 연구자들은 신석정 시인의 문학을 세 시기로 구분하여 설명한다. 초기의 목가와 중기의 참여시, 후기의 선풍(仙風)[12]이라는 시기 구분이 바로 그것이다. 이 구분은 신석정 시의 변모양상을 파악하는 유력한 수단임에 틀림없다. 초기에는 낭만적 목가를 불렀고, 중기에는 현실에 대한 깊은 관심을 드러내며, 후기에는 초기와 중기의 시적 경향을 종합하여 선풍의 시를 썼다는 것이 그 시기구분에 들어 있는 인식이다. 하지만 초기의 목가가 현대문명에 대한 비판으로서의 성격을 지닌다는 사실을 감안하면 신석정 시인의 문학을 변화라는 측면에서만이 아니라 일관된 지속으로서 파악할 수 있는 소지가 생긴다. 김기림의 시평은 목가를 현실을 등진 도피적 행위로 볼 것이 아니라 역사 현실에 대한 발언으로서 보아야 한다는 시각을 제시하고 있는 것이다. 이 관점에서 신석정 문학을 고찰하면 시의 외면적 형태에서 어떤 변화가 있든 간에 시인은 항시 자신이 발붙이고 살고 있는 역사 현실에 대한 지대한 관심을 시로 표현했다는 인식을 가질 수 있게 된다. 따라서 우리가 시적 변모의 과정을 추적할 때 잊어서 안 될 것은 목가로 표현되든 참여시로 표현되든 그 속에는 항시 현실의 삶에 대한 시인의 인식과 느낌이 깃들여 있는 것이고, 그 인식과 느낌은 역사의 전망이라는 보다 더 큰 인식의 틀, 세계관 속에서 양성(釀成)된다는 사실이다. 이와 같이 지속과 변화의 통일이라는 관점에서 접근할 때 시인의 반세기에 걸친 시적 작업의 의미는 일면적인 해석의 미망에서 벗어날 수 있게 되지 않을까 한다.

신석정의 첫 시집 『촛불』은 시인이 문학활동을 펼치기 시작한 지 15년

---

12) 황송문, 『신석정 시의 색채 이미지 연구』, 국학자료원, 2003, 163쪽 참조.

만에 발간된다. 습작기의 작품들을 배제하고 완성도가 높은 작품만을 수록한 것으로 보이는 이 시집은 김기림이 지적한 목가로서의 성격을 아주 잘 드러내고 있다. 현대사회의 복잡한 세계를 떠나 꿈속의 세상인 듯 아름답고 평화로운 세계가 거기에 펼쳐져 있다. 시적 화자가 어머니와 나누는 대화의 형식을 빌려 제시되는 그 꿈의 세계는 「그 먼 나라를 알으십니까」에 잘 나타나 있다.

어머니
당신은 그 먼 나라를 알으십니까?

깊은 삼림지대를 끼고 돌면
고요한 호수에 흰 물새 날고
좁은 들길에 야장미(野薔薇) 열매 붉어
멀리 노루새끼 마음 놓고 뛰어 다니는
아무도 살지 않는 그 먼 나라를 알으십니까?

그 나라에 가실 때에는 부디 잊지 마서요
나와 같이 그 나라에 가서 비둘기를 키웁시다

어머니
당신은 그 먼 나라를 알으십니까?

산비탈 넌지시 타고 내려오면
양지밭에 흰 염소 한가히 풀 뜯고
길 솟는 옥수수밭에 해는 저물어 저물어
먼 바다 물소리 구슬피 들려오는
아무도 살지 않는 그 먼 나라를 알으십니까?

어머니 부디 잊지 마서요
그때 우리는 어린양을 몰고 돌아옵시다

어머니
당신은 그 먼 나라를 알으십니까?

오월 하늘에 비둘기 멀리 날고
오늘처럼 촐촐히 비가 나리면
꿩소리도 유난히 한가롭게 들리리다
서리가마귀 높이 날아 산국화 더욱 곱고
노란 은행이 한들한들 푸른 하늘에 날리는
가을이면 어머니! 그 나라에서

양지밭 과수원에 꿀벌이 잉잉거릴 때
나와 함께 고 새빨간 능금을 또옥 똑 따지 않으렵니까?

이 작품에는 시집 『촛불』에서 살필 수 있는 신석정 시의 대표적 특성이 거의 다 나타나 있다. 시인이 묘사하는 세계는 이곳에서 먼 나라이다. 시인은 어머니를 대화의 상대로 삼아서 그 먼 나라를 아느냐고 반복적으로 묻는다. 시인이 이야기하는 먼 나라는 깊은 삼림, 고요한 호수, 야장미가 붉게 피고 노루새끼 마음대로 뛰노는 곳이다. 시인은 어머니에게 그곳에 함께 가서 비둘기를 키우고, 어린 양을 돌보자고 말한다. 그 세계는 그러나 아무도 살지 않는 곳이다. 시인은 마지막 연에서 그 먼 나라를 아느냐고 묻던 이제까지의 물음을 나와 함께 새빨간 능금을 따지 않겠느냐는 권유로 바꾼다.

이 시에서 묘사 대상이 된 먼 나라는 일종의 이상낙원이지만 '이 세상에 없는 장소'를 뜻하는 유토피아는 아니다. 그곳은 다만 아름다운 자연 속에서 뭇 생명이 평화로운 삶을 유지하는 장소일 뿐이다. 그 세계가 아득히 머나먼 곳의 이야기처럼 들리는 것은 지금 우리가 살고 있는 삶이 그 평화로부터 까마득하게 멀어졌기 때문이다. 시인은 그 가깝지만 먼 나라의 이야기를 어머니를 상대로 조용조용 전개하고 있다. 그 대화는 경어체를 써서 진지한 분위기를 조성하는 데다 의문형, 권유형, 영탄형의 문장을 섞어 다채롭게 그 먼 나라의 모습을 환기해준다. 더욱이 이 작품은 행과 연을 구분하여 리듬을 조성하고 그 리듬이 의미의 조직에 관여하게 하는 매우 치밀한 구조를 갖추고 있다. 어머니라는 호칭과 먼 나라를 아느냐는 물음, 먼 나라의 모습에 대한 묘사, 그곳에 함께 가자는 청유가 그 자체 완결성을 지니면서 한 단위를 이루고, 그 단위가 세 번 반복되면서 전체 구조가 완성된다. 시인은 그 반복 속에 변주를 주고 있는데 마지막 단위에 한 행을 늘린 것, 청유의 방식을 조금씩 바꾸어가다가 마지막에는 '따지 않으렵니까?'라는 의문형을 사용해 청유의 뜻을 강화하고 있는 것 등이 그 사례이다.

「그 먼 나라를 알으십니까」는 목가로서의 특질을 유감없이 보여준다. 이러한 시적 특질의 원천으로는 시인의 노장사상, 한용운과 타고르의 영향이라는 측면들이 지적되어 왔다. 대화의 상대로 어머니를 설정하고 경어체를 사용하는 것은 타고르의 영향이며, 여성적인 목소리와 수동적 자세는 만해의 영향이라는 설명이다. 게다가 정지용의 모더니즘 수법이 시인의 이미지 형성방법으로 채택된 사실을 지적하는 논자도 있다. 이와 함께 시인이 노장의 무위자연사상에 심취하여 있었음은 물론 도연명의 시풍에 친화감을 가지고 있었다는 것도 지적된 바 있다. 이러한 지적들은 신석정의 시를 해명하는 데 일정한 도움을 준다. 실제로 『촛불』에는 「그 꿈을 깨우면 어떻게 할까요?」, 「나의 꿈을 엿보시겠습니까?」, 「오늘은 그 푸른 하늘을 찾으러갑시다」 등 이곳이 아닌 다른 세계를 동경하고 지향하는 마음을 표현한 작품들이 여러 편 수록되어 있고 거기에는 예의 그 수사법들이 다양하게 사용되고 있다. 또한 신석정의 시는 "완벽한 세련미보다는 평범한 구성과 평이한 어휘 속에 보다 깊은 의미를 내포하고자 하는 동양시의 전통"13)을 잘 보여주고 있다. 「난초」를 위시한 몇몇 작품에서는 매우 절제된 표현 속에 사물을 간명한 이미지로 형상화하는 수법이 나타나 있다. 그러나 이 시기 신석정 문학에서 목가적 요소와 함께 주의해야 할 또 하나의 요소는 밤이라든지 봄이라는 상징성을 띠는 어휘들이 자주 등장한다는 사실이다. 한 연구자는 시인의 습작기의 작품에서 '밤'이라는 말이 식민지 현실을 상징하는 이미지로 여러 차례 사용된 바 있으며, 그것이 '먼 나라'와 같이 밝은 세계를 지향하는 동기가 되고 있음을 지적14)한 바 있지만 『촛불』에도 그 경향은 지속되고 있다. 시집 제목으로 사용된 '촛불'이란 어휘가 들어간 대부분의 작품에서 밝은 세계를 지향하는 시인의 모습이 드러나는 것은 「나는 어둠을 껴안는다」, 「새벽을 기다리는 마음」 등에서 쉽게 확인할 수 있는 일이며, '밤'을 주제로 한 작품에서 시인의 시대인식을 읽는 것은 그리 어렵지 않다.

> 젊고 늙은 산맥들을
> 또
> 푸른 바다의 거만한 가슴을 벗어나
> 우리들의 태양이
> 지금은 어느 나라 국경을 넘고 있겠읍니까?
>
> 어머니
> 바로 그 뒤
> 우리는 우리들의 화려한 꿈과
> 금시 떠나간 태양의 빛나는 이야기를
> 한참 속은대고 있을 때

---

13) 위의 책, 117쪽.
14) 오형렬, 「신석정과 촛불」, 『석정문학』 16집, 110~113쪽.

당신의 성스러운 유방 같이 부드러운 황혼이
저 숲길을 걸어오지 않았읍니까?

어머니
황혼마저 어느 성좌로 떠나고
밤 ─
밤이 왔읍니다
그 검고 무서운 밤이 또 왔읍니다

태양이 가고
빛나는 모든 것이 가고
어둠은 아름다운 전설과 신화까지도 먹칠하였읍니다
어머니
옛이야기나 하나 들려 주세요
이 밤이 너무나 길지 않읍니까?

「이 밤이 너무나 길지 않읍니까?」란 제목을 달고 있는 이 작품은 식민지시대에 대한 시인의 인식을 설명하는 자료로 자주 등장한다. 제목 자체가 식민치하에서 조선민중이 당하는 고통의 시간을 암시할 뿐 아니라 '검고 무서운 밤'이란 인식, '전설과 신화까지도 먹칠'한다는 묘사는 그대로 식민지 현실에 대한 인식으로 간주될 수 있다. 그러나 이 시기 시인의 작품에 등장하는 밤의 이미지가 곧 일제하의 현실을 가리킨다고 보기에 어려운 경우도 있다. 예컨대 「밤을 맞이하는 노래」에서 '황혼을 전별하고/밤을 영접할 때'라는 반복되는 구절은 시인의 시어에서 '밤'이 꼭 어두운 시대만을 의미하지는 않는다는 사실을 가리켜 준다. 곧 밤은 시인에게서 부정적인 것만이 아니라 가장 아늑한 공간, 사색과 명상을 가능하게 하는 정안(靜安)한 일과의 시간이기도 한 것으로 표상되고 있는 것이다. 이와 같이 상호 이율배반적인 관념이 하나의 동일한 어휘나 이미지로 표상되는 경우 그에 대한 해석은 일률적으로 이루어질 수 없다. 작품의 맥락에 따라서 그 의미는 다양한 함축을 갖는 것으로 이해될 수밖에 없는 것이다. 그리고 이러한 양상은 시에서 부정적인 효과만을 낳지는 않는다. 때로는 시의 깊이와 넓이를 확대하는 데 긍정적인 기여를 하기도 한다. 그러나 신석정의 경우 '밤'이란 어휘의 이율배반적인 관념의 함축은 시인의 세계인식이 지닌 한 특징을 드러낸다고 볼 수 있다. 그것은 시인의 작품 세계가 목가로 규정지어지는 데서도 확인되는 것으로서 현실인식의 추상성이라는 문제와 관련된다. 목가는 현대문명에 대한 반발이자 비판을 함축하는 것임에 분명하지만 거기에 내포된 세계인식이 구체적이라고 할 수는 없다. 현실에 대한 총체적·감성적 부정에 입각하여 자신이 발을 딛고 있는 세계를 떠나 다른 세계를 지향하는 것이기 때문에 생활에 대한 정밀한 인식을 표현하는 형식은 아니다. 신석정의 시에서 식민지 현실을 밤이라고 파악하는 인식은 총체적 상황에 대한 감성적인 반응일 뿐 세부 사실들의 연관에 대한 구체적인 파악에 토대를 두고 있지는 않다. 시인이 밤을 긍정적인 이미지로도 사용하고 부정적인 이미지로도 사용하는 것은 그에 말미암는다. 신석정에게 식민지 현실은 피부로 느껴지는 밤의 적막하고 아늑한 분위기나 다름없이 감성적인 수준의 파악 대상일 뿐이다. 실제생활의 세부사실들로부터 일정하게 거리를 두는 추상의 눈으로 포착하기 때문에 그 인식은 시의 견고한 토대가 되지 못하고 이미지의 표층에서 겉돌게 된다. 이 양상은 초기부터 후기까지 신석정의 문학 전체에 걸쳐 나타나는 현상으로, 사물의 감각적인 이미지와 사회 현실의 전체성에 대한 관념적 인식의 괴리라고 개념화할 수 있는 현상이다.

일제 말기에 창작된 작품을 모아 해방 직후에 간행한 『슬픈 목가』는 뒷날 백양촌이 쓴 것처럼 '꿈을 노래하던 아름다운 목가'가 '생활과 어둠을 노래하던 슬픈 목가'로 바뀐 모습을 보여준다. 작품 하나하나마다 표기된 창작연대는 시가 태어난 어두운 시절의 상황을 작품과 연계시키려는 시인의 의도를 보여주는 것으로서, 이 시집에 와서 시인은 이전의 조금은 들뜬 목소리를 가다듬고 자기의 고유한 가락과 곡조를 찾아내고 있다. 『촛불』의 대화체와 경어체, 아이에게 이야기를 들려주는 것과 같던 산문의 양식은 좀 더 절제된 운문형식으로 바뀌고 서양의 한가로운 목장의 이미지를 환기하던 시의 분위기도 다분히 동양의 전통적인 정조로 다듬어진다. 자연을 그리워하는 점에서는 마찬가지지만 『슬픈 목가』의 시적 화자는 자신을 숨기고 동양의 산수화에 나올 듯한 풍경을 묘사함으로써 그에 대한 동경과 숭배의 태도를 표현하고 있다.

> 숲길 짙어 이끼 푸르고
> 나무 사이사이 강물이 희어……
>
> 햇볕 어린 가지끝에 산ㅅ새 쉬고
> 흰 구름 한가히 하늘을 거닌다
>
> 산가마귀 소리 골작에 잦인데
> 등넘어 바람이 넘어 닥쳐와……
>
> 굽어든 숲길을 돌아서 돌아서
> 시냇물 여음이 옥인 듯 맑어라
>
> 푸른산 푸른산이 천년만 가리
> 강물이 흘러흘러 만년만 가리

시집의 맨 앞에 실린 이 「산수도」는 물씬 동양적 정취를 풍긴다. 그 가락은 경물을 묘사한 서경시와 같이 담백하다. 이와 같은 시의 분위기는 「청산백운도」, 「월견초 필 무렵」, 「등고(登高)」 등 이어지는 작품에서도 연속된다. 이 양태는 시인이 타고르와 만해의 영향을 자기 나름의 방식으로 소화하여 독자적인 경취(景趣)를 이루어냈음을 말해준다. 그와 함께 이 시집에서는 시인의 역사의식도 한층 무르익는다. "밤이 이대로 억만년이야 갈리라구…"라고 읊었던 「고운 心臟」도 이 시집에 실려 있는 작품이지만 "무성한 나무처럼 세차게 서서/슬픈 전설은 심장에 지니고/정정한 나무처럼 살아가오리다"고 다짐한 「슬픈 전설을 지니고」도 이 무렵의 창작이다. 『슬픈 목가』에서는 '밤'과 '봄'이 좀 더 시대의 총체적 현실과 연관된 심상을 환기하는 역할을 하고, 그 현실에 굳게 맞서는 시적 화자의 이미지도 좀 더 분명해진다. 시인이 '푸른 하늘'이나 '봄', '오월' '꽃길' 등으로 표상하는 미래의 밝은 세상을 기다리는 심정은 여러 작품에서 찾아볼 수 있는데, 그 기다림의 자세는 '대숲'의 이미지 속에 구현된다. 시인은 '차라리 한그루 푸른 대로' '내 심장을 삼으리라'고 말하기도 하고 "대숲으로 간다/대숲으로 간다/한사ㅎ고 성근 대숲으로 간다//자욱한 밤안개에 버레소리 젖어흐르고/버레소리에 푸른 달빛이 배여 흐르고//대숲은 좋드라 성그러 좋드라/한사ㅎ고 서러워 좋드라//꽃가루 날리듯 흥근히 드는 달빛에/기척 없이 서서 나도 대같이 살거나"라고 읊기도 한다. 자신이 한 그루의 대로 살기를 바랄 뿐 아니라 대나무들이 성글게 무리지어 있는 대숲과 같은 세계에서 살기를 기원하는 것이다. 여기서 시인의 공동체에 대한 사고의 일단을 엿볼 수 있다. 세상에 굽힘없이 자존을 지키는 개인들이 모여 이루는 세계, 그러나 그 개체들은 군집을 이루면서도 서로의 거리를 지켜 성글게 무리를 짓고 기척 없이 서 있는 존재들이다. 신석정 시인이 창작 초기부터 사회와 역사에 대한 관심을 지속적으로 표명하면서도 현실의 특정세력의 움직임에 가담하거나 스스로 활동의 주도적 역할을 담당하지 않는 자세를 견지한 것은 이와 같은 공동체관과 결부지어 이해할 수 있다. 그 어중간한 입장은 한편으로는 시인을 부화뇌동에서 벗어날 수 있게 해주는 것이기도 했지만 다른 한편으로는 현실에 치열하게 부딪혀 역사의식을 심화할 기회를 막는 일이기도 했다.

2) 중기 시 – 생활의 서정

신석정의 시적 경향은 세 번째 시집 『빙하』에서 바뀐다. 이 변화에 대
해 몇몇 연구자들은 '사회적 관심이 증폭된 참여의식'[15]으로 규정하기도
하고 '현실과 역사의식시대'[16]로 파악하기도 한다. 그러나 필자는 '생활
의 서정'이라는 측면에서 접근하는 것이 이 시기 작품의 실상을 제대로
파악하는 첩경이라고 본다.

『빙하』는 해방 직후에 창작된 네다섯 편의 작품도 수록하고 있으나 대
부분은 한국전쟁이 막바지로 치닫던 1952년 이후의 창작물로 채워져 있
다. 『슬픈 목가』가 일제 말기의 작품들만을 수록하고 있음을 감안하면 시
인은 비교적 엄격하게 창작연대에 따라 시집에 수록할 작품을 선별하고
있는 셈이다. 시집에 표시된 창작연대를 참조할 때 시인은 1945년 11월부
터 1946년 2월까지 다섯 편의 작품을 창작했고, 수년 동안 침묵하다가
1952년부터 다시 붓을 들어 시집이 나온 1956년까지 쓴 작품을 『빙하』에
집중적으로 수록한 것이다. 이렇게 보면 1946년 3월부터 1952년 3월까지
약 6년의 시간이 창작 공백기인데 그 연유가 무엇인지에 대해서 필자는
아직 규명하지 못했다.

해방 직후의 작품에는 시인의 조, 부, 손 3대로 이어지는 가계를 간명
하게 보여주는 「삼대」와 1946년 '조선문학자대회'에서 낭독한 「꽃덤풀」,
그리고 「비의 서정시」를 비롯한 세 편의 작품이 포함된다. 「삼대」와 「꽃

---

15) 황송문, 앞의 책, 71쪽.
16) 국효문, 『신석정 연구』, 국학자료원, 1998, 182쪽.

덤풀」이 해방을 맞은 감격과 식민지 시기의 가계역사를 다루고 있다는 점에서 시인은 격동하는 현실에서 분명 역사의 문제를 자각하고 있었음에 틀림없다. 자기 가계 3대의 역사를 단념의 과정으로 파악하여 제시하고, 해방의 의미를 성찰한 것이다. 그러나 「비의 서정시」에 이르면 시인의 시선은 생활의 문제를 향한다. 비 오는 거리의 유리창에 기대어 울고 있는 여인을 소재로 하고 있는 이 시에서 시인은 "생활의 창문에 들이치는 비가 치워/들이치는 비에 가슴이 더욱 치워/나는 다시 그 여인을 생각한다."고 말하면서 "우리는 이 어설픈 극장에서 언제까지/서투른 배우노릇을 하오리까?"라고 묻는 것이다. 여기에서 시인은 우리의 생활이 '서투른 배우노릇'이라고 파악하면서 여인의 울음을 그와 연관 짓고 있다. 이처럼 사람들이 생활에서 겪는 고통과 슬픔에 대한 시인의 지각은 『빙하』의 주요소재를 결정한다. 전쟁의 끝 무렵, 그리고 전쟁 직후의 서민들의 참담한 생활상이 시인의 애잔한 마음을 통해 울려나온 것이다.

해방 직후의 작품을 제외하면 『빙하』의 시들은 희미하나마 한 줄기로 이어지는 이야기를 담고 있다. 고향을 그리는 마음과 서민들의 애처로운 삶의 정경이 펼쳐지는 가운데 은연히 드러나는 그 이야기는 군대에 징집된 한 아들을 부조하고 있다. 제주도에서 훈련을 받고, 부대에 배치되고, 전장에 서고, 그리고 죽어 묻히는 과정이 띄엄띄엄, 그러나 순차적으로 제시되기 때문에 우리는 거기에서 한 생명에 대한 시인의 깊은 사랑을 읽을 수 있다.

푸른 하늘이
山을 넘어 가고
하늘을 따라
해오리도 넘어 가고

바다가 보이는
고개를 넘어 가면
네 무덤엔
코스모스가 두 송이

彈痕같은
빨간 코스모스에
나는
네 體溫을 찾는다.

'H의 무덤에서'라는 부제가 달린 「코스모스」란 작품이다. 1953년 9월에 쓴 것으로 표기되어 있는 이 시에는 극도로 절제되어 있으나 통곡이나 다름없는 육친애가 표현되어 있다. 『빙하』에 실려 있는 작품들은 시인의 애정 깊은 시선이 서민의 생활에 머무른 흔적을 보여준다. 전쟁의 뒤편에서 애잔한 생명을 이어가야 하는 서민의 생활은 「귀향시초」에 이렇게 묘사된다.

1
껌도 양과자도 쌀밥도 모르고 살아가는 마을 아이들은 날만 새면 띠뿌리와 칡뿌리를 직씬 직씬 깨물어서 이빨이 사뭇 누렇고 몸에는 젖인 띠뿌리랑 칡뿌리 냄새를 물씬 풍기면서 쏘다니는 것이 퍽은 귀엽고도 안쓰러워 죽겠읍데다.

2
머우 상치 쑥갓이 소담하게 놓인 食卓에는 파란 너물죽을 놓고 둘러 앉아서 별보다도 드물게 오다 가다 섞인 하얀 쌀알을 건지면서
「언제나 난리가 끝나느냐?」
고 자꾸만 묻습데다.

3
껍질을 베낄 소나무도 없는 매마른 고장이 되어서 마을에서는 할머니와

손주딸들이 들로 나와서 쑥을 뜯고 자운영 순이며 독새기며 까지봉퉁이 너물을 마구 뜯으면서 보리고개를 어떻게 넘겨야겠느냐고 山茱萸꽃 같이 노란 얼굴들을 서로 바래보고 서서 걲어 합데다.

4

술회사 앞에는 마을 아낙네들이 수대며 자배기를 들고 나와서 쇠자라기와 술찌겅이를 얻어가야 하기에 부세부세한 얼굴들을 서로 쳐다 보면서 차표 사듯 늘어서서 꼭 잠겨 있는 술회사문이 열리기를 천당같이 기두리고 있읍데다.

5

장에 가면 흔전만전한 생선이 듬뿍 쌓여있고 쌀가게에는 옥같이 하얀 쌀이 모대기 모대기 있는데도 어찌 어머니와 할머니들은 쌀겨와 쑤시겨 전을 찌웃찌웃 굽어보며 개미같이 옹개 옹개 모여서야 하는 것입니까?

쌀겨에는 쑥을 넣는게 제일 좋다고 수군수군 주고 받는 이야기가 목 놓고 우는 소리보다 더 가엾게 들리드구만요.「1952. 4」

이 시는 전쟁의 와중에서 기아선상을 헤매는 서민들의 모습을 생생하게 전한다. 시라기보다 산문에 가까운 형식을 빌어서 생활의 현장을 사실적으로 제시하는 것이다. 이 시집에 유독 특정한 인물을 상대로 뜻을 전하는 형식을 취하는 작품이 많은 것도 같은 맥락에서 이해할 수 있다. 생활의 현장에서 우리가 맞닥뜨리는 것은 특정한 인물이고 특수한 상황이다. 시인은 바로 그 특수한 상황의 문제에 밀착하여 사태를 보고하고 그에 대한 감정을 표백한다. 여기서 그 상황의 발생 원인이라든지 그 사회적 연관을 성찰하는 일은 뒤로 미뤄지기 십상이다. 그보다 우선하는 것이 사물의 실상을 있는 그대로 파악하여 상황의 절박함을 전달하는 일이다. 따라서 시는 보고의 형식이거나 직접적 전언의 형태를 취할 수밖에 없다. 이와 같이 개별 현상에 초점을 맞추는 경우 시인의 감정은 그 대상과 긴밀하게 결합하게 된다. 그러나 그 결합의 강도가 강하면 강할수록 감정의 사사로움이 증대될 가능성은 커지고 그에 정비례하여 객관적 보편성은 약화되지 않을 수 없다. 이 시집에서 시인의 강한 육성이 들리는 것은 그와 관련된다. 시집의 표제시인 「빙하」에서 엿보이는 것도 바로 그 육성이다. 이 작품에서 시인은 "가고 오는 빛날 역사란/모두다 우리 상처입은 옷자락을/갈갈이 스쳐갈 바람이어"라고 말한 다음 이렇게 읊고 있다.

> 생활이 주고 간 火傷쯤이야
> 아예 서럽진 않아도
> 치밀어 오는 뜨거운 가슴도 식고
> 한가닥 남은 청춘마저 떠난다면
> 동백꽃 지듯 소리없이 떠난다면
> 차라리 心臟도 氷河되어
> 남은 피 한 천년 녹아
> 철 철 철 흘리고 싶다.

여기에 등장하는 빙하의 이미지는 두 번째 시집 『슬픈 목가』에 실린 「고운 心臟」의 한 대목에서 "얼어붙은 심장 밑으로 흐르던/한줄기 가는 어느 담류가 멈추고"라고 표현된 이미지와 상통한다. 시인에게는 일제하의 수난이나 한국전쟁의 고통스런 나날은 심장이 얼어붙는 것과 같은 참담한 현실로 파악된다. 그 거듭되는 민족의 시련 앞에서 시인은 모든 의욕과 정열이 사라질 때조차도 빙하가 녹아내리듯 자신의 심장의 더운 피를 흘리겠다고 말하는 것이다. 같은 시기에 쓰인 「소곡」에서 "물 가듯/꽃 지듯/떠나야할 우리도 아니기에//서럽지 않는 날을/기다리면서/다시 삼백 예순 날을 살아가리라."고 다짐한 것은 「빙하」에서 표현한 그 의지를 반복해서 보여주는 의미가 있다. 그러나 이 시에서 '생활이 주고 간 화상'과 '가고 오는 빛날 역사'는 먼 거리에 있다. '생활'과 '역사'는 하나로 엮여지는 것이 아니라 동떨어져 있는 것으로 파악되고 생활 속의 시인은 다만 주관적 의지와 열정으로 자신을 불태울 뿐이다. 여기에서 시인의 역사에 대한 전망은 현실에 착근할 기회를 잃는다. 안타깝게 기다리던 봄에 대해서 "봄은 오자 또 떠나는 게지…"라고 인식하는 것이나 "하늘이사 제대로 억만년 짙푸른데/비바람 부는 속에 꽃도 지는 세월을…//날아 갔단 그리움에 다시 오는가,/흰나비 노랑나비 엉기덩기 나는 속에/나두야 이대로 살아 간단다."라는 생각 속에서는 역사에 치열하게 부딪쳐가는 행동의식이나 그 현실을 길게 조망하는 역사의식은 발붙일 곳이 없다. 생활을 노래한 이 시집의 맨 끝에 수록된 「역사」라는 제목의 작품은 그 원인이 어디에 있는지를 잘 가르쳐 준다.

　　　바윗돌처럼 꽁꽁 얼어붙었던 대지를 뚫고 솟아오른, 저 애잔한 달래꽃의 긴긴 역사라거나, 그 막아낼 수 없는 위대한 힘이라거나, 이것들이 빚어내는 아름다운 모든 것을 내가 찬양하는 것도, 오래 오래 우리 마음에 걸친 거치장스러운 푸른 수의(囚衣)를 자작나무 허울 벗듯 훌훌 벗고 싶은 달래꽃 같이 위대한 역사와 힘을 가졌기에, 이렇게 살아가는 것이요, 살아가야 하는 것이다.

　여기에서 시인이 말하는 역사가 인간의 역사라기보다는 유구한 시간 속에 전개되는 자연의 역사를 가리키는 것임은 분명하다. 전쟁이 진행되는 참혹한 현실의 생활을 이야기하면서도 시인이 그 사이 사이에 산수화와 같은 작품들을 끼워놓는 이유는 이로써 상당 부분 해명이 될 수 있다. 자연의 리듬을 시간의 척도로 가진 역사의 관점에서 보면 인간의 생활이란 무상하고 하잘것없는 것이지 않을 수 없다. 시인이 생활과 역사를 말하면서도 끊임없이 자연의 사물로 시선을 옮겨가는 것은 그 자연의 리듬에 일치하는 깨우침을 자신의 시작 목표로 가지기 때문인 것이다.

3) 후기 시 — 역사의 세계로

신석정 시의 가장 지속적이고 안정적인 요소의 하나가 자연이라는 것은 누구나 인정하는 사실이다. 그 자연은 초기의 목가적 세계에서 동양적 정취의 세계로, 그리고 다시 자연경물로 조금씩 좌표를 이동했다. 그럼에도 불구하고 시인이 의식적으로 자신과 동일시하고자 했던 자연 대상은 처음부터 끝까지 산과 대나무였다. 그 점에서 시인의 후기 시작을 결산하는 시집의 이름이 『산의 서곡』과 『대바람 소리』로 되어 있다는 것은 시사하는 바가 크다. 두 시집의 이름은 시인이 결국에는 자연으로 돌아갔다는 인상을 심어주기에 족하다. 초기의 목가에서 참여시로, 그리고 마지막에는 그 변증법적인 종합에 이르렀다고 파악하는 시기 구분[17]은 그 인상과 일정하게 결부되어 있다. 그러나 신석정의 중기 시가 생활의 서정이란 틀에서 그리 벗어나지 않았다는 사실을 염두에 두면서, 후기 시의 강한 어조의 현실에 대한 발언을 인정하면 시인의 시적 여정은 정반합의 변증법적 구도가 아니라 직선적인 현실의식의 심화과정으로 파악하는 것이 타당한 것으로 보인다. 이는 특히 『산의 서곡』에서 두드러지게 확인할 수 있는

---

17) 황송문, 앞의 책, 163쪽. 논자는 구체적으로 다음과 같이 언급하고 있다. "초기 시에 있어서는 자아와 자연의 조화로서의 전원시, 목가시의 경향, 중기 시는 자아와 사회의 단절된 사회현실을 응시 비판한 참여시, 후기 시는 자아와 세계와의 조화 시도에서 서정과 참여의 조화적 경지를 보여주는 안심입명의 선풍적(仙風的)인 시의 경향을 보였다." 특히 후기 시에 대해서는 "후기의 시작품에서는 초기와 중기의 각 작품에서 보이던 특징을 더욱 확대 심화한 차원에서 통합시킨다. 즉 초기의 특징인 자아와 자연과의 연속적인 친화적 요소, 중기 시의 특징인 단절의식과 사회참여적 성격의 고양, 이 두 요인을 결합하여 자연 관조와 사회 응시의 자연스러운 만남을 이룩함으로써 서정과 참여, 개인과 전체, 자연과 역사의 조화적 경지를 안심입명이라는 차원으로 승화시키고 있다." 165쪽 참조.

현상이다. 『대바람 소리』가 20여 편만이 수록된 선집의 형태라는 점을 감안할 때 『산의 서곡』이 시인의 후기 문학에서 차지하는 비중은 더욱 커질 수밖에 없고, 그 경향을 참조하면 후기 시의 성격은 자연과 역사의 종합이기보다는 역사와 현실에 대한 의식의 심화과정으로 판단되는 것이다.

『산의 서곡』은 시인의 환력이 되는 해에 발간되었다. 제목에 이미 시사되어 있듯이 시집은 산을 소재로 한 시들로 빼곡히 들어차 있다. 산을 좋아하고 스스로 산처럼 살고자 한 시인의 면모가 그 작품들 속에 투영되어 있음은 물론이다. 뿐만 아니라 산을 소재로 한 시들은 그 하나하나가 숲을 이루고 있다. 『촛불』에서 볼 수 있었던 수다스럽다고도 할 수 있는 만연체의 이야기와 『슬픈 목가』에서 나타났던 동양적 정취가 한데 녹아든 산 이야기는 빽빽한 밀림처럼 시집을 가득 채우고 있다.

> 六月에 꽃이 한창이었다는 「진달래」 「石楠」 떼지어 사는 골짝. 그 간드라운 가지 바람에 구길 때마다 새포름한 물결 사운대는 숲바달 헤쳐 나오면, 「물프레」 「가래」 「전나무」 아름드리 벅차도록 밋밋한 능선에 담상 담상 서 있는 「자작나무」 그 하이얀 「자작나무」 초록빛 그늘에, 「射干」 「나리」 모두들 철 그른 꽃을 달고 갸웃 고갤 들었다.
>
> —「지리산」 1연

「지리산」은 이러한 모습으로 7연까지 이어진다. 산에 있는 온갖 사물로 가득 찬 듯한 이러한 모습은 비단 「지리산」에서만 보이는 것이 아니다. 정지용의 「백록담」이나 백석의 토박이 사물들로 가득 찬 산문시들을 연상시키는 이러한 시적 구조는 여러 편의 작품에서 모습을 드러낸다. 그러나 그 묘사가 단순히 자연을 찬양하는 것이거나 경물을 사실적으로 제시하는 데서 그치는 것은 아니다. 거기에는 사람의 삶과 관련된 느낌과 생각이 스며들어 자연이 역사의 한 장으로 편입된다.

여기 저어기 머얼리 가까이 솟아 있는 山은 일쯔거니 아주 머언 먼 옛날 타오르는 가슴의 노한 불길을 확확 吐하던 山들이다.

그 山 언저리에, 그 山 골짜구니에, 그 山 기슭에, 인제는 水晶 같은 高山 植物들을 기르고, 그 밋밋한 전나무 물푸레나무 고르쇠나무 이팝나무 박달 나무들이 서 있고, 범이랑 여우랑 토끼 사슴 노루 다람쥐가 뛰어 다니고, 石 斛 핀 속을 山나비 山나비의 가녀린 나래에 사운대는 바람의 하이얀 衣裳이 떤다.

그러나
山은 영영 벙어리로 默한 悲劇이라 행여 생각지 말라.

그 뜨겁던 아가리에 맑은 물을 머금은 채 입을 다물고 人工衛星도 거들떠 보지 않건만 條件反射마저 忘却한 듯 悲劇스러운 「휴매니스트」의 知慧로운 눈으로 하고, 貧寒한 「데모크라시」가 氾濫하는 地球에 발돋움하고 毅然히 서서 귀를 기울이는 限, 그 언젠가는 噴火口에 머금은 液體를 모조리 배앝 아버리고, 革命보다 뜨거운 뜨거운 怒한 불길을 또다시 吐하리라.

그러기에 원뢰가 자주 넘어오는 너를
바라보며,
언젠가 한 번은 크게 소리칠
山이여!
네 永遠한 沈默 속에 나를 맡기리로다.
어제도…
오늘도…
내일도…

「山 1」에서 산을 바라보는 시적 화자는 언제까지나 침묵을 지키고 있는 산과 이런 이야기를 건네고 있다. 아무런 말이 없는 산이지만 시적 화자 는 그 산이 '언젠가 한 번은 크게 소리칠' 존재라고 인식한다. 이는 바로 시인 자신에 대한 표현이라고 보아도 무방하다. 시집 『산의 서곡』에서 시인은 이미 『촛불』이나 『슬픈 목가』 시절의 시인이 아니다. 그에게는 참담한 세월을 견디어온 과거가 있고 부당한 현실에 대한 인식이 있으며 그 난관을 타개하고 싶은 행동에의 의지가 있다. 그가 "一切를 否定하라!/이런 嚴肅한 姿勢로 이 가난한 窓邊에서/새로운 봄에 對備할 禮儀를 나는 궁리해야 한다."고 말하는 것은 그 인식과 의지에 말미암는다. 시인에게 봄은 시간의 흐름에 따라 순환하는 계절만은 아니다. 그 봄은 "머언 먼 뒷날 만나야 할 뜨거운 손들이 손잡고 이야기할 즐거운 나날"이기도 하기 때문이다. 이로 인해서 시인이 읊조리는 서정의 곡조 속에는 심장의 뜨거운 열기가 담기고 현실에 대한 냉엄한 비판이 스며 든다. 「抒情小曲」은 그 열정과 냉철한 인식이 함께 드러나 있는 하나의 사례이다.

> 三月보다 따스한/네 손을 달라.//白木蓮보다 하이얀/네 가슴을 달라.//불보다 불보다 뜨거운/네 心臟을 달라//시방 거리에는/音樂같은 실비 내리고,//실비 내리는 속에/동백꽃 뚜욱 뚝 지는 소리 들려오고,/돌멩이의 體溫도 그리운/죽음보다 외로운 午後.//音樂같이 내리는 실비 속에/나는 山처럼 서서 널 생각한다.

이 시 속에서 시인은 자신을 산으로 비유하면서 다른 사람과 가슴을 열고 만나고자 하는 간절한 열정을 표현하고 있다. 그러한 열망의 동기는 거리에 내리는 실비, 동백꽃 지는 소리, 돌멩이, 죽음 같은 어휘로 시사되고 있지만 구체적으로 그것이 무엇을 가리키는지는 분명치 않다. 이와 같은 양태는 수많은 작품에서 비슷하게 반복된다. 예컨대 「내 가슴 속에는」이란 장시에서는 '벚꽃 흐드러진 속에 젖먹일 업고 山菜ㄹ 캐는 「정상두」아낙네'라든가 '오늘은 악마의 것이다', '내일은 우리의 것이다' '얼룩진 역사', '우리들의 새벽을 약속하는 것' 등이 나오지만 그것이 어떠한 상황, 현실, 사물을 나타내는가는 분명치 않다. 다만 시인은 그런 것들에 대하여 분노하기도 하고 연민을 지니기도 하며, 뜨거운 열정과 행동에의 의지를 다짐하는 모습으로 표상된다. 이러한 양태는 『산의 서곡』에 이르러서 시인이 현실에 대한 인식에 입각하여 행동적 개입을 감행할 태세를 갖춘 것으로 이해할 수 있다. 목가 시절의 꿈꾸는 상태나 『빙하』 시절의 연민의 눈길에 비해서 이것은 분명히 참여적 태도라고 하지 않을 수 없다. 이 점에 착안하여 『산의 서곡』을 살피면 이 시집에서 시인이 이전과는 전혀 다르게 혁명이나 민주주의, 역사, 악마와 같은 추상명사를 자주 사용하고 있고 봄과 겨울, 밤과 별, 어둠과 태양, 황혼과 새벽 같은 대비적 이미지를 동원하는 빈도가 훨씬 많아졌다는 점에 주목할 수 있다. 그것의 의미는 '보내고 맞는 노래'라는 뜻의 제목을 지닌 「전아사(餞迓詞)」의 "얼룩진 歷史에 輓歌를 보내고 참한 노래와 새벽을 孕胎한 喊聲으로/다시 億萬 별을 불러 Satan의 가슴에 槍을 겨누리라./새벽 鐘이 울 때까지 槍을 겨누리라."에 잘 드러나 있다. 여기서 보내야 하는 것은 '얼룩진 역사', 'Satan'이고 맞아야 하는 것은 '새벽 종'이며, 그 일을 해내야 하는 주체는 '참한 노래와 새벽을 잉태한 함성', '억만 별'로 표시되어 있다. 여기서 우리는 작품의 의미를 해석하기 위해서 시가 창작된 시대를 끌어오지 않을 수 없다.

시집 『산의 서곡』이 간행된 해는 1967년이다. 이승만 독재정권에 대한 민중의 항거로 1960년에 4월 혁명이 일어났고, 그것은 국민들이 민주주의에 대한 기대를 한껏 키울 수 있게 해주었다. 그러나 그 혁명은 1961년에 발발한 일부 정치군인들의 군사쿠데타에 의해 좌절된다. 쿠데타 세력은 4월 혁명에서 발아한 민주주의의 싹을 철저히 자르지 않으면 안 되었고, 이를 위해서 민중을 총칼로 억압하면서 근대화의 깃발을 내걸었다. 채찍과 당근을 이용한 군사정권의 독재에 대하여 많은 지성인들이 항거한 것처럼 신석정 또한 시를 통한 발언을 시도했다. 그러나 군사정권에 대한 시인의 항거는 총칼 앞에 맨몸으로 나서는 것이나 다름없이 위험한 일이었다. 시인이 「서울 一九六九年 五月 어느 날」에 기록하고 있는 것처럼 권력은 시인의 신체에 직접 폭력을 행사했다. 육십이 넘은 노시인이 남산의 중앙정보부에 끌려가고, 거기서 나오면서 눈물을 흘리게 만든 원인 가운데 하나가 『산의 서곡』에 실린 시편들일 것이라는 점은 누구나 추측할 수 있는 일이다. 그 적나라한 폭력이 눈앞에 놓여 있었기 때문에 시인의 발언은 암시적이고 함축적인 형태를 띠지 않을 수 없었다. '얼룩진 역사'라거나 '사탄', '악마', '겨울', '박쥐들의 검은 날개' 등의 뜻이 모호한 어휘들이 동원된 것은 그에 말미암는다. 그러나 이것들이 구체적으로 무엇을 뜻하는지는 독자가 쉽게 알아볼 수 없다. 그 원인은 시인이 지적하는 부정적인 현실로서 얼룩진 역사, 사탄, 쥐구멍, 멍든 역사 등이 실제로 어떤 상태, 어떤 상황을 가리키는지 확인할 수 없다는 데서 찾을 수 있다. 곧 척결해야 할 부정적 요소로서 언급된 사물들이 고도로 추상적이고 관념적인 수준에서만 언급되고 실제 생활이나 개인의 체험과 유기적으로 연결될 수 없었기 때문에 시인의 뜨거운 목소리는 열도만 높을 뿐 강한 추진력을 가지지 못한다. 이러한 상태는 시인의 현실에 대한 인식이 전체 현실에 대한 직관으로서는 타당성을 얻고 있다고 해도 생활 사실과 그 직관을 이어줄 매개의 끈을 찾지 못한 것과 연관지을 수 있다. 그것은 중기의 『빙하』에서 생활의 세부 사실에 대한 사실적 묘사가 풍부함에도 그것을 개괄하여 보편화하는 힘이 미약했던 것과 대조되는 현상이다. 시인의 시작 이력에서 볼 때는 생활 체험을 통해 현실의 본질적 국면에 대한 직관에 이르렀다고 할지라도 그것이 개개 작품에서 통합된 상태로 형상화되지 않을 때 시의 호소력은 약화될 수밖에 없는 것이다. 이 점에서 신석정 시인의 자연친화적 사고는 그의 후기 시에 부정적인 효과를 낳았다고 판단할 수 있다. 시인이 자신의 현실에 대한 감정이나 역사의식을 자연사물을 통해 표현하고자 할 때 거기에는 두 단계의 매개 고리가 필요하게 되기 때문이다. 곧 자연 사물을 생활 사실과 연결짓는 매개 고리, 생활 사실과 현실의 총체성을 연관짓는 매개 고리가 갖추어져야 비로소 시는 추상성에 매몰되지 않고 리얼리티의 효과를 발휘할 수가 있다. 이 시기 김수영의 시가 일상생활의 세부와 관련되어 있었다는 점은 여기서 참조점이 된다. 낱낱의 생활 사실들은 시인의 총체적 현실인식에 곧바로 매개될 수 있는 끈들을 갖추고 있었던 셈이다. 이에 비해서 신석정은 산이란 자연경물을 시의 소재로 삼았기 때문에 생활에 밀착한 시상을 전개할 수 없었고, 그에 따라 정치, 경제, 사회의 모순과 부조리에 대한 시인의 직관은 추상적 관념 그대로 표출될 수밖에 없었던 것이다. 이 양상은 마지막 시집인 『대바람 소리』에도 그대로 이어진다.

『대바람 소리』는 『산의 서곡』에서 터져 나왔던 시인의 뜨거운 외침이 고른 목소리를 되찾았음을 보여준다. 『촛불』의 부드럽고 꿈꾸는 듯하던 이야기들이 『슬픈 목가』에서 다듬어졌듯이 『대바람 소리』는 『산의 서곡』의 열에 뜬 목소리를 가라앉혀 단아하고 유현한 가락을 내고 있다. 이 양태는 시인이 자신에게 친숙한 동양적 정조를 바탕으로 하여 시적 세계를 구축하였음을 뜻한다. 「立春」, 「好鳥一聲」, 「秋夜長古調」 등 제목에서부터 동양적 정취를 풍기는 작품에서뿐만 아니라 「白鹿潭에서」, 「漢拏山短章」과 같이 산을 소재로 한 작품에서도 시형은 산문의 형식을 버리고 간결하게 정제되어 있고 이미지 또한 소박하다. 한시의 고담한 풍취를 자아내는 이러한 시적 구조는 시인의 사고의 변화를 암시할 듯도 하지만 그 실제 내용은 결코 시인의 자세가 흐트러지지 않았음을 알려준다. 그 대표적인 사례는 「입춘전후」에서 살펴볼 수 있는데, "봄이 걸어오고 있었다./오동도 갓 핀 동백꽃 입술에/묻어 오는 바람을 거느리고/봄은 걸어 오고 있었다.//홍콩 毒感에 맥이 풀린/숨가쁜 地球를 보다 못해/怒한 「러셀」卿

의 얼굴을 밟고/그 얼굴의 잔주름 속에서/봄은 부스스 눈을 뜨고 있었다.//저 프라하의 어둔 하늘을/「얀·팔라치」君이 焚身으로 올린/抗拒하는 한 줄기 검은 연기를 타고/봄은 저렇게 걸어 오고 있었다.//아무리 너희들이 歷史를 외면한 채/녹슬어가는 갑옷을 떨쳐 입고/시시덕거리는 이 순간에도/달걀 속에 병아리가 자라듯이/봄은 또 그렇게 걸어오고 있었다.”에서 현실의 부정성에 대한 시인의 단호한 태도는 뚜렷하다. ‘프라하’나 ‘분신’이 함축하는 격렬한 행동의 이미지에도 불구하고 시인의 목소리가 잔잔한 것은 역사에 대한 시인의 믿음이 그만큼 확고부동하다는 것을 시사해준다. 시인이 「나랑 함께」, 「波濤」, 「悲歌」 등에서 부정적 현실에 대한 행동적 개입의 의지를 표출하고, 새로운 역사를 간절히 기원한 것은 그 변함없는 자세를 말해준다. 이 작품들 속에서 시인의 인식과 의지는 생활 체험과 좀 더 밀착하게 되는데, 이 시기 시인의 달관에 이른 심정상태는 「그 마음에는」에서 다음과 같이 표현된다.

그 사사스러운 일로
정히 닦아온 마음에
얼룩진 그림자를 보내지 말라.

그 마음에는
한 그루 나무를 심어
꽃을 피게 할 일이요

한 마리
학으로 하여
노래를 부르게 할 일이다.

대숲에
자취 없이

바람이 쉬어가고

구름도
흔적 없이
하늘을 지나가듯

어둡고
흐린 날에도
흔들리지 않도록 받들어

그 마음에는
한 마리 작은 나비도
너그럽게 쉬어 가게 하라.

이 작품은 명경지수와 같이 평정한 마음으로 세상의 온갖 크고 작은 파
동들까지도 관대하게 받아들이고자 하는 시인의 자세를 보여주고 있다.
이 마음 상태는 세상일로부터 뒤로 물러앉았기 때문에 얻어진 것이 아니
다. 민족이 분단되고 자유가 억압되는 비정한 세월이 언제까지나 지속될
수는 없다는 것을 시인은 산과 하늘의 의연한 모습 속에서 체득하고 있는
것이다. 그가 「저 無等같이」나 「春香傳 序詩」에서 '불 머금은 가쁜 숨을
달래'면서 단호하게 '빛나아야 할 우리들의 내일'을 이야기하는 것은 그
깨우침을 말해준다.

4) 신석정 시의 문학사적 의의와 한계

신석정은 목가시인으로 알려져 있고, 그 점에서 문학사적 평가를 받았
다. 그러나 애초에 김기림이 지적했듯이 시인의 목가는 현대문명과 일제
강점의 역사에 대한 비판이라는 의미를 지닌다. 그의 초기 시에 평화로운

전원의 이미지와 함께 밤의 어두운 이미지가 병렬되는 것은 그에 말미암는다. 이 사실을 고려하면 시인의 시작업의 토대를 이루는 것은 역사에 대한 깊은 관심이었고 행복한 삶이 불가능한 데서 오는 비가로서의 성격을 지닌다. 그 비가가 처하는 상황에 따라서 목가로 표현되기도 하고 생활의 곤경을 표현하는 서정의 형태로 표출되기도 하며 역사에의 능동적 개입을 지향하는 행동의지로 나타나기도 한다. 시인의 시적 변모는 그런 점에서 현실의식의 지속적인 심화과정을 보여준다고 이해할 수 있다. 그러나 신석정의 시에는 노장사상에 근원을 둔 자연 친화라는 다른 요소가 밑자리에 깔려 있다. 시인의 개인적 취향이 원인이 되었든 교육의 배경이 원인이 되었든 간에 사람의 작위보다 무위를 우위에 두는 노장사상의 영향은 시인의 시작품 도처에서 모습을 드러낸다. 시인이 산처럼 의연하게, 대처럼 바르게 살겠다는 의지를 표출하는 데서도 나타나는 이러한 사상적 경향은 시인의 역사 현실에 대한 의식과 마찰을 빚을 수 있는 성질을 간직하고 있다. 무위자연의 상태를 동경하는 초기의 목가에서는 이 마찰이 은닉될 수 있었지만 중기 이후의 시에서 그 갈등양상, 모순의 상태는 뚜렷이 드러난다. 동시대의 어느 시인에 비긴다고 해도 뒤처지지 않을 투철한 역사의식을 가지고 있었음에도 불구하고 신석정의 시가 일정한 한계를 넘어서지 못한 것은 이와 관련된다. 『빙하』에 수록된 중기 시는 일상에서 시인에게 목격된 서민의 생활에 대한 느낌을 펼치는 데 치중하고 후기 시는 관념적으로 인식된 어떤 이념에 비추어서 현실의 부정성을 묘사하고 비판하는 데 초점을 맞추고 있다. 가장 이상적인 시작의 방법이 생활의 개별적 사실과 이념의 보편성이 솔기 없이 융합되는 것이라는 점을 상기하면 그 상황은 어느 쪽이든 바람직하다고는 할 수 없다. 초기 시를 낭만주의적 경향의 것이라고 해석하는 입장이나 중기 이후의 시를 리얼리즘과 연관지어 설명하는 입장이나 시인의 시적 성격을 뚜렷하게 규정하지 못하는 것은 이에 말미암는다. 신석정의 많은 작품이 자연사물을 빌어 상황에 대한 시인의 대응의지를 피력하는 동일한 패턴을 지니고 있는 것도 같은 원인에서 비롯된 현상이라고 할 수 있다. 이에 따라 작품에 나타나는 시적 화자의 의지는 상황 그 자체에서 우러나는 자연스런 대응이라기보다 이미 관습화된 태도의 반복이라는 느낌을 준다. 그것이 시의 감동을 약화시키는 한 가지 요인이라는 것은 긴 설명을 요하지 않는다. 다행히 신석정의 후기 시 가운데는 그 한계를 넘어서는 면모를 보여주는 몇 편의 작품이 나타나지만 이번에는 시간이 시인의 작업을 기다려주지 않았다.

5. 부안 문학의 전망

부안의 문학이 김구, 이매창, 신석정의 문학에 국한되는 것은 아닐 것이다. 과거의 수많은 시인 문장가들 가운데는 『동문선』에 이름이 올라 있는 사람도 있고 문집의 형태로 글을 남기고 있는 사람도 허다하다. 고려시대의 인물들과 조선시대의 인물들을 세는 데만도 열 손가락이 부족할 것이며 현대의 문학인들까지 꼽자면 따로 인명록을 만들어야 할 지경이다. 이 가운데는 이 글에서 꼭 다루어야 했는데도 필자의 능력이 미치지 못하여 빠진 사람이 적지 않다. 문집을 남긴 사람이나 『동문선』 등의 전적에 이름이 오른 사람은 당연히 검토 대상이 되었어야 할 것이나 필자의 능력이 멀리 미치지 못하였으며, 현대의 문학자 가운데서도 소설가 신석상, 시인 박영근 등을 언급하지 못한 것은 필자로서도 유감이다.

부안 문학은 여러 문학 장르 가운데서도 서정에 뛰어난 것으로 보인다. 이 글에서 다룬 대표적 문학인 세 사람의 활동 부문이 시가 쪽이기도 할 뿐더러 현역으로 활동 중인 사람들 대부분이 시인이거나 수필가이다. 구체적으로 검토한 세 시인을 놓고 이야기했을 때 그들의 공통성은 개인적으로나 공적으로 절조를 지키면서도 사람의 섬세한 마음결을 표현하는 데 장기를 가지고 있다는 점이다. 강직한 태도로 인해 일종의 필화를 입은 김구의 경우는 더 말할 나위가 없는 것이지만 신석정 시인은 여러 차례의 역사적 굴곡 속에서도 한결같은 마음을 가지고 생활과 시작에 임했으며, 이매창의 경우도 비록 신분이 기생이었으나 절조 있는 삶으로 널리 알려져 있다. 이처럼 매운 의기를 마음속에 지니고 있으면서도 이들이 표현한 세계는 아름답고 부드러우며 결이 고운 감정이다. 꽃 이파리가 떨어지는 순간의 작은 움직임을 날카롭게 포착하는 김구의 「落梨花」나 임에 대한 그리움을 거문고에 실어 보내는 이매창의 「彈琴」, 조용하고 가녀린 가락이 여성 화자를 환기시키는 신석정의 「임께서 부르시면」의 정조는 가히 섬세한 마음결의 표본이라고 할 만하다. 이 섬세성은 우연히 획득된 것은 아닐 것이다. 그들이 몸담고 살았던 부안의 생활과 문화 속에서 길들여지고 닦여진 감성과 의식이 자신도 모르게 그와 같은 표현을 낳은 것이리라. 그러나 감정의 표현에서 뛰어난 이들의 문학에서 아쉽게 느껴지는 부분이 없는 것은 아니다. 그것은 문제에 부닥쳐서 치열하게 극한까지 추구해보는 지성의 모험이 그다지 엿보이지 않는다는 점이다. 매창 시의 경우 자신의 심정을 표백하는 것으로 자족해버리는 넋두리라는 느낌을 주고 신석정의 경우에도 자신이 기왕에 도달한 세계를 넘어서기 위해 몸을 던져가면서 싸우는 모습을 보여주지는 않는다. 부안의 산천이 너무 아름답고 물산이 풍부하여 인심이 순후하기 때문일까?

부안 문학의 미래를 생각하는 과정에서 박영근 시인과 박형진 시인을 떠올렸다. 노동자 시인과 농민 시인으로 알려져 있는 두 사람을 떠올린 원인은 필자의 견문이 부족하고 생각하는 범위가 좁은 데 있는지도 모른다. 그러나 어찌 생각하면 그들의 존재는 부안이 처해 있는 오늘의 현실을 상징적으로 보여주는 의미가 있지 않은가. 박영근 시인의 죽음에 대하여 한 문인은 '소극적 자살'이라는 용어를 사용했다. 더 이상 어떻게 뚫고 나갈 길을 발견할 수 없다는 절망과도 같은 의식이 그를 자포자기에 이르게 하고 술과 단식으로 몰아갔다는 해석이리라. 이런 소식을 들으면서 필자는 박형진의 「내소사에서」를 떠올렸다.

> 나도 모르게 발길이 내소사로 향한 날
> 인적도 드물고 산새 소리 적막한데
> 마침 예불을 마친 노스님 한 분이
> 기다리고 있었다는 듯 나를 맞아주시네
>
> 마주치는 눈과 눈은 끄을 듯 나를 이끌어
> 산방에 들앉혀놓고선 이윽하기만 한데
> 차면 넘치는 것이 인간사이던가
> 걷잡을 수 없이 쏟아져 나오는 이 눈물,
>
> 말없이 손수 차린 점심 공양을 들여주고
> 가르침 청한 노스님은 또 오시지 않는데
> 어디서 부는가 맑은 바람 한 줄기는
> 내 마음의 풍경을 뒤흔들며 가네
>
> 견뎌 이기리라,
> 돌아오는 차 속서 비로소 내 마음은 열려
> 아무는 마음의 상처에 스치는 산천은 장엄하구나
> 그렇다 나는 다시 넘쳐흐르기 위해 돌아가고 있다.

이 시는 시적 화자가 내소사를 찾아갔다가 돌아오는 이야기를 하고 있다. 순서대로 읽으면 별 다른 어려움 없이 사건의 줄거리가 파악될 만큼 이야기는 간단하다. 그러나 그 뒤에 들어 있는 저간의 사정은 그리 간단하지가 않다. 시에서는 시적 화자가 문제에 대한 나름의 해답을 찾았고 그로부터 새로 살아갈 힘을 얻었다고 묘사한다. 그러나 우리는 문제가 근본적으로 해결된 것이라고 생각할 수 없다. 시인은 살아가는 동안 몇 번이고 그와 같은 장벽에 또다시 부닥치고 그때마다 새로운 해답을 얻어야 하는 것 아니겠는가. 그 과정은 삶의 난관을 헤쳐 나가는 길이자 시의 길이 되기도 할 것이다. 우리는 시인이 그 과정을 무난히 거침으로써 조금은 풀어져 있는 지금의 「내소사에서」를 금강석처럼 다듬어줄 수 있기 바란다. 그리고 그 과정에서 시와 시인의 모험을 이끄는 동력은 지성이 되어야 한다고 생각한다. 그 지성의 추구가 기왕의 부안 문학이 가지지 못한 새로운 경지를 보여줄 수 있지 않을까 하는 것이 필자의 소박한 생각이다.

찾아보기

최유찬

　1951년 전북 부안에서 출생하여 시골에서 초등학교를 마치고 중고등학교 6년을 전주에서 보냈다. 연세대학교 국문과를 졸업한 뒤 합동통신사, 동아일보사에서 기자로 활동하였으며, 1980년 광주민주화운동의 여진 속에서 해직 기자가 되었다. 음식 장사를 하는 틈틈이 김우창 선생의 글을 즐겨 읽는 모습을 본 아내의 강력한 권유로 이태 뒤 대학원에 입학, 3년 만에 전주대학교 전임강사가 되었다. 다시 3년 만에 재임용 탈락 등의 사건으로 대학을 그만두고 한겨레신문사 기자가 되었으나, 1년여 만인 1988년 초라한 실직자로 변신, 여러 대학의 시간강사로 전전했다. 7, 8년간의 어려운 시절을 보내고 1997년 연세대학교의 큰 품에 안기어 오늘에 이르렀다. 1996년 『토지를 읽는다』란 평론서를 쓴 인연으로 박경리 선생을 뵙게 되었고, 비평 활동을 하는 과정에서 채만식 선생의 문학을 행운으로 알게 되었다.

　저서로는 학위논문인 『1930년대 한국리얼리즘론 연구』, 첫 평론집인 『리얼리즘 이론과 실제비평』, 이외에 『토지를 읽는다』 『한국문학의 관계론적 이해』 『세계의 서사문학과 토지』 『문학과 게임의 상상력』 『문학의 모험』 『채만식의 항일문학』 『문학의 통일성 이론』 등을 스스로 주요저서로 손꼽는다. 좀 쉽게 쓴 책으로 『문학과 사회』(공저), 『문예사조의 이해』, 『컴퓨터 게임의 이해』, 『컴퓨터 게임과 문학』, 『문학·텍스트·읽기』 등이 있다.

푸른사상 평론선 12

현대소설의 상황

인쇄 2014년 4월 5일 | 발행 2014년 4월 10일

지은이 · 최유찬
펴낸이 · 한봉숙
펴낸곳 · 푸른사상사
주간 · 맹문재 | 편집, 교정 · 지순이 · 김소영

등록   제2-2876호
주소   서울시 중구 충무로 29(초동) 아시아미디어타워 502호
대표전화   02) 2268-8706~7 | 팩시밀리 02) 2268-8708
이메일   prun21c@hanmail.net
홈페이지   www.prun21c.com

ⓒ 최유찬, 2014

ISBN 979-11-308-0216-9 93810
  값 29,000원